Kerstin Ekman *Zeit aus Glas*

Kerstin Ekman

Zeit aus Glas

Roman

Aus dem Schwedischen
von Hedwig M. Binder

Piper
München Zürich

Die Originalausgabe erschien 2003 unter dem Titel
»Skraplotter«
bei Albert Bonniers Förlag, Stockholm

Von Kerstin Ekman liegen bei Piper außerdem vor:
Am schwarzen Wasser
Geschehnisse am Wasser
Hexenringe
Die letzten Flöße
Mittsommerdunkel
Der Ruf des Raben
Springquelle
Die Totenglocke

ISBN 3-492-04676-2
© Kerstin Ekman 2003
Deutsche Ausgabe:
© Piper Verlag GmbH, München 2005
Satz: Kösel, Krugzell
Druck und Bindung: GGP Media GmbH, Pößneck
Printed in Germany

www.piper.de

Das Dorf hielt Winterschlaf im Schnee. In der Reglosigkeit stieg aus dem Schornstein eines weißen Hauses Rauch auf. In diesem Haus war ein altes Paar zu sehen, zwei Schatten, durch die das Licht bald hindurchscheinen würde. Das Fenster hinter ihnen ging auf einen großen, zugefrorenen See hinaus.

Unterhalb der Vortreppe lagen Fichtenreiser zum Füßeabtreten. An eine Birke war eine Speckschwarte für die Kohlmeisen genagelt. Im Fenster zur Straße hing ein gehäkelter Querbehang.

Alles war so kärglich. Konnten das ganze Menschenleben sein?

Kein Mensch war zu dem Haus hinuntergegangen. Man sah lediglich Pfotenspuren im Neuschnee. An einer Schuppenwand stand etwas von einem Harmonikafestival. Doch das war wohl lange her. Das Plakat war safrangelb und leuchtete weithin.

Alles war so, als sei es schon lange her. Doch es war jetzt.

Sie stieg aus dem Auto und ging in diesem Weiß, durch das bisher nur die Katze gelaufen war, fast auf Zehenspitzen.

*

Es war am Abend vor Allerheiligen, als sie kam. Merkwürdigerweise.

Ab Allerheiligen ist es richtig Winter. Dann bleibt der Schnee liegen. Im Moor lassen sich keine Moosbeerenranken mehr freikratzen. An frostklaren Tagen setzen sich die Auerhühner in die Baumwipfel, und die Hasen haben ihr Fell gewechselt und das weiße angelegt. Das klare Eis auf den Waldseen und Wasserlachen ist überschneit, ja, alles Schwarze und alles, was im Herbst moderte, ist verschwunden. Die Toten haben ihren Frieden, und er bietet sich auch den Lebenden dar.

An Allerheiligen wollte ich mit dem kirchlichen Fahrdienst nach Röbäck fahren und einen Torfmooskranz auf Myrtens Grab legen. Ich würde wohl oder übel in den Gottesdienst gehen müssen, um auf Reine zu warten, der die alten Leute mit dem Taxi chauffiert. Ich konnte die Pfarrerin nicht leiden. Sie rauche und babble bloß, sagte Elias, und er hatte recht.

An diesem Abend saßen Elias und ich in der Dämmerung bei einer Tasse Kaffee in meiner Küche. Es war sehr still. Den ganzen Nachmittag über hatte es geschneit, und Elias' Spur war längst verschwunden. Jetzt fielen nur noch einzelne Schneeflocken. Da hörten wir ein Auto. Als wir merkten, daß es nicht vorbeifuhr, sondern an der Landstraße oberhalb des Hauses anhielt, guckten wir natürlich. Elias fragte, wer das sei, aber ich wußte es nicht. Es war ein kleines, rotes Auto.

Eine Frau. Sie stieg aus, und bevor sie ihren Mantel zumachte, konnte ich den Kragen sehen.

»Eine Pfarrerin ist's«, sagte ich.

»Ach herrje«, versetzte Elias. »Marianne wollte doch erst zu Neujahr aufhören.«

Das war es, was wir glaubten. Daß die neue Pfarrerin unterwegs sei und die Senioren, wie wir genannt werden, besuche. Da hörten wir sie anklopfen. Nicht eben zurückhaltend.

»Sind als wie die Staubsaugervertreter«, meinte Elias. »Haben sie malens einen Fuß in der Tür, kriegest sie nimmer los. Tust sie nichten zum Kaffee bitten!«

Ich sagte, ich müsse wenigstens aufmachen. Und da stand sie, ohne Kopfbedeckung in der Kälte. Aber gute Stiefel hatte sie.

Eine kleine Gestalt mit kräftigen Beinen in dicken schwarzen Strümpfen. Das Gesicht ungeschminkt. In gewisser Weise wirkte sie wie ein Mädchen, obwohl sie gut in den Fünfzigern sein mußte. Füße und Hände waren kindlich klein. Ganz ernst war sie. Man konnte meinen, sie habe Angst. Ihre Augen waren von hellem Blau und ziemlich eng stehend. Sie preßte die Lippen zusammen, und ihr Blick war starr. Nun sag schon was, dachte ich. Woran man sich bei ihrem Gesicht hinterher am besten erinnerte, war die Nase. Diese war breit und gebogen und viel zu groß für dieses alt gewordene Mädchengesicht.

»Guten Tag«, sagte sie.

Nun, das war ungewöhnlich. Elias beklagt sich gern darüber, daß es heutzutage immer nur »hallo« und »tschüs« heißt.

»Wenn sie denn wirklich eine Geistliche war«, sagte er hinterher. »Es kann doch alle Welt hergehen und sich ein Hemd mit Kollar kaufen.« Er wollte es so hindrehen, daß sie gekommen sei, um uns zu betrügen, daß sie eine sei, die durch die Lande reise und alte Leute bestehle.

Sie streckte die Hand aus und nannte einen Namen, den keiner von uns verstand. Wir hatten ihn noch nie gehört.

»Ich bin gekommen, weil meine Mutter in diesem Haus geboren worden sein soll«, sagte sie.

»Nun, sind nichten richtig hier dann«, erwiderte ich.

»Myrten Fjellström, hat sie nicht hier gewohnt?«

Was danach kam, weiß ich nicht mehr recht. Wahrscheinlich wurde es still. Ich glaube, ich ging rückwärts zur Küchenbank und setzte mich. Ich sagte wahrscheinlich, daß da etwas nicht stimmen könne. Daß es ein Mißverständnis sei. Myrten Fjellström habe keine Kinder gehabt. Oder vielleicht sagte ich ja gar nichts. Ich weiß es nicht.

Daß sie ein Kuvert aus der Manteltasche zog, daran erinnere ich mich. Ich hatte kalte Fingerspitzen, als ich es nehmen wollte, und ich stellte mich dermaßen ungeschickt an, daß Elias es an meiner Stelle nahm.

»Ingefrid«, las er. »Ingefrid Mingus. Sollet dies der Name sein?«

»Ich werde Inga genannt, bin aber auf den Namen Ingefrid getauft. Den Brief habe ich von einem Anwalt in Östersund erhalten«, erklärte sie. »Ich habe meine Mutter beerbt.«

Wir saßen lediglich da und sahen sie an, waren lange nicht imstande, etwas zu sagen. Schließlich brachte Elias auf norwegisch heraus:

»Wo das Aas ist, da sammeln sich die Geier.«

Man konnte nur hoffen, daß sie kein Norwegisch verstand.

Mir kam das alles allmählich aberwitzig vor. Myrten und ich haben einander nahegestanden, wollte ich sagen. Wir wußten alles voneinander. Das ist völlig verrückt hier. Aber ich bekam kein Wort heraus. Es war Elias, der ständig den Mund aufmachte, er, der mit der Sache gar nichts zu tun hatte.

»Wo wollen Sie denn geboren worden sein?« fragte er.

»In Stockholm. Meine Mutter war in der Gustaf-Vasa-Gemeinde gemeldet, und ich wurde im Entbindungsheim Södra BB geboren.«

Das weckte Erinnerungen, die abwechselnd schmerzlich und zart waren. Ich erinnerte mich, wie grenzenlos traurig Hillevi gewesen war, als Myrten nach Stockholm zog und sich dort anmeldete. Und Södra BB war doch das Entbindungsheim, in dem Hillevi ausgebildet worden war und über das sie immer nur respektvoll gesprochen hatte. Es war, als ob die Worte dieser Person in unser Leben sickerten und sich in wohlbekannten Höhlen einnisteten. Das erfüllte die Vergangenheit jedoch mit einem fremden Geruch.

»Wann sollet das denn gewesen sein?« fragte Elias.

»Ich wurde am einundzwanzigsten April neunzehnhundertsechsundvierzig geboren. Am Ostersonntag.«

Hätte sie das nicht dazugesagt, dann hätte ich einfach nichts verstanden. So aber begriff ich, wie verrückt das alles war. Sollte nicht gerade ich mich entsinnen, wie traurig Hillevi gewesen war, daß Myrten am ersten Osterfest nach dem Krieg nicht hier war? Ich konnte damals endlich nach Svartvattnet heimfahren. An Weihnachten war es auch schon so gewesen. Myrten war auch da nicht gekommen. Und Hillevi hatte geweint.

»Myrten Fjellström war Ostern sechsundvierzig gar nicht in Stockholm«, sagte ich. »Sie war in Frankreich. Es handelt sich also um ein Mißverständnis. Den Brief sollten Sie diesem Anwalt zurückschicken.«

»Ich war bei ihm«, erklärte sie. »Es ist kein Mißverständnis. Myrten Fjellström hat ein Testament gemacht. Wo das Aas ist, da sammeln sich auch die Geier, steht, glaube ich, in unserer Bibel«, sagte sie und lächelte Elias kurz an. Und dieser alte Dummkopf guckte belustigt.

Ich kümmerte mich nicht um die beiden, sondern ging in die Stube und kramte in den Sekretärschubladen. Meine Finger wurden noch kälter, denn der Raum war nicht geheizt, und ich fand auch nicht, wonach ich suchte. Es blieb mir nichts anderes übrig, als in die Küche zurückzugehen.

»Hab' Briefe«, sagte ich. »Hat sie aus Frankreich geschrieben, die Myrten, an ihrige Mutter und ihrigen Vater. Im Winter und Frühjahr neunzehnhundertsechsundvierzig ist das gewesen. Auch an Ostern. Werd sie suchen und dann mit dem Anwalt reden.«

»Es ist bald fünfzehn Jahre her, daß Myrten Fjellström verschieden ist«, sagte Elias. »Eigenartig, daß Sie bisher nichts von sich haben hören lassen. Wirklich eigenartig. Nachdem Sie sich schon in den Kopf gesetzt haben, daß sie Ihre Mutter war.«

»Ich habe den Brief erst vor einer Woche bekommen«, erwiderte sie. »Die konnten mich nicht eher finden. Meine Eltern haben ihren Namen geändert. Wir hießen ursprünglich Fredriksson. Und damals gab es noch keine Personennummern.«

»Pernelius, der Anwalt, ist der nicht kürzlich gestorben?« fragte mich Elias, und mir fiel auf, daß er mit einemmal nicht mehr jämtisch sprach. Er saß da und las den Brief.

»Es ist wohl der Nachfolger«, sagte er. »Die Kanzlei ist dieselbe, wie man am Briefkopf sieht.«

Worauf wollte er hinaus? Pernelius war hochbetagt gestorben. Er war ein guter Freund von Hillevi gewesen. Mich flog der Gedanke an, daß es vielleicht gar nicht so unmöglich war, eine Person mit geändertem Namen ausfindig zu machen, daß es beim alten Pernelius aber am Wollen gehapert hatte. Auch ich hätte nicht gewollt, daß das Gerücht aufkäme, Myrten habe ein Kind gehabt. Elias dachte aber an etwas anderes.

»Das hat sich für das Anwaltsbüro ja gelohnt«, sagte er. »Die haben in all diesen Jahren doch bestimmt den Nachlaß und das Vermögen verwaltet?«

»Freilich«, antwortete ich. »Tu bloß den Nießbrauch haben aufs Haus. Den Anteil von der Myrten an der Pension, den hab ich geerbt. Der Rest, der sollet dann geteilet werden. Unter den Kindern von dem Dag Fjellström vielleicht. Oder krieget's bloß der Roland. Weiß nichten.«

Diese Person sah uns aufmerksam an, sagte aber nichts. Sie stand mitten in der Küche, aber ich wollte ihr keinen Platz anbieten. Ich sah, wie sie in die Stube schielte. Ich hatte vergessen, die Tür zuzumachen, und es zog kalt von dort herein. Auf dem Büfett stand Myrtens Porträt, doch das konnte sie von der Küche aus bestimmt nicht sehen. Ich merkte, wie sie sich in unser Leben drängen wollte.

»Ich kann heute abend nicht mehr zurückfahren«, sagte sie. »Gibt es hier ein Hotel?«

Großer Gott! Wohin glaubte sie denn gekommen zu sein? Ich mußte ihr helfen, und so rief ich Mats an. Mir blieb also nichts anderes übrig, als ihr einen Platz anzubieten, denn es würde einige Zeit dauern, bis er in der Pension ein Zimmer eingeheizt hätte. Ich schloß die Stubentür und fragte schließlich, ob sie Kaffee haben wolle. Man muß sich doch immerhin anständig benehmen.

Wir hatten Mühe, ein Gesprächsthema zu finden. Schließlich begann sie, sich über das Dorf zu erkundigen, wie viele hier lebten. Ich sagte hundert, obwohl wir nur vierundachtzig sind. Sie wollte wissen, wovon die Leute lebten, und Elias sagte blitzschnell: »Stütze«.

»Nun, vor allem vom Wald«, sagte ich.

Aber so ganz stimmte das auch nicht.

Die Unterhaltung verlief zäh. Ich wurde so müde. Ab und zu wurde mir schwindlig, und ich fror die ganze Zeit. Endlich kam Mats. Mir wäre es am liebsten gewesen, er hätte Elias auch gleich nach Hause gefahren. Ich wollte nur noch allein sein. Aber er sagte, er werde ihn nachher abholen.

Die fremde Frau, diese Pfarrerin, fragte nach dem Brief, den sie bei sich gehabt hatte. Wir konnten ihn aber nirgends finden.

»Haben ihn bestimmt eingestecket«, sagte ich.

Sie führte jedoch ihre Manteltaschen vor, und die waren leer. Es war unbegreiflich.

»Du hast ihn sicherlich aus Versehen in den Herd getan«, sagte Elias zu mir.

Ich hatte aber die ganze Zeit über nichts in den Herd getan. Darum war es ja so kalt. Wir mußten aufgeben. Sie ging ohne ihren Brief.

Nachdem sie gegangen war, blieben wir sitzen, ohne irgend

etwas zu sagen. Es wurde kälter und kälter in der Küche. Schließlich erhob sich Elias mit knackenden Gelenken und schlurfte zum Herd. Die Glut ließ sich nicht mehr anfachen, weswegen er ganz von vorn anfangen mußte, und das sah in meinen Augen so jämmerlich aus, daß ich mich doch auch erhob. Er ist einundneunzig. Manchmal behauptet er freilich, dreiundneunzig zu sein. Es fällt ihm schwer, die Knie zu beugen.

Ich wärmte auch Kaffee auf. Dann saßen wir einander so wie am Anfang gegenüber, aber jetzt war alles anders.

»Fragt sich, ob sie wirklich Pfarrerin ist«, sagte Elias.

Er zog ein Kuvert aus seiner Innentasche. Es war ihr Brief von dem Anwalt. Ich sagte, es sei nicht recht von ihm gewesen, ihn zu unterschlagen.

»Ach was«, erwiderte er. »Muß eins doch untersuchen, die Sache.«

Jetzt war er wieder der Jämte. Der Alte kann sich von einer Gestalt zur andern schwingen. Wie der Neck ist der, man weiß nie so recht, wie man mit ihm dran ist.

Der Brief war an Ingefrid Mingus adressiert, und es stand eine Personennummer und eine Stockholmer Adresse darauf. Elias las laut:

Da ich davon ausgehe, daß die Mitteilung über den Tod Ihrer Mutter Sie nicht auf anderem Wege erreicht hat, bitte ich, als erster mein Beileid über den Verlust bekunden zu dürfen.

»Den Verlust?« sagte ich, aber Elias fuhr fort, ohne mich zu beachten.

Myrten Fjellström ist am 28. November 1980 in der Jubiläumsklinik in Umeå verstorben. Die Todesursache war Knochenkrebs.

Das war wenigstens richtig.

1980 hat Myrten Fjellström mit dem Beistand meines Vorgängers ihr Testament aufgesetzt, demzufolge ihr gesamtes Vermögen Ihnen zufällt. Auf Grund Ihrer Namensänderung und gewisser

Unzulänglichkeiten im Meldewesen haben wir Sie bisher nicht ausfindig machen können. Es ist dringend geboten, daß Sie sich mit mir in Verbindung setzen. Die Hinterlassenschaft besteht, von Aktien- und anderem Wertpapierbesitz samt eines geringeren Teils liquider Mittel abgesehen, aus der Liegenschaft Svartvattnet 1:3 mit Jagen sowie den folgenden Jagen in der Gemeinde Röbäck: Svartvattnet 1:2, 1:17, 1:24 und 25, Boteln 2:13, 2:22 und Skinnarviken 1:11. Zum Stammgrundstück gehört das Wohnhaus samt Baulichkeiten im Ortskern von Svartvattnet. Gemäß dem Wunsch der Testutrix wurde der Ziehschwester Ihrer Mutter, Frau Kristin Klementsen, lebenslanger Nießbrauch an diesen Gebäuden samt Inventar zugesprochen.

Dann holte Elias Papier und Stift aus der Küchentischschublade und begann zu rechnen.

»Was machst du denn?«

»Tu ausrechnen, wann sie zustand kömmen«, erklärte er. »Ward sie geboren am einundzwanzigsten April sechsundvierzig, so ist's am einundzwanzigsten Juli fünfundvierzig gewesen. Oder drum herum.«

Ich war so verwirrt, daß ich nicht begriff, was er meinte.

»Tut einen Vater haben müssen«, sagte er.

Das auch noch, dachte ich.

*

Die alte Frau, diese Ziehschwester ihrer Mutter, hatte gesagt, es gebe kein Hotel, das in den Wintermonaten geöffnet habe. Das nächste liege in Byvången, und dorthin seien es siebzig Kilometer.

»Roland vielleicht«, meinte der alte Mann.

»Ja, freilich.«

Sie saßen schweigend da. Der Alte sah sie mit stierem Blick an. Da sagte Kristin Klementsen:

»Könnet vielleicht ein Zimmer in der Pension wärmen, der Mats. Ich mein, mit einem Heizstrahler. Tut sonsten nichten aufsein winters.«

Aufsein, sagte sie.

»Sommers auch nicht gerade«, sagte der Alte, und er klang leicht boshaft.

Wer war Mats? Und Roland, was das anbelangte? Diese Menschen sprachen über Leute und Häuser in ihrer Umgebung, als müßten alle sie kennen. Sie schienen am Nabel der Welt zu leben.

Es wurde nicht warm in dem Pensionszimmer, lediglich in der Nähe des Elektroöfchens war es heiß. Die Kälte kroch wie ein Tier heran und tappte ihr über den Rücken.

Das Haus war groß, und sie war ganz allein darin. Es war ein alter Holzbau hoch oben an einem Hang. In dem Zimmer gab es einen Schreibtisch und eine Lampe mit gelbem Schirm, der den Lichtkreis eng begrenzte. Ansonsten bestand alles aus Dunkelheit und knackendem Holz. Das Haus regte sich. Das mußte von einstigen Schritten und Bewegungen herrühren. Nichts war hier entschwunden. Es hatte sich nur von der Stelle bewegt.

Sie hatte Angst davor, und sie betete wortlos.

Um drei Uhr war es noch immer so dunkel, und da stand sie auf und zog sich an. Sie packte die paar Sachen ein, die sie aus der Tasche genommen hatte. Lange stand sie mit den Fingern um den Zimmerschlüssel da, bevor sie sich entschließen konnte, ihn herumzudrehen und die Tür zu öffnen. Sie zwang sich weiter, ständig auf etwas gefaßt, was sie sich nicht vorstellen konnte. In der Diele fand sie nach langem Tasten einen großen, altmodischen Drehschalter an der Wand. Da wurde es immerhin im Korridor hell. Das Treppenlicht fand sie ebenfalls. Sie rannte mit ihrer Tasche die Treppe hinunter und legte den Fünfhundertkronenschein, den sie sich vorher in die Manteltasche gesteckt hatte, auf die Theke. Dann rannte sie in den Schnee hinaus und stieß auf ihr Auto.

Die Erleichterung stellte sich ein, sobald sie die Türen geschlossen und den Motor angelassen hatte. Sie fuhr den Hang hinunter und auf die Landstraße hinaus, fort von den geduckten Häuschen und den gespenstigen Haufen aufragender Zaunpfähle auf den verschneiten Ebenen.

Sie kutschierte in einem kleinen, blanken Gehäuse, hatte das Nachtprogramm eingeschaltet und fuhr viel zu schnell auf der kurvenreichen Straße. Sie schien im Universum oder in Jämtland jedoch glücklicherweise allein zu sein. Nachdem der Motor eine Weile gelaufen war, wurde es warm, und das Radio berieselte sie mit freundlicher und zuweilen pathetischer leichter Musik. Sie war nun ganz bei sich, die Angst war verflogen, hatte ihren Körper aber müde und schlapp gemacht. Ihr schmerzte der Rücken, wo die Spannung und die Kälte am heftigsten zugepackt hatten.

Der Wald war schwarz und hatte weiße Streifen. Er fuhr rückwärts in die Dunkelheit, doch das ging sie nichts an.

*

Als sowohl Elias als auch diese Person fort waren, ging ich ins Bett und versuchte zu schlafen. Das war jedoch völlig unmöglich. Die Stunden vergingen. Wenn es Nacht ist und man keine Kraft mehr hat, wenn man sich allein damit abplagt, zu sein und zu fühlen, dann muß man versuchen, wieder in seinen wachen Menschen zu steigen wie in ein Paar Schuhe. Das ist notwendig, wenn man bei Verstand bleiben möchte. Aber man schafft es nicht.

Myrtens Zimmer steht leer. Sie ist tot. Das geht nie vorbei.

Es war drei Uhr morgens, doch herrschte schwarze Nacht. Ich wollte schlafen, um zu vergessen, aber die Wachheit hörte nicht auf, mich zu quälen. Da tat ich, was ich schon in vielen Nächten getan hatte, seit Myrten tot war. Ich ging hinaus in den Schafstall.

Als ich die Lampe anmachte, die über der Futterkiste angebracht ist, hörte ich die Katze schnurren. Sie lag zusammengerollt im Heu. Ursprünglich war sie wild, und sie geht nie ins Haus, sondern bleibt auf der Vortreppe und schaut nach, ob da etwas für sie steht. Ich gebe ihr in einer Untertasse Milch. Sie mag auch Pfannkuchenstückchen und eingeweichtes Weißbrot. Wir sind gute Freundinnen, auch wenn ich sie nicht anfassen darf.

Es sind drei Zibben. Sie lagen mit großen, gleichsam gequollenen Wänsten auf dem warmen Streulager. Womöglich schliefen sie, als ich eintrat. Jetzt erhoben sie sich auf ihre dürren Staken von Beinen und kamen an die Balken, die in fünf Lagen ihren

Raum zur Viehstalltür hin abgrenzen. Dort lagere ich Heu und Gerstenbruch, und dort liegt die Katze und blinzelt. Sie wartet darauf, daß die Mäuse hervorkommen. Die Zibben schubsten einander ein bißchen und legten das Kinn auf den obersten Balken, der von unserem Umgang blankgewetzt ist. Alle drei ließen zum Gruß leise Töne vernehmen. Ein Brummeln, ein leises Schnurren, rauher als das der Katze, aber zu schwach, um Blöken genannt zu werden.

Ich kraulte ihnen die Stirn. In der Nacht, als ich aus Umeå von der Jubiläumsklinik nach Hause gekommen war und Myrten tot war, hatte ich hier drinnen bei den Schafen gestanden und ihnen in die Wolle gefaßt. Wie eh und je stieg dieser gute Geruch nach Wollfett auf. Ich war in ihm eingeschlossen. Er erinnerte mich daran, wie Hillevis Hände gerochen hatten.

Sie hatte kleine, aber kräftige Hände gehabt, die sie mit einer Hautcreme einschmierte, die Lanolin hieß. Diese war nur aus Wollfett und Wasser bereitet, sonst nichts. Im Winter rieb sie uns mit der Salbe die rauhen Hände ein, und sie rochen lange wie die ihren.

*

Das Auto blieb stehen. Es hielt von selbst an, als Inga vielleicht zwanzig Minuten gefahren war. Natürlich versuchte sie es wieder zu starten. Alles leuchtete und blinkte, folglich war die Elektrik in Ordnung. Da fiel ihr ein, daß sie bei dem Laden in Svartvattnet hatte tanken wollen. Doch der war bei ihrer Ankunft geschlossen gewesen.

Sie blieb sitzen und versuchte einen Ausweg zu finden. Ob sie es wagen sollte, irgendwo nach Benzin zu fragen? Sie konnte sich jedoch nicht erinnern, ein Haus gesehen zu haben.

Es wurde kalt im Auto. Sie mußte aussteigen und sich Bewegung verschaffen. Das hatte jedoch keinen Sinn, denn wohin sollte sie schon gehen? Sie öffnete ihren Koffer auf dem Rücksitz und wand sich in einen zusätzlichen Pullover unter dem Blazer. Danach nahm sie die Brieftasche, die Schlüssel und den Führerschein aus ihrer Handtasche und steckte die Sachen in die Manteltaschen. In der linken Tasche spürte sie einen schweren Klumpen. Es war der Zimmerschlüssel aus der Pension. Sie hatte vergessen, ihn zusammen mit dem Fünfhunderter auf die Theke zu legen. Der Klumpen war aus Messing, und um ihn herum saß wie ein Ring um einen Planeten ein Gummiring. In den Boden war *Nr. 3* gestanzt. Er sah aus wie eine Antiquität, und der Wirt würde sicherlich annehmen, sie habe den Schlüssel als Souvenir mitgenommen. Sie wollte sich jedoch an nichts aus dieser Pension erinnern. Da sie nicht vorhatte, jemals wieder herzukommen, würde sie ihn wohl zurückschicken müssen.

Sie lief ziemlich flott los, denn ihr war kalt. Nach einer Weile drehte sie sich um, um nach dem Golf zu sehen, der wie ein kleiner, dunkler Buckel viel zu weit in der weißen Straße stand. Dann mußte sie weitergehen, und es kam eine Kurve. Als sie sich das nächste Mal umdrehte, war er verschwunden.

Diesmal kam die Angst langsam. Als sich im Wald eine Lichtung auftat, sah sie einen See, der zugefroren und weiß oder vielleicht weißlich grau war. Dann schlossen sich die Wände des Waldes wieder, und sie mußte lange zwischen Dunkel und Dunkel dahingehen. Der Straßenstreifen aus eisigem, kompaktem Schnee war bucklig, er stieg und senkte sich. Ihr Körper wurde allmählich starr.

Anfangs flatterten die Gedanken: Wenn ich ankomme, wenn ich ein Haus sehe. Sie phantasierte von Essen, von einem warmen Bett. Aber wo? Die Oberschenkelmuskeln schmerzten. Die Gedankenketten brachen ab, wurden zu kleinen Stummeln, aus denen die Erinnerung und die Zeit sickerte. Ihr Bewußtsein war ganz dünn geworden.

Alles Blut in den Beinen, dachte sie. Gehen, gehen, gehen. Nur gehen. Die Beine bewegen. Sie ging und war sich kaum mehr als der Schwere und des Schmerzes in den Beinen bewußt. Und der Angst.

Bis das Schild kam. Mit Steinschlägen auf dem S, dem N und dem E, so vielen, daß da VARTVATT T stand. Und Licht, gerade genug, um weiße Buchstaben auf blauem Grund lesen zu können. Der Wald erklomm einen Berg, ragte gegen einen grauen Himmel auf. Bald würde wohl der Morgen dämmern. Sie hatte schmerzende Beine und mürbe Fußsohlen.

Dann war es, als hebe sich der Himmel. Es war noch heller geworden. Als sie auf die Uhr schaute, konnte sie die Zeiger erkennen. Eine schwere Müdigkeit überkam sie; sie hatte mehr als drei Stunden gebraucht.

Als sie bei den Häusern anlangte, graute der Morgen. Aus dem einen oder anderen Schornstein rauchte es tatsächlich. Allerdings nicht bei Kristin Klementsen. Auch nicht in der Pension. Sie hatte große Mühe, den Hang und die Treppen hinaufzugelangen. Ihre schmerzenden Oberschenkelmuskeln blockierten allmählich. Bevor sie die Treppe in den ersten Stock zu dem von ihr gemieteten Zimmer hinaufstieg, setzte sie sich auf eine der unteren Stufen. Sie war ganz hohl vor Hunger und sehr durstig.

Da kam Mats.

Es war ein großes Frühstück, das er ihr servierte. Er hatte gekochte Kartoffeln geschält, wahrscheinlich Reste vom Abendessen tags zuvor, und sie in Margarine gebraten. Sie waren kräftig gesalzen und gepfeffert. Zu den Kartoffeln hatte er Würstchen gebraten, die vor Fett glänzten. Angerichtet hatte er das alles auf einem angeschlagenen großen Teller, der mit fliegenden Möwen gemustert war. Sie kannte solche Teller aus dem Antiquitätenladen ihrer Mutter. Er hatte eine Tomate aufgeschnitten und zwei Stückchen davon neben die Würstchen gelegt. Irgendwie war er auch an einen Petersilienzweig gekommen. Neben dem Teller stand ein Schüsselchen mit einem Salat aus gewürfelten roten Beten in einer Mayonnaisencreme, die sich rosa verfärbt hatte. Zu trinken bekam sie eine ganze Kanne Kaffee, dazu zwei Pfefferkuchen und ein Mandeltörtchen. Das Mandeltörtchen war noch in Zellophan verpackt und lag auf einem kleinen Gebäckteller aus Preßglas und mit Fuß, wofür ihre Mutter hundertfünfzig Kronen verlangt hätte. Außerdem gab es Dünnbrot und Margarine und einen Kunststoffbecher mit einer braunen Masse, die Mats Molkenkäse nannte. Sie aß alles auf.

Danach überkam sie eine Trägheit, die wie ein Rausch war. Ich bin ein Körper, dachte sie, ein Leib, und dieses Wort war genauso sinnfällig wie ein Brotlaib. Ich bin ein Leib, und ich habe keine Angst mehr.

Sie schlief zwei Stunden und wachte auf, als Mats zurückkam und an ihre Zimmertür klopfte. Sie hatten vereinbart, daß er sie zu ihrem Auto bringen und einen Reservekanister mitnehmen würde.

Sie fuhren die Strecke, die sie in der Nacht gegangen war. Der Wald sah jetzt schäbig und verwachsen aus. Der Isuzu-Kastenwagen rumpelte dahin, und sie sah Mats von der Seite an. Er war vermutlich über fünfzig und hatte einen gedrungenen, muskulösen Körper. Von seinem Haar war unter der filzigen Mütze nicht viel zu sehen, doch sie nahm an, daß es einmal dunkel gewesen war. Sein Gesicht, fand sie, wirkte finnisch.

Ihr Auto schien dazustehen und zu schlafen, als sie dorthin kamen. Es hatte noch niemals zuvor wie ein Tier ausgesehen, doch jetzt wirkte es so. Als Mats durch einen Trichter das Benzin einfüllte, gluckerte es.

Sie setzte sich auf den kalten Sitz und drehte den Zündschlüssel herum. Es tat sich nichts.

»Was, zum Kuckuck, ist jetzt los?« sagte Mats.

Sie versuchte es noch einmal, doch das Tier war tot.

Er öffnete die Motorhaube, und sie hörte ihn fluchen.

»Haben die Batterie ausgebauet, diese Wichte«, sagte er.

Als er *diese Wichte* sagte, dachte sie nicht an Menschen, sondern an irgendwelche Wesen.

»Teufel eins aber auch«, sagte er, zog eine runde Tabakdose aus der Gesäßtasche seiner Jeans, fingerte einen kleinen, schwarzen Strang heraus und stopfte ihn sich unter die Oberlippe. Das war wohl zum Trost; sie sah, daß er es aufrichtig leid war.

Diese Wichte hatten auch ihren Koffer mitgenommen. Und das Radio und das Reserverad.

»Haben aber nichten aufgebrechet das Schloß«, stellte er fest.

»Ich habe wohl nicht abgeschlossen.«

Da schlug er die Tür zu und sagte, sie solle abschließen. Dann ging er zu seinem Isuzu und holte einen Werkzeugkasten aus dem Wagen. Wortlos brach er mit Hilfe eines Schraubenziehers und eines groben Eisendrahts sorgfältig das Schloß auf. Er erklärte, der Schraubenzieher sei eigentlich nicht nötig, doch lange er extra noch ein bißchen hin, damit es ordentlich zu sehen sei.

»Krieget nimmer was von der Versicherung, wenn sie nichten aufgebrechet die Tür«, sagte er.

Er brach auch den Kofferraum auf.

Diese Wichte, dachte sie. Er sagte das so, als sei er an sie gewöhnt. Als hausten sie hier ringsum im Wald und kämen ausgehungert angehopst, wenn sie ein verlassenes Auto entdeckten.

Auf dem Rückweg schleppte er den Golf ab. Im Dorf angekommen, fuhr er nicht zur Pension hinauf, sondern bog beim Laden ab.

»Tun zu der Mutter runterfahren«, erklärte er.

Auf diese Weise erfuhr sie, daß er Kristin Klementsens Sohn war.

Ich weiß nicht, ob man sagen kann, daß der Dieb, der die Sommerhäuser an der Grenze heimgesucht hatte, direkt geschnappt wurde. Jedenfalls sah Kalle Mårsa, daß Ivar Brådalens Boot ganz hinten beim letzten Häuschen lag, und dort gehörte es wahrlich nicht hin. Es war mit Müh und Not an Land gezogen.

Das war Anfang November. Das Wasser war schwarz und kalt, und das Aluminiumboot schwappte und scharrte zwischen den Steinen und dem Neueis. In dem Boot lagen eine Mikrowelle und eine Rodungssäge, eine Bohrmaschine und noch ein paar Sachen, die man wohl antik nennen darf.

Kalle war gleich klar, daß da was nicht stimmte. Als er vor dem Haus stand, bemerkte er, daß jemand am Schloß herumgebastelt hatte. Er ging um das Haus herum und schaute zu den Fenstern hinein, entdeckte aber nichts Besonderes. Da nahm er ein massives Bohlenstück und trat ein.

Der Dieb schlief. Er lag in Maj-Britt Perssons Bett und war mit einem Schaffell und ein paar Vorhängen, die er heruntergerissen hatte, zugedeckt.

Das Haus war natürlich ausgekühlt.

Kalle stand mit erhobenem Bohlenstück da und brüllte, er solle aufstehen und mitkommen. Mensch, was tu ich bloß mit dem Kerl, hatte er gedacht, kann ihn doch nichten fesseln! Er wollte ihm auch nicht glattweg auf den Kopf hauen. Das brauchte es auch gar nicht, denn der Kerl war völlig weggetreten. Sein Atem hörte sich schlimm an. Kalle bekam so viel Leben in ihn, daß er aufsah. Er schien aber direkt durch Kalle hindurch auf was anderes zu schauen.

Ja, er war krank. Doktor Torbjörnsson sagte später, daß er eine Lungenentzündung in viel zu weit fortgeschrittenem Stadium gehabt habe. Im Gesundheitszentrum in Byvången bekam er

Penicillin, starb aber zwei Tage später im Krankenhaus in Östersund.

Die Polizei kam und stellte das Diebesgut sicher. Sie mußten noch oft herfahren, denn immer wieder fanden die Leute an verschiedenen Stellen versteckte Sachen. Vielleicht hatte er die aber auch bloß vergessen. Er war am Ende schon ziemlich umnachtet gewesen, und in einem der Häuschen hatte er einen Plastikkanister aufgetrieben, der halb voll norwegischem Selbstgebranntem war.

Das Auto, das selbstverständlich gestohlen war, fand Per Ola Brandberg auf der anderen Seite des Sees, ganz am Ende des Abfuhrwegs und nicht weit von Lunäset. Per Ola hatte dort an der Grenze eine Abholzung. Das mit dem Auto war so schlau ausgedacht, daß es niemand vom Dorf aus sehen konnte. In jenen Novembertagen, als sich das Eis bildete und dann von einem Sturm wieder aufgebrochen wurde, mit einem Boot über den Svartvattnet zu fahren kann allerdings nicht sonderlich angenehm gewesen sein.

In dem Himbeergestrüpp unterhalb des Wendeplatzes, wo das Auto stand, war noch weiteres Diebesgut versteckt. Dort fanden sich die Batterie und der Koffer von dieser Ingefrid Mingus.

Zuerst behauptete die Polizei, sie wüßten, um wen es sich bei diesem Dieb handelte, er sei sechsundvierzig Jahre alt gewesen und habe mindestens die Hälfte seines Leben im Gefängnis gesessen. Sie erklärten, wenn es Winter werde, legten sich etliche solcher kleinen Diebe irgendwohin, in der Hoffnung, gefaßt zu werden und in die Wärme einer Anstalt zu kommen. Aber dann kam Wennerskog hierher, er, den sie den letzten Polizisten nennen, weil man selten einen anderen hier sieht. Die Elchjagdgesellschaft hatte einen Bären geschossen, obwohl die Provinzquote bereits ausgeschöpft war. Er sollte herausfinden, ob es, wie behauptet wurde, aus Selbstverteidigung geschehen war. Und wie zu erwarten, wurde Arnold Jonssa daraufhin angeklagt. Jedenfalls erzählte Wennerskog, daß sie sich bei dem Kerl geirrt hätten. Sie wüßten durchaus nicht, wer er sei. Er habe den Führerschein eines anderen bei sich gehabt. Daß er zwischen vierzig und fünfzig gewesen sei, könne aber stimmen. In der Daumenbeuge habe er eine Tätowierung dieses Landstreicherzeichens gehabt, also sei er auf jeden Fall ein alter Dieb gewesen, meinte Wennerskog.

Man fragt sich schon, was für ein armer Teufel das gewesen ist und was für ein Leben er geführt hat. In ausgekühlten Sommerhäusern herumzuhängen und eine Menge Ramsch zu sammeln, den die Leute nicht daheim in der Stadt haben wollen. Krank in einem ungeheizten Raum zu liegen. Alleinig.

»Er kann sich nicht besser als ein Fuchs gefühlt haben«, sagte ich zu Elias, als wir uns darüber unterhielten.

»Ein Fuchs kann sich durchaus gut fühlen«, erwiderte Elias. »Das Fuchsgefühl, das ist gar nicht so verkehrt.«

Füchse!

Alle wilden Tiere leben an der Hungergrenze und immer in höchster Alarmbereitschaft.

Hier ist die Treppe, die zur Wohnung in der Parmmätargatan hinaufführt. Eine alte Frau hatscht Stufe um Stufe vor Inga nach oben. In ihrer Erinnerung ist diese Frau gesichtslos. Sie dreht sich um und sagt:

»Ach, du bist es. Ja, du hast es gut getroffen!«

Die Erinnerung wird deutlicher: Es riecht nach geschmortem Kohl im Treppenhaus. Inga verträgt keinen Kohl. Er rumort ihr im Gedärm, und es bilden sich Gase, die sehr schwer zurückzuhalten sind. Das schlimmste ist, daß sie sich erst am nächsten Tag in der Schule bemerkbar machen. Inga hat auch schlechte Zähne. Sie sind ständig wurmstichig. Mutter nennt das so. Aber da sind natürlich keine Würmer. Die hat sie im Po. Sie heißen Springwürmer und jucken infernalisch. Wenn es unerträglich wird, muß sie sich über die Sofalehne beugen, während ihr die Mutter kleine, weiße Würmer aus dem After zupft. Das lindert.

Was da aufsteigt, kommt aus einem Dämmerland, in dem man keine Macht besitzt.

Die Frau trägt ein Einkaufsnetz in der linken Hand. Darin liegt ein Fisch in weißem Einwickelpapier. Durch das Papier ist Feuchtigkeit gedrungen und hat es aufgeweicht. Es reißt. Die Frau bekommt ein Gesicht. Sie hat Fischaugen, und ihr Schädel ist platt wie der eines Schellfischs. Jetzt sagt sie:

»Nicht alle Pflegekinder treffen es so gut.«

Sie dreht sich um und wird wieder gesichtslos wie ein Gespenst.

»Ich bin doch ein Pflegekind. Nicht wahr?«

Sie erinnert sich nicht, wann sie sich das auszusprechen traut, und auch nicht, wie Mutter dabei dreinschaut. Doch daß es wahr ist, daran erinnert sie sich. Irgendwie. Nicht hundertprozentig. Denn Mutter verteidigt sich:

»Du bist kein Pflegekind, denn du bist adoptiert. Du bist genau wie unser eigenes Kind.«

Wie.

Es dauert lange, bis sie sich direkt zu fragen traut. Da ist sie fünfzehn oder sechzehn Jahre alt.

»Wer war sie eigentlich?«

Sie traut sich nicht, »meine Mutter« zu sagen. Als sie nicht umhinkommt, zu erklären, wen sie meint, sagt sie vorsichtig:

»Na ja, die, die mich zur Welt gebracht hat.«

»Ich weiß nicht genau.«

Mutter steht an der Spüle oder am Herd. Wendet ihr auf jeden Fall den Rücken zu.

»Sie war aus Jämtland«, sagt sie. »Das ist alles, was ich weiß.«

Arm. Ja, sie muß arm gewesen sein. Großmutter spricht noch immer von der Not in Norrland. Wohl zu dieser Zeit kommt Inga der Gedanke, daß sie auch einen Vater gehabt haben muß. Er war nicht aus Jämtland, dessen ist sie sich sicher. Er ist bestimmt nur zum Skifahren dort gewesen.

Diese Person kam wieder. Im Januar stand sie eines Nachmittags erneut vor der Tür, als ich aufmachte. Und zwar in der Dämmerung. Du bist wohl ein Troll, dachte ich, weil du dich nicht bei Tageslicht zu zeigen traust. Sie sagte, sie sei heraufgefahren, um ihre Autobatterie und das Radio zu holen. Ich fragte mich aber schon: Mehr als achthundert Kilometer, nur um eine Batterie abzuholen, die fast leer war? Zumindest hatte Mats das gesagt. Und das Radio hätten sie ihr auch schicken können.

Nein, mir war schon klar, wie der Hase lief. Sie war neugierig und wollte sich in unser Leben drängen. Begnügte sich nicht mit dem Geld. Ich dachte: Du bist schön dumm, denn wenn du einfach den Mund hieltest, bekämst du dein Geld. Fängst du aber an, hier herumzubohren, dann wirst du sehen, daß du keinen Stich machst.

Ich glaubte nämlich nicht eine Sekunde lang, daß Myrten eine Tochter gehabt hatte. Als Ingefrid Mingus mit ihrem Brief und ihrem Pfarrkragen dastand, hatte ich zwar geschwankt. Aber das war natürlich der Schock. Man hätte mir damals alles mögliche aufbinden können. Über Weihnachten und Neujahr und all die Feiertage, an denen es ruhig ist, durchdachte ich dann alles. Ich bat Elias, nicht mehr darüber zu reden. Er ist so neugierig, der Alte. Ansonsten hatte kein Mensch im Dorf etwas davon mitgekriegt, denn ich hatte zu Mats gesagt, er solle nichts erzählen. Das heißt, der Händler wußte, daß an Allerheiligen eine Pfarrerin in der Pension übernachtet hatte und daß sie bei mir gewesen war. Er stellte natürlich Fragen. Aber ich sagte, sie habe sich nach dem Weg erkundigt und sei nicht die ganze Nacht über geblieben. Es sei ja auch zu kalt in der Pension.

»Hat sie sich um die Stelle beworben?« fragte er.

Ich sagte, ich wisse es nicht.

Jetzt stand sie wieder da und wirkte wie ein kleines Mädchen, wenn auch mit einem alten Gesicht. Sie fragte, ob sie mal hereinkommen dürfe. Sie würde gerne Fotos sehen. Und vielleicht hätte ich ja auch Briefe.

Mir wurde ganz kalt vor Wut.

»Ja, bitte«, sagte ich. »Kommen Sie nur herein. Ich werde Ihnen alles vorlegen.«

Myrtens Leben ausbreiten, dachte ich. Es einer fremden Person auftischen. Wo sie doch so verschwiegen gewesen war, was sie selbst betraf. Diese kurzen, kindlichen Finger würden in Myrtens Papieren wühlen. Aber bitte! Schließlich gab es ja ein anwaltliches Schreiben darüber. Was hatte ich da schon zu bestellen?

Ich ging schnurstracks in die Stube, schaltete das Deckenlicht ein und machte mich daran, Fotoalben und Briefbündel auf den Tisch zu legen. Der Raum war ausgekühlt, und ich dachte, das geschehe ihr recht. Da merkte ich, daß sie mir gar nicht gefolgt war.

Ich ging hinaus, um ihr zu sagen, daß sie kommen solle. Sie stand nach wie vor im Flur und hatte den Kopf gesenkt. Ich möchte nicht behaupten, daß sie weinte, aber weit davon entfernt war sie nicht. Da stieg eine Erinnerung in mir auf.

Ich bin frisch verheiratet und mit Nila ins Skårefjell hinaufgegangen. Sein Bruder Aslak hat unsere Gåetie aufgebaut, und voller Erwartung trete ich in sie ein. Im Aernie brennt kein Feuer, trotzdem nehme ich ganz hinten undeutlich eine Gestalt wahr. Nachdem sich meine Augen an die Lichtveränderung gewöhnt haben, sehe ich, daß es meine Schwiegermutter ist. Ich begrüße sie und habe das Gefühl, mit der Hand in ein Dunkel zu stechen. Meine Vuanove sitzt inmitten aller Gefäße und Gerätschaften, und ich bitte sie, mir den Kaffeekessel zu reichen, damit ich draußen Wasser holen könne, während Nila Feuer mache.

»Nimm ihn«, sagt sie, und schon kommt der Kaffeekessel angefahren. »Nimm alles! Hier! Nimm nur!«

Sie schmeißt mir Kupfergefäße und Kellen vor die Füße, gegargelte Holzbottiche und am allerschlimmsten: ein Messer. Man soll doch niemals jemandem ein Schneidwerkzeug, eine

Schere oder eine Nadel geben, nichts, was sticht und schneidet. Sie aber stach mir damals ins Herz und schnitt darin herum. Ich weiß noch, wie unglücklich Nila war. Auch er vermochte nichts zu sagen. Meine Vuanove ging und lebte dann bei Aslak. Das war ja auch recht und billig. Daß es allerdings so vor sich gehen würde, hatte ich mir nie träumen lassen.

Ich hielt gerade ein Fotoalbum in Händen und hatte es eigentlich dieser Ingefrid Mingus hinschmeißen wollen. Aber ich ging wieder in die Küche und legte es auf den Küchentisch. Ich hatte leicht zittrige Hände. Erinnerungen sind manchmal so stark.

»Kommen Sie herein«, sagte ich.

»Ich möchte nicht aufdringlich sein«, erwiderte sie.

»Kommen Sie herein, dann gucken wir zusammen«, sagte ich.

»Nein, ich meinte nicht jetzt. Irgendwann, wenn es Ihnen paßt. Jetzt kann ich auf keinen Fall bleiben. Ich habe meinen Jungen oben beim Laden.«

Es ist so seltsam, zu glauben und zugleich nicht zu glauben. Als sie jedoch sagte, sie habe ein Kind, glaubte ich es. Denn mein erster Gedanke war: Er ist Myrtens Enkel.

»Kann er nicht herkommen?« fragte ich. »Wir könnten uns ein bißchen Kaffee machen.«

Ein Enkelkind ist etwas anderes. Völlig Unschuldiges.

Als sie ihn beim Laden abholen ging, mußte ich mich unbedingt setzen. Mir schlotterten die Knie. Ich war froh, ein Weilchen allein zu sein. Und ich muß sagen, es war gut, daß ich saß, als sie mit dem Jungen zurückkam.

Von wegen Troll.

Er war schwarz. Nicht gerade wie ein Neger, aber mächtig dunkel. Er hatte langes schwarzes Haar, das ihm bis über den Kragen seiner Steppjacke reichte. Seine Augen waren braunschwarz und glänzten. Klein war er. An die neun, zehn Jährchen, schätzte ich.

»Wo kommt er her?« fragte ich.

Er antwortete selbst:

»Ich weiß nicht. Aber aufgewachsen bin ich unter...«

Da ging seine Mutter dazwischen:

»Ja ja ja...«

Er hatte völlig korrektes Schwedisch gesprochen. Stockholmerisch im übrigen. Aber nun kommt das Seltsame: Seine Mutter klang wie Myrten. Aber haargenau. Es war, als hörte man Myrtens Stimme. Wenn diese etwas nicht hören wollte, Hundegebell oder schrille Kinderstimmen, dann sagte sie auf genau diese Art: Ja ja ja ...

Jetzt sagte Ingefrid Mingus: »Indien«. Sie mußte gesehen haben, daß ich verwirrt war, denn sie wiederholte:

»Er kommt ursprünglich aus Indien. Er ist adoptiert und kam mit drei Jahren zu mir.«

Ja, was soll man da sagen? Ich ging zum Herd und machte mich mit dem Kaffeekessel zu schaffen.

»Wie heißt du?« fragte ich das Bürschchen.

»Anand.«

»Bitte?«

»Sprich etwas lauter«, sagte die Mutter.

»Ich heiße Anand!«

»Anand ... Anand ...«

Ich glaubte das schier nicht.

»Jetzt erzähle ich dir was ganz Merkwürdiges«, sagte ich zu dem Jungen. »Ich hatte einen Onkel. Weißt du, wie der hieß?«

»Nee.«

»Er hieß Anund.«

»Jetzt setz dich an den Tisch, Anand. Ich werde Kaffee machen und Plätzchen holen. Möchtest du Saft haben?«

»Kaffee«, erwiderte er.

»Darf er denn Kaffee trinken?«

»Anand ist vierzehn«, sagte Ingefrid Mingus, und ich mochte das schier nicht glauben.

*

Es gibt einen Geruch nach trockenem, kaltem Schnee. Elis kannte ihn, konnte ihn aber nicht mehr wahrnehmen. Er trug Joggingschuhe, als er mit seinen frisch gepflegten Füßen das Vereinshaus verließ. Zuerst hatte diese dämliche Person trocken gefeilt und gesagt, das Hornmehl staube. Sie glaubte wohl, er könne etwas dafür, daß die Fersen verhornten.

Wenn er, die Füße im warmen Seifenwasser, allein war, dachte er immer an seinen Vater. Oder an den Alten, was das anbelangte. Was hätten die zur Fußpflege gesagt? Er empfand eine späte Gemeinschaft mit ihnen bei dem Gedanken, wie sie sich darüber lustig gemacht hätten: die Füße von einem eigens dafür abgestellten Frauenzimmer gepflegt zu bekommen! Die Klauen, hätte der Alte gesagt. Packst deinige Klauen hier drauf, könnet sie's dir abschneiden.

Die Klauen schneiden. So hieß das. Er sah die Kühe vor sich. Sie hatten verwachsene Winterklauen, konnten kaum aus dem Viehstall wanken damit. Gekrümmte Kuhklauen, mit eingetretenem Mist farciert. Mutter sammelte Splitter auf, wenn der Klauenpfleger da war. Das war ein spezieller Kerl. Wie, zum Kuckuck, hieß der bloß noch? Er war auf jeden Fall aus Skinnarviken. Mutter tat die Kuhklauensplitter in die Blumentöpfe, denn bestimmt düngten sie.

In den letzten drei Jahrzehnten wuchs bei ihm alles, was tot war. Die Zehennägel wurden dick und gelb und im Nu so lang, wie sie es seiner Erinnerung nach früher nie gewesen waren. Sie krümmten sich nach innen und schmerzten. Er bekam Hornbuckel an den Fußsohlen. Auf seinen Handrücken vermehrten sich die braunen Flecken. Haarbüschel wuchsen ihm aus den Nasenlöchern und den Ohren. An den Augenbrauen hatte er mittlerweile lange Spitzen, wie Luchsohren. Sein Körper wollte nicht aufgeben. Er brachte Rostfraß auf den Händen hervor, Warzen, borstige Haare, krumme Nägel und Hornwülste. Es war eine obszöne Nachahmung von Lebenskraft, ein totes und gefühlloses Wuchern, das noch eine Zeitlang weitergehen würde, nachdem sein Herz stehengeblieben wäre.

Nachdem die Verhärtungen und eingewachsenen Nägel schmerzhaft geworden waren, hatte er die Fußpflege akzeptieren müssen, wenn er auch noch nie etwas Lächerlicheres gehört hatte. Jedenfalls bei Männern. Mit Hornwülsten an den Sohlen kam er jedoch den Hang nicht hinunter, das tat zu weh. Er wollte aber hinunter. Die Zeitung holen, ein Weilchen bei Kristin Klementsen sitzen. Nun, heutzutage dauerten diese Weilchen etwas länger, denn er mußte ja mit Reine zurückfahren. Der Anstieg war zu mühevoll. Und Reine holte die Post erst spät, er hatte so viele Fahrten zu machen.

Diese Person, diese Mingus, fuhr ihres Wegs. Sie meinte wohl, ihnen keine Erklärung schuldig zu sein. Oder aber sie hatte keine. Eilig hatte sie es jedenfalls. Sie war Pfarrerin. Ordiniert und alles.

Woran sie wohl glaubt? Nicht an eine Gestalt im Himmel jedenfalls, das ist unmodern. An eine Kraft wahrscheinlich. Sie läuft in einer Uniform umher und glaubt an eine Kraft. Nicht unähnlich einem Funker in der Armee, der Funksprüche an die Basis durchgibt. Verdammt hochmütig eigentlich. Wir liegen alle im Staub. Manche behaupten, es nicht zu tun.

Doch wir suchen nach Smaragden und Perlen. Stochern mit dem Stock in gefrorenem Staub.

1981 war er nach Svartvattnet zurückgekehrt, im Vorsommer. Glaubte damals, es ginge schnurstracks in die Hölle, was ihm aber egal war, Hauptsache, er bekam diese Skizze. Und dann war es das reine Idyll. Grinsen muß eins. 1945 genauso. Obwohl es damals Hochsommer war, und Idyll kann man es wohl nicht gerade nennen.

Nicht so wie jetzt. Zimtschnecken und Bingo. Und sieh an – es paßt. Wenn Frauen alt werden, beginnen sie sich nach dem Strickstrumpf zu sehnen, und waren sie auch einst noch so forsch. Alte Knacker sehnen sich nach einer Ecke auf der Küchenbank. Und danach, stochernd umhergehen zu dürfen. Endlich.

Es war Gott sei Dank nicht glatt. Rauh und gut auf dem harten, kompakten Weiß. Ordentlich geräumt bei Risten. Mats erledigte das für seine Mutter. Sie ist auch nicht mehr die Jüngste, dachte er.

Er stieg gerade die Vortreppe hinauf, als die Tür aufging und diese Frau, an die er so oft gedacht hatte, herauskam. Sie war zurückgekommen, und sie hatte jetzt einen Jungen dabei, einen schwarzen, seltsamen Jungen. Elis mußte seinen Stock in die andere Hand nehmen, um die rechte frei zu bekommen und seinen Hut lüften zu können. Dann reichten sie einander die Hand. Er begrüßte auch den Jungen, doch die Frau gab keine Erklärung ab.

Nein, warum sollte sie ihm eine Erklärung liefern? Einem Mann, der zufällig vorbeikam? Ein alter Mann nur.

Drinnen roch es nach Kaffee, das merkte er. Allerdings war er sich nicht sicher. Er wußte nicht, ob er den Kaffeegeruch wahrgenommen hätte, wenn sein Blick nicht auf die Tassen und den Kessel gefallen wäre.

»Wer war das Bürschchen?«

»Der ihrige ist's.«

»Ist aber doch ganz dunkel. Beinah schwarz.«

»Ja, sehet aus als wie ein Troll«, sagte Risten. »Ist aber schon der ihrige.«

»Ist er ein Ziehkind?«

»Nein, nein. Hat ihn adoptieret. Lustig ist der, weißt. Glaubet, daß er groß geworden unter Wölfen. Kömmet aber daher, daß er das Dschungelbuch gelesen, wie er klein gewesen. Tut's schier bereuen, sie, daß sie es ihm gegeben, das Buch, saget sie. Ist aus Indien, der Junge.«

»Mensch, was sie rumfahren tun heutigentags, die Leute. Und die kleinen Kinder nichten minder.«

»Ja, ja, bist selbig rumgefahren, nichten minder.«

*

Manchmal ist mein Onkel Anund auch so still geworden. Dann war er vielleicht für ein Weilchen im Eismeer. Was immer er da gesehen haben mag. Groben Eisschorf an den Tauen. Die Fische im Netz, die sich winden und wimmeln wie dem Bauch des Meeres entnommene Eingeweide. Oder wie das war. Das wußte nur er. Elias sagt, er sei manchmal in Venedig. Diese Stadt sei ein Labyrinth, behauptet er. Aber er erzählt nie was von dort.

»Bitte?«

»Hab gefraget, ob Kaffee haben magst?«

Ich hielt den Kaffeekessel mit festem Griff. Glaubte ihn zu brauchen. Manche schweben im Eismeer, andere rennen durch dieses Steinlabyrinth namens Venedig.

»Ich tu ihn hier hinstellen jetzt, den Stock. Mußt ihn nichten an den Stuhl lehnen. Fallet alsfort um.«

Elias hatte die Augen zugemacht. Er saß aufrecht und schlief nicht. Ich dachte wieder an meinen Onkel. Der konnte auch so dasitzen, und man wußte nicht, ob er schlief oder wach war. Er war nicht älter als Elias, hätte also noch leben können. Aber er war jetzt bald zwanzig Jahre tot.

»Möcht gern mal was fragen«, sagte Elias. »Über diese Person da, diese Mingus.«

»Ingefrid heißet sie.«

»Ja, tut schon so ein Name sein! Wo möcht sie den bloß herhaben?«

»Glaube, hat ihn aus einem Roman genommen, die Myrten.«

»Wie kannst wissen, ob sie die Tochter von der Myrten sein tut? Hast Beweise kriegat?«

»Kann eins getrostig sagen.«

Ich ging das Foto holen, das ich in der Stube unter das Deckchen auf dem Büfett geschoben hatte.

»Hier, bitte.«

Auf dem Bild war ein kurzbeiniger Mann in Uniform. Weiße Schirmmütze mit Kordel, blanke Knöpfe. Die Hose war ungebügelt, hatte deutliche Knie.

»Schaust das Gesicht an. Die Nase. Schaust, was der für kleine Füße hat. Tut der Ingefrid ihrige Nase sein. Siehst das nichten?«

Doch, das sah er. Ich hatte das Bild aus den kleinen Fotoecken eines Albums gepfriemelt. Jetzt lehnte ich es an den Topf mit dem Weihnachtsstern mitten auf dem Tisch.

»Hast's ihr gezeiget, das Foto?«

»Nein, nein, nichten.«

»Nä, tut vielleicht auch gut sein so. Ein Mordszinken ist das ja! Ist ein bißchen kleiner, der ihrige. Aber gleichens. Wer tut denn das da eigentlich sein?«

Ich antwortete:

»Ist der Urgroßvater von der Ingefrid Mingus. Ist Kapitän gewesen und hat Claes Hegger geheißet.«

Am nächsten Tag legte ich Ingefrid noch mehr Fotos vor. Sie starrte sie an, als glaubte sie, die Menschen auf den Bildern würden von ihrem Blick lebendig. Als in ihnen das Leben noch pulsiert hatte, waren ihre Gesichter jedoch unbeobachtet gewesen. Ihre Hände hatten nicht die Silberkrücke eines Stocks gehalten, den jemand zum Sechzigsten bekommen hatte, oder die geschnitzte Lehne eines Stuhls im Atelier des Fotografen, sondern sich über gewohnte Dinge und Körper bewegt. Ich hätte ihr lieber den Deckel der Brennholzkiste zeigen sollen, den Hillevi in all den Jahren so oft am Tag angehoben hatte. Die Kiste ist immer wieder neu gestrichen worden. Kein Anstrich kann jedoch die Mulde zum Verschwinden bringen, die durch den Gebrauch entstanden ist, dadurch, daß die Hände letzten Endes auf das Holz eingewirkt haben, daß fürsorgliche Gewohnheit die Kante abgegriffen und sie so gefällig wie einen Körper gemacht hat.

Hier an der Spüle hat sie die Trauringe abgenommen, sie legte sie immer in den Mörser, wenn sie sich die Hände waschen wollte. Du solltest Hillevi beim Händewaschen sehen, wollte ich zu Ingefrid sagen. Das war eine Kunst für sich, mit Nagelbürste, lauwarmem Wasser und Glyzerinseife. Hier drinnen in der Steinmulde des Mörsers lagen die breiten Trauringe, wenn sie einen aufgegangenen Teig aus dem Trog nahm, um ihn zu kneten. Zwei Mal im Laufe ihres Lebens hatte sie die Ringe umarbeiten lassen müssen, weil das weiche Gold abgenutzt war. Für Trond war etwas anderes als dreiundzwanzig Karat für sie undenkbar gewesen. Sie wurden dünn von diesem Leben, nach dem du in dem Gesicht auf einem Stück Pappe starrst.

»Myrten ist ein merkwürdiger Name«, sagte Ingefrid Mingus. »Kann das ein englischer Mädchenname in entstellter Form sein?«

Dann schien mir, sie habe Mörtel gesagt, und ich erwiderte, daß dem nicht so sei. Ich wollte aber nicht sagen, wie es war. Sie war zu fremd. Statt dessen sagte ich:

»Hier steht Ihr Großvater Trond Halvarsson mit Sotsvarten vor dem Haus.«

Sotsvarten war ein großer und schwerer Gaul. Auf dem Foto trägt er ein Halfter, und Trond ist mit der Halfterkette in der Hand so weit wie möglich zur Seite getreten. Von diesem großen, schwarzen Leib sollte alles auf dem Foto zu sehen sein. Diesem Leib, der in unseren Diensten so viele Fuhren zog, sich aber auch eines anderen Lebens bewußt war. Denn Sotsvarten hatte den Sommer, den Sommer im Wald, wo sein Hufschlag über einen Boden dröhnen durfte, der von Pferdegetrampel und Menschenerinnerung durchzogen war.

Elias Elv hat ein Gemälde mit Pferden. Pferden im Wald. Das würde ich ihr gern zeigen. Er hat es gekauft, als Aagot Fagerli starb. Hier ist sie. Eine fesche Frau bis ins hohe Alter. Sie war die Schwester von Ingefrids Großvater. Ursprünglich schwarzhaarig. In ihrer Jugend war sie mal in Amerika. 1981 ist sie gestorben. Myrten war im Herbst davor gestorben, gerade mal neunundfünfzigjährig. Ihren Bruder Trond hat Aagot um mehr als dreißig Jahre überlebt.

Kannst du darin einen Sinn erkennen? Freilich frage ich sie das nicht. Eine Pfarrerin muß schließlich nicht wegen allem Rede und Antwort stehen. Jedenfalls nicht hier in meinem Haus.

»Setzen Sie sich«, sagte ich zu ihr und wies auf das Paneelsofa. Auf dem Stubentisch hatte ich Fotos und Briefe von Myrten ausgebreitet. Schon am Morgen hatte ich die elektrischen Heizkörper eingeschaltet, damit ihr nicht kalt würde. Als sie über die Stapel tastete, sah ich, daß sie verlegen und womöglich ängstlich war. Ihre Hand zitterte leicht.

*

Die alte Frau hatte viel zu große Füße für ihren kleinen Körper. Durch die Joggingschuhe wirkten sie freilich noch größer. Sie war auch leicht O-beinig. In den engen Crimplenehosen, die sie trug, war das recht gut zu sehen. Jetzt zog sie sich gerade einen Steppmantel über die weiße Strickjacke. Sie sagte, sie müsse etwas besorgen. Sie hatte auffallend wenig gefragt, und Inga begriff, daß sie sie in Ruhe lassen wollte.

Das Haus um sie herum war anders, nachdem Kristin Klementsen gegangen war. Es drängte sich auf. Eine unangenehme, leicht kitzelnde Lust, den Rest zu sehen, überkam sie. Obenrauf, wie die alte Frau es nannte. Myrtens Zimmer. So hatte sie gesagt. War es ein Sanktuarium?

Es war ein maßvolles Haus. Merkwürdig eigentlich, daß eine so reiche Frau wie Myrten Fjellström sich damit begnügt hatte, in einem so kleinen Haus zu wohnen. Die Küche hatte sowohl zu dem großen See als auch zur Straße hin Fenster, und sie nahm mehr als die Hälfte des Erdgeschosses ein. Hier befand sich auch dieser ziemlich kühle Raum, in dem Inga gerade stand. Kristin Klementsen nannte ihn Stube. Sie sprach es natürlich jämtisch aus. Hatte Myrten Fjellström auch so gesprochen? Zwischen den Kristallvasen und Neusilbersachen auf dem Büfett stand eine Atelieraufnahme von ihr, sie sah flott aus.

Kristin Klementsen hatte viele Fotos aus unterschiedlichen Lebensabschnitten hingelegt. Viele Ausstaffierungen: Twinset und Perlenhalsband, ein Kleid mit drapierter Schulterpartie, eine weiße Bluse und eine norwegische Strickjacke, ein Kostüm mit einem Veilchenbukett im Knopfloch.

Sie zog eine Ansichtskarte aus dem Briefstapel und las einige Zeilen:

da ich ohnehin hier bin, kann ich zu Harald Löfberg gehen und gucken, was sie haben. Am liebsten hätte ich etwas Geblümtes, aber diskret.

Sie hatte eine gleichmäßige, angenehm flüssige Handschrift. Der Text schien aufs Papier geflossen zu sein, ohne ahnen zu lassen, in welcher Stimmung sie die Zeilen schrieb. Harald Löfberg war früher in der Kungsgatan gewesen. Die Ansicht zeigte das Stadthaus, und die Karte war am 20. März 1954 datiert. Myrten Fjellström hatte es also nichts ausgemacht, nach 1946 nach Stockholm zu fahren.

Auf dem Foto lächelte sie.

Es war nur schwer auszuhalten. Das Neusilber und das Kristall glänzten. Schnitzereien aus dunklem Holz umrahmten den ovalen Büfettspiegel. An der Wand stand ein Sofa mit eigenartig gerader Rückenlehne, ein sogenanntes Paneelsofa, das nicht einmal Linnea hätte verkaufen können.

Warum hatten sie nicht alles hinausgeschafft und zu einem Auktionator gebracht? Statt dessen hatten sie ein Fernsehgerät neben einen Sekretär gezwängt, der als Schreibtisch dienen konnte, und den kleinen Rest freier Fläche zwischen dem Säulentisch und dem Fenster mit zwei modernen Sesseln zugestellt.

Die Fotografien waren auf der Spitzendecke auf dem Tisch ausgebreitet. Ein Gesicht in verschiedenen Lebensabschnitten. Dieses Gesicht. Hier war eine Bluse mit Schulterklappen zu sehen. Ein Vierzigerjahreaufzug? Womöglich war das Bild *vorher* aufgenommen worden.

Die Briefbündel lagen auf der aufgeklappten Schreibplatte des Sekretärs. Sie pfriemelte ein Kuvert auf, schielte hinein und las:

Hab keine Angst. Mein Leben ist so licht, so erleuchtet von der Liebe zu Dir. Da gibt es keine finsteren Geheimnisse in irgendwelchen Ecken. All das ist ausgelöscht. Ich möchte, daß Du geradewegs durch mich hindurchsehen kannst.

Mein Vater, dachte sie. In ihrem Magen regte sich etwas. Nicht unähnlich einem Fisch, der sich dreht. Doch es tat weh.

War ich dieses finstere Geheimnis? Weggegeben und ausgelöscht.

Deine Stimme war so klein und zart am Telefon. Pfirsichwange! Ich möchte nicht, daß Du allein sein mußt.
Denke oft an den alten
Dag

Sie empfand einen leichten Ekel dabei, deren gemeinsame Albernheiten auszuspähen. Diese Zeilen mußte Dag Bonde Karlsson geschrieben haben, der eigentlich Fjellström hieß und den Myrten 1953 geheiratet hatte. Die Urszene. Kein brutaler und unbegreiflicher Akt, den das erschrockene Kind anstarrt, sondern ein albernes Paar, das miteinander zwitschert. Allerdings fand sie bei Myrten kein Gezwitscher, sondern lediglich Anweisungen, was in Östersund einzukaufen sei. Hatte dieses Paar ein Kind bekommen, das sie weggaben, weil er mit einer anderen verheiratet war? Laut Kristin Klementsen wurde er Witwer, aber erst später. Nach der Urszene, von der niemand etwas ahnen durfte.

Warum sollte sie mich sonst nach einer seiner Romanfiguren getauft haben?

Wenn man barmherzig und verzeihend sein möchte, so ist es vielleicht zu spät gewesen, mich nach Hause zu holen, als er Witwer wurde. Linnea war meine Mutter geworden und Kalle Mingus mein Vater.

Wenn man barmherzig sein möchte.

Sie ging zum Tisch zurück und betrachtete die Fotografien. Eine Frau, die so viele Bilder von sich besaß, worauf sie unveränderlich vorteilhaft aussah, konnte die durch ein Zimmer gehen, ohne sich gleichzeitig dort gehen zu sehen? Muß sie nicht eine Frau gewesen sein, die ihr wahres Leben im Spiegel lebte und Körperliches von einem schnellen Schatten absondern ließ: die Tränen, von denen die Augenlider verquollen und die Furchen in die Pfirsichwange gruben, der Schweiß in den Achselhöhlen und unter den Brüsten und das unvermeidliche morgendliche Resultat davon, daß der Magen seine Funktion erfüllte.

Alles schien seine Funktion erfüllt zu haben. Etwas Gepflegteres konnte man sich nicht vorstellen.

Sie dachte: Ich bin besessen. Ich bin nicht ich selbst. Was da in mir wühlt, ist etwas von außen, etwas, was nicht ich bin. Ich muß mich auf dieses idiotische Paneelsofa setzen, den Kopf neigen und beten. Um Befreiung beten.

Sie tat es aber nicht. Sie zog Schubladen auf und wühlte in Papieren, die Kristin Klementsen nicht auf den Tisch gelegt hatte. Sie hatte das Gefühl, Kristin habe geschummelt und gelogen und nur das Vorzeigbare hingelegt. Sie fand jedoch nichts mehr, was mit Myrten Fjellström zu tun hatte.

Sie stöberte in den Sachen auf dem Büfett und fand unter dem Deckchen eine steife Fotografie. Es war lediglich das Bild eines uniformierten Mannes aus dem neunzehnten Jahrhundert. Sie hatte jedoch den Eindruck, als habe Kristin es versteckt.

Die Nase.

Das ist meine Nase. Allerdings noch schlimmer. Kristin ist nett. War natürlich der Meinung, diesen entsetzlichen Auswuchs verstecken zu müssen.

Als sie das Gesicht mit dem Bartkranz und der flatschigen Uniformmütze, den Körper mit den zu langen Armen und krumm wirkenden Beinen betrachtete, begriff sie, daß sie gefangen war.

Sie hatte sich von Linnea und deren wohlmeinendem Drill befreien müssen. Dieser hatte sie jedoch nie im tiefsten Innern berührt. Dort war sie ein freier Mensch gewesen. Ein Individuum, das Linneas Schätze als Gerümpel ansehen konnte. Frei, Gott zu suchen. Für Linnea war es mehr wert, einen Jugendstilkronleuchter aufzuspüren. Ebenso frei war ich von meinem geliebten, reizenden Kalle Mingus. Ich brauchte nicht zu versuchen, wie er zu sein – musikalisch. Und ich brauchte das Leben nicht leicht zu nehmen.

All das war normal und verlief schmerzfrei, wenn auch nicht ohne Reibungen.

Hier aber ist Schluß mit der Freiheit. In einem Zimmer mit Sekretär und Paneelsofa in einem entlegenen Nest im nordwestlichen Jämtland starren mich Gesichter an. Ich erkenne ein Augenpaar wieder, wenn ich den Blick zum Spiegel auf dem Büfettaufsatz hebe. Eine Hand auf der Bahn eines Rocks könnte meine Hand sein. Eine Nase, die schon immer mein Kummer war, war es offensichtlich nicht für einen uniformierten Kerl mit langen Armen und krummen Beinen.

Hier steht und sitzt eine ganze Geisterarmee, eine Besatzungstruppe, gegen die ich nicht den geringsten Widerstand leisten kann, weil ich ihr angehöre. Hat sie immer für mich entschieden? Erzählt sie sich in meinem Leben selbst?

Sie schob das Foto unter das Deckchen zurück und sah sich die Briefe an, die auf der Schreibplatte des Sekretärs lagen. Da war ein Bündel mit ausländischen Briefmarken. Französischen. Sie waren an den Kaufmann und Frau Trond Halvarsson adressiert. Die Großeltern. Auf einigen Kuverts war der Stempel ganz deutlich zu erkennen. Sie sah, daß sie aus dem Frühjahr 1946 stammten. Als *es* schon passiert war. Ich war in Frankreich, dachte sie, und ihr war leicht kicherig zumute. Was Kristin Klementsen behauptet hatte, stimmte also. Myrten Halvarsson, wie sie damals geheißen hatte, war dort, und ich mußte dabeigewesen sein. Das war immerhin wahr. Konnte man es sich leisten, so fuhr man ins Ausland, wenn man, ohne verheiratet zu sein, schwanger geworden war. Die Eltern mußten davon gewußt haben, was immer Kristin Klementsen sagte.

Sie beschlich das Gefühl, etwas in Händen zu halten, was sie wahrhaftig erlebt hatte. *Wir sind in Kerlagouëso gewesen, und ich bin am Strand entlanggestreift.* Das war Ende März geschrieben worden. Nicht eben von einem glücklichen Menschen, so viel konnte man herauslesen. Doch von einem gefaßten. *Monsieur Canterels Freund wohnt das ganze Jahr über in Kurmelen. Das ist schwer zu verstehen, denn es ist ziemlich einsam dort.* Im März 1946 streifte sie mit einem schweren Fötus im Bauch an einem einsamen Strand entlang.

Dann tat Inga das, was sie die ganze Zeit über schon hatte tun wollen. Lief rasch die Treppe hinauf, um zu gucken, wie es im oberen Geschoß aussah. Sie hätte Kristin Klementsen darum bitten können, doch sie hatte keine Lust, zuzugeben, daß sie das Zimmer sehen wollte. Außerdem wollte sie dort allein sein.

Es war, als hätte sie gewußt, welches Zimmer das von Myrten Fjellström war. Von der Treppe aus gerade vor. Das Bett hatte einen Chintzbezug. Rosa und hellblauer Flieder auf beingelbem Grund. Gefältelte Einfassung. Zwei schmucke Kissen mit Volants.

Ein Sanktuarium war es allerdings nicht. Es roch verraucht. Auf dem Nachttisch lagen eine Brille mit groben Bügeln, ein halb ausgefüllter Totoschein und ein Kugelschreiber. Eine Pfeife in einem Aschenbecher und ein Medizinfläschchen. Irgend jemand wohnt hier gelegentlich, dachte sie. Der alte Mann vielleicht? Doch weder die Lederhose auf dem Stuhl noch die abgetragenen Motorradstiefel konnten ihm gehören.

Es gab ein Fenster zur Straße und zum Laden hin, aber keins nach der anderen Seite. Dort schien sich ein langer, begehbarer Kleiderschrank hinzuziehen. An der Wand stand ein kleiner Schreibtisch aus Birkenholz, den Myrten Fjellström offenbar als Toilettentisch benutzt hatte. Der Kristallaufsatz wirkte allerdings älter. Da waren eine Kammablage, Puderdosen und ein Flakon. Über dem Mädchenschreibtisch befand sich ein dreiteiliger Spiegel. Man konnte seine beiden Flügel schwenken und sich selbst von hinten und von der Seite sehen. So wie andere einen sahen.

In einem kleinen Bücherregal beim Bett standen mehrere Bilderbücher von Elsa Beskow und ein Mädchenbuch mit dem Titel *Noch ein kleiner Wildfang*. Eine schwungvolle und glückliche Mutti schob einen Kinderwagen mit einem pummeligen, rosigen Baby. Hut und Kostüm nach zu urteilen, handelte es sich um die vierziger Jahre. Womöglich hatte Myrten so ausgesehen. Aber sie hat sicherlich nie meinen Kinderwagen geschoben.

Dann fiel ihr Blick auf ihren Taufnamen. *Ingefrid auf Högåsa* stand auf einem Buchrücken. Es gab noch mehr Romane aus Dag Bonde Karlssons Produktion in dem Regal. Das Buch, auf dem der Name Ingefrid stand, war Myrten Halvarsson 1952 *von ihrem ergebenen Freund, dem Verfasser* gewidmet worden. Schrieb man so, wenn man ein Kind zusammen hatte? Möglicherweise. Wenn man das Verhältnis kaschieren wollte.

Sie setzte sich auf das Bett und las in dem Roman.

»*Morgenrot Schlechtwetterbot*«, *sagte er, und sein schwarzer Bart bebte. Er trat marklos in den Hofraum hinaus.*

Marklos?

Damit habe ich nichts zu tun, dachte sie und stellte das Buch ins Regal zurück. Mit ihren Körpern vielleicht. Aber nicht damit.

Sie wollte nun wieder nach unten gehen. Es wäre ein bißchen peinlich, wenn Kristin Klementsen nach Hause käme, während sie hier oben war. Zuvor aber öffnete sie noch die Tür des Kleiderschranks. Darin war eine lange mit Kleidern behangene Stange angebracht, die sich über die gesamte Länge des Raums erstreckte. Gleich bei der Tür hingen eine Fleecejacke und eine Schutzhose. Dann folgten Frauenkleider. Dicht bei dicht. Wie verblichen sie aussahen. Schlabbrig und unfrisch. Man konnte aber nicht behaupten, daß sie schmutzig waren. Sie hatten lediglich zu lange und körperlos gehangen. Als Inga sie anfaßte, wirkten sie allerdings viel zu körperlich. Eklig und fremd.

Wie im Traum ging sie hinein, drückte sich an den Stoffschichten vorbei. Ganz am Ende war ein kleines Fenster in Form eines Rhomboids. Hier drinnen war es kälter. Sie strich mit der Hand über die Kleider, bekam einen dünnen Stoff zu fassen. Organdy? Nein, der wäre steif. Sie erinnerte sich an ein Wort für dieses schlabberig Feine: Voile. Eine Bluse aus gelbem Voile mit einem Muster aus braunen und orangefarbenen Blumen. Am Hals undurchschaubar geschnitten. Man mußte sie wahrscheinlich anziehen, um zu begreifen, wie sie sitzen sollte. Die Weichheit des Stoffs lenkte ihre Gedanken auf *Pfirsichwange*. Sie hatte dieses Wort albern gefunden. Aber wenn ihre Wange nun tatsächlich weich gewesen war? Glatt, voll, flaumig?

Im Spiegel war ihr Bild gewesen. Jetzt waren darin das Licht und die Leere eines Wintertages.

Als sie aus dem oberen Geschoß nach unten kam, saß der alte Mann auf der Küchenbank. Sie hatte ihn nicht kommen hören. Jetzt saß er reglos da und hatte beide Hände auf die Stockkrücke gestützt. Sie kam nicht umhin, in die Küche zu gehen. Es führte kein Weg daran vorbei. Der Widerstand gegen den Übergriff, den sein Blick darstellte, war groß. Und dennoch ging sie schnurstracks hinein. Berufsmäßig lächelnd, sie konnte nicht anders. In ihrem Innern lagen die Wortpakete bereit. Sie war schon drauf und dran, eines von sich zu geben, als er sagte:

»Wonach suchen Sie?«

Er rührte sich nicht. Seine Haut war weiß, sein Stoppelbart silbrig. Unterhalb der hellblauen Augen hatte die Haut eine grellrote Schleimhaut ausgestülpt, worin sich Flüssigkeit gesammelt hatte. Noch rann sie nicht. Seine Hand war knotig und knollig. Die Knie zu beiden Seiten des Stocks waren ebenfalls grobe Knochenknollen. Gleichwohl hatte er etwas von einem flotten Mann an sich, womöglich eine Erinnerung seiner selbst, die ihn den Nacken geradehalten ließ. Oder war das Feindseligkeit?

Wonach suchen Sie? Sie stand mit drei, vier unbrauchbaren Sätzen da. Fühlte sich vor den Kopf gestoßen. Und zum erstenmal: Das hier gehört mir. Das ganze Haus. All die Fotos und Briefe. Sogar die Kleider. Ich muß mich vor dir nicht rechtfertigen, Alter.

»Meine Mutter«, sagte sie. »Ich will es wissen.«

Er schwieg beharrlich und ließ sie nicht aus den Augen. Schließlich sagte er:
»Ja, ja. Die Kinder sind unsere Richter.«

*

Sie ging. Elis fand das auch gut so. Er hatte sich ihr gegenüber fremd gefühlt. In der Nacht hatte er an sein Kind gedacht. Da war er natürlich nicht richtig wach gewesen. Im wachen Zustand wußte er ja durchaus, daß dieses Kind nicht das seine war. Eine Deern ist's gewesen und ward zustand kömmen auf einem Heringsfänger oder in einem Winkel. Ein Russe und eine davongelaufene Kätnersfrau beim Heringesäubern waren voll und juckelig gewesen, haben gemachet eine kleine Deern.

In der Nacht aber hatte er jedenfalls an sie gedacht. Denn ein anderes Bild von dem Kind, das tatsächlich seines gewesen war, hatte er nicht. Eine kleine, magere Deern mit feinstem Torfmoos am Po. Deren Blick sucht und einen anderen Blick findet. Sie weiß doch, daß sich einer findet, letzten Endes. Deren ganzes Gesicht zittert, ungewohnt und ein bißchen krampfhaft. Aber lächelt. Ja, zum erstenmal lächelt. Davon war er damals ganz einfach überzeugt gewesen, daß es sich so verhalten hatte.

Die Norwegerdeern war aber gar nicht sein Kind gewesen, auch wenn er das hinterher hatte glauben wollen. Niemals. Er hatte sich nur um sie gekümmert.

Die hier war es allerdings. Denn Myrten Halvarsson war mit keinem anderen zusammengewesen. Das konnte ihm keiner weismachen. Ingefrid war jedoch keine kleine Deern. Nicht wie das richtige Kind, das vor der Zeit geschützt lag. Sie war eine Frau mittleren Alters, die gekommen war, um das Leben ihrer Mutter zu inspizieren.

Hat's mordsmäßig eilig gekrieget, dachte er. Hat vergessen, das Licht auszulöschen, in der Stube. Er sah vom Büfett her Myrten Halvarssons Blick auf sich gerichtet. So wie 1981, als er zum erstenmal hier hereingekommen war und nach einem Schlüssel gefragt hatte.

Er hatte sie sofort wiedererkannt, obwohl es damals mehr als ein Vierteljahrhundert her war, seit er ihr lebendiges Gesicht gesehen hatte. Er war in der Küche stehengeblieben und hatte die Atelieraufnahme betrachtet, während Kristin Klementsen in einem Sekretär nach dem Schlüssel für Aagot Fagerlis Haus kramte. Nicht einmal da war ihm klar, daß nicht viel gefehlt hätte und er dieser Myrten wiederbegegnet wäre. Wenn nicht der Tod. Als er das erfuhr, stieß ihm eine gallige Bitterkeit auf: daß sie auf jeden Fall länger hatte leben dürfen als Eldbjörg. Daß sie trotz ihres mittleren Alters auf dem Foto so glatt und fein gewesen war. Eldbjörg war jung gealtert. Die hier konnte sich bewegen.

Hatte sich bewegen können.

Das Haus des Händlers, hatte er gedacht. Steht eins beim Händler im Haus jetzt. Ist eins nimmer hierherkömmen frühers. Haben wohl geglaubt, täten im Gewand auf dem Sprung stehen, die Flöhe und Läus. Daß eins stehlet.

Er war ein alter Mann gewesen, als er zurückkam, neunundsiebzig Jahre alt. Nicht wiederzuerkennen. Trotzdem war er so vorsichtig gewesen, zum Einwohnermeldeamt zu gehen, bevor er sich entschied. Er hatte gedacht, daß Gudmund vielleicht noch lebte, oder Jon. Es war ein eigenartiges Gefühl, als er erfuhr, daß die Brüder tot waren. Er war als einziger übrig.

Jetzt lagen da drinnen auf dem Tisch Fotos und Briefbündel. Er wollte gern ein Bild aus der Zeit sehen, als er mit Myrten zusammengewesen war. Es erboste ihn, daß er sich nicht schnell bewegen konnte, denn es wäre peinlich, wenn Risten zurückkäme, während er hier herumkramte. Und natürlich fiel dieser verdammte Stock um, als er ihn an den Tisch lehnte, er wollte sich zwar danach bücken, aber das ging nicht. Nun wäre es ihr ohnehin klar. Verflixt und zugenäht!

Er berührte die Bilder. Schob die aus den mittleren Jahren beiseite, all die Ausflüge und die gestochen scharfen Blitzlichtaufnahmen von Festen in der Pension. Dann kamen die richtigen. Risten hatte sie für diese Ingefrid wohl in einer bestimmten Reihenfolge hingelegt.

Myrten hatte sich immer verflucht schick gekleidet. Das wußte er schon. Auf eine Art, die jetzt ausgestorben war: Röcke und Seidenblusen, deren oberster Knopf aus Versehen offen sein konnte. Nicht auf diesen Fotos natürlich. Und doch war da die Andeutung der Möglichkeit, ihn aufzuknöpfen.

Und dann der Hintern.

Nun posiert man bei Amateuraufnahmen ja frontal. Doch er wußte von diesem Hintern. Konnte sich sehr gut daran erinnern. Daran, daß es möglich war, ihn aus dem einen oder anderen zu befreien. Hüfthaltern aus einer Art Nylontrikot.

Später waren es Farbfotos. Bonbonwangen, Augen, glänzend wie Kaffeetassen. Mußten von diesem verdammten Bonde Karlsson Fjellström aufgenommen worden sein, oder wie auch immer diesem Kerl eingefallen sein mochte, sich zu nennen. Der also freien Zugang zu dieser Herrlichkeit hatte.

Da merkte er, daß seine Gedanken keine Gedanken, sondern Bewegung waren. Als er daran dachte, welch kleiner, krummer Tampen sich da regte, war er dankbar, daß man das nicht sehen konnte. Nicht so, wie ein bebendes Kinn oder einen Fuß, der in halbseitiger Parese schlackert. Er stieß durch seine zusammengepreßten Lippen Luft aus. Blies sich auf und schnaufte aus. Wurde aber nicht befreit. Herr im Himmel, welch ein Elend!

Erst als er zu Schwarzweiß und in die Zeit vor dem Krieg zurückkehrte, ließ diese anstößige Aktivität nach und schwand die Blutschwere in seinen Leisten. Seltsamerweise. Denn das war schließlich die richtige Zeit. Doch als er Myrten sommerlich und mit glühenden Wangen sah, empfand er nichts als Zärtlichkeit.

Ja, sie glüht. Blut strömt in den feinsten Gefäßen. Das Schwarzweißfoto läßt sie ohne giftige Hinzudichtungen erröten und warm sein.

Er nahm das Bildchen und steckte es in die Innentasche seiner Jacke. Genau das, was die Händlers von ihm erwartet hätten. Damit war er zufrieden.

Ob sie auf dem Bild bereits schwanger war? Wie es ihr damals ergangen sein mochte, das hatte er sich bisher noch nie überlegt. Es rückte so nahe. Daß sie mich nicht aufgesucht hat! Aber ich habe ja auch keine Adresse hinterlassen. Ihre Mutter hat ihr natürlich von mir erzählt. Folglich wollte sie auf keinen Fall etwas mit mir zu tun haben. Und natürlich wollte sie auch das Kind nicht haben. Das Urenkelkind des Lubbenalten.

Es überlebte. Sollte wie eine harmlose Variante eines alten Kapitäns aus dem vorigen Jahrhundert aussehen. Ganz und gar nicht wie der alte Satan. Auch nicht wie Myrten Halvarsson.

Aber daß Myrten dem Urenkelkind des Lubbenalten alles geben wollte! Am Ende. Sie hatte wohl sonst niemanden, dem sie es geben konnte. Oder beglich sie eine alte Familienschuld? Es hatte ihn viel Zeit gekostet, Risten aus der Nase zu ziehen, wie der Alte gestorben war und was er zuvor mit Petroleum und Zündhölzern angestellt hatte. Er hatte sich schließlich dafür rächen wollen, daß Lubben zwangsversteigert worden war.

»Sie war in dem Fall wohl etwas hart«, hatte Risten über Hillevi gesagt. Sonst sei sie nie so gewesen.

Jetzt kam Risten. Und er saß hier mit einem Foto in der Hand. Als sie in der Tür stand und die Mütze abgenommen hatte, so daß ihre grauen Haarsträhnen ganz verstrubbelt waren, mußte er daran denken, wie alt sie beide geworden waren. Rettungslos. Ein Hauch der kalten Luft von draußen wehte ihn an.

»Die Ingefrid, die ist dagewesen«, sagte er.

Das wußte Risten schon. Er hoffte, sie würde annehmen, er habe mit ihr hier gesessen. Daß er dazu eingeladen worden sei, in der Stube des Händlers zu sitzen.

»Kriegest gleichens Kaffee«, sagte Risten. »Zieh bloß meinen Mantel aus erst. Hab geglaubet, sie bleibet und trinket auch mit. Hat aber wohl das ihrige zu tun. Hat gefindet, daß es ein komischer Name ist, Myrten, und eigentlich englisch. Nää du, hab ich gedenket. Aber nichtens gesaget. Hast ihn wieder fallen gelassen, den Stock. Hier, hast ihn.«

»Wie war's denn? Mit dem Namen?«

»Hat einmal gesaget, die Hillevi, daß sie der Myrten den Namen von einem Zimmergewächs gegeben. Einer Myrte, hat ihrige Brautkrone damit schmücken gewollt, wenn sie heiratet. Ward aber nimmer so.«

»Warum denn?«

»Ward schwanger, die Hillevi. Ist zu früh kömmen, der Tore. Und hat ihn also in den See geschmeißet, den Topf. War aber Mutters Krone gewissermaßen, die Myrten. Ist ja erst zustand kömmen, als wie sie verheiratet gewesen.«
»Ist's also so genau gegangen.«
»Ja, so genau.«
»Verrücktheiten.«
»Vielleicht. Gibt aber auch heutigentags so manchig Verrücktheit.«
Sie rumpelte recht wütend im Herd herum, und er fragte sich, woran sie denke. Vielleicht daran, daß Klemens keine Wölfe schießen durfte.
»Kömmst in die Küche. Ist wärmer hier.«
Er blieb jedoch noch ein Weilchen sitzen und schaute sich die Fotos an. Die Toten.
Da war ein Zeitungsausschnitt mit dem Lakakönig im Wolfspelz. Der ist nicht in einer eingestürzten Hütte gestorben. Nein, er hat in einem Bett mit leinenen Laken Abschied vom Leben genommen. Mit breiten Spitzen und brennenden Kerzen. Auf dem Bild standen ein paar Lappenhäuptlinge bei ihm. Unter einer bunten, mit Zinnfäden bestickten Koltbrust trugen auch sie ihren Tod in sich. Als ihre Zeit gekommen war, hatten sie ihn aufgeführt. Die Familie und die Verwandten hatten im Schein des Feuers rings um das Lager gekauert. Feierlich und ergriffen. Hinterher wurden Silber und Rene geteilt.
Und die Frauen. Wenn sie fotografiert wurden, hielten sie oft die Hände auf dem Bauch, als wüßten sie von etwas in seinem Innern. Es konnte ein Fötus sein. Es konnte der Tod sein.
»Kömmst jetzt«, sagte Risten. »Was spekulierest denn?«
Neugierig ist man schon, dachte er. Der Teufel soll mich holen. Ob es nun in einem Bett sein wird. Oder in einer Hütte.
»Was ist denn?« fragte Risten. »Hast Schmerzen?«
»Zum Kuckuck aber auch«, sagte er. »Ward bloß schlecht gestimmt.«

Es waren ein paar kirchlich recht blasse Sonntage nach dem Dreikönigsfest. Inga wohnte in der Pension, denn sie wollte Mats Klementsen nicht verletzen, indem sie sich ein Häuschen mietete. Jetzt, da Anand dabei war, fürchtete sie sich im Dunkeln weniger. Er hatte das große, hallende Haus durchkämmt und Kupfergeschirr in der Form von Fischen sowie Holzbrandmalereien mit Auerhühnern und Elchen gefunden. Es gab viele ausgestopfte Vögel und auf Holzplatten montierte Elchgeweihe. Seine Funde schleppte er in ihrer beider Zimmer. Inga fühlte sich allmählich wie zu Hause, denn zu guter Letzt sah es dort wie in Linneas Antiquitätenladen aus. Ihre Mutter hatte mit Sachen angefangen, die sie bäuerlich nannte.

In der Kirche von Röbäck drohte der Gottesdienst auszufallen. Der Gemeindepfarrer rief an und bat sie, den Hauptgottesdienst zu übernehmen. Er hatte für Röbäck noch keine Bewerbung erhalten. Sie war verblüfft, weil er wußte, daß in der Pension in Svartvattnet eine Pfarrerin logierte. In der Eile sagte sie zu.

Sie hatte ihre Bibel im Koffer, aber keine anderen Hilfsmittel, um die Predigt zu schreiben. Der große, weiße See mit seinem reglosen Wasser unter dem Eis vermittelte Leere. Sie versuchte, nicht auf die Eisfläche zu sehen, und starrte statt dessen das Gerät zum Entkorken von Pilsnerflaschen an, das Anand heraufgebracht hatte. Sie wußte nicht, was sie über Johannes 5,31–36 sagen sollte. Die Stelle handelte vom Zeugnis, das nicht angenommen wird. *Jener war die Lampe, die brennt und leuchtet, und ihr wolltet euch eine Zeitlang an seinem Licht erfreuen.* Das erinnerte gar zu sehr an Kristin Klementsens Worte, daß die Prediger die Leute in früheren Zeiten immer entflammt hätten, was aber nie sonderlich lange angehalten habe.

»Wir fahren«, sagte sie zu Anand. »Im Gemeindezentrum gibt es bestimmt ein Büro.«
»Gibt es da einen PC?«
»Das nehme ich an.«
Es war vielleicht nicht richtig, ihn auf Kosten der Gemeinde surfen zu lassen, aber als sie ankamen, gab es außer der Kirchenzeitung und zwei Nummern der Rot-Kreuz-Zeitschrift nichts zu lesen. Glücklich ließ er einen großen PC losbrummen. Für sich selbst fand sie *Viererlei Getreideäcker, Gottesdienst heute* und *Jesu Gleichnisse*. Das waren natürlich zurückgelassene Sachen. Niemand saß wohl sonst jemals hier in diesem abgestandenen Kaffeegeruch aus dem Gemeindesaal und schrieb an einer Predigt.

Sie hatte den Organisten, der in Byvången wohnte, angerufen und gefragt, ob er am Sonntag etwas früher kommen könne, damit sie die Auswahl der Lieder besprechen könnten. »Legen Sie einfach einen Zettel hin, das reicht doch«, hatte er gesagt. Niemand zeigte ihr die Kirche. Der Kirchendiener war die Vertretungen offensichtlich leid. Er überreichte ihr lediglich einen großen Schlüssel.

Die Kirche von Röbäck war in den 1850er Jahren für eine Gemeinde gebaut worden, von der man gedacht hatte, sie würde stetig wachsen. Jetzt war sie eine große Schale um einen kleinen Körper. Der Glaube war wochenlang eingesperrt. Inga stellte sich vor, daß es wie in einem langen Eisenrohr rasselte, wenn man sonntags an ihm drehte.

Als sie den Paramentenschrank öffnete, schlug ihr alter Tabakgeruch entgegen. Selbst die Albe stank. Auf dem Schreibtisch lag ein Kamm, in dem noch Haare waren.

Die Malereien im Chor waren blaß. Dreißiger Jahre, schätzte sie. Arbeit, Familie und Jesus. Vor dem Altar lag ein Ryateppich, graubraungrau. Ein heftiges Heimweh überkam sie. Eine Kirche sollte immer in Betrieb sein. Eine Million Treffer pro Woche. Brausender Gesang. Menschen, die kommen und gehen. Kerzen, die angezündet werden, Geraschel dünnen Papiers. Orgelübungen. Leise Stimmen in vertraulichem Gespräch. Liebe. Nicht so wie hier eine erstarrte Form, Ärmlichkeit im Ausdruck und ein eingekapselter und eingesperrter Inhalt.

Ich nehme es als eine Erfahrung mit, dachte sie. Und dann bin ich wieder zu Hause.

Da kam der Gedanke – nein, es war ein Schmerz. So wird es immer sein. Wenn ich abgereist bin, umgibt die Kirche in Röbäck auch weiterhin ihre Stille. Ihr Kühle und ihre grenzenlose Ärmlichkeit.

Sie ließ Anand auch während des Hauptgottesdienstes am Sonntag im Gemeindezentrum am PC sitzen. Die steinerne Schale der Kirche umschloß zwölf Gestalten. Wir sind genauso viele wie die Apostel, dachte sie. Ob ich das sagen soll? Sie entschied sich jedoch dafür, sich an ihr Manuskript zu halten.

Es war keine gute Predigt. Jemand in ihrem Innern sagte: »Homiletin wirst du wohl nie.« Der Ausbilder im Predigerseminar. Der sagte, Pfarramtskandidaten müßten entlaubt werden. Sagte es zu Semesterbeginn und sagte es jetzt, da sie unter kahlen Birken dahinging.

Das Kirchenschiff lag auf einer Landzunge in einem weiteren dieser großen, weißen Seen. Die Birkenallee führte zum Einlaß in der Kirchenmauer. Hier hatte niemand ein Wort über die Predigt verloren, als sie sich an den Ausgang gestellt und den Leuten die Hand gegeben hatte. Elf waren es jetzt. Ein Mann ging ohne Kirchenkaffee weg, und sie sah ihn zwischen den Gräbern verschwinden. Der Kirchendiener sagte voller Stolz, es seien Ornäsbirken, die den Weg säumten.

So war alles, worüber sie sprachen, auch während des Kaffeetrinkens. Zusammenhanglos. Die meisten schwiegen jedoch und verhielten sich abwartend, wobei sie sie fast unentwegt beobachteten. Selbst mit dem Gugelhupf auf halbem Weg zum Mund. Hier könnte ich nie arbeiten, wurde ihr klar. Acht Frauen und zwei Männer hatten am Gottesdienst teilgenommen. Jetzt waren es plötzlich elf Frauen. Auf ihre Frage hin erfuhr Inga, daß das die Zentrumsfrauen waren. Die Reihe sei an ihnen gewesen, für den Kirchenkaffee zu sorgen. Sie hatte gute Lust, ihnen zu sagen, wie schade es sei, daß sie nicht am Gottesdienst hätten teilnehmen können. Doch wozu sollte das gut sein?

Die beiden Kirchenältesten hatten ihr abgeraten, als sie angekündigt hatte, zum Tisch des Herrn zu bitten. »Es ist noch nicht lange her, daß wir das Abendmahl gefeiert haben«, erklärten sie. »Es darf nicht zu häufig sein.«

»Hat manchig Übertreibung gegeben hier.«

Sie hatte jedoch gesagt, sie sollten auf jeden Fall aufdecken, und sie waren so loyal gewesen, am Abendmahl teilzunehmen. Außer ihnen taten das nur noch zwei.

Sie war erleichtert, als das Kirchentaxi draußen hupte und die Leute gehen mußten, schämte sich jedoch dafür und brachte sie deshalb hinaus. Sie waren alt, und manche hatten Schwierigkeiten, ins Auto zu steigen. *Stärket die müden Hände und macht fest die wankenden Knie,* hatte die eine Kirchenälteste aus dem alttestamentlichen Text gelesen. Als sie abfuhren, winkte Inga von der Treppe aus und dachte: Wenn ich im Ernst hier stehen würde? Wenn ich jetzt nach Hause ginge, über die Straße zu einem großen, mit Eternitplatten verkleideten zweistöckigen Haus?

Das Wetter war während des Gottesdienstes umgeschlagen. Das Beißende war milder geworden, Feuchtigkeit lag in der Luft. Die brachte Inga auf eine der Parallelstellen im AT, die sie bei ihrer Arbeit an der Predigt nicht benutzt hatte. Es war Jesaja: *Höret und verstehet's nicht; sehet und merket's nicht!* Sie hatte Jesaja nicht gegen diejenigen wettern lassen wollen, die in einer menschenarmen Landschaft in eine viel zu große Steinkirche gekommen waren.

Sie mochte das Jesajawort jedoch. *Merken* – das beschrieb eine Wahrnehmung mit weniger groben Rezeptoren als den Ohren und dem Hirn. Es bedeutete, Haut und Häutchen zu sein und Ausgetrocknetem, Erkaltetem und Erstarrtem ein feines Nieseln – nein, noch Feineres, eine zerstäubte Feuchtigkeit, die Leben war – wahrnehmen zu lassen.

In dieser Wüste würden jedoch keine Lilien blühen. Der Winter war meist kalt und streng, und die Menschen, zu denen sie gesprochen hatte, waren schweigsam. Dies war vielleicht das Land der geistigen Eiseskälte, doch diejenigen, die hier lebten, verdienten jedenfalls keine Züchtigung aufgrund von Wohlleben und Arroganz. Die Zeit glich derjenigen, in der der Prophet Jeremia gewirkt hatte, der Epoche der großen Zentralisierung unter König Josia. Doch diese Leute hier waren keine Stadtmenschen geworden, sie waren weder reich noch ihrer Verantwortung für die Armen uneingedenk. Sie waren einfach übriggebliebene Menschen.

Jetzt fuhr ihre kleine Gemeinde durch eine leichte, milde Feuchtigkeit nach Hause. Im Büro saß Anand vor dem PC und wirkte betrübt.

»Gott kommt auf eine Million achttausenddreihundertdreiundvierzig«, sagte er.

»Ist das schlecht?«

»Ja. Satan kommt auf drei Millionen vierhundertzweiunddreißigtausendsechshundertacht.«

»Vielleicht solltest du eine andere Suchmaschine nehmen.«

»Na, dann versuch es doch selbst mal«, sagte er.

Daß er sich alles so zu Herzen nahm! Sie würde ihn nie ganz verstehen. Was er trieb, mochte wie Fliegenbeinzählerei aussehen. Doch ihm war es ernst. Er wollte nicht, daß Satan gewänne.

»Ich versuche es nachher mit Alltheweb«, sagte sie. »Wir können auch Altavista nehmen, das ist gut. Zuerst muß ich aber noch was nachgucken.«

Sie hatte keine Karte, auf der sie die französischen Ortsnamen in Myrten Halvarssons Briefen suchen konnte. Sie lagen ihr auf unangenehme Weise im Bewußtsein. Kerlagouëso. Lag das vielleicht in der Bretagne? Gab es dort nicht eine eigene Sprache?

Sie probierte es als erstes mit Kerlagouëso, erzielte aber keinen Treffer. Da versuchte sie es mit Kurmelen. Dann mit Curmelen. Auch damit kein Treffer. Jetzt fiel ihr kein Name mehr ein. Doch, Martial Canterel, der Arbeitgeber. Myrten Halvarsson hatte ein wenig geschäftig, vielleicht großtuerisch geschrieben, er sei Erfinder und stelle Kunstwerke her. Möglicherweise war er ein berühmter Mann gewesen, oder zumindest bekannt.

Sie gab Canterel ein und hatte ihn unverzüglich auf dem Bildschirm. *Martial Canterel*. Die Referenz führte zu einer *édition hypertextuelle*. Die Website erschien. Es handelte sich um einen Roman, und er hieß *Locus Solus*.

»Was ist das?« fragte Anand.

»Nichts. Nur ein Buch. Geh mal rüber und sieh nach, ob dir die Frauen ein paar Plätzchen übriggelassen haben.«

Am schlimmsten war der Name selbst: Locus Solus. Myrten Halvarsson hatte mit ihrer sehr weiblichen, ihrer gepflegten und gleichmäßig fließenden Handschrift an ihre Eltern geschrieben, daß Monsieur Canterel sein Haus in Montmorency so nenne. Inga fand, dieser Name passe besser zu einem Abort. Es war gut denkbar, daß sie darüber gelacht hatten, der Händler und seine Frau. Hatten sie es überhaupt verstanden?

Ungebildete Leute. Hatte sie ihre Eltern als das betrachtet, sie, die Französisch hatte lernen dürfen? Als einfache Leute, die man zum Narren halten konnte, ohne Gefahr zu laufen, entlarvt zu werden?

Das Merkwürdige war, daß sie ein solches Buch gelesen hatte. Eine absurde Geschichte, eine Art Surrealismus. Das Nonplusultra des französischen Modernismus. Hatte sie vor sich hingegrinst, als sie die Briefe mit ihrer falschen Darstellung geschrieben hatte, deren Details einem Roman entnommen waren? War sie boshaft gewesen?

Auf der Rückfahrt nach Svartvattnet sagte Inga zu Anand, daß sie packen und nach Hause fahren würden.

»Ich bin mit dieser Sache hier jetzt fertig. Es gibt nur noch ein paar geschäftliche Dinge zu erledigen, und das geht auch von Östersund aus.«

Elias zog ein langes Gesicht, als ich ihm sagte, wie die Dinge lagen. Er wollte es einfach nicht glauben, daß sie endgültig abgereist war. Eine Tüte mit Briefen und Fotos hatte sie mitgenommen. Ich hatte sie auch dazu bewegen können, die Schatulle mit Myrtens Schmuck zu nehmen. Ich wollte nicht, daß sie glaubte, ich hätte sie um irgendwas betrogen. Eilig hatte sie es gehabt. Sie wollte anschließend nach Indien.

So lagen die Dinge also. Ich dachte, er habe schon recht gehabt, als er meinte, sie sei nur gekommen, um sich das Aas zu holen. Wie ein Geier. Wir machten beide ein langes Gesicht.

In der Einsamkeit kamen die quälenden Gedanken. Sie wären wohl ohnehin gekommen. Aber solange Ingefrid Mingus da war, war es, als glaubte ich, sie könne mich über Myrtens Lügen hinwegtrösten.

Denn Lügen waren es zweifellos.

Wir, die wir einander so nahe gestanden hatten. Jederzeit konnte ich ihre runden Kinderwangen in meinen Händen spüren. Besonders in jener Nacht, als es brannte. Wie konnte sie mich derart belügen?

In dieser Nacht träumte ich schlecht. Ich träumte, daß mit dem Bus eine große Lieferung für mich kam. Es sah nicht ganz wie in Wirklichkeit aus, aber ich wußte, daß es hier war. Das Paket lag als letztes noch im Laderaum des Busses. Es war in graues Papier verpackt, und ich dachte: Gibt es heutzutage noch so ein Papier? Mir wurde angst, und ich wollte es nicht annehmen. Es sah so aus, als wäre in dem grauen Papier und den Schnüren ein Sarg.

Ich rannte davon, aber trotzdem entkam ich diesem Paket nicht. Als ich zurückkehrte, lag es noch immer auf der Laderampe, und ringsherum schummerte grau die Nacht. Ich war jetzt allein draußen und begriff, daß ich mich damit befassen mußte. Also begann ich die Knoten zu lösen und die Papierbogen aufzuschlagen. Ich war mir sicher, daß es sich um meinen eigenen Sarg handelte, und mir war klar, daß sich nichts dagegen machen ließ. Ich mußte ihn annehmen. Und es ist ja auch wahr. Wir besitzen das Leben nicht. Wir müssen es verlassen.

Als ich schließlich den letzten Bogen zurückschlug, war ich sehr verwundert. Es war gar kein Sarg, sondern eine Pulka aus Renhaut. Und darin lag Myrten. Sie war in ein Fell gehüllt. In ein weiches, fein bereitetes Fell von weißen Kälbern.

Sie war sehr aufgebracht und machte das mit den Augen, dem Mund und den Gesichtsmuskeln deutlich. Sie zuckte geradezu vor Ärger.

Ich begann Fell um Fell zurückzuschlagen, um sie zu befreien. Da entdeckte ich eine Wunde an ihrer Schulter. Sie saß in dem Grübchen über dem Schlüsselbein und war grau und sehr tief.

Da war mir klar, daß Myrten auf jeden Fall tot war.

Es war grauenhaft, sie schließlich wieder in die Felle einzupacken, denn sie wollte sich nicht dareinfinden. Von draußen fiel Licht auf ihr Gesicht. Ich kann nicht sagen, woher es kam, doch Myrten blitzte regelrecht.

Als ich aus dem Traum erwachte, war mir ganz elend zumute. Ich stieg die Treppe hinunter und wanderte in der Küche umher. Als ich aus dem Fenster schaute, fiel mein Blick auf den Laden. Die Laderampe war natürlich leer.

Sie sanken langsam nach Delhi hinab, sanken in Schleiern. War das Rauch? Oder die heiße Luft? Der Magen erbebte. Sie hatten Kapseln und Spritzen und Tabletten genommen. Inga hatte jedenfalls Angst. Nachdem sie auf der indischen Erde aufgesetzt hatten, die weder braun noch rot, sondern asphaltiert war, und nachdem sie lange auf ihr dahingedonnert waren, wurden die Türen geöffnet. Da kam der Geruch. Er war würzig, rauchig und süßlich. Ihr fiel ein, was ihr Vater über den Geruch von New York erzählt hatte. Vater hatte auf Kreuzfahrten der *Gripsholm* gespielt, und er erinnerte sich, wie ihnen weit draußen auf dem Meer der Geruch entgegengeschlagen war.

Städte sind große Körper. Sie riechen nach Leben, sie stoßen ab oder ziehen an. Wir haben große Körper geschaffen, in denen wir leben.

Irgend jemand hatte gesagt, es seien mehr als fünfhundert Menschen an Bord. Viele stiegen jetzt aus, andere kamen und nahmen deren Plätze ein. Sie kamen aus einer Stadt, von der Inga nichts als den Geruch kennenlernen sollte. Das Flugzeug stand über zwei Stunden auf dem Asphalt. Zwei Frauen aus ihrer Gruppe gingen herum und zwitscherten wie Vögel. Es war eine Art Visite. Sie wollten die Gruppe nach zwölf Stunden auf dem Flughafen in Rom und neun in der Luft bei Laune halten. Inga kümmerte sich nicht um die beiden, sondern starrte zur Toilette und hoffte, daß Reinigungspersonal käme und dort saubermachte.

»Wie geht's, Inga?«

Sie war taub von den Druckveränderungen und mußte mal ganz dringend. Wenn das Reinigungspersonal nicht bald kam, mußte sie auf diese Toilette gehen und versuchen, den beißenden Gestank nach Urin und Fäkalien nicht einzuatmen.

»Geht es dir nicht gut?«

Das war Astrid. Sie war Sportlehrerin und wurde Hoppel genannt. Beim letzten Gruppentreffen hatte sie gefragt, was man den Indern mitbringen solle. Becka hatte gesagt, Kugelschreiber. Nun hatten sie für die Bevölkerung Indiens Kugelschreiber dabei. Darauf stand alles mögliche: SCHWEDISCHE WÄRME & SANITÄRTECHNIK, SCHWEDISCHE HANDELSBANK, ESST BANANEN. Sie selbst hatte Stifte von der Buchmesse in Göteborg dabei, wo sie an einer Debatte über die Schwedische Kirche und die Entwicklungsländer teilgenommen hatte.

Becka saß neben ihr und las etwas über Brunnenbohrungen. LEAD (Local Education and Development) war eine Entwicklungshilfegruppe, die Geld für Fischerboote sammelte. Doch das verarmte Dorf, auf das die Sozialanthropologin Rebecka Gruber das Gewissen und Wohlwollen der Gruppe gerichtet hatte, brauchte auch Frischwasser. Becka war unsentimental und erzog sie nicht. Sie durften ruhig ihr Maß an Kugelschreibern und Einfühlung haben. Die Reise war die Belohnung für drei Jahre Bettelei und Sammelei. Es waren nicht nur Schirmmützen, die NISSES ROHRE & BLECHE spendiert hatte. Die Gruppe machte auch Geld mit erbettelten Antiquitäten fragwürdigen Wertes, Kindergesang, Lokalrevuen, Bingotouren, ausrangierten Sportsachen, Trockenblumen, selbstgebackenem Brot, selbstgegossenen Kerzen und Häkelmützen. Becka lachte sie niemals aus. Sie benutzte sie.

Sie waren neun Frauen und drei Männer. Sie hatten sich geweigert, Früchte aus Südafrika zu kaufen, und so gegen die Apartheid gekämpft. Sie waren in Demonstrationszügen mitgelaufen, deren zweifelhaften politischen Charakter sie nicht erkannt hatten. Hoch hatten sie die Schilder mit der Forderung nach Gerechtigkeit für die Indianer Südamerikas gehalten. Ganze Winter lang hatten sie wegen Gefangenen, die ohne Gerichtsverfahren dahinschimmelten, Briefe an Regierungschefs geschrieben. Nun gossen sie Kerzen für Indien. Sie forderten keine Gegenleistung.

Inga dachte oft an sie. Solche Menschen gab es auch in der Kirche, es gab sie wahrscheinlich überall. Sie spendeten Millionen

Kronen für die Kampagne *Kinder der Welt*. Es waren gewöhnliche Menschen mit der Eitelkeit und der Herrschsucht gewöhnlicher Menschen und mit dem Gütevorrat gewöhnlicher Menschen.

Warum konnten sie die Plakate für die Indianer Südamerikas nicht auch dann noch hochhalten, wenn sie in die Politik einstiegen? Warum gewannen Machthunger und Intriganz so oft die Oberhand, selbst bei denjenigen, die ein Laienamt in der Schwedischen Kirche angetreten hatten?

Warum waren sie dermaßen davon überzeugt, das Recht auf ihrer Seite zu haben, wenn sie sich mit Abzeichen am Jackenrevers oder am Talar in einem Kongreßhotel versammelten? Warum intrigierten sie mit einer solchen Lust, und warum meinten sie, ein Recht auf die Macht zu haben? Warum konnten sie nicht weiterhin *nett* sein?

Als sie den Brief von der Anwaltskanzlei in Östersund erhielt, hatte sie noch nie etwas von Svartvattnet gehört. Sie war auf Kungsholmen in Stockholm aufgewachsen. Die Wohnung in der Parmmätargatan hatte zwei Zimmer und eine Küche. Sie lag zum Hof hin und war ziemlich dunkel. Vater hatte Karl-Otto Fredriksson geheißen, und ihre Mutter war Linnea, eine geborene Holm. Wer Myrten Fjellström war, wußte sie nicht. Ihr war dieser Name ebenso seltsam vorgekommen wie der in ihrer eigenen Geburtsurkunde: Ingefrid.

Sie war ans Bücherregal getreten und hatte sowohl Ingefrid als auch Myrten in Wallensteen/Brusewitz' *Unsere Namen* nachgeschlagen, wo sie immer nachsah, wenn sie eine Taufe vornehmen sollte. Keiner der beiden Namen fand sich darin, nicht einmal mit nur einem Kreis, der anzeigte, daß weniger als tausend Menschen diesen Namen trugen. Myrten Fjellström. Der Name wirkte insgesamt unecht. Trotzdem glaubte sie ihn schon gehört zu haben. Zumindest Myrten.

Röbäck, Svartvattnet, Skinnarviken, Boteln las sie in dem Brief. Als er kam, hatte sie gerade das Haus verlassen. Noch immer im Mantel saß sie da und starrte die Ortsnamen an. Das mußte in Jämtland sein. Östersund lag in Jämtland, so viel wußte sie. Sie hatte diesen Namen noch nie zuvor gehört. Außer Myrten.

Erinnerungen werden im Gehirn wie Lichterkränze entzündet. Ein Licht entzündet das andere. Mit den Realitäten nimmt es das Gedächtnis jedoch nicht so genau. Es ergreift Ähnlichkeiten und zündet damit seine Lichter an. Kranz um Kranz. Sie leuchten in dem Dunkel, das unsere Vergangenheit oder überhaupt nichts ist.

Dieser Name fand sich in seiner ganzen Eigentümlichkeit in ihr. Tante Myrten. So lautete er. Sie hatte im morgendlichen Dunkel in ihrem Mantel dagesessen und in den Reflexen des Straßenlichts die Namen entlegener Dörfer gelesen. In diesem Moment hatte sie nicht verstanden, daß sie vermögend war. Zwölf Millionen Kronen in Aktien und Obligationen, sagte der Anwalt und wollte für die Verwaltung gelobt werden. Der Wert des Waldes sei schwer zu schätzen. Doch es handle sich dabei selbstverständlich um mindestens ebensoviel wie beim Wertpapierbesitz. Allerdings auf längere Sicht. Zu erwartendes Einkommen. Waldbesitz dieser Größenordnung sei nichts, was man als Ganzes veräußere oder auch nur abholze.

Aber er müsse doch verkauft werden, hatte sie gesagt.

Er hielt sie wahrscheinlich für kindisch. Hätte sie jedoch Sensus fidelium zu ihm gesagt, dann hätte er dumm geguckt. Erlösungswerk. Heiligung. Rechtfertigung durch den Glauben. Vermögen auf lange Sicht. Verschleudern Sie es nicht, hätte sie sagen können. Klären Sie zuerst, was es ist. Sensus fidelium, die Gabe des Heiligen Geistes.

Die Panik kam später. Das kalte Gefühl von Geld. Tot war es, dieses Geld, besaß aber gleichwohl eine seltsame spastische Nachahmung von Leben. Es krallte sich jetzt auf ihrem Rücken fest. Setzte sie unter Druck. Es wollte ihr die Lebenskraft aussaugen und diese sich selbst zunutze machen, um noch mehr zu werden. Sie würde zu allem möglichen gezwungen sein. Geld bedeutete Pflichten. Dienst. Das hatte der Anwalt deutlich klargemacht. Geld konnte man nicht so leicht loswerden wie ein Dichter, der, nachdem er einen Preis erhalten hatte, die Geldscheine in die U-Bahn warf. Als sie nach ihrem zweiten Besuch in Svartvattnet in seine Kanzlei gestürmt war, hatte sie gesagt, sie wolle das Geld spenden. Er hatte erwidert, dies würde ein langer Prozeß. Das Vermögen müsse zuerst realisiert werden. Das bedeutete, soviel sie wußte, es würde wirklich gemacht. Es mußte erst Wirklichkeit werden, damit sie es loswurde. Erst hinterher fiel ihr ein, daß es eine einfachere Möglichkeit gab. Sie würde das Erbe ausschlagen.

Sie kam aber nicht dazu. Es wartete viel Arbeit auf sie, als sie nach Hause zurückkehrte. Und eines frühen Morgens hieß es dann nur noch packen und ab nach Arlanda. Sie froren in der Schlange zum Einchecken. Jetzt atmeten sie Delhis heiße und würzige Luft ein, kosteten Indien, bevor das Flugzeug erneut abhob. Putzkräfte füllten die Gänge. Sie waren klein und dunkel. So wie in Stockholm auch. Wenn man klein und dunkel ist, wird man Diener. Jesus ist bestimmt klein und dunkel gewesen.

In Bombay angekommen, fuhren sie mit dem Bus in die Stadt. Die Fahrt dauerte zwei Stunden, denn die reguläre Straße war durch einen Verkehrsunfall mit vielen Beteiligten blockiert. Inga saß an einem Fenster, das sich nicht schließen ließ. Sie saß im warmen Fahrtwind, der nach Rauch und Exkrementen roch. Feuer schimmerten und loderten im Dunkeln. Sie sah Baracken aus durchgerostetem Wellblech und Palmblättern, Zelte aus zerrissenem Sackleinen, Hütten aus Binsen und Pappkartons. Man konnte sehen, wie die Leute in den Baracken in Töpfen rührten und etwas wendeten, was in einer Bratpfanne brutzelte. Sie sah eine braune Hand aus einem Bett hängen. Viele dieser Behausungen wirkten wie auf Stangen ausgebreitete Lumpenhaufen. Drinnen saßen Säuglinge und Frauen. Männer und Jungen hockten auf der Straße, wo die Erde dünn und festgetrampelt war.

In dieser Siedlung hatte alles die Farbe des Staubs angenommen. Der Schmutz war graubraun und saß in Lumpen, Müllhaufen, Gesichtern. Kinder durchsuchten die Müllhaufen, ebenso alte Frauen. Hunde. Alle arbeiteten gleich gründlich.

Sie fuhren durch Gebiete, wo es nur noch nach Exkrementen roch. Alles andere – Kohlenrauch, Mistdunst, Weihrauch,

Essensgerüche – war verschwunden. Da ging Becka durch den Bus. Sie redete eifrig mit ihnen und wies sie auf spielende Kinder hin. Es stimmte: Man sah keine unterernährten Kinder mit aufgequollenen Bäuchen. Man sah schmutzige, magere und recht lebhafte Kinder. Doch Beckas ruhige dunkle Stimme konnte nicht darüber hinwegtäuschen, daß in dieser Umgebung alles aus Abfall bestand oder gerade dazu wurde. Graubrauner Müll, über kurz oder lang graubrauner Staub.

Vor die Öffnungen großer Zementröhren waren Binsenmatten gespannt. So entstand eine Bleibe. Ein Obdach. Oder einige Lumpen direkt auf dem Erdboden, ein paar Blechgefäße, ein Feuer und eine ganze Sippe rund um diese Anordnung.

»Die kommen vom Land herein«, sagte Becka. »Viele von ihnen fahren zur Erntearbeit zurück.«

Es klang normal, wie sie das sagte.

Menschen liefen mit Blechdosen und Krügen umher, in denen vermutlich Wasser war. Sie bewegten sich vorsichtig mit dem kostbaren Naß. Ein Junge mit sehr dunkler Haut stand in einer Grube und schöpfte Wasser in einen Eimer. Als Kelle benutzte er eine Konservendose, und er schöpfte so behutsam, als wäre das Rohr, das dort unten leckte, eine Quellader. Wie alt ist er? überlegte Inga. Vierzehn? Soll er vierzehn sein.

Dann wurde es besser. Verschläge aus Holz, vorn offen, mit Verkaufsstellen oder Werkstätten. Ein vorstellbares Leben. Der Barbier hockte auf der Straße, rasierte mit Schaum und Messer.

Dann kam die Dunkelheit. Sie rollte in Rauch und Wärme herab. Inga sah nichts mehr, hörte nur noch Hupen und Stimmen. Die Rufe waren Schnörkel in dieser warmen Dunkelheit, Schnörkel, die sich kreuzten, die sich ihren Weg suchten. Alle, die riefen, und alle, nach denen sie riefen, hatten einen Namen. Alle.

Das *King's Hotel* war ein Hochhaus. An den Gittertoren blühten Bougainvilleen, und unter einer Laterne stand ein Mann und ließ zwei Affen mit bekümmerten Gesichtern tanzen. Becka sagte, sie sollten nicht stehenbleiben und gucken und auch nichts bezahlen. Ein uniformierter Hausdiener vertrieb eine

Mutter oder Großmutter mit vier bettelnden Kindern. Die alte Frau schrie und schimpfte. Es waren braune Menschen. Inga sah die Alte mit sehnigen Armen im Lichtschimmer gestikulieren.

Das Hotel hatte eine flotte Fassade und Rezeption, doch das Zimmer, das sie mit Becka teilen sollte, war schäbig und eng. Der Teppichboden war leberfarben. Tabakrauch hatte sich als gelbbraune Färbung in den Nylongardinen und als Gestank im Raum festgesetzt. Sie wollte nichts dort berühren. Nicht mit den Fußsohlen und nicht mit der Wange das Kissen. Sie traute sich jedoch nichts zu sagen, denn Becka schien davon unberührt zu sein und packte energisch die Sachen aus, die sie für die Nacht brauchte. Warum sollte man Zähne putzen, wenn ohnehin alles aus schmutzigem Flor bestand? Die Synthetikdecken und der Teppich paßten sogar in der Farbe zusammen: ausgenommene, dunkelnde Innereien.

»Was ist los mit dir?« fragte Becka. Und als sie keine Antwort erhielt:

»Dusch du dich zuerst.«

Anfangs war das Wasser heiß, dann eiskalt. Sie drehte an den Hähnen herum und ließ es laufen, bis die Temperatur erträglich wurde. Sie wollte jedoch nicht konstant bleiben. Die Gefahr, sich zu verbrühen, war so groß, daß sie Becka warnte, die nur erwiderte:

»Ich weiß.«

Das hieß vielleicht, daß es überall so war.

Inga konnte nicht umhin, sich in einen Sessel zu setzen, als sie aus dem Badezimmer kam. Sie hatten schlicht keinen Platz, beide auf einmal zu stehen. Da begann sie zu weinen. Es übermannte sie einfach. Es war schier unfaßbar, daß man derart weinen konnte, ohne zu wissen, warum. Das Zimmer natürlich. Aber trotzdem. Und dann all das Wasser, das abgeflossen war, während sie an den Hähnen herumgedreht hatte. Der Junge mit der Blechdose, der Wasser auffing, kostbares Wasser. Sein ernstes, konzentriertes Gesicht. Vierzehn Jahre alt. Er war vielleicht vierzehn Jahre alt.

Ich möchte nach Hause, dachte sie. Doch das konnte sie Becka nicht sagen. Sie traute sich nicht einmal, sie zu fragen, ob es ihr beim erstenmal genauso ergangen sei. Becka war schon unzählige Male in Indien gewesen. Sie hatte in Youth Hostels gewohnt, wo abends um neun Uhr das Wasser und der Strom abgestellt und aus unruhigen Mägen die Porzellanschüsseln der Toiletten gefüllt wurden. Man konnte nichts tun, um deren Produktion zu entfernen, bis morgens um neun Uhr das Wasser wiederkam. Lachend und heimlich hatte sie davon erzählt: Wir dürfen unsere Leutchen nicht erschrecken! So, als wäre Inga eine Verschworene, eine, die genausoviel ertrug wie sie. Becka hatte über Naipauls Ekelschilderungen gelacht, als sie vor ihrer Reise *An Area of Darkness* gelesen hatten. Sie meinte, er habe völlig recht, doch er solle den Mund halten und lieber für Wasser und Kanalisation arbeiten.

Becka schlief rasch ein, doch Inga war das nicht möglich. Die Klimaanlage saß in einem Kasten unter dem Gesims und klang wie ein LKW-Motor. Sie hörte die Musikberieselung aus dem Radio im Nebenzimmer. Elektrische Leitungen führten am Boden durch ein Loch in der Wand, und es war alles zu hören: Stimmen, Radiomusik und krachende Türen.

Womöglich fiel sie ja doch manchmal in einen Sekundenschlaf, denn als es hell wurde, fühlte sie sich nicht ganz so elend, wie sie erwartet hatte. Sie bekamen ein Frühstück: ledrigen Toast und grüngekochte Eier. Jetzt konnte sie darüber lachen, und sie sagte:

»Eigentlich ist nichts so schrecklich, wie ich es mir ausgemalt hatte.«

»Was heißt ausgemalt?«

»Nun, gelesen. Überlegt. Naipauls düstere Exkrementuntersuchungen beispielsweise. Ich denke nun mehr an Camus oder Tournier.«

Becka zögerte einen Moment, den Eierlöffel in den Mund zu schieben, und sah sie nur an.

»Was ist?«

Sie schüttelte den Kopf. Ich weiß, dachte Inga. Sie hat das schon mal gesagt. Ich lebe in einer angelesenen Welt. Wenn es juckt und riecht, bekomme ich Angst und möchte in das Gelesene zurück.

»Es ist so viel los gewesen«, versuchte sie zu erklären. »Diese Jämtlandreisen und all das Gegrübel über das Erbe, um das ich nicht gebeten habe.«

Becka aß etwas von dem nächsten grünschwarzen Ei und sagte nachdenklich:

»Bei mir ist es umgekehrt. Wenn ich hier herunterkomme, verschwindet der ganze Mist. Ich meine, der ganze private Quatsch.«

»Das wird bei mir bestimmt auch so sein, wenn nur erst die Müdigkeit vorbei ist. Immerhin habe ich das Problem gelöst.«

»Welches?«

»Das mit dem Erbe. Ich werde es ausschlagen.«

»Ausschlagen? Wohin geht das Geld dann?«

»Das weiß ich nicht.«

»Das *weißt* du nicht! An den staatlichen Erbschaftsfond?«

»Nein, es gibt wohl Verwandte.«

»Wann hast du dir das ausgedacht? Heute nacht?«

»Nein, da oben. Ich durfte alte Briefe von ihr lesen und Fotos sehen.«

»Von deiner Frau Mama?«

»Du, meine Mama hieß Linnea. Da sei dir mal ganz sicher. Diese Frau war meine biologische Mutter. Eine Art...«

»Reagenzglas?«

»So in der Art. Ich dachte, sie sei ein armes Mädchen aus Jämtland gewesen. Ich glaube, Mutter ist mal so was herausgerutscht. Sie war jedoch eine Dame. Und sie war schön. Sehr schön. Mein Aussehen habe ich jedenfalls nicht von ihr geerbt. Sie war eine schöne Dame, die von ihrem Kind nichts wissen wollte. Darum hat sie auch in meinem Leben nichts zu suchen.«

»Warum wollte sie dir das Geld vermachen, was meinst du?«

»Sie wollte wohl Macht haben über mich. Über mein Leben bestimmen. Das wird sie nicht erreichen.«

»Du spinnst«, sagte Becka. »Du bist bloß wütend und rachsüchtig. Ein abgeschobenes Kind, das sich rächen möchte. Gestern abend hast du dagelegen und über einen Jungen geweint, der aus einem leckenden Rohr oder einer Grube oder was auch immer Wasser schöpfte. Der mit einer Konservendose

63

jenes Wasser schöpfte, das du hast laufen und strömen und abfließen lassen, nur um in der Dusche die richtige Temperatur einzustellen. Und heute willst du aus purer Wut einen Haufen Geld zum Fenster rausschmeißen.«
»Ich weiß.«
Es verstand sich jetzt von selbst. Sie konnte nichts anderes sagen als:
»Ich weiß, ich sehe es ja ein. So muß ich's machen.«
»Wie?«
Becka hatte ihre dunklen, kräftigen Augenbrauen gerunzelt.
»Selbstverständlich werde ich das Geld spenden.«
Stiften heißt das womöglich, dachte sie. Es gibt sicherlich eine ganz eigene Sprache für Geld. Die muß ich jetzt auf jeden Fall lernen. Es geht schließlich nicht um Häkelmützen. Nicht um selbstgegossene Kerzen und Immortellensträuße. Es geht um richtiges Geld.
»Wem? LEAD?«
»Selbstverständlich. Ich war nur so durcheinander. Das ist ganz selbstverständlich.«
Da streckte Becka ihre kurze, breite Hand aus. Ingas rechte Hand war jedoch klebrig vor Orangenmarmelade, so daß sie nicht einschlagen konnte. Sie nickte lediglich.

Gemurmel und Brummen im Bus. Wenn das Bewußtsein an die Oberfläche stieg, waren Wortfolgen zu hören: Setz dich zu mir. Aber der Sitz ist ja glühend heiß. Leg was drunter. Hast du eine Zeitung? Dieses Tuch hier.
Das Atmen fiel schwer. Sie erwachte, als jemand sagte:
»Hast du ein bißchen Sodawasser, meins ist zu Ende.«
Dann folgte eine Stimme voll Autorität:
»Viele waren von dem Slum schockiert. Setz dich her!«
»Und du?«
»Was?«
»Warst du von dem Slum schockiert?«
»Ich muß sagen, ich war nicht schockiert, ich finde, ihre Kleider haben so schöne Farben, außerdem haben sie eine gute Haltung.«

»Du hast also nicht diesen Schock bekommen?«

»Nein, zumindest nicht diesen.«

»Welchen?«

»Über den alle reden, den habe ich nicht bekommen. Es ist ja auch so warm, da braucht man doch nicht viel mehr zum Wohnen. Man kann ja praktisch draußen leben, wenn es so warm ist.«

Sie stieg zu einer klareren Bewußtseinsebene auf, als eine Autohupe tutete. Es mußte eine richtige Hupe sein, denn in dem Ton war Luft. Jemand drückte eine große Gummiblase. Dann sank sie mit den Stimmen zurück, sank wie in Wasser.

»Das ist eine schöne Farbe. Sie hätte jedoch Rebecka um Hilfe bitten sollen, man muß feilschen, weißt du. Hat sie das im Basar gekauft?«

»Jetzt fährt er gleich auf!«

»Nein, der weicht aus, wie du siehst.«

»Die sind das doch gewohnt.«

»Warst du schockiert von dem Slum, Inga?«

»Wie bitte?« sagte sie und tat ganz verschlafen.

»Nun, ich habe gefragt, ob du von dem Slum schockiert warst.«

»Laß sie schlafen!«

Sie waren ein paar Sekunden lang still. Bestimmt betrachteten sie ihr Gesicht. Dann hörte sie wieder Pearls Stimme:

»Wenn man in China aufgewachsen ist, ist man ganz und gar nicht schockiert, da ist man das gewohnt.«

»Was ist man gewohnt?«

»Den Slum.«

»Ich finde, es ist ein so schönes Volk, die Leute gehen mit hocherhobenem Haupt, es ist ein altes Kulturvolk. Sie haben ihre Probleme, aber sie *tragen* sie.«

»Jetzt hätte es aber beinahe gekracht. Auweia! Nein, nicht hinsehen!«

»Aber es ist doch gutgegangen.«

»Die Armen haben es in gewisser Hinsicht besser als wir, sie haben eine Seele, das sieht man.«

»Ja, das Materielle ist jedenfalls nur Mist.«

»Von Übel. Es ist von Übel, ist es nicht so, Inga?«

»Nein, sie schläft. Laß sie in Ruhe.«

»Dieser Hut ist großartig.«

»Ja, man braucht unbedingt einen Hut, sonst bekommt man einen Sonnenstich.«

»Von Schmutz und Infektionen und Hunger wird man nicht seelenvoll, kein bißchen.«

Das war Rebecka mit ihrer dunklen Stimme. Drohend und zornig, dachte Inga. Sie fühlte sich kicherig, als hätte der Sauerstoffmangel mit ihrem Hirn getrickst. Es dauerte jedoch nur ein paar Sekunden, und die ganze Zeit über hörte sie, wie verletzt die Frau des Studiendirektors war:

»Ich spreche doch nicht davon, seelenvoll zu sein, ich weiß sehr wohl, was du in dieses Wort hineinlegst.«

Das war sicherlich ihre Abschlußtirade, denn Becka ging jetzt. Jemand fragte freundlich:

»Soll ich dir auch das Batiktuch leihen?«

Und Hoppel, vermutlich zu jemanden, der über Durst klagte:

»Ich habe Obst dabei. Hier, schau.«

Dann schlief sie wohl ein Weilchen, denn es vermischte sich alles: Er hatte noch nie eine elektrische Zahnbürste gesehen. Ich spreche davon, eine Seele anstatt einer Leere zu haben. Hast du kein Mineralwasser mitgenommen? Sie sagen Soda.

Nein, sie sagen Soola, dachte sie ein wenig wacher, und dann merkte sie, daß sie es laut gesagt hatte.

»Jetzt hält er an, da ist ein Unfall, oje.«

»Nein, nein, nichts kaufen!«

»Ich gebe ihm doch nur einen Kugelschreiber.«

»You come from?«

»Man kann sie doch nicht nur verscheuchen.«

»From Sweden. ABBA. Bjorn Borg.«

»Yes, yes.«

Der Busfahrer stand auf, stürmte hinaus und ergriff die Gelegenheit, die Jungen, die Kugelschreiber bekommen hatten, mit sich zu ziehen. Alle schauten jetzt zu den schmutzigen Fenstern hinaus.

»Das ist bestimmt nicht schlimm, die zanken bloß.«

»Die Front ist aber eingedrückt.«

»Warum ist Sune ausgestiegen?«
»Er hat sich da drüben unter einen Baum gestellt.«
»Er redet ja unentwegt.«
»Was sagt er denn?«
»Ich weiß nicht. Ich gehe zu ihm hinaus.«
Das war Hoppel. Sie nahm immer alles auf sich. Als sie zurückkam, sagte sie, Sune stehe da und brummle.
»Om Palme hum hum, sagt er.«
»Mein Gott, das ist ein Mantra!«
»Warum hat er Astrids Hut und Batiktuch mitgenommen?«
»Ist das deines?«
»Nein, Harriets.«
»Er steht nur da und psalmodiert. Palme und noch was, sagt er.«
»Nein, das muß *padme* sein.«
»Nun sag ihm schon, daß er einsteigen soll.«
»Er hört nicht.«
»*Om* ist ein heiliges Wort.«
»Er macht doch nur Spaß.«
»Nein, er ist nicht ansprechbar.«
»Dann ist der Spaß zu weit gegangen.«
»Wir fahren ein Stück, dann merkt er es schon. Nur um die Kurve. Sag dem Fahrer Bescheid.«
»Er hält dann womöglich nicht an.«
»Hat niemand Wasser? Können wir kein Soola kaufen?«
»Komm jetzt rein, Sune, wir wollen fahren. Hörst du nicht!«
»Nein, er brabbelt weiter, laß ihn.«
»Man möchte nicht glauben, daß er bei der Handelsbank arbeitet.«
»Ich glaube, er ist in Trance.«
»Keineswegs, der macht Witze.«
»Daß er das aber so lange durchhält!«
»Hupen vielleicht. Sag ihm Bescheid. Was heißt hupen auf englisch?«
Sie erwachte abrupt. Wenn sich nun ein asiatischer Hanswurst auf Sergels Torg stellen und dort psalmodieren würde: *Lamm Gottes, du nimmst hinweg die Sünden der Welt.*

Sie trat hinaus in die Hitze, die ihr einen Schlag auf den Kopf versetzte.

»Sune!«

Er psalmodierte.

Da packte sie ihn am Arm, mit festem Griff, und zog. Er kicherte. Sie kniff ihn jedoch in den Arm und bekam ihn so in den Bus.

Der Studienrat für Schwedisch, der gesagt hatte, das Materielle sei nur Mist, schwitzte jetzt sehr und atmete heftig. Pearl, deren Eltern Missionare gewesen waren, sprach jetzt wieder über China. Becka aber war böse.

»Ihr scheint vor allem an euren eigenen Reaktionen interessiert zu sein. Schaut euch lieber mal um!«

»Das tun wir doch! Aber du erlaubst uns ja nicht, etwas Schönes zu sehen. Oder deren Würde. Du mit deinem Sozialismus! Du siehst nur das Materielle.«

Schrille Frauenstimmen. Und Rebeckas dunkle. Sie sagte, das Materielle sei nur für diejenigen bedeutungslos, die es hätten.

»Was, *es*? Was haben wir denn? Autos. Krempel!«

»Gartengrundstücke«, sagte Sune und brach dann in unbeherrschtes Gelächter aus.

Die anderen redeten wild durcheinander. Sie hörten sich wie wütende Kinder an. Lediglich Beckas erster Widersacher war still. Er schien in Schweiß und Unbehagen aufgelöst zu sein, und als er auf dem Kunstledersitz seine Position verändern wollte, hatten sich seine Schenkel festgesogen. Inga schloß erneut die Augen und tastete nach Beckas Arm. Sie drückte ihn und flüsterte:

»Sei still.«

Vor der Textilfabrik, die sie besuchen wollten, stolperten sie aus dem Bus. Die Hitze war eisern. Inga stieg wieder ein und versuchte eine schattige Stelle auszumachen, wohin sie schnurstracks gehen könnte.

Es war eine Verkaufsstätte, so daß sie gar keine Fabrik zu sehen bekamen. Der Sinn ihres Besuches war, daß sie bestickte Hemden und Tücher kaufen sollten. Da sie sich jedoch hereingelegt fühlten, kamen die Geschäfte nicht in Gang.

»Oder sie wollen einfach nicht noch mehr Krempel haben«, sagte Becka. »Sie wollen jetzt ihre Seelen kultivieren.«

»Wir brauchen Flüssigkeit.«

Als sie aus der Verkaufsstätte kamen, stand Sune unter einem Baum und sprach wieder: »Om mani padme hum.« Er trug den Sonnenhut mit der schlappen breiten Krempe. Um den Leib hatte er sich das Batiktuch geschlagen, das er sich von der Diakonin ausgeliehen hatte. Sie fuhr oft nach Afrika. Es sah nicht wie ein Dhoti aus, denn es war geblümt, und Sunes Hosen schauten unter dem Stoff hervor. Er streckte seine Hand aus und sagte: »Om mani padme hum om mani padme hum ...«

Sie versuchten mit ihm zu sprechen, bekamen aber keinen Kontakt.

»Wir fahren jetzt, Sune!«

»...Om mani padme hum om mani padme hum om mani...«

Sie stiegen alle in den Bus und setzten sich. Sune stand noch immer da. Sie sahen, daß er die Lippen bewegte.

»Mir geht es nicht gut«, sagte der Physiklehrer. »Wir müssen fahren.«

Er griff sich ans Herz.

»Sune!«

Jetzt drängten sich alle zur Tür und riefen nach dem Filialleiter der Handelsbank, der da unter dem Baum stand. Er rührte sich nicht.

»Du mußt zu ihm hinausgehen, Inga. Du wirst doch fertig mit ihm.«

In Krisen wendet man sich an Geistliche. Sie stieg wieder aus, ergriff ihn am Arm, kniff ihn ordentlich und zog ihn zum Bus. Er psalmodierte weiter. Wenn er wenigstens zwinkern würde, dachte sie. Er war jedoch ganz und gar unerreichbar. Auf dem Rückweg mußten sie wegen einer Karambolage anhalten. In einem deformierten Autowrack konnten sie flüchtig einen menschlichen Körper sehen. Als es wieder weiterging, sagte Sune nicht mehr *om mani padme hum*. Niemand hatte bemerkt, wann er damit aufgehört hatte.

Ein kahles Zimmer. Toilette zum Hocken. Kein Toilettenpapier. Ein Laken. Drüber oder drunter? Vielleicht konnte man noch ein zweites bekommen. Sie bat jedenfalls um ein Handtuch und bekam eines.

»Warum müssen wir ein solches Quartier nehmen? Es ist doch nicht das Geld von LEAD. Wir bezahlen schließlich selbst.«

»Wir wollen nicht wie Spießer logieren.«

»Aber dieser Ventilator an der Decke. Gestern abend blieb er stehen, als der Strom ausfiel.«

»Sie stellen um neun Uhr überall den Strom ab.«

»Wie können sie bloß? Dann hat man ja kein Licht mehr.«

»Nein, natürlich nicht. Wir sollen ja auch schlafen.«

»Und was mache ich, wenn ...«

»Schlaf gut jetzt.«

»Becka!«

»Indien verändert einen. Du wirst schon sehen. Man lernt improvisieren.«

Sie ist gefahren. Risten sagte, sie wolle nach Indien. Was, zum Kuckuck, wollte sie denn da? Das sagte sie nicht. Sie dachte wohl, wir hätten nichts damit zu tun.

Früher ging man hier einander etwas an. Im Guten wie im Bösen. Wir gehörten auf seltsame Weise zusammen. Aber heute, weiß der Teufel.

Eine Pfarrerin kommt in einem kleinen roten Auto angefahren und steigt in der Pension ab. Niemand weiß, wie sie zuvor gelebt hat. Die Kommune schickt einen vorbestraften Seemann. Scheu und gefängnisbleich. Er wird in einer der Seniorenwohnungen untergebracht, verschwindet aber bald. Und dann kommt irgendein anderer, der Krankengeld oder Frührente bezieht.

Aber auch diejenigen, die hier in der Gegend Verwandte haben, scheinen in ihren Hütten eingesperrt zu sein. Sitzen im abendlichen Dunkel und im Fernsehschein. Die Beerdigung erfolge in aller Stille, lassen sie in der Zeitung drucken. Heißt: Kommt nicht!

Die wunderlichsten Vögel sind Leute wie Sören Flack. Bei der Kommune in Lohn und Brot. Er bremst vor dem Laden, daß der Kies spritzt. Jetzt soll Schwung in die Bude kommen. Moltebeerenfelder und Fischzucht. Beihilfen rieseln herab, so fein wie Schnee im November.

Nach anderthalb Jahren ist er wieder weg. Jetzt soll woanders Schwung in die Bude kommen. Die Kommune ist groß. Eine Galaxie mit Moorboden und Kahlschlägen. Wir sind bloß wie Sprenkel. Spärlich verstreut. Das Gefühl, außer Haus niemanden etwas anzugehen, wird immer stärker.

Eine Pfarrerin kommt angefahren. Hält eine Predigt. Kramt in alten Papieren. Und dann fährt sie wieder.

Der indische Geschichtsprofessor meinte, sie sollten ihre Schuhe im Bus lassen. Sie könnten sonst gestohlen werden. In dem Tempeltopf brodelte es vor Menschen. Unmittelbar um sie herum: eine alte Frau mit Kleinkindern, zwei halbwüchsige Jungen, drei junge Männer, die um etwas bettelten. Die Männer wirkten ordentlich.

»Sollen wir ihnen Kugelschreiber oder Schirmmützen geben?«

Sie durften ihnen kein Geld geben. Rebecka war der Meinung, es würde deren notwendige Revolte verzögern, möglicherweise gar verhindern. Etliche in der Gruppe gaben den Bettlern Geld, wenn sie es nicht sah.

»Geht einfach etwas schneller.«

Der Weihrauchgeruch war stechender geworden. Ihre Gruppe samt der indischen Manndeckung legte ebenfalls zu. Einer der Halbwüchsigen hatte einen mißgebildeten Fuß, ging aber trotzdem flott; er war trainiert.

Noch befanden sie sich im Tageslicht. Inga sah Türme, und auf denen brodelte es ebenfalls vor Gestalten, allerdings steinernen. Es waren Götter in Hellgrün, Rot und Gold. Und Violett. Alle denkbaren Farben. Im Schatten der Mauern saßen dunkle Menschen, sie ruhten sich vielleicht aus – oder meditierten? Nein, ruhten nur aus. Oder waren versunken.

Der Geschichtsprofessor sagte, zu diesem Tempel kämen große Pilgerscharen. Jedes Jahr und jeden Tag kämen sie.

»What do they seek?« fragte der Physiklehrer.

»Holiness. The holiness of the temple itself.«

Der uralte und heilige Tempel war labyrinthisch gebaut. Sie waren jetzt so weit in dieses Labyrinth eingedrungen, daß Inga nicht allein hinausgefunden hätte. Vor den Idolen brannten Öllampen, und das Öl qualmte. Das war ein neuer Geruch.

Sie standen vor Ganesha, dem Elefantengott. Er war mit Blumenkränzen umschlungen. Aus den Blumen wand sich sein verlängerter Rüssel. Eingeölt.

»Was das darstellt, sieht man ja«, sagte Henning, seines Zeichens Physiklehrer.

»Ein Lingam.«

Sie hatte beschlossen, sich nicht aus der Ruhe bringen zu lassen. Henning war ständig neben ihr. Sie kannte das schon. Er wollte, daß sie über Religion Rede und Antwort stehe. Jedwede Religion.

Der Affengott Hanuman hatte einen verschleierten Blick, menschliche Beine und menschliche Arme.

»Viel Fleisch«, sagte Henning. »Hier gibt es viel Körper und Sinne. Hat das Christentum nicht etwas eingebüßt?«

Sie hätte ihren Glauben mit einer schlagfertigen Antwort verteidigen müssen. Hier war es jedoch zu stickig, und der Ölrauch wurde beißender, je weiter sie in das Labyrinth eindrangen. Henning erwartete auch gar keine Antwort, er hatte etwas anderes entdeckt.

»Schau – da sind deine Kollegen.«

Die Geistlichen trugen Lendenschurze, und sie waren sehr schmutzig. Sie sahen verrückt aus. Sie hatten Blumen im Haar, das lang, eingeölt und zu einem Knoten im Nacken aufgesteckt war. Drei von ihnen veranstalteten mit Zimbel, Trommel und etwas, was wie eine große Oboe klang, eine Prozession. Sie tuteten und klapperten.

»Was machen die?«

»Eröffnen einen Gottesdienst, nehme ich an.«

»Der Herr ist in seinem heiligen Tempel«, sagte Henning psalmodierend. »Er ist auch bei denen, welche demütigen und zerschlagenen Geistes sind. Er hört der Bußfertigen Seufzer und wendet sich zu ihrem Gebet. Lasset uns deshalb getrost vor seinen Gnadenthron treten und unsere Sünde und Schuld bekennen.«

Es war verblüffend, wie fließend das alles kam, ohne das geringste Stocken.

Sie rückte von ihm ab, stellte sich dicht neben Rebecka, aber sie musterte ihn und seinen langen Rücken in dem hellblauen Freizeithemd. Er war vierundsechzig Jahre alt. Früher war er in den Gottesdienst gegangen. Vielleicht als Kind. Und zwar so oft, daß ihm diese Worte im Gedächtnis haftengeblieben waren. Es waren alte Worte.

Er ist böse auf mich, weil sie ihm nichts mehr bedeuten.

Fast in der Mitte des Tempelkomplexes befand sich der heilige Teich. Sein Wasser war grün und ölig. Menschen tummelten sich darin und tauchten mit dem Kopf unter. Becka sagte:

»Das stinkt nach Pisse und Affen.«

»Das stinkt nach Heiligkeit«, sagte Henning, der wieder dicht zu Inga aufgeschlossen hatte.

Sie blieben nicht lange stehen, um den Badenden zuzusehen, sondern gingen weiter, bildeten hinter dem Geschichtsprofessor fast eine Prozession. Er sprach jetzt vom Allerheiligsten. Es lag vor ihnen, und es war das Innerste des Tempels. Sie durften es jedoch nicht betreten, denn sie waren keine Hindu. Nicht einmal hineinsehen konnten sie, da man den Eingang mit einem Tuch verhängt hatte. Alle starrten eine Weile das Tuch an, dann folgten sie wieder dem Professor. Die Führung war zu Ende. Blieb nur noch, aus dem Labyrinth hinauszufinden.

»Sollen wir das Heiligste nicht sehen?« sagte Henning und packte Inga am Oberarm. Der violette Stoff mit seinem Staubgeruch schlug ihr ins Gesicht. Überrumpelt stand sie dahinter, und niemand nahm Notiz von ihnen. Niemand sah. Es waren etwa zehn Menschen da drinnen, und sie kauerten in Andacht versunken. Hennings Griff um ihren Arm war ziemlich fest, so als fürchtete er, sie könnte versuchen hinauszuschlüpfen.

Das Heiligtum war ein Stein. Ein schwarzer, eingeölter Stein. Er ragte aus dem Erdboden auf. Oder dem Fußboden. Doch er ragte nicht hoch auf. Der größte Teil befand sich wohl unter der Erde. Das, was zu von ihm sehen war, war schwarz, gefurcht und blank vor Abnutzung und Öl.

Henning hielt jetzt ihre Hand, und er schaute drein, als hätte er ein Unglück gesehen. Eine Autokarambolage oder ein verstümmeltes Tier, das davonzukriechen versuchte. Es war aber nur ein Stein.

»Jetzt gehen wir, Henning«, flüsterte sie.

Und sie gingen, ohne daß jemand sie bemerkte. Sie brauchten nur nach hinten durch das Tuch zu treten. Da kam derjenige, der vermutlich Wache stehen sollte. Er schrie sie an, doch sie eilten auf dem schmutzigen Fußboden weiter. Oder dem Erdboden, dem Stein, was auch immer da unter ihren nackten Fußsohlen war.

Erst als sie bei den Basaren draußen waren, wurde Henning wieder der alte und begann zu reden. Er ließ sich über den Krimskrams aus, der hier verkauft wurde. Weihrauch, Armbänder, Fußkettchen, Schminkpulver, Blumen, Götzenbilder. Er sagte, vermutlich würden einige damit viel Geld verdienen.

»Hast du Angst bekommen?« fragte sie.

»Wie meinst du das?«

Sie wollte ihn jedoch nicht quälen.

Ihre Fußsohlen brannten, als sie zum Bus liefen. Er drückte sich in den Sitz neben sie, obwohl er ursprünglich nicht dort gesessen hatte.

»Hättest du da drinnen beten können?« fragte er.

Sie antwortete nicht. Sein Gesicht war nahe an ihrem, zu nahe.

»Hättest du?«

Sie schloß die Augen.

»Könntest du so nett sein und dich erkundigen, ob es Mineralwasser gibt?« bat sie. »Wir dürfen nicht vergessen, genug Flüssigkeit zu uns zu nehmen.«

Er war arrogant und aufdringlich. Wenn es jedoch eine kastrierte Sehnsucht war, die ihn so hatte werden lassen, dann war sie ihm eine Antwort schuldig. *Hättest du da drinnen beten können?*

Sie wußte es nicht.

Um antworten zu können, hätte sie in den Tempel zurückgehen müssen. Jetzt fuhren sie weiter.

Sie wollten zu einer Seidenweberei fahren, um sich die Herstellung anzusehen und billig Saris zu kaufen. Der Bus hatte keine Klimaanlage. Huptöne durchschnitten die Luft, die in der Luftröhre brannte. Sobald der Fahrer in einem Stau oder wegen eines Verkehrsunfalls anhielt, begann sie zu glühen. Inga dachte: Wenn wir nur erst da sind! Wenn ich nur etwas zu trinken kriege! Sie machten jedoch unterwegs halt. Ein neuerlicher Hindutempel. Ein kleiner diesmal. Sie begriff, daß an ihm irgend etwas merkwürdig war, bekam aber nicht ganz mit, was. Ein feister Priester zeigte ihnen Skulpturen, die aus einem einzigen Block gehauen waren. Hinterher wußte sie nicht mehr, was sie darstellten. Tiere? Götter? Auch hier gab es einen Teich, grün und stinkend.

»Hier nehmen sie ihre Reinigungsbäder«, flüsterte ihr Henning ins Ohr.

Der Tempel war von Krähen verkotet. Ein alter Mann, der nur einen Stoffetzen um die Scham trug, saß vor einem Primuskocher und rührte in einem Topf. Ein Adept saß neben ihm auf dem Boden und rief irgend etwas. Der Alte schien stocktaub zu sein. Oder unerreichbar.

Wenn ich nun eine Wunde an den Füßen habe. Eine Schrunde. Dann geht alles direkt in den Körper. Der festgetrampelte Dreck von Tieren und Menschen auf diesem Erdboden. Die fettige Schwärze des Tempelfußbodens mit all seinen Bakterien.

Danach hielt der Bus bei einer Bank. Sie sollten Reiseschecks eintauschen, um Saris kaufen zu können. Der Sohn des Webereibesitzers befand sich mit im Bus, und er war übertrieben hilfsbereit. Etwas zu trinken konnte er jedoch nicht organisieren. Fünfundsiebzig Kilometer! Das hatte er vergessen zu sagen. Daß das Dorf mit der Weberei nach toten Tieren und Exkrementen stank, hatte er auch nicht gesagt. Warum auch?

So ist das hier eben. Das ist deren Wirklichkeit. Warum werde ich *böse*?

In der Weberei saßen alte Männer und webten mit dünnen Silberfäden komplizierte Muster. Sie bekamen sechs Rupien für die Arbeit eines Tages. Wie viele Stunden? Darauf erhielten sie keine Antwort.

»Sie sind ja vielleicht zufrieden damit!«

Das war die Tochter der Chinamissionare. Sie versammelte die LEAD-Gruppe jetzt zu gemeinsamem Gesang. Sie sollten den webenden alten Männern *Ins Morgenland will ich fahren* vorsingen. Inga fühlte sich schwach und setzte sich auf eine Bank.

Auch Becka wankte, sie, die sonst so widerstandsfähig war, nicht nur gegen Hitze. Sie sagte etwas. Inga öffnete den Mund. Doch es kam nichts. Sie konnte oder mochte nicht antworten. Die alten Männer zogen behutsam die Laden der Webstühle zu sich heran. Die Seidenfäden glitzerten in dem Licht, das durch die Fenster fiel.

»Steh jetzt auf«, sagte Becka. »Vielleicht ist es im Verkaufsraum kühler.« Sie hielt sie untergefaßt und legte ihr den Arm um die Taille. Die Frau des Studiendirektors hatte einen Sari in Violett und Gold gekauft und ihn sich angelegt. Sie balancierte hinaus und versuchte, die Kothaufen und eine Katzenleiche zu umgehen. Ihr Mann protestierte, und Inga erfaßte einen Augenblick lang den Gesichtsausdruck der Frau, als sie sagte:

»Aber das ist doch gerade das *Amüsante* daran! Ihn anzuhaben.«

Ein Kind. Ein Kind von fünfundsechzig, vielleicht siebzig Kilo.

»Komm jetzt«, sagte Becka.

Im Bus fühlte sie sich einige Augenblicke lang besser, doch hatte sie heftiges Herzklopfen, und das machte ihr angst. Sie maß sogleich ihren Puls und stellte fest, daß er 140 betrug.

Das Hotel lag am Meer. Becka hatte sie in einem offenen, dreirädrigen Taxi mit Mopedmotor dorthin gebracht.

»Wir werden separat wohnen«, sagte sie. »In einem Honeymoon Cottage.«

Man kann nicht ohne Wasser auskommen. Da gibt der Körper zu guter Letzt einen pechartigen schwarzen Klumpen von sich. Der kommt mit Sprengkraft aus dem Darm. Statt Durchfall. Und das Herz galoppiert.

Das Moskitonetz war ein Schleier rings ums Bett. Mats Klementsen fiel ihr wieder ein, der die Pension in Svartvattnet betrieb. Er hatte Bettstatt gesagt. Daß die Bettstatt womöglich kalt sei.

Es war seltsam, sich zu erinnern. Das hatte sie vorher nicht getan. Indien war nur Gegenwart gewesen. Erst als sie mehrere Tage lang – zwei? – etwas getrunken hatte, kehrte das Gewesene zurück.

Sie hatte das Gefühl, in einem Sarkophag zu liegen. Einem, der das Fleisch verzehrt.

Sarx.

Hatte sich selbst belehren und sagen wollen: Das bedeutet nur Mensch. Aber sie war in dem Fleisch, und das war zuerst trocken und hart und explodierte aus dem Enddarm, dann wurde es locker, und das Bett begann, es aufzuzehren. Sie hatte am Ende nicht einmal mehr Wasser haben wollen. Der Durst war eingetrocknet. Becka sagte, sie habe sie rehydriert. Und sie wollte, daß Inga die Sache nicht so ernst nehme.

»Du mußtest nicht einmal ins Krankenhaus.«

Sie saß auf der anderen Seite des Schleiers und las eine Zeitung namens *Express*. Es ging um einen Streik. Sie waren mitten durch eine Demonstration gegangen, und ihr Guide hatte gesagt, da sei nichts, das sei normal. Alles sei ruhig, doch sie sollten in ein Haus gehen und es auf der anderen Seite verlassen. Nicht auf dieser Straße weitergehen. Es sei zu voll, hatte er gesagt. Aber ruhig. Jetzt las Becka aus der Zeitung vor, daß bei der Demonstration ein Mensch getötet und dreißig verletzt worden seien. Steine seien geflogen und Läden in Brand gesteckt worden. Die Polizei habe einen Journalisten durch die Straßen geschleift und ihn im Arrestlokal gezwungen, Urin zu trinken.

Dann träumte Inga, sie trinke ihren eigenen Harn, und er sei lauwarm und stark. Erwachte und wollte nie wieder schlafen.

»Dramatisiere jetzt nicht«, sagte Becka. »Du bist bald wieder gesund. Dann können wir im Meer baden. Wir bleiben hier, bis du dich erholt hast. Es sind noch mehr aus unserer Gruppe hier. Wir hatten ein paar Ruhetage nötig. Das Tempo war zu hoch. Wir überspringen ein paar Tempel und Fabriken und fahren dann direkt zu unserem Dorf.«

Das Meer. Das war da draußen. Dort schaukelte ein Servierbrett mit einer Kinderleiche; Inga hatte gesehen, wie sie zum Fluß gebracht worden war. Ein kleiner Körper unter einem dünnen weißen Tuch. Er hatte jetzt wohl das Meer erreicht. Wenn sie badete und ihr dabei diese kleine Leiche unter die Augen käme, was sollte sie dann machen?

Das Bestattungsritual vollziehen?

Hier.
Das gilt hier nicht.
Wie weit gilt Gott?
»Was hast du gesagt?«
»Nichts.«
»Schlaf jetzt ein Weilchen«, sagte Becka. »Der Boy wird Tee bringen. Und dann solltest du ein bißchen zu lesen versuchen. Du hast zuviel Gelumpe im Kopf. Das ist lediglich der restliche Stickstoff, weißt du. Wenn man keine Flüssigkeit zu sich nimmt und nicht aufs Klo geht, funktionieren die Nieren nicht mehr. Glaub mir. Und für jede Tasse Tee wirst du zusätzlich ein Glas Mineralwasser trinken, weil Tee harntreibend wirkt. Inga! Hörst du?«

Dieses Zelt meines Leibes.
Solange ich darin bin.

Das Netz rund um ihr Bett bewegte sich unablässig im Wind des großblättrigen Ventilators, der an der Decke rotierte. Surrte und surrte und surrte. Manchmal schepperte er, und dann rotierte er weiter. Der weiche Schleier machte das Zimmer mild und diesig und die stramme Rebecka mit dem Schnurrbart zu einem Geisterwesen. Sie ging hinaus, und herein kam ein anderes Wesen, ein Boy. Das Weiß seiner Zähne und die Schwärze seines glänzenden Haars konnten eine Milderung vertragen. Er zog jedoch den Zeltschleier beiseite. Seine Hand und sein Arm waren von blaubraunem Dunkel, als er sie in die Abgeschiedenheit des weichen Zeltes hereinstreckte.

Die Hitze stieg langsam. Inga sah steife, trockene Palmen vor dem Fenster. An der Wand saß eine rosa Eidechse. Es war nicht schmutzig hier. Keine Kakerlaken. Dennoch wünschte sie, er würde den Schleier wieder vorziehen.

Sie sollte aufstehen, schaffte es aber noch nicht ganz. Ihr Zopf löste sich allmählich auf, auf dem Scheitel und an den Schläfen war ihr Haar zerzaust. Sie wünschte, Becka würde kommen und ihr helfen. Obwohl sie nicht gut darin war.

Jetzt war dieser Boy in ihrem Haar. Half ihr, als er sah, wie kraftlos ihre Arme waren. Er löste das Haar, unterteilte es und bürstete es sacht. Erging sich über die Blondheit. Sie hatte nicht die Energie, ihm zu erklären, daß sie nicht richtig blond sei. Dafür war ihr Haar zu dunkel. Aber kräftig und lang war es.

Er mußte den Zopf genau studiert haben, dessen Ansatz gleich hinter den Schläfen. Das, was ihn so speziell machte. Er drückte das so aus: Very special! Aber er verstand das Prinzip und brachte ihn mit seinen langen Fingern, die so flache Kuppen hatten, zustande. Sie bekam Heimweh, als sie seine Finger in ihrem Haar spürte, wollte ihm aber nicht sagen, warum. Manchmal kam sie sich vor, als hätte sie etwas gestohlen, wenn sie an Anand dachte.

Als er ihr das Buch und die Brille aus ihrem Koffer holen sollte, ging er verzückt alle Sachen in ihrem Kulturbeutel durch. Darin hatte er eigentlich nichts zu suchen. Er befühlte die Formen der Flaschen und Dosen, schraubte die Deckel auf, roch daran.

Nachts schlief er vor der Tür auf der Terrasse. Sie war mit Palmblättern bedacht. Draußen hörte man die ganze Nacht hindurch Pfeifen. Die Wächter, die das Hotelgelände durchstreiften, waren mit Bambusstöcken bewaffnet. Inga dachte an den Boy, an seinen schmächtigen Körper unter dem Palmblätterdach. Unbewaffnet.

Er lebte von dem Trinkgeld, das er von den Hotelgästen erhielt. Becka hatte gesagt, es betrage normalerweise das Zehnfache des Lohns einer Steinträgerin. Das waren schlanke junge Mädchen in bunten Saris, die Blechwannen mit Steinbrocken auf dem Kopf trugen. Das Hotel wurde ausgebaut.

Als seine geschickten Finger in ihrem Haar waren, stieg ihr ein süßer Geruch in die Nase. Einen Teil seines Lohns verwendete er offensichtlich auf Haarpomade.

»Bring tea?«

»Ja.« Währenddessen würde sie auf die Toilette gehen. Konnte jetzt sicherlich allein dorthin gelangen. Schwache Beine. Mattes Fleisch.

Blasse Sarx.

Und draußen das Meer, das alles beseitigen konnte.

Er kam zurück, zuerst mit Tee und am späteren Nachmittag mit einem von gepreßter Zitrone trüben Wasser. Sie traute sich nicht, es zu trinken. Die Eisstückchen im Glas waren wahrscheinlich nur gefrorenes Leitungswasser. Als sie ihn bat, ihr ein Buch zu bringen, verwechselte er, möglicherweise absichtlich, die Koffer und landete mit seinen langen, dunklen Fingern und seinem verzückten Staunen in Rebeckas Koffer. Er kramte alles durch – Prophylaktika, Unterwäsche, fotokopierte Berichte – und stieß auf eine Thermobürste. Inga wußte nicht, daß Becka so etwas besaß. Sie erklärte ihm die Funktion der Thermobürste, und er steckte den Stecker in die Steckdose.

Als Becka hereinkam, hockte er auf dem Boden und frisierte sein dickes, vor Pomade glänzendes Haar. Da machte sie ein Gesicht, wie Inga es noch nie gesehen hatte. Ihre Stimme war dürr und unpersönlich, als sie zu ihm sagte, er solle zwei Sodawasser holen.

»To Soola«, sagte er und war blitzschnell auf den Beinen. Die Thermobürste war in den Koffer zurückgeglitten, seine blaubraunen Finger mit ihren abgeflachten hellen Kuppen klappten behend den Verschluß zu.

Becka sagte nichts wegen der Bürste. Diese schien seltsamerweise ein Geheimnis zu sein. Sie brauchte ihr dunkles, stark krauses Haar doch gar nicht zu locken. Womöglich versuchte sie, es geradezuziehen, wenn sie allein war. Das größte Geheimnis aber bestand, bislang gut gehütet, in diesem Schattengesicht, das über das ansonsten so sichere und sachliche Beckagesicht gehuscht war: ein schnell verwischter Zug von Widerwillen, als sie die Bürste in seinem Haar gesehen hatte.

Inga wußte, daß sie einen Fehler gemacht hatte, als sie ihn die Thermobürste benutzen ließ. Es war peinlich.

Woher hätte ich es denn wissen sollen? Diese braune Haut nämlich. Dieses Braun mit seinem blauen Schimmer. Die Fingerspitzen. Das ist etwas Vertrautes für mich, Becka. Körperlich, mit Geruch, warm. Angesichts dieser Haut fühle ich mich wie zu Hause. Das müßtest du wissen. Sie breitet eine Schicht Alltäglichkeit über das grausame Unrecht, über den Schmerz und den Haß, der anschwellen und durchbrechen will. Sie dämpft. Glättet.

Ich habe Heimweh.

Alle Tage.
Nach aller Tage Bewegungen, Zärtlichkeit und Vertrautheit.

Es waren mehrere Kästen Limca im Bus, denn sie hatten jetzt etwas gelernt. Das Zitronengetränk stand ihnen zur freien Verfügung, und als sie ankamen, gab es noch mehr davon. Am Strand lagen die Kanus, die sie zu den Fischerdörfern auf der Insel bringen sollten. Unser Dorf, so hatten sie zu Hause dazu gesagt. In Wirklichkeit aber waren es mehrere Dörfer, und rund um die Boote wimmelte es von Männern. Eines der Kanus war vom Bug bis zum Heck bewimpelt und hatte Ehrensitze für Rebecka und den indischen Fischereidirektor. Pearl bestieg jedoch den einen, bevor der Direktor dort anlangte.

Sie wurden mit Blumenkränzen behängt, bekamen noch mehr Limca, und die Hitze stieg. Dann legten nacheinander die Boote ab, wobei im ersten eine Blaskapelle spielte. Hinter ihnen wurden Knallkörper abgefeuert. Am anderen Ufer standen die Männer aus den Dörfern, und auf den ersten Blick wirkten sie nackt. Sie trugen jedoch ein braunes Tuch um die Hüften. Im Seewind flatterte eine Banderole mit der Aufschrift WELCOME, blauviolette Buchstaben auf einem gelben Stoffgrund. WELCOME stand auch über der Tür des Schulhauses, und dort gab es eine selbstgenähte schwedische Flagge in Blauviolett und Apfelsinengelb. Sie wurden zu Limca und Keksen hineingeleitet. Es gab keine Möbel in dem Raum mit dem Zementfußboden, und das Dach bestand aus Palmblättern. In den Türöffnungen drängten sich die Männer, während bekleidete Leute vom Festland Reden hielten, die aus dem Englischen gedolmetscht wurden. Im Lärm der Stimmen verstand jedoch niemand etwas. Schulkinder sangen, und Inga, die ein Kilo Tagetes und Jasmin um den Hals hatte, wollte sich setzen, doch es gab nur Holzkisten, und die standen voller Keksteller und Pappbecher.

Als sie hinauskamen, sah sie zum erstenmal die Frauen. Sie standen weit entfernt unter Palmen und waren mit Saris und langen Schleiern bekleidet, die den Scheitel bedeckten und den ganzen Körper verhüllten. Sie hatten sehr dunkle Gesichter.

Die Gruppe spazierte im Sand und in der Hitze zu der Stelle, wo die Leute aus Albizienstämmen, die mit Seilen zusammengefügt wurden, die Katamarane des Projekts bauten. Sie bekamen jene beiden zu sehen, für die sie aufgekommen waren: Sie glichen eher Flößen als Booten. Als sie auf dem Rückweg waren, um die Fischer in ihren Booten ausfahren und Netze werfen zu sehen, begann Sune von der Handelsbank mit kleinen Jungen um die Wette zu rennen. Es war zwölf Uhr mittags, und wenn man stillstand, drang die Hitze des Sandes durch die Schuhsohlen.

»Der will sich umbringen«, sagte Henning.

Mag sein, daß er recht hatte. Menschen haben viele eigenartige und starke Wünsche. Inga reagierte jedoch nicht darauf. Dazu reichte ihre Energie nicht.

Es ging jetzt einzig darum, quer über den Sand in den Schatten der Palmen zu gelangen, und sie vergaß den rennenden Sune. Am späten Nachmittag ergatterte sie einen Regenschirm. Das war doch gleich etwas ganz anderes, und sie war entschlossen, an ihm festzuhalten, komme, was da wolle.

Beim Versammlungshaus des Dorfes bekamen sie unter dem Palmblätterdach der Veranda Refreshments. Dabei saßen sie endlich auf Stühlen, und das gesamte Dorf stand um sie herum und guckte. Schulmädchen sangen und tanzten. Sie hatten Blütenrispen im Haar und waren farbenfroh herausgeputzt. Jungen fochten mit Schwertern aus Stöcken, die mit Papier geschmückt waren, und vollführten Boxkämpfe, die sie sich zu Ende ansehen und beklatschen mußten. Bevor sie Limca bekamen, mußten sie unter Pearls Leitung *In unsrem Wäldchen* singen.

Im Haus erhielten sie ein Mittagessen auf Bananenblättern. Reis mit Curry, Garnelen, Fisch, Ente, Eier, gekochte rote Bete, Linsen, Zwiebeln, Plätzchen mit rosa Zuckerguß und Silber, Papayas, Melonen und Bananen. Es gab wieder Limca, Limca und nochmals Limca.

Inga argwöhnte, daß ihr Besuch mit Blasmusik, Essen und Knallkörpern mehr als den Wert zweier Katamarane gekostet haben mußte. Es ließ sich jedoch keine Klarheit in die Geschäfte und die Zusammenarbeit mit SIDA, der Behörde für internationale Entwicklung, bringen, die auf Rebeckas Seite in bitterer Feindschaft bestanden. Es war schwierig, in dieser Hitze überhaupt etwas mitzubekommen, doch ihr schwante, daß es unter den fast nackten Männern smarte Typen gab. Führungsfiguren, vielleicht Katamaranfischerkarrieristen. Das meiste, was sie sich dachte, ließ sich nicht sagen, und außerdem fehlte ihr die Energie dazu. Pearl dagegen sagte alles, was sie sich dachte, und alles war passend und gut. Nach dem Essen versammelte sie die Gruppe, und sie sangen *Hier ist's himmlisch gut zu sein*.

Jetzt sollten sie die Hütten besichtigen, die Lehmfußböden hatten und mit trockenen Palmblättern gedeckt waren, und die Frau des Studiendirektors ging voran und rühmte sie.

»Die ist hohler im Kopf als eine ausgehöhlte Kohlrübe«, sagte Henning, der jetzt sein Herz wieder spürte. Seine Augen waren matt, und es war ihm egal, wie laut er sprach.

Becka erklärte, daß sich die Lehmfußböden während des Monsuns in Matsch auflösten. Inga fürchtete sich vor den Ziegen, die überall umherliefen und die Leute anrempelten. Die Hühner waren so gescheit auseinanderzustieben, wenn sie kamen, und jagten mit einem Gegacker, das Schreien glich, aus den Hütten. Dort war es wenigstens kühler, und Inga, die ihren Schirm zugemacht hatte, fragte Becka, ob sie mit Hilfe des Dolmetschers mit jemandem sprechen könne.

Sie saßen sodann unmittelbar neben der Türöffnung, ein dunkler Mann in der Hocke und sie selbst mit angezogenen Knien, um die sie die Arme geschlungen hatte. Sie sah, daß es einer der smarten Männer war. Als sie dem Dolmetscher ihre Frage sagen sollte, war ihr Kopf leer. Es fiel ihr keine andere Frage ein als die, welche Sorte Fisch sie fingen. Zurückgedolmetscht bekam sie Namen, die sie auf englisch nicht verstand. Sie merkte, daß im Dunkel der Hütte jemand hinter ihr war, jemand, der fortwährend zitterte. Sie dachte an Malaria. Als sie sich an das schwache Licht gewöhnt hatte, erkannte sie eine junge Frau mit einem Säugling. Es war keine Malaria, es war Schrecken. Die Frau hielt das Kind ganz fest im Arm und schauderte und zitterte nur noch heftiger, als Inga die Hand ausstreckte, um dem Kind den Kopf zu tätscheln.

»She never saw a white person«, sagte der Dolmetscher.
Sie verließen die Hütte.
Vor ihrem Aufbruch versammelte Pearl die Gruppe. Sie wollte, daß sie das Kinderlied vom Wacholderbusch sängen und dazu tanzten, um den Dorfbewohnern etwas von schwedischer Kultur zu zeigen. Das scheiterte an Henning. Sie sangen statt dessen *Schönster Herr Jesu,* und der Dolmetscher, der sie schon lange begleitete, sagte:
»I know that song by now. A little bit sad, isn't it?«

An diesem Abend aßen sie in einem schäbigen kleinen vegetarischen Restaurant, wo aus einem Transistorradio Indipop grölte. Inga ging durch den Kopf, wie stark Becka doch war, als diese über die Musik hinweg eine Ansprache hielt.
Ansonsten waren alle sehr müde. Sie hatten im Lauf des Tages schon viele Reden gehört, und es stand ihnen noch eine achtzig Kilometer lange Busfahrt bevor, ehe sie in dem Hotel wären, das sie gebucht hatten. Am nächsten Tag würden sie wieder mit dem Zug fahren und Ellbogen an Ellbogen auf geraden Bänken sitzen, während sich der Ruß durch die zugezogenen Fensterscheiben fräße und auf ihre Gesichter legte.
»Ich muß euch was erzählen«, sagte Becka. »Etwas, worauf wir anstoßen müssen, auch wenn wir nur Limca haben. Etwas, was eine totale Befreiung bedeutet. Von SIDA, meine ich.«
Sie waren so müde, daß sie kaum aufblickten. Außerdem waren sie Beckas Krach mit SIDA leid.
»Nun werden unsere Dörfer wirklich *unsere* werden«, erklärte Becka. »Wir haben die Freiheit erhalten – wir haben eine Schenkung erhalten! Wir können direkt mit Uday und den anderen Männern in den Dörfern zusammenarbeiten.«
Sie saßen da, hielten die verkratzten, matten Gläser mit dem Zitronengetränk in der Hand und warteten darauf, auf etwas anstoßen zu dürfen. In Gedanken waren sie jedoch beim Bus und dabei, bald anzukommen und sich in ein Bett legen zu können, egal, wie das beschaffen sein mochte. Sie hofften, daß es dort eine richtige Klimaanlage gäbe und nicht nur einen rotierenden Ventilator.

»Ein Hoch auf Inga!« sagte Rebecka. »Sie hat ein großes Erbe erhalten und läßt es an LEAD gehen.«

Sie wollten alle mit ihr anstoßen. Was sollte sie machen? Sie dachte an die Männer dort am Strand. An die Frau in der Hütte, die vor Schreck gezittert hatte. An den Gestank nach fauligem Fisch und Exkrementen. An die Hühner. Hatten sie etwas anderes zum Leben als die Hühner, die Ziegen und das, was die Frauen anbauten? Was sollte sie bloß sagen?

»Phantastisch, Inga!«

»Du bist wirklich eine wahre Christin.«

Über Harriets Wangen strömten die Tränen, sie kamen so schnell, als hätte sie Zwiebel geschnitten. Und Henning guckte so verblüfft, daß ihm die Kinnlade herunterfiel. Inga schoß durch den Kopf, was es gekostet hatte, ihm den Mund zu stopfen. Wenn auch völlig unabsichtlich. Beckas Absichten waren dagegen klar und zielsicher erreicht.

»Wald für mindestens zwölf Millionen Kronen«, sagte Becka. »Und das gleiche noch mal in Wertpapieren. Was sagt ihr dazu?«

Inga betrachtete ihre Gesichter. Jetzt war sie so, wie die anderen sie haben wollten. Irgendein Mensch sollte so sein, wenigstens einer.

»Prost!« sagte sie.

Becka nannte sie immer Gottes eigene Konditorei. Sie lag im selben Haus wie das Café, das die Stadtmission für die sozialen Randgruppen betrieb, und unterstand derselben Leitung. Auf der einen Seite der Wand kultiviertes Stimmengewirr, auf der anderen Seite Geräusper aus zerrauchten Lungen.

Inga traf sich mit ihrem Anwalt in der Konditorei, er hatte angerufen, sobald sie aus Indien zurück war. Er hieß Wikner und war nur insofern der ihre, als sie sich seit Jahren mit ihm traf und Kuverts mit Geld in Empfang nahm, das der Arbeit der Stadtmission zugehen sollte. Manchmal auch anderen Stellen, für die sie etwas erbat.

Oft war es sehr viel Geld. Er bezeichnete den Spender als *meinen Mandanten*. Doch ihm war bestimmt klar, daß sie ihn durchschaut hatte.

Er holte ihr Kaffee, denn es war erst elf Uhr. Wenn sie sich nachmittags trafen, wollte sie Tee haben, das wußte er. Sie bekam ein Mürbteigherz mit Puderzucker, weil sie sich beim erstenmal ein solches bestellt hatte. Das war viele Jahre her.

Er wollte stets eine detaillierte Rechenschaft darüber, wofür das Geld verwendet worden war, kam jedoch nie in die »Suppenkirche« mit ihr. Sie trafen sich im süßen Kuchenduft der Konditorei, und vom Geruch nach ungewaschenen Leuten und aufgewärmter Suppe auf der anderen Seite der Wand wußte er nichts. Sie wußte auch nichts von seiner Welt. Einmal hatte er erzählt, daß er bei der Kleinen Gesellschaft gewesen sei und ein ausgezeichnetes Abendessen erhalten habe, ein andermal, daß sein Vater Prinz Bertil gekannt habe. Er war der Ansicht, das Rechtswesen sei derart unterfinanziert, daß es kaum seinen Aufgaben nachkommen könne, und die Ermittlungen der Polizei hielt er für generell unzulänglich. Er gehörte jedoch nicht zu jenen Verteidigern, die in den Nachrichtensendungen mit ihrer Arroganz blendeten. Die Sozialdemokratie, welche Justizminister und Reichspolizeichefs ernannte, hätte sich überdies von keinem, der maßgeschneiderte Hemden trug, dreinreden lassen.

»Wie war es in Indien?« fragte er.

Sie antwortete so, wie sie sonst niemandem geantwortet hätte: Es sei fürchterlich gewesen. Sie waren im Lauf der Jahre so etwas wie Verschworene geworden. Mit Rechtsanwalt Wikner zu sprechen war, in einer ganz anderen als der christlichen Gemeinschaft beichten zu gehen.

»Staffan«, sagte sie. »Kann ich auch ein Roastbeefbrot bekommen? Ich weiß nicht, wann ich zuletzt ordentlich gegessen habe.«

»Sie sind mager geworden.«

»Ich habe von Mineralwasser und Bananen gelebt. Trotzdem ist mein Magen nicht ganz in Ordnung. Entschuldigen Sie bitte meine Offenheit.«

Ihr fiel immer zu spät ein, daß er eine bessere Erziehung genossen hatte als sie. Dann erzählte sie ihm von dem Erbe und daß sie versprochen hatte, es LEAD zu spenden. Er faßte es als eine Konsultierung auf und erkundigte sich eingehend über Rebecka Gruber und LEAD und deren Verhältnis zu SIDA.

»Möchten Sie meine Meinung hören?«

Als sie nickte, sagte er zu ihrer Verwunderung, er werde sich einige Notate machen, falls er noch ein paar Fragen stellen dürfe. Auch wollte er die Rechenschaftsberichte von LEAD haben, alle Jahrgänge, soweit sie sie aufgehoben hatte.

»Sie hören dann von mir«, sagte er.

Sie hatten sich im Untersuchungsgefängnis Kronoberg kennengelernt. Inga war dorthin gekommen, weil sie eine lichtscheue Phase hatte. Es schien in dieser Gesellschaft keine dunkle Ecke mehr zu geben. Nicht in der Religion, nicht in der Kirche. Überall war ein klares und klinisches Licht eingeschaltet.

Das Predigen fiel ihr nicht leicht, und zuletzt ging es überhaupt nicht mehr. Sie hörte selbst, daß sie in seelsorgerischen Gesprächen eine klinische Sprache benutzte. Das verdroß sie so sehr, daß sie oft lange Zeit still dasaß. Schließlich mußte sie ihrem Vorgesetzten davon erzählen, und er sagte, sie habe eine

Blockade. Er benutzte selbstverständlich ebenfalls die Sprache seiner Gesellschaft, war aber hilfsbereit und meinte, sie solle den Arbeitsbereich wechseln, bis sich das, was er eine Blockade nannte, löse. Er hatte das Untersuchungsgefängnis Kronoberg vorgeschlagen.

Als sie ihren Vorgänger dort traf, sah sie, daß er fix und fertig war. Diese chaotische Mischung aus Überdruß, Übermüdung, Sentimentalität, Zynismus und purer Verwirrung bedurfte jetzt, da sie immer üblicher wurde, natürlich eines Namens. Man begann von Burn-out, von Ausgebranntheit, zu sprechen. Aber was war da eigentlich ausgebrannt? Ein Herd? Ein Motor? In Wirklichkeit war es doch eine Seele, die Schaden genommen hatte.

»Sie schlafen doch gut?« hatte der Gemeindepfarrer sie gefragt, und sie hatte genickt, denn mit welchem Recht sollte sie sich über ihre Nächte beklagen? Die meisten Frauen, die sie kannte, wachten irgendwann auf und hatten Schwierigkeiten, wieder einzuschlafen, sie hörten sich das Nachtprogramm im Radio an, tranken ein Glas Milch, lasen ein wenig in einem Buch und rannten nachts oft auf die Toilette. Notgedrungen nannten sie diesen fahrigen Zustand ihren Schlaf.

Sie übernahm die Arbeit im Untersuchungsgefängnis Kronoberg und begegnete Jean Valjean. Er hatte das Silber des guten Bischofs Bienvenu gestohlen, er hatte den Fuß auf die Münze des Savoyardenknaben gestellt. Wieder und wieder hatte er das getan. Er hatte einer hochbetagten Frau den Kopf eingeschlagen. Er hatte Cosette vergewaltigt. Mit einem Grand Cherokee war er in ein Schaufenster gefahren und hatte Pelze geklaut. Er hatte einen Selbstbedienungsladen ausgeraubt und die Kassiererin derart erschreckt, daß sie unter Schlaflosigkeit und Angstattacken litt. Er hatte Fantine den Kiefer zertrümmert und seine Mutter um die Erwerbsminderungsrente geprellt. Keine Schlußchöre würden seine Bekehrung preisen. Er würde im Strafsystem herumtransportiert werden wie ein Stück Vieh, dessen Schlachtung ständig aufgeschoben wird. Inga sah, daß dieser rohypnolverschleierte Blick der Blick eines Menschen war, und sie empfand Mitleid.

Was ist Mitleid? Leidet man wirklich? Der Kollege vor ihr hatte es getan. Außer Schlaflosigkeit hatte er alle möglichen Attacken erlitten, und sein Blick war ebenso verschleiert wie der Jean Valjeans. Er bekam Oxazepam. Es hieß, er habe es nicht verkraftet. Doch er litt, an Mitleid litt er.

Sie begriff, daß es der falsche Weg war, doch sie kannte den rechten nicht. Sie hatte nicht in eine Position aufsteigen wollen, in der sie Distanz bekam. Distanz und Kontrolle waren die Rettungsringe im Meer der Gefühle. Das beobachtete sie in jeder Reportage, die sie über minderjährige Prostituierte aus dem Baltikum und über zerschossene Entbindungskliniken in Bosnien las.

Sie wußte nicht, was sie mit einem Gefühl anfangen sollte, das so unmodern war, daß sie ihm mißtraute. Und der Anspruch, den sie empfand und formulierte, war für sie beide zu großherzig und zu streng zugleich.

Für die Pfarrerin: Verzeihe alles!

Für Jean Valjean: Übernimm die Verantwortung für dein Leben!

Zu jener Zeit hatte sie Staffan Wikner kennengelernt. Damals wie heute vermied er es, über seine Motive zu sprechen, vielleicht sogar, an sie zu denken. Unermüdlich arbeitete er als Verteidiger von Jean Valjean, und es war schwer zu sagen, ob er glaubte, daß dieser sich bessern und die Kandelaber zurückgeben werde.

Staffan Wikner brachte sie auf Trab. Das wurde ihr erst bewußt, als ein höhnischer und angetörnter Insasse sie fragte, ob sie es nicht satt bekomme, rumzulaufen und über Gott zu quatschen. Da hatte sie den Mund noch gar nicht aufgemacht, nur die Hand zum Gruß ausgestreckt. Sie zog ihre Hand zurück und antwortete:

»Mein Beruf enthält wie der aller anderen sein Maß an Überdruß. Auch an Leere.«

»Du glaubst also gar nicht an Gott.«

»Ich vertiefe mich normalerweise nicht in diese Sache. Man kann nicht ständig das Fieber seines Glaubens messen und daran herumdoktern. Beten und arbeiten, das ist die beste Medizin.«

»Gegen was?«
»Gegen Überdruß und den Tod.«
Dann fragte sie ihn, was seine Medizin sei.
»Du bist ja wohl die Härte, was«, erwiderte er.
Es war jedoch der Auftakt zu einem Gespräch gewesen. Als sie von dort wegging, hatte sie an Staffan Wikner gedacht, daran, daß er es genauso gemacht hätte, freilich auf seinem juristischen Gebiet. Er war ein guter Lutheraner, obwohl er nie Theologie studiert hatte, und sie schämte sich ein wenig, weil sie es nicht verstanden hatte, all ihr angelesenes Wissen in die Praxis umzusetzen, sondern weiterhin ihre Selbstdiagnose betrieben hatte.

Der Anwalt und sie verabschiedeten sich voneinander und stapften durch den Matsch auf dem Stortorget in unterschiedliche Richtungen davon. Sie wollte zur U-Bahn nach Johanneshov und dort ein Trauerhaus besuchen. So hatte man das vor langer Zeit genannt, ja, auch dann noch, als sie während der Ausbildung ihr Gemeindepraktikum absolviert hatte. In diesem Haus konnte sie allerdings nicht darauf hoffen, daß jemand trauerte. Der Verstorbene hatte einen Sohn gehabt, der an der Beerdigung jedoch nicht teilnehmen wollte.

Beerdigungen von Gestrandeten waren ihr ein Greuel, der Armensarg aus Pappmaché, die Trostlosigkeit. Für gewöhnlich war sie mit einem Bestattungsunternehmer in schwarzem Anzug und einer unbekannten Leiche allein. Menschen sollten nicht auf diese Weise beerdigt werden. Inga versuchte immer, ein Foto der verstorbenen Person zu bekommen, am liebsten eines, auf dem diese noch jünger und von dem Prozeß, der sie hierhergebracht hatte, nicht so gezeichnet war. Doch das gelang selten.

Es waren meistens Männer, die einsam starben. Inga zwang sich, in die Leichenhalle zu gehen, wenn sie kein Foto bekommen konnte. Ein Gesicht, und war es noch so schwammig und verquollen, war besser als nichts.

In diesem Fall gab es einen Sohn. Wenn sie ein paar Auskünfte erhielte, könnte sie eine persönliche Ansprache halten. Sie wollte auch versuchen, ihn dazu zu überreden, zur Kapelle auf dem Waldfriedhof zu kommen.

Als sie in dem Mietshaus stand, das die gleiche Farbe wie eine Prinzeßtorte hatte, und die Tür auf das erste Klingeln hin geöffnet wurde, sah sie am Gesicht des Sohnes, daß sie genausogut direkt zur Sache kommen konnte.

»Ihr Vater ist doch gestorben«, sagte sie. »Ich werde das Begräbnis abhalten.«

»Was wollen Sie?«

»Darf ich hereinkommen?«

»Nun, ich habe nicht vor, zur Beerdigung zu gehen«, sagte er. »Falls Sie darauf hinauswollen.«

»Ich werde eine Leichenrede halten.«

»Eine was?«

»Eine Rede über Ihren Vater.«

»Das ist wohl nicht nötig.«

»Mag sein. Aber ich mache das immer so. Könnten Sie mir ein wenig helfen? Darf ich eintreten?«

»Okay. Aber ich habe nichts zu sagen.«

Zuerst dachte sie schon, sie würden in der Diele bleiben. Er stand einfach nur da und rührte sich nicht, und sein Gesichtsausdruck ließ sich in keiner Richtung deuten. War leer. Er war ein großer, schlanker Mann. Neunundzwanzig Jahre alt, wie sie aus dem Personenstandsregister wußte. Er war dunkelhaarig und hatte einen ordentlichen Haarschnitt. Seine Jeans war sauber, sein Pullover Markenware.

»Haben Sie einen Moment Zeit?«

Er bewegte die Schultern auf eine Art, die vielleicht »Ja« bedeutete. Sie konnte auch »Nein« bedeuten oder »Egal«. Oder sonst etwas. Plötzlich empfand sie Wut.

»Ihr Vater ist in Armut gestorben«, sagte sie.

»Aha. Noch so ein Wort.«

»Er war arm. Als er starb, besaß er praktisch gar nichts.«

»Das ist nicht weiter verwunderlich.«

»Warum wundert Sie das nicht?«

»Er war Spieler. Er hat alles verspielt. Das war sein Ding.«

Er ging nun vor ihr in ein Wohnzimmer mit schwarzen Ledermöbeln und einer großen Stereoanlage. Keine Armut. Er trank vermutlich auch nicht. Er hatte einen trottenden Gang. Vom Vater? Das wußte er wahrscheinlich selbst nicht.

Er setzte sich auf ein Sofa und sagte:

»Nun?«

Inga setzte sich ihm gegenüber. Auf dem Tisch lagen Fernbedienungen und eine Golfzeitschrift. Eine Schale mit Obst stand da. Mit Orangen und Kiwis, auch ein paar Passionsfrüchten. Hatte er Passionen? An der Wand hinter ihm hing ein großes Bild, ein Druck. Es war eine Mickymaus, signiert von Lasse Åberg.

»Ich möchte bei der Beerdigung Ihres Vater gern ein paar persönliche Worte sagen«, erklärte sie. »Ich habe ihn aber nicht gekannt. Ich habe ihn nicht einmal gesehen.«

»Seien Sie froh.«

»Warum?«

»Er war wohl recht aufgeschwemmt.«

Es wurde still. Inga hörte etwas rauschen. Das war vielleicht der Kühlschrank.

»Sie haben es zu etwas gebracht«, sagte sie.

Er machte wieder diese Schulterbewegung.

»Ihr Vater scheint Ihnen keine Stütze gewesen zu sein.«

»Nicht so ganz.«

»Haben Sie ihn gekannt?«

»Ich habe mit ihm gelebt. Er war mit Mutter verheiratet.«

»Lange?«

»Sie ... mir ist klar, daß Sie meinen, das tun zu müssen, weil Sie Pfarrerin sind. Aber da ist ... null. Null also.«

Er stieß die Luft aus, die diese fest geschlossenen Lippen aufgebläht hatte. Er klang müde. Aber nicht böse. Inga hatte sich gerade gefragt, wann er sie rausschmeißen werde.

»Ich will es mal so sagen«, fuhr er fort. »Mutter mußte aus dem Haus. Er hatte es verpfändet.«

»Wie alt waren Sie da?«

»Weiß nicht mehr.«

»Wie ist es ihr ergangen?«

»Schlecht. Was dachten Sie denn?«

Inga hatte ihr Notizbuch hervorgeholt und blätterte die Seite über seinen Vater auf.

»Ihre Mutter ist neunzehnhundertsiebenundachtzig gestorben«, sagte sie.

»Mensch, soll das etwa ein Verhör sein?«

Sie spürte, wie die Müdigkeit kam, ihr in die Haarwurzeln kroch. Sie merkte, daß sie mit gesenktem Kopf dasaß und daß sie sich nach vorn beugte. Ich muß mich zusammenreißen. Ich muß hier weg. Ich mache nur sinnloses Zeug.

»Mutter ist an einer falsch behandelten Lungenentzündung gestorben«, sagte er. »Kaum zu glauben, daß so was heutzutage noch passiert, was? Sie lag einfach nur da und hatte Schmerzen, hustete und starb. Ich kam nach Hause ... nun, egal. Mutter war in Ordnung. Sie könnten über sie reden. Tun Sie das. Halten Sie ihm eine Rede über seine Frau!«

»Hat er Ihnen gar nichts bedeutet? Niemals?«

»Doch. Er war manchmal ausgelassen. Wenn er sich sozusagen im Anfangsstadium eines besseren Rausches befand. Einmal hat er ein Trikot mitgebracht, ein AIK-Trikot.«

Hier ruht Karl Gunnar Rosén, dachte sie. Er hat seinem Sohn ein Sportlertrikot geschenkt.

»Sie ... ich muß gleich zur Kita. Wenn Sie mich entschuldigen.«

»Ja, natürlich«, erwiderte sie. »Vielen Dank auch. Jetzt weiß ich immerhin ein bißchen mehr. Sie haben kein Foto?«

»Es ist am besten, wenn Sie jetzt gehen.«

Als sie unten auf der Straße war und in Richtung U-Bahnhof ging, hörte sie jemanden rufen. Die Leute sahen nach oben, Inga wandte den Kopf und suchte mit dem Blick die Hausfassade ab. Es war er. Der Sohn. Er stand auf einem Balkon.

»Hallo! Frau Pfarrer!«

Er hielt etwas im Arm.

»Hier ...«

Er warf dieses Etwas herunter, das jetzt angeschossen kam. Eine Schachtel in wuchtigem Fall, während der Deckel hinterhersegelte. Aus dieser Schachtel fielen Zettel und Stoffstücke und kleine Metallgegenstände. Mal hüpfte Inga, mal kroch sie und sammelte die Sachen ein. Es kamen Autos, und sie mußte zur Seite springen. Die Zettel waren vom Dreck der Straße und vom Matsch verschmutzt.

Als sie nichts mehr fand, sah sie nach oben. Er stand noch immer da, die Arme jetzt auf dem Balkongeländer.

»Legen Sie das in den Sarg!« rief er.

Sie dachte daran, daß Christi Diener die Diener der Menschen seien, und so sollte es auch sein. Bald aber gibt es nur noch Pfarrerinnen. Frauen, die sich des menschlichen Abfalls annehmen. Denn sehen diese Menschen die Körper, die begraben werden müssen, nicht so? Damit sie nicht stinken, um zu sagen, wie es ist. Der Sohn mit dem Mickymausbild, in welch unendlicher Armut er doch lebt! Ich aber empfinde Wut statt Mitleid. Und wenn ich Mitleid empfinde, komme ich mir porös vor wie ein Schwamm, schlabberig und schlecht fokussiert. Ich schluchze schier vor Selbstmitleid. Uh hu huuu ...

Sie mußte tief und womöglich gar theatralisch geseufzt haben, denn Brita, die gerade ihre große Bernsteinhalskette anlegte, warf ihr aus dem Spiegel einen munteren Blick zu. Dann gingen sie in die Bibliothek, die zugleich Trauungszimmer war, und tranken ein Glas trockenen Vermouth mit Eis. Brita hatte ein Schälchen mit Taco-Nüssen hingestellt, und Inga aß alle auf. Sie hatte nichts mehr gegessen, seit sie mit Staffan Wikner in der Konditorei gewesen war.

Dann kam das Taxi, und sie machten sich auf den Weg zur Oper. *Così fan tutte* hatte Premiere. Brita, ihre Chefin und eine profilierte Persönlichkeit des kulturellen Lebens, bekam immer eine Einladung mit zwei Karten. Der Regisseur hatte sich im Libretto an dem Wort Albaner aufgehängt und aus der gesamten Rollenbesetzung eine Oststaatenmafia gemacht. Fiordigilis und Dorabellas Nerzmäntel schleiften über den Boden. Ferrando und Guglielmo fingerten nervös an Pistolen, die ebenso überdimensioniert waren wie die vorstehenden Penisattrappen in ihren Hosen. Die Kostüme sollten Armani darstellen. Alle waren schlaff, bösartig und verderbt, und es war einschläfernd. Es ist aber auch schwierig, mit der Musik von *Così fan tutte* jemandem einen Schreck einzujagen, dachte Inga. Sie fühlte sich nach ihrem Besuch in Johanneshov noch immer unlustig. Allerdings begann der Wein zu wirken.

»Nun haben wir schon einen kahlgeschorenen Don Juan mit einer Rolex und Rigoletto als Stand-up-Komiker in Lederjacke gesehen, und jetzt das hier. Könnten wir nicht einfach ein Weilchen von unserer Glasveranda aus den Sonnenuntergang genießen?« sagte sie.

»Du vergißt, daß die nach Osten geht und daß alle Angst haben«, entgegnete Brita.

Inga fuhr nach ihren gemeinsamen Abenden nicht nach Gröndal hinaus, sondern übernachtete in Britas Dienstwohnung in der Hornsgatan. Sie bekam Milch, ein Käsebrot und einen Kuß auf die Stirn und sollte unbesorgt sein. Da war jedoch diese Spannung. Sie schlief nie gut bei Brita.

Als sie sich kennengelernt hatten, gehörte Inga schon nicht mehr zum Fußvolk der staatlichen Religionsfirma, zu jenen, denen am häufigsten die Aufräumjobs zufielen und die sie auch nahmen. Man war schließlich gerührt, wenn die Leute ihre Angehörigen am liebsten von einer Frau beerdigen ließen. Frauen seien viel sanfter, sagten sie frei heraus. Inga war als junge Pfarrerin gehetzt, abgearbeitet und geistig verschlissen gewesen. Als sie Brita kennenlernte, befand sie sich mitten in einer Universitätskarriere und hatte die Aufräumjobs hinter sich gelassen. Doch die große, perfekte Brita Gardenius hatte sich für sie nicht deshalb interessiert, weil sie Religionsgeschichte lehrte.

Brita teilte die Sakramente mit zögernden und in jedem Moment ausgeklügelten Bewegungen aus. Am Altar, da hatte Inga sie zum erstenmal gesehen und in ihrem Kopf sogleich die kritische Fakultät eingeschaltet, sich aber ebensoschnell dafür geschämt. Vorher hatte sie Brita nur vom Hörensagen gekannt und in Nachrichtensendungen gesehen: Sie schritt im weißen und goldenen Meßgewand durch den Matsch der Straße zu einer Baustelle, um diese zu segnen. Unter dem Widerlager einer Brücke, wo zwei Finnen an einer Holzspiritusvergiftung gestorben waren, hielt sie einen Trauergottesdienst. In orangefarbenem Overall und mit dem vom Arbeitsschutz vorgeschriebenen

Helm, doch mit der Stola um die Schultern bestieg sie einen Baukran in Hammarby. In einer Fernsehdiskussion, wo die Worte ansonsten nur so sprudelten und die Blicke kalt waren, setzte sie sich sehr nachdenklich mit der Abtreibung bei Jugendlichen auseinander. Sie breitete eine Art Würde über die triste Veranstaltung. Trotzdem hatte sie mit ihren langen Pausen deren Mechanik nicht entschärfen können, denn sonst wären die Kameras von ihr abgeschwenkt. Ihr Gebaren war schwer zu durchschauen.

Irgendwann hatte Inga verstanden, daß Britas zögernde Ausdrucksfülle vor dem Altar nicht ausgeklügelt und inszeniert war. Sie gebärdete sich nicht, sie war so. Ihr hochgewachsener Körper hatte sich wohl schon immer ohne Eile bewegt, sie sprach deutlich, und ihre Pausen waren so lang, daß sie in Interviews Verwirrung stifteten. Nach einer Karfreitagpredigt hatte sie den Kopf tief auf ihre gefalteten Hände gesenkt und still gebetet, ganz so, wie es Brauch war. Doch statt der fünfzehn oder höchstens dreißig Sekunden, die man sich erwartete, verharrte sie so lange in ihrem Schweigen und ihrer Reglosigkeit, daß die Gemeinde unruhige Beine und leichte Zuckungen in den Händen und im Gesicht bekam. Die Unruhe beschlich auch Inga. Wie lange wollte Brita so verharren? Ist das nicht ziemlich affektiert? Ich hätte auf die Uhr schauen sollen. Das ist doch nicht ganz gescheit, was macht sie bloß?

Die Reglosigkeit und das Schweigen im Gebet dauerten an. Schließlich senkte sich Brita Gardenius' Ruhe von der Kanzel in den Kirchenraum herab. Die Gläubigen wurden vom wortlosen Zugegensein betäubt und verloren den festen Stand in der Zeit. Inga versank sehr tief. Sie kehrte wieder, als die Stimme auf der Kanzel alle behutsam im Namen des Herrn Jesus Christus zurückrief.

Das letzte, was Inga sich bei ihrer Ordination vorgestellt hatte, war, daß sie von Tristesse bedroht und schließlich davon überwältigt würde. Es dauerte auch, bis sie soweit war; sie beobachtete die Erschöpfung zuerst bei ihren jüngeren Kolleginnen und Kollegen. Sie hatten eine schlechte Ausbildung und waren viel zu sehr mit kameralistischer Arbeit belastet. Diese armen Lasttiere schufteten auf Gottes Äckern und hatten außer dem Kirchenkaffee nun mal nichts, um sie zu bewässern.

Sie hatte drei kostbare Urlaubstage auf ein Seminar im Diözesanzentrum verwendet, nur weil Brita Gardenius es leitete. So sehr hatte diese sie von weitem fasziniert. Deren Ruhe hatte sie angezogen. Das Thema war das Gebetsleben, und der Titel kam direkt zur Sache: *Was ist ein Gebet?*

Brita hatte sich für sie interessiert. Warum? Inga selbst hielt sich für gewöhnlich. Es war beunruhigend und peinlich, Britas nachdenklichen Blick auf sich zu fühlen. Manchmal stellte sie Inga vor den anderen Fragen und schien mit Interesse auf die Antwort zu warten. Inga war angespannt. Sie fürchtete, überschätzt zu werden, und fragte sich, ob sie selbst dazu beigetragen habe, indem sie sich zu sehr hervorgehoben und als mystisch darstellt habe. Nur eine ihrer Äußerungen hatte sich von den Erzählungen der anderen über das Gebetsleben unterschieden, nämlich daß sie ihre Gebete am liebsten schreibe. Sie schreibe an Gott.

»Möchtest du etwas davon zeigen?« hatte Brita gefragt.

Sie schüttelte den Kopf und sagte, sie habe sie nicht dabei, außerdem hebe sie sie selten auf.

»Weil sie angekommen sind?« fragte Brita. »Beim einzigen Leser.«

Sie mußte wohl oder übel nicken. War es aber wirklich so? Im übrigen hob sie so einiges von dem auf, was sie schrieb. Sie beschlich jedoch der Argwohn, daß sie insgeheim ein Publikum suchte, und da kam sie sich falsch vor. Jetzt, da Brita und die Seminarteilnehmer den Blick auf sie gerichtet hatten, schämte sie sich.

Brita kam am Abend zu ihr, als sie am Fenster stand und in die Dämmerung hinaussah. Sie legte ihr die Hand auf den Arm und sagte:

»Solltest du mir irgendwann zeigen wollen, was du als Gebet schreibst, würdest du mir eine große Freude bereiten.«

Die Worte senkten sich in sie. Sie kam nicht mehr davon los, obwohl sie, sobald dieses lange Wochenende und ihr Urlaub vorbei waren, wieder in ihren Trott verfiel. Sie zeigte jedoch nichts vor. Niemandem.

Das nächste Mal begegnete sie Brita Gardenius ebenfalls in einem Diözesanseminar. Da arbeitete sie an der Universität in Uppsala und war zu einem Vortrag über Paulus' Gebet aus Nag Hammadi eingeladen. Alles war normal, sachlich und anregend. Doch als Brita in der Kapelle des Diözesanzentrums den Gottesdienst hielt, verlor Inga den festen Stand unter den Füßen.

Am Abend daheim in Uppsala saß sie mit Britas Worten in sich da. Es war, als wären sie an diesem Tag gesprochen worden: Solltest du mir irgendwann zeigen wollen, was du als Gebet schreibst.

Sie schrieb nicht mehr dergleichen. Sie schrieb Artikel für wissenschaftliche Zeitschriften. In dieser Nacht erinnerte sie sich jedoch daran, wie es war, abgearbeitet und bis zur Verzweiflung enttäuscht zu sein. Sie war zugleich erschöpft und aufgedreht gewesen, als sie ihre langen Gebete geschrieben hatte. Waren sie ehrlich? Woher sollte man das denn wissen?

In der Nacht nach dem Seminar stöberte sie in ihren Papieren, fand ein Gebet und las es. Sie wußte nicht mehr, ob es satirisch oder aufrichtig war oder beides. Mit einer seltsamen Spannung schrieb sie ein paar Zeilen oben auf die erste Seite und setzte ihren Namen darunter. Dann faltete sie die Blätter und steckte sie in ein Kuvert, auf das sie Britas Adresse schrieb. Nur die Kirche, keine Postleitzahl. Mitten in der Nacht ging sie aus dem Haus, warf den Brief ein und hatte das Gefühl, an Goldie Hawn in *Die Kaktusblüte* zu erinnern, als diese in wuscheligen rosa Pantoffeln ihren Abschiedsbrief einwerfen geht.

Einen Selbstmord kann man ja verschieben oder seinlassen. Öffnet man sich hingegen einem fremden Menschen, läßt sich das nicht mehr ungeschehen machen. Jetzt wußte sie jedenfalls, was sie vorher besessen hatte. Sie hatte es sogar besessen, als sie jung gewesen war, mitten in ihrem Überdruß und ihrer Resignation. Es war etwas Seltenes, und es hieß Integrität.

Fort jetzt. Eines späten Nachts in einen Briefkasten geworfen. Einem faszinierenden Menschen preisgegeben, der sie wie eh und je in Spannung und Verlegenheit versetzte.

Sie besaß keine Kopie und konnte das, was sie geschrieben hatte, nicht noch einmal durchlesen. Sie dachte an die Schreibfehler, die sie sicherlich gemacht hatte, und an all das allgemeine Geschwafel, das man genausogut in Illustrierten lesen konnte. Sie sah sich selbst in einem ganz anderen Licht, als sie sich an den Text zu erinnern versuchte, und ihr wurde bewußt, welch gewaltiger Unterschied es war, an Gott zu schreiben oder an Menschen zu schreiben.

Brita rief später nach ihr. Anders konnte man es nicht nennen. Und Inga fühlte sich wieder jung und sehr verletzlich, als sie sich mit ihr traf. Leise bat sie darum, die Blätter zurückzubekommen, und Brita sagte:

»Darf ich wenigstens eine Kopie behalten?«

Am Ende war es Inga, die die Kopie nahm und in ihre Handtasche steckte. Sie las sie im Zug auf dem Heimweg nach Uppsala.

Lieber himmlischer Vater, es ist eine ziemlich triste Arbeit, die ich da habe, verzeih, daß ich das sage, besonders mit dieser großen und gelangweilten Konfirmandengruppe, aber auch wenn ich soviel im Büro sitzen muß, außerdem werde ich schlecht bezahlt, aber immerhin kann ich nicht rausfliegen. Wenn etwas in der Richtung kommen sollte. Ja. Jedenfalls also sagt mein Chef, daß ich süß aussehe, reizend, hat er wahrscheinlich gesagt, als wir uns über die Kasualien unterhielten. Deswegen hätte ich auch eine gewisse Popularität als Täuferin, Popplarität sagte er übrigens, und oft wollen die Paare gerade von mir getraut werden. Das soll nun also auf meinem Aussehen beruhen. Er spricht mit mir wie mit einem kleinen Mädchen.

Ich wurde ja vergewaltigt oder wie ich das nennen soll, ich habe es bisher nie eigens benannt, und es war wohl klug, keinem Menschen einen Mucks davon zu erzählen, auch wenn es immer wieder drauf und dran war, mir wie ein saurer, übelriechender Klumpen hochzukommen. Niemand würde im übrigen verstehen, daß man vergewaltigt werden kann, ohne im selben Raum zu sein, und im Grunde warst ja du es, Herr, der vergewaltigt wurde, das war die eigentliche Absicht, die in dem Ganzen steckte. Blaue

Flecken habe ich natürlich schon davongetragen. Ich hatte schwarze Strümpfe an, seitdem nicht mehr, bei Beerdigungen achte ich darauf, unter der Albe einen langen Rock zu tragen. Man muß sich vorsehen.

Ja, Herr, es gibt vieles, was ich gern anders hätte, was ich aber nicht ändern kann, jedenfalls nicht allein, und wie ist das mit dir? Ich will kein kleines Mädchen sein, ich werde bitter und ironisch, wenn ich in dein Vatergesicht aufsehe. Aber wenn wir nicht werden wie die Kinder.

Es gibt ja auch die andere, die verborgene Seite, deine warme Schattenseite, Herr. Weißt du, daß alles, was blau ist und im Schatten liegt, überhaupt nicht kalt ist?

Du, die andere.

Du.

Gott hat bei dir seinen Willen bekommen. Wenn du nun lieber im Tempel Schriften gelesen hättest? Das wäre ziemlich selbstsüchtig gewesen, und glaub bloß nicht, daß das heute anders ist, ich kann nicht alles fordern, was ich möchte, denn dann bin ich aggressiv, und ich kann auch nicht zu nachgiebig sein, denn dann bin ich schwach und keine sonderlich tüchtige neue Frau oder so.

Liebe Gottesmutter.

Du hast irgendwann geheiratet. Haben sie gesagt, du seist nur deshalb auf einen Kerl aus, weil du dieses Kind hattest? Bei mir fehlt nicht viel, daß sie sagen, ich sei unnatürlich, das heißt frigid, weil ich keinen Mann habe, und was Rebecka anbelangt, muß ich vorsichtig sein, damit sie keine falschen Schlüsse ziehen, wir stehen einander ja nahe, und ich pflege, wenn ich denn mal Freizeit habe, nur mit Frauen Umgang. Ins Kino gehen und so und zum Chinesen.

Ja, er hat bei dir seinen Willen bekommen, und du hattest kein Pessar, das hätte bei einer solchen Kraft wohl auch nicht geholfen, der Sohn ist geboren, ein Kind ist uns gegeben, und den Schuh, mit dem der Krieger dröhnend einherschritt, trägt dieser noch immer, und niemand hat eine Pille erfunden, die Männer nehmen können, damit keine Krieger und neuen Erlöser zur Welt kommen. Das ist doch ziemlich eigenartig, liebe Mutter im blauen Mantel, nachdem sie schon auf dem Mond gewesen und dort her-

umgelaufen sind und auf einem gewöhnlichen Flugplatz durch Menschen und Flüssigkeiten hindurchgucken können, ganz zu schweigen vom Insulin und von Bypassoperationen.

*Du hast alles gewußt und alles gespürt
die Bedrohung durch jene, die Steine in den Händen halten
die Zuckungen und sanften kleinen Bewegungen des Kindes
das habe ich nicht
und den Schmerz in deinem Unterleib
alles hast du erlebt und erfahren
die Sorge um das Kind, das nicht so war wie andere
sie fiel dir zu, Mutter
und die Freude über seinen Witz, seine Pfiffigkeit und seine Weisheit
bestimmt brannten dir im Tempel die Wangen?
du hast erleiden müssen, daß er gesagt hat:
Weib, was geht's dich an, was ich tue?
und daß er sich selbst geschadet hat
indem er ein exponiertes Leben wählte
du hast seinen toten Leib angefaßt
o Mädchenmutter
alt vor Trauer
könntest du dennoch Frieden erlangen
könnte ich zu dir kommen und sagen:
es ist alles gut jetzt
du brauchst dir um uns keine Sorgen mehr zu machen
liebe –*

Sie steckte die Blätter in die Mappe und dachte, die Angst um ein Kind, das nicht so ist wie andere, die habe ich auch. Und die Freude über seinen Witz, seine Pfiffigkeit und seine Weisheit.

Elias kam nicht. Sonst fuhr er immer mit Reine, ging schnurstracks in den Laden und kaufte Rubbellose oder ein paar Mandeltörtchen. Zu mir herunter tastete er sich dann vorsichtig mit dem Stock, um am Hang nicht auszurutschen.

Jetzt kam er überhaupt nicht, und als ich bei ihm anrief, ging er nicht ans Telefon. Reine meinte jedoch, er habe gesehen, wie er im Schuppen draußen Holz geholt habe und daß abends bei ihm Licht brenne. Nach ein paar Tagen stapfte ich den Hang hinauf und bummerte an seiner Tür. Drinnen bellte heiser der alte Hund. Ansonsten war es still. Ich ließ nicht locker. Schließlich sah ich flüchtig sein blasses Gesicht im Fenster, und da bummerte ich nur noch heftiger. Als er endlich aufmachte, war er unwirsch. Richtiggehend grantig. Und es war nicht aus ihm herauszubekommen, was ihm fehlte.

Reine brachte ihm normalerweise Einkaufstüten mit Lebensmitteln, aber er hatte jetzt nichts bestellt. Nachdem mehr als eine Woche vergangen war, wurde mir angst, und ich ging abermals zu ihm. Da lag er auf der Küchenbank, hatte aber nicht abgeschlossen, und so trat ich einfach ein. Es war ziemlich kalt in der Küche, denn der Herd war ausgegangen. Es war aber nicht völlig ausgekühlt, da er einen elektrischen Heizkörper eingeschaltet hatte.

Er war so dösig, daß ich keine klare Auskunft aus ihm herausbrachte. Auf der Spüle stand eine Packung Kinderbrei, und ich begriff, daß er sich davon ernährte. Er hatte jetzt aber bestimmt schon lange nichts mehr gegessen oder getrunken, denn die Reste in dem Suppenbecher waren eingetrocknet.

Ich machte Feuer im Herd, spülte ab und erwärmte Milchsuppe. Als ich ihm einen Becher voll gab, trank er ein bißchen davon.

»Tut dir was weh?« fragte ich.
»Na ja«, antwortete er.
»Wo denn?«
Er versuchte auf seinen Rücken zu zeigen. Daß er Fieber hatte, sah ich. Auf den unrasierten Wangen hatte er rote Flecken.
»Ich gehe jetzt heim«, sagte ich. »Aber ich komme wieder.«
Ich war mir nicht sicher, ob er mich im Gesundheitszentrum anrufen ließe, und so hielt ich es für das beste, nach Hause zu gehen und von dort aus zu telefonieren. Ich taute ein bißchen Fleischsuppe auf, während ich auf den Rückruf der Ärztin wartete. Sie sagte lediglich, er solle so schnell wie möglich kommen. Ich dachte mir, daß es bestimmt nicht so schnell gehen würde, Elias zu überreden und den Rettungsdienst herzukriegen. Darum packte ich Milchreis, Eier, Rosinen und Milch ein. Ein bißchen Eingemachtes mußte auch noch da sein. Zum Schluß wurde mir klar, daß ich die Tasche unmöglich hinaufschleppen könnte, und so rief ich Mats an. Er war jedoch nicht daheim. Zum Glück konnte Reine eine Tour übernehmen.

Es war unnötig, für Elias Milchreispudding zu machen. Aber ich hatte wenigstens etwas zu tun. Er trank ein bißchen von der Suppe, verzog wüst das Gesicht und sagte, sie schmecke nach Schaf.

»Lamm«, erwiderte ich. »Iß auch was von den Gerstengraupen und den Mohrrüben.«

Er war felsenfest entschlossen, nicht ins Gesundheitszentrum zu fahren. Ich löste zwei Paracetamol auf, gab sie ihm, und schließlich schlief er ein. Da schlich ich mich leise in die Kammer, in der es mittlerweile eiskalt war. Ich rief Doktor Torbjörnsson auf seinem Handy an. Mein Telefonbüchlein hatte ich mir mitgenommen. Es war ganz so, als hätte ich das alles geahnt. So gut kannte ich Elias doch. In gewisser Hinsicht freilich gar nicht.

Birger Torbjörnsson ist pensioniert und schreibt ein Buch. Ich nehme an, es wird ein medizinisches Buch. Er hat schließlich viele Jahre lang die Doktorspalte in der Zeitung geschrieben. Jetzt ist er oft hier und wohnt in Aagots Haus – oder in Jonettas, wie ich immer denke. Eigentlich gehört das Haus ihm, aber es braucht Zeit, bis Häuser den Namen ihres Besitzers bekommen.

Er hat es von Mia Raft gekauft. Deren Mutter auf so tragische Weise umgekommen ist.

Er kam auf der Stelle, befühlte Elias' Stirn und sagte, er wolle sein Fieber messen.

»Dreh dich nun um, damit ich dir das reinstecken kann.«

»Direkt in den Allerwertesten«, sagte Elias auf norwegisch und versuchte sich herumzuwälzen und seine mageren Hinterbacken nach oben zu drehen. Es kommt heute nicht mehr oft vor, daß er mit Norwegisch etwas vorgaukeln möchte. Alle wissen doch, daß er seit bald fünfzig Jahren in Schweden lebt. Ich trat an den Herd und schaute weg.

Torbjörnsson schrie seine Fragen fast, aber Elias schien tauber zu sein denn je. Er hatte, so vermutete ich, zu guter Letzt solche Schmerzen, daß er es nicht mehr aushielt.

»Mußt du oft pinkeln?«

Das verneinte er nicht. Unter dem Bett stand eine Vase, und darin war Urin.

»Ist es schmerzhaft?«

»Ja, höllisch.«

Torbjörnsson hob die Vase hoch und besah sich die trübe Brühe.

»Du sollest nicht in dieses gute Stück pinkeln«, sagte er. »Weißt du, was man dafür bei *Bukowskis Moderna* bekommt?«

Elias gab jedoch keine Antwort darauf.

»Ich glaube, du hast eine Nierenbeckenentzündung«, sagte Torbjörnsson.

Noch am selben Abend fuhr Elias mit Reine, der wie immer bei Krankentransporten den Sitz heruntergeklappt hatte, nach Byvången. Elias hatte von Torbjörnsson eine Tablette bekommen und schlief halb. Ich glaube, er fand es angenehm zu fahren. Ich meinerseits nahm den Milchreispudding und wollte mich auf den Heimweg machen, aber Birger Torbjörnsson fuhr mich, und wir aßen den Pudding gemeinsam.

»Du mußt nicht traurig sein«, sagte er. »Elias bekommt ein Mittel, das heißt Norfloxacin. Das ist sehr wirksam. Wir fahren ihn am Wochenende besuchen.«

Wir hatten Elias' alten Hund mitgenommen. Er bekam eine Mischung aus Reispudding und Fleischsuppe, was anderes hatte ich nicht für ihn. Torbjörnsson wollte sich um ihn kümmern. Er hat selber eine recht barsche Gråhündin. Wir nahmen aber beide an, daß Elias' Hund sich wie ein Kavalier verhielte und es hinnähme, falls er auf seinen Platz verwiesen würde.

Torbjörnsson tätschelte mir die Hand, als er ging. Als ich allein war, entdeckte ich, daß mein Rubbellos noch dalag. Es lag schon lange da. Ich hatte es zu Elias mitgenommen, als ich neulich nach ihm gesehen hatte und er so grantig gewesen war.

Ich rubbelte allerdings nicht. Manchmal möchte man gar keine Million haben.

Brita hatte ihr ein zweites Mal die Hand auf den Arm gelegt. Sie sagte mit leiser Stimme:
»Komm zu mir.«
Doch Inga hatte nicht so schnell wie Simon und Andreas ihre Gerätschaften aus der Hand gelegt.
»Ich will nicht mehr in den Pfarrdienst.«
»Warum wolltest du das denn ursprünglich?«
»Ich wollte anderen dienen. Und anderen dienen, das heißt in unserer Gesellschaft zu den Verlierern gehören«, sagte sie. »Ich wollte unter ihnen sein. Ich wollte eigentlich Sozialarbeiterin werden, habe sogar ein Praktikum gemacht. Meine Ausbildung war minimal, und ich hatte keine Erfahrung mit menschlicher Not. Aber Macht hatte ich. Pfarrerin sein heißt, so dachte ich, daß man zu helfen versucht, ohne Macht auszuüben. Deswegen bin ich Pfarrerin geworden.«
Brita war nicht darauf eingegangen. Sie hatte statt dessen gesagt:
»Du brauchst jetzt keinem Kirchenvorstand zu dienen. Ich habe andere Aufgaben für dich.«
Als Inga allein war, dachte sie an all die Fußwäscherinnen, Zuhörerinnen und Wasserträgerinnen in der Bibel. Sie dachte an Gebärerinnen und Schmerzensmütter, Klageweiber an Kreuzen und anderen Hinrichtungsinstrumenten, an Totenfrauen in Bosnien, Mütter, die um ihre Kinder weinten, und an gewerkschaftlich organisierte, abgearbeitete Lasttiere im öffentlichen Dienst. Daran, daß die Religionshistorikerin Inga Mingus keine sonderlich hohe Meinung von ihnen hatte. Sie dachte auch an all jene, die ihr Glück auf Zettelchen freizurubbeln versuchten, die sie bei ICA gekauft hatten. Daran, daß sie mit denen nichts mehr zu tun hatte.

Nach der Ordination hatte sie in einer Vorortgemeinde angefangen. Sie hätte, wenn sie dort geblieben wäre, die meisten ihrer Gemeindeglieder erst als Leichen kennengelernt. Sie war nicht auf diese argwöhnische Distanz gefaßt gewesen, die Trauerhäuser und Hochzeitsgesellschaften beinahe wie einen Geruch absonderten. Das änderte sich schnell, wenn die Leute ein paar Schnäpse intus hatten. Dann begann die Verhohnepipelei. Zu einer jungen Pfarrerin waren sie frecher, als sie es ihren Lehrern gegenüber gewagt hätten. Diese Zeit ging jedoch vorüber. Sie wußte nicht, wie. Die Leute wurden weniger feindselig und konnten schließlich sogar rührend und hilfesuchend sein. Manchmal war sie auf reife Menschen getroffen und hatte eingesehen, daß diese gar nicht so rar waren.

Das war in den siebziger Jahren mit ihren großen Konfirmandenjahrgängen gewesen. Inga hatte gleich eine Gruppe bekommen, deren unwillige Seelen sie ertüchtigen sollte. Sie war ihnen gegenüber jedoch verlegen und konnte sich nicht einmal Ruhe verschaffen.

Das war jetzt lange her. Die Geistlichkeit, die die Ansicht vertrat, Frauen seien für das Priesteramt nicht nur ungeeignet, sondern entheiligten es sogar, war noch hochmilitant gewesen. Ingas Vorgesetzter war gegenüber dem hochkirchlichen zweiten Pfarrer in ihrer Gemeinde zu nachgiebig. Mit seiner pragmatischen Veranlagung fühlte er sich angesichts dessen formstrengem, tiefem Ernst wahrscheinlich unbedeutend und oberflächlich. Der Dienstplan wurde so gestaltet, daß der zweite Pfarrer Inga praktisch nie begegnen mußte. Sie erfuhr jedoch, daß er, nachdem sie den Gottesdienst verrichtet hatte, ein Weihrauchfaß schwingend in die Kirche ging. Er räucherte sie buchstäblich wie Ungeziefer aus. Da weinte sie im Pfarrbüro und bekam von der Schreibkraft, einer freundlichen und redseligen Frau, Tee und mit Marmelade gefüllte Krapfen. Kirchenbedienstete und Kirchenälteste trieksten mit den Gewändern im Paramentenschrank, so daß der Hochkirchliche niemals dasselbe wie Inga zu tragen brauchte. In einer bedrängten Lage hatten sie ganz schnell die Albe gewaschen und trockengebügelt. Da Inga bei niemandem außer der Schreibkraft Unterstützung fand, wurde es schließlich unerträglich. Das Wohlwollen des Gemeindepfarrers schwankte wie ein untergrabener Fußboden.

Sie hatte in den ersten Jahren in zwei weiteren Vorortgemeinden gearbeitet. Hin und wieder blätterte sie in ihren alten Kalendern und sah, wie sie zwischen Trauungen und Konfirmandenunterricht, Beerdigungen, Bürodienst, Geburtstagsbesuchen, Hausbesuchen bei Kranken und Mitarbeiterbesprechungen hin und her galoppiert war. Dennoch bedeutete das für eine junge Pfarrerin große Einsamkeit. Aufgrund ihrer Ausbildung hatte sie an Zusammenarbeit geglaubt, und sie hatte sich von ihren Kolleginnen und Kollegen Inspiration erwartet. Doch in den Gemeinden kümmerten sich alle nur um ihre eigenen Angelegenheiten, und man saß nicht über den Evangelien zusammen, sondern über den Kalendern. Sie arbeitete mehr als sechzig Stunden in der Woche und konnte nur schlecht einschlafen. Obwohl es ihr ein Greuel war, die Bibel lediglich häppchenweise zu lesen, pickte sie sich oft kurze Stellen als Mantra heraus: *Legst du dich, so wirst du dich nicht fürchten, und liegst du, so wirst du süß schlafen.*

Morgens ging es nur darum, rechtzeitig da zu sein. Sie merkte, daß die Ambitionen von ihr abfielen, und sie brachte für ihren ersten Chef und seine freundliche Oberflächlichkeit nun ein gewisses Verständnis auf.

In einem der Kalender aus jenen Jahren lag ein Zettel, auf den sie geschrieben hatte:

> *dann ist man in einer Wolke des Vergessens*
> *es ist eine blinde Erfahrung*
> *wie in einem Traum ohne Bild*
> *eine Frau träumt, daß sie mit dem Nichts schwanger wird*
> *sie träumt, daß das Nichts sie schwängert*
> *daß Gott in ihr ist*
> *und aus dem Nichts geboren werden wird*

Sie wußte mit Sicherheit, daß sie das lange vor ihrer Ordination geschrieben hatte. Es war überdies an der Tinte zu erkennen. Seit sie arbeitete, hatte sie nie mehr die Zeit, mit Füllfederhaltern herumzupusseln, die gefüllt und abgewischt werden mußten. Doch nun hatte sie also den Zettel hervorgenommen und ihn gelesen, womöglich mit dem Verlangen, so sein zu können, wie sie gewesen war, als sie ihn geschrieben hatte. Es kam immer noch vor, daß sie wie ein ganz junger Mensch nach dem Wundersamen tastete. Als sie jedoch an einem Hauptgottesdienst teilnahm, in dem die Predigt von jungen Mädchen in hautfarbenen Trikots getanzt wurde, machte sie das nur betreten.

Sie war als junge Pfarrerin endgültig auf dem Weg in die Kirche, als sie entdeckte, daß alle, die schon weiter waren als sie, mit dieser Kirche unzufrieden waren. In Zeitschriften und Debattenbüchern schrieben die Geistlichen ihrer Generation, daß die Gottesdienste zu steif und leblos seien und reformiert werden müßten. Von einer erhöhten Position aus zu predigen sei verwerflich. Die Geistlichen sollten ihren Ornat ablegen und auf den Boden kommen. Sie sollten nicht Mitglieder des Schwedischen Akademikerbundes sein, denn das betone die Zugehörigkeit zur Oberschicht. Die Orgel sei ein Instrument, das den Gesang übertöne und die Gemeinde passiv mache. Ein Geistlicher sei in seiner Rolle entweder autoritär oder verkrüppelt und gehemmt. Das Vaterbild Gottes, des Heiligen und Allmächtigen, sei für Frauen schädlich. Es infantilisiere sie. Die schweren Ornate seien ein Maskenaufzug und die Rituale des Hauptgottesdienstes mausetot. Männer, die gegen die Frauenordination seien, sollten exkommuniziert werden. Die Hostie sollte ein frischgebackenes Brot mit Biß sein und nicht wie eine Scheibe Pappkarton.

An allem war etwas verkehrt. Wer liebte die Kirche? Waren die Sozialdemokraten auf ihre Bewegung genauso böse? Und wie war das in der Welt der Schule? Auf der Universität wollten die Studenten das gleiche tun, wofür die jungen Geistlichen eiferten, das wußte sie. Hierarchien abbauen. Demokratisieren. Das Leben und Marx in Betrieb setzen. Junge Geistliche führten auffallend häufig Marx im Mund. Ältere Pfarrer schwiegen genauso beharrlich wie Universitätslehrer. Inga selbst war noch neu und außerdem immer schon politisch indifferent gewesen. Doch sie fragte sich:

Wer liebt die Kirche?

Als sie ihre dritte Großstadtstelle antrat, traf sie erneut auf einen Pfarrer, der sein Amtsverständnis darauf stützte, daß es laut den Evangelien Männer gewesen seien, die Christus berufen habe. Dieses Gedankengebilde baumelte also zwischen seinen Schenkeln. Inga war jetzt abgehärteter und konnte ihn nie im Ornat sehen, ohne an das Gehänge in seiner Unterhose zu denken. Sie vermutete, daß er ähnliche Gedanken hegte: Zwischen ihren Beinen befinde sich eine sickernde Wunde, eine feuchte Spalte, durch die sie zu einer Verunreinigung vor dem Altar werde.

Die meisten ihrer Zeitgenossen glaubten an *die Natur* und sahen diese außerhalb ihrer selbst, genau so, wie es die Gläubigen früher mit Gott getan hatten. Inga war vom Glauben ihrer Zeit beeinflußt und hoffte, daß es besser würde, wenn sie der Natur näher käme. Sie bewarb sich in eine Provinzgemeinde in Roslagen. Hier zwischen Haseln und Eichen und an einem freundlichen blauen Wasser, so stellte sie sich vor, seien die Menschen großherziger und ruhiger. An den Wänden der Kirche schritten mittelalterliche Figuren in Beinlingen und kurzen Schößen zwischen Akanthusblättern einher. Die Vergangenheit war gegenwärtig. Bei dem Gedanken, daß hier seit dem 12. Jahrhundert ununterbrochen Gottesdienste gehalten worden waren, schlug Inga das Herz höher. Sie mußte jedoch in einer Filialkirche des Hüttenortes predigen, in einem Gebäude aus den zwanziger Jahren, dessen Turm mit Eternitplatten verkleidet war. Die Hüttenarbeiter hatten kein Interesse, so daß die Gemeinde klein war. Zur Gottesdienstzeit fanden auf einer Motocrossbahn oft Rennen statt, und das hörte man bis in die Kirche. Es klang wie ein knurrendes Tier, das zum Angriff ansetzte.

Als der Gemeindepfarrer nach Kreta in den Urlaub fuhr und der zweite Pfarrer nach Menorca, fiel die Verantwortung für die Gemeindearbeit ihr zu, und sie konnte endlich unter dem Gewölbe mit den Akanthusblüten und den langgliedrigen Figuren Gottesdienst halten. Das war, bis zum Gradualied, einer ihrer glücklichsten Augenblicke als Pfarrerin. Dann dämmerte ihr, daß dieses Lied von der Orgel nicht intoniert werden würde. Sie hatte gewartet und nach oben gespäht, aber keine Bewegung gesehen. Sie mußte das Lied a cappella anstimmen und versuchen, die Gemeinde mitzuziehen.

Der Organist war auf seiner Bank eingeschlafen. Er war derart betrunken, als ihn jemand aus dem Kirchenvorstand weckte, daß er mit dem Taxi nach Hause gebracht werden mußte.

Sie lud ihn zu einem Gespräch vor, doch er kam nicht. Da ging sie zu ihm nach Hause in den Hüttenort und versuchte, mit ihm über seine allgemein bekannten Alkoholprobleme zu reden. Er stritt sie jedoch ab. Er war nüchtern und knallhart. Inga war noch nie zuvor einer solchen Abscheu begegnet, die obendrein derart auf sie einwirkte, daß sie dem Mann gegenüber unsicher wurde.

Freitags morgens hatten sie normalerweise eine Mitarbeiterbesprechung, bei der sie die Arbeit der kommenden Woche planten. Nun sagte einer nach dem anderen, es sei unnötig, sie brauchten keine Besprechung abzuhalten, wenn der Gemeindepfarrer nicht da sei. Inga begriff, daß sie sich abgesprochen hatten. Als sie stur blieb, machten sie Schwierigkeiten. Der eine hatte einen Zahnarzttermin, der andere einen Ölwechseltermin für sein Auto, und der Friedhofsarbeiter sagte, seine Frühstückspause falle in die Zeit, die sie vorgeschlagen habe.

Sie bekam sie an einen Tisch, doch der Friedhofsarbeiter holte demonstrativ seine Proviantbox heraus und begann, sowie sie mit dem Eingangsgebet fertig war, belegte Brote zu essen und aus einer Flasche Milch zu trinken.

Es war ihr völlig unverständlich, wie es dazu kam, daß der Kantor sich so ereiferte, denn er beteiligte sich gar nicht an der Diskussion. Sie glaubte auch nicht, etwas gesagt zu haben, was seine Wut hätte auslösen können. Es war über einen Raumwechsel hin und her gegangen. Inga beharrte darauf, daß der Handarbeitskreis nicht wegen der Jugendgruppe sollte umziehen müssen. Da schrie er:

»Ich halte dieses Weiberregiment nicht länger aus!«

Er griff sich aus der Proviantbox des Friedhofsarbeiters ein mit Rote-Bete-Salat und zerquetschten Fleischklößchen belegtes Brot und warf es nach Inga.

Hinterher hatte sie oft darüber nachgedacht, was sie hätte tun sollen. Ihr fiel jedoch nichts Gescheites ein. Bleiben, obwohl ihr Kinn, der weiße Kragenspiegel und die Brust bekleckert waren? Und Autorität zeigen? Das war unmöglich. Sie hatte sich erhoben, war schnurstracks zur Toilette gegangen und hatte mit einem Papierhandtuch den Matsch abgewischt. Mit warmem Wasser und Seife rieb sie die schlimmsten Stellen ab, damit der Kragen und das Vorderteil des Hemdes nicht verdorben würden. Sie trug ein hellgraues Hemd und wünschte, sie hätte das weinrote angezogen. Wie sie so rieb, kam es ihr vor, als vollführte sie etwas im Traum, mit zwei linken Händen und unfaßbar schleppend.

Es war jedoch kein Traum. Als sie in das Sitzungszimmer zurückkehrte, war es leer. Auf dem Tisch an ihrem Platz befand sich keine Rote-Bete-Sudelei, und die Jacken der Leute waren aus der Garderobe verschwunden. Inga konnte keine Leitungsfunktion ausüben.

Was hätte sie gesagt, wenn die Leute geblieben wären? Daß es eine ernsthafte Insubordination sei, mit Essen nach der stellvertretenden Gemeindechefin zu werfen? Daß es unchristlich sei? Daß es krank sei?

Sie wußte nicht, wie sie es nennen sollte, und hätte deswegen nichts sagen können.

Sie betete viel in dieser Zeit, und sie wurde erhört. Doch sie bekam nicht das, worum sie betete. Sie bekam etwas anderes.

Nach den ersten Jahren hatte sie ein ganzes Regal voller verbrauchten Lebensmaterials. Gedichte, für die sie sich schämte. Abgenutzte Bibelworte. Einige ihrer Vorgesetzten saßen dort und sahen aus wie verschrumpelte Puppen. Terafim.

Rahel fiel ihr ein, die diese kleinen Abbilder mitgenommen hatte, als sie fortzog, um ein anderes Leben zu beginnen. In der Kamelkarawane mußten sie die heißeste und brisanteste Fracht für sie gewesen sein. Heimlich eingepackt. Nun schaukelten Teppiche, Ölkrüge und Zelttücher dahin. Zuunterst in den Satteltaschen der liebreizenden Rahel lagen die Terafim. Und ohne daß sie es wußte, verwandelten sie sich zu dem, was sie schon immer waren: Lehmklumpen. Sie schrumpelten und waren ohne Geist.

Als Inga das erste Mal von diesem Prozeß hörte, wurde er leise und beiseite und als Vermutung erwähnt. Den Glauben zu verlieren war nicht so, wie Krebs zu bekommen. Es glich eher einer Chlamydieninfektion, denn der Prozeß verlief so gut wie unmerklich. Im Lauf der Zeit ahnte sie bei manchen Kolleginnen und Kollegen, daß sie kontaminiert waren. Die Trostlosigkeit – oder Erleichterung? – des Unglaubens breitete sich wie eine unsichtbare, aber fatale Infektion im Menschen aus. Das Ergebnis indes, so man bei einem absichtslosen Prozeß überhaupt von einem Ergebnis sprechen kann, war lebenslange Sterilität. Die merkte man.

Die infizierte Person bewarb sich nicht immer aus der Kirche weg, in die Forschung oder ans Gymnasium. Es hatten nicht alle die Voraussetzungen, Bibelexegeten oder Religionspsychologen zu werden, und der Religionsunterricht wurde gerade abgewickelt. Die meisten mußten bleiben. Sie wurden leere Geistliche, sonderbar hastig in ihrer Rede vor dem Altar. Dort war es für sie vermutlich am schlimmsten. Ihr Rücken mit dem goldgestickten Kreuz oder der Applikation eines modernen Christussymbols war eine Wand, die gegen Einblicke in die Havarie schützte.

Manche von ihnen wurden frenetische Seelsorger, Psychologen mit unzulänglicher Ausbildung. Ihre Gespräche mußten aber doch auch mit einem Gebet enden? Inga ahnte, daß dabei wiederum der Rücken und das Kreuz gezeigt wurden. Die glatte Wand.

Andere widmeten sich der Administration und wurden nützliche Bürokraten. Vor ihnen hatte Inga Respekt. Sie taten, menschlich gesehen, gewiß ihre Schuldigkeit. Doch Inga fragte sich, wie es ihnen dabei ging.

Sie empfand einen Schrecken vor dem, was ihnen widerfahren war.

Sie sollte in einer Gesellschaft, die den Sprachgebrauch für diese Tätigkeiten abgewickelt hatte, Menschen führen und unterrichten. Die Machtmenschen, die ihre Wähler manipulierten und sie durch Verhandlungen regierten, in die niemand Einblick hatte, bestritten, daß sie Führung ausübten. Sie seien vom

Volk gewählt. Sie verteilten das Geld des Volkes nach dem Willen des Volkes. Sogar der Kirchenvorstand, mit dem sich ihr Gemeindepfarrer herumschlug, stilisierte seine Intriganz und seinen Machtwillen zu denen einer höheren Macht: Es sei der Volkswille, der regiere. Der Vorsitzende hatte seinen Posten dadurch erhalten, daß er vor der regulären Sitzung ein geheimes Treffen einberufen hatte. Dort hatte er geltend gemacht, daß der Gemeindepfarrer nicht automatisch der Vorsitzende des Kirchenvorstands sein müsse.

Der Unterricht wurde schlecht bezahlt und fand in schäbigen Räumen statt. Man sprach von der Wissensgesellschaft, hatte das Schicksal der Schule jedoch in die Hände von Kommunalpolitikern mit geringer Bildung gelegt, die nachts Alpträume von Haushaltsdefiziten hatten. Man präzisierte seine Gesinnung, indem man für den einzelnen eine Universitätsausbildung ökonomisch unrentabel machte.

Inga sollte Menschen führen, unterrichten und segnen.

Sie schrieb nach wie vor ihre Gebete:

Hast du Liebe für deine Lämmer?

Wenn du für sie die Arme ausbreitest
und sie segnest
empfindest du dann Zärtlichkeit für sie?
Deine Lämmer
deine hinfälligen und verwirrten, deine kläglichen Lämmer.

Empfindest du Zärtlichkeit für den Vorsitzenden des Kirchenvorstands?

Ja, das erste Mal hatte sie diese empfunden. Und das zweite und das dritte Mal und noch lange Zeit hindurch. Aber eine Bewegung, die sich ständig wiederholt – was ist das? Ist das ein Ritus oder eine zur Gewohnheit erstarrte Bewegung?

Ich soll sie umarmen, doch ich stehe da wie ein starres Kreuz. Ich würde gern die Zeit zurückdrehen und diese Bewegung zum erstenmal machen. Oder in der Einsamkeit eines Waldes. Ins Waldmoos sinken und die Arme ausbreiten.

Der Wald sollte mich aufnehmen. Die Feuchtigkeit, das Wasser, die Gerüche. Ich möchte selbst gesegnet werden, und ich bete darum, diesen Segen von der Erde und der Tiefe zu erhalten.

Sie hatte Angst und war sich des Rückens, den sie der Gemeinde vor dem Altar zuwandte, sehr bewußt geworden. An einem glanzlosen Sonntag in der Urlaubszeit, dem siebten nach Trinitatis, kniet sie im Ornat, und ihr schaudert vor dem, was mit ihr geschieht. Sie denkt das Wort »rettungslos« und weiß, daß sie der Gemeinde mit diesem Rücken und diesem gestickten Kreuz eine Wand zeigt. Sie weiß nicht, woher sie die Kraft nehmen soll, sich zu erheben, sich umzudrehen und die Arme auszubreiten.

Da, in ihrer Reglosigkeit, in dem Gebet, das kein Gebet, sondern nur ein in die Länge gezogener und schreckerfüllter Kniefall ist, spürt sie ein warmes Lüftchen an der Wange. Es wird stärker und umschließt sie. Ein sanfter Wind erfüllt die Leere.

Ruach.

Diese kommt wie ein Hauch der warmen Luft von den Wiesen draußen. Der Wind des Geistes duftet nach Blumen und Laub. Sie selbst hat das Fenster der Sakristei geöffnet, um die muffige Kühle dort hinauszulüften. Sie hat vergessen, die Tür zu schließen.

Was aber ist Vergessen?

Sie hat es nicht verursacht. Sie hat die Luft in der Kirche nicht mit einem Atemzug von Sommerduft und Wärme erfüllt. Berührt verharrt sie eine Zeitspanne, von der sie nicht weiß, ob sie kurz oder lang ist, auf den Knien. Dann erhebt sie sich und breitet die Arme aus. Die Tränen fließen wie Sommerregen.

Der Kantor ließ sich während der Zeit, in der sie die Vertretung noch innehatte, nicht mehr blicken. Er teilte mit, daß er krankgeschrieben sei. Elf Tage lang erwähnte niemand den Vorfall im Sitzungszimmer. Dann kam ihr Chef zurück und bestellte sie gleich am ersten Morgen zu einem Gespräch unter vier Augen. Er war über die Butterbrotgeschichte gut unterrichtet, und er fragte sie, in welcher Weise sie die entstandene Situation zu verantworten habe.

»Sie meinen den Rote-Bete-Salat. Daß er ihn ...«
»Ich meine die ganze Situation.«
Sie wußte nicht, was sie darauf antworten sollte.
Daß es ihr an Führungseigenschaften mangle, sei ihr doch klar. Nicht wahr? Das müsse er ihr ins Arbeitszeugnis schreiben. Warum? Weil es wahr sei. Gemeindearbeit erfordere auch und unter anderem Autorität.
Aber warum Arbeitszeugnis?
Da schwieg er und sah ihr unverblümt in die Augen. Das sind wohl besagte Führungseigenschaften, dachte sie. Auch und unter anderem. Jemandem in die Augen sehen zu können, ohne mit der Wimper zu zucken. Ohne Worte mitzuteilen, daß man ein Versetzungsgesuch erwarte. Bleigrau. Wie die Farbe seiner Augen.

Als sie, nachdem sie gehorsam ein Versetzungsgesuch geschrieben hatte, die Gemeinde verließ, war sie überzeugt, niemals eine kirchliche Karriere zu machen. Der Weg dorthin führte schließlich über den Gemeindepfarrdienst. Sie gehörte nun mehr denn je zu den Verlierern, und deshalb sollte sie unter jenen wirken, die sich Rubbellose kauften und einen Fünfziger oder eine leere Stelle freirubbelten. Dort hätte sie sein wollen, und dorthin hätte sie den warmen Wind mitgenommen. Das Lüftchen von Gottes Sommer.
Doch ihr mangelte es also an Autorität.
Heute nicht mehr. Es war weder die Arbeit als Universitätslehrerin noch der feine Dienst in Britas Großstadtgemeinde, die ihr diese verliehen. Es war Anand. Als sie ihn bekam, betrachtete sie sich selbst nicht länger als ein Mädchen. Sie war eine Mutter.
Als sie Brita Gardenius begegnete, wollte sie schon nicht mehr zurückkehren. Wieder Pfarrerin zu werden wäre so, wie ein Paar zerschlissene und ausgetretene Schuhe anzuziehen. Sie wußte, worum es ging, und brauchte es nicht interessanter zu machen, als es war. Sich selbst auch nicht. Sie wollte keinesfalls zurück.
Brita meinte jedoch, sie sei interessant. Und daß die berufliche Rolle einer Pfarrerin auch ganz anders sein könne.

Inga dachte hinterher, es sei keine Rolle, Pfarrerin zu sein. Man schauspielere nicht vor dem Altar. Man lege seine Rolle nicht ab, wenn der Gottesdienst zu Ende sei, und hänge sie zusammen mit der Albe und der Kasel in den Schrank. Man spiele in einem vertraulichen pastoralen Gespräch den Konfidenten gegenüber keine Rolle.

Man ist, dachte sie. Und so kehrte sie zurück in die Firma *In Freud und Leid*.

Als sie jünger war, machte es sie stumm und verlegen, wenn Leute sagten, sie hätten *das Licht* gesehen und Christus sei ein Kristall oder habe gar am Fußende ihres Bettes gestanden. Ich sehe Dunkelheit, dachte sie. Jesus ist ein kleiner, schwarzhaariger Sandalenträger mit eingeöltem Haar. Heutzutage schwieg sie nicht mehr, wenn ihr Exaltation und religiöse Vermessenheit begegneten. Eine traurige Dame hielt nach einem Hauptgottesdienst fest ihre Hand und sagte, ihrer Predigt habe es an tieferer Geistigkeit gemangelt.

»Danke«, sagte Inga und meinte es aufrichtig.

Eine Zeitlang hatte sie an das Wort Geistigkeit im Zusammenhang mit Brita Gardenius gedacht, worüber sie viel nachsann. Es hatte sie verdrossen, weil sie damit Hochmut und Selbstverliebtheit verband. Sie hegte jedoch den Argwohn, daß sie selbst seit ihrer ersten Zeit als Pfarrerin, als sie mit Luthers Kleinem Katechismus als einziger Richtschnur durch den Alltag gehastet war, zu intellektuell geworden sei.

Wenn jemand aufrichtig meint, man sei interessant, fängt man Feuer. Sie hatte sich als Sonderpfarrerin in Britas Großstadtgemeinde beworben und wurde einem Großteil der täglichen Ackerei enthoben, weil die meisten hier jünger waren als sie und weniger Dienstjahre hatten. Sie nahm sich jedoch der Beerdigungen der Gestrandeten an. Genau wie als junger Pfarrerin fiel es ihr schwer, die Leichen ohne Gesicht zu belassen. Manchmal bekam sie Fotos, hin und wieder gelang es ihr, einen widerwilligen Angehörigen oder ehemaligen Arbeitskollegen dazu zu bewegen, in die Kapelle zu kommen. »Wir sind das einander schuldig«, sagte sie und versuchte dann zu erklären, wie sie das meinte. Manchmal hatte sie den Eindruck, daß die Leute es verstanden.

Brita, die sie aus der normalen Gemeindearbeit loseisen wollte, sagte zu ihren Armenbegräbnissen: »Laß die Toten ihre Toten begraben.« Für Inga war es jedoch eine Frage der medizinischen Wissenschaften, wer tot sei und wer lebendig. Hatte irgend jemand das Recht, über einen anderen Menschen zu sagen, er sei geistig tot? Trüb, unwillig, teigig, flüchtig, hektisch, kaputtgekifft – was auch immer. Aber nicht tot.

Brita war dazu geschaffen, Bischöfin zu werden. Wenn dieser Stuhl in der Diözese vakant würde, rechnete man damit, daß sie ihn bekäme. Mittlerweile war es eine Selbstverständlichkeit, daß Inga mitginge. Sonderpfarrstellen wurden ja nach und nach frei.

Es gab also noch eine andere Karriere als den Gemeindepfarrdienst. Diese hier machte wahrlich mehr Vergnügen. Inga leitete Arbeitsgruppen, die Weiterbildungsprogramme ausarbeiteten, nahm an Veranstaltungen auf der Buchmesse teil, moderierte Diskussionen, erstellte Pläne für Wochenend- und Sommerkurse und hatte alle Einstellungsgespräche übernommen. Manchmal kam es ihr vor, als sei sie bereits Domvikarin.

Doch von außen Feuer zu fangen bedeutet auch, innerlich zu brennen. Papieren und müde wachte sie in den frühen Morgenstunden auf und hatte das Gefühl, Brita habe das Licht einer ziemlich klapprigen Lampe entzündet. An ihrem Schreibtisch in der Universität war es ruhiger gewesen. Ein schonenderes Feuer.

Wenn sie in Britas Wohnung durch die Bibliothek trabte, um zur Toilette zu gelangen, sah sie das Foto ihrer ersten Geliebten. Sie hieß Eva, eine Frau von zarter Schönheit. Dem Klatsch zufolge hatte sie sich das Leben genommen.

Ein zu starkes Licht in der Lampe? Solche Gedanken kamen im Morgengrauen.

Oder war es die üble Nachrede? Hatte es sie gequält, daß sie den Erfolg ihrer Geliebten behinderte? Es war lange her, das Foto mußte aus den sechziger oder frühen siebziger Jahren stammen. Hochfrisur, Twinset, ein kleines Kreuz in der Drosselgrube.

Damals war das gefährlich gewesen. Heute hatten sich die Leute daran gewöhnt.

Brita wartete auf sie.

Am Montag morgen war sie zu Hause noch nicht durch die Tür, als Rebecka anrief. Sie rief täglich an, um zu hören, ob das Geld schon überwiesen sei. »Das geht jetzt nicht. Ich werde dir Bescheid sagen, wenn es soweit ist.«

Da wurde Becka böse. Inga war froh, als sie auflegte.

Becka rannte gegen SIDA an und machte Stunk. Sie war in diesem Stockholmwinter und in ihrem Kampf gegen die Bürokratie mit Haut und Haar präsent und ebenso effizient und aktiv, wie sie es in Indien gewesen war. Ingas Wirklichkeit hatte dagegen undichte Stellen, durch die Stimmen einströmten. Aus Svartvattnet. Aus Bombay.

Ich bin wie Papa. Ich bin nicht hier.

Papa, geliebter Papa. Die Vichywasserflasche auf der Glasplatte des Rauchtisches, sie zischte so lustig, wenn man den Verschluß öffnete. Der Kognak-Soda war so golden humusbraun wie das Wasser eines Waldsees.

Du warst nicht da. Du warst irgendwo anders. Manchmal bist du aufgestanden und hast dich ans Klavier gesetzt. Nicht unbedingt mit Absicht. Du wolltest wahrscheinlich etwas zu rauchen oder die Abendzeitung holen. Aber du bist dort gelandet, hast das Schwarz und das Weiß gesehen und angefangen, darauf herumzufingern. Unser kleines Klavier öffnete sich und antwortete dir. Es waren Melodien darin. Schnörkel aus Miles-Davis-Solos. Coltraneballaden. Vielleicht nicht einmal Melodien. Aber Pfade, denen man folgen konnte.

Du warst nicht da. Du warst in einem anderen Land, in einem Land, das nicht sozial war. Du warst in einem Land ohne Verantwortung. Dort war es schwermütig – nein, schmerzlich, Papa! Mit Worten hättest du das niemals eingestanden, doch die Melodieschnörkel deiner rechten Hand gestanden es. Schmerzlich, bis zum Äußersten verwickelt und schön. So was kann man in der Wirklichkeit nicht bauen, besonders dann nicht, wenn man da selten ist.

Man kann sich zum Beispiel keine auf den Verwicklungen der Schmerzlichkeit erbaute und sehr schöne Versicherungskasse vorstellen.

Nein.

Ich bin jetzt wie Papa. Ich bin sonst nicht so, aber irgend etwas ist mit mir passiert. Ich bin nicht hier. Als ich in Indien war, war ich nicht dort.

Papa fingerte auf dem Klavier und vergaß sogar seinen Kognak-Soda. *Stars Fell on Alabama.* Dort war er, im Sternenregen.

Sie traf sich mit Staffan Wikner am Montag zur Mittagszeit. Es gab Tee und ein Roastbeefbrot. Er hatte keine Aufzeichnungen dabei, nur die Rechenschaftsberichte und Protokolle von LEAD.

»Es wäre klug, nichts zu übereilen«, begann er. Sie dachte, er gehöre trotz allem zu den Leuten, die Geld als Sakrament betrachteten. Er fuhr fort:

»Wenn Sie den gesamten Besitz LEAD stiften, begeben Sie sich des entscheidenden Einflusses darüber, wie das Vermögen realisiert wird. Ich fürchte, daß es ohne Einsicht in die Funktionsweise des Marktes und sehr überstürzt geschähe. Überhaupt bin ich der Ansicht, daß man den Waldbesitz im Moment nicht anrühren sollte. Nicht ohne Kenntnis der Holzpreise. Ich habe so eine Ahnung, als befänden sie sich auf dem Weg nach oben, und es wäre vermutlich am klügsten, diesen Aktivposten mit Ruhe und Vorsicht zu verwalten. Sie brauchen selbstverständlich jemanden, der Sie berät.«

Bisher hatte er wie der Anwalt in Östersund gesprochen. Durch diesen war sie Mitglied von Norrskog geworden, einem Interessenverband der Waldbesitzer. Er hatte die Mitgliedschaft aus der Nachlaßverwaltung auf sie übertragen, und sie hatte bereits zwei Nummern des Verbandsblättchens erhalten.

»Die Aktivitäten von LEAD sind sprunghaft«, sagte Staffan Wikner. »Wenn man die Diskussionen verfolgt, die in den Protokollen wiedergegeben sind, zeigt sich, daß sie sich sehr oft um die Konflikte der Vorsitzenden mit SIDA drehen. Die Auszahlungen, die nach Wohltätigkeitsauktionen und Basaren getätigt wurden, betonen vor allem die Unabhängigkeit des Vereins, was die Unterstützung des Fischfangs betrifft. Bei Ihren Diskussionsbeiträgen ging es um Brunnenbohrungen und ganz allgemein um die Lösung der Wasserfrage, doch diese Punkte wurden kaum berücksichtigt. Sie können nicht damit rechnen, durch eine Schenkung größeren Einfluß zu erlangen. Moralisches Kapital sinkt schnell im Wert.«

»Ich möchte mich aber an keinem Machtkampf beteiligen!«

»Nein, das verstehe ich. Deshalb möchte ich Ihnen auch raten, die Eigentümerschaft zu behalten und nur die Fälle finanziell zu unterstützen, in denen die Diskussion Sie überzeugt hat.«

»Aber das ist doch nicht demokratisch.«

»Die Vereinsmitglieder haben keinerlei Einblick in die Verhandlungen der Vorsitzenden mit SIDA«, sagte er. »Und auch nicht in die Besprechungen mit den führenden Männern in den Fischerdörfern.«

Er hatte lediglich die Protokolle zu lesen brauchen, um zu verstehen, daß auch Männer in Lendenschurzen intelligente Karrieristen sein konnten.

»In Sachen Demokratie hat dieser Verein Mängel«, sagte Wikner.

»Und Sie wollen, daß das Kapital die Macht übernimmt.«

»Ja, das hielte ich für klug.«

Er sagte das so ruhig und ungeheuchelt, daß sie baff war.

»Sie beziehen jährlich ein Einkommen aus den Aktienausschüttungen. Das können Sie für diesen Zweck lockermachen. Sie sollten aber auch zusehen, in der Verwaltung Ihrer Wertpapiere eine gewisse Beweglichkeit zu erlangen. So können Sie Stellung beziehen, falls Sie auch Veräußerungsgewinne für diesen Zweck verwenden wollen. Haben Sie einen guten Berater da oben?«

Sie beziehen. Sie sollten zusehen. Ihre Wertpapiere. Er redete sie in den Zustand des Besitzens hinein. Es war jedoch nicht nur eine Frage der Sprache, es gab auch eine Realität. Aktien. Jagen. Katamarane. Brunnen. Er reichte ihr jetzt die Protokolle und Rechenschaftsberichte. Er hatte es eilig.

»Ich muß Sie entschädigen«, sagte sie. »Sie haben sich sehr viel Arbeit damit gemacht, diese Papiere durchzugehen.«
»Gerne. Schicken Sie es aber bitte der Stadtmission. Aus dem Ausschüttungseinkommen, nicht vergessen!«
Er lächelte und sprang davon. Sie blickte seinem dunkelblauen Mantel und seinen langen Beinen im Dunst des Stortorget hinterher.
Wo bin ich da hineingeraten? Philanthropie des neunzehnten Jahrhunderts. Sie hatte jedoch keine Zeit, herumzusitzen und zu sinnieren, denn sie mußte den Vater des jungen Mannes aus Johanneshov beerdigen. Ihr waren Zweifel gekommen, daß er es ironisch gemeint habe, als er die Schachtel mit den verschiedenen Gegenständen vom Balkon geworfen und gerufen hatte, sie solle sie in den Sarg legen. Ganz sicher war er bitter gewesen. Doch vielleicht wollte er durchaus, daß sie sie seinem Vater beigab.

Aus der Schachtel im Kleiderschrank zog sie etwas heraus, was wie eine Halskette aussah. Es waren Bierdosenringe, die auf eine schwarz-gelbe Schnur gefädelt waren. Möglicherweise ein Schuhbändel. Zwei eingerissene Eintrittskarten zu einem AIK-Match. Ein Baumwolltrikot in Gelb und Schwarz. Zeitungsausschnitte über Matchs. Schokoladenpapier. Leere Tablettenschachteln. Ein ausgedienter Geldbeutel, der gelbe und schwarze Gummibänder enthielt. Eine kleine Sportmütze mit gebrochenem Schirm. Donald-Duck-Heftchen. Zwei kleine Spielzeugautos. Die Schachtel war gestaucht und wie alles andere vom Matsch der Straße beschmutzt.
Was sollte sie mit den Sachen anfangen, wenn sie sie nicht in den Sarg legte? Was wäre eine Kränkung seiner angeknacksten Jungenliebe – den Inhalt der Schachtel in einen Müllbeutel zu packen und wegzuwerfen oder zu versuchen, ihn in den Sarg des Vaters zu legen?
Sie steckte die Schachtel in eine ICA-Tüte und nahm sie mit, als sie zum Waldfriedhof fuhr. In der U-Bahn lag sie auf ihrem Schoß.
Der Angestellte des Bestattungsinstituts war sauer.

»Wenn etwas in den Sarg gelegt werden soll, müssen wir die Sachen im voraus haben.«

»Jetzt ist es aber so gekommen«, erwiderte sie. »Sie müssen den Deckel öffnen.«

Sie setzte sich auf einen der Stühle für die Trauergäste. Diese Zeremonie begann mit Unlust und Gereiztheit. Sie ahnte, daß die Gereiztheit noch zunähme, wenn sie zu lange dasäße und betete. Sie mußte jedoch um Ruhe beten. Gib uns deinen Frieden, bat sie still. Gib ihn auch ihm. Er hat viele Beerdigungen, er hetzt sich ab. Handle ich richtig? Die Menschen haben so viele seltsame Wünsche. Nein, im Grunde vielleicht gar nicht so viele. Sie werden jedoch verdreht. Gib dem Jungen deinen Frieden. Er weiß, daß die Beerdigung jetzt stattfindet.

»So, bitte«, sagte der Leichenbestatter, der einen schwarzen Anzug und ein schwarzes Polohemd trug. »Jetzt können Sie es hineinlegen. Aber was ist das denn? Diese Schachtel hat keinen Platz.«

»Ich nehme die Sachen heraus.«

»Normalerweise ist es ein Ding. Oder ein paar. Das ist ja eine ganze Mülldeponie.«

»Still«, sagte sie.

Sie war verwundert, als sie den Toten sah. Er wirkte gar nicht wie ein Gestrandeter. Es war ein hochgewachsener Mann mit kräftigen Gesichtszügen, gebogener Nase und silbergrauem Haar. Er wurde in einem ordentlichen schwarzen Anzug beigesetzt, trug ein weißes Hemd und einen Schlips, der aus einem schwarzen Band mit einer Silberspange bestand. Auf der Spange war ein Indianerkopf mit Federschmuck zu sehen. Sie versuchte sich vorzustellen, wie das aussähe, wenn sie ihm die Schnur mit den Bierdosenringen unter die Hände steckte und alles andere dann an den Sargwänden entlang hineinstopfte. Würde überhaupt alles Platz haben?

Zu guter Letzt mußte sie sich entscheiden. Der Mann aus dem Bestattungsinstitut blickte kritisch, schwieg aber jetzt. Es herrschte eine Art Ruhe in dem Raum. Es war kein Friede. Konnte es aber noch werden. Sie nahm die zwei Eintrittskarten und steckte sie dem Toten unter die Hände, so daß sie ein wenig vorstanden, und man sah, daß darauf STOCKHOLMS AIK stand. Neben sein linkes Ohr legte sie ein rotes Spielzeugauto.

»Sie können jetzt wieder zumachen«, sagte sie zu dem Leichenbestatter.

»Lieber Freund«, hob sie an, als er fertig war und es ihr gelang, seinen Blick einzufangen. »Lieber Freund, Sie und ich sind hierhergekommen, um diesen einsamen Mensch zu Grabe zu tragen.«

Sie trat vor und faltete die Hände. Er war aus dem Konzept geraten und vor dem Sarg stehengeblieben. Sonst stellte er sich immer weit nach hinten. Dann begann sie:

»Im Namen des Vaters und des Sohnes und des Heiligen Geistes. Lasset uns beten.«

Wieder zu Hause klingelte das Telefon fünfmal hintereinander, während sie noch in der Diele war. Sie blieb mit der Schachtel auf dem Schoß sitzen, als sie mit Rebecka sprach, die über ihren Entschluß wütend wurde. Der eher Wikners Entschluß war. Sie selbst hatte gar nicht gemerkt, wann sie ihn gefaßt hatte. Dann rief Brita an, die wollte, daß sie ein seelsorgerliches Gespräch mit dem jüngsten Pfarrer führe, und dann rief der jüngste Pfarrer an und sagte, Brita habe gesagt, er solle sie anrufen, und er wäre äußerst dankbar, wenn sie sich recht bald mit ihm treffen könne, denn er habe wirklich Probleme. Inga saß die ganze Zeit über da und überlegte, was sie mit der Schachtel mit den Sachen des Sohnes machen sollte. Wegwerfen? Zu ihm fahren damit? Dazu hatte sie jedoch keine Zeit. Und er würde sie wahrscheinlich auch gar nicht einlassen. Dann rief Rebecka noch einmal an und schrie, als würde sie sich über einen Abgrund hinweg mit jemandem unterhalten:

»Und dich habe ich für christlich gehalten!«

Sie wollte nun ihren Mantel ausziehen, doch da rief Anand an und bat, noch ein Weilchen bei Schwester Elva bleiben zu dürfen. Sie willigte ein, obwohl es nicht gut oder zumindest nicht normal war, wenn ein vierzehnjähriger Junge so viel Zeit mit einer fünfundachtzigjährigen Frau verbrachte. Aber er pubertiert noch nicht, tröstete sie sich. Er ist wohl nach wie vor ein

Kind. Sie war müde und ging wie im Schlaf mit der Schachtel zum Kleiderschrank. Darin stand die Tasche mit Myrten Fjellströms Sachen. Die sollte nicht dort stehen. Wollte sie sie jedoch auf den Dachboden stellen, dann brauchte sie einen Karton, den man zukleben konnte. Um abzuschätzen, wie groß dieser sein mußte, nahm sie die Tasche mit in die Küche und legte die Briefbündel, die Fotografien und die Schatulle mit dem Schmuck auf den Tisch.

Sie fand einen Karton in passender Größe, in dem sich Weihnachtsschmuck befand, und dachte: Den kann ich derweil in eine Tüte tun. Dann entstand auf dem Küchentisch ein einziges Durcheinander aus Wichteln und Silberkugeln, Tieren aus der Krippe und Dag Bonde Karlssons – oder mochte er Fjellström geheißen haben – Liebesbriefen und Fotografien toter Menschen in schweren Kleidern. Sie wurde so müde, daß sie sich zuerst eine Tasse Tee aufsetzte, bevor sie ernsthaft ans Aufräumen ging. Als Tribut an den Gesundheitsgedanken machte sie sich ein Käsebrot und aß zwei Tomaten. Es war richtig gut, wie bei Äpfeln direkt hineinzubeißen, sie bekleckerte sich jedoch ein wenig mit dem Glibber im Innern der Frucht, der nun auf ihrem Bauch landete. Sie rieb gerade den Stoff ihres schwarzen Rocks ab, als das Telefon wieder klingelte. Es war der jüngst ordinierte Pfarrer, der sein Gespräch haben wollte. Er bat, unverzüglich kommen zu dürfen. Ihr war jedoch klar, daß es schwierig würde, die Gesprächszeit zu begrenzen, wenn sie sich bei ihr träfen. Sie könnte ihn nicht einfach hinauswerfen, im Büro dagegen konnte sie selbst aufbrechen.

Sie hudelte den Weihnachtsschmuck in die Tasche und Myrten Fjellströms Sachen in den Karton. Sie ließ jedoch beides in der Küche stehen, weil sie jetzt keine Zeit mehr hatte, sie auf den Dachboden zu bringen.

Der Konfident hatte sich den Kopf rasiert, trug einen Ring im Ohr und war stets in seinen Habit gekleidet.

»Ich habe ein Problem«, sagte er.

»Ich weiß«, erwiderte Inga. »Aber ist es denn ein Problem, Peter?«

»Ja, ich soll jetzt nämlich eine Konfirmandengruppe übernehmen. Was ist, wenn ich mich verliebe?«

»Man verliebt sich nicht in Schüler.«

Du redest, als würde die menschliche Seele immer *dem Gesetz* gehorchen. Und der Körper ebenfalls.

Er bevorzugte Jungen, das hatte er schon in seinem Einstellungsgespräch kundgetan. Es war jedoch weniger problematisch gewesen, als er sich vorgestellt hatte.

»Sie sind nicht besorgt?«

Sie konnte ja nicht gut sagen, daß es ihrer Meinung nach ein Scheißdreck von einem Problem sei. Sie sagte, er solle wieder zu ihr kommen, wenn es tatsächlich problematisch werde. Wahrscheinlich würde er schon bald wiederkommen, denn er wollte Gewissenskämpfe und tiefe Konflikte haben. Sie plauderten noch ein Weilchen. Es war ein Geplauder, kein Gespräch. Sie spürte seine Enttäuschung, und er spürte vermutlich ihre Gereiztheit.

»Nun beten wir noch zusammen«, sagte sie.

Sie konnte es sich nicht verkneifen, ihm den kahlen Schädel zu tätscheln, bevor er sich erhob, und sie war verwundert, wie glatt dieser war.

Sie war schon halb zu Hause, als ihr einfiel, daß sie zum Betriebsarzt sollte. Nun mußte sie mit der nächsten Bahn wieder zurückfahren. Es war vertrackt, denn sie mußte zum Bethanienstift auf Östermalm, und als im Hauptbahnhof zuerst die Wagen nach Ropsten und nicht die nach Mörby einfuhren, dachte sie, daß sie vom Östermalmstorg aus laufen könne. Sie vergaß jedoch auszusteigen und landete am Karlaplan. Es war beschwerlich, bis zur Grev Turegatan zu Fuß durch den Schneematsch zu gehen. Jedesmal wenn sie den Fuß aufsetzte, hatte sie Schmerzen. Sie kam zehn Minuten zu spät in die Sprechstunde, und im Schneeregen wurden ihre Haare naß, denn sie hatte Mütze und Schal zu Hause vergessen. Ihr Blutdruck war schon bei der ersten Untersuchung zu hoch gewesen, und jetzt sagte sie zu der Arzthelferin, die ihr die Blutdruckmanschette anlegte, daß sie den Wert dieses Tages nicht zu beachten brauchten. Sie erhielt keine Reaktion darauf. Der Arzt verurteilte sie jedoch zu einer Armfessel, wie er sagte. Er war jung und humorvoll. Wie schaffte er das bloß? Inga dachte an ihren Konfidenten. Hätte sie ein bißchen mit ihm geschertzt, dann wäre er vielleicht weniger darauf konzentriert, sich das Leben schwerzumachen, von dannen gezogen. Dazu hatten ihre Kräfte jedoch nicht gereicht.

Sie bekam eine Blutdruckmanschette um den linken Oberarm geschnallt, die sie vierundzwanzig Stunden tragen sollte. Dann würden sie ihre Werte ablesen und entscheiden, ob sie Medikamente brauche. Er sagte, die Röntgenbilder zeigten, daß sie sich den wehen Zeh gebrochen habe. Dann verschrieb er ihr ein leichtes Schlafmittel. Sie beschloß, es nur zu nehmen, wenn sie am nächsten Tag unbedingt in Form sein müßte. Gleichzeitig kamen ihr die Tabletten wie ein Schatz und eine geheime Quelle vor. Eine chemische zweifellos. Aber sie könnte ihr sechs oder sieben Stunden dessen bescheren, was sie am liebsten haben wollte: tiefe Abwesenheit.

Auf dem Weg zur Apotheke sah sie in der Einkaufspassage Fältöversten ein Geschäft, das Mützen ausgestellt hatte, und sie ging hinein und kaufte sich eine aus beigefarbenem Lederimitat und mit einem Rand aus irgend etwas grobgestricktem Braunem. Sie ließ sie in der Tüte, solange sie im Fältöversten war, in der Hoffnung, daß die Haare auf ihrem Scheitel trocknen würden. Als bei der Medikamentenausgabe endlich ihre Nummer angezeigt wurde und sie an die Ladentheke stürzte, spürte sie einen drückenden Griff um den Arm und fuhr herum. Doch da war niemand. Es piepte pausenlos, und sie dachte, das sei das Handy des Apothekerassistenten. Doch er griff nicht in seine Taschen, er starrte sie an. Da fiel ihr das Blutdruckmeßgerät ein. Das war es, was sie am Arm gedrückt hatte, und während sie ihn jetzt aus dem Mantelärmel wand, piepte es noch heftiger. Hinter ihr warteten Leute mit Nummernzettel in der Hand, während sie ihren Arm aus dem Pulli zog und unbeholfen den Blusenärmel hochschob. Sie konnte die Gereiztheit wie eine wattige Masse in der Luft spüren.

Der Schlauch des Blutdruckmeßgeräts war herausgerutscht, und sowie es ihr mit Unterstützung des Apothekerassistenten gelungen war, ihn wieder festzustecken, hörte der Apparat zu piepen auf. Als sie bezahlte, hatte sie heftiges Herzklopfen. Der Matsch schmatzte, als sie sich die Mütze fest auf den Kopf drückte und zur U-Bahn hinkte.

Zu Hause angekommen, sah sie sich im Garderobenspiegel. Sie hatte vergessen, den blauen Plastikschutz auszuziehen, den sie sich in der Arztpraxis über die Stiefel gestreift hatte. Sie war aber nicht nur mit blauen Tüten an den Füßen umhergehinkt, sie hatte auch die Mütze verkehrt aufgesetzt und vergessen, das Etikett abzumachen. Über ihrer Stirn stand: PREIS 298,– Kronen.

Anand war vor ihr heimgekommen. Seine Stimme erklang hell und gespannt aus der Küche. Sie erkannte diese hohe, ja, exaltierte Stimmung wieder und hätte es also wissen müssen. Doch vorgewarnt oder nicht, war sie wieder genauso überrascht wie beim erstenmal.

Langsam zog sie die nasse Mütze, den Mantel und den Plastikschutz aus. Er rief erneut, und es bestand kein Zweifel.

Er hatte das gemacht, wofür sie keinen Namen hatten.

Es war in dem Jahr, als Linnea starb. Ein paar Wochen nach der Beerdigung hatte Inga einen Kurs in Österskär geleitet und war über ein langes Wochenende fort gewesen. Die Sachen, die sie aus Linneas letzter Wohnung aufgehoben hatte, waren im Ankleideraum verstaut. Dort stand ein Kästchen, oder eher eine Truhe, die mit gedrechselten Beinen versehen war.

Dieses Truhenkästchen hatte im Laden gestanden, als Linnea ihn übernahm, es war ein Trödelladen gewesen. Anfangs hatte sie weiterhin aus den Nachlässen, die sie auftrieb, gebrauchte Kleidung verkauft. Inga half ihr meist dabei, Knöpfe von Kleidungsstücken abzutrennen, die altmodisch oder zu abgetragen waren, um noch verkauft werden zu können. Es hatte ihren kindlichen Ordnungssinn angesprochen, die Knöpfe je nach ihrer übergeordneten Zugehörigkeit in Fächer zu legen: Perlmutter, Jett, bemaltes Email, Metall, Bernstein. Gewöhnliche Knöpfe aus Metall, weiße, die an Hemden gesessen hatten, sowie schwarze und braune von Hosen, stoffbezogene und mit Fäden bespannte aus Pappe, die man mangeln konnte, legte sie immer ins unterste Fach.

Es gab natürlich einen großen Umlauf bei den Knöpfen in dem Truhenkästchen. Leute suchten einen geflochtenen Lederknopf, der an einem Lodenmantel fehlte, oder einen Perlknopf für einen Glacéhandschuh. Mit den Jahren wurde die Knopftruhe zu einer Institution.

Es gab auch noch andere Sachen von Linnea im Ankleideraum. Ein paar Kästen mit Silberbesteck. Eine Fuchsboa, mit der Inga als Kind gespielt hatte. Kerzenständer. Parianhunde. Schmuck aus Bernstein in Silber und aus Granat, Jett und Amethyst. Sachen, die nicht besonders teuer waren und von denen sie gerührt war, weil Linnea sie aufgehoben hatte. Es waren nämlich jene Schmuckstücke, die Inga zusammen mit hochhackigen Schuhen und einem Silberlamécape sowie mehreren Kleidern aus den dreißiger Jahren in ihrer Verkleidekiste verwahrt hatte. Die Kleider waren aus einem Material genäht, das ihr um die Beine geschlackert hatte, wenn sie in den Schuhen umhergestöckelt war. Gürtel waren da und künstliche Blumen, die man sich ins Haar steckte, und ein Schildpattkamm. Ein perlenbesticktes Abendtäschchen und eine Lorgnette. Sie erinnerte sich noch sehr gut daran, wie Mutter einen Nachlaß ausgepackt und sie selbst neugierig in das Abendtäschchen mit der Perlenfront geguckt hatte. Die Lorgnette war darin gewesen, aber auch ein komplettes Gebiß mit gelbbeigefarbenen Zähnen.

Hatte sie damals an die Hilflosigkeit der Toten gedacht? An ihre verlorene Würde? Sie dachte zumindest daran, als sie von zu Hause fort zum Diözesanzentrum und zu ihrem Kurs hetzte. Sie wollte von Linneas Sachen nicht lassen, ohne sie durchgesehen zu haben. Das kleine Erbe verwandelte sich wieder in Trödel, wenn es unsortiert herumlag. Sie wollte es mit Liebe und Überlegung in die Hand nehmen, doch die Zeit, die sie dazu benötigte, hatte sie nicht, und so war es schon seit mehreren Wochen.

Als sie mit ihrer Übernachtungstasche durch die Tür tritt, kommt Anand gerannt. Er sieht aus, als hätte er Fieber. Dann kommt Schwester Elva, ergreift ihn am Arm. Zuerst reden die beiden durcheinander, dann legt Elva Anand die Hand auf den Mund und sagt schnell:

»Komm herein und schau. Wir werden es abräumen. Ich wollte es schon tun, aber ich habe es nicht übers Herz gebracht.«

Und Anand plappert zwischen ihren Fingern hindurch. Inga nimmt ihn in den Arm. Er ist noch immer so klein und zudem dünner als die kleine, schwarzgekleidete Elva. Sobald sie ihn losläßt, läuft er zum Schalter und macht das Dielenlicht aus. Dann öffnet er eine Tür.

Was hatte sie erwartet? Sie konnte sich noch daran erinnern, wie sie dagestanden und ihren Mantel ausgezogen und Anand neben ihr wie ein kleines Tier gezittert hatte. Doch sie konnte sich nicht daran erinnern, was sie gedacht hatte, daß sie zu sehen bekäme.

»Komm, komm, komm!« sagt er. »Hier drinnen!«

Sie sind jetzt im Wohnzimmer. Oder in dem Zimmer, das mit Fernseher, Sofa und einer Zinnschale mit Orangen sowie mit dem kleinen Klavier von Kalle Mingus an der Wand ganz alltäglich und wohnlich gewesen ist. Jetzt ist es etwas anderes.

Wie nennt man das, was nicht ist?

Der schwarze Fuchs windet sich um den Kronleuchter, er ruht auf der Lampenschale, und sein Achatauge funkelt, als der Luftzug die Kerzenflammen bewegt. Das Feuer ist nahe, sehr nahe am Seidenpapier. Alles ist gefährlich, aber in fragilem Gleichgewicht. Aus Angst vor dem Feuer und aus Ehrfurcht bewegt man sich langsam.

»Zieh die Stiefel aus, damit du nichts zerstörst«, flüstert Anand. Sie tut, worum er sie bittet.

Die Fäden mit den Knöpfen ziehen sich vom Kronleuchter und von den Bilderrahmen, der Lüftungsklappe und der Gardinenstange bis zum Fußboden. Die Knöpfe sind irgendwie befestigt, Inga möchte sehen, womit, und tritt näher.

»Vorsicht«, flüstert Anand.

Sie läßt von ihrem Wunsch zu sehen, wie es gemacht ist, ab, sieht nur die Bewegung und hört es klingen. Er lächelt, als er an eine Schnur tippt, an der die Silberlöffel befestigt sind. Sie stoßen jetzt klingelnd aneinander. Jettknöpfe blitzen auf, wenn die Kerzenflammen atmen. Anand nennt das so:

»Sie atmen. Siehst du das?«

Dann ergreift er ihre Hand und führt ihre Finger an einen Faden.

»Vorsicht. Man darf ihn nur ganz leicht berühren, er ist sozusagen empfindlich. Aber berühr ihn nur!«

Sie berührt den Faden, und es sieht aus, als sause ein unsichtbares Tier davon und streife Silbermesser und Seidenpapierchen. Knöpfe schwingen schwerfällig. Die Kristalltropfen eines Kronleuchters klingeln aneinander, und kleine Fragmente einer buschigen Straußenfeder bewegen sich wie unter Wasser.

Zuerst hat sie die Details gesehen: Knöpfe, Spiegelglas, Kristall, Silber, Seidenpapier, Fell und Federn und Fäden. Fäden, Schnüre, Saiten...

Jetzt sieht sie das Muster. Anand hat sie auf den Boden gezogen. Der Fuchs da oben in der Alabasterschale bildet nicht das Zentrum. Das liegt in der hinteren Hälfte des Zimmers irgendwo in Richtung Fenster, das jetzt mit einer dicken Wolldecke verhängt ist. Dort befindet sich ein Herzstück, viele Fäden ziehen sich dorthin, vereinen sich. Es ist jedoch nicht reglos. Es flackert wie die Kerzenflammen, zieht sich zurück und erscheint wieder. Es zieht den Blick auf sich. Und dennoch läßt es sich nicht fokussieren. Inga versteht, und sie würde Anand gern sagen, daß sie versteht, weiß aber nicht, wie sie es ausdrücken soll. Daß es vorhanden ist. Daß es sich aber nicht fixieren und festnageln läßt. Daß es *ist*. Doch zu sein bedeutet nicht Reglosigkeit. Alles, was ist, atmet. Er hat einmal gefragt, ob Steine atmeten.

Nachdem sie es in seiner Ganzheit gesehen hat, sieht sie allmählich die unendlich geduldige Arbeit, die Anand sich damit gemacht hat. Er muß mehrere Tage damit verbracht haben. Womöglich auch die Nächte. Er wirkt fiebrig, hektisch und übermüdet. Elva ist blaß und wirkt völlig erschöpft.

»Wie habt ihr das gemacht?« fragt Inga und merkt, daß sie flüstert. »Wie halten die Knöpfe bloß? Sie rutschen ja gar nicht die Fäden herunter.«

»Salzteig«, antwortet Elva, und es ist das erste, was sie von sich gibt, seit Inga sich auf den Fußboden gesetzt hat. »Winzig kleine Klecks chen. Fast nichts. Er mußte es ständig noch mal machen, weil er nie zufrieden war.«

»Man hat es *gesehen*«, sagt Anand.

Fäden wie Saiten, Schnüre, die Bogen bilden und das Volumen des Raums in Gewölbe unterteilen. Starre Saiten. Ein paar Sekunden lang befürchtet sie, er habe das Klavier aufgebrochen und sich dort Draht geholt. Aber es sind wohl Gitarrensaiten. Sie hat einige Packungen in einer Schreibtischschublade gehabt. Die Hunde aus weißem Parian paradieren wachsam und halten Fäden mit ihren feingeformten Schnauzen. Eine Marmortaube trägt einen Faden im Schnabel. Alles läuft zusammen. Doch nicht so simpel, daß alle Fäden zu einem Punkt führen. Es ist ein anderer, viel komplizierterer Zusammenhang, der das Fadengewimmel im Gleichgewicht hält und zu einem Saitengewölbe macht, das das unsichtbare Herzstück in der Schwebe hält. Da verlieren Silber und Kristall, Feuer und dünnes Papier ihre materielle Bedeutung und werden zu Leben.

Anand kauert sich neben sie. Er ist nicht mehr hektisch. Vorsichtig berührt er eine Saite und läßt das Silber klingen und die Seidenpapierchen tanzen. Die Lichter atmen. Er liegt schwer neben ihr, und sie nimmt ihn in den Arm. Es klingt immer noch, als er schon eingeschlafen ist.

Sie betrachtet Elvas Gesicht in dem schwachen Licht und begreift, daß sich bei ihr der Kummer bereits eingestellt hat. Sie kaut schon lange an ihm. Wie können sie das, was Anand gemacht hat, abräumen? Wann sollen sie das tun?

Anand hat sich in einem Raum befunden, den er selbst geschaffen hat, und dabei jeglichen Zeitbegriff verloren. Nachdem er eingeschlafen ist, sagt Elva leise, es sei dumm gewesen, ihn das Fenster und die Balkontür verhängen zu lassen. Hätten die Kerzenflammen im Morgengrauen und Tageslicht verblassen können, wäre der Zauber vielleicht vorbei gewesen. Er wäre natürlich enttäuscht gewesen. Aber nicht so wütend wie in dem Moment, als sie gesagt habe, er müsse es abräumen, bevor seine Mutter nach Hause komme. Fiebrig und außer sich.

»Ja, verzweifelt«, flüstert Elva. »Wenn man ein solches Wort auf ein Kind anwenden kann.«

Das Morgengrauen ist erst in vielen Stunden zu erwarten, kein fahles graues Licht wird das Wundersame schon auslöschen. Anand wird wieder aufwachen und die Flammen in den Augen des Fuchses tanzen sehen. Sie müssen das Morgengrauen abwarten. Anders läßt es sich nicht machen. Sie müssen die Kerzenflammen bewachen und die heruntergebrannten Kerzen austauschen.

Jetzt ist die Vigil. Zur Matutin wird die Zeit den Raum betreten.

Damals hatte sie ihm etwas versprochen. Sie war nicht umhingekommen, denn seine Enttäuschung war so groß, daß Inga davor erschrak. Sie glaubte einen Moment lang, seine Seele würde vor ihren Augen zerbrechen. Daß er so würde, wie das Personal bei der Schulkrankenschwester und im Besprechungsraum der kinder- und jugendpsychologischen Beratungsstelle glaubte, daß er sei. Da sagte sie, er und sie und Schwester Elva würden gemeinsam alles in Schachteln und Kisten verstauen. Sie würden die Saiten und Schnüre aufrollen. Nicht einmal die verschiedenfarbigen Fäden würden sie wegwerfen. Die Knöpfe sollten alle in ihren Fächern ruhen. Niemand dürfe sie anrühren. Dort, ganz hinten in dem begehbaren Kleiderschrank, sollte alles schlafen, bis er es wieder aufwecke. Und das dürfe er tun, sobald er ein großes Zimmer bekäme, das zu nichts anderem benutzt würde als zu dem, was sein Ding sei.

Mein Ding. So nannte er es selbst. Mit ihrer Sprache war er unbeholfen. Aber nicht mit der seinen: der Sprache der Fäden, der Glasknöpfe, des Silbers und der Seidenpapierchen.

Manchmal fragte er nach dem Zimmer, das sie ihm versprochen hatte. Es würde ein großes Zimmer sein – oder? Es müsse nämlich ein großes Zimmer sein, beinahe riesig. Sie bat ihn jedoch zu bedenken, wie teuer das käme. Wohnungen kosteten so viel. Das verstand er. Er verstand immer mehr, wie fern es lag. Sie sah, wie sich das Erwachsenwerden seiner aufrührerischen Enttäuschung annahm und sie in Resignation verwandelte.

Er hatte zwei Jahre lang keinen Versuch mehr unternommen. Soviel sie wußte, hatte er den Ankleideraum nie mehr geöffnet. Sie hatte sich so oft gewünscht, er würde heranreifen und so wie seine Altersgenossen werden. Alle warteten darauf, daß er Schlittschuhlaufen lernte und im Klassenzimmer still wäre, heimlich rauchte, Eishockey spielte und darum bettelte, ein Handy zu bekommen – all das, was in der Welt seiner Schulkameraden in ein Erwachsenenleben einübte, in dem man arbeitete und Eurosport guckte, Bierdosen oder Seminarscheine sammelte. Deshalb war es so bitter, das Erwachsensein als eine Unterwerfung unter das Unabänderliche kommen zu sehen. Sie versuchte es mit Ton und Farben und Malkursen. Doch als sie seine Fäden und Knöpfe und Prismen in den großen Schrank gepackt hatte, da hatte sie ihn der Möglichkeit des Wundersamen beraubt, sie verstand das.

Jetzt war er also wieder dabei. Bescheidener diesmal. Aber zweifellos mit derselben Absicht: einen Raum zu schaffen, den es vorher noch nicht gegeben hat.

Er war noch nicht so schön wie der erste. Vielleicht weil er noch nicht so weit gekommen war. Sie war ja nur ein paar Stunden fort gewesen. Als erstes sah sie die Bierdosenringe. Sie waren an Fäden aufgereiht und befestigt. Er schien keine Knöpfe verwendet zu haben. Schließlich wurde ihr klar, daß nur das zur Anwendung gekommen war, was sich in den Kartons und in der Tasche befunden hatte, die sie in der Küche hatte stehenlassen: Weihnachtsschmuck, Myrten Fjellströms Sachen und der Inhalt des Kartons, den sie am Nachmittag zur Beerdigung dabeigehabt hatte. Es war jedoch kaum mehr zu erkennen, daß es sich um Weihnachtssachen, Schmuckstücke und AIK-Souvenirs handelte. An einigen Fäden befanden sich lichte Silberfransen, und Anand war gerade dabei, noch mehr davon herzustellen, indem er dicke Streifen Lametta auseinanderzupfte, so daß er kaum millimeterbreite und einen halben Zentimeter lange Streifen erhielt, mit denen er dann arbeitete. Auf dem Tisch lag Myrten Fjellströms Schmuck, und etliches davon hatte er bereits auseinandergenommen und nach Perlen, Bernstein, Korallen und Silbergehängen sortiert. Über den Goldschmuck hatte er sich nicht hergemacht, und sie ahnte eine Reife, die zwei Jahre vorher noch nicht vorhanden gewesen war. Doch diese machte sie nur traurig. Sie wünschte, er hätte in jener Welt bleiben dürfen, in der das Gold der Schmuckstücke nicht mehr, sondern genausoviel wert war wie die goldenen Fitzelchen, die er vom Lametta löste.

Der schwarze Fuchs wachte diesmal nicht über seinem Arrangement. Anand hatte die Lampe über dem Tisch abgenommen und ein ungleichmäßiges kleines Stück Papier an den Lampenhaken gehängt. Es schwebte, wenn er sich bewegte, und sie begriff, daß irgendwann Kerzenflammen den Schnipsel bewegen sollten, dessen Oberfläche dicht mit kleinen Segeln aus Seidenpapier besetzt war. Die Papierunterlage war steif und wie eine Wolke auf einer Kinderzeichnung – oder an einem Hochsommertag am Himmel – zugeschnitten.

Er redete recht nervös drauflos, denn er wußte, daß es gewagt gewesen war, den Schmuck auseinanderzunehmen. Er habe noch alle Zwirne, sagte er, und könne alles wieder auffädeln, er wisse nämlich noch, wo jede Perle und jedes Silberglied gesessen habe. Inga bezweifelte das keine Sekunde lang. Sein Gedächtnis war ein Wunder, in dem außer ihm niemand einen Sinn sah. Sie sagte, das mit dem Schmuck mache nichts aus, sie hätte ihn ohnehin nie angelegt. Nun begegneten unter der weißen Wolke aus biegsamem Karton Myrten Fjellströms Bijouterieperlen den Bierdosenringen Karl Gunnar Roséns.

»Es ist noch nicht fertig«, sagte er. »Ich muß noch weiter daran arbeiten. Ich denke, es wird die ganze Nacht dauern. Vielleicht auch noch morgen.«

Sie wollte ihn nicht fragen, wie er sich vorgestellt habe, daß sie essen sollten, wenn sie die Küche nicht benutzen könnten. Sie erkundigte sich jedoch, ob er bei Schwester Elva etwas gegessen habe. Das hatte er. Fleischklößchen und Brei aus Pulver von *Mamma Scan*.

»Selber gekauft. Gemacht auch. Elva fand es spitze.«

»Ach, tatsächlich, das hat sie gesagt!«

»Sie hat nicht gelogen! Das tut sie nie.«

»Nein, aber vielleicht hat sie gemeint, daß es auf eine besondere Art geschmeckt hat, weil du es gemacht hast.«

Sie wünschte, sie hätte selbst etwas von *Mamma Scans* Gaben im Haus gehabt. Solange sie noch an den Kühlschrank herankam, holte sie Käse, Milch und ein Stück Wurst heraus.

»Ich gehe jetzt ins Bett«, sagte sie, und sie dachte intensiv an ihre Schlaftabletten und deren Verheißung. »Du mußt mir in die Hand versprechen, daß du nicht mit Kerzenflammen herumprobierst, solange du allein bist.«

»Ruhig Blut«, erwiderte er. »Ich bin noch nicht fertig, deshalb kann ich das Licht erst frühestens morgen früh ausprobieren.«

Er faßte gerade sein schwarzglänzendes Haar mit einem Gummiband zusammen, damit es ihm bei der minutiösen Arbeit mit den Silberschnipseln und dem Klebstoff nicht nach vorn fiel. Sie hätte ihn fragen müssen, wie er es in die Schule schaffen wolle, sagte aber nichts. Er war oft das, was Elva und sie übereinkamen, krank zu nennen.

Sie bewegte sich fahrig und fegte einen kleinen Stoß Seidenpapierfitzelchen auf den Boden. Als sie den Milchkarton abstellte, um die Papierchen aufzuheben, sagte er:

»Laß nur. Ich mache das schon.«

Sie hörte ihm an, daß er allein sein wollte. In diesem Moment schaute sie von ihrem Sitzplatz auf dem Fußboden nach oben, und da fiel ihr Blick auf die Unterseite des kleinen wolkenförmigen Stücks aus festem Papier. Sie las die Worte:

den 23. Februar 1967, um 20
brektkirche, Stockholm
ngelist .... John van Kesteren
Christus .... Erik Sædén
latus .... Bengt

Sie erhob sich so heftig, daß ihr die Wurst und der Käse aus der Hand fielen und sie sich den Kopf an der Tischkante anschlug.

»Immer mit der Ruhe, Mama«, sagte Anand.

»Was hast du getan!«

Sie riß die Wolke herunter. Er starrte sie an, als die Fäden rissen.

»Du bist an meiner obersten Kommodenschublade gewesen. Du hast diese Karte zerschnitten! Anand, das darfst du nicht tun! Du darfst nichts von dem, was ich dort verwahre, anrühren.«

»Das habe ich auch gar nicht getan«, sagte er und blickte erschrocken drein.

»Die Karte! Du hast diese Karte aus meiner Schublade genommen.«

»Nein, die habe ich aus dem Karton mit den Briefen und den Perlen und dem ganzen Zeug.«

Lüg nicht, dachte sie. Doch er pflegte nicht zu lügen, und er schien erstaunt zu sein.

»Du kannst ja in deiner Schublade nachsehen«, sagte er unsicher.

Sie legte die zerschnittene Karte, ein Konzertprogramm, hin und wandte sich vom Küchentisch ab. Ihr waren die Knie weich geworden. Draußen klingelte das Telefon, doch das hörte sie nur mit den Ohren. Sie ging zuerst am einen, dann am anderen von zwei klingelnden Telefonen vorbei in ihr Schlafzimmer, und während es weiterklingelte, öffnete sie die oberste Kommodenschublade und entnahm ihr ein Kuvert. Darin steckten die Papiere, die belegten, daß sie geboren war, daß sie ihr Examen gemacht hatte, daß sie ordiniert war, daß Anand adoptiert war. Und eine Karte.

Sie legte die Karte neben die andere. Auf beiden stand derselbe Text, allerdings war er auf der Karte, die Anand in die Finger bekommen hatte, an den Rändern fragmentarisch.

JOHANN SEBASTIAN BACH
JOHANNES-PASSION
Donnerstag, den 23. Februar 1967, um 20 Uhr
in der Engelbrektkirche, Stockholm

Sie fuhr fort, Zeile um Zeile zu vergleichen, um keinem Irrtum zu unterliegen.

Evangelist	*John van Kesteren*
Christus	*Erik Sædén*
Pilatus	*Bengt Rundgren*
Eine Magd	*Marianne Mellnäs*
Petrus	*Carl-Erik Hellström*
Ein Diener	*Torsten Forslöv*
Sopranarie	*Ursula Buckel*

Ich folge dir gleichfalls mit freudigen Schritten... Ja, das habe ich getan. Ich bin dir gefolgt. Ich folge dir noch immer. Doch meine Schritte sind nicht immer so freudig. Ich hinke dir mit blauen Plastiktüten an den Füßen hinterher. Und mit Preisetiketten an der Stirn. Darüber gibt es kaum etwas zu lachen.

Sie mußte weitermachen, denn wenn nicht jeder Buchstabe stimmte, dann war es ein Mißverständnis. Ein Streich des Gedächtnisses, seine launische Art, Gleichheiten herauszuklauben.

Altarie .... *Birgit Finnilä*
Tenorarie .... *John van Kesteren*
Baßarie .... *Matti Tuloisela*

Sie konnte sich natürlich nicht daran erinnern, wie diese Menschen ausgesehen hatten. Auch nicht daran, wie das Orchester geklungen hatte. Aber es war da. Die Erinnerung an einen Klang in seiner Ganzheit. An diese Stimmen, die wie seltsame Blumen aus dem Orchesterdunkel herauswuchsen.

Viola da gamba .... *Elli Kubizek*
Violoncello .... *Bengt Ericsson*
Cembalo .... *Lars Edlund*

Das Cembalo war damals ein Instrument gewesen, das sie noch nie zuvor gehört hatte. Es gab vielleicht noch mehr, aber das Cembalo war für sie ganz auffallend eigentümlich gewesen.

Oboe .... *Torleif Lännerholm*
Englischhorn .... *Ronnie Bogren*
Fagott .... *Tore Rönnebäck*
Flöte .... *Börje Mårelius*
Viola d'amore .... *Björn Sjögren*
Lars Brolin
Laute .... *Rolf la Fleur*
Konzertmeister .... *Lars Frydén*
Radiochor, Kammerchor und Radioorchester
Dirigent .... *Eric Ericson*

Ja, es war dasselbe Programm und derselbe Tag. Der Tag meiner zweiten Geburt.

Als Birger Torbjörnsson und ich Elias im Pflegeheim in Byvången besuchten, sprach er nicht mehr Jämtisch. Kein Wort mehr.

»Magst, daß er hier stehet, der Stock?« fragte ich.

»Der soll hier stehen«, sagte er, ergriff ihn an der Krücke und zog ihn zu sich ans Bett heran.

Ich war so verdattert, daß es mir die Sprache verschlug. Vom Norwegischen hatte er ja schon vor etlichen Jahren nach und nach abgelassen. Daß er Reichsschwedisch konnte, wußte ich. Er hatte es ein paarmal gesprochen, wenn Ingefrid Mingus bei uns war. Aber nicht so. Und gesprächig war er da auch nicht. Ich überreichte ihm eine Dose Plätzchen, die ich gebacken hatte, Toscaschnitten und Waffelröllchen. Auch hatte ich einen kleinen Topf Flammendes Käthchen dabei. Torbjörnsson brachte ihm eine Flasche Kognak, die er bestellt und im Laden abgeholt hatte. Elias nahm sie und las das Etikett: MARTELL.

»Eine gute Sorte«, sagte er. »Wollen wir ein Glas trinken?«

Aber Birger Torbjörnsson sagte, daß er noch fahren müsse.

»Dann genehmige ich mir allein ein Glas«, sagte Elias. »Das kann man hier brauchen. Ich spare aber etwas auf, so daß wir anstoßen können, wenn ich wieder zu Hause bin.«

Ich konnte mir nicht vorstellen, daß er aufstehen und diesen Stock benutzen würde. Ehrlich gesagt war ich mir nicht einmal sicher, daß er überhaupt wieder nach Hause käme. Er hatte immerhin eine Nierenbeckenentzündung gehabt und eine Sepsis bekommen. Das sei dasselbe wie eine Blutvergiftung, erklärte Torbjörnsson. Früher war es vorbei, wenn man das kriegte. Aber heute gibt es Antibiotika, und nach ein paar Tagen war Elias fieberfrei gewesen, wenn auch noch schwach. Da hatte man ihn ins Pflegeheim nach Byvången verlegt. Ich erinnerte mich an seine Reaktion, als ich erzählt hatte, daß mein Onkel Anund am Ende dort gelandet sei:

»Solbacken in Byvången, war das denn was für einen alten Lappen?«

Nein, meinem Onkel hatte es nicht gefallen. »Muß eins seinige Waffen abgeben«, hatte er gesagt, »und jeglich Tag höret damit auf, daß sie einem in den Arsch fahren tun mit dem Waschlappen. Sind derhalben gemachet, solchige Orte, damit sie massigweis Arbeit kriegen, die Frauenzimmer.«

Er hatte miserabel gewohnt, und deshalb blieb kaum eine andere Wahl. Es war ja nicht viel mehr als ein Schuppen, diese achteckige Hütte da oben, wo sie einst ihr Frühjahrsquartier gehabt hatten. Wie auch immer, so fühlte er sich in Solbacken nicht unwohl, und das schlimmste war, daß er sich veränderte. Er durfte mich zu Hause besuchen und konnte sogar den Rollator mit in den Bus nehmen. Er fragte aber regelrecht um Erlaubnis, bevor er fuhr. »Du brauchst nicht um Ausgang zu bitten«, erklärte ich. Anund war aber ängstlich und demutsvoll geworden. Elias hatte sich nur dahingehend verändert, daß er nun nicht mehr Jämtisch sprach. Ich fragte ihn freiheraus, warum.

»Ach, ich brauche Ellbogenfreiheit«, antwortete er. »Das ist nämlich die Hölle hier. Fruchtgrütze und Pfarrer und Gelalle. Und den ganzen Tag läuft da draußen der Fernseher.«

*

Sie waren sanft und lallten und dachten wohl, er sei im Innern ein Säugling. Jetzt würden sie ihn richtig bemuttern. Sie hatten wogende Busen und kräftige Schenkel unter dem hellblauen Synthetikstoff des Provinzialheims. Pludrige Hosen. Wie Spielanzüge. Sie waren wie Kinder gekleidet und sprachen wie Kinder. »Alterchen«, sagten sie, und »Süppchen« und »ein Täßchen Kaffee«. »Total viel«, sagten sie, und »total schlecht«. Bald hörten sie wohl vollständig auf zu sprechen. Eine ganze Nation befand sich auf dem Weg der Infantilisierung. Elis wurde wütend über die wogenden und lallenden großen Kinder, die ihn bemuttern wollten. Sie schwatzten drauflos, als wäre er senil oder bewußtlos. Sobald er im Bett die Augen schloß, redeten sie über Scheidungen.

Als er in dem Pflegeheim angekommen war und sich aufs Bett gelegt hatte, öffnete eine große Frau im Spielanzug seine Tasche und begann den Inhalt durchzugehen.

»Was, zum Teufel, machen Sie da?« fragte er und war erschrocken darüber, wie schwach seine Stimme klang. Das Frauenzimmer ließ sich auch gar nicht beirren, sondern wühlte seine Sachen durch.

»Muß nachsehen, ob da Medizin ist, in der Tasche. Darf nichtens sein, klar?«

Er hätte sie anbrüllen sollen. Doch er hatte keine Kraft mehr. Seine Stimme brach, und die Frau wühlte weiter, ohne auch nur zu begreifen, daß er zornig war. Würde sie irgend jemanden ihre Handtasche oder ihre Kommodenschublade durchsehen lassen? Womöglich.

Er lag da und wälzte den Gedanken, daß den Leuten heutzutage etwas verlorengegangen sei. Sie versuchten es wettzumachen, indem sie einander einschüchterten. Wer nicht die geringste Möglichkeit hatte, jemanden einzuschüchtern, lallte geschäftig. Nennte er das Verlorengegangene beim Namen, würden sie glauben, es handle sich um eine sanitäre Vorrichtung oder ein Zahnarztinstrument.

Er hatte erwartet, daß es schwierig würde, wieder nach Hause zu kommen. Daß sie ihn behalten und pflegen und ihm seine letzten Vorstellungen von einem Privatleben rauben wollten. Doch sie konnten ihn in dem Pflegeheim gar nicht schnell genug loswerden. Er sei ausgepflegt, sagten sie. Eine Fürsorgerin kam und schlug ihm vor, einen häuslichen Pflegedienst in Anspruch zu nehmen. Er lehnte dankend ab. Da wollte sie wissen, wie er es denn schaffen wolle, in den Laden einkaufen zu gehen, zu kochen und sauberzumachen. Er sagte, er werde es auf die gleiche Art schaffen wie zuvor.

Er gedachte ihr nicht zu erzählen, daß Ivar Mårsas Frau zum Saubermachen kam, daß er mit Reine die Fahrten den Hang hinauf und hinunter schwarz vereinbarte und daß er meistens bei Kristin Klementsen aß, der es keinen Spaß machte, nur für sich allein zu kochen. Daß er sie sogar bezahlen durfte, weil es ihr das Gefühl gebe, noch immer die Pension zu haben, wie sie sagte. Er wußte im übrigen gar nicht, ob er es jetzt überhaupt noch schaffte, zu Risten hinunterzugehen. Es würde wohl Kinderbrei geben.

Sie hatte sich nie so recht Gedanken darüber gemacht, wer die Eintrittskarte für die Johannes-Passion in der Engelbrektkirche geschickt hatte. Eine Frau, hatte Mutter gesagt. Eine, die früher öfter mal gekommen sei.

Damals war es nicht so sonderlich wichtig gewesen, wer die Karte geschickt hatte. Schlimmer war, daß Mutter versucht hatte, sie beiseite zu schmuggeln.

Ihre schnellen Finger ergreifen einen der Briefe, die auf die Fußmatte geflattert sind, und stecken ihn in die Schürzentasche. Inga wird neugierig und muß schier lachen. Hat Mutter Geheimnisse? Bekommt sie Liebesbriefe?

Wäre sie noch ein Kind, würde dieser Gedanke sie erschrecken. Doch sie wird bald einundzwanzig.

Es klingelt an der Tür, und bevor Linnea öffnen geht, hakt sie ihre Schürze auf, die vorn vom Spülwasser naß ist. Sie hängt sie an die Klinke der Küchentür. Inga kann es nicht lassen, das Kuvert aus der Tasche zu ziehen und anzugucken. Sie steht noch immer damit da, als die Mutter zurückkommt.

Fräulein Ingefrid Fredriksson
Parmmätargatan 7
Stockholm

Jemand hat die Adresse durchgestrichen und mit Kugelschreiber *Mingus* und *Pipersgatan 26* hingeschrieben.

Sie weiß sehr wohl, daß sie auf den Namen Ingefrid getauft ist. Doch kein Mensch nennt sie je so. Der Name vermittelt ihr das Gefühl, daß der Brief doch nicht für sie ist, und skeptisch fragt sie:

»Ist der Brief nicht für mich?«

»Ach was«, sagt Mutter und versucht, ihn sich zu schnappen. »Das kommt einfach so.«

Jetzt, so viele Jahre danach, fragte sie sich, ob sie sich an diese Worte wirklich richtig erinnerte: *kommt einfach so*. Hieß das, daß für sie öfter Briefe gekommen waren? Jedes Jahr?

»Gib schon her jetzt, das ist nichts.«

Bloß eine Eintrittskarte. Sagt sie das nicht so? Daß man sich nicht einmal an das Wichtigste in seinem Leben mit einer Deutlichkeit erinnern kann, die Sicherheit gibt! An idiotische Kleinigkeiten erinnert man sich dagegen: Mutter steht da und hat einen nassen Fleck auf dem Bauch.

Sie macht sich tatsächlich keine Gedanken darüber, wer die Eintrittskarte geschickt hat. Diese Frau, von der Mutter gesprochen hat. Sie, die früher öfter mal gekommen ist. Das ist nicht so wichtig. Bedeutsam für sie ist, daß Mutter über sie zu bestimmen versucht. Was sie zu tun habe und was nicht. Und Mutter ist nicht auf den Mund gefallen:

»Ich habe nicht gedacht, daß dich das interessiert. Du gehst doch nicht in die Kirche.«

Da mußte sie ja gewußt haben, was in dem Kuvert war. Womöglich kam jedes Jahr eines. Auch an Weihnachten? Eine Frau schickt Eintrittskarten, und Mutter wirft sie weg. So als sei ich eine Fünfjährige, die nicht zur Kirche gehen und sich ein Konzert anhören könne. Eine Eintrittskarte, allein in einem Kuvert. Ohne Gruß. Ohne Absender.

Und dann gehe ich dorthin. Es muß einige Tage später sein. Eine Woche oder mehr. Mit dem Bus nach Östermalm? Weiß nicht mehr. Dreiundzwanzigster Februar. Das heißt doch, daß 1967 Ostern früh lag.

Die Engelbrektkirche ist groß und einschüchternd. Inga begreift deren Schönheit nicht. Sie ist gewohnt, Musik in engen, verrauchten Lokalen zu hören. Als sie die tastende Introduktion der Streicher vernimmt, empfindet sie Angst. Sie rieselt ihr durch den Körper. Tastend, wiegend ist die Musik. Der Beginn eines Meditationszustands. So dachte sie heute. Damals dachte sie vielleicht, es sei *modern* und eine Art Rettung im Chaos, daß das

Gehirn ein Wort formen konnte. Sie hat natürlich sehr wohl gewußt, daß Johann Sebastian Bach im 18. Jahrhundert gewirkt hatte, in dessen erster Hälfte. Bis weit in die Musik hinein glaubt sie jedoch, das Werk sei ausgewechselt worden, das Programm, das sie in der Hand halte, gelte nicht mehr, sondern man spiele *etwas Modernes*. Sie denkt an den Vater und an den modernen Jazz, der immer trauriger geworden ist. Ja, Vater sieht das auch so. Er meint, nach innen gekehrt und zersplittert und ohne Melodie. Der Sternenregen fällt nicht über Alabama, sondern in Sphären, wo zwischen den Molekülen lichter Raum ist. Hier am Anfang der Johannes-Passion versetzt die Musik den Menschen in Trostlosigkeit und in die Erwartung einer furchtbaren Vollendung.

Es ist Getsemani. So dachte sie jetzt. Dann kam der erste Chor. Da mußte sie gehört haben, daß es nicht modern war. Daß es Bach war und 18. Jahrhundert, so wie sie es vielleicht im Radio gehört hatte, ohne sich viel dabei zu denken.

Aber die Niedrigkeit? Der Niedrigkeit zu lobsingen – hatte sie verstanden, daß der Chor genau das tat?

Wenn sie es verstanden hatte, dann durch die Musik, durch deren Sprung zwischen Unterwerfung und Jubel. An Worte konnte sie sich von diesem ersten Mal nicht erinnern. Sie war in ein wortloses Drama eingetreten. Heute wußte sie ja, daß Jesus mit seinen Jüngern über den Bach Kidron in den Garten ging, wo Soldaten mit Fackeln und Waffen nach ihnen suchen und sie mit dem Tode bedrohen sollten. Sie wußte jedoch nicht, wieviel sie damals davon erfaßt hatte. Ein ganzes Leben hatte sich auf dieses ursprüngliche Erlebnis gelegt, viele Johannes-Passionen in verschiedenen Kirchen.

Die Musik versetzt sie – langsam? – in tiefe Andacht. Weiß sie jedoch, was Andacht ist? Außer einem Wort: die Abendandacht im Radio. Die schaltet man rasch aus. Besonders wenn Mutter in der Nähe ist. Linnea ist Religiösem gegenüber nicht gleichgültig. Sie haßt es. Doch sie ist stets darauf bedacht, ihren Haß mit einem Ton mürrischer Ungehaltenheit zu bemänteln. Sie will seine Tiefe nicht enthüllen. Im Alltag tut man so, als hätte man die Gefühle nicht, die in Passionen und Trauerspielen geschildert werden.

Der Evangelist, seine äußerst gespannte Stimme. So hatte sie diese damals gehört, daran erinnerte sie sich. Und daran, daß seine Erzählung, egal, ob sie nun verstanden hatte, daß Jesus und seine Getreuen in den Garten gingen, oder nicht, von lebendigen Menschen handelte. Sie hatte sicher geruht in dem Choral über die unerhörte, die maßlose Liebe. Nach dem Schock, als sie begriffen hatte, daß es Menschen waren, die da über den Kidron gingen, vielleicht gar der Ruhe bedurft.

Heute erinnerte sie sich diffus an die Zeitläufte damals, als sie das gehört hatte. 1967. Die Russen waren noch nicht in die Tschechoslowakei einmarschiert. Ungarn war lange her – 1956. Panzer. Menschliche Körper. Blut auf Asphalt. Das Übliche eben, was sie heutzutage vor Trauer stumpf machte. Damals war die Zeit der Revolte gewesen. Die Tür zur Welt stand offen und schlug. Es wehte geradewegs in die drei Zimmer und die Küche der Familie Mingus, doch nur Inga spürte den Luftzug. Das Benzin kostete nicht einmal eine Krone pro Liter, alles war möglich. Linnea fuhr zu Auktionen aufs Land und belud ihren VW-Bus mit bemalten Büfetts, Spinnrädern und Kupferzeug. Es floß nicht mehr alles in den Ankauf, sie hatte angefangen, auf der Bank Geld anzusammeln. Inga war der Meinung, man solle die Weltbank sprengen und das Geld an arme Indianer verteilen. Heutzutage revoltierten die meisten mit einem inneren Brechreiz und ohne Träume. Die Tür stand nach wie vor weit offen, und sie strömten herein: Kurden, Somalier, Chilenen, Kosovoalbaner – vielleicht auch Indianer. Doch man verpaßte ihnen Kästen, die Rinkeby und Botkyrka hießen, und schloß hinter ihnen ab. Der immergleiche Witz auf Gesellschaften lautete, es sei ein türkischer Gehirnchirurg gewesen, der einen im Taxi hergebracht habe. Er habe an einen frei geborenen, aber verschuldeten Mann aus dem antiken Rom erinnert, der gezwungen gewesen sei, sich als Sklave zu verkaufen. Zuinnerst aber befürchtete man, daß er ein Söldner aus dem zerschlagenen Jugoslawien war, und man fuhr mit ihm nicht weit hinaus in die Dunkelheit der Vororte.

1967 hatte sie einen Freund gehabt, einen Mann des Aufruhrs. Pekkas empfindliches, blasses Gesicht wechselte schnell den Ausdruck. Er fror oft. Er wechselte auch seine Zugehörigkeit. Geriet in ideologische Streitereien und tauschte die Buchstabenkombination seines Kommunistenverbands gegen eine andere aus. Ein *L* oder *R* war entscheidend für die Zukunft der Menschheit. Er brannte blaß. Sie fürchtete, daß er zwischen den Männern des Kaiphas gestanden und gehetzt hätte, wenn er vor bald zweitausend Jahren in jenem Garten dabeigewesen wäre. Aber vielleicht nicht im Turba-Chor. Töten wollte er wohl nicht. Er hatte jedoch Verständnis für einige Tötungen großen Stils aufgebracht. Ein sehr abstraktes Verständnis, hoffte sie.

Daß in dieser musikalischen Erzählung nichts abstrakt war, war es das, was sie so tief ergriffen hatte? Die Ohrfeige im Hof vor dem Palast des Hohenpriesters. Aber hatte sie die Worte verstanden und davon gewußt? Anders als musikalisch, genau wie von Petrus' bitteren Tränen nach seiner feigen Antwort? Denn da hatte es bereits begonnen.

Es.

So nannte sie das lange Zeit. Vielleicht sagen Frauen so, die zu begreifen beginnen, daß sie schwanger sind. Sie denken an *es*, und es ist schwer zu sagen, ob sie damit das Faktum oder das Kind meinen.

Es beginnt während der Sopranarie: *Ich folge dir gleichfalls mit freudigen Schritten*. Die Altarie hat sie als Gejammer aufgefaßt. Und das ist sie wohl auch: das Jammern des sündigen Menschen. Es hatte ihr damals sicherlich nicht viel gesagt, diesem Kind einer Zeit, die die individuelle Sünde und Schuld abgeschafft hatte und dabei war, aus der kollektiven Schuld eine Deklamationsnummer zu machen. Niemand hatte geahnt, wie das verborgene Schuldgefühl eines gehetzten Lebens den Begleiter der Eltern einst ablösen würde, der lediglich schlichte Scham gewesen war. Die Scham der Armen. Die Scham der Frauen. Die konnte man vielleicht wie einen lästigen Hund davonjagen. Aber Schuld – das waren *die Stricke meiner Sünden*. Sie banden und fesselten und verwickelten die Seele in Stränge voll harter Knoten und Laufschlingen.

Vielleicht hatte sie die Altarie nur als musikalisches Gejammer aufgefaßt. So wie Tante Lizzie sagte, wenn sie Birgit Nilsson im Radio hörte:

»Hat das Weib Bauchweh?«

Es beginnt mit der Freude in der Sopranarie, mit den schnellen, regen Schritten. Sie läuft hinein in ihr Leben, läuft auf den lebhaften Sechzehntelfiguren und entfernt sich von allem, wonach sie bislang gelebt und gestrebt hat, so schnell, als wäre sie tatsächlich in den Himmel aufgenommen worden. Oder wie man heute sagen würde: in eine andere Dimension.

Sie mochte diese Wörter nicht. Sie wollte weder etwas von Himmeln noch von Dimensionen wissen. Deshalb hatte sie im Grunde nie mit jemandem darüber gesprochen, was ihr am 23. Februar 1967 in der Engelbrektkirche widerfahren war. Sie wollte niemanden religionspsychologische Termini darauf anwenden lassen. Ihr fröstelte, wenn sie sich vorstellte, daß Brita sagte: deine *Unio mystica*. Das würde sie sicherlich tun, wenn sie ihr anvertraute, was damals geschehen war. Sie würde es vielleicht wiederholen, einen Terminus verwenden, der die seltsamen Erlebnisse aller möglichen Leute mit Lichterscheinungen umfaßte, welche die Seele vom Körper zu trennen drohten, als wären diese beiden wirklich zwei Dinge und nicht nur Wörter für den Menschen.

Er hat mich berührt.

Das waren die einzigen Worte, die sie sich darüber zu denken erlaubte, und sie wußte, daß sie unzulänglich und kindisch waren. Als ob er ein Mann wäre und Hände hätte.

Ich bin jedoch ein Mensch. Ich habe nur unzulängliche Worte.

Sie wußte nicht mehr, wie sie damals Pilatus' Unbehagen erlebt hatte, seine drohende Migräne und das Gehetz des Lynchhaufens. Den Judenhaß, den der Turba-Chor weckte, hätte sie wahrscheinlich selbst dann nicht verstehen oder beurteilen können, wenn sie ihr normales Mädchen-Ich gewesen wäre. Aber das war sie nicht. Sie konnte nur erraten, wie die Musik sie mit Behutsamkeit zum *Ruht wohl* des Schlußchores geführt hatte.

Sie befindet sich in tiefer Ruhe und möchte sich in der Kirchenbank nicht erheben, als nach dem Schlußchoral nach und nach alle hinausgehen. *Ruht wohl ... ruht wohl ... ihr heiligen Gebeine ...* Ihr wart Gebeine in einem Körper, der zerfetzt wurde, nun verdient ihr die Ruhe und all die Zärtlichkeit, die wir euch geben können. *Ruht wohl, ruht wohl ...*

Sie hatte etwas erlebt, was sie nicht verstand und nicht kannte. Bis dahin hatte sie das, was ihr widerfuhr, immer planen oder zumindest erwarten können. Es gehörte weder zu ihrem eigenen Weltbild noch zu dem irgend jemandes sonst, den sie kannte, daß unbekannte Erlebnisse eintraten. Sogar Verliebtheit war hormonell und kulturell vorbereitet. Sie erkannte sie, wenn diese sich einstellte. *They say that falling in love is wonderful* spielte Vater immer. Sie brauchte nur ein Gesicht einzusetzen und *I've got you under my skin*.

Doch sie hatte sich wohl nicht viel vom Leben erwartet. Die meisten Menschen hatten heruntergeschraubte Ansprüche. Sie kannten den Rahmen ihrer Gesellschaft und ihrer Familie. Daß die Wände einstürzen würden, damit hatte Inga nicht gerechnet. Daß eine Freude diese sprengen könnte. Und Schmerz. Gemeinsam.

Freudenerfüllter Schmerz. Blut und Tränen. Die Wunde küssen. Das Kreuz kosen. Sie verabscheute das aus ganzem Herzen. Damals hatte sie von Theologie oder von Kirchengeschichte keine Ahnung gehabt, doch heute war sie der Ansicht, daß der Pietismus das Christentum verzerrt und aus dem Christen einen sentimentalen Selbstbespiegler gemacht hatte. Deshalb hatte sie andere Worte als freudenerfüllter Schmerz oder schmerzerfüllte Freude finden wollen für das, was sich in ihrem Innern erhalten hatte. Doch diese Worte gab es nicht. Lediglich: *Er hat mich berührt*.

Ich wußte nichts über meine Herkunft. Meine Zeugung und Geburt waren genauso fern, wie es einem die Eingeweide sind. Als ich im Frühjahr die Diagnose Colon irritabile erhielt, dachte ich doch auch nicht an ein warmes Darmpaket, in dem es gluckert und zieht, und auch nicht an den Geruch, den es absondert. Ebenso unwirklich war meine Vorstellung von meiner Herkunft. Mich hatte ein armes Mädchen aus Jämtland geboren. Mein Vater war Skifahrer gewesen. Es war blutlos. Außerdem war es nicht so.

Als Anand zwischen Myrten Fjellströms Papieren das Programm der Johannes-Passion fand, erfuhr ich, daß ich eine Dermoidzyste in mir hatte, einen möglichen Zwilling. Wer wäre sie geworden? Und wer hat mich eigentlich gemacht? Linnea hat mich geprägt, geformt, skulptiert, frisiert und gepflegt. Sie hat einundzwanzig Jahre lang unermüdlich an mir gearbeitet. Dann mußte sie aufgeben. Damals trat Jesus Christus an.

Die erste Mutter gebar mich aus ihren Eingeweiden, aus ihrem Blut und ihren Häuten, aus Schleim und körperwarmem Sekret. Sie stöhnte mich hervor, vielleicht schrie sie auch. Als sie mich zum erstenmal entdeckte, verfluchte sie mich sicherlich. Hat sie mich jemals im Arm gehalten? Dann hätte sie doch gerührt sein müssen und mich behalten wollen. Aber vielleicht war ich unangenehm. Ich roch nach eingetrocknetem Sperma und verhaltenen Darmwinden, nach Blutmief und dem kalten Schweiß des Schmerzes. Vielleicht auch nach einem Katzenjammer.

Ich hatte die kranke Blässe, die vom Nachdenken herrührt, und den großen Zinken des unfreiwilligen Vaters. Ich war ein Troll, wie Kristin Klementsen sagt.

Dennoch wollte die Mutter den Troll erlösen. Sie schickte Eintrittskarten. Sie wollte, daß ich in die Kirche ginge.

Damals wurde ich geboren. Die Eintrittskarte war kein Stück Papier, das zufällig mit dem Wind geflattert kam. Mutter hatte etwas vor mit mir. Zu guter Letzt erreichte sie ihr Ziel. Der 23. Februar 1967 gab mir das Leben, das ich habe.

Ich glaubte, es sei Gott. So war es auch.

Als Elis vom Pflegeheim nach Hause kam, legte er sich auf die Küchenbank. Von dort konnte er die große Fläche des Sees sehen. Eis und glatter Schnee bedeckten sie. Er lag da und dachte an das Wasser, das jetzt unsichtbar war. Nie war es klarer gewesen, kälter. Tiefer.

Jeden Herbst wird dieses Wasser schwarz. Alles, was zerfallen ist und sich aufgelöst hat, verwandelt es in Nichts.

Reines, klares Nichts.

Es wird nie ein Tümpel oder Mansch, der See reicht seine Schale nicht voller Fäulnis und Ekel dar. Er sagt nicht: Hier ist dein Tod. So riechst du, wenn du zerfällst und dein Fleisch sich in der Spalte sammelt.

Nein, es wird klar.

Es kühlt ab.

Niemand weiß, wohin die Reste verschwunden sind, wenn es denn überhaupt Reste waren. Wenn es nicht, mit anderen Augen gesehen, Leben in Verwandlung war.

Klar wie Glas, doch lebendig liegt der See unter seinem Eis. Die Ufersteine warten darauf, daß er sie wieder leckt. Sie beten darum, lebendig zu werden, sie wollen sich wie Eier in den großen Wogen wiegen.

Reines, klares Nichts bebrütet diese Steineier, die unermeßlichen Reserven, die sich an seinen Ufern befinden.

Elias lag da oben in seinem grauen Haus, auf das er so stolz war, weil dessen Holz schon uralt war und ins Silbrige spielte. Er lag still, als hätte er bereits aufgegeben. Er wohne in einem Kunstwerk, hat er mal zu mir gesagt. Jetzt konnte er keine Glaskunst mehr machen. Auch nicht mehr zeichnen und malen. Als er hierherzog, hatte er Glas mitgebracht. Im übrigen weiß ich nicht, ob er hierhergezogen oder ob er einfach geblieben ist. Und die Glasteilchen kamen vielleicht erst später. Es waren viele verschiedenartige Scherben. Er hatte verschiedene Namen dafür und wußte genau, wie sie zustande gekommen waren. Bei welcher Temperatur sie geschmolzen waren und welche Chemikalien sie enthielten. Damals sollte er bald achtzig werden, hatte aber noch Pläne. Er saß da und kramte in seinen verschiedenfarbigen scharfen Scherben herum. Er spiele mit dem Gedanken, einen kleinen Ofen zu bestellen, sagte er, und sie auf eine besondere Art einzuschmelzen. Aber daraus wurde nie was. Ich versuchte ihn zum Weitermachen zu ermuntern, aber da wurde er böse.

»Bloß keine Therapie!« sagte er. »Was erloschen ist, ist erloschen.«

Das war schon recht trostlos.

Aber dann kam das mit dem alten Bauholz. Ja, auch Bohlen und Holzzäune und haufenweise Heureiter, die dalagen und morsch wurden. Er ging umher und sah es sich an. Man kann nicht sagen, daß ihm das nur Vergnügen bereitete. Es war mehr. Einmal vertraute er mir etwas an. Leben sei sehen, sagte er. Wirklich sehen.

So war das für ihn. Und das Holz sah er. Man merkte, daß er viel vom Fällen verstand und wie man entastete und entrindete. Er sprach über frisches Holz, den Geruch der Kiefern nach Terpentin und feinen Ölen und den Duft der Fichtenreiser nach dem Entasten. Das sei schwedisch, sagte er. Das sei ganz einfach der Geruch Schwedens. Nicht etwa Norwegens, dachte ich, sagte aber nichts. Er sei viele Jahre im Ausland gewesen, und wenn er durch die Straßen großer Städte gegangen sei, habe er an diesen Geruch gedacht. Er sagte einmal: man könne in seinem Innern einen Geruch hervorrufen. Er hatte recht. Ich konnte das auch. Bei mir war es zum Beispiel der Geruch nach Koriandersamen, die über einen Apfelkuchen gekrümelt wurden. Oder die Lanolinsalbe, mit der sich Hillevi die Hände eingerieben hatte.

Es war lange her, daß dieses Holz in Ketten und Bärenkoppeln gelegen hatte und von schwarzzottigen Pferden ins Dorf hinuntergezogen worden war. Es war gealtert, Flechten hatten sich damit vereinigt und das, was grau geworden war, mit grünen Schattierungen überzogen. Es ließen sich auch andere Farben finden. Elias spähte sorgfältig nach Ocker und Rost und Schwarzgesprenkeltem. Und danach, wie das Holz sich in seinen ursprünglichen Wachstumsfurchen weitete, wie Insekten dort hineinkrabbelten und Eier legten und wie die Larven Gänge anlegten und das Holz in gelbes Pulver verwandelten.

Eine Roßameise im Haus war ja unser aller Schrecken. Er aber ging mit seinem Stock hin, stocherte daran herum und betrachtete die Sache nicht ohne Vergnügen. Genau wie dieses Schindeldach, das er sich hatte decken lassen. Das werde doch nicht lange halten, warnte man ihn. Und er sagte:

»Nein, das wird nicht lange halten.«

Ich war damals jedenfalls froh gewesen, daß Myrten das alte Dach auf unserem Haus hatte herunternehmen und es mit Blech hatte decken lassen.

Elias sagte, was ihm am besten gefalle, sei von Hand behauenes Bauholz, das lange gedient und den Schneestürmen, der Herbstnässe und der knackenden Hitze des Sommers widerstanden habe und dem Unabwendbaren nur langsam nachgebe. Es nehme Sporen und Samen und vor Eiern strotzende Weibchen auf, ohne sich zu sträuben. Im Gegenteil, in der Feuchtigkeit weite es seine Ritzen und Spalten und beginne in unvorstellbaren Nuancen zu schimmern, die nicht einmal die Moose nachmachen könnten. Die rote Farbe aus Falun, zur bloßen Erinnerung an Dunkelrot verblaßt, windzerfressenes Silber, die verkohlten Stellen eines Holzhauses, das im letzten Moment davor bewahrt worden war, völlig in Flammen aufzugehen. All solche Dinge waren seine Freude.

Er sah.

Aber man kann ja nicht nur in einem Kunstwerk liegen und das dann Leben nennen. Von da drinnen konnte er ja nicht einmal sein Holz sehen. Ich trabte täglich mit einer Portion Kohlauflauf oder einem Topf Erbsensuppe den beschwerlichen Hang hinauf. Ich versuchte ihn zu überreden, mit Reine Fahrten zu vereinbaren und zu mir herunterzukommen. Ansonsten würde ich die Lust verlieren, Essen zu machen, sagte ich zu ihm. Denn was ist das für ein Leben, wenn man niemanden hat, für den man sorgen kann?

Aber Elias verließ seine Küchenbank nicht. Ich fragte mich oft, woran er wohl dachte, während er da lag.

In der ersten Zeit wagt Inga nicht mit Worten an das zu denken, was sie erlebt hat, und schon überhaupt nicht darüber zu schreiben. Dennoch kauft sie sich im Schreibwarengeschäft ein Tagebuch, um genau das zu tun. Sie kann sich jedoch nur wie in einem Schwindel darein vertiefen. Sie ist eine, die freiwillig in einen Abgrund schaut, um die Blutwelle und die Revolte im Magen zu spüren.

Das Ganze spielt sich im Magen ab. Sollte es denn nicht im Herzen sein? Inga ahnt vage, daß es eine Anatomie der Seele gibt und daß man in der Bibel etwas darüber lernen kann. Man erhebt die Augen und wendet die Ohren zu Gott. Es werden einem die Nieren erforscht.

Es gibt auch eine Seelenlandschaft mit Saronlilien an frühlingshaften Hängen, mit den fließenden Wassern des Jordans und Schatten unter den hohen, duftenden Zedern des Libanon. Wüsten sind dort, ihrer Nächte Kälte und ihrer Tage Hitze. Und es gibt ferne Versprechen von Honig, Gras und Ruhe. Von dieser Landschaft weiß sie jedoch noch nichts. Und nichts von plätschernden Bächen.

Sie trottet mit ihrem unruhigen Magen umher, dessen Erschütterungen ihr das Gefühl vermitteln, bald aus hoher Höhe zu fallen. Doch sie fällt nicht. Eines Tages entdeckt sie, daß der Schwindel abgeflaut ist.

Sie versteht nicht, wie es dazu gekommen ist. Der tiefe Taumel und die starken Umwälzungen im Zentrum des Körpers – war es doch nicht das Herz? – sind körperlich nicht mehr wahrnehmbar. Das Lichtgefühl, die Erinnerung daran, durchglüht zu sein, Licht zu sein, hat sich abgeschwächt oder ist, eher noch, aus ihrem Körper ausgezogen. Schließlich ist es wie etwas, wovon sie nur gehört hat.

Zu diesem Zeitpunkt beginnt sie, darüber in ihr Tagebuch zu schreiben.

Sie möchte nicht oberschlau beginnen: *Am 23. Februar war ich in der Engelbrektkirche, und da geschah etwas.* Was denn? Etwas Merkwürdiges? Oder Wunderliches? Es gibt eine Art von Seelensprache, die gekünstelt wirkt. Dieser Meinung war sie bereits im Konfirmandenunterricht, in den Momenten, in denen sie zugehört hatte, und das waren nicht viele. Ansonsten kann sie sich nicht erinnern, daß in ihrer Kindheit und Jugend irgend jemand über Gott gesprochen hat. Doch, Tante Lizzie natürlich. Mutter sagte zu Lizzies Gerede von Gott: »Ja, sie glaubt bestimmt an den Mann im Mond.«

Inga glaubte, der Mann im Mond sei ein schlanker Junge mit leuchtendem, durchsichtigem Kopf. An den Beinen trage er ein enganliegendes Trikot, so wie ein Prinz. Er war Gott. Sie störte sich nicht an dem Wort Mann, denn das hatte Mutter gesagt. Mutter mochte Gott nicht. Lizzie hatte nichts gegen ihn. Ihrer Meinung nach gehörte er dazu, jedenfalls wenn man mit Kindern sprach.

Wollte man gegen Tante Lizzie gerecht sein, so war Gott wohl ihre sprachliche Form für das Unerklärliche. Gott war im Himmel. Er hatte alles erschaffen. Die Blumen und die Tiere. Auch die Wespen. Er wurde traurig, wenn man log oder ohne Erlaubnis etwas nahm. Da bekam man ein schlechtes Gewissen. Das bekam man von Gott, weil er traurig war. Wenn man starb, war es wie schlafen. Dann war man bei Gott. War man dann im Himmel? Nein, man schlief sozusagen.

Das war schon alles. Gott, Wespen, Gewissen. Und dann noch dieser Schlaf.

Als irgendwann die schwierigeren Fragen auftauchten, ließ Lizzie ebenso selbstverständlich von Gott ab, wie Inga von ihrem Teddy abgelassen hatte. Sie ging über zu: »Ich weiß nicht.« Genau wie Mutter. »Mach dir darüber nicht so viele Gedanken!« Oder: »Der Onkel war bestimmt krank im Kopf.« Sie sagte: »Das ist so im Krieg. Auch wenn wir hier gar keinen Krieg haben.« Meistens sagte sie: »Ich weiß nicht. Ich weiß wirklich nicht. Schweig jetzt. An so was solltest du überhaupt nicht denken.«

Noch immer konnte Inga ein alter Zorn hochkommen, wenn sie sich an dieses *Du sollst nicht denken!* erinnerte. Das elfte Gebot. Du sollst auf keinen Fall selbst denken. Wenn du über alles Böse, was geschieht, nachdenkst und darüber, wie Gott dennoch gut sein kann, wirst du krank im Kopf. Oder du machst dich lächerlich.

Schließlich gelang es ihr doch noch, ein paar Worte in ihr Tagebuch zu schreiben. Sie ließen sich auch nicht ausradieren. Sie standen nach so vielen Jahren noch da:

Gott, du bist mit mir
du erfüllst mich ganz

Ihr hatten die Worte damals nicht gefallen, und sie gefielen ihr auch heute nicht. Sie waren falsch. Nicht sehr, doch sie entsprachen nicht dem tiefen Taumel und der Lichterscheinung. Als gleichsam gekünstelt hatte sie sie damals empfunden. Und sie konnte heute, mit der Erfahrung eines Lebens, sehen, daß sie schablonenhaft waren. Doch was für Schablonen hatte sie eigentlich besessen?

Sie arbeitet viel mit dem Tagebuch. Jeden Abend und jeden Morgen sitzt sie im Bett und schreibt. Sie versucht sich zu dem Moment zurückzuführen, in dem es im Sopran *mit freudigen Schritten* begann: der Jubel in den lebhaften Tonschritten, die Gewißheit, einen Weg gefunden zu haben, dem man folgen konnte, eine Freude, die anwuchs, als hätte diese behende Lichtseligkeit niemals ein Ende. Ja, sie hatte nicht einmal in Begriffen wie Ende und Anfang denken können. Sie merkt jedoch, daß ihre Worte nicht ganz wahr sind, wie sorgfältig und ehrlich sie diese auch zu formulieren versucht.

Es ist die Zeit, in der sie für eine Prüfung büffeln soll. Torsten Huséns *Menschenkunde* liegt neben ihr, wenn sie in ihr Tagebuch schreibt, doch sie hat kein sonderlich schlechtes Gewissen, weil sie nicht darin liest. Das, was ihr in der Engelbrektkirche widerfahren ist, erscheint ihr wichtiger als ein Examen. Ausnahmsweise lehnt sie sich auch an Mutter Linnea an: Es gibt Wertvolleres als soziale Arbeit. Für Linnea heißt das natürlich sozialen Erfolg. Und das ist etwas völlig anderes als das, wonach Inga mit ihrer Ausbildung gestrebt hat. Linnea hält soziale Arbeit für langweilig. Und außerdem sei diese Arbeit unterbezahlt. Sie kann nicht begreifen, daß jemand sich darauf einlassen will. Inga findet diese Arbeit jetzt selbst grau und trist, wie gestreifte Linoleumböden. So kommt ihr nach der Engelbrektkirche und der Johannes-Passion das Soziale nun vor. Ohne daß sie begreift, was sie da erlebt hat.

In ihr erwacht ein verworrener Zorn darüber, daß sie nie denken gelernt hat. Sie kann natürlich Algebra und versteht es, statistische Tabellen zu lesen, und sie hat Vereinsmanagement gelernt. Aber denken. Den Raum weiten. Wände einreißen. Nein, das hat sie nie gelernt, und jetzt erst begreift sie, wie gehandikapt sie ist. Pekka sagt das schon die ganze Zeit über. Wo er denken gelernt hat, ist kein Geheimnis; er hat aus solider politischer Theorie neue Wände geschaffen.

Aber wirklich Wände einreißen?

Die Ausbildung, die sie gewählt hat, paßt gut in diese Zeit, in der in Mütterberatungsstellen Kinder gewogen und gemessen werden, in der sie dreifach geimpft werden und ernährungsphysiologisch wertvolle Schulmahlzeiten erhalten. Auf Antrag und nach bescheinigtem Bedarf können sie ins Ferienlager fahren. Kinderzähne werden in den Kliniken des zahnärztlichen Dienstes kostenlos behandelt.

Sie findet es merkwürdig, wie schnell Linnea vergessen hat. Wie sie die Vergangenheit weggefegt hat, sie gleichsam in der Tiefe des Meeres hat versenken wollen. Und die soziale Gegenwart grau in grau malen, sie als sozipolitisch und praktisch unnötig hinstellen. Linnea ist Jahrgang 1914 und Kalle 1917. Sie sind in einer europäischen Kriegszeit Kinder gewesen.

»Da haben die Leute Schweineschnauzen gegessen«, sagt Kalle.

Man stand nach Kartoffeln an und holte sich Frostbeulen an den Fersen, denn die abgelegten feinen Schuhe, die man alltags trug, waren dünn. In der Zeit, in der Linnea und Kalle aufwuchsen, vermittelte man ihnen keine Vorstellung davon, daß sie ein

Recht auf den Platz in der Welt hatten, den sie einnahmen, und auf die Nahrung, die sie benötigten. Sie mußten in einer Gesellschaft überleben, die nicht ihnen gehörte. Sie gehörte Leuten, die für ihre Kinder in der Apotheke Lebertran kauften. Es waren die Armen und Unwissenden, die rachitische Rücken und enge Brustkörbe bekamen.

Die Gesellschaft war jedoch die eine Sache, die Welt eine andere. Kalle erzählt, daß er als Kind Blutegel gesammelt habe.

»Ich habe mich einfach nur in den Tümpel gestellt. Das Wasser war grün. Wie ein dicker Mansch. Ha!«

Es gefällt ihm, daß Inga vor den Scheußlichkeiten seiner Kindheit schaudert. Vor großen Ratten mit kahlen Rücken. Asseln und Kakerlaken. Dem Regenwurm, den er einmal gegessen hat, um von einem betrunkenen alten Mann zehn Öre zu kriegen. Und den gestreiften Blutegeln.

»Da haben sie sich festgesogen«, schildert Kalle. »Das ganze Bein hinauf. Man brauchte sie dann nur noch abzupflücken. Das gab kleine Wunden. Ich habe aber meistens ein ganzes Glas voll zusammengekriegt, und dann bin ich damit zur Gemeindeschwester gelaufen. Sie hat sie auf Geschwüre gesetzt. Die Egel haben den Eiter herausgesogen. Ich habe eine Krone bekommen, wenn das Glas voll war.«

Bei ihm klingt das so, als habe er in einer reichen Welt gelebt. Sie wimmelte vor Egeln, Flaschenkorken, Zeitungspapier, Alteisen, Zigarrenstumpen und Hexenmehl, all das hat er gesammelt und dafür Geld bekommen. Linnea mag die Anekdoten aus Kalles Kindheit nicht. Er hat sie lange für sich behalten, denn auch er möchte die Vergangenheit in der Tiefe des Meeres versenken. Seit er jedoch allmählich alt wird, hüpfen sie ihm aus dem Mund. Sie sind wie junge Schwalben, die längst flügge sind, doch von Linnea, die ein Gesicht wie drei Tage Regenwetter macht, bisher daran gehindert wurden, das Nest zu verlassen. Ihr Kommentar zu Ratten, die sie mit Schleudern erschossen und dafür eine Schädlingsbekämpfungsprämie kassiert haben, zu Blutegeln und rostigem Alteisen ist stets derselbe:

»Du übertreibst, Kalle.«

Das tut er bestimmt nicht, und die Geschichten sind nicht unschuldig. Aus ihnen sickert das Armutsschweden. Fauliges Wasser, Krusten auf dem Grund der Mülleimer und nach Urin stinkender Morast rings um den Abort.

Linnea hat ein Auto gekauft. Sie hat ein Bankkonto und Halsketten aus Zuchtperlen. Sie mag es nicht, wenn Kalle sich umdreht und zurückblickt. Von dort droht nur Auflösung.

Mittlerweile wußte Inga etwas, was sie sich damals, im Schweden der glänzenden Linoleumböden, nicht hatte vorstellen können: Linnea war sich über das, was wir alle, sogar Kalle, leugneten, im klaren. Sie wußte, wie es enden kann.

Torsten Husén liegt ungelesen da. Ihre Kommilitoninnen, sie sind in der Mehrzahl, lassen ihre Studienbücher ebenfalls manchmal liegen. Sie tun es jedoch, wenn sie verliebt sind. Eines Abends, nachdem sie ziemlich viel algerischen Rotwein getrunken und Popcorn mit Salz und geschmolzener Butter gegessen haben, schlägt ein Mädchen namens Harriet die Zähne ins Sofakissen und zischt stöhnend dazwischen hervor: *Jan! Jan! Jan!* Inga möchte *Gott! Gott! Gott!* zischen, als sie Harriet in das matelassierte Sofakissen beißen sieht. Sie begreift, daß sie unglücklich ist. Das ist ihr vorher nicht klar gewesen. Sie ist verlassen von dem, den sie liebt. Sie sollte einen Jungen oder einen Mann lieben, so daß sie stöhnen könnte, aber sie tut es nicht.

Es ist unbegreiflich, wie sich das, was sie als Lichtseligkeit erlebt hat, in stummes Unglück hat verwandeln können. *Gott, du hast dich von mir zurückgezogen.*

Sie saß auf einer lederbezogenen Rolle vor der Kommode im Wohnzimmer und betrachtete die beiden Karten von dem Konzert in der Engelbrektkirche, die eine, die an den Rändern wellenförmig zugeschnitten war, und die andere, die heil war. Aus der Küche konnte sie das Rascheln von Seidenpapier hören. Anand arbeitete.

Weit, weit weg, in einer nebligen Vergangenheit, aus der jedoch winzige scharfe Details hervorstachen, läuft ein Mädchen, das mehr haben will. Mehr von Gott. Mehr Offenbarungen und große Ereignisse. *O große Lieb' ohn' alle Maße...* Sie fordert es beinahe, kennt keine andere Form der Religiosität.

Es war schwierig, sie innerlich wiederzuerkennen. Sie war eine Bekanntschaft, derer man sich ein wenig schämt, sie, die dort lief und in leeren Räumen nach Seligkeit tastete und überhaupt nicht auf den Gedanken kam, daß Gottes Welt keineswegs leer, sondern voller Menschen ist.

Zu guter Letzt kommt sie dahinter, was diejenigen, die christlich sind, tun, um sich die Nähe zum Wundersamen zu erhalten. Sie lesen die Bibel und gehen in die Kirche. Die Hauptgottesdienste sind für ein lichthungriges Mädchen jedoch schwierig. Allein schon dorthin zu kommen, ohne daß es jemand merkt, ist heikel. Sie möchte nicht, daß jemand davon weiß, denn es ist so ungewöhnlich, dorthin zu gehen. Wenn Mutter davon Wind bekäme, würde sie sarkastisch. Wenn nicht gar böse. Mutter hat hinsichtlich des Religiösen etwas an sich, was Inga erschreckt. Das Hüttenwerk, wo die beiden Schwestern aufgewachsen sind. Die Frömmler. Großmutter. Die Freikirchengemeinde. Lizzie sagt, sie seien Pfingstler gewesen. Das Biblische findet sich bei Mutter ebenfalls, und zwar als gewaltiger Zorn.

Eines Sonntag mittags erzählt sie. Einfach so. Es gibt normalerweise zwei Dinge, über die sie ungern spricht: das Hüttenwerk und die Adoption. Diese sollten übergangen werden, am besten gar nicht stattgefunden haben. Jetzt aber beginnt sie beim Rinderbraten zu reden. Sie hat bald nur noch Schnittbohnen auf dem Teller und schiebt sie herum, während sie sagt, der Sonntag sei der schlimmste Tag gewesen. Im Hüttenwerk. Da seien die Heiligen in die Kapelle gegangen. Und heilig seien sie praktisch alle gewesen, jedenfalls die Frauenzimmer.

»Du hättest die Hüte sehen sollen! Schwarze Filzpuddinge. Und die Mäntel bis zum Hals zugeknöpft. Da lugte der kleine Zipfel eines schwarzweißen oder grauen Halstuchs heraus. Halsschal haben sie das genannt.«

Mutter beginnt immer mit dem Aussehen und der Kleidung, wenn sie etwas kritisch beschreibt.

»Dicke Strümpfe«, sagt sie. »Meliert. Und dazu Schnürschuhe. Ja, ja, sie zeigten auf vielerlei Art, daß sie was Besseres waren als wir anderen.«
Und genau da wird es grauenvoll. Alles setzt sich fest. Die Schnittbohnen auf dem Teller mit den Möwen. Sonntag. Hauptgottesdienst. Was Besseres als wir anderen. Woher weiß Mutter bloß, daß sie in der Kirche gewesen ist? Stockholm ist nicht gerade eine Kleinstadt, wo man unablässig beobachtet und gemeldet wird. Doch Mutter hat es spitzgekriegt. So wie damals, als Inga zum erstenmal ihre Regel hatte. Da war ihr nicht ganz klar, wieviel sie blutete und wie oft sie die Binde wechseln mußte. Mutter merkte es und sagte es ihr.
Damals ist es ja gut gewesen. Doch das hier ist grauenvoll. Vater muß von allem wissen, denn er bringt sich jetzt als Gesprächsleiter ein, was sonst selten geschieht. Normalerweise sitzt er still da und lächelt. Er bringt die Rede auf die St.-Eriks-Messe; er spielt dort im Restaurant und möchte sie zu dem opulenten Büfett einladen.
»Das hätten sie für sündhaft gehalten«, sagt Mutter, die noch immer im Hüttenwerk ist. In diesem Moment ist sie fast komisch. Das erleichtert es Inga, über das Furchtbare und beinahe Übernatürliche an Mutters Wissen hinwegzukommen.
Ein paar Sonntage später besucht sie die Eltern in der Pipersgatan zur Hauptgottesdienstzeit. Es hat keinen Sinn, Mutters Überzeugungen offen zu trotzen. Es ist besser, sie mit einem Ausweichmanöver zu beruhigen. Außerdem ist es kein Verlust, denn Inga geben die Gottesdienste nichts. So schreibt sie in ihrem Tagebuch. Sie meint wohl, daß sie sich mit ihrer Anwesenheit eingebracht habe und etwas dabei herauskommen müsse. Wie beim Kauf von Prämienobligationen.
Die Predigten werden in einem berufsmäßigen Idiom gehalten, das nicht wie der Ärztejargon unverständlich ist, sondern im Gegenteil auf die Zuhörer zugeschnitten. Seine Verständlichkeit ist flehentlich. Manchmal wird sie zu stark, so als würde man in einem Gugelhupf die Vanille überdosieren. Inga hat es auch mit dem Kirchenkaffee versucht, doch nicht gewußt, worüber sie reden soll, wenn sie zwischen fremden und älteren

Menschen gelandet ist. Zum Abendmahl traut sie sich nicht zu gehen. Sie hat währenddessen mucksmäuschenstill in der Bank gesessen und dem Gemurmel gelauscht. Das wohl heilig ist. Der Pfarrer murmelt mit jeder und jedem einzeln. Inga hat es erst zweimal erlebt, weil das Abendmahl selten gefeiert wird, mitunter nur jeden zweiten Monat. Man möchte die Besucher nicht verscheuchen. Das Abendmahl ist anstrengend. Sie hat sich die beiden Male bedrängt gefühlt, als sie zusammengekauert dagesessen und dem Spiel der Orgel von *Selig ist die stille Stunde* gelauscht hat.

Statt der Freude, die sie in der Engelbrektkirche erfüllt hat, statt Licht und rascher Schritte, nahezu Sprüngen hin zur Vollendung scheint sie eine Depression bekommen zu haben. Sie ist jedenfalls trübsinnig und empfindet Leere und Überdruß. Hinterher sollte sie es unbegreiflich finden, daß sie ausgeharrt hat.

Liebe sei wie Stroh in den Schuhen, behauptet Tante Lizzie. Sie mache sich immer bemerkbar. Auch diese Liebe lugt hervor. Als Pekka ihr auf die Schliche kommt, ist sie erleichtert, denn letzten Endes muß etwas geschehen. Sie kann nicht länger in dieser tiefen Niedergeschlagenheit umhergehen.

Pekka liest sie nach dem psychologischen Schema der Zeit ab. Wenn sie ihm etwas über ihre innersten Gedanken und Gefühle erzähle, spreche sie in Wirklichkeit über etwas anderes. Etwas, von dem sie selbst nichts wisse. Aber er weiß es! Sie spreche nämlich von einer Sehnsucht, die sich sehr einfach stillen lasse, deren Befriedigung sie aber durch Selbstbetrug ersetze. Es sei nie und nimmer Gott. Es sei *etwas anderes*.

»Du möchtest, daß ich mich den Baalsanbetern anschließe«, frotzelt sie. Er behauptet schließlich, das Heilmittel gegen ihren tiefen Mangel zu haben. Es erhebt sich hoch und mächtig und schwellend. So sieht er es jedenfalls selbst. Es ist Baal.

Biblischer Jargon regt ihn ebensosehr auf, wie ihr der psychologische allmählich auf die Nerven geht. Sie unterwirft sich natürlich den Kulthandlungen, das tut sie schon lange. Sogar wimmernd. Ekstase steht in Aussicht, doch es wird selten mehr als *sich wohl fühlen*. Ja, sie sieht das nun anders. Recht kritisch.

Baalsanbetung taugt als Religion nicht viel, wenn sie einen nicht dazu bewegt, besser zu *werden*.

»Sich besser zu fühlen reicht nicht«, sagt sie.

Doch Pekka hat ebenfalls eine Theologie. Und zwar die materialistische Geschichtsphilosophie. Durch sie soll die ganze Gesellschaft besser werden. Sie treffen schließlich eine Vereinbarung. Inga verspricht, *Das Kapital* von Marx zu lesen. Pekka wird die vier Evangelien lesen. Anschließend werden sie über das Ganze diskutieren.

Pekka eröffnet die Diskussion mit Markus 16,17: *Die Zeichen aber, die da folgen werden denen, die da glauben, sind die: in meinem Namen werden sie böse Geister austreiben, in neuen Zungen reden, Schlangen vertreiben, und wenn sie etwas Tödliches trinken, wird's ihnen nicht schaden.*

»Ich bin schockiert«, sagt er und klingt wie in einem Hörspiel. »Das sind doch die reinsten Zaubermärchen. Nichts als Magie und Aberglaube. Böse Geister fahren in Schweine. Wasser wird zu Wein. Leichen, die schon riechen, stehen auf und gehen. Und dann dieser Massoschismus!«

Er spricht das so aus. Wahrscheinlich deshalb, weil er das Wort nur gelesen hat und nie jemanden hat sagen hören. Er ist süß. Braunäugig und blaß, und er bebt vor Entrüstung.

»Sich der Folter zu unterwerfen!« sagt er. »Und wenn er des Guten zuviel hat, kommt ein Donnerwetter.«

Ja, diese Geschichten haben ihn tief ergriffen, so wie die meisten anderen auch. Über *Das Kapital* werden sie nie reden, dieses monumental langweilige Buch, das sie nie zu Ende gelesen hat.

Inga lebt unter Menschen, deren Gesellschaft von der Religion befreit ist wie ein Fisch von seinen Eingeweiden. Was die Menschen miteinander verbindet, ist kein Glaube. Es wird nie mehr ein Glaube sein, nirgendwo auf der Welt. So stark ist die moderne Vernunft. Es wird weder Folter noch Krieg, noch Ausrottung geben, verursacht von einem religiösen Glauben, das heißt von verfaulenden Eingeweiden. Sie lebt in einer entfanatisierten Welt. Das versteht sie, und sie ist dankbar dafür.

Es gibt einen Gottesdienst am frühen Samstagabend, der Vorabendgottesdienst genannt wird. Sie geht nun dorthin, weil dann nicht soviel geredet wird. Sie hat Zeit, sich umzusehen, und sie sieht viel, denn sie wandert in diesem Frühling und Vorsommer von Kirche zu Kirche.

In den Kirchen spricht aus Gemälden und Skulpturen eine wortlose Sprache. Sie ist verlockend und unbegreiflich zugleich. Menschen wenden ihr Gesicht etwas zu, was wie Schneebälle aussieht, die vom Himmel fallen. Ein Mann hat ein Horn an der Stirn. Es ist Moses, das erkennt Inga an den Gesetzestafeln, die er vor sich hält. Doch wie ist er zu diesem Horn gekommen? Und nicht alles, was hier gezeigt wird, sind Wunder und fromme Taten: Kinder werden von Soldaten getötet, groteske Menschen hetzen unter einem Kreuz. Sie weiß zu wenig und wünscht, sie hätte im Konfirmandenunterricht besser aufgepaßt.

Mutter wollte, daß sie konfirmiert würde. Das war eigentlich nicht weiter merkwürdig. Alles, was Inga angeht, soll vorschriftsgemäß erfolgen. Zwanzig Jahre zurück ahnt sie eine Kraft. Oder eine Behörde. Die Jugendfürsorge.

In den ersten drei Jahren mußten sie die Verhältnisse bei den Adoptiveltern inspiziert haben. Es war wichtig, daß mit Inga alles normal war. Normal ist ein Wort, das für Linnea großen Wert besitzt. Inga hat es weit über jegliche nachlässige und gutmütige Gewöhnlichkeit hinaus immer normal gehabt. Niemals Söckchen vor dem ersten Mai. Vitamin A und D. Taschengeld. Röcke mit Schottenkaro. Sie mußte mit der Schule ins Fjäll fahren. Sie wollte nicht, weil sie nicht mit anderen im selben Raum schlafen mochte. Doch sie fuhr nach Duved. Sie mußte normal sein. In diesem Geiste ist sie in der Kirche auf Kungsholmen konfirmiert worden.

Soweit sie sich erinnern kann, hat der Pfarrvikar vor allem über Moral gesprochen. Darüber, sich nicht von Versuchungen überwältigen zu lassen. Sie glaubten zu wissen, welche Art Versuchungen er meinte, trauten sich aber nicht zu kichern.

»Wie besiegt man eine Versuchung?« fragte der Vikar einen der Jungen, der sich notgedrungen vorbeugte. Er war rot bis in den Nacken, und sein Rücken bebte. Schließlich gelang es ihm etwas hervorzupressen, was sich wie *ööh!* anhörte. Sie waren alle schon fast erstickt vor unterdrücktem Lachen, und der Vikar mußte seine Frage selbst beantworten:

»Durch Beten«, sagte er.

Sie weiß eigentlich, daß sie beten und die Bibel lesen sollte, wenn sie *es* erhalten will. Die Lichtdurchglühtheit, die Erweiterung aller Gefäße, das Rauschen des Blutes und des Lichtes im ganzen Körper. Die Gegenwärtigkeit.

Die Bibel ist jedoch so merkwürdig. Inga liest aufs Geratewohl, obwohl ihr klar ist, daß man es nicht so machen soll. An einer Stelle steht, daß Jesus Erde und Speichel mischt und diesen Brei einem blinden Mann auf die Lider schmiert, woraufhin dieser sehend wird. Das glaube ich auf keinen Fall, denkt sie. Danach hört sie tagelang Vorlesungen, unterhält sich mit anderen, geht ins Kino und ist völlig normal. Sobald sie jedoch allein ist, ist sie durcheinander und kann sich nicht auf ihre Studienbücher konzentrieren. Sie bügelt statt dessen eine Bluse oder dreht sich die Haare auf Lockenwickler und sagt sich permanent: Ich bin normal. Es ist normal, daß die Gedanken von einem Ding zum anderen fliegen. Nichts ist von besonderer Bedeutung. Die meisten leben so, sie hüpfen in ihrem Dasein von Huckel zu Huckel, daran ist nichts Merkwürdiges, das ist normal. Man ist fröhlich, und dann wird man traurig oder hungrig oder merkt, daß man auf die Toilette muß. Gedanken sind niemals tief, sie sind wie Eidechsen in einer Steinmauer, sie sausen davon, verschwinden. Das ist normal.

Über eines ist sie sich jedoch im klaren: Es ist nicht normal, so zu denken. Gedanken sollen kommen und gehen, so wie man atmet. Kommen und Verschwinden. Sie sollen einen nicht aushöhlen und Sehnsucht als einen großen Schmerz hinterlassen.

Sie befindet sich mitten in etwas, was kein Ende nimmt. Es fließt nicht ab und verschwindet nicht. Schließlich betet sie doch: Sei nett zu mir. Laß mich in Frieden.

Nimm diesen Schmerz von mir.

Sie findet schließlich etwas, was dieses Loch in ihrem Innern füllt. Um es zu bekommen, muß sie in den Gottesdienst gehen und sich die Predigt anhören oder versuchen, sie sich nicht anzuhören. Dann kommt es am Ende.

Der Pfarrer steht vor dem Alter, er ist wohl Gott zugewandt, denn er zeigt den Menschen den Rücken. So denkt sie damals, und so müssen wohl alle über diese Kulthandlung denken.

Gab es etwas, was sie als Erwachsene in ihrem tätigen Leben an der Liturgie ändern wollte, so das: Wende ihnen nicht den Rücken zu. Gott ist bei ihnen. Nicht da vorn oder da oben, nicht in deiner Abgeschiedenheit. Unter den Menschen, da ist Gott. Wende ihnen dein Gesicht zu.

Fünfzehn Frauen und Männer seinerzeit. Der Pfarrer singt langsam eine Melodie, die viel älter zu sein scheint als Bachs Arien.

Lamm Gottes ...

Ein Lamm. Warum? Sie kommt jedoch nicht dazu, darüber nachzudenken, wie merkwürdig das ist, denn jetzt beginnt sie zu sinken.

Lamm Gottes, du nimmst hinweg die Sünden der Welt.

Sinkt hinab. Sinkt. Wie in Meerwasser ohne Kälte.

Erbarme dich unser.

Und lernt allmählich, aus der Tiefe zu antworten:

Gib uns deinen Frieden.

Wie auf einen Zuruf zu antworten. Als habe das Lamm gerufen. Es sei irgendwo hängengeblieben. Habe sich verletzt. Sei gebissen und verwundet worden. Als sei es das Lamm, das rufe und bete, und sie antworte: Hier bin ich! Ich werde dir helfen. Ich bin da.

Das ist das einzige. Deshalb geht sie dorthin. Und wenn einige Leute aus der Gemeinde zum Abendmahl nach vorn gehen, wünscht sie fast, sie würde sich trauen, mit ihnen zu gehen. Doch sie hat Angst vor ihnen. Die Frauen tragen ordentlich geknöpfte Mäntel und Filzhüte, die gerade auf dem Kopf sitzen. Sie sehen wie die Gläubigen in Mutters Geschichten über das Hüttenwerk aus.

Dann ist Sonntagmittag in der Pipersgatan. Mutter hat Rinderbraten mit Erbsen, Kartoffeln und Gurken zubereitet. Ihrer Meinung nach muß es sonntags so sein, und das hat sie sicherlich vom Hüttenwerk. Wenn sie wüßte, was ich denke, würde sie rasend. Sie möchte das Hüttenwerk ausradieren.

Doch niemand kann von nirgends kommen. Oder kann man das?

Mutter sagt:

»Du hörst ja gar nicht zu.«

»Doch, doch. Stufenlüster oder Korblüster«, sagt Inga, denn Mutter hat über Kronleuchter gesprochen, es gibt entweder die einen oder die anderen. Über dem Eßtisch hängt ein Stufenlüster. Das ist ein technischer Terminus, genau wie Erlösung. Alle haben ihre ureigenen Interessengebiete. Mutter spricht jetzt über Porzellan. Sie serviert eingemachte Pfirsiche in kleinen tiefen Tellern mit hellila Fasanen. Und dicke Schlagsahne. Nicht ein Teller hat einen Sprung.

»Dann wären sie so gut wie wertlos«, erklärt Mutter.

Inga weiß, daß sie die Fasanenteller nicht mehr als einen, höchstens noch zwei Sonntage zu sehen bekämen. Linnea kauft und verkauft. Anfangs ist sie die Nachlässe durchgegangen, die Lump-Nisse gekauft hatte, hat sich die wertvollen Sachen herausgepickt und sie gekauft. Es war wahrscheinlich nicht ganz sauber, sie dann weiterzuverkaufen. Daß sie am Preisunterschied Geld verdiente, beruhte schließlich darauf, daß Nisse von Antiquitäten nichts verstand. Für ihn waren es gebrauchte Sachen.

Ja, alle haben ihre ureigenen Interessengebiete. Kristallüster. Die richtige Art der Melierung auf den Strümpfen. Psychologie. Und Gott. Das ist wohl so. Wie mit Vater und der Musik.

Nein.

Vater ist Musik. Er redet nicht darüber. Er ist Musik und atmet nicht ohne sie. So ist das, ohne alle Feierlichkeit. Sicherlich kann er auch einmal etwas darüber sagen. Etwa: »Petas sah so verdammt glücklich aus, als mir dieser Baßgang einfiel.«

Petas ist Pianist. Als Inga sie zum erstenmal zusammen spielen hörte, verstand sie nicht, warum er zu Vater Gustaf sagte. Als die Nummer dann zu Ende war und sie zu einer neuen ansetzten, sagte er Bertil. Vater erklärte ihr, daß das G-Dur und B-Dur bedeute.

So wenige Worte braucht man.

Lamm Gottes ...

So sollte Theologie sein. Aber so ist sie wohl nicht.

In dem stillen Wohnzimmer dachte sie an das lange Jahr, in dem sie trübsinnig umhergelaufen war, und sie konnte jetzt kaum begreifen, wie sie es durchgestanden hatte. Der Sommer hatte den Gang der Dinge jedoch verändert. Er ließ die Wirklichkeit herein. Nicht auf einmal. Inga arbeitete als unterbezahlte Serviererin – sie war ja keine Serviererin, sondern Studentin – in einem Gartenlokal in Torekov, und sie hatte zwei Freundinnen dabei. Die drei teilten sich ein Zimmer und schwatzten pausenlos. Das Geschwatz erstickte die Wintergedanken.

Sie kochen draußen auf Hallands Väderö in einem Kaffeekessel Strandkrabben. Drei Mädchen mit vierzehn Kleidern in dem langen, schmalen Kleiderschrank ihres Untermietzimmers. Abgesehen von der Serviererinnentracht, die aus einem rückenfreien Kleid mit Bolero besteht. Ein rosa, ein hellblaues, ein gelbes. Ingas Kleid ist zu lang, doch den Rock zu kürzen kommt nicht auf eins heraus, denn die kurze Mode ist schwierig, man muß die gesamte Linie einhalten. Sie schwatzen viel über diese Linie und darüber, wie man Nagellack so aufträgt, daß er nicht so schnell abblättert, über Slingpumps, darüber, wie schwierig es ist, damit im Sand zu laufen. Über Courrèges-Stiefel wogt ihr Geschwatz oder zumindest über deren Imitationen und über Jungen, Männer gar; sie benoten sie und sagen: »Jetzt habe ich eine Eins plus am Ecktisch, kommt und schaut ihn euch an.« »Ach was, der ist doch bloß eine Zwei plus.« »Aber schaut euch seinen Hintern an, schaut mal, wenn er dann aufsteht.«

Es gibt natürlich Dinge, die noch genauso winterlich und einsam sind wie zuvor. Sie kann zum Beispiel keine Courrèges-Stiefel tragen, sie hat zu kurze Beine, und es fällt schwer, Noten zu geben, wenn man weiß, daß man selbst nie mehr als eine Vier plus oder höchstens eine Drei bekäme. Denn Jungs machen das natürlich ganz genauso, und sie haben außerdem das Recht zu wählen. Woher nehmen sie sich das? Es geht nicht immer um Macht und Geld. Onassis mit seiner Wampe und seinen kurzen Beinen kann sich Jacqueline Kennedy aussuchen. Er hat schließlich auch noch etwas anderes. Französische Minister mit Glatze und Schmerbauch nehmen sich junge, schlanke Frauen mit

Audrey-Hepburn-Augen. Doch diese Jungs hier haben nichts weiter als ihre Körperkraft, die sie von den Mädchen unterscheidet, folglich geht es wohl darum. Diese Kraft zeigt sich in ihren Schenkeln, wenn sie sich bewegen, und sie verleiht ihnen das Recht zu wählen, sie *fordern auf*. Hat ein Mädchen sie bei der Damenwahl aufgefordert und ihnen den letzten Tanz gewährt, ist das so gut wie ein Versprechen. Man darf sie nicht zuerst heiß machen und ihnen dann die kalte Schulter zeigen. Es ist gefährlich, sie zu enttäuschen. Dann kann es womöglich um Gewalt gehen. Aber so zu denken ist doch verrückt, das sind doch nette Jungs, die zu einem Ice-Cream Soda einladen wollen, auch wenn es das gar nicht gibt und man Eis mit Grapefruitlimo mixen muß, was einen merkwürdigen Mischmasch ergibt.

Alles wogt in diesem Sommer, das Geschwatz und das Meer. Die Gedanken flitzen wie kleine Fische, wimmeln umher und verschwinden wie Lichtblitze. Es ist völlig normal und besinnungslos und sonnig. Es gibt so viele Rosen in Torekov, Rosen an Steinmauern und Holzhauswänden. Dennoch verbirgt sich tief im Innern das Winterliche und Einsame. Es kühlt. Besonders an dem Tag, als im Radio gemeldet wird, daß die Sowjets Panzer in die Tschechoslowakei geschickt haben. Da denkt sie an Pekka, wie er sich wohl fühlen mag, und sie ärgert sich über die Mädchen, die so dämlich sind und nicht einmal wissen, worum es sich dreht.

An diesem Abend geht sie allein durch die Kopfsteinpflastergassen. Sie trägt Turnschuhe, und es ist ihr egal, daß ihre Beine stämmig wirken, wenn sie keine Absätze trägt.

Panzer. Das Wort könnte auch in der Bibel stehen. Sie hat keine Bibel mitgenommen. Panzer in Prag. Menschen sterben, ihre Brustkörbe werden zermalmt.

Die Mädchen tanzen jetzt. *Sail along silv'ry moon*. Manchmal argwöhnt sie, daß sie es für seelenvoll hält, beklommen und niedergeschlagen zu sein, und daß sie eine angeborene Neigung habe, Nahrung für ihre Trübsal zu finden. Es bedarf jedoch keines besonderen Spürsinns, um auf das Leiden in der Welt zu stoßen. Der Fehler ist, daß sie kein Heilmittel gefunden hat, so wie Pekka. Ihr Hochmut balanciert auf einem schmalen Grat.

Die Sowjets marschierten 1968 in die Tschechoslowakei ein. Es dauerte nicht nur vom Frühjahr bis zum Sommer, daß Inga sich durch diesen Limbo kämpfte. Eine in der Geschichte fixierte Jahreszahl sagte ihr das gleiche wie die Kalender und Tagebücher in der untersten Schublade: Mehr als anderthalb Jahre hatte sie in ihrem Trübsinn verharrt. Besaß sie damals keinerlei Leichtsinn und Frechheit? Nicht die geringste Lust, alles über Bord zu werfen und darüber zu lachen? Eine kleine Selbstquälerin mit kurzen Beinen und einem verkniffenen Ernst, der sich auf jedem Schwarzweißfoto aus jenem Sommer um ihren Mund herum zeigte. Wäre dieses Mädchen heute zu ihr gekommen und hätte von ihrem Erlebnis erzählt, dann hätte sie wahrscheinlich versucht, sie mit einer gebührenden Dosis Humor behutsam von ihrer Exaltation abzubringen. Es war jedoch ein sonderbar starkes Mädchen.

Rosen sind auch auf den Gräbern in Torekov. Auf dem dortigen Friedhof liegen viele Kapitäne, natürlich sind da unten nur noch ihre morschen Skelette übrig. Viele von ihnen heißen Hjorth. Oder haben so geheißen. Sie sind gestorben, als Wörter wie Balaklava und Port Arthur den gleichen Ekel und Schrecken einflößten wie heute Prag. Am Strand gibt es ein bescheidenes Schiffahrtsmuseum, einen Schuppen voller Wrackteile. Menschen haben im Wasser ihren Todeskampf ausgefochten. Zerbrochene Gegenstände wurden hochgespült. Starr lächelnde Frauen mit großen Brüsten wie Anita Ekberg als Galionsfiguren. *Dinge.* Das Fleisch der Menschen löst sich dagegen auf, so wie Fischfleisch. Sie bluten auf Pflastersteinen. Öl von Panzern mischt sich mit Regenwasser und Blut. Was übrigbleibt, sind die Dinge. Und die Seele? Was ist die Seele?

Danach ist es nicht mehr so, wie es mal war. Das Geschwatz wogt nicht mehr, Inga findet es nur noch schnatterig und die Sonne heiß. Sie versucht, an eine Bibel zu kommen, doch in der Kommodenschublade in dem Zimmer, das sie sich teilen, findet sie lediglich das Buch Mormon. Als sie ein paar Seiten darin liest, bekommt sie Panik, denn es ist so wahnsinnig. Können Menschen sich dazu bringen, an alles mögliche zu glauben?

Dennoch hält er weiter an. Dieser intensive, ziehende innere Schmerz.

Es ist im übrigen lächerlich, von Schmerz zu sprechen, denn es tut ja nicht körperlich weh. (Auch wenn sie sich da manchmal nicht sicher ist.) Es ist lediglich wie eine Stelle, eine wehe Stelle. Wenn sie ihr nachspürt und gleichzeitig rational zu denken versucht, dann sitzt diese Stelle hinten im Hals, nein, weiter unten, ungefähr hinter den Bronchien, und fühlt sich an, als ob sie ständig verschwinden, nach unten fallen wolle. Sich verlieren.

Es gibt keine *Stelle*. Es gibt überhaupt keine Merkwürdigkeiten im Körper. Wäre es ein psychologisches Phänomen (wie etwa Angst), dann hätte sie in ihren Studienbüchern schon mal etwas davon gelesen. Doch es gibt sie nicht.

Dennoch weiß sie, daß sie die Sache in Angriff nehmen muß, wenn der Sommer zu Ende ist und sie wieder nach Stockholm und in ihre Studentenbude in Värtan heimkehrt. Sie macht sich mittlerweile Gedanken über Selbstmörder. Nicht über diejenigen, die sich wegen Schulden oder verschmähter Liebe das Leben nehmen oder weil sie eine unheilbare Krankheit haben. Sie denkt an eine andere Sorte von Leuten, und ihr ist nicht klar, woher sie von diesen wissen kann. Diejenigen, deren Selbstmord durch nichts verursacht wird. Das Messer aus dem Dunkel. So nennt sie das. Ist das eine Kraft (der Tod?), und gibt es dazu eine Gegenkraft?

Sie muß das in Angriff nehmen, denn sie weiß nun, daß sie übel dran ist. Das Seligkeitsgefühl und der Lichtrausch, für die es nur unzureichende und im übrigen falsche Worte gibt, sind vorüber. Aber nicht in Gleichgültigkeit oder Vergessen übergegangen, sondern in Angst. Sie schwebt in Gefahr, und zwar aufgrund einer Kraft (von Kräften?), über die niemand spricht und über die nichts in den Büchern steht, die sie gelesen hat.

In Värtan ist es dann ein bißchen besser. Es ist angenehm, allein zu schlafen und ein paar frühe Morgenstunden und ein Weilchen am Abend seine Ruhe zu haben. Da macht es nichts, wenn sie ernst ist. Sie braucht nicht besser und fröhlicher zu werden, sondern darf einen vollen Kopf haben und muß nicht besonders optimistisch sein. Sie irrt nach wie vor von Kirche zu

Kirche, da sie sich nicht entscheiden kann und sich nirgends zugehörig fühlt. Eines Nachmittags entdeckt sie einen Anschlag. Darauf steht:

Nach Der Erlösung

*Ausgehend von der Apostelgeschichte 9,1–9
diskutieren wir über das Leben nach der Entscheidung
unter der Leitung von Domvikar H. Wärn.
Dienstags, 19 Uhr. Kursbeginn: 19.9.
Ort: Gemeindezentrum*

Sie verabscheut die Worte genauso intensiv, wie Mutter sie verabscheut hätte, wenn sie sie gelesen hätte. *Erlösung. Entscheidung.* Wie pappig! Dieser Wärn versucht sich ihr mit seinen magischen Neunen und seltsamen Worten aufzudrängen und sie dazu zu bringen, seine trübe Welt zu teilen. Wie Badewasser. Eklig. Lauwarm. Erkaltend.

Sie geht dorthin. Es ist eine Entscheidung über etwas. Doch eigentlich versteht sie gar nicht, was die Leute mit ihren seltsamen Begriffen meinen. Sie hat sich nicht einmal die Zahlen notieren müssen. Sie sind ja unschlagbar: 9 1 9 19 19 9. Vorbereitet ist sie außerdem. Sie hat über Saulus gelesen, der, bedrohlich und mordlustig, bürokratisch vorging, um den Christen beizukommen, der auf dem Weg nach Damaskus ein so starkes Licht sah, daß er erblindete, der eine Stimme hörte und ein anderer wurde.

Sie geht also dorthin und erwartet, daß es da so sei, als teile man mit anderen schmutziges Badewasser. Gelinderen Falles tauscht man Kuchenrezepte aus. Das Thema ist richtig. Was tut man nach der Erlösung? Was hat Paulus getan? Er hat aufgehört, Christen zu jagen. Hat darauf verzichtet, Menschen zur Folter, zum Urteil und zur Hinrichtung zu führen.

Am ersten Kursabend erfährt sie, daß Paulus das Christentum mehr oder weniger, nein, praktisch ganz und gar hervorgebracht hat. Er war es, der es zu einer Religion gemacht hat. Er hat es in Begriffe gefaßt, so daß sich darüber reden läßt; er hat es entwickelt und es ungefähr so geschrieben wie ein Schriftsteller einen Roman. Und man hält nicht hinter dem Berg damit. Der Domvikar spricht es ganz offen aus.

Saulus wurde also Paulus, ein Philosoph, nein, ein Theologe. Ein Religionsverkünder. Er war ein Genie wie Leonardo da Vinci oder Immanuel Kant oder Samuel Beckett. Das war ja schön für ihn. Doch ein gewöhnlicher Mensch, der nie jemanden verfolgt hat, was macht der? Und das ist die zweite Einsicht, die sie in dem Kurs gewinnt: daß ein gewöhnlicher Mensch genauso erschüttert werden kann wie ein Genie.

Ihr wird schnell klar, daß NACH DER ERLÖSUNG allen anderen Kursen im herbstabendlichen Schweden gleicht. Man kann sicherlich lange der gedämpften Rede über Batik, Navigation, Vereinsmanagement oder Buchführung lauschen, ohne zu bemerken, wo man sich befindet, außer eben in einem Kurs. Arbeiterschriftsteller. Makramee. Jesus Christus Gottessohn. Niemand erhebt die Stimme.

Die Stimmung ändert sich nach zwei Dienstagen etwas. Eine Frau mit Steckkämmen im ergrauten und nicht zu bändigenden Haar hat selbstgebackenen Gugelhupf und Kaffee in Thermoskannen mitgebracht. Sie hat alles in Taschen angeschleppt, auch Tassen und Teller. Der Domvikar wird verlegen und sagt, daß es im Haus eine Kaffeeküche gebe und sie selbstverständlich Kaffee kochen könnten, wenn sie wollten. Da nimmt ein Buchhandelsgehilfe, der wahrscheinlich im vorigen Semester Vereinsmanagement belegt hat, die Sache in die Hand. Er organisiert sie so, daß alle abwechselnd Kuchen mitbringen sollen. Daß dieser selbstgebacken sein soll, bleibt unausgesprochen, doch hat die Frau mit den Steckkämmen bereits den Standard gesetzt. Am vierten Dienstag bäckt Inga in dem schmierigen und schwarz verkrusteten Backrohr im Studentenheim einen Marmorkuchen. In der Pause, die der Mann, der in Fritzes Hofbuchhandlung in der Fredsgatan arbeitet, nun geregelt und zeitlich festgelegt hat, schneidet sie den Kuchen auf und sieht, daß er innen noch teigig ist. Da stellt sich der Domvikar mit zwei Löffeln in der Hand dicht neben sie, während die anderen mit Tassen und Tellern hin und her flitzen. Leise fragt er:

»Warum bist du hierhergekommen?«

Sie ist so verstört, daß sie zunächst gar nichts darauf sagen kann. Sie begreift nun, daß das Kursthema wie das lockende und strömende Wasser des Meeres ist, und ihr wird klar, wie hilflos sie alle darin wären. Deshalb sind sie an Land gerobbt. Der Domvikar vermag sie nicht in die starken Strömungen hinauszuführen. Er kann nur hilflos drauflosreden, während die Frauen sich in ihn verlieben und die Männer Kaffee und sich selbst organisieren. Sie sind jetzt Der Rebellische, Der Alleswisser, Der immerzu Kritische und Der Witzbold. Als sie durch den Raum gehen, Inga mit ihrem Kuchenteller und Domvikar Wärn mit den zwei Löffeln, sagt sie:

»Frag uns doch alle.«

Das macht er auch, aber nicht mit den nackten und gedämpften Worten, die er an der Spüle zu ihr gesagt hat. Er verwandelt sie in Kursschwedisch:

»Ich dachte, wir sollten jetzt die Frage aufgreifen, was ihr euch von diesem Kurs eigentlich erwartet.«

Es wird völlig still. Sogar der Witzbold schweigt.

»Ich dachte, jeder – und jede – von euch könnte uns anderen erzählen, warum er – oder sie – hierhergekommen ist und wonach er – oder sie – hier im Bibelkreis sucht. Ich schlage vor, daß wir der Reihe nach vorgehen.«

Er beginnt unbarmherzig mit der Frau, die die Initiative zum Kaffeetrinken ergriffen hat. Einer ihrer Kämme gerät ins Rutschen, als sie sagt, sie suche wohl Gemeinschaft, die Gemeinschaft in der Gemeinde sei nicht das, was sie sich erwarte, sie gebe ihr nicht ganz das, was sie suche, weil es so still sei, was es ja auch sein solle, sie meine, nicht *so*. Und dann der Kirchenkaffee, das sei ja auch nicht so das Wahre, man wünsche sich doch mehr. Dann fällt der Kamm zu Boden, und Inga hilft ihr, ihn zu suchen, und da befreit Domvikar Wärn die Frau und gibt das Wort an den nächsten Mann weiter, an den, der ständig opponiert. Dieser sagt, in den Predigten gebe es offen gesagt vieles, womit er nicht einverstanden sei, und ebenso in der Bibel. Er schlucke nicht alles, sagt er, und er sei eigentlich hergekommen, weil er wissen wolle, ob man das tun müsse, denn dann hieße es für ihn: Danke und tschüs. Was an einer Privatreligion, an einer eigenen Überzeugung eigentlich verkehrt sei? Das frage er sich, doch hier unterbricht ihn Wärn und gibt das Wort an den, der alles weiß, und dieser beginnt wortreich NACH DER ERLÖSUNG mit anderen Bibelkursen zu vergleichen, die er besucht hat. So geht es weiter, allerdings nicht der Reihe nach, denn Wärn übergeht Inga. Sie hat ein merkwürdiges Gefühl dabei, ist selbstverständlich aber auch erleichtert. Sehr vorsichtig geht er vor, als er zu der schüchternen Frau mit dem rosa Spitzenjumper kommt. Da sagt er, daß es vielleicht gar nicht möglich sei, seine Gründe, weshalb man sich einem Bibelkreis anschließe, darzulegen. Nicht einmal einem selbst seien alle Gründe offenbar. Der tiefste Grund bleibe vielleicht verborgen. Auf diese Weise steht schließlich diejenige, die noch nie etwas gesagt hat und einen Spitzenjumper trägt, fast als die Interessanteste von ihnen da. Die anderen Frauen machen einen unfrohen Eindruck.

Dann zeigt sich, daß er Inga nicht hat übergehen wollen, er hat sie sich für den Schluß aufgehoben. Ihr stellt er die Frage auf dieselbe Art wie draußen in der Kaffeeküche. Er sagt:

»Warum bist du hierhergekommen?«

Ingas Kopf ist mit einemmal leer. Sie ist ja selbst kritisch und fragend und fühlt sich allein, sie hat eine schulische und akademische Ausbildung und ist nicht geneigt, an Zaubermärchen zu glauben, und sie kann keinen Grund erkennen, warum ein Glaube festgestellt und diskutiert werden sollte. All das ist jedoch bereits gesagt worden, wortreich und unsicher, herrschsüchtig, blutig errötend und mit verlorenen Kämmen. Es ist indes überhaupt nichts über den tiefen Sog gesagt worden. Jenen Sog, der sie alle hierhergeführt, aber auch erschreckt und veranlaßt hat, sich in Herman Wärn zu verlieben oder sich als Führender Diskussionsteilnehmer oder als Kaffeeköchin zu etablieren, anstatt sich in die starke Strömung hinauszubegeben.

Sie antwortet ziemlich leise, aber deutlich:

»Ich bin hierhergekommen, weil ich wissen möchte, was Religion überhaupt ist.«

Ihre Antwort ist die einzige, die er nicht kommentiert, und als ihr klar wird, daß er das auch nicht zu tun gedenkt, schämt sie sich. Sie bekommt keinen Ton mehr mit von dem, was im Lauf des restlichen Abends gesagt wird, sondern ist dem harten Licht der Leuchtstoffröhren und dem Gleißen der Laminattischplatte ausgeliefert. Im Grunde genommen ist es eine unangebrachte Frage. Wie würde Herman Wärn mit seiner tiefen, sonoren Stimme und den Augen von der Farbe eines Novemberhimmels, mit seinen knochigen Händen, seinem schwarzen Sakko und seinen schwarzen Strümpfen mit den grauen Streifen, wie würde er eine solche Frage beantworten? Sie beweist lediglich, daß Inga nicht hierhergehört, daß sie unangebracht ist, eine Art Definitionshavaristin. Außerdem deutet sie an, daß Inga keine religiöse Erfahrung hat, was nicht stimmt. Sie hat ja tatsächlich etwas erlebt, doch das ist vorüber und zudem lange her. Neunzehn Monate sind vergangen, ohne daß es noch einmal gekommen wäre. Davon übriggeblieben sind nur Unruhe und Qual.

Sie eilt aus dem Raum, als die zwei Kursstunden zu Ende sind, denn sie möchte mit niemandem reden und denkt: Da gehe ich nicht mehr hin. Niemals.

Da ruft er sie mit seiner sonoren Hermanstimme:

»Inga! Ich habe etwas für dich.«

Er sitzt noch am Tisch und schreibt ein paar Worte auf seinen Block. Als er damit fertig ist, reißt er das Blatt heraus und faltet es zusammen, bevor er es ihr gibt. Die anderen Frauen machen große Augen.

Sie traut sich den Zettel nicht anzugucken. Das Blut pulsiert ihr vom Hals ins Gesicht. Wie Fieberflecken schaut das aus, sieht sie im Spiegel, als sie sich die Baskenmütze auf den Kopf drückt. Bisher hat sie die Frauen, die sich in ihn verknallt haben, lächerlich gefunden. Ihr wird jedoch klar, daß ein solches Gefühl, wenn es erwidert wird, nicht mehr lächerlich ist. Womöglich ist das der Sinn des Ganzen. »*Warum bist du hierhergekommen?*«

Sie fährt nicht mit dem Bus nach Hause, sondern trabt halb blind die endlosen Gehsteige entlang. Auf dem Valhallavägen hat sie keine Kraft mehr zu gehen, und sie stellt sich an eine Haltestelle. Sie knüllt noch immer den Zettel in ihrer Manteltasche.

Sie beschließt, ihn erst im Bett zu lesen. Er liegt auf dem Nachttisch, während sie sich wäscht und die Zähne putzt und während sie ein sauberes Nachthemd anzieht. Sie denkt, wie trist und ausgewaschen ihre Nachthemden doch sind und ihre Unterwäsche insgesamt, so zweckmäßig und so mitgenommen von der Trommel der Waschmaschine. Die Löcher in deren Metall wirken wie die Löcher eines Reibeisens. Ja, die Wäsche ist trist. Selbstverständlich aber sauber.

Dann liest sie den Zettel. Es ist Viertel vor zwölf. Da steht: *William James, Die Vielfalt religiöser Erfahrung.*

Wenn jemand sie gefragt und sie keinerlei Gedächtnisstütze gehabt hätte, so hätte sie geantwortet, daß sie in diesem Kurs nichts mehr gelernt habe. Sie sei taubblind gewesen. In einer Hinsicht stimmte das auch, denn den Domvikar sah sie nicht mehr an. Sie besaß jedoch noch Aufzeichnungen aus diesem Kurs, und daraus ging deutlich hervor, was sie gelernt hatte. Sie war erstaunt, was sie alles aufgenommen und sich einverleibt hatte.

Jetzt, so viele Jahre später, sah sie sich selbst als jenes Mädchen: sie, die ich war, ohne Taille und mit so kleinen Füßen, daß sie sich Kinderschuhe kaufen mußte; dachte daran, daß sie Ausdauer besessen habe. Sie hatte weiterhin in dem Kurs gesessen, auch wenn sie sich lächerlich vorgekommen war, sie hatte mitgeschrieben, obwohl ihr Gefühl, etwas Besonderes zu sein, gründlich erschüttert worden war.

Am Ende des Kurses kam etwas, wofür sie keine Aufzeichnungen brauchte, um sich daran zu erinnern. Die Entscheidung? Ja, das war es wohl. Wenn auch ohne eigenen Willen und völlig mutlos. Am ehesten war es der gute Ton, der sie dorthin führte. Der Wunsch, sich nicht abzuheben. Wärn hatte, als er ihnen für ihre Mitwirkung dankte, gesagt, er werde in seiner Predigt am kommenden Sonntag einige der Schlüsselfragen dieses Kurses aufgreifen. Wenn sie sich die Predigt also anhören wollten, seien sie herzlich willkommen.

Sie erscheinen fast vollzählig zu diesem Hauptgottesdienst. Wärn gleitet mit raschen Schritten über den Text des Sonntags hin und spricht dann über Einsamkeit, Zweifel, Kritik und Rationalismus und über eine verborgene Kraft im Innern. Sie erkennen selbstverständlich alles wieder, es sind mehr oder weniger ihre eigenen Worte. Jetzt diskutiert er jedoch nicht und argumentiert nicht wissenschaftlich. Der Glaube öffne sich ihnen, sagt er. Christus öffne seine Arme. Er nehme alles entgegen, auch ihre Unruhe und ihren Zweifel. Ja, es gelingt ihm, alles irgendwie zusammenzubringen, in Ingas Augen gleicht es aber doch den Tricks eines Zauberkünstlers. Im Kurs hätte er diese nicht vollführen können, nicht im Licht der Leuchtstoffröhren. Hier oben aber wagt er den Versuch, auf dieser Kanzel, die einem Nistkasten gleicht, woraus er seine jubelnde Überzeugung uhut. Er ist über sie hinausgeklettert und hat nun eine andere Autorität als im Kursraum. Sie ist ihm durch das Gold des Ornats und das Weiß der Albe rings um seine Handgelenke zuteil geworden, sowie durch den Sand, der im Stundenglas nach unten gerieselt ist und *Keine Zeit* darstellt. Sie ist ihm durch die vergoldete Taube über seinem Kopf zuteil geworden, dieser Taube, die nichts mit den kackenden und pickenden Tauben draußen auf der Kammakargatan zu tun hat. Doch er ist nicht ganz so überzeugend, wie er gern sein möchte. Die Taube ist mit Messingdraht befestigt.

Es ist ein Abendmahlgottesdienst. Damit hat Inga nicht gerechnet. Sie bleibt dabei ja normalerweise still sitzen und lauscht.

Lamm Gottes
du nimmst hinweg die Sünden der Welt...

Dieses Lauschen, die innere Ruhe, die unhörbaren Worte am Altar, das Gemurmel, das ist ihr Abendmahl. Die Orgel, die wieder und wieder *Selig ist die stille Stunde* spielt und immer weiterspielt, auch wenn niemand mehr singt. Das Gemurmel, das Geräusch von Schuhsohlen auf einem groben Teppich, die Ruhe, diese zu nichts verpflichtende, nichts fordernde Ruhe, das ist jedesmal das Geschenk gewesen, das sie erhalten hat, und sie hat dafür eine schlichte Dankbarkeit empfunden.

Alle aus dem Kurs sitzen in derselben Bank. Jetzt lauschen sie den Einsetzungsworten. Dann erheben sie sich. Inga erhebt sich ebenfalls. Und zwar deshalb, weil die anderen es tun, es ist ein Reflex. Sie wollen jetzt nach vorn gehen, und Inga muß sie vorbeilassen. Da dämmert ihr, daß sie allein in der Bank zurückbleiben wird. Alle, die aus dem Kurs da sind, wollen nach vorn gehen. Und sie wird sitzenbleiben, als wollte sie etwas demonstrieren. Sie glaubt, Herman Wärn werde sich an ihre Antwort auf seine Frage erinnern: daß sie wissen wolle, was Religion sei. Diese Worte können ja als kühle Absonderung verstanden werden, so als sei sie eine, die nur zusehe, wie die anderen mit ihrer Opposition, ja, mit ihrer Albernheit und ihrer tiefen Verschämtheit nach vorn gehen. Drei sind bereits an ihr vorbeigegangen, und noch bevor die vierte Person sich durchgedrängt hat, tritt sie selbst in den Gang hinaus. Sie geht so langsam wie die anderen, blickt nach unten auf den roten Sisalläufer und fürchtet sich wie eine Ratte, fürchtet sich vor allem vor den anderen aus dem Kurs, mit denen sie eigentlich Gemeinschaft empfinden sollte. Sie möchte sich so weit wie möglich nach links verdrücken, doch als sie nach vorn kommt, ist nur noch ein Platz frei, und zwar mitten vor dem Altar und mitten vor Wärn, zu dessen Gesicht aufzusehen sie sich tunlichst hütet.

Dann nähert er sich mit seinem Gemurmel, nähert sich immer mehr von rechts, und zu guter Letzt muß sie verstohlen gucken, weil sie nicht weiß, wie man es macht. Legt er es einem in den Mund oder nimmt man es selbst? Kaut man? Sie erinnert sich nicht, wie sie es bei der Konfirmation gemacht hat, erinnert sich an überhaupt nichts mehr. Dann sieht sie, daß man es nimmt, man legt es sich in den Mund und schließt ihn. Keine weitere Bewegung. So macht es ihr Nachbar, dieser Vereinsmeier. Dann sind Herman Wärns Gesicht und seine Hände bei ihr. Er lächelt fast.

Christi Leib, für dich gegeben, sagt er.

Sie ist allein auf der Welt. Es ist still. Es ist ein stilles Warten, bis der Silberkelch kommt. Das Schlückchen Süße, kein Mundvoll. Und die Orgel.

Christi Blut, für dich vergossen.

Innerhalb der Welt gibt es eine Stille, und Inga befindet sich in ihr.

Dann müssen sie sich erheben, den Kopf vor dem Altar neigen und zurückgehen. Jetzt hegt sie keine Bedenken mehr. Sie bewegt sich ganz von allein. Sie braucht nicht darüber nachzudenken, was sie zu tun hat. Dann sitzt sie in der Bank und ist still.

Da weiß sie, daß sie es erneut hat erleben dürfen. Auch wenn es diesmal anders war. Kein jubelnder Gesang und kein Licht, das die Steinwände ausdehnte. Diesmal war es nur Stille.

Heute, fast dreißig Jahre später, dachte sie: Alles wird unerbittlich Alltag. Alles außer diesem.

Wie lange hatte es gedauert, bis sie den Zettel des Domvikars noch einmal angesehen hatte? Früher oder später mußte die Scham sich gelegt haben, denn sie hatte ein Notizbuch mit Zitaten aus William James' *Die Vielfalt religiöser Erfahrung*. Heute besaß sie das Buch, hatte es irgendwann in einem Antiquariat gefunden. In jenem Herbst war sie in die Stadtbibliothek gegangen und hatte es bestellt. Dort schlug sie unter James nach und erfuhr, daß er der Bruder des Romanautors Henry James war. Sie lieh sich auch ein paar Bücher von ihm aus. Und weil sie es für eine Herausforderung des Denkens hielt, daß die Brüder aus ihrer Begabung und der Stimulanz, die sie in ihrer Kindheit und Jugend erhalten hatten, so Unterschiedliches gemacht hatten, las sie dann auch noch Williams Biographie über den reinherzigen Vater.

Vor allem aber las sie *Die Vielfalt religiöser Erfahrung*. Daraus erfuhr sie, daß die Welt, in die sie gekommen war, eine alte Welt voll Dunkelheit, Mystik und Gesichten war, voll Scharfsinn, Irrglaube und Zweifel, voll Ekstase und Selbstquälerei. Da stand nicht sehr viel über Dienen und über Freude. Einer solchen Lebensauffassung gehörte offensichtlich die Sympathie des Autors, lange Auslegungen erforderte sie jedoch nicht. Zuversicht und Schrecken hießen die beiden Kammern im Herzen dieser Welt.

Eines lernte sie bereits am Anfang des Buches, nämlich daß man nicht vor allem Respekt haben mußte, was man hinter der Chorschranke sah. Falls man es überhaupt so empfand, daß da eine Schranke sei und man selbst davorstehe. Viele, die in der Kirche ihr Haupt neigten, hatten etwas, *was man nur aus Höflichkeit Religiosität nennen kann*. So schrieb William James, und das tat ihr gut. Ihr ganzes Leben lang tat ihr das gut, auch wenn sie sich als Pfarrerin nicht immer Aufrichtigkeit auferlegen konnte. Manchmal war sie höflich zu den Selbstgefälligen und deren seichtem Glauben. Sie war kein Kierkegaard. Als sie James zum erstenmal las, war sie jedoch jung gewesen und inbrünstig mit der Frage der Echtheit beschäftigt. Sie wollte so gern echt sein, aber was bewies denn eigentlich, daß ein religiöses Erlebnis echt war und keine übertriebene Einbildung? Sie wußte, man konnte bei sich selbst Gefühle hervorrufen, sich Erlebnisse wünschen und glauben, man habe sie auf einem derart unsicheren Terrain wie dem des Glaubens und der Liebe gehabt.

Von William James bekam sie bestätigt, was sie geahnt hatte, nämlich daß ein religiöses Erlebnis, eine Erlösung, eine Erscheinung oder irgendeine andere all dieser Eigentümlichkeiten, die Menschen zustießen, echt war, wenn es die Lebensweise der Betreffenden veränderte. Wenn man nach einem solchen Ereignis anders handelte, dann war es wirklich echt.

Da gab es keinen Zweifel. Sie war anders. Sie war nicht gütiger oder gar besser geworden, doch ihr Leben hatte sich verändert. Totale Unlust überkam sie, wenn sie sich an ihre Studienliteratur setzen wollte. Sie verkraftete das Studentenleben nicht mehr, weder das Studium noch den Umgang. Energie wuchs ihr nur zu, wenn sie William James und die Bücher las, zu denen er sie führte.

Sie erinnerte sich jetzt nicht mehr daran, wie lange diese Phase intensiver Lektüre angehalten hatte. Doch es hatte vermutlich gedauert, bis sie auf den Gedanken gekommen war, daß sie Domvikar Wärn für seinen Zettel mit dem Namen von William James und dessen Buch Dank schuldete. Sie schrieb ihm und erhielt einen Antwortbrief, worin er mitteilte, er freue sich, daß er ihr habe helfen können, und ihr empfahl, Nathan Söderbloms *Der lebendige Gott* zu lesen. *Lieber Henrik* hatte sie geschrieben, und er unterschrieb seine Antwort mit *Dein ergebener Herman*. Es war zu blöd! Es war fast wie ein Anflug jener alten Scham.

Ihr sagte James mehr zu als Söderblom. Trotz all seiner Gelehrsamkeit über andere Religionen, insbesondere über das religiöse Leben Indiens, betrieb der Erzbischof die Sache Christi.

Ihr sagte William James' respektvolle Verwunderung angesichts einer Sache, über die er im Lauf der Zeit unerhörte Kenntnisse erworben hatte, die er jedoch nicht teilen konnte, mehr zu. Im Moment wollte sie nicht vorwärts getrieben werden. Sie wollte wissen.

> *Mein Freund, es war einmal*
> *ja, Anno dazumal*
> *lang, lang ist's her*
> *die Zeit schien stillzustehn* ...

Mutter hat das Radio laufen. Jetzt kommen die Nachrichten. *Morgen kommen einhundertdreiundsiebzigtausend neue Menschen zur Welt.* Man spricht von Verantwortung für die Armen und von Solidarität. Vom Hunger. Linnea weiß davon, genauso wie eigentlich alle Menschen davon wissen. Und es ist auch nicht der Grund, weswegen sie das Radio so brüsk ausschaltet, daß das Spülwasser darauf tropft. Sie tut es deswegen, weil es in einem Bericht über die Synode gesagt wird.

»Die Pfaffen machen sich breit«, sagt sie. »Die glauben, sie hätten ein Monopol auf das Gute.«

Und Inga, ihr einziges und sorgsam ernährtes, gekleidetes und erzogenes Kind, sitzt da und nimmt einen Anlauf, zu erzählen, daß sie ihr Sozialpädagogikstudium an den Nagel gehängt habe und jetzt Theologie studiere. Kein Wunder, daß sie es aufschiebt.

Wann hatte sie es eigentlich gesagt? Es hatte vielleicht gar keine große Auseinandersetzung gegeben. Jedenfalls erinnerte sie sich nicht daran. Theologie zu studieren sei nicht dasselbe, wie aufs Pfarramt zu studieren. Sicherlich hatte sie das zu Mutter gesagt. Sie könne Forscherin werden. Religionshistorikerin, Religionspsychologin. Irgendwann Lehrerin. Hatte sie das gesagt? Wahrscheinlich. Was aber hatte sie dann gesagt, als sie cand. theol. war und beschlossen hatte, sich um die Aufnahme ins Predigerseminar zu bemühen? In ihrem Tagebuch stand lediglich etwas über das Vorbereitungsgespräch, zu dem sie vorgeladen wurde.

Als sie dorthin gehen soll, ist sie nervöser als vor einer mündlichen Prüfung. Sie nimmt an, der Domvikar wolle herausfinden, ob sie wirklich weiß, was es heißt, Pfarrerin zu werden. Doch wie? *Confessio Augustana* schnurrt es in ihrem Gehirn. Wenn das nun *Augustiana* heißt, wenn sie es verkehrt ausspricht und sich gleich am Anfang blamiert? *Rechtfertigung durch den Glauben,* darum dreht sich wohl alles? Das vorzubereiten – nein. *Vom Gebrauch der Sakramente.* Unbedingt ordiniert mußte man sein, um *erstens: Absolution zu erteilen, zweitens: die Taufe zu spenden,* doch was war drittens? So ein erbärmliches Durcheinander! *Institutum est.* Es ist von Gott gestiftet, das Priesteramt. Das müßte Mutter hören! An den Rest kann sie sich einfach nicht mehr erinnern. Olaus Petri, wenn er nun auf ihn zu sprechen kommt? *Das vornehmste Amt des Priesters ist es, seinem Volk Gottes Wort zu lehren.* Das finde ich auch. Aber der Domvikar? Er wird mich über Luther befragen. *Des Priesters Mund ist unser aller Mund.* Obwohl er selbstverständlich will, daß ich etwas über seine Amtsauffassung erzähle, und all diese Dinge, sie sind wie ein Morast im Gehirn.

Es ist jedoch eine Frau. Der Domvikar ist krank geworden oder verreist. Jedenfalls wird er vertreten. Oder hat er womöglich sein Weigerungsrecht in Anspruch genommen? Er ist vielleicht der Ansicht, daß eine Frau gar nicht berufen werden kann.

»Halten Sie sich für berufen?«

»Ja.«

»Wollen Sie erzählen, wie Sie sich dessen bewußt geworden sind?«

»Ja, es war sehr stark. Es kam, als ich die Johannes-Passion hörte. Aber es war selbstverständlich nicht so, es war ...«

Zu ihrem Ärgernis beginnt sich Inga zu verhaspeln. Ihr fällt ein Spionagefilm ein, den sie gesehen hat. Ein Verhör mit einem angehenden Agenten. Um zu sehen, ob er taugt. Ob er die richtige Rücksichtslosigkeit besitzt. Oder was sonst?

»Wie meinen Sie das?« fragt die Frau im Habit. Designed von Margit Sahlin, denkt Inga.

»Versuchen Sie, es zu erzählen«, sagt die Frau freundlich.

»Nun, zuerst hatte ich dieses Erlebnis, es ist so schwierig zu erzählen, ich finde nicht die richtigen Worte dafür ... aber ich weiß, daß es wie ein – ja, ein Erlösungserlebnis war, daß es ...«

Wie. Sie hätte nicht *wie* sagen sollen.

»Wie war es?«

»Ich kann es nicht sagen.«

»Ich weiß, es ist ein sensibler Bereich. Vielleicht das Privateste, was Sie haben. Versuchen Sie es trotzdem. Wir sitzen hier, um dem näherzukommen, was Sie als Ihre Berufung, Pfarrerin zu werden, ansehen.«

Sie ist wirklich sehr freundlich. Doch sie ist auf der anderen Seite. Sie gehört schon dazu.

»Ich glaube nicht, daß es damals war«, flüstert Inga und weiß nun nicht, ob sie überhaupt dazugehören will. Zu diesem Betrieb. Sie faßt jedoch Mut und bekommt etwas sicherer heraus:

»Selbstverständlich war es nicht das. Dieser Moment jedoch, diese Stunden, meine ich natürlich, in der Engelbrektkirche, die brachten mich – ich meine, sie machten, daß ich ... daß ich ein Leben erhalten habe.«

»Ein Leben?«

»Ja.«

»Inwiefern Leben?«

»Mit Christus«, sagt sie ganz leise.

»Wie wurde Ihr Leben dann, nach diesem Ereignis?«

»Anders.«

»Heller? Besser?«

»Nein.«

»Wie wurde es dann?«

»Es wurde schwieriger.«

»Was haben Sie getan, um aus Ihren Schwierigkeiten herauszukommen?«

Sie weiß, was sie jetzt antworten sollte: Ich habe gebetet. Doch das hat sie ja gar nicht. Und so antwortet sie auf die Gefahr hin, nie ins Predigerseminar aufgenommen zu werden:

»Ich habe gelesen.«

»Was haben Sie gelesen?«

»Die Bibel.«

Das war immerhin wahr. Sie brauchte ja nicht zu erzählen, was ihr zu Beginn ihrer Bibellektüre durch den Kopf gegangen war, daß sie Pekka in etlichen Fällen recht gegeben hatte. Speichel und Erde auf Bartholomäi Lidern. Gadaresische Säue. Und Glossolalie am Pfingstsonntag. Sie hatte jedoch die Hochzeit in Kana verteidigt. Daß gewöhnliches Trinkwasser in Jesu Anwesenheit zu stimulierendem Wein wurde, war wohl absolut denkbar. Durfte man das jedoch symbolisch deuten, wenn man aufs Predigerseminar wollte? Das hatte sie fragen wollen. Doch nicht der angehende Agent soll den Chef des Büros danach fragen, wie die Tätigkeit denn eigentlich sei, ob sie akzeptabel sei. Das mußte schon vorher klar sein.

»Allerdings brauchte ich Hilfe«, sagt sie. »Also habe ich Kurse besucht, Bibelkreise und dergleichen. Und bin natürlich in die Kirche gegangen! Und außerdem habe ich selbst gelesen.«

»Sie sind ein lesender Mensch?«

»Ja. Ich habe mich mit Religionspsychologie beschäftigt. Auch mit Theologie. Mit allem möglichen.«

»Haben Sie nie daran gedacht, daß Ihre Berufung vielleicht Studien oder Forschung sind?«

»Nein, Menschen.«

»Wie meinen Sie das?«

»Ich machte gerade eine Ausbildung zur Sozialarbeiterin, als es geschah. Mir war das jedoch zuviel Psychologie. Manchmal meinte ich, man könnte so – ja, man könnte diese Psychologie dazu benutzen, Macht auszuüben.«

»Wieso?«

»Man könnte ganz einfach manipulieren. Folgendermaßen: Man bekommt eine Frage gestellt, eine schwerwiegende Frage, etwas ganz und gar Entscheidendes für die Person, die sie stellt. Man wiederholt diese Frage fast wortwörtlich, allerdings mit einer klitzekleinen Manipulation. Ist das Ihre Frage? sagt man. Und dann wieder dieses Schweigen.«

»Da müssen Sie mir schon ein Beispiel geben, wenn ich das verstehen soll.«

»Nun, es kommt zum Beispiel eine Frau, fürchterlich unglücklich, und sagt, sie habe Angst davor, in die Wohnung zu ziehen, die ihr das Sozialamt zugewiesen hat, sie liege so weit oben. Sie habe Angst vor dem sechsten Stock. Daß ihr Kind dastehen und gucken und dann hinausfallen werde.«

»Und was haben Sie darauf gesagt?«

»Das weiß ich nicht mehr. Ich erinnere mich nur, daß ich an die Technik gedacht habe. Man sagt: Sie stehen mit Ihrem Kind da und gucken, und ohne zu wissen, wie es zugegangen ist, ist das Kind hinausgefallen. Ist es das, wovor Sie Angst haben, Lisbeth? Und in diesem Abgrund, in diesem fürchterlichen Schweigen versucht die Frau, sich über Wasser zu halten. Nicht vor lauter Selbstvorwürfen, lauter Schuld unterzugehen. Und vor Scham. Vor all den Dingen, die sie nicht schafft. Gegenüber einem Menschen, der ihr eigentlich nur Hilfe leisten soll, vor allem gesetzlich geregelte wirtschaftliche Hilfe.«

»Sie haben das nicht für die richtige Technik gehalten?«

»Nein, ich finde, da sollte es überhaupt keine Technik geben. Menschen müssen Geld bekommen, wenn sie keines haben. Und man muß ihnen die Schuldenlast von den Schultern nehmen, damit sie stark werden. Auch mutig. Und Verantwortung übernehmen können. Man muß sie mögen. Und das, so sagten meine Lehrer, sei unprofessionell. Weil man nicht alle mögen könne. Aber – ja, das war das Entscheidende für mich. Es erwuchs aus dieser Arbeit mit Menschen. Hilfe zu bekommen, um sie mögen zu können.«

»Wie?«

»Von ihm.«

»Sie scheuen sich, seinen Namen auszusprechen.«

»Ja, manchmal.«

»Und die Berufung? Wie sah die aus?«

»Die kam langsam.«

»Wie lange ist es her, daß Sie dieses Erlebnis in der Engelbrektkirche hatten?«

»Sechs Jahre.«

»Und es ist nicht abgeklungen?«

»Doch, doch. Aber es ist noch da. Es ist jetzt anders. Ich sehe es jetzt anders.«

Sie war hineingekommen. Sie war drin. Jetzt saß sie in ihrem Wohnzimmer, war Sonderpfarrerin, und es war vier Uhr morgens geworden. Ein gräuliches Licht, das die Gloriolen um die Straßenlaternen ausbleichte, sickerte herein. Inga hatte einen viel zu hohen Blutdruck, und in ihrem Gedärm vermehrte sich eine indische Amöbe. Unter den expressiven Ausbrüchen verbarg sich sicherlich der gleiche alte Colon irritabile wie zuvor. Sie hinkte beim Gehen.

Nach der Entscheidung fällt man frei. Das ist nicht weiter merkwürdig. Alle Menschen fallen womöglich frei.

Myrten hat mich angelogen. Kann man es anders nennen? Als sie zum zweitenmal krank wurde, setzte sie ihr Testament auf. Sie wußte, daß eine fremde Frau zu mir kommen und sagen würde: »Ich bin Myrten Fjellströms Tochter.«
Und trotzdem sagte sie nichts.
Aber was mich anlangte, darüber redete sie. Da hatte sie keine Angst, die alten Geschichten aufzuwühlen.
Als wir Kinder waren, wollte sie, daß ein Pfarrer namens Edvard Nolin ihr Vater sein sollte. Von dem Pfarrer lagen Briefe in Hillevis Schubladen. Myrten wurde durch diesen Pfarrer feiner als ich. Da erzählte ich ihr, ich sei die Tochter eines Lords aus dem großen Reich Aidan.
Myrten war durchaus klar, daß Hillevi sie ausgelacht hätte, wenn sie sich nach diesem Pfarrer Nolin erkundigt hätte. Und ich wußte, daß mein Onkel Anund gesagt hatte, Aidan sei ein Märchenreich.
Kinder können in zwei Welten leben. Ja, in noch mehr.

*

Der Sommer 1980 verlief unruhig. Ich hatte durchgesetzt, daß wir das Haus reparierten. Es war zu kalt und zugig. Ich erinnerte mich, wie Onkel Trond in einem seiner letzten Lebensjahre auf einer Stehleiter gestanden und unterm Dach Löcher gebohrt hatte. Er hatte versucht, Sägespäne zwischen die Innenwand und die Außenwand zu füllen. Die alte Füllung hatte sich verklumpt. Er benutzte dazu einen Kaffeekessel und schüttete die Späne durch die Tülle. Es war eine richtige Fummelei.
»Und wie stehet's jetzt?« sagte ich zu Myrten. »Leer und feuchtig ist alles worden, zwischen den Wänden, bin da ganz sicher. Möchten doch nichten hier sitzen und frieren.« Wenn wir

älter werden, sagte ich wohl auch noch. Ihr war bestimmt klar, daß ich sie glauben machen wollte, wir würden in den kommenden Jahren zusammen hier sitzen.

Ich bereute es. Es gab nur Unruhe. Myrten hatte keinen ruhigen Sommer, denn wir konnten nicht zu Hause bleiben, als die Verschalung der Wände aufgerissen wurde. Sie fuhr zu einer Bekannten nach Stockholm, einer alten Krankenschwester, die sie viele Jahre nicht gesehen hatte. Mir war durchaus klar, daß das mit ihrer Krankheit, mit ihrem allzuwahrscheinlich baldigen Ende zu tun hatte. Heute glaube ich, daß es auch um ihre Tochter ging, um Ingefrid. Das Testament ist unmittelbar nach der Rückkehr von ihrer Stockholmreise unterschrieben worden.

Ich ging ins Fjäll, als Myrten fort war, begleitete Klemens zur Kennzeichnung der Kälber. Er wollte mich bei Munarvattnet auf ein Quad setzen, denn bis dahin konnte man ja mit dem Auto fahren. Er selbst fuhr mit einem Crossmotorrad hinauf. Ich ging jedoch zu Fuß. Dreiundsechzig Jahre alt war ich, aber meine Beine waren noch völlig in Ordnung. Obwohl ich zugeben muß, daß es anstrengend war. Es war auch das letzte Mal, daß ich so weit hinaufkam.

Woran ich mich dabei am besten erinnere, ist, wie ich an dem Bach sitze, der vom Hersen in den Storån hinunterfließt. Ich sitze da und betrachte einen Huckel, der einen Überhang bildet, so daß das kalte und lebhafte Wasser in eine kleine dunkle Grotte unter dem Uferrand fließt. Der Huckel ist mit schwarzgrün schimmerndem, kurzem, zottigem Moos bewachsen und trägt auf seiner Krone eine Farnstaude. Es ist ein hellgrüner Gebirgs-Frauenfarn, der eben erst sein Blattgefieder aus den kleinen, braungeschuppten Hüllen entrollt hat. Ein paar Grashalme sind ebenfalls auf dem Huckel, und dahinter sehe ich ein bißchen blankes Laubwerk von einer Zwergbirke.

Alles hat seinen Platz. Nichts läßt sich Unkraut oder wertloses Zeug nennen.

Die ganze Umgebung ist sanft und ansprechend, zwischen kahle Fjällheidenhänge gesenkt und von dem im Frühjahr über die Bachufer getretenen Wasser befeuchtet. Die Farnstauden wachsen in Gruppen und bilden eine gewundene Kette zwischen weißschwarzkörnigen Steinen. Hie und da sind die Steine mit grünen, gelben und schwarzen Flechten überwachsen.

Man braucht keine Fotos, um sich an derlei zu erinnern. Ich saß dort eine ganze Woche und hütete das Kaffeefeuer. Viele Male schon war ich da oben gewesen, und ich war froh, nicht zu wissen, daß dieses das letzte Mal war. Man wird alt, und die Beine schaffen es schließlich nicht mehr, dem Sog der Fjällheiden zu folgen: hinauf, hinauf. Die Stelle am Bach habe ich jedoch in mir: Wasser, Farn, Moos und von Flechten in klaren Farben gemusterte Steine.

Es war der Sommer, in dem sie auf dem Röbäcker Kirchplatz das Laienspiel aufgeführt haben. Annie Raft, die hier ein paar Jahre lang Lehrerin war, hatte das Stück zusammengeschrieben, es sei aber alles der Wirklichkeit entnommen, behauptete sie. Sie hatte sich den ganzen Winter über mit Leuten getroffen, die erzählen konnten, wie es früher mal war. Ich glaube sogar, sie haben von der Erwachsenenbildungsstätte Kursgelder für ihr Kaffeegebäck gekriegt.

Die Jagd bei Torshålet hieß das Stück. Es stand etwas in der Zeitung darüber. Sören Flack sei ja hierhergekommen und habe den Tourismus in Gang gesetzt, wie er sagte. Der war aber schon zu der Zeit in Gang gewesen, als Torshåle für die schottischen Herren, den Admiral und seinen Freund, den Lord, als Jagdhütte errichtet worden war. Annie Raft hatte nun alten Tratsch aufgegriffen und eine Liebesgeschichte in das Stück eingebaut: die Liebe zwischen einem Lord und einer Lappendeern.

Ich war davon natürlich äußerst peinlich berührt. Ich sagte zu Myrten, sie solle Annie Raft bitten, diese Geschichte zu streichen. Sie trafen sich doch im Kirchenchor, den Annie leitete. Die Lehrerin sagte, sie halte es für unrecht, die Sami zu übergehen. Es sei ebensosehr ihre Geschichte.

»Wenn wir aber nicht wollen?« versetzte ich.

Was hatten wir denn in deren Laienspiel zu suchen? Myrten verstand das durchaus. Sie erinnerte sich an das, was ich als Kind erzählt hatte, nämlich daß meine Mutter Ingir Kari schön gewesen und ich die Tochter eines schottischen Lords aus einem

Reich namens Aidan sei. Sie sagte jedoch, es sei sicherlich nicht so schlimm, was in dem Stück stehe. Annie Raft habe gesagt, es sei eine richtig schöne Liebesgeschichte.

Was wußte sie denn schon darüber?

Nein, es war unrecht. Es behagte mir ganz und gar nicht.

Sören Flack war richtig in Schwung. Er werde die Gegend auf die Landkarte bringen, sagte er. Als er von dem alten Schild mit dem Adlerraub hörte, kam er richtig in Fahrt. Er brachte den Händler dazu, in seinen Schuppen zu wühlen, der fand das Schild zu guter Letzt, und sie stellten es wieder auf. Diesmal durfte es allerdings vor dem Fremdenverkehrsbüro stehen, und ans Schwarze Brett hängte er eine Karte, die den Weg hinauf nach Giela zu der markierten Stelle zeigte. Sie waren auch droben, kletterten durch die Klamm und frischten das weiße Kreuz auf, das Jyöne Anund einst gemalt hatte. Niemand fragte, was ich davon hielt. Das Fremdenverkehrsbüro liegt gegenüber dem Container, in den wir unsere Müllbeutel schmeißen.

»Das werden die Touristen lieben«, sagte Sören Flack.

Ferner schrieb er an den Lord in Schottland und lud ihn zur Premiere des Laienspiels ein. Er lud auch Königin Elizabeth II. ein. Es steht jedem frei zu schreiben. Er wußte natürlich, daß sie nicht kommen würde, aber er erhielt eine Antwort, und die brachte er in die Zeitung. »Jetzt kommen garantiert viele Leute«, sagte er. Und dann ließ er die Bombe hochgehen. Und zwar auf der Jahresversammlung der Dorfgemeinschaft:

»Der Lord kommt!«

Es war ein armer Lord, doch von unserer Botschaft in London war Sören Flack darauf hingewiesen worden, wo er Geld für dessen Reise beantragen konnte. Flack sorgte dafür, daß auch der Regionalsender *Mittnytt* von dem Adlerraub erfuhr. Sie kamen jedoch während der Kennzeichnung der Kälber, um mich zu interviewen, und schafften es mit ihrer schweren Kamera nicht so weit hinauf. Daß sie mich über den Lord von Aidan und meine Mutter befragen würden, war Gott sei Dank ausgeschlossen. Annie Raft hatte es als eine alte Geschichte gehört, eine Geschichte aus der Zeit des Admirals. Und damals war meine Mutter noch nicht einmal geboren.

Geschichten existieren nicht in einer speziellen Zeit. Sie tragen sich immer wieder zu.

Am ersten Wochenende im August wurde *Die Jagd bei Torshålet* aufgeführt. Da war Myrten wieder zu Hause, und sie versuchte mich dazu zu überreden, mit nach Röbäck zu fahren und mir das Stück anzuschauen. Aber ich wollte nicht. Ich weiß also nur von Myrten, wie es war. Aber ich kann mir das alles gut vorstellen. Die Leute trugen bestimmt karierte Tücher und Schlapphüte, und in der Pause verkauften sie heiße Würstchen und kochten im größten Kessel der Dorfgemeinschaft über offenem Feuer Kaffee. Es gab auch eine Lotterie, ich hatte nämlich ein Tischtuch gespendet, das ich im Winter genäht hatte. Und dann war da dieser Lord. Er sei nicht ganz nüchtern gewesen, sagte Myrten. Der schwedische Kulturrat aus London begleitete ihn, und am Tag zuvor waren sie nach Torshåle hinaufgestelzt, das heißt, zum Schluß mußte ein Quad sie aufsammeln. Da war der Kulturrat ziemlich erschöpft, seine Wildlederboots waren voll Matsch, und der Lord war angesäuselt und von Kriebelmücken zerstochen, ansonsten aber bei guter Laune.

Myrten sagte:

»Du hättest ihn sehen sollen, Risten. Ja, wirklich. Denn jetzt kann niemand mehr etwas anderes sagen, als daß es so ist.«

Ja, es sei so. Niemand dürfe heute noch bestreiten, daß ich die Tochter eines schottischen Lords sei. Sein Sohn, Peer im Oberhaus, und ich, die ich die Pension in Svartvattnet betrieben habe, sähen uns absolut ähnlich. Wir seien rothaarig gewesen, das sehe man sogar noch im Grau, und wir hätten die gleichen runden blauen Augen und großen Füße.

Als ich das hörte, reute es mich natürlich ein bißchen. Ich hätte mich hintrauen und es mir selbst ansehen sollen. Es konnte ja sein, daß Myrten die Ähnlichkeit übertrieb, um nett zu mir zu sein. In allem bemerkte ich in diesem Sommer ihre Fürsorge. Wie sie, nachdem sie anfangs mit den Reparaturen gezögert hatte, die Zimmerleute am Ende noch antrieb. Sie wollte nicht, daß ich in den kommenden Wintern ein kaltes Haus hätte. Da war sie gerade aus Stockholm und Östersund nach Hause gekommen und hatte das Testament aufgesetzt. Darin stand ja, daß ich ihren Anteil an der Pension erben solle und im Haus wohnen bleiben dürfe. Aber davon wußte ich damals noch nichts.

Als sie sah, daß ich traurig war, weil ich den Lord nicht zu Gesicht bekommen hatte, sagte sie:
»Wir fahren hin!«

Es war, als blühte sie in diesem letzten Sommer. Ihre Fürsorge blühte, aber auch ihre Schönheit. Sie sah selbstverständlich so alt aus, wie sie war, nämlich neunundfünfzig. Ihr Gesicht war straff, ohne schon abgezehrt zu sein. Ihre Augen waren blauer denn je. Sie war blaß, doch das kleidete sie nicht schlecht. Sie nahm jetzt starke Medikamente, und mir war nicht klar, daß manche davon Schmerzmittel waren. Ihr Haar hatte nach den Chemotherapien wieder angefangen zu wachsen. Auf unserer Reise nahm sie einmal das Seidenkopftuch ab, das sie immer trug, und ließ mich ihr übers Haar streichen. Es schien völlig neues Haar zu sein, überhaupt nicht wie das kräftige, das sie zuvor gehabt hatte. Weich und leicht wollig glitt es unter der Hand dahin.

»Ich werde immerhin nicht glatzköpfig sterben«, sagte sie und lachte leicht.

Es war das einzige Mal, daß sie auf das, was geschehen sollte, anspielte. An diesem Abend weinte ich sehr. Ich ging allein aus dem Haus, auf einen Friedhof in einem Dorf namens Grassmere.

Wir machten eine richtige Touristenreise mit Myrtens Auto. Zuerst fuhren wir mit dem Schiff nach Newcastle-upon-Tyne. Diesen Namen kannte ich noch aus meinem Schulbuch. Wir sahen alles, was man gesehen haben soll, nehme ich an, und Myrten bat einen anderen Touristen, uns am Hadrianswall zu fotografieren. Dann fuhren wir nach Schottland und kurvten auf Schotterstraßen über Heiden mit Farnen und großen Schafherden. Schließlich kamen wir zu dem Ort, wo der Lord wohnte. Der Ort hieß überhaupt nicht Aidan. Mein Onkel hatte den Namen wohl falsch verstanden. Oder aber er wollte, daß er so heiße.

Es war völlig ausgeschlossen, daß wir klingelten oder was

immer man macht, wenn man einen Lord sprechen möchte. In dem Haus fanden jedoch Führungen statt. Königin Mary von Schottland hatte dort einmal übernachtet. Die Lordfamilie bewohnte lediglich einen kleinen Teil des Gebäudes. Also trotteten wir umher und beguckten Porträts und Rüstungen und bekamen sogar einen Salon mit privaten Fotos von Hunden und Prinzessin Margaret zu sehen. Da war auch ein Fernseher, und die Leute in der Führung standen da und betrachteten ihn wie eine Offenbarung. Er war natürlich ausgeschaltet. Aber immerhin. Es war schon denkwürdig, daß sie abends dort auf den Sofas saßen und fernsahen. Der Meinung war ich auch.

Einen Laird bekamen wir nicht zu Gesicht. Myrten sagte, in Schottland gebe es keine Lords. Das heiße Laird auf schottisch. Doch wir gaben nicht auf. Ich neigte zwar dazu, aber Myrten ließ nicht locker. Wir wohnten drei Nächte im Gasthaus und aßen Grillhähnchen, das mit Pommes frites in einem Korb serviert wurde. Man bekam es ziemlich über. Der Rotwein aber tat Myrten gut, und ich glaube, sie konnte nachts schlafen. Ich konnte es nicht, jedenfalls nicht viel. Zu diesem Zeitpunkt hatte ich nämlich begriffen, daß sie Schmerztabletten nahm und diese ihr nicht besonders halfen. Es war der Rücken, der sie quälte. Wir taten so, als habe sie einen Hexenschuß vom vielen Sitzen im Auto. Aber wir wußten sehr wohl, daß der Krebs in die Knochen gestreut hatte.

Am Nachmittag des vierten Tages lag feiner Regendunst in der Luft. Der Rasen vor der Schloßterrasse war leuchtend grün. Als wir dort standen, wurde eine der hohen Glastüren geöffnet, und eine Gesellschaft trat auf die Treppe heraus. Die Leute hatten drei kleine Hunde dabei, die vor ihnen auf den Rasen sprangen. Das seien King-Charles-Spaniels, erklärte Myrten später. Die Gesellschaft blieb gleich unterhalb der Terrasse stehen, war jedoch nicht weiter entfernt, als daß wir hören konnten, was die Leute sagten. Sie sprächen Französisch, sagte Myrten. Da drehte sich ein kleiner Mann um, um einem der Hunde zu pfeifen, der ein Stück weit fortgelaufen war. Myrten kniff mich in den Arm.

»Das ist er«, zischte sie. »Dein Halbbruder.«
»Aber er spricht doch Französisch«, erwiderte ich.

»Er hat französische Gäste, man hört diesem Paar an, daß sie gebürtige Franzosen sind.«

Jetzt kam der kleine Hund, der ausgerissen war, zu uns gelaufen. Myrten ging rasch in die Hocke und packte ihn am Halsband. Sie verbarg diesen Griff, indem sie ihren Körper drehte, und dann plapperte sie mit dem Hund. Auf französisch!

Sie sagte, er sei *gentil*, was nett bedeute, und er sei *sage*, was klug bedeute. Als wir dann, völlig erschöpft, ins Gasthaus zurückkamen, schrieb sie das alles auf die Speisekarte. *Comme tu es gentil!*

Es war anstrengend, den Laird so nahe zu haben. Er war sehr freundlich und sprach weiterhin sein Französisch, das, wie Myrten meinte, recht schlecht war. Das tat er natürlich deshalb, weil er sie mit dem Hund hatte plappern hören. Den hatte sie nun losgelassen. Dann sprachen sie über King-Charles-Hunde, darüber, daß diese auf einem berühmten Gemälde abgebildet seien, wobei der Laird sagte, sie seien auf vielen Gemälden abgebildet, sie seien so beliebt. Myrten erklärte jedoch, sie denke an einen gewissen Landseer, der ein Bild mit genau zwei solchen kleinen Hunden und einem Hut gemalt habe.

Das alles war doch ziemlich albern. Wir sagten nichts von Thur's Hall, wie Torshåle eigentlich hieß, und nichts von einem Laienspiel. Wir wollten ihn uns ja nur anschauen. Und das taten wir auch, lange Zeit. Und es gab keinen Zweifel. Er und ich glichen einander wie ein Ei dem andern.

Myrten ging es immer schlechter. Als wir nach Hause kamen, war es wieder Zeit für die Jubiläumsklinik. Sie wurde mit dem Krankenwagen nach Östersund zum Flugzeug transportiert, und ich begleitete sie. In Umeå wohnte ich zwei Nächte im Patientenhotel. Dann wurde mir klar, daß es länger dauern konnte. Da mietete ich mir ein Zimmer in der Stadt. Es war eigentlich für Studenten vorgesehen, und die Toilette war schmutzig. Sosehr ich auch rieb, bekam ich den braunen Belag nicht weg. Die Teppiche waren durch und durch verstaubt, die Gardinen hingen in schmutzigen Bahnen herab. Aber was machte das schon. Am Ende schlief ich nicht einmal mehr dort. Ich blieb bei Myrten.

»Mußt du nicht nach Hause?« fragte sie. »Wie geht das denn mit deinen Schafen?«

»Die versorgt Bojan«, sagte ich. »Sie hat sie auch versorgt, als ich im Fjäll war.«

»Kommt sie denn zurecht damit?« fragte Myrten.

Ich hielt ihre Hand, und ich spürte, wie froh sie war, daß ich nicht nach Hause fuhr.

»Wie geht es dir?«
»Ach, hol's der...«

Mehr kam nicht. Sie versuchte jedoch zu lächeln. Tante Lizzie lag in einem großen Bett im Krankenhaus in Danderyd. Sie bekam Sauerstoff. Inga trat ans Kopfende des Bettes und versuchte den Blickwinkel einzufangen, aus dem Lizzie die Welt nun sah. Die glatte, weißgelbe Wand, das Fenster mit dem unruhigen grauen Himmel und einer eintönig grauen Fassade mit Fenstern, die blind wirkten, weil sie nichts spiegelten. Sie stellte die Vase mit den Tulpen auf das Fensterbrett und hoffte, Lizzie werde ab und zu den Kopf drehen.

Sie war so mager. Früher hatte das zu ihrer Lebhaftigkeit gehört, war vielleicht eine Voraussetzung dafür gewesen. »Sie rennt herum wie eine Wilde«, pflegte Linnea über ihre Schwester zu sagen. Linnea selbst war schwer geworden und hatte ein schwaches Herz bekommen.

Einst war auch Tante Lizzie aus dem Hüttenwerk und der Pfingstkirche ausgebrochen und nach Stockholm gefahren. Mit zwei Zett und einem E am Ende hatte sie mit Lissi Schluß gemacht. Linnea hatte zu ihr gesagt, sie werde in der Stadt niemals zurechtkommen, so allein, wie sie sei, und erst sechzehn Jahre alt. Linnea hatte immerhin Kalle und ihre Arbeit.

Damals war Linnea Kinokassiererin. Für Lizzie war das Kino der Himmel und ihre Schwester die Garbo, vor allem wegen des Ulsters, der auf Raten gekauft war. Linnea wollte jedoch, daß sie zurückfahre. Durch die Schwester sickerten das Armutsschweden und das Bethaus in ihr Leben. Alles, was vergessen sein sollte.

Lizzie war jetzt fünfundsiebzig Jahre alt und hatte ein Lungenemphysem. Ihren Geburtstag hatten sie im Tagesraum gefeiert.

Das war im Spätherbst gewesen, und zu der Zeit hatte sie noch immer ein bißchen aufstehen können. Inga hatte den Wagen mit dem Sauerstoffaggregat hinter ihr hergezogen. Als Lizzie in Rente gegangen war, hatte sie über zwanzig Jahre bei LM Ericsson in Midsommarkransen als Putzfrau gearbeitet. Sie war nicht ganz allein, obwohl sie nicht verheiratet gewesen war. Sie hatte einen Sohn, der ebenfalls zu ihrem Fünfundsiebzigsten gekommen war.

»Er ist süchtig«, sagte sie.

Es klang dramatisch, wie sie das sagte, so wie in Garbos dreißiger Jahren. Sture war trunksüchtig und nahm Tabletten, wenn er trocken zu werden versuchte. Er hatte auch eine Blume mitgebracht, eine rote Azalee.

»Wie geht's dir, Mutti?«

»Hast du deine Arbeit noch?« fragte sie.

»Aber natürlich. Ist doch klar.«

»Wie kannst du dann mitten am Tag hierherkommen?«

»Ich bin krankgeschrieben. Mein Rücken, du weißt doch, Mutti.«

Nachdem er gegangen war, begann sie von ihrer und Linneas Kindheit zu erzählen. Das hatte sie eigentlich noch nie getan, nicht zusammenhängend. Jetzt erzählte sie von der Strenge und der Ärmlichkeit und vom Bethaus samt den wunderlichen Ekstasen. Vom Vater in der Schmiede des Hüttenwerks. Davon, seine Schuldigkeit zu tun.

Merkwürdigerweise kicherte sie, als sie über ihre Eltern sprach. Schon als sie noch zu Hause war, hatte sie heimlich geraucht und Männer gehabt (laut Linnea).

Sie nahm das Hüttenwerks- und Bethausleben nicht ernst. Linnea dagegen hatte es ernst genommen. Sie hatte es in den strengsten Atheismus und in eine Arbeitsamkeit, Reinlichkeit und Pflichterfüllung transformiert, die sie selbst erfunden zu haben glaubte.

Lizzie hatte ihren Spaß gehabt. Noch an ihrem Fünfundsiebzigsten krächzte sie zigarettenheiser und machte Witze über die Vergangenheit. Solange Inga denken konnte, hatte sie ihr Haar rot gefärbt, doch während der Zeit im Krankenhaus wuchs es unter der krausen Dauerwelle allmählich graubraun nach. Sie nannte sich selbst *man*.

»Man hat jedenfalls seinen Spaß gehabt«, sagte sie. »Auch wenn man jetzt Sauerstoff kriegt. Zieh bloß nicht dieses Hemd mit dem Pfarrkragen an, wenn du herkommst. Die glauben sonst noch, man sei auf seine alten Tage religiös geworden.«

Schallendes Gelächter.

Lizzie sei formidabel, sagte der Stationsarzt. Sie war der Liebling des Hospizes. Nur dann, wenn der Sohn zu Besuch kam, wurde sie ängstlich. Sie fürchtete, daß er ohne sie nicht zurechtkommen werde.

An einem grauen und verregneten Nachmittag im späten Oktober hatte sie von Linnea erzählt, von dem jungen, verkniffenen Mädchen in dem Hüttenort.

»Ich glaube, er war Ingenieur«, sagte sie. »Und Linnea war doch so hübsch. Dunkel. Nicht so wie ich.«

Um ihre Augen bildeten sich Blinzelfältchen, die das Lachen anzeigten, das laut werden zu lassen sie nicht die rechte Kraft hatte.

»Er hat ihr hundertfünfzig Kronen gegeben. Und ist abgehauen.«

»Warum?«

»Warum! Was hätte sie deiner Meinung nach denn machen sollen? Sie hatte überhaupt keine Wahl. Zu Hause im Hüttenwerk ließ sich das nicht regeln.«

»Regeln?«

»Hör mal, bist du so heilig, daß du von nichts Ahnung hast? Dieser Ingenieur war verlobt, folglich war es das einzige, was sie tun konnte. Aber schau, er hat sich um sie gekümmert. Er kam nämlich hinterher zu mir und hat mich gefragt, wie es gegangen sei.«

»Wie ist es denn gegangen?«

»Wie es gegangen ist! Daneben, natürlich. Ich meine, sie hat es schon weggekriegt. Aber danach konnte sie keine Kinder mehr kriegen. Deswegen blieb ihnen doch nur eine Adoption übrig.«

Die Geschichte hatte jetzt einen Sprung von dreizehn Jahren

gemacht. Von Linneas zwanzigstem zu ihrem dreiunddreißigsten Lebensjahr. Es war eine Geschichte, die größtenteils aus Unausgesprochenem und unterdrückten Behauptungen bestand. Sie endete damit, daß Lizzie sagte:

»Man war ja nicht so hübsch. Und auch nicht so gescheit. Aber man hat jedenfalls bestimmt mehr Spaß gehabt. Als sie.«

Jetzt war sie nicht mehr imstande, solche Sachen zu sagen. Inga fragte sich, ob sie sie dachte. Sie hielt ihre Hand, die sich wie eine kleine Pfote anfühlte. Dem Bett und Lizzies Körper entstieg der Geruch nach den starken Waschmitteln der Krankenhauswäscherei. Hatte sie sich daran gewöhnt, oder konnte sie sich noch immer nach ihrem eigenen Geruch zurücksehnen? Was den Tod anlangte, glaubte Lizzie, daß eben Schluß sei, wenn Schluß sei. Das hatte sie vor langer Zeit gesagt. Mit ihrem abgemagerten kleinen Körper und den unbrauchbaren Lungen, die noch immer Luft zu bekommen versuchten, umschloß sie dieses Schicksal und hatte keine Angst. Inga konnte in ihrem Blick keinen Schrecken entdecken. Den konnte sie normalerweise ablesen, sie hatte viele Varianten davon gesehen. Lizzie hatte bisher nicht davon gesprochen, daß sie bald sterben werde. Jetzt aber sagte sie:

»Schau ab und zu nach Sture.«

»Selbstverständlich mache ich das.«

»Versprichst du es mir?«

»Ja, Lizzie. Ich verspreche es.«

Sie schlief ein Weilchen. Inga umfaßte mit beiden Händen die kleine Pfote und spürte deren Wärme. Sie hatten nicht lange Ruhe. Zwei Frauen schepperten mit einem Wagen herein, an dem ein Nährlösungstropf hing, der angeschlossen werden sollte. Sie hatten muntere Stimmen. Womöglich waren sie in der Vorstellung befangen, Lizzie könne all dem Lob, das sie erhielt, noch entsprechen. Als sie gegangen waren, tastete sie wieder nach Ingas Hand.

»Du darfst mich gern beerdigen«, sagte sie. »Das macht mir nichts aus.«

Inga sah ihre Lachfältchen wie Strahlen in den Augenwinkeln, eine Sekunde, nicht länger.

In der letzten Nacht fragte sie:
»Wie kannst du so oft hier sein?«
»Weil ich das will.«
»Und deine Arbeit?«
»Ich bin ebenfalls krankgeschrieben.«
Sie sah, daß Lizzie fragen wollte, was ihr fehle, es jedoch nicht schaffte.

Im Morgengrauen verließen Sture und sie das Krankenhaus. Er weinte, als sie den langen Gang zum U-Bahnhof hinuntergingen.

»Du bist nicht allein, Sture. Wir sind doch Cousin und Cousine, du und ich. Wir gehören zusammen.«

Als er am Hauptbahnhof ausstieg, um in eine andere Bahn umzusteigen, fühlte sie sich selbst verlassen.

Es gibt nichts, was beweist, daß die Vergangenheit etwas mit der Gegenwart und der Zukunft zu tun habe. Möglicherweise ist sie verschlossen und verriegelt wie ein Schrank. Feine Fasern bahnen sich einen Weg durch die Ritzen und versuchen, wieder in die Zeit zu gelangen. Sie vertrocknen jedoch leicht und verkümmern.

Manchmal saß Elis da und grübelte über die Glastechniken, die er im Kopf hatte und die geschickte Männer in der Glashütte in den Händen gehabt hatten. Es gibt vieles, was nur im Gehirn der Menschen bewahrt ist und mit ihnen ausgelöscht wird, wenn niemand sich darum kümmert, es auszukundschaften. Wir glauben, mit dem, was einmal war, Verbindung zu haben, doch die Vergangenheit ist nur aus jenen Trümmern zusammengefügt, die die Lebenden zu interessieren vermögen.

Die jungen Leute überblättern die Todesanzeigen in der Zeitung. Das hatte Elis auch getan. Schließlich aber war die Zeit gekommen, da er das nicht mehr tat. Tote gab es viele, und auch wenn er diese blassen Flächen nur überflog, fand er gar zu oft Namen von Menschen, die er gekannt hatte.

Eines Morgens im Mai 1981 hatte er *Svenska Dagbladet* gelesen. Da wohnte er noch in dem Haus bei der Glashütte. Sein Blick fiel auf den Namen Aagot Fagerli. Die Todesanzeige war mit einem einzigen Namen gezeichnet: Kristin. Es war mehr als dreißig Jahre her, daß er in Svartvattnet gewesen war und die dunkle, kraftvolle Aagot gesehen hatte, doch er erinnerte sich noch an ihre Lebensumstände und fragte sich, wer diese Freundin oder Verwandte sein mochte. *Unsere liebe* stand da. Es schienen sich noch mehr Menschen hinter diesem einen lebendigen Namen zu verbergen.

Myrten Halvarsson.

Tot, selbstverständlich.

Sonst hätte sie dort gestanden. Aagot Fagerli war ihre Tante gewesen. Er nahm den Bleistift, mit dem er das Kreuzworträtsel lösen wollte, und rechnete damit auf dem Rand der Zeitungsseite. Es war nur über den Daumen gepeilt. Er rechnete noch einmal nach, da er kaum glauben konnte, was er sah: Wenn sie noch lebte, wäre sie jetzt sechzig oder einundsechzig Jahre alt. Doch so alt war sie also nicht geworden.

Da erfaßte ihn wieder diese Unruhe. Die verspürte er, seit Eldbjörg vor elf Jahren gestorben war. Daß er überlebte. Daß er ungerechterweise überlebte.

Und wer war diese Kristin? Wenn eine einzige Person mit einem unbekannten Namen die Todesanzeige für Aagot Fagerli in die Zeitung setzte, mußten sie da oben in der Händlerfamilie alle tot sein.

Er hatte etwas bei Aagot zurückgelassen, an das er nie mehr hatte herankommen können. Sein Jugendwerk. Die Gouache seiner gescheiterten Hoffnungen, deren Ablehnung ihn nach Deutschland getrieben hatte. Bei Kriegsende hatte er seinen verworfenen Wettbewerbsbeitrag abgeholt. Dieser war bei Aagot zurückgeblieben, als er sich aus Svartvattnet davonmachte. Er war ja geflohen und hatte sich nicht getraut, im Dorf irgend etwas zu holen. Er fragte sich, wie das Gemälde wohl aussehe. War es all die Verzweiflung wert gewesen, die er empfunden hatte, als er als Steward auf einem Schiff nach Deutschland aus Kristiania Reißaus nahm?

Das Mädchen und die Pferde.

Serine.

Im Obergeschoß des Hauses befanden sich alte Leinwände. Er war selten hinaufgegangen, solange Eldbjörg lebte. Jetzt aber kam es vor, daß er die Bilder da oben umdrehte. Er konnte sie jetzt leidenschaftslos betrachten und staunte darüber, wie uneinheitlich er als Maler gewesen war. Es gab jedoch einzelnes aus der Kristianiazeit, was nicht nur geschickt gemacht war, sondern mehr enthielt. Er dachte: Ich wußte nichts, konnte auch kaum etwas. Und trotzdem. Es ist seltsam. Wenn das nun in mir steckt? Noch immer vorhanden ist?

Er verfiel ins Grübeln, wie es wohl sein mochte, dieses Gemälde mit Serine und den Pferden. Die Skizze zur Ausschmückung der Østensjø-Schule.

Früher oder später bekommt man es zu hören: Du bist jetzt alt. Du wirst nichts mehr machen, was uns interessiert.

Niemand hatte das zu Elis gesagt. Er war hochgeschätzt. In den vergangenen zehn Jahren in Småland hatte seine Inspiration jedoch nachgelassen. Niemand sagte das zu ihm. Es kam von innen heraus, es grinste böse, es wisperte: Du wirst nichts mehr machen, Elis. Elias Elv läuft hier umher und wird hochgeschätzt. Aber mit dir ist es aus.

Serine und die Pferde. Er setzte sich in den Kopf, daß er lieber als alles andere dieses Gemälde sehen wollte. Das konnte jetzt nicht mehr gefährlich sein.

Die alte Vorsicht ließ ihn zuerst erkunden, ob alle, die ihn gekannt hatten, wirklich nicht mehr da waren. Das erledigte er mit Hilfe des Einwohnermeldeamts. Dann reiste er. Sicherheitshalber kam er von der norwegischen Seite, mit einem von Widerøes kleinen Flugzeugen von Trondheim nach Namsos, und landete unter der steil abfallenden Bergwand. Er bedankte sich für die Plätzchen, die selbstgebacken geschmeckt hatten, winkte den Leuten, die weiterflogen, und dachte: Ja, hier geht man einander noch etwas an.

Der Mietwagen wartete, und er reiste aus dem windigen Delta des Namsens in den Wald, hinauf ins Fjäll. Zuerst aber sah er sich den Fjellkrufossen an, wo er einst unter einer Rottanne gekauert und einen Pfarrer nach dem Ausreißer hatte rufen hören.

Er machte die Erfahrung, daß die Vergangenheit in alten Menschen stark sein konnte. Sie wollte ihn in den Stromwirbeln mitreißen. Schwarz war sie und weiß wie die Zähne in einem Fuchsschädel. Die Stromschnelle brodelte und wollte ihn und alles, was ihm widerfahren war, packen und zu einem Nichts machen.

Wie er da stand und sich nahezu übers Wasser beugte, kam ihm ein Vers in den Sinn.

Ich seh in der Nacht eine blendende
Weiße Gestalt eines Kinds
Mit wachsbleichen Wangen.
Ein Sog, ein Verlangen,
Im Kopfe die Glut, die nie endende,
Das Herz zu Eis mir erstarrt.

Ihm ist zum Kotzen. Und er rennt auf den Korridor hinaus. Da kommt eine Krankenschwester und nimmt ihn in den Arm, sie gehen zurück in den Saal mit dem Kamin und den brennenden Kerzen, und er kotzt nicht, erstarrt aber zu Eis. Er weiß nicht, wie er sich daran erinnern kann, aber bestimmt sind alle böse oder schämen sich? Das Mädchen, das das Gedicht vorgetragen hat, wird ausgescholten. Oder nicht? Man soll im Gemeinschaftsraum des Sanatoriums nichts über den Tod und auch nichts über tote Kinder vortragen. Sie weint vermutlich. Woran erinnert man sich? Es ist so lange her. Sie hätte etwas anderes vortragen sollen, aber sie finde das so schön, hat sie gesagt. Und es ist doch Ellen! Die Tochter Doktor Odd Arnesens. In ihr hat der Tod sich noch nicht eingerichtet, und keine Kinderleiche bringt sie dazu, kotzen zu wollen. Lediglich Wohlwollen und Schwärmereien sitzen hinter dieser runden Stirn mit den zwei Pickeln. Wie, um alles in der Welt, heißen die noch? Jedenfalls nicht Furunkel. Sie hat lange Zöpfe, doch bald wird sie das Haar hochstecken. Sie weint und schämt sich.

Etwas ist jedoch seltsam an dieser Geschichte. Am Fjellkrufossen hatte sich das noch gar nicht ereignet. Der arme Bub hustete, war aber noch nicht ins Sanatorium gekommen. Wie, zum Teufel, konnte ihm hier das Gedicht wieder einfallen? Zeile für Zeile.

Er probierte es noch einmal, das Gedicht war in ihm, und ihm wurde klar, daß er es viel später gelesen haben mußte. Er mußte in einer Bibliothek danach gesucht und es schließlich gefunden haben. Wie hätte er sonst wissen sollen, daß es von Holger Drachmann war? Hatte er einst aus freien Stücken Tod und Wahnsinn in sein Leben einlassen wollen?

Hier am Fjellkrufossen geschah es von ganz allein. Er sollte also umkehren, tat es aber nicht. Willst du wirklich zu *dem Sog, dem Verlangen* überlegte er, ist es das, was du willst? Willst du, während du über die Oberflächenspannung dessen läufst, was Gegenwart genannt wird, durchbrechen? Willst du dich ein für allemal lieber an der Glut verbrennen als zu Eis erstarren?

Neunundsiebzig Jahre alt war er, als er nach Svartvattnet weiterreiste. Er hatte mit einem Mann gesprochen, der einen beruhigend unbekannten Namen hatte und Aagot Fagerlis Nachlaßverwalter war. Er wohnte in Byvången, war ihre Hinterlassenschaft jedoch durchgegangen und sagte, gewiß seien noch Gemälde von Aagot da.

»Sollet groß sein, jeniges Bild? Und stellet Pferde dar? Und eine Deern?«

»Das ist es«, antwortete Elis auf norwegisch.

»Nun, hänget ja davon ab. Ob die Erben verkaufen wollen.«

Du Schlaumeier, dachte Elis. Du kassierst natürlich eine Provision. Er sagte, er wolle sich das Bild zuerst anschauen. Ob es einen Kauf wert sei. Der Künstler habe als Maler niemals Erfolg gehabt.

Er erhielt den Namen der Person, die den Schlüssel zu Aagots Haus hatte. Es war wieder diese unbekannte Kristin. Klementsen hieß sie. Sie sei die Ziehtochter des Händlers gewesen, sagte der Nachlaßverwalter. Und in Norwegen mit einem Lappen verheiratet. Später habe sie dann die Pension in Svartvattnet betrieben. Als Witwe.

Auf der Fahrt in das Dorf dachte er an die hübschen Biographien, die die Leute ohne Aufforderung lieferten. Ging man einander hier nach wie vor etwas an? Früher war das so gewesen, im Guten wie im Schlechten. Wenn sie nicht selbst erzählen wollten, was ihnen widerfahren war, so bekam man es im Lauf der Zeit trotzdem mit.

Dort war die Abzweigung nach Tangen hinunter. Am Straßenrand stand ein Müllcontainer. Und ein Fremdenverkehrsbüro, laut Schild. Es war jedoch die alte Post, die genau an der Flußmündung gelegen hatte. Es war dasselbe Haus. Und hier ging es nach Lubben hinaus in – was? Die Freiheit, feixte der Alte, so daß die Zähne zu sehen waren. Doch ohne Worte. Denn der eigentliche Sinn seines Lebens war, daß Worte unnötig waren. Wir rühmten uns jedenfalls, außerhalb des Dorfklatsches zu leben. Wir kannten keine Abhängigkeiten. Niemals Hilfe von jemandem außerhalb der Familie, egal, wie hart das Elend wurde. Bei den Lappen war es im Grunde wohl genauso. Man war sein eigener Herr, auch wenn es hart war. Solange man sich keine Ziegen anschaffe oder Armenfürsorge annehme, hatte Anund Larsson einmal gesagt. Sein Vater hatte bestimmt beides getan. Der Fleischmichel. Der war auch aufs Stehlen ganz wild gewesen. Anund war tot. Das hatte er herausgefunden. Er hätte ihn gern getroffen, doch das wäre selbstverständlich unklug gewesen.

Außerhalb des Dorfmiefs atmete man frei. Allerdings arbeiteten die Tuberkeln in der freien Lunge genauso wie in der gefangenen. Wir gehörten auf seltsame Weise zusammen.

Das Bild stand auf Aagot Fagerlis Dachboden. Die Bodentreppe war steil, glich eher einer festen Leiter. Er kletterte hinauf, und vor ihm diese kleine Person Kristin Klementsen. Sie sagte, es sei kein richtiges Gemälde, es habe nämlich keinen Rahmen und sei nicht einmal mit Ölfarben gemalt. Sie war nicht so schlau wie der Nachlaßverwalter. Dann drehte sie den großen Pappendeckel um.

Es gibt Dinge, die scheinen außerhalb der Zeit angesiedelt zu sein. Selbst Materie. Pappe und gebundene Farbpigmente, Staub auf der Rückseite, eine gewisse Blässe. Die Zeit hatte es also doch etwas angegangen. Aber nur ganz wenig.

Als er das Bild betrachtete, wußte er, daß er Maler hätte werden können. Er aber war nach Deutschland gefahren. Es geschah etwas. Und er ließ es geschehen.

Hier waren Serine und die Pferde. Das war Leben.

Wünschen wir uns etwas anderes als Leben? So weh es auch tut?

An diesem Nachmittag trank er zum erstenmal an Kristin Klementsens Küchentisch Kaffee. Er dachte daran, daß er bei Händlers war, und er war darauf bedacht, nur Norwegisch zu sprechen. Er rief den Nachlaßverwalter an und sagte, er biete fünftausend Kronen für das Bild. Er konnte den Mann in Byvången förmlich denken hören.

»Muß die Sache erstmalen suspendieren«, sagte er schließlich. »Ist heikel.«

Aber ja doch. Wenn einer für einen Pappendeckel fünftausend Kronen bot, war Vorsicht geboten. Elis mußte also in der Pension warten, bis der Nachlaßverwalter sich mit den Erben ins Benehmen gesetzt hatte, die sich, durch den Krieg und die Verkehrsmittel wie Springkraut verstreut, alle in Norwegen befanden. Besonders beschwerlich war, daß einer von ihnen, Abel mit Namen, tot war und neun Kinder hinterlassen hatte, die alle gehört werden mußten. Die verstreuten Hinterbliebenen hegten große Erwartungen an das Erbe.

Als sich die Angelegenheit in die Länge zog, blieb er. Er mietete sich von einem Mann namens Reine ein kleines Haus. Zu guter Letzt war die Sache mit dem Bild natürlich geklärt, und er bezahlte fünftausendsechshundertfünfzig Kronen für sein eigenes, nie zuvor verkauftes Werk. Da entdeckte er, daß er gar keine sonderliche Lust hatte, nach Småland und zur Glashütte sowie in ein Dasein als hochangesehene einstige Größe zurückzukehren.

Irgend etwas hier ließ ihn sich fast wieder jung fühlen: Er sprach Norwegisch, und niemand wußte, wer er war. Er hatte nicht geahnt, daß das so tief belebend sein konnte. Da war aber auch noch etwas anderes. Nicht die Dunkelheit. Die ist nichts. Aus ihr kommt nichts.

Das Licht war es. Das Licht, das noch da war, obwohl alles abgesunken und zu Schatten geworden war.

*

Eine Scheune kriecht hervor. Der Nebel läßt die Scheune langsam los. Ein großer Stein rollt heran. Legt sich dorthin, wo er immer gelegen hat. Der Nebel beginnt Licht zu atmen.

Es regnet jeden Tag, es ist ein Regen vor langer Zeit. Den Kühen tropft die Nässe von den Flanken. Sie versetzen ihre Hufe im aufgelösten Boden. Jetzt ergießt sich eine Birke über spitze Kuhrücken. Der Windstoß setzt Wasser frei. In den Kuhaugen ist Licht.

Die Mädchen haben schlanke Beine. Sie tragen Jacken aus gewalktem Loden, er ist steif, dicht und grau. Eine ist knöchellang wie ein Mantel. Ein Erbstück. Die Mädchen gehen über die Brücke. Die alte Brücke aus Holz. Nur eins der Mädchen schaut ins Wasser.

Die Frauen tragen Lasten auf dem Rücken. Sie kommen vom See. Sie haben im klaren Wasser Wäsche gespült. Hinter ihnen dampft der See Licht. Der Tannenwald schließt sich. Kein Ruf ist darin.

Das Schwein blutet auf den ersten Schnee. Das graue Holz der Speicherbrücke hat Spritzer abbekommen. Das Kratzeisen hat vom Winterhimmel kaltes Licht in sich. Das Auge des Ebers blickt starr, so blaß blau, daß es fast weiß ist. Es sind Rostflecken in der Schöpfkelle. Im Schnee sind Blut, Mist, Pisse und Strohhalme.

Es ist eine Fuchsfalle aus frischem Holz. Im hohen Gras. Ein paar Augen gewinnen durch das Licht Schärfe. Schneiden zwei Kerben.

Der Leichnam liegt auf dem Deckel einer Küchenbank. Die Füße sind gelb. Bartstoppeln beschatten die hohlen Wangen. Das Mädchen im karierten Kleid mit der Knopfreihe auf dem Rücken hat Blumen hingelegt: Wiesenglockenblumen, schwarze Kohlröschen, Waldwachtelweizen. Hat sie zwischen die hölzern steifen Finger gesteckt.

*

Er hatte das Gefühl, von vorn anfangen zu müssen. Glaubte, sich praktisch nicht daran zu erinnern, wie man mit Öl umgeht. Die Erinnerung saß jedoch in den Händen, in den Fingern und im Palettmesser. Wenn er diese bewegte, erwachte sie wieder. Die Zunge lugte ihm aus dem linken Mundwinkel hervor. Das sah er, als er an dem Stück Spiegel an der Wand vorbeiging. Bei seiner Arbeit mit Glas hatte sie das nie getan.

Der Sprossenstuhl, auf den er niedersank, wurde rasch fleckig und dann krustig vor Ölfarbe. Er konnte nicht mehr darauf sitzen, zog nur noch das Palettmesser am Sitz ab. Hinterher wies der Stuhl die Farbskala auf: In dem leicht hohlen, dem gesäßfreundlichen Sitz zeigte sich der rohe Farbschatten des Bildes.

Elis saß statt dessen auf einer Kiste, einer uralten. Starrte sie an und rief sich einen Mann vor das innere Auge, der Kisten von einem Pritschenwagen in den Laden trug. Hieß er Halvdan?

Um ihn herum befand sich das, was Müll werden sollte. Pappteller. Quarktöpfchen. Er benutzte die Teller als Paletten und reinigte in den Töpfchen seine Pinsel.

Er hatte sich ein Haus gekauft, ein großes. Er müßte sich erinnern, wer früher hier oben am Hang gewohnt hatte, konnte es aber nicht. Traute sich auch nicht zu fragen, weil er befürchtete, eine allzu große Kenntnis von der Vergangenheit des Dorfes zu verraten. Im übrigen war es schnurzegal. Er hatte an anderes zu denken.

Ursprünglich war es ein Doppelhaus gewesen, und die eine Hälfte benutzte er als Atelier. Es war Sommer, und er brauchte keine Wärme. Er engagierte jedoch Leute, die die andere Hälfte isolieren und die Schornsteinmauer, die Risse aufwies, reparieren sollten. Wenn dieser Zustand über den Herbst und den Winter anhielte, brauchte er Wärme.

Er hatte befürchtet, es würde enden, wenn er sich Farben und Leinwand und Material für Keilrahmen schicken ließe. Oder wenn die Schreiner in der anderen Doppelhaushälfte zu klopfen anfingen und Bohrmaschinen und Sägen laufen ließen. Doch dieser Zustand, jetzt ohne Hektik, änderte sich nicht. Elis arbeitete, ohne sich in der Landschaft zu bewegen, von deren versunkenen Schatten er Bilder anfertigte. Die wirkliche Landschaft hatte grell gestrichene Häuser und überall Buschwälder, wo mal Acker gewesen war. Die Lehden waren mit knapper Not gemäht. Er ging nicht weiter als bis zum Laden und zu Kristin Klementsens Häuschen.

Sie war Lappin und Ziehtochter, hatte aber wieder in ein Lappengeschlecht geheiratet. Anund Larsson war ihr Onkel gewesen, ein Schulkamerad von Elis, den er aber erst nach dem Krieg näher kennengelernt hatte. Er hatte bestimmt ebenfalls seine Ausflüge ins Schwedische unternommen, aber ursprünglich mit Renen gerackert. Denn was immer der Alte und Vater auch sagten, so war die harte Rackerei für die Lappen dieselbe wie für uns. Kälte, Schmerz und Schlafmangel waren wohl gleich.

Er erinnerte sich an eine Begegnung mit ihnen, hoch oben in steinigem Gelände. Es war auf der norwegischen Seite, es gab einen Bergsee dort. Der war abgrundtief und hatte geröllige Ufer. Er war damals ein Stromer und Ausreißer gewesen und versuchte das, was er zum Leben brauchte, mit ein paar zerrissenen Netzen, die er in einem Schuppen gefunden hatte, aus dem See zu ziehen.

Er lief ihnen in die Arme, und sie gaben ihm Kaffee und Dörrfleisch. Das Kaffeegetränk war aus Birkenporlingen bereitet. Es floß heiß aus dem Kessel und wärmte innerlich, wie das nur Unverhofftes kann.

Was hatten sie mit ihm zu schaffen? Vater sagte, die Lappengauner seien faul. Sie würden einander Rene stehlen, und sie würden, wenn sie auf ihren Rentierzügen daran vorbeikämen, die Netze aus dem See stehlen. Und nun saß er hier, und das Netz, von dem er nicht wußte, wem es gehörte, lag deutlich sichtbar im Boot, und sie boten ihm etwas an, was sie Gáffi nannten. Sie konnten nämlich nicht Kaffee sagen, sie sprachen genauso, wie Vater und die Brüder sie nachäfften. Jetzt aber klang ihr Gemurmel in seinen Ohren wie Birkhuhngeplapper an einem Moorrand, ihre Worte hatten keine scharfen Kanten.

Am Abend stimmte einer von ihnen einen Ton an. Es war ein alter Mann, dessen Gesicht sich hinter dem dicken, weißen Rauch befand, der in Schwaden aufstieg. Was konnten sie hier oben auch anderes verfeuern als Krähenbeerengestrüpp? In dieser Höhe wuchsen nicht einmal mehr Birken. Das Gesicht des Alten war braun und faltig wie altes Leder, und der Ton, den er hielt und um den er seine Stimme vibrieren ließ, war weder ein

Trauerton wie in der Kapelle noch Schnapsgejohle. Er war ganz eigen.

Ja, sie hatten ihnen Eigenes, und sie hatten andere Geschichten als diejenigen, die der Alte daheim in Lubben erzählte. Diese handelten nur davon, wie er sein Land bestellt, Fuhre um Fuhre Steine abtransportiert hatte und für seine Rackerei in die Schuld der Krone geraten war. Auch hörte man sie nicht oft. Was bei ihnen herrschte, war das Schweigen, wuchtig wie eine Fällaxt.

Damals sang Mama.

Ein Mal.

Ihre Hände ruhen im Spülwasser. Sie wähnt sich allein und schaut gerade vor sich in die Wand. Als wäre dort ein Fenster und davor etwas anderes zu sehen als der Viehstall und das Moor.

Und wenn wie Elia in eiliger Fahrt
das einsame Ufer ich lasse,
all Schmerz, er verschwindet und alles wird klar

An mehr erinnert er sich nicht. An dieser Stelle ist es wie abgeschnitten.

Er hätte gern mit Kristin gesprochen, die behauptete, ihr richtiger Name sei Risten, und ihr alles erzählt, was ihm wiederkam, genau so, wie sie ihm ihre Geschichten erzählte. Doch das ging ja nicht, ohne daß er sich verriet. Und manchmal hielt er es für gut. Er wollte die Bilder nicht zerreden.

Auch wir haben mit Tieren gelebt, hätte er gern zu ihr gesagt. Der Mist brannte still. Er zerfiel zu brauner Wärme. Er wurde vom Holzfußboden aufgesammelt, wo die Kuh platt und pflatschig hingeschissen hatte. Die Schaufel nahm die Gabe auf, scharrte sie zum Mistloch und schob sie so darüber, daß sie hinunterfiel, um gesammelt zu werden, um zu brennen und zu verrotten. Unser Vermögen.

Was bei uns keimte, quoll in Feuchtigkeit und umgewandeltem Mist. Das erwarteten wir uns. Zuinnerst wußten wir freilich, worum es ging, denn es war Mutter, die säte. Wir fanden das nicht einmal seltsam. Ansonsten hatte sie auf dem Acker nichts zu suchen, bis die Garben gebunden werden mußten. Sie ging über den Acker und säte, weil sie eine Frau war. Bei allem anderen langte der Alte mit seinen Mißhandlerfäusten zu und wir anderen Männer und jungen Kerle. Aber nicht bei der Saat.

Sie säte aus ihrem Glauben heraus. Wir alle setzten unsere Zuversicht auf das Wunderwerk der Wiederkunft.

Es stank vor unserem Glauben. Wäre man irgendwo hingekommen, wo man sich vom Viehstallgeruch befreit hatte, dann hätte man wahrscheinlich darüber gefeixt. Wir aber dachten gar nicht an Befreiung. Wir wußten, was Leben war. An einem eisenkalten Schlachtmorgen entstieg die Wärme dem Blutdampf. Während das Schwein durch die Stichwunde sein Leben aus sich herauspumpte, schlug Mutter das Blut. Es durfte nicht mit Gerinnsel durchsetzt sein. Wir nahmen aus, wir brühten. Kelle um Kelle aus dem eisernen Topf. Als letztes machten wir uns mit dem Eisenkratzer an die porige und im Dampf geweichte Haut. Die Kinder hatten jeweils einen Anschovisdosendeckel und schabten weiße, starre Borsten ab. Wutz, umgewandelt. Nachdem er mehrere Monate geschmatzt und geschlürft hatte, wurde er zu Essen verhackstückt. Die Ohren abgeschnitten. Der Darm gereinigt. Das wichtigste war, daß die Hoden weggeschnitten wurden. Sonst spritzte der Speck in der Pfanne und roch übel. Das war wahrscheinlich das einzige, was Mutter jemals kritisch über die Männlichkeit zu sagen wagte. Ansonsten waren Gerüche nichts, worüber man sprach. Man merkte zwar in der Nase, wenn die Milch einen Stich hatte, aber getrunken werden mußte sie so oder so, also verlor man darüber kein Wort.

Nach etwas, was nicht mehr weit von einem Jahrhundert entfernt war, waren die Gerüche noch vorhanden. Sie saßen in einer inneren Nase, und keinerlei verlorene Worte hatten sie vertrieben. Gerüche waren jenseits von Gut und Böse. Sie waren eine Empfindung. Wie die aus einem Stiefel: der Eigengeruch, der unleugbar eigene.

Mutter saß da, hatte die Stirn an die Kuhflanke gelehnt und zog. Bestenfalls bedeckte der dünne Strahl aus den Zitzen der Eimerboden. Mehr Leben ließ sich aus einer Kuh mit spitzer

Hüftknochen und schlackernden Flanken nicht herausholen. Er wünschte Mutter eine fette Bauernkuh mit bullerndem Pansen, die freigebig schiß. Er konnte ihr ja keinen Kleiderstoff und kein Kaffeeservice wünschen, ohne vorher den weißen Milchdunst herbeizuwünschen, diesen Dampf und kompakten Geruch des Reichtums.

Es hielt zweiundzwanzig Monate an. Die Bilder, die in dieser Periode entstanden, hingen nach wie vor im Atelier an den Wänden oder standen dagegengelehnt auf dem Fußboden. Sie auszustellen hatte er niemals Lust gehabt. Er wollte nicht lesen: *Du kannst nichts mehr machen, was uns interessiert.* Es war jetzt eine junge Welt.

Er blieb. In den ersten Jahren fuhr er in den Süden des Landes und überwinterte zwei, drei Monate in einem erträglicheren Klima. Doch irgendwann wurde ihm die Gelbe Villa, wie das Haus genannt wurde, entzogen, denn es war eigentlich die Dienstwohnung des leitenden Glaskünstlers. Elis bekam eine Seniorenwohnung zugewiesen, die, wie er fand, nach Windeln und Milchsuppe roch. Es war ihm schon immer leichtgefallen, Gerüche zu halluzinieren.

Die Winterkälte war in Småland vielleicht milder. Die Dunkelheit aber war ärger. In Svartvattnet leuchtete der Schnee. Bis in den Abend hinein leuchtete er.

Als er wußte, daß er nicht mehr malen würde, wurde ihm gar nicht so angst, wie er erwartet hatte. Er war damals über achtzig, und der Gedanke, daß nach und nach alles aufhörte, festigte sich allmählich. Er vermißte seine småländischen Freunde jetzt nicht mehr. Die meisten waren außerdem schon gestorben. Er war gern allein, und das war keine neue Entdeckung.

Er glaubte, die Zeit, die nicht mehr die seine war, verlassen zu haben. Als er vom Generaldirektor des Nationalmuseums einen Brief bekam, war er verblüfft. Man wollte eine Retrospektive seines Werks veranstalten. Er hatte geglaubt, sowohl Niederlagen als auch Siege hinter sich gelassen zu haben. Und seit mehreren Jahren schon bildete er sich ein, jenes innere Gleichgewicht zu besitzen, nach dem die meisten streben und es allenfalls im Alter erobern können. Ataraxie hieß das. Er besaß sie nicht. Die Freude durchfuhr ihn wie ein Kugelblitz.

Es waren Briefe gekommen, worin der Kurator nach einigen Stücken in Ariel- und Graaltechnik fragte, wo diese zu suchen seien und ob er möglicherweise noch welche zu Hause habe. Da fielen ihm seine Glaspferde ein. Nach denen hatten sie nicht gefragt. Er hatte sie aus Protest gegen all die spillrigen Glastiere angefertigt, die venezianische Glaskunst nachahmten. Seine Pferde waren stämmig gewesen und hatten breite Rücken gehabt, sie hatten die Schwere des Materials in sich – ganz so, wie ein Arbeitspferd aus Muskelmasse und dunklem, blutvollem Fleisch besteht. Aus purer Kraft. Diese Arbeitstiere hatte er in leuchtenden Farben losgelassen, und sie hatten eine Lust und einen Lebenstaumel mitbekommen wie eine Pferdeherde im Wald. In jedem Einrichtungsgeschäft hatte man sie angeboten, und ihm war dieses massenhafte Vorkommen peinlich gewesen, er hatte sie als Versorgungsartikel betrachtet. Aber was, zum Teufel, war eigentlich verkehrt daran, sich zu versorgen?

Seine Pferde waren nicht in Nischen von Vorstandszimmern gestellt oder in Banksafes eingeschlossen worden. Sie hatten auf den marmornen Fensterbrettern der Mietshäuser aus den fünfziger Jahren gestanden, und wenn es beim Abstauben schnell gehen mußte, waren ihnen Splitter aus den Hufen geschlagen worden. Kinder hatten damit gespielt und ihnen die Ohren abgeschlagen.

Dann begann er über seine Glasservice nachzudenken. Sie waren Gebrauchsgegenstände, die die Menschen voll Freude über deren schlichte Schönheit benutzt hatten. Waren die Glasservice nicht Teil seines bestehenden Werks? Das meiste davon war natürlich zerschlagen. Aber war das nicht der eigentliche Zweck dieses Materials? Es sollte benutzt werden und nach und nach verschwinden. Man schlug die spitzen Splitter in Zeitungspapier ein, bevor man sie in den Müllbeutel warf. Auf den Ausstellungen hatten die Leute Arielgläser und Graalvasen und seine provokanten Glasklumpen angestarrt. Sie hatten viel Geld dafür bezahlt, als diese neu waren, und jetzt trieb man die Auk tionspreise in eine Höhe, die aus ihnen eine Währung machte. Man schloß sie in Banksafes ein, und dort wuchs ihr imaginärer Wert in einer Geisterwelt von Transaktionen. Alles, was eingeschlossen wurde, sollte in der Dunkelheit krank werden und trüb und rissig wieder herauskommen.

Es gab vielleicht noch Einzelstücke der Service. Zumindest mußten sich die Frauen noch daran erinnern, die die Sauce von den Tellern gekratzt und sie abgespült, abgetrocknet und in den Schrank geräumt hatten. Falls es in der Glashütte noch eine Serie von Museumsexemplaren gab, müßten diese die Erinnerung wecken können. Er wollte sie dabeihaben. Und die Pferde auch.

Er hatte wieder in Glas zu denken begonnen.

In Scherben dachte er. Verschiedenfarbigen, scharfen.

Wenn man sie zu etwas anderem zusammenfügen könnte. Und verschmelzen. Vielleicht. Er grübelte über Techniken nach, ging mit dem Gedanken an einen kleinen Ofen um.

Er bestellte Glasbruch und bekam ihn per Post zugeschickt. Er hatte darum gebeten, daß er in zehn, höchstens fünfzehn Millimeter große Stücke zerstoßen und die kleinen Splitter ausgesiebt sein sollten. Jetzt breitete er den Bruch aus und kramte darin, nachdem er sich Handschuhe angezogen hatte. Ich habe die Gabe erhalten, flüssiges Glas schön zu machen, dachte er. Und es floß schön, es erstarrte und wurde schön. Später wurde es dann so scharf.

Alt. Das hatte er gedacht, als Eldbjörg starb: Jetzt bin ich alt. Darüber konnte er jetzt nur lachen, denn damals war er erst siebenundsechzig gewesen. Manchmal hatte sich in seinem Körper der Geschlechtstrieb erhoben. Doch im selben Moment, in dem er das Ejakulat abwischte, dachte er schon nicht mehr daran. Solange Eldbjörg lebte, war sein Trieb meist gedämpft gewesen. Nur wenn er für ein paar Tage verreiste, wurde dieser imperativ und mußte befriedigt werden. Als sie tot war, versuchte der Trieb Elis zu beleben. Er wollte ihn in einem Spasmus warm machen. Er war sein eigener Lebenswille, zuckend und heiß.

Elis begann seine Eingebung als einen Spasmus zu sehen und wandte sich davon ab. Die verschiedenfarbigen Glasscherben blieben liegen.

221

Das war jetzt zwei Jahre her. Die Arbeit an der Ausstellung ging so langsam voran, daß er schon befürchtete, nicht mehr zu leben, wenn sie stattfand. Er bekam nicht oft Nachricht darüber, wie sie fortschritt. Zeitweise vergaßen sie wohl, daß er noch lebte. Sie waren sicherlich verwundert gewesen, als sie das entdeckt hatten. Jetzt spürten sie seine Kunstglasobjekte in unterschiedlichen Ecken auf. Manche befanden sich im Ausland. Sie wollten die Glückspilz-Frevler-Klumpen haben, doch da hatte er zunächst nein gesagt. Dann erinnerte er sich an den Hohn, den die Kritiker über sein bestes Werk ausgegossen hatten. Sie haben mich durch eine Kloake gezogen, dachte er. Ob von denen wohl noch jemand lebt? Dieser Gedanke brachte ihn dazu, ja zu sagen. Sie durften die Klumpen abholen.

Er konnte nicht zur Vernissage fahren. Die Nierenbeckenentzündung und die Blutvergiftung hatten ihn müde gemacht. Er war unsicher auf den Beinen. Ein altes Gespenst im flotten Anzug – nein. Lieber zu Hause bleiben. Es fand ohnehin in einer anderen Welt statt.

Der Abend blaut und möchte Nacht werden. Noch hält die weiße Oberfläche des Sees das Licht, das er tagsüber in sich aufgenommen hat. Der Wald wird jedoch schnell schwarz. Solange man die Lampe nicht anmacht, ist man eins mit der Tagscheide und läßt es sacht mit sich geschehen. Ich muß an Hillevi denken, daran, wie sie hier am Küchentisch Dämmerstunde gehalten hat. Selbst in der größten Hektik hat sie versucht, sich diesen Augenblick zu gönnen.

Woran hat sie gedacht?

Es gibt zweifellos Gedanken, die man von niemandem gelernt hat. Man ist mit sich allein und denkt: Es ist, wie es ist. Und hier sitze ich. Mehr kommt wahrscheinlich nicht dabei heraus, wenn man es in Worte fassen möchte. Es ist aber mehr als Worte.

Diese Augenblicke werde ich jetzt bestimmt nie wieder haben. Ich kann nicht mehr in der Abenddämmerung hier sitzen und über den See schauen, ohne an die näher kommenden Lichtpunkte zu denken.

Es war an einem Februarabend. Ich sah den unruhigen Lichtfleck weit draußen auf dem See flimmern, und mir war klar, daß es sich um eine Scooterleuchte handelte. Das Licht kam von weit her, es schaukelte in dem blauen Schimmer, bis die Schwärze es umschloß. Zuletzt war es nicht mehr gequollen und verschwommen, sondern ein weißer Punkt. Hoffentlich ist es jemand, der weiß, wo die Strömung das Eis geschwächt hat, dachte ich. Damit er nicht einbricht. Wohin will er bloß?

Ich werkelte dann wohl ein bißchen in der Küche. Als ich das nächste Mal hinausschaute, war das Licht näher gekommen und beständiger geworden. Er wollte natürlich ins Dorf. Eine andere Möglichkeit gab es ja auch gar nicht. Aber woher kam er?

Als er sich auf der Höhe von Tangen befand, war das Licht direkt auf mein Fenster gerichtet. Beim nächsten Mal, als ich hinausschaute, war es erloschen. War der Kerl dort unten an Land gefahren? Da bewegte sich etwas schemenhaft auf dem Eis, und ich begriff, daß er das Licht ausgemacht hatte, bevor er die äußerste Landzunge passierte. Ich fand das unbehaglich. Er schien vom Dorf aus nicht gesehen werden zu wollen. Als der Scooter schließlich wie ein Klumpen aus der Dunkelheit auftauchte, fuhr er direkt auf das Haus zu, in dem ich wohne. Er fuhr jetzt beim Bootshaus an Land, und ich konnte ihn nicht mehr sehen.

Es dauerte eine ganze Weile, bis ich den Motor wieder anspringen hörte, und da kam der Scooter den jähen Hang vom See herauf. Der Kerl mußte ihn an Land gewuchtet haben. Da unten ragen am Uferrand Steine auf. Eigentlich führt die Scooterroute ja über Tangen. Wenn man an dieser Landzunge vorbei geradeaus durch die Bucht fährt, kann man ein paar Hundert Meter von meinem Haus entfernt an Land kommen. Dort neigt sich eine Lehde zum See hinunter. Dieser Kerl war an einer schwierigen Stelle an Land gegangen. Er wollte nicht gesehen werden, das war mir klar. Ich stand jetzt am anderen Küchenfenster. Er hatte nach wie vor kein Licht an. Ich konnte den Fahrer in seinem Overall und der Fellmütze mit den heruntergeschlagenen Ohrenklappen und der tief ins Gesicht gezogenen Stirnklappe sehen. Ich sah auch, wie er sich bewegte, und da erkannte ich Klemens, meinen älteren Sohn. Er hält auf der anderen Seite des Brannbergs Rene. Mittlerweile ist er der einzige, der sie nicht mit dem Sattelzug zur Winterweide in die Wälder bei Byvången und Lomsjö bringt. Es gibt da oben noch ein paar Flecken alten Wald mit Flechten, und Klemens hat heute nicht mehr so viele Rene.

Jetzt kam er in seinen Motorradstiefeln schwerfällig angerannt und bummerte an die Tür.

»Die Schlüssel«, sagte er. »Für die Garage und fürs Auto von der Myrten.«

»Aber wieso denn?«

»Beeilst dich, Mutter! Und machst das Hauslicht aus.«

Ich hörte, daß es ernst war. Während ich die Schlüssel suchte, startete er den Scooter wieder und fuhr damit zur Straße hinauf. Dann wendete er dort oben und kam wieder herunter. Er nahm wortlos die Schlüssel entgegen, riß sie mir aus der Hand. Ich dachte, ich müsse mich wohl gedulden, war aber doch verdattert.

Durch das Fenster, das zum See hinausgeht, sah ich jetzt zwei weitere Lichttüpfel. Sie näherten sich dem Dorf. Da ging ich hinaus und rief nach Klemens, aber er hörte mich nicht, weil er gerade Myrtens Auto aus der Garage fuhr. Es steht immer dort. Im Sommer fährt Mats es auf den Hof heraus. Ich setze mich immer hinein, wenn es gewittert, weil man in einem Auto angeblich absolut sicher ist. Und weil es viel gewittert, habe ich das Auto gern auf dem Hof stehen. Es macht keinen Spaß, dazusitzen und eine Garagenwand anzustarren. Zu etwas anderem ist Myrtens Auto nie verwendet worden, seit sie tot ist. Es ist, als hätte hier alles stillgestanden. Früher habe ich mir darüber nicht so viele Gedanken gemacht. Aber da wußte ich auch nichts von Ingefrid Mingus.

Als Klemens aus dem Auto stieg, rief ich, daß auf dem See zwei Scooter kämen.

»Schreist nicht so, Mutter«, sagte er. »Gehst rein.«

Ich bemerkte, daß er einen Blick zum Laden hinaufwarf, um zu sehen, ob dort jemand sei. Aber da war niemand. Der Bus war längst abgefahren. Jetzt brachte er den Scooter in die Garage. Und danach Myrtens Auto. Ich stand am Küchenfenster und schaute zu. Dachte, er werde jetzt bestimmt hereinkommen, doch er kam nicht. Er begann vor dem Garagentor zu räumen. Er zog den Schneeschieber hin und her, und ich begriff, daß er die Scooterspuren beseitigen wollte. Mir gefiel das gar nicht. Das sagte ich ihm auch, als er hereinkam, aber er reagierte nicht darauf. Ohne sich die Stiefel auszuziehen, ging er in die Küche und schaute auf den See hinaus. Die beiden Scooter waren an Tangen entlang auf dem Weg ins Dorf.

»Die kommen jedenfalls nicht hierher«, sagte ich.

Er ging nun in den Flur und zog sich die Stiefel aus. Dann ging er unmittelbar nach oben, aber ich sah noch, daß er ein Gewehr in der Hand hatte. Es hatte einen schmalen Lauf, war wohl eine Büchse. Ich rief ihm nach und fragte, ob er was zu essen haben wolle, aber er reagierte nicht.

Ich machte mich jedenfalls daran, belegte Brote zu bereiten, und hatte gerade mal die Specksülze und die rote Bete hervorgeholt, als ich Scootergeknatter hörte. Ich sah aus dem Fenster, das zum Laden geht. Sie waren zu zweit, aber ich konnte nicht erkennen, wer es war. Sie stellten die Scooter auf dem Platz ab, wo der Bus hält, und sahen zu uns herunter. Einer von ihnen ging ein Stück in unsere Richtung und schaute dabei ständig auf den Boden. Ich konnte aber immer noch nicht erkennen, wer es war, da ich ja, wie Klemens zu mir gesagt hatte, das Licht auf der Vortreppe ausgemacht hatte. Der Kerl ging ein bißchen umher und schnüffelte. Dann setzte er sich wieder auf seinen Scooter, und sie fuhren beide los. Als sie verschwunden waren, merkte ich, daß ich Herzklopfen hatte.

Es wurde eine merkwürdige Nacht. Ich saß in der Küche und wartete auf Klemens, aber er kam nicht herunter. Schließlich ging ich mit einem Pilsner und einem Teller belegter Brote hinauf. Er lag im Dunkeln. Es war jetzt unmöglich, etwas zu fragen. Diese Nacht war schwer geworden. Es war bereits eine Unglücksnacht. Ohne daß ich wußte, warum.

Ich lag dann wach und hörte ihn nach unten gehen. Er betätigte die Toilettenspülung. Schweren Schrittes stieg er die Treppe wieder hinauf. Gegen Morgen hörte ich ihn aufs neue nach unten gehen, aber diesmal schlug die Haustür hinter ihm zu. Ich war traurig.

Klemens ist über fünfzig. Näher an sechzig als an fünfzig sogar. Er lebt sein Leben.

Nach Nilas Tod war er es, der mit den Renen weitermachte. Aber er kam nie mit den neuen Sami aus, die aus dem Norden eingewandert waren. Solange sein Onkel Aslak lebte, ging es noch an. Aber als der tot war, schien Klemens nicht mehr zu zählen. Mats, der nicht so viel mit seinem Onkel zusammengewesen, sondern mir in der Pension zur Hand gegangen war, hatte kein rechtes Interesse an der Renzucht. Er schlug schließlich vor, daß Klemens sich um eine Mitgliedschaft im Samidorf von Röbäck, wie es damals hieß, bewerben und zu uns herüberziehen solle. In Langvasslia gab es letzten Endes nur noch Zwist und Scherereien um die Weiden. Klemens hatte viel auszustehen, und irgendwann platzte ihm der Kragen. Während der Kälberkennzeichnung schlug er eines Abends einen Mann zusammen, der da oben als bedeutend galt. Jedenfalls besaß er viele Rene. Klemens war nicht nüchtern. Mehr ist dazu nicht zu sagen.

Die Sache wurde immerhin nicht angezeigt, obwohl die Leute jetzt so erpicht darauf sind. Damals entschloß sich Klemens, mit dem Samidorf von Röbäck in Verhandlung zu treten. Er durfte herüberkommen, weil Mats und mir ein großer Teil seiner Rene gehörte. Wir waren schließlich Schweden und in der Gemeinde von Röbäck gemeldet. Bedingung war jedoch, daß er sich nicht mehr Tiere anschaffte, als er bei seinem Zuzug besaß. Das waren ein paar Hundert. Es versteht sich von selbst, daß eine Familie von einer so kleinen Herde nicht leben kann. Nicht heutzutage. Er kam mit seiner Frau und den beiden Jungen. Die Frau heißt Guro, und die Jungen sind nach den alten Häuptlingen des väterlichen Geschlechts benannt worden, Klemet und Matke. Das sind stolze Namen. Es sieht jedoch so aus, als würden die Jungen arme Leute.

Ihre Mutter begann als Hauspflegerin zu arbeiten, und trotzdem reichte das Geld nicht. Es demütigte sie arg, von mir Hilfe annehmen zu müssen. Es waren ja keine großen Summen, aber sie schmerzten. Sie sagte zu Klemens, sie sei nicht in solcher Armut aufgewachsen und habe niemals gedacht, da hineinzugeraten.

Drei Jahre später verließ sie ihn und nahm die Jungen mit nach Langvasslia. Dort blieb sie aber nur kurze Zeit, dann zog sie in die Siedlung hinunter. Da wurde es für Klemens schwieriger, die Jungen zu treffen, denn sie heiratete einen Sami, der in Jolet wohnt. Der hatte sich einen Bagger angeschafft. Nach und nach gab er die Rene auf und kaufte noch eine Maschine.

Klemens war in Jyöne Anunds altes Haus hinaufgezogen, dieses achteckige. Dort können wahrscheinlich nur alleinstehende

Männer hausen, denn da gibt es weder Wasser noch einen Abfluß. Aber immerhin einen mit Holz zu befeuernden Herd. Klemens richtete Anunds alte Räucherkote wieder her und legte seinen Hund an die Laufleine, die mein Onkel gespannt hatte. Wenn ich dorthin kam und Musti bellen hörte und aus der Kote und dem achteckigen Haus Rauch aufsteigen sah, war es für ein paar Augenblicke so, als wäre mein Onkel nie von mir gegangen.

Dann kam Tschernobyl. Dieser Regen.

Seltsamerweise habe ich ein Foto davon. Es war ein Frühlingsregen, der sanft in unsere Gesichter fiel. Mats hatte mit einem Netz unter dem Eis eine große Forelle gefangen. Er stellte sich auf meine Vortreppe, gab mir seine Kamera und erklärte mir, wie ich auslösen mußte. Die Forelle hatte er an einer Stange hängen. Es war eine junge Birke, die er nicht ordentlich entastet hatte. Auf dem Foto sieht man die Regentropfen im Gezweig.

Das war der kranke Regen. Auf den schaut man jetzt, wenn man die Fotografie hervorholt, nicht auf die große Forelle. Das Gift befand sich in den Wassertropfen, die in den Birkenreisern glänzen. Es ging unsichtbar auf uns nieder. Und zwar deshalb, weil unruhige Wolken sich von Ost nach West bewegt hatten. Normalerweise ist es bei uns andersherum. Die Tiefdruckgebiete kommen auf einer scheinbar ewigen Bahn vom Atlantik her gewandert.

Die Angst kam ebenfalls aus diesem Regen. Sie fiel allen ins Gemüt. Man sprach von Bäckeräll. Das war das Maß des Giftes und unserer Angst, vom Fleisch nichts verkaufen zu können. Wir aßen es aber selber. Klemens sagte immer, das mit den Bäckeräll und der Heufütterung sei alles übertrieben. Er ließ die Tiere weiden. Dadurch wurden sie freilich nicht leichter verkäuflich.

Nachdem Klemens früh am Morgen das Haus verlassen hatte, hörte ich nichts mehr von ihm. Kurz vor zwölf ging ich zum Laden, um Milch zu kaufen, und erfuhr, daß ein Polizeiauto durch das Dorf gefahren und zum Björnfjäll hinauf abgebogen war. Da bekam ich wieder dieses Herzklopfen, und ich ging geschwind nach Hause. Mir war so schlecht, daß ich mir nicht einmal eine Tasse Kaffee aufsetzen wollte, obwohl ich genau das im Sinn gehabt hatte, bevor ich einkaufen gegangen war.

Um Viertel nach zwei kam das Polizeiauto. Ich hatte die ganze Zeit über am Fenster gesessen. Es parkte vor dem Laden, hinten stieg zuerst ein Polizist aus und dann Klemens. Der Polizist, der am Steuer gesessen hatte, stand da und schloß das Auto ab. Ich fand, daß Klemens elendig aussah. Warum, kann ich nicht recht sagen. Vielleicht, weil die Polizisten so groß waren und schwarze Overalls mit Gürtel trugen und mit lauter Utensilien behängt waren. Beide hatten ein großes Halfter, das sichtlich nicht leer war. Einer von ihnen hatte einen Einkaufsbeutel in der Hand. Das sah ein bißchen lächerlich aus.

Leute aus dem Laden waren gekommen, sie standen selbstverständlich herum und guckten. Ihretwegen kam ich mir erbärmlich vor, obwohl ich das gar nicht bin. Klemens ebensowenig.

Als die Polizisten, ohne sich vorher im Flur die Stiefel auszuziehen, in die Küche gekommen waren, sagten sie zu Klemens, er solle sich auf die Bank setzen. Er gehorchte und nahm seine Mütze ab. Er hatte mehr Anstand als die Polizisten. Nun sagte der eine, sie wollten die Schlüssel zu allen Nebengebäuden haben. Er legte ein Papier auf den Tisch, und ich hatte Mühe, es zu lesen, denn ich hatte den Eindruck, als flimmerte es mir vor den Augen, und ich fühlte mich zittrig. Klemens sagte, das Papier sei behördlich.

»Ein Durchsuchungsbefehl«, erklärte einer der Polizisten.

Ich fragte, worum es gehe, bekam aber keine Antwort. Da wurde ich böse.

»Muß schon wissen, worum es sich handeln tut«, sagte ich. »Sollet ich sie herausgeben, die Schlüssel.«

Da sagte Klemens mit leiser Stimme:

»Sagen, hätte erschießet einen Wolf.«

Ich kann es nicht ändern, aber ich war erleichtert.

»Gott sei Dank!« sagte ich, und das klang natürlich verrückt, deshalb fügte ich hinzu:

»Ist's nichten ärger.«

»Ist schlimm genug«, sagte der Polizist.

Dann nahmen sie meine Schlüssel, und Klemens mußte mit ihnen hinausgehen. Mitten in dem ganzen Elend hätte ich loslachen können, als ich sah, daß er sie im Schafstall suchen ließ, bevor sie in die Garage gingen. Er sagte bestimmt keinen Ton zu ihnen. Sie blieben lange in der Garage. Danach kamen sie wieder ins Haus und sagten, sie würden die Schlüssel behalten. Und die Garage sei versiegelt. Ich sah, daß an der Tür gelbrote Plastikstreifen klebten, und mir war klar, daß man sie bis zum Laden hinauf erkennen konnte. Sie sagten, es würden Leute aus Östersund kommen und den Scooter untersuchen. Jetzt wollten sie das Haus durchgehen.

Das Haus durchgehen. Hat man so was schon gehört!

Aber ich konnte sie ja nicht daran hindern. Such du nur, dachte ich, als der eine in die Stube ging. Ordentlich ist es jedenfalls. Sie nahmen Klemens mit, als sie die Treppe hinauftrampelten. Man traute ihm nicht, deshalb durfte er nicht bei mir unten auf der Küchenbank sitzen und warten. Sie blieben lange da oben, und im begehbaren Schrank von Myrtens Zimmer rumpelte es. Ich hatte mich in die Stube gestellt und horchte auf die Geräusche. Als sie herunterkamen, hatten sie ein Gewehr dabei. Ich sah, daß es die Büchse war, die Klemens am Abend zuvor hinaufgetragen hatte. Sie hatten eine Plastiktüte über den Kolben gezogen und sie unten mit einem Klebstreifen befestigt.

Klemens war jetzt umgezogen, und der eine Polizist trug seine Kleider wie ein Bündel im Arm. Er nahm auch die Motorradstiefel im Flur. Da bekam ich mit, was in dem Einkaufsbeutel war. Nämlich Plastiktüten. Sie steckten Klemens' Overall und seine dicken Socken in eine große Tüte und seine Stiefel in eine kleinere. Da entdeckte ich, daß auch der andere Polizist ein Bündel hatte. Es war ein Fell, mit der Haarseite nach innen aufgerollt und so steif, daß der Packen eckig war.

»Das Fell, was wollet ihr damit?« fragte ich.

Keiner der beiden antwortete.

»Ist baldig hundert Jahre!«

Ich rechnete rasch im Kopf nach.

»Achtzig zumindestens. Ein achtzigjährig Wolfsfell, was wollet ihr damit?«

»Ist nichten gesaget, wie alt es ist«, meinte der eine Polizist.

»Doch! Ist schon gesaget. Hab ich doch gesaget. Ist von einem Wolf, das Fell, den der Trond Halvarsson 1916 geschießet und geschenket der Hebamme Hillevi Klarin. Ist dann worden die hiesige Händlersfrau. Dies Fell ist's.«

Aber sie sagten, sie interessierten sich nicht für alte Geschichten. Das Fell müsse untersucht werden.

Jetzt wollten sie gehen. Klemens hatte aber nur dicke Socken an. Er hatte weder Schaftstiefel noch Schnürstiefel bei mir. Seine Motorradstiefel durfte er nicht noch einmal anziehen. Und so mußte ich nach einem Paar alten Gummistiefeln suchen, die ihm mit knapper Not paßten.

»Aellieh tjidtjie hujnesne, årroeh«, sagte er, als er ging.

Es kommt nicht oft vor, daß er mit mir Südsamisch spricht, denn ich kann es nicht so gut. Aber das verstand ich. Es bedeutete, daß ich nicht traurig sein sollte.

Ich muß sagen, ich war eher böse als traurig.

Du Schneewelt, in die ich mich so vorsichtig hinausbegeben habe. Puppenhaus, das ich geöffnet habe: stille, fremde Leben. Wie Keime saßen zwei Wesen in der Stille des Puppenhauses, etwas schrumpelig, aber beweglich. Es war eine Krippe. Auch wenn Maria ihre Himmelfahrt schon hinter sich hatte. Statt ihrer saß dort Hanna und zankte sich ein wenig mit Simeon. Ruhe umgab sie. Bis ich kam. Da verlor Maria den Halt und fiel in den Kamin. Es sollte aber noch schlimmer kommen: das Puppenhaus aufgebrochen, der Schnee zertrampelt und von Abgasen geschwärzt. Jetzt sind diese Wesen krumm und schief.

Es hatte sich einiges gewandelt, seit Inga an Allerheiligen durch das weiße Land gefahren und über die Katzenspuren zu der Vortreppe mit dem Fußabstreifer aus Fichtenreisern gegangen war. Der Schnee roch nicht mehr nach Kälte. Er taute und rann und seufzte. Das Februarlicht war unbarmherzig gegen die alten Gesichter. Sie hatte nicht geglaubt, daß ihnen etwas zustoßen würde. Außer daß die Schafe Darmwürmer bekämen und die Katze sich übergeben könnte. Jetzt aber war die Polizei dagewesen.

Während des Sturms war der Strom ausgefallen, und sie hatten kein Wasser bekommen, da die Pumpe des Windkessels ausgesetzt hatte. Kristin Klementsen konnte den Schafen kein Wasser geben, sie konnte nicht einmal zum Schafstall gelangen, um die Tiere herauszulassen, damit sie wenigstens an den Schnee herankämen. Dieser lag in hohen Wehen, und solche Mengen konnte sie nicht wegschaufeln. Den ganzen Nachmittag über brummten im Dorf Traktoren mit Schneepflügen, und irgendwann kam ihr Sohn und räumte bei ihr. Zum Abschluß schaufelte er die Vortreppe frei und bekam von Kristin Kaffee.

»Ist sie wieder da, die Ingefrid«, sagte er freundlich.

Und sie war Ingefrid. Bei allem, was sich verändert hatte, was aufgebrochen, nicht zuletzt vom Schneesturm neu geordnet und umgeworfen worden war, wurde ihr froh zumute, und sie sagte, sie habe das Gefühl, so zu heißen.

»Ja, heißest aber doch so«, sagte Kristin Klementsen. »Ist doch dein richtiger Name.«

»Und deiner?«

»Risten«, antwortete sie.

Ingefrid hatte jetzt nicht mehr die geringste Lust, darauf zu bestehen, daß sie Inga heiße, und fragte, woher man seinen richtigen Namen wisse.

»Das weiß man aus sich heraus. Aber nicht von heut auf morgen.«

»Und was ist Ihr richtiger Name?« fragte sie Elias Elv, der dasaß und zu schlafen schien. Mit einem Ruck war er wach und starrte sie aus wäßrigen Augen an.

»Ja, das ist so eine Frage«, sagte er.

Ihr fiel auf, daß er nicht mehr Dialekt sprach.

Während sie so dagesessen hatten, war es Abend geworden, und Risten ging daran, gefüllte Kartoffelklöße zu braten, die sie vorher in der Mikrowelle aufgetaut hatte. Sie nannte sie Klümper und sagte, sie würden für alle reichen, auch für Doktor Torbjörnsson. Er hatte seine Post und die Zeitung geholt und brachte sowohl Ristens als auch Elias Elvs Post mit. Der Doktor sagte:

»Schön, daß Sie zurückgekommen sind, Ingefrid.«

Ingefrid (ja, *Ingefrid*) sah, daß Elias Elv ein Kuvert erhalten hatte, auf dem Nationalmuseum stand. Er öffnete es nicht, steckte es lediglich ins *Svenska Dagbladet*, das er ebenfalls bekommen hatte. Anand saß neben ihm, die beiden hatten sich auf der Küchenbank in die Ecke verzogen, und ihr war klar, daß er von den Wölfen erzählte, davon, wie er unter ihnen aufgewachsen war. Sie achtete jedoch nicht weiter darauf. *Ingefrid* war leicht und froh zumute.

Torbjörnsson hatte für Elias Elv eine Tüte abgeholt. Darin war eine grüne Flasche Aalborgs Tafelaquavit. Elv sagte, er ziehe

Jubiläumsaquavit vor, aber den hätten sie nicht auf Lager gehabt. Dann bot er ihnen allen einen Schnaps an, war jedoch so zittrig, daß Torbjörnsson die kleinen Gläser füllte.

Sie stießen ein wenig feierlich miteinander an und aßen dann die dampfenden Knödel. Diese enthielten gewürfelten Speck und Molkenkäse, und Risten erklärte, es seien keine gewöhnlichen Klümper, sondern Fastnachtsklümper. Sie aßen schweigend, doch plötzlich sprang Risten auf, lief in die Stube und kam mit einer Schachtel zurück, auf der *Freia Sjokolade* stand, und sagte, sie habe voriges Mal vergessen, sie Ingefrid zu geben.

Sie öffnete den Deckel und präsentierte den Inhalt: ein langer, rotschimmernder Zopf. Risten hob ihn hoch und wollte, daß Ingefrid ihn nahm, doch die konnte sich nicht überwinden, ihn anzufassen. Er hatte etwas Obszönes an sich, so wie diese schlaffen und verwaisten Kleider in dem Schrank dort oben. Eine dicke Schlange aus Haaren.

»Das wußte ich nicht«, sagte Ingefrid. »Ich meine, daß sie so langes Haar hatte. Das ist auf den Fotografien nicht zu sehen.«

»Ist doch nichten von der Myrten! Ist von deiniger Großmutter, der Hillevi. Mußt es doch woher haben, dein dickes Haar, ist mir wohl klar. Und daß einen Zopf haben lust! So was!«

Dann saß Ingefrid doch mit dem Zopf auf dem Schoß da, strich darüber und spürte, daß das Haar ein wenig trocken und tot war. Schließlich nahm Birger Torbjörnsson die Schachtel, legte den Zopf hinein, schloß den Deckel und sagte:

»Essen Sie jetzt Ihren Klümper, Ingefrid. Bevor er kalt wird. Und nehmen Sie Molkenkäsesoße dazu.«

Sie beschlich das Gefühl, daß er seine Hand über sie hielt. Das war ungewohnt. Sie betrachtete die alten Leutchen und Torbjörnsson, der vor dem Essen ein Medikament eingenommen hatte. Als er gekommen war, hatte ihm irgend etwas weh getan, das war seinem Gesicht anzusehen gewesen. Sie hatten alle ihre Sorgen, mehr noch: Kummer und vielleicht tiefe Wunden. Ingefrid würde jedoch mit niemandem hier seelsorgerische Gespräche führen, kein Mensch verlangte das von ihr. Anand saß nach wie vor in der Ecke der Küchenbank und schwatzte über die Wölfe, und der alte Elias war belustigt. Ingefried meinte nun eingreifen zu müssen: »Jetzt aber, Anand. Jetzt reicht es.«

»Lassen Sie das Bürschchen doch erzählen«, sagte Elias Elv. »Wir haben schließlich alle unsere Lebensgeschichten. Die sind vielleicht nicht genehm. Aber trotzdem haben wir sie. Risten hier«, sagte er und wandte sich jetzt Anand zu, »die wurde als Kind von einem Adler geraubt.«

»Ist das wahr?« fragte Ingefrid.

»Das steht auf dem Schild beim Fremdenverkehrsbüro«, sagte Anand. »Sie haben aber einen verkehrten Namen draufgeschrieben. Da steht Kristin Larsson.«

»Ja, Gott sei Dank«, sagte Risten. »Täten mir sonsten das Haus einrennen, die Touristen. Ist also schon am besten, redest bloß mit uns über die Wölfe.«

Ingefrid aß und überlegte, wie ihre Amöben wohl auf den Speck und den Molkenkäse reagierten. Zumindest würden sie vom Aquavit ordentlich einen abkriegen. Sie hörte zu, wie sich die anderen darüber unterhielten, daß es im Dorf stiller werde und immer weniger Touristen kämen. Das liege am Straßenbau, meinte Mats Klementsen.

»Nun, wer möchte schon acht Kilometer auf einer Straße fahren, die dem Ho-Chi-Minh-Pfad gleicht«, warf Torbjörnsson ein, und Ingefrid wunderte sich, wie präsent ihm diese Bombenkrater zwanzig Jahre nach Kriegsende noch waren.

»Stagnation«, sagte Mats. »Tut der Gemeinderat sagen. Hinter verschlossener Tür. Zu uns saget er, täten einen Kick-off brauchen.«

»Was ist das denn?«

»Das, was dich dazu gebringet damalens, die Pension zu übernehmen.«

»Ist die Myrten gewesen. War ganz wild entschlossen dazu.«

»Mit dem Fischen ist es aus«, sagte Elias Elv. »An dem Tag, an dem die Touristen darauf kommen, ist damit ganz Feierabend.«

»Damit ist es doch nicht aus. Es gibt durchaus noch Fische«, sagte Torbjörnsson.

»Nicht so viele wie früher«, entgegnete Elv, und Ingefrid bemerkte, daß Risten ihn mit einem langen Blick bedachte.

»Früher?« fragte sie.

Sie waren sich einig, daß die Pension zu wenige Gäste hatte, im Vergleich zum Campingplatz eigentlich kaum welche. Mats war jedoch eine Idee gekommen. Darauf stießen sie an und sagten:

»Kick off!«

»Kick! Kick!«

Ingefrid fragte sich, woher diese Menschen ihre gute Laune nahmen, wo ihre Reserven steckten. Klemens hatten sie bisher mit keinem Wort erwähnt, doch nun kam Mats auf ihn zu sprechen. Er sei in ihrem alten Frühjahrsquartier oben und bringe Fleischmichels Koten in Schuß, die einzufallen drohten. Risten erzählte Ingefrid, Mats' Idee sei, dieses Quartier so herzurichten, daß Touristen es besichtigen könnten, und außerdem eine große Kote zu bauen, wo er ihnen Kaffee servieren könne. Klemens solle bis zur Eröffnung seines Gerichtsverfahrens daran arbeiten. Sie vermuteten, daß es im späten Mai oder im Juni soweit sein werde.

»So ein Aufstand wegen eines Wolfs!« bemerkte Elias Elv.

»Ja, ein verdammtes Ungeziefer ist's«, sagte Mats.

Da regte Anand sich auf und sagte, Wölfe seien kluge und fürsorgliche Tiere, die sich um ihre Jungen kümmerten. Risten legte den Arm um ihn und sagte, dem sei sicherlich so. Mats sei aber böse, weil dieses Rudel Rene von Klemens gerissen habe.

»Hat sie jedenfalls erwischt, die Wölfin«, sagte Mats.

Nun redete Anand aufgeregt und schrill und ohne Punkt und Komma drauflos. Er plapperte einfach und übertönte alle, die einen Einwurf zu machen versuchten. Sie ahnten sicherlich, daß Ingefrid den Rektor ohne Mühe dazu hatte bewegen können, Anand schulfrei zu geben. Sie wollte ihn selbst unterrichten, solange sie krankgeschrieben war. Es war nicht das erste Mal, daß die Klasse eine Ruhepause von Anand brauchte. Ingefrid empfand ihre alte Hoffnungslosigkeit und dachte eine ganze Weile an sich selbst als an Inga: Inga mit dem hoffnungslosen Anand.

Da sagte Elias Elv:

»Du mußt dir jetzt mal die Geschichte von Georg Mårsas Katze anhören.«

Und dann erzählten sie von diesem mythologischen Raubtier, das Leute, die bei Mårsa unvermutet in die Küche gekommen seien, zu Tode erschreckt habe. Die Katze sei im Alter von zweiundzwanzig Jahren gestorben, doch in der Woche davor noch so rüstig gewesen, daß sie eine Wasserratte, groß wie einen Hundewelpen, gefangen habe. Anand verstummte tatsächlich.

Risten war aufgestanden und erneut in die Stube gegangen. Sie kam mit einem alten Sternhalma zurück. Mats und Birger Torbjörnsson begannen mit Anand zu spielen. Elias Elv sollte der vierte Mann sein, doch mußten sie ihm mit den Kugeln helfen, da er nicht mehr so gut sah. Es war ein sehr schönes, altes Spiel mit verschiedenfarbigen Glaskugeln, Anand nahm sie zwischen die Finger, rollte sie und konnte dem Spiel nur mit Mühe folgen.

»Die sind schön«, sagte er.

»Du solltest mal die Glassachen von Elias sehen«, sagte Risten. »Er hat allerhand schöne Klumpen und Pferde und alles mögliche aus Glas.«

»Darf ich?«

»Komm nur«, sagte Elias Elv, und im selben Moment schien er scharf wie ein Adler zu sehen, denn er sprang nun über mehrere von Torbjörnssons Kugeln, schlug ihn, und der Doktor jaulte.

Ingefrid war nach Svartvattnet zurückgekommen, um zu fragen, ob Myrten Fjellström am 23. Februar 1967 in Stockholm gewesen sei und sich in der Engelbrektkirche die Johannes-Passion angehört habe. Ob sie gar im Chor gesungen habe. Noch aber hatte sie die Sache nicht zur Sprache gebracht. Es war leichter, sich an die Ereignisse im Dorf zu halten. Über Myrten zu sprechen war brisant. Sie und Anand spannten in dem Dorf aus, und Risten wurde trotz ihrer Sorgen um Klemens lebhaft und gesprächig.

Als Ingefrid sich nach dem gerahmten Foto Tage Erlanders erkundigte, das im Gesellschaftsraum der Pension an der Wand hing, erfuhr sie, daß der Ministerpräsident tatsächlich dort zu Besuch gewesen war, was man auf der Fotografie auch sah. Groß und spindelig lehnte er am Kamin des Gesellschaftsraums.

Vor einigen Monaten hatte sie den Namen des Dorfes in dem Brief der Anwaltskanzlei gelesen und dabei nichts vor sich gesehen. Kein zugefrorenes Wasser, keine Lichtpunkte entlang einer gebogenen Uferlinie. Keine kleinen Häuser und kein Grau, nicht einmal Gestrüpp, Reisighaufen und Dunkelheit. Gibt es Svartvattnet? Das hatte sie sich auf ihrer Fahrt durch die finsteren Wälder gefragt. Eine steile Halde, die zu einem großen Ödlandsee abfiel. Ödland durfte man allerdings nicht sagen. Risten mochte das gar nicht. Es sei ein besiedeltes Land, wo sie lebten. Knapp hundert Menschen an dem Steilhang, der einst ein dichter, dunkler Fichtenwald gewesen war und nun wieder dazu wurde. Schneie zu! Schneie herab! Es gibt kein Subjekt bei diesem Tun. Wachse und wuchere! Werde neuer Wald! Bis nur noch das Säuseln säuselt. Das Säuseln des Nichts.

Eine Ansammlung von Häusern, die ein Muster bildeten, in dem Löcher klafften. Faulig und finster an dem Abend, als sie ankam. Doch nach wie vor ein Dorf. Ein menschliches Unterfangen, beschränkt und brüchig, aber auch achtenswert. Häuser, die einen Bogen um eine große Bucht schlugen, im Versuch, das Wasser einzukreisen, das die Leute schwarz nannten. Warum?

Fast fünfzig Jahre ihres Lebens hatte es das Dorf für sie nicht gegeben. Das hat mich nicht bekümmert, dachte sie. Als ich geboren wurde, meint Risten, sei Schwung in der Bude gewesen. Das kam vom Krieg, als man so vieles ans Militär verkaufen konnte: Pferdefutter, Brennholz, Kartoffeln, Eier, Schlachtschweine, Stroh. Und in der Pension, die damals einen anderen Inhaber hatte, logierten die Offiziere. 1951 war der Ministerpräsident hier. Er besichtigte den Wasserfall und den Gedenkstein für Holmlund und Antonsson, die bei einer Minenexplosion während des Krieges umgekommen waren. Danach aß er in der Pension. Er bekam Preiselbeerlimonade. In der Gemeindeversammlung saßen damals überwiegend Guttempler.

»Was der wohl gedenket von uns!« sagte Risten.
»War Myrten Fjellström damals hier?«

»Ja, hat natürlich Halvarsson geheißet damalens. War kömmen aus Stockholm kurz davor und die Leiterin worden vom Postamt.«

Sie habe mit den Schulkindern Lieder einstudiert und sei in der Pension dabeigewesen, als man für Erlander dort das Essen gegeben habe. Mehrstimmig, sagte Risten. Sie hätten *Ach Värmland, schönes Värmland* und *Waldveilchen möcht ich pflücken* gesungen. Und dann selbstverständlich *Flamme stolz*. Die Flagge sei gehißt gewesen.

Daran kann sie sich unmöglich erinnern, dachte Ingefrid. Sie ist jedoch nicht ratlos, wie sie selbst das nennen würde. Wenn die Erinnerung an ein Ereignis nicht ausreicht, nimmt sie ein bißchen von hier, ein bißchen von dort.

»Was habt ihr damals gegessen?«

»Na, weiß nichten mehr. Ist bestimmt Fisch gewesen, natürlich.«

»Hecht?«

Ingefrid sah Tage Erlander mit einem großen, gekochten Hecht vor sich.

»Aber mitnichten«, erwiderte Risten. »Forelle oder Saibling ist's gewesen. Ist kömmen ein richtiger Sauerbraten hernach. Besinn's jetzt wieder, hat ihn nämlich mögen, den Braten. Hat eins ja gewußt von dem Besuch, lang vordem, hab also zwei feine Ochsenbraten eingeleget in Malzbier, mit bißchen Essig gesäuret. Hat er als Kind gekrieget, Sauerbraten, hat er gesagt. In Värmland. Mit Preiselbeeren und Gurken, ganz so als wie hier.«

Das hatte sich zugetragen. Das war Geschichte. Kristin Klementsen konnte sich auch das Dessert ins Gedächtnis rufen: Man kleidet eine runde Form mit Scheiben von Biskuitrollen aus und füllt sie mit Creme. Die fest werden muß. Dann wird das Ganze gestürzt.

»Sind Multbeeren dringewesen, natürlich, in der Creme als wie in der Biskuitrolle. Russische Charlotte. Hat so geheißet. Der Nachtisch. Und hat ein Heringsbüfett gegeben, vorherig. Mit Preiselbeerlimonade! Idiotisch war's schon! An solchig erinnert sich eins.«

Oder dichtet, dachte Ingefrid. Das ist Geschichte. Ein Gebilde aus Erinnerung und Dichtung, das in einer Form hat fest werden müssen.

Kristin Klementsen war nicht zu bremsen, wenn sie einmal ins Erzählen gekommen war. Sie besaß ein sinnliches Gedächtnis, und jede rauhe Stelle an der Oberfläche der Dinge war ihr noch so nahe wie einst, als sie diese erlebt hatte. Oder dichtete sie?

Wie alle Menschen hatte Ingefrid als Kind weit offene Sinne besessen. Damals hatte sie mit dem schier betäubenden Zimtduft aus dem Kellerfenster der Bäckerei und dem scharfen Uringestank des Schulaborts gelebt, und sie hatte gewußt, wie sich an einem heißen Augusttag das körnige Teerpappedach des Tonnenhäuschens in den Handflächen und an den Knien anfühlte. Sie wußte, wie die Teerblasen platzten und daß man davon eher braune als schwarze Flecken an den Knien bekommt. Deutlich hatte sie Haare auf Warzen und Pickel mit gelben Spitzen gesehen. Sie hatte wahrgenommen, wer nach Kohlsuppe roch, und deshalb gewußt, was es bei dem Jungen daheim zu essen gegeben hatte. Sie hatte gesehen, daß ein Loch an einem Ellbogen bollerig gestopft war und in der Farbe von der maschinengestrickten Wolle abwich, was vom Versuch einer Mutter zeugte, ihr durch eine Inventur der Garnreste im Stopfkorb so nahe wie möglich zu kommen. Sie hatte gewußt, welches Mädchen seine Regel hatte und während eines langen Schultages nicht dazu gekommen war, die Binde zu wechseln, und sie hatte bemerkt, daß der Daumennagel des Kioskbesitzers gesprungen war und zwar bis zur Nagelwurzel. Beim Aufwachen hatte sie gehört, daß es Sonntag war, denn der Verkehr war abgeebbt, und auf dem Gehsteigpflaster hörte man Schritte. Wenn sie in der Hagebuttensuppe die Sahne zu Wirbeln und Galaxien verrührte, hatte sie darin die Entstehung des Universums gesehen, und sie hatte gewußt, wie der Klebstoff auf einer Briefmarke schmeckt und daß die Kirchenglocken in der Stadt anders klingen als auf dem Land: In der Stadt schwingen darin Tod, Kies und Lehm sowie fleckige Seidenbänder mit, doch auf dem Land beinhaltet der Glockenklang Netzhandschuhe, weiße Narzissen und Plätzchen. Sie wußte heute nicht, wie sie in einer Welt von derart starker Deutlichkeit und Schärfe hatte leben können. Alles war ohne Umweg von den Sinnen in den Sinn gegangen und hatte sich wie in warmes Wachs eingeprägt.

Risten schien sich ihr Gedächtnis länger als gemeinhin üblich weich erhalten zu haben. Sie hatte es sicherlich auch geknetet und geformt. Wer konnte denn schon sagen, was vom ursprünglichen Abdruck übrigblieb? Ihre Geschichten überzeugten Ingefrid immerhin davon, daß wir in einer Welt leben, die weder virtuell noch abstrakt ist. Sie ist so dicht wie der Kern einer Haselnuß.

Ingefrid bekam Lust, mit eigenen Augen die Plätze zu sehen, von denen Risten erzählte. Sie fuhr mit dem Auto nach Pärningbacken, das Myrten Fjellströms Urgroßvater gehört hatte. Risten sagte, man habe ihn Lakakönig genannt, weil er ein wohlhabender Holzhändler und großer Waldbesitzer gewesen sei. Sein Haus habe in dem Dorf Lakahögen, etliche Kilometer von Svartvattnet entfernt, gestanden und stehe da immer noch. Sie fuhr auf hügeligen Straßen durch Schläge und Aufforstungen. Risten sagte, der Weg führe durch wilden Wald, und versuchte damit etwas festzuhalten, was Ingefrid kannte: *Wißt ihr, was ein zehn Meilen großer Wald bedeutet? Meilen- und meilenweit kein Hof, keine Hütte, nur Wald, nichts als Wald*. In einem solchen Wald war Gunnar Hede im Schneesturm verrückt geworden, und die Ziegen hatten ihm die Hände geleckt und um eine Barmherzigkeit gefleht, die ihnen nicht gewährt werden sollte.

Als Selma Lagerlöf *Eine Herrenhofsage* geschrieben hatte, konnte sie mit der Vertrautheit der Leser mit diesem wegelosen Wald rechnen. Jetzt war er von Holztransportwegen durchzogen. Die Forstunternehmen hatten riesige Furchen in die Kahlschläge gepflügt und Steine herausgerissen, die seit der Urzeit unter dem Moos geschlafen hatten. Im Tageslicht entblößt, glichen die ausgeschachteten Steinhaufen dem aufgeworfenen Schutt auf einer Baustelle. Die Schläge waren Ruderalplätze, Holzäcker und Anlagen für Papiermassenrohstoff. Und über allem segelte ein Bussard.

Ristens *wilder Wald* war eine Beschwörung, die nur daheim am Küchentisch half. Noch unbarmherziger gegen ihre Erinnerung wurde der Zustand der Welt, als Ingefrid in Lakahögen ankam und das Haus ihres Urururgroßvaters sah. Die Verandafenster hatten keine verschiedenfarbigen Glasscheiben. Sie waren mit Sperrholzplatten vernagelt. Die Vortreppe war weich wie Käse, und irgend jemand war vor langer Zeit durch den Verandaboden getreten. Aus dem Loch ragten kahle Baumschosse auf.

Ingefrid hatte den Schlüssel dabei und konnte die innere Tür öffnen. Im Haus war die Kälte noch rauher. Es war kahl und ausgeräumt, sogar der Kachelöfen und Stürzerdecken beraubt, von denen Risten erzählt hatte. Tapeten mit gewaltigen Mustern verrieten, daß hier in den siebziger Jahren jemand gewohnt hatte. Braune Kreise auf senfgelbem Grund in der Küche und rote Kreise auf hellbraunem Grund im nächsten Raum, der die Stube gewesen sein mußte. Dort lagen eine Wattematratze und einige Pornoheftchen. Deren Bilder genügten schwerlich heutigen Ansprüchen. Die Damen, die da die Beine spreizten, sahen zu artig aus. Mäuse hatten eine Haushaltsrolle pulverisiert.

Ingefrid hatte in der Nachbarschaft nach dem Weg gefragt, und die Frau dort hatte gesagt, die letzten, die wirklich in Pärningbacken gewohnt hätten, seien Alternative gewesen. Sie hätten hinter dem Schweinestall Hanf gezogen, sich ansonsten aber als Gesundheitsapostel gegeben. Die Matratze stammte aus einer späteren Zeit.

Das ist mein Haus, dachte Ingefrid. Mein Erbe und mein Eigentum. Was soll ich damit anfangen? Es von der freiwilligen Feuerwehr in Röbäck als Übungsobjekt abbrennen lassen?

Sie wußte nicht viel über den Lakakönig. Auf einem Zeitungsausschnitt, den Risten ihr gezeigt hatte, trug er einen Wolfspelz und saß in einem Rentierschlitten. Um ihn herum standen Leute in Samitracht. Das Bild war in Östersund aufgenommen worden, auf dem Gregorimarkt.

Er hatte viele Rene besessen, sie jedoch den Sami in Obhut gegeben. Hier in Pärningbacken hatte er Kristallüster und ein Klavier gehabt. Die Eltern ihrer Mutter waren in dieser Stube getraut worden. Sie hoffte, daß es nicht genau an der Stelle stattgefunden hatte, wo die Matratze lag.

Die rauhe Kälte in dem Haus sagte: *In diesen Gefilden läßt Gott seiner nicht spotten.*

Sie mußte es abreißen lassen. Dann dürften sich die Akeleien ausbreiten. Risten sagte, daß der verwilderte Hofraum von Pärningbacken im Sommer mit Akeleien übersät sei. Die Espenschosse hatten den richtigen Augenblick schon abgepaßt und ragten zwischen den Brettern des Verandabodens auf. Zuletzt würde der Fichtenwald mit seinem Dunkel kommen.

*

Wollte der Gemeindepfarrer in Byvången eine humpelnde Pfarrerin haben?

»Ich habe mir den Zeh gebrochen«, sagte sie. »Ich kann also nur Turnschuhe tragen. Und außerdem habe ich eine Amöbe im Darm. Gibt es in der Sakristei eine Toilette? Ansonsten geht es nicht.«

Ihren hohen Blutdruck erwähnte sie nicht. Der würde ihn wahrscheinlich auch nicht beeindrucken. Er suchte verzweifelt nach einem Pfarrer oder einer Pfarrerin für die Peripherie seines Bezirks. Und Ingefrid hielt es nicht mehr aus, krankgeschrieben und untätig zu sein. Auch wollte sie nicht zu Britas Gemeinde zurückfahren und noch höheren Blutdruck bekommen. Am schlimmsten war das Gespräch mit ihr. Ohne lange zu überlegen, sagte sie:

»Hallo, hier ist Ingefrid.«

»Warum nennst du dich so?« fragte Brita.

»Ich bin auf diesen Namen getauft. Ich rufe an, weil ich mich beurlauben lassen möchte.«

Brita lachte und wollte es nicht glauben. Als Ingefrid sie glücklich überzeugt hatte, sagte sie:

»Das ist pubertär.«

Ingefrid wußte nicht, ob Brita damit die Beurlaubung meinte oder daß sie ihren Taufnamen wieder angenommen hatte.

»Es handelt sich doch nur um eine Vertretung«, sagte sie. »Ich bin bald zurück.«

»Du läßt mich im Stich.«

Zur Gemeinde von Röbäck stellte sie keine Frage. Wollte sie nicht, daß diese existierte?

Am Sonntag Lätare hielt Ingefrid ihren ersten Gottesdienst als Vertretung mit halber Stelle und Amtspflichten ausschließlich in Röbäck. Sie humpelte in einem Paar weißer Turnschuhe der Marke Adidas zum Altar. Beim Kirchenkaffee verhielten sich alle abwartend, doch hinterher kam ein Trupp von neun Frauen und klopfte am Pfarrhaus an.

»Kommen Sie herein«, sagte Ingefrid. »Es ist etwas kahl bei mir. Aber Sie sind mir herzlich willkommen.«

Mit Ristens und Birger Torbjörnssons Hilfe hatte sie sich für das Erdgeschoß Möbel zusammengeliehen. Mats hatte ihr zwei Betten und einen Schreibtisch aus der Pension gebracht.

Sie setzten sich nicht. Eine silberhaarige und sehr stattliche Dame namens Ingeborg Grelsson ergriff das Wort:

»Sind kömmen, weil wir ihn wiederhaben wollen, den Handarbeitskreis.«

Sie wirkten alle verbissen, und ihre Sprecherin hatte ein Buch mit den Abrechnungen des Handarbeitskreises dabei und erläuterte nun die Ergebnisse. Sie hatten im vergangenen Jahr zweitausendeinhundert Kronen eingenommen und alles ans Rote Kreuz überwiesen.

»Muß eins merken, daß eins was tut«, sagte sie. »Für die Kinder zumindestens.«

»Wir trinken noch eine Tasse Kaffee«, sagte Ingefrid. »Ich setze noch mal welchen auf.«

Sie erfuhr, daß der Handarbeitskreis in eine Studiengruppe umgewandelt worden war. Beim Kaffee löste sich die Steifheit der Frauen. Jetzt fielen sie einander ins Wort: Sie wollten ihren Handarbeitskreis mit Vorlesen haben, so, wie es immer gewesen sei, und sie wollten selbst über das Buch entscheiden, auch wenn Ingefrid etwas vorschlagen dürfe.

»Und normale Gottesdienste«, sagte eine der Frauen.

»Waren sie denn unnormal?«

»Ja, hat Gottesdienste mit Thema gegeben.«

»Hat Elchgottesdienste gegeben, wenn die Jagd gewesen.«

»Sind Elchgeweihe und Tannen im Chor gewesen. Und hat getragen einen Jagddreß, der Herr Pfarrer.«

»Tarnjacke und Lederhosen.«

»Wollen so was aber nicht haben. Wollen normale Gottesdienste haben. Als wie heute.«

»Hat sich verkleidet als Osterhexe, die Frau Pfarrer, die dagewesen im vorigen Jahr. Ist auf dem Scooter kömmen, zu einer Hochzeit in Roland Fjellströms Hotel.«

Einige Frauen kicherten über diesen Einfall, aber im Grunde war die Stimmung erregt.

»Sind nichten rein gewesen, die weißen Kutten, bei der Konfirmation.«

»Und haben sie außerdem daheim feiern gesollt, die Gottesdienste, in den Häusern, weil so wenig Leute kömmen.«

»Sollten nähers sein, hat sie gesaget. Nähers zu den Leuten. Ist aber kaum eins kömmen. Tun ja nichten allesamten zusammengehen. Sind manchige niemalens zusammengewesen. Gibt ja solchiges, derhalben sie aneinandergestoßet, die Leute. Vor langer Zeit.«

»Ich verspreche, daß es normale Gottesdienste geben wird«, sagte Ingefrid. »Das einzig Unnormale sind meine Schuhe. Ich habe mir den Zeh gebrochen.«

Bevor die Frauen sich verabschiedeten, bekam sie die Telefonnummer eines Chiropraktikers in Byvången.

Der Junge hat Augen. Diese Gabe besitzen nicht viele. Die meisten gucken nur. Die Stimmen schnattern:
»Wie schön!«
»Ja, sieh nur, wie schön das ist!«
Sensible Laute. Wenn sie ihr Schönschönschööön von sich gegeben hatten, war sich Elis vorgekommen, als hätte er dieses Schöne für sie hervorgewichst, mit sicherer Technik. Der Technik von Luftgeistern und Lebensquellen. Es sollte ja auch schöne Namen tragen. Sie waren zufrieden, wenn er gesagt hatte: Das ist in Graal gemacht. Oder: Das da ist in Ariel gemacht.
Der Junge aber sah. Er fragte:
»Wie hast du das Kind in den Glasklumpen gebracht?«
Elis versuchte es ihm zu erklären. Er fürchtete, Anand würde ermüden, doch Anand wurde nicht müde.
»Die sollen in eine Ausstellung«, sagte Elis dann. »Im Nationalmuseum.«
Er wußte, daß er prahlte, doch es belebte ihn. Anand wurde besorgt.
»Die können kaputtgehen«, sagte er. »Auf dieser fürchterlichen Straße.«
»Ich habe ihnen gesagt, wie es aussieht. Sie kommen auf dem üblichen Weg hierher, fahren dann aber über Norwegen zurück. Die Klumpen werden von Trondheim aus fliegen. Jetzt zeige ich dir die Glasteilchen. Ich habe noch nichts damit angefangen.«
Anand blieb mit den Kästen voller Glasbruch vor sich am Küchentisch sitzen. Er war ganz konzentriert, und sie sprachen lange Zeit kein Wort. Zuerst wollte Elis sagen, er dürfe die Kästen mitnehmen. Doch dann überlegte er es sich anders und sagte:

»Such dir ein paar aus. Du kannst diese Schachtel hier nehmen.«

Darin war eine Polarknäckebrot-Schachtel. Sie hatte keinen Deckel, doch die beiden kamen überein, sie in eine Plastiktüte einzuschlagen.

»Daß es so was gibt, habe ich mir nicht vorgestellt«, sagte Anand. »All die Farben!«

»Siehst du das Rubinrot? Diese Farbe ist heute verboten.«

»Warum?«

»Sie ist giftig.«

»Dann nehme ich noch ein paar rote. Darf ich? Ich darf doch auch wiederkommen? Ich weiß nämlich noch nicht genau, wie ich es machen werde. Womöglich wird mir von einer Farbe was fehlen.«

Er hatte sich bereits etwas ausgedacht. Es war in seinem Kopf.

Wieder hatte Elis gute Lust zu sagen: Nimm alles! Doch er bremste sich. Er wollte, daß das Bürschchen wiederkam.

*

Anand mußte in Byvången in die Schule gehen. Es ging nicht an, noch länger mit ihm zu Hause zu lernen. Jetzt geht es wieder los, dachte sie. Warum dürfen wir nicht diese Ruhe genießen?

Er paßte nicht mit anderen Kindern zusammen. Im übrigen waren es jetzt Jugendliche. Er selbst sah noch wie ein Kind aus, obwohl er schon die Mittelstufe besuchte. Zu Hause war er bei seinen Beschäftigungen immer ganz konzentriert. In Gemeinschaft mit anderen dagegen flippte er aus. Das hatte schon in der Kindertagesstätte angefangen. Damals hatte er alle Gruppenspiele sabotiert. *Wir Fröschelein* ging in *Pferderennen* über. Es gab stets Krieg, wenn Anand spielte. Er raste herum und weckte bei den anderen Kindern eine wilde Lust, ebenfalls herumzurasen.

Im Alter von gut einem Jahr wurden sie zu einem Leben nach Plan dressiert. Ihre ganze Kindheit verbrachten sie eingesperrt, um nicht überfahren oder vergewaltigt zu werden. Sie waren von Plastikspielzeug umgeben. Sahen sie einen Hund, dann versuchten sie ihm die Schnauze langzuziehen oder den Schwanz zu einer Spirale zu drehen. Daß Tiere auf diese Weise funktionierten, wußten sie aus den Disneyfilmen.

Praktisch schon als Säuglinge mußten sie lernen, was in einer zivilisierten Gesellschaft zu einem disziplinierten Gruppenleben gehörte. Ingefrid fand es deshalb nicht merkwürdig, daß die Kindern hin und wieder die Lust überkam, herumzurasen und zu brüllen. Sie war jedoch nicht glücklich darüber, daß Anand es war, der sie alle auf die Spur in das wilde Land brachte.

Er hatte einen dunklen Teint, seine Augen waren unglaublich groß und glänzten schwarz. Als er heranwuchs, wurde er ungelenk und bekam einen krummen Rücken. Zwischen den Vorderzähnen hatte er eine große Lücke. Eine Zeitlang hatte Ingefrid darauf bestanden, daß er die Haare kurz trug. Es half jedoch nichts, er sah so oder so wild aus. In Theaterstücken und Tableaus vermied man es, ihm einen Schwanz zu verpassen. Die Pädagogik war unbeirrbar korrekt. In einem Krippenspiel durfte Anand zusammen mit einer Lucia, deren Eltern aus Somalia stammten, einen Engel spielen. Es half nichts. Er war nicht zu bändigen und sah aus wie ein Ufo.

Mit sechs Jahren begann er zu verschwinden. Die Erzieherinnen fanden ihn in unterschiedlichen Schlupfwinkeln. Die Tagesstätte war in einem alten Haus untergebracht, und das sei ein Übel, sagte die Leiterin. Eines Tages konnten sie ihn nicht finden. Sie durchsuchten alle Räume und alarmierten zu guter Letzt die Polizei. Als es Abend wurde, kam Anand zum Vorschein. Er war in einem begehbaren Schrank gewesen, in dem das Personal der Tagesstätte den Weihnachts- und Osterschmuck aufbewahrte. Der Schrank war immer abgeschlossen, doch Anand hatte Augen im Kopf und wußte, wo die Schlüssel für alle geheimen Räume verwahrt waren. Er hatte den Schlüssel mitgenommen und von innen abgeschlossen. Selbstverständlich hatte man Inga kommen lassen. Sie ging durch die Räume und rief nach ihm, denn sie kannte sein Talent, sich zu verstecken, wenn er seine Ruhe haben wollte. Sowie er ihre Stimme hörte, kam er heraus.

»Darf ich jetzt nach Hause fahren?« fragte er.

Das schnitt ihr ins Herz. Darf man Kinder wirklich zum Beisammensein zwingen? Muß man immer sichtbar sein? Worin besteht eigentlich die Selbstverständlichkeit der Lebensart, die die Machtsprache diktiert?

Inga ahnte, daß er mit seinem Nachmittag zufrieden war und in der Abgeschiedenheit nicht so viel an die Erzieherinnen oder die anderen Kinder gedacht hatte. In dem Schrank war eine Lampe, und deshalb hatte er mit den Sachen aus Goldpapier und den bunten Ostereiern spielen können. Sie wußte genau, wie es vor sich gegangen war: Er hatte äußerst konzentriert dagesessen und über den Dingen gemurmelt. So machte er es zu Hause mit seinen Sachen. Da brauchte er sich allerdings nicht einzuschließen, um seine Ruhe zu haben. Er hatte Linneas alte Fuchsboa. Ihr Schwanz ließ sich mittels einer schwarzen Klemme unter dem Kinn des Fuchses mit der Schnauze verbinden. Ferner hatte er einen alten Tropenhelm, den er von Becka bekommen hatte, und in einer Schachtel die Haut einer Klapperschlange, ebenfalls von dieser Spenderin. Er besaß die kleinen Affen, die nichts Böses hören, nichts Böses sehen und überhaupt von nichts Bösem wissen. Sie waren aus Onyx, und Inga hatte sie ihm überlassen, weil sie ihrer Ansicht nach ein Bild seines Inneren darstellten. Er besaß noch viele andere prächtige Sachen, und am meisten liebte er Dinge, auf denen Gold war. Ingas Bijouterien verwahrte er in einem Samtbeutel. Sie hatte es nicht übers Herz gebracht, darauf zu pochen, daß sie unbenutzt in einer Kommodenschublade zu liegen hatten.

Als es Advent wurde, öffneten die Erzieherinnen den Schrank und holten die Sterne hervor. Nach einer Weile begann es zu brennen. Anand stand still da und betrachtete das Feuer, während alle schrien. Die Feuersirene heulte, die Erzieherinnen schoben die Kinder ohne Überkleidung auf den Hof hinaus. Das Feuer wurde von der geistesgegenwärtigsten Erzieherin mit einem Eimer Wasser gelöscht. Zur unerhörten, fast sprachlosen Begeisterung der Jungen trafen zwei Feuerwehrleute ein. Sie sicherten den Schrank, wie sie sich ausdrückten. Dann durften die Kinder der Reihe nach ihre Helme aufprobieren.

Es hätte eigentlich ein glücklicher Nachmittag sein können. Er wurde jedoch zu Anands Eintrittskarte in die Psychiatrie. Die

Leiterin sagte, sie hätten in der Hosentasche seiner Jeans eine Zündholzschachtel gefunden.

»Ich habe acht Hosentaschen in meiner Jeans«, sagte Anand, der immer sachlich war.

»Hattest du eine?« fragte Inga. »Eine Zündholzschachtel?«

»Sie hören doch, was ich sage! Wir haben eine Zündholzschachtel bei ihm gefunden!«

Die Leiterin war weit jenseits der Grenze zur Hysterie. Anand bekam nie eine Gelegenheit zu antworten. Zu Hause fragte Inga ihn dann, ob er in dem Schrank mit dem Weihnachtsschmuck ein Feuer gemacht habe.

»Nur ein kleines«, antwortete er. »Nicht dieses große.«

Inga ging mit ihm zum Kinderpsychiater, und der Arzt sagte, Anand solle abgecheckt werden. Zu seiner Sprache schien er das gleiche Verhältnis zu haben wie die Kinder in der Tagesstätte zu Tieren. Anand wurde in ein Spielzimmer mit einem großen Sandkasten gesetzt, wo er Landschaften bauen und mit Figuren agieren konnte. Eine Psychologin beobachtete ihn. Sie erstattete dem Arzt, der auch der Klinikchef war, Bericht. Er ließ Inga zu sich kommen und teilte ihr seinen Befund mit: Anand sei ein völlig normaler und gut entwickelter Junge.

Nun war es aber auch Anands Idealzustand, in den sie ihn versetzt hatten. Er durfte allein und konzentriert in einem Zimmer spielen, in dem eine erwachsene Person mit Papier und Stift saß, ihn aber nicht störte. Das erinnerte ihn sicherlich an Inga, wenn sie ihre Predigt schrieb.

Sie sagte, sie sei mit dem Jungen deswegen zu ihnen gekommen, weil es ihm schwerfalle, mit anderen Kindern zusammenzusein. Er sei dann zu aufgedreht. Oder vielmehr hitzig.

»Das Personal der Tagesstätte ist der Meinung, daß er stört. Sie können die Gruppe nicht zusammenhalten, wenn er da ist. Und außerdem hat er in einem begehbaren Schrank ein Feuer gemacht. Wenn wir dagegen allein sind, ist er ruhig.«

Der Arzt sagte freundlich, diese Unruhe, über die sich das Personal in der Tagesstätte beschwere, lasse sich von einem mangelnden Vaterbild und der Isolierung mit der Mutter herleiten.

Das war wie ein Schlag ins Gesicht, aber sie wußte ja, daß alle erwachsenen Menschen hin und wieder dergleichen einstecken mußten. Auf lange Sicht regte es sie mehr auf, daß er den Begriff *normal* verwendete. Sie hätte *gesund* vorgezogen.

Nach dem Brand in dem Schrank brachte sie ihn nicht mehr in die Tagesstätte. Die alte Schwester Elva, eine ehemalige Diakonissin, wurde seine Tagesmutter. Die beiden kamen ganz ausgezeichnet miteinander aus. Inga hätte es nicht gewagt, dem Psychiater oder der Tagesstättenleiterin zu erzählen, daß Anand jetzt den lieben langen Tag mit einer sechsundsiebzigjährigen, sehr frommen Frau zusammen war. Versuchen Sie ihn mehr unter Menschen zu bringen, hatte der Klinikchef gesagt. Mit sieben Jahren mußte Anand eingeschult werden. Dem war nicht zu entkommen. Bis dahin sollte er jedoch die Kindheit haben, die er haben wollte.

Ingefrid hatte jeglichen Dienst außerhalb Röbäcks strikt abgelehnt, doch der Gemeindepfarrer rief an und bat sie, eine Konfirmandengruppe zu übernehmen. Es sei nur für ein einziges Mal. Der Pastor, der diese Gruppe leite, habe Grippe. Sie sagte zu, weil sie prüfen wollte, ob Anand für den Konfirmandenunterricht reif sei. Er durfte mitkommen und saß in der ersten halben Stunde recht still. Dann sah sie, daß er ungeduldig zu werden begann. Sie sprachen darüber, für welche Menschen man Verantwortung trage. Ingefrid versuchte, was die Übernahme von Verantwortung betraf, den Horizont der Jugendlichen zu erweitern, doch ihr gefiel ihre eigene Pädagogik nicht. Die war zu berechnend. Es war, als wollte sie die Jugendlichen in eine Falle tappen lassen, so daß sie sich um die gesamte Weltbevölkerung kümmerten. Sollte es dazu kommen, wäre es ein sehr abstraktes Engagement.

Plötzlich fragte Anand:
»Wie sieht Gott aus?«

Sie konnte nicht gut sagen, daß sie im Moment nicht über Gott sprächen. Das würde Anand, der allmählich gelangweilt wirkte, außerdem gar nicht bremsen. Ihm fehlte der Sinn für das Abstrakte. Lange Zeit hatte sie das als ein Defizit in seiner geistigen Ausstattung betrachtet, jedoch gedacht, dem Reich Gottes müßten auch solche Menschen angehören. Mittlerweile dachte sie: Diesem gehören vielleicht besonders solche Menschen an.

Sie versuchte, seine Frage umzuleiten, so daß die anderen darauf antworten mußten. Ein ehrgeiziges Mädchen sagte, man könne Gott nicht sehen, weil er wie eine Kraft sei.

»Was für eine Kraft?« wollte Anand wissen.

»Du kannst ja zum Beispiel auch Strom nicht sehen.«

»Ja, aber wie sieht Gott aus?«

Ingefrid mußte Anand nun bei den Hörnern packen. Sie kannte ihn, es blieb nichts anderes übrig.

»Auch ich glaube nicht, daß man wissen kann, wie Gott aussieht«, sagte sie. »Diejenigen, die Gott begegnet sind, haben ihn unterschiedlich beschrieben. Nehmt jetzt eure Bibel her und sucht im ersten Buch der Könige nach einer Stelle, wo etwas von einem Mann steht, der sich unter einem Ginsterstrauch schlafen legt.«

Sie raschelten bereitwillig mit den Bibelseiten.

»Sucht im neunzehnten Kapitel.«

Etliche hatten die Stelle bereits gefunden.

»Wie heißt er?«

»Elia.«

»Lies von da ab, wo er in die Wüste geht«, sagte sie zu dem Mädchen, das Gott mit Elektrizität verglichen hatte. Sie schubste einen Nachbarn in einer bollerigen Steppjacke, der ihr etwas ins Ohr geflüstert hatte. Doch dann kam sie in Gang:

Er selbst aber ging in die Wüste, eine Tagereise weit, und als er hingekommen, setzte er sich unter einen Ginsterstrauch. Da wünschte er sich den Tod und sprach: Es ist genug! So nimm nun, Herr, mein Leben hin ...

Ingefrid ließ einen Jungen mit rauher Stimme die Stelle über den Engel vorlesen, der mit geröstetem Brot und einem Krug mit Wasser kommt. Elia rappelte sich wieder auf. Er aß und trank. Dann ging er zum Berg Horeb, und da durfte ein Mädchen einige Verse lesen. Sie las besser, doch Ingefrid unterbrach sie in

Vers elf und ließ Anand fortfahren. Er las gern laut und vergaß nie etwas, was er gelesen hatte. Sie dachte fast mit einem Schauder daran, daß er sich an das, was er gerade las, immer erinnern würde, während es die anderen wahrscheinlich schon vergessen hätten, noch bevor sie in den Schulbus stiegen, um nach Hause zu fahren.

Siehe, da ging der Herr vorüber: ein großer, gewaltiger Sturm, der Berge zerriß und Felsen zerbrach, kam vor dem Herrn her; aber der Herr war nicht im Sturm. Nach dem Sturm ein Erdbeben; aber der Herr war nicht im Erdbeben. Nach dem Erdbeben ein Feuer; aber der Herr war nicht im Feuer. Nach dem Feuer das Flüstern eines leisen Wehens. Als Elia dieses hörte, verhüllte er sein Angesicht mit dem Mantel, ging hinaus und trat an den Eingang der Höhle. Siehe, da sprach eine Stimme zu ihm: Was tust du hier, Elia?

Sie schwieg ein Weilchen, nachdem er fertig war. Sie wollte ihnen Auslegungen ersparen, hoffte aber, daß außer Anand sich auch noch ein paar andere an dieses leise Wehen erinnern würden und daran dächten, wenn sie hörten, wie sich das Laub einer Baumkrone im Wind bewegte oder feiner Regen an die Fenster fiel.

»Warum verbarg er sein Gesicht im Mantel?« fragte sie.

Niemand konnte auf diese Frage antworten. Sie mußte selbst sagen, daß Elia sich davor gefürchtet habe, Gott zu sehen.

»Gibt es denn niemanden, der ihn gesehen hat?« fragte Anand, und er klang jetzt definitiv ungeduldig.

»Wir wollen nun das zweite Buch Mose, Kapitel drei aufschlagen.«

Sie lasen, wie ein Busch brennt, als Moses die Schafe seines Schwiegervaters hütet, und wie Gott in dem Busch ruft.

Da verhüllte Mose sein Antlitz; denn er fürchtete sich, Gott anzuschauen.

»Er hätte hinschauen sollen«, sagte Anand. »Dann hätte man es gewußt.«

Ingefrid sprach eine Weile über die Bilder, die die Menschen sich von Gott gemacht hatten. Es hatte jedoch keinen Sinn, mit Anand über wechselnde Gottesvorstellungen zu reden. Er wollte partout wissen, wie Gott aussehe.

»Im Traum kann man Gott vielleicht sehen«, sagte Ingefrid. »Wir können im Buch Daniel etwas über einen solchen Traum lesen.«

Jetzt raschelten die Seiten nicht mehr so bereitwillig. Etliche guckten auf die Uhr. Ingefrid ließ Anand lesen, weil er der einzige war, der noch ein intensives Interesse an der Sache zeigte. Er hatte noch nicht zu Ende gelesen, als sie sich auch schon erhoben. Die Zeit war vorüber. Es gab keine Schulglocke im Gemeindezentrum, und sie war auch gar nicht nötig. Die Jugendlichen achteten selbst auf die Zeit, und jetzt raschelten die Steppjacken, während Anand las:

Ich schaute: da wurden Throne aufgestellt, und ein Hochbetagter setzte sich nieder. Sein Gewand war weiß wie Schnee, und das Haar seines Hauptes rein wie Wolle.

Sie polterten hinaus. Anand und Ingefrid waren allein und hörten noch ein Weilchen ihre Stimmen. Dann schlug mehrmals die Haustür zu, und es wurde still.

»Die sind vielleicht dumm, einfach abzuhauen«, sagte Anand. »Das Beste kommt doch jetzt erst. Willst du es hören?«

»Ja, lies mal.«

Sein Thron war lodernde Flamme und die Räder daran brennendes Feuer. Ein Feuerstrom ergoß sich und ging von ihm aus.

»Ja«, sagte Ingefrid, »das hat Daniel geträumt.«

»Ich glaube, das ist wahr«, sagte Anand.

Sie sprachen nie über Myrten. Ingefrid verstand nicht, warum es so gekommen war. Als sie das erste und zweite Mal in Svartvattnet gewesen war, hatte Risten immerhin auf die Fragen geantwortet, die sie ihr gestellt hatte. Nun wurde es dagegen immer schwieriger und letztlich völlig unmöglich, die Sprache auf Myrten zu bringen. Ingefrid fragte sich, ob Risten bitter sei. Grund dazu hätte sie ja, nachdem sie geglaubt hatte, ihrer Ziehschwester so nahezustehen. Sie schien aber kein Mensch zu sein, der anderen die Schuld für seinen Schmerz gab. Mied sie vielmehr das, was weh tat?

Nie hatte sie eine Andeutung gemacht, wer Ingefrids Vater sein könnte. Lag da der Hase im Pfeffer? Wußte sie etwas?

Ingefrid traute sich jedoch nicht zu fragen.

Über das Dorf erfuhr sie jedesmal mehr, wenn sie bei Risten in der Herdwärme ihrer Küche saß. Ein großer Karton mit Fotografien, die Myrtens Tante Aagot gehört hatten, kam auf den Tisch. Die Verwandten in Norwegen hatten sich nur für den Teil des Erbes interessiert, der sich zu Geld machen ließ. Risten hatte den Karton vor der Auktion an sich genommen. Sie war entrüstet darüber, daß sie Aagots Leinen unter den Hammer hatten kommen lassen. Es seien alte Sachen gewesen: Laken mit geklöppelten Spitzen, Plattstichstickereien, die Aagots Mutter während ihrer kurzen Verlobungszeit angefertigt habe.

»Warum war die kurz?« fragte Ingefrid.

Risten lächelte leicht unwirsch.

»Eilet manchmals«, sagte sie.

Jetzt zog sie das Hochzeitsfoto von Ingefrids Urgroßvater heraus, und man sah darauf die Tochter des Lakakönigs mit Schleier und einem Kranz aus Wachsblumen.

»Sollet aber eigentlich so aussehen«, sagte Risten und zeigte ihr ein Hochzeitsfoto, auf dem die Braut eine große Krone trug, die eigentlich nichts als ein Drahtgestell war. Die Krone war derart mit Schmuck überladen, daß sie auf Ingefrid einen orientalischen Eindruck machte.

»Was ist das denn?«

»Sollen Steine sein, die funkeln. Sind wohl Glasteilchen zumeistens, in allen möglichen Farben. Und Messinglaub und Seidenbänder und Blumen aus Seidenpapier.«

»Zeig«, sagte Anand.

Er studierte das Foto sehr genau und wollte die Farben wissen. Darüber wußte Risten jedoch nicht Bescheid. Sie sei noch nicht auf der Welt gewesen, als man dieses Bild aufgenommen habe, sagte sie. Er war enttäuscht. Risten ergänzte, was sie wußte:

»Sind wohl Steine gewesen, so rot als wie die Rubine und grün als wie die Smaragde.«

»Und gelb wie das Tigerauge«, sagte Anand. »Und die Seidenpapierblumen, haben die sich bewegt?«

»Ja, haben sich bestimmt bewegt. Wenn sie gegangen, die Braut.«

»Ich meine im Luftzug. Oder wenn unter der Krone Kerzen brannten.«

»Glaube schon. Geschweige denn erst auf dem See.«

Dann erzählte sie, daß zu der Zeit, als es noch keine Straße zur Kirche gegeben habe, die Hochzeitszüge, damals Brautgeleite genannt, in mehreren Booten zum Tullströmmen gerudert worden seien. Von dort sei das gesamte Geleit nach Oppgårdsnostre auf der anderen Seite des Wasserfalls und des Stroms gewandert, wo wieder Boote gelegen hätten. Hofjunker als Brautführer mit hohen Hüten und Brautmägde, welche die Braut angekleidet und die Krone geschmückt haben, Brautjüngferchen und Verwandte und Kinder, alle in einem langen Zug mit Braut und Bräutigam an der Spitze. Man könne sich sehr wohl vorstellen, daß sich da die Seidenpapierblumen bewegt haben und das Messinglaub fein geklingelt hat. Es habe aber auch ein solches Brautgeleit gegeben, das nie beim Tullströmmen angekommen sei.

»Warum nicht?«
»Weil alle ertrunken sind.«

Ingefrid sah, daß Risten traurig wurde, als sie das erzählte, doch war schwer nachzuvollziehen, was sie eigentlich so tief berührte. Die Geschichte mit dem Hochzeitszug, der bei einem Sturm im Svartvattnet ertrunken war, hatte sich vor hundertzwanzig Jahren ereignet. Es konnte also keine persönliche Trauer sein. Risten wollte jetzt aber nicht mehr darüber reden, obwohl Anand ihr in den Ohren lag. Ingefrid lenkte von dem Thema ab, indem sie fragte, ob ihre Großmutter Hillevi eine Brautkrone mit funkelnden Steinen und Gehängen und Blumen getragen habe.

»Nein«, sagte Risten. »Sie hatte es auch ein bißchen zu eilig.«

Mehr sagte sie nicht. Es verstand sich von selbst, daß nur unschuldige Bräute eine Krone tragen durften. Oder zumindest diejenigen, die als unschuldig galten. Ingefrid mußte schier lachen, daß die Frauen ihres Geschlechts in drei Generationen den Ereignissen vorgegriffen hatten. Als sie später mit Anand in den hallenden Räumen des Pfarrhauses allein war, setzte sie sich hin, um sich die Fotos anzuschauen, die sie mitbekommen hatte. Die Frauen hatten als Bräute ihre Familien verlassen und die Kirchspielgrenzen überschritten. Sie trugen Messingehänge, Glasteilchen und Blumen aus Papier und Wachs in den Drahtkronen auf ihrem Kopf. Hatten die wächsernen Maiglöckchen und papierenen Rosen von ihrer Unschuld und erwarteten Fruchtbarkeit gezeugt, so war das Gefunkel aus Glas und Metall sicherlich ein Zeichen des Besitzes gewesen, den sie mitbrachten und in den sie einheirateten.

In den mächtigen samischen Familien brachten die Frauen Rene auf neue Weidegebiete. Wenn sie Kinder bekamen, bedeutete dies für die Renkälber neue Schnitte in den Ohren. Besitz wurde verteilt, aber auch zusammengelegt. Vermehren, einbringen, zusammenlegen war die tiefere Bedeutung dieses Verkehrs. Es gab ein Fest und Geigenmusik, wenn die Frauen in ihren Königinnenkronen heimgeführt wurden. Denn auch in den Dörfern überschritten die Bräute Eigentumsgrenzen und trugen

Besitz in ihren Jungfernkronen: Jagen, Weiden, Moorwiesen, kleine Äcker, Kühe und Ziegen.

Ingefrids Großmutter Hillevi war ohne Besitz gekommen. Sie hatte ihre Ausbildung im Gepäck gehabt, ihre Tüchtigkeit und ihren großen Ehrgeiz. Sie reiste über viele Grenzen, um zu heiraten. Aus Liebe?

Und Risten selbst. Sie hatte keine Rene nach Norwegen mitgebracht. Sie erzählte nicht viel von ihrer Heirat. Lediglich über einen geliehenen Silberkragen war ihr etwas entschlüpft. Und wenn das nicht bitter geklungen hatte, dann zumindest gallig. Der alte Elias hatte zu Ingefrid gesagt:

»Das waren reiche Lappen, die Familie von Nila Klementsen. Es war bestimmt nicht rosig, da hineinzukommen.«

Wertzusicherungen in der Brautkrone hatte Risten nicht getragen. Lediglich einen Myrtenkranz und einen weißen Schleier über der Samitracht. Als Nila sich bei einem Unglück in einem Munitionsdepot zu Tode sprengte, war sie allein und hatte ein ganz anderes Schicksal zu tragen. Sie mußte für ihre Kinder sorgen.

Wie Linnea, dachte Ingefrid. Denn was trug Kalle eigentlich bei, als Pop und Rock über seine Musik gesiegt hatten? Konnte er mit dem, was er bei seinen Gigs verdiente, überhaupt seinen Kognak und die Zigaretten selbst bezahlen?

Ein merkwürdiges Gefühl der Scham beschlich sie angesichts der zähen Kraft dieser Frauen. Sie waren allein zurückgeblieben, Hillevi und Myrten und schließlich auch Risten. Ihrer Fürsorgekraft war die Stoßrichtung genommen. Blumen gießen. Zwieback machen. Warten. Zu Risten kam immerhin dieser gottgesandte Alte, der in der Ecke der Küchenbank saß und Mandelhäufchen in den Kaffee tunkte.

*

Sie hatte ihr erstes Treffen mit dem Handarbeitskreis an einem Donnerstag, weil die Frauen ihren Handarbeitskreis immer schon an einem Donnerstag abgehalten hatten.

»Ganz egal, was kömmet, im Fernsehen«, sagte eine und klang leicht wütend. Ingefrid dachte zuerst, daß sie sich ärgerte, weil sie die eine oder andere Serie verpaßte, doch nachdem sie sich eine Weile unterhalten hatten, begriff sie, daß die Frauen der Meinung waren, das Fernsehen habe ihr Vereinsleben zerstört.

»Zu Myrtens Zeit«, sagten sie oft, wenn sie sich über Chorgesang und Laientheater unterhielten. Sie fanden es spannend, daß Myrten eine Tochter gehabt hatte, ohne das jemand etwas davon wußte. Sie hatten ihr Postfräulein gemocht. Von den Frauen des Handarbeitskreises erfuhr Ingefrid schließlich auch, daß Myrten immer wieder nach Stockholm gefahren war, um dort in einer großen Kirche Chormusik zu hören.

War sie am 23. Februar 1967 dort gewesen? Sie war vielleicht zum Ausgang geeilt und hatte sich dorthin gestellt, um sich die Leute anzusehen, die hinausgingen. Sie wollte das Mädchen erkennen, das sie weggegeben hatte.

Ingefrid wurde ganz aufgeregt und hatte Mühe, es nicht zu zeigen, und ging deshalb in die Küche. Die Frauen wußten natürlich nicht, ob Myrten ausgerechnet im Februar 1967 in Stockholm gewesen war. Niemand konnte das noch wissen. Es war, als hätte es sich nie zugetragen. Myrten konnte an der Kirchentür gestanden haben. Oder auch nicht. Ingefrid merkte, daß sie weinte. Sie begann Kaffee in die große Maschine zu füllen, die sie sich im Gemeindezentrum ausgeliehen hatte, und versuchte, nicht an Myrten Fjellström zu denken. Sie würde an sie denken, wenn sie wieder allein war. Nicht eher. Und sie würde nicht über sie nachgrübeln. Lediglich diese Bilder wandern lassen. Scharfe und diffuse und sich stets widersprechende Bilder.

Das große Fünfzigerjahrehaus mit seiner Schale aus grauen Eternitplatten war nicht mehr so fürchterlich kalt. Mats Klementsen war noch einmal mit seinem Isuzu gekommen und hatte eine Kommode und zwei Ledersessel aus der Pension ausgeladen. Risten hatte für das gesamte Erdgeschoß Vorhänge mitgeschickt. Auf Doktor Torbjörnssons Tenne hatte eine Küchenbank gestanden, die eigentlich ein gustavianisches Bett war. Er war der Ansicht, daß sie in Ingefrids Küche stehen sollte.

»Die hat es bei Ihnen auf jeden Fall besser«, hatte er gesagt. »In meinem Speicher schneit es herein. Mats hat versprochen, aus einer Spanplatte einen Deckel zu machen. So daß Sie darauf sitzen können.«

Die Frauen des Handarbeitskreises brachten ebenfalls Geschenke mit: ein besticktes Kissen, ein paar Deckchen für den Kaffeetisch und einen Brotkorb aus Birkenrinde. Sie sah sich von einem Sammelsurium umgeben, das sie sich selbst niemals ausgesucht hätte, nicht nach den strengen Regeln des Geschmacks jener Gesellschaftsschicht, der sie in Stockholm angehörte. Paraphernalien brachen über sie herein: »Hier haben Sie ein Lichtdeckchen.« (Sie wußte nicht einmal, was das war.) »Hier ist ein Schaffell. Im Pfarrhaus ist es fußkalt, das wissen alle.«

Bleib bei uns.

In jungen Jahren hatte sie sich voller Verzweiflung gefragt: Wer liebt die Kirche? Diese alten Frauen hier liebten sie. Sie liebten die Kirche, wie sie in den fünfziger Jahren gewesen war. Das tat sonst wohl niemand.

Sie stand auf und ging ein Buch holen.

»Ich werde dann aus dem *Turmhahn* von Jan Fridegård vorlesen«, sagte sie. »So, wie Sie es entschieden haben. Anfangen möchte ich jedoch mit einem Abschnitt aus einem anderen Buch.«

Sie hoben den Blick von ihrer Handarbeit, erwartungsvoll. Ingefrid versuchte sie sich in einem Gottesdienst vorzustellen, in dem sie ihre Gesichter Elchgeweihen im Chor zuwenden.

»Es wurde im vierten Jahrhundert geschrieben, von einem Mann, den man Goldmund nannte«, sagte sie. »Man nannte ihn so, weil er so schön sprach.«

Sieh Elia vor dir und das unzählige Volk um ihn. Das Opfer ruht auf dem Steinaltar. Alle stehen still und schweigend, allein der Prophet betet, und sogleich schlägt die Flamme auf das Opfer nieder, alles erregt Erstaunen, und alles ist voll tiefem Beben.

Geh sodann über zu dem, was heute geschieht, und es ist nicht nur verwundernswert zu schauen, sondern übertrifft alles Staunenerregende. Dort steht der Priester, doch nicht um Feuer herabzurufen, sondern den Heiligen Geist, und das Gebet ist ausführlich, doch nicht darum, daß eine Fackel aus der Höhe verzehre, was hingestellt wurde, sondern darum, daß Gnade auf das Opfer herabkomme und dadurch alle Seelen entzünde und sie leuchtender mache als geschmolzenes Silber.

Wie kann jemand, ohne verrückt oder verwirrt zu sein, eine Verrichtung verachten, die ein solches Beben hervorruft?

Ende März kam viel Schnee. Das Licht durchstrahlte die Dörfer. Sie fand es seltsam, daß es Frühling war, mit langen, hellen Abenden, doch gleichzeitig bitterkalt. Morgens konnte sie in den Schneeschauern vor dem Fenster die Thermometerskala gar nicht erkennen. Im Haus knackte es, draußen zischte und heulte es. Sie kroch meist wieder ins Bett, nachdem sie Anand mit dem Schulbus auf den Weg gebracht hatte. Manchmal blieb sie bis nach neun Uhr liegen. Sie fragte sich, ob das noch mehr Leute außer ihr taten.

Eines Nachmittags kam bei südöstlichem Schneesturm der Flügel. Der Möbelwagen hatte es mit Müh und Not durch die Schneeverwehungen auf der Straße geschafft. Es war Myrten Fjellströms Instrument, das einst in der Villa in Byvången gestanden hatte. Als Dag Bonde Karlsson starb und sie nach Svartvattnet heimzog und wieder Poststellenleiterin wurde, überließ sie es der Gemeinde als Leihgabe. In dem kleinen Haus, das sie sich mit Risten teilte, hatte es keinen Platz. Seit dieser Zeit hatte es im Gemeindezentrum gestanden, doch dort wollte man es jetzt nicht mehr haben.

»Recht bleibe Recht«, sagte der Gemeindepfarrer. »Es gehört doch jetzt Ihnen.«

Ingefrid wußte jedoch, daß er es los sein wollte. Die Gemeinde hatte ein Keyboard und eine Verstärkeranlage angeschafft.

Es hatte keinen Zweck, es anzurühren, nachdem es draußen in der Kälte gewesen war. Ihr Vater hatte in der Werkstatt eines Instrumentengeschäfts gearbeitet und von Instrumenten gesprochen, als seien es Lebewesen. Sie ging um das Instrument herum und fand es seltsam, daß sie einen Flügel besaß.

Stell dir vor, wie sehr sich Vater freuen würde, wenn du ordentlich spielen lerntest.

Sie hörte Mutters Stimme so deutlich, als hätte sie diese halluziniert, wie sie da vor dem Flügel stand, der sich noch immer eiskalt anfühlte. Man hatte Inga nur schwer zum Üben bewegen können. Sie war ein hoffnungsloser Fall gewesen.

In der Gesellschaftsschicht, die nicht einmal einen Namen besaß, die aber aus ländlicher Erde und einer undefinierten Unterklasse auf die Kleinbürgerlichkeit zukrauchte, waren alle Kinder hoffnungslos. Würmer im Hintern und schadhafte Zähne, eine schlechte Haltung und Faulheit, Willenlosigkeit, gelbgrüner Rotz und freche Antworten kamen direkt aus dem proletarischen Kompost. Dort war es sicherlich warm und gut. Doch man sollte mit Klavierspielen und Realschule in hallenden Räumlichkeiten abgehärtet werden.

Sie setzten in der Tat große Hoffnungen auf uns, dachte sie, und erst als ich das Abitur in der Tasche hatte, wurde Mutter etwas lockerer. Freundlichkeit war ein Teil ihrer Natur, doch um der guten Sache willen war sie gezwungen gewesen, damit hauszuhalten. Linnea sei ja von Natur aus so merkwürdig, hatte die Großmutter väterlicherseits gesagt. Da hätte Inga am liebsten die Stopfnadel aus Großmutters Nadelkissen gezogen und der Alten damit in den Hintern gepikst. Hätte Mutter nämlich nicht versucht, alles in Schuß zu halten, und hätte sie sich nicht um Vaters Gagen gekümmert und ihm das gebührende Quantum Alkohol zugemessen, wie hätte es dann gehen sollen? Er war in seinen sauber gebügelten Hemden immer proper gewesen. Inga hatte den Eindruck, daß er auch aus dem Mund nach seinem Rasierwasser *Aqua Vera* roch, begriff jedoch die Ursache nicht. Wenn er abends zu Hause war, schlief er auf dem Sofa ein. Allerdings war er selten zu Hause.

Auf die Idee, den Namen zu wechseln, war Mutter gekommen. In Musikerkreisen war Vater schon immer Kalle Mingus genannt worden. Er war nämlich ein großer Bewunderer von Charlie Mingus. Er hatte nicht geglaubt, daß es möglich sei, diesen Namen anzunehmen, doch Mutter sagte:

»Versuch es, du wirst schon sehen.«

Seine Band hieß *Kalle Mingus Swingsters*. Sie wechselten also den Namen, und aus Inga Fredriksson wurde somit Inga Mingus. Da war der Jazz schon auf dem Weg nach unten und der Rock 'n' Roll im Kommen, weshalb in der Schule niemand wußte, wer Mingus war. Vater bekam nicht viele Engagements. Er hatte vor langer Zeit in der Instrumentenwerkstatt aufgehört, und jetzt konnte er zu nichts zurückkehren. Der neue Besitzer hatte den Betrieb in einen Plattenladen umgewandelt. Linnea hatte in dem Geschäft gestanden. In gewisser Weise hatte sie Vater ersetzt, wenn auch selbstverständlich nicht als Instrumentenreparateur. Sie stand hinter der Ladentheke und verkaufte Platten.

Als Erwachsene hatte Inga sich oft gefragt, wie es zugegangen war, daß Linnea den Trödelladen in der Hantverkargatan gekauft hatte. Woher hatte sie das Geld? Linnea wollte es nicht sagen. Erst als der alte Trödler längst tot war, erzählte sie es zu guter Letzt: Sie hatte bei ihm ein Bild gekauft. Und zwar, weil sie es hübsch fand, und sie hängte das Bild über das Sofa. Darauf waren eine Weide und ein Feld und außerdem Kühe. Sie hatte fünfundzwanzig Kronen dafür bezahlt. Eines Tages ging sie an einer Kunsthandlung in der Birger Jarlsgatan vorbei und sah dort ein Bild, das fast gleich war. In der Ecke stand ein Name. Sie hatte nie einen Gedanken daran verschwendet, ob auf ihrem Bild ein Name stand. Als sie nach Hause kam, sah sie ihn: Krouthén.

»Da bin ich ein bißchen kribblig geworden«, sagte sie. Sie ging zurück zu der Kunsthandlung und fragte nach dem Kuhbild. Es kostete dreitausend Kronen.

»Du kannst dir wahrscheinlich nicht vorstellen, wieviel Geld das damals war«, meinte sie.

Dann klapperte sie die Kunsthändler der Stadt ab, und am Ende verkaufte sie das Bild für zweitausendsechshundert Kronen. Sie ging wieder zu dem alten Gebrauchtwarenhändler und fand Bücher, die sie für wertvoll hielt. Sie ging herum und fragte, und dann verkaufte sie. Kerzenleuchter. Kristallvasen. Alles mögliche.

»Das brachte schließlich Geld ein«, sagte sie. »Richtig gutes Geld. Da kaufte ich dem Alten den Trödelladen ab. Er mußte aufhören, weil er nichts mehr sah.«

Mutter hätte es gefallen, daß ihre Tochter einen Flügel besaß. Sie hätte allerdings nicht gewollt, daß er von dieser Frau stammte. Diesem armen Mädchen aus Jämtland.

Das erinnerte Ingefrid an einen alten Tagtraum. Oder eher einen Abendtraum, denn sie hatte ihn beim Einschlafen geträumt. Es mußte nach dem Vorfall mit der Frau auf der Treppe gewesen sein, wo sie erfahren hatte, daß sie ein Ziehkind war. Der Traum gehörte jedoch noch in ein Stadium, bevor Mutter gesagt hatte, es sei ein armes Mädchen aus Jämtland gewesen, die sie geboren habe. In diesem Traum hatte ihre Mutter in einem Haus auf Djurgården gewohnt. Inga kam dorthin, war fast erwachsen und fein gekleidet. Sie traf die Dame, die ihre Mutter war, und diese Dame war jung und blond und schön. Sie war noch jünger gewesen, als sie Inga bekommen hatte, so jung, daß sie mit einem Kind nicht zurechtgekommen wäre. Sie war selbst mutterlos. Der Vater war Admiral.

Diese Phantasiewelt malte sie sich vor dem Einschlafen immer aus, doch manchmal wurde es mühsam mit all den Namen, die sie sich ausdenken mußte, und dem Alter der Leute in dieser neuen Verwandtschaft. Selbst die Hunde brauchten ja Namen. Und das Segelboot und alle Rosensorten im Garten. Es wurde immer verzwickter. Und es kam vor, daß sie nicht einschlafen konnte, weil ihr vor lauter Namen und Jahreszahlen der Kopf schwirrte. Sich das Leben in der Djurgårdsvilla auszudenken, war nicht so schwierig. Das entnahm sie den Romanen William Lockes, von denen Mutter mehrere Bände besaß, die sie liebte und nie verkaufte.

In der geträumten Djurgårdsvilla, deren Fenster zum Saltsjön hin gingen, stand ein weißer Flügel. Zu Hause hatten sie nur ein kleines Klavier.

Stell dir vor, wie sehr sich Vater freuen würde, wenn du ordentlich spielen lerntest.

Es lag aber nicht nur daran, daß sie zu wenig übte. Es war dieses andere: Sie war nicht so musikalisch wie Vater. Und auch nicht wie Myrten Fjellström. Was bin ich eigentlich? dachte sie.

Der Flügel war verstimmt. Er sei höllisch verstimmt und ganz einfach verwahrlost, sagte Birger Torbjörnsson. Er war bei ihr gewesen und hatte ihn ausprobiert. Myrten Fjellström hatte er recht gut gekannt, und er hielt es für eine Schande, daß man ihren Flügel so vernachlässigt hatte.

»Ich wollte ihn der Gemeinde stiften«, sagte Ingefrid.

»Das sollten Sie nicht tun. Lassen Sie denen ihr Keyboard.«

Sie ahnte, daß er während seines Lebens in der Gemeinde einiges an religiösem Pop gehört hatte.

»Ich kann mir hier doch keinen Flügel aufbürden. Ich gehe schließlich wieder nach Stockholm zurück.«

»Ich werde Ihnen helfen, ihn zu verkaufen«, versprach er. »Das ist ein guter alter Bechstein. Es lohnt sich für einen Klavierhändler, hierherzufahren und ihn sich anzuschauen. Dazu muß er aber gestimmt sein.«

Birger organisierte einen Klavierstimmer. Es wurde teuer, denn er kam von Östersund angereist und mußte zweimal kommen. Zwischen den Stimmungen sollte der Flügel ruhen und sich an sein neues Klima gewöhnen. Nach dem zweiten Stimmen kam Birger wieder. Er sei jetzt recht zufrieden, sagte er und spielte *Heinzelmännchens Wachtparade*. Er nannte das Stück bei seinem deutschen Namen. Er habe die Noten mit elf Jahren zu Weihnachten bekommen.

»Damals war alles ein bißchen deutsch.«

»Ich habe Lili Marleen auf deutsch gefunden«, sagte Ingefrid. »Zwischen Myrtens Papieren.«

Sie schämte sich, Myrten Fjellström zu sagen, und sie konnte nicht Mutter sagen.

»Spielen Sie es noch einmal«, bat sie.

»Das kann ich im Schlaf herunterklimpern«, sagte Birger, und so ließ er die Heinzelmännchen noch einmal marschieren. Hinterher tranken sie Kaffee. Es war nicht nur das kirchliche Gemeindeleben, das der Kaffee in Gang hielt. Die kleinen Dörfer köchelten den lieben langen Tag in Kaffeeduft und Geplauder. Alle aber klagten darüber, daß die Leute heutzutage einander so selten besuchten.

»Sie meinen abends«, erklärte Birger. »Da ist Fernsehzeit.

Früher war es hier sicherlich etwas eigen. Heute sind wir global. Jedenfalls abends.«

Plötzlich fragte er:

»Wie sieht es denn aus? Bekommen Sie etwas über Ihre Mutter heraus?«

»Nicht viel.«

Er kaute lange an einem Stück Gewürzkuchen.

»Sie hat schön gesungen, glaube ich. Haben Sie sie in der Kirche gehört?«

»Nein, sie hat dort nicht gesungen. Außer im Chor. Wir hatten eine Lehrerin, die für den Gesang bei Beerdigungen zuständig war. Ich bin damals nicht zur Kirche gegangen.«

»Aber heute tun Sie es?«

»Ja.«

Er war ein großer und beleibter Mann. Wenn er bei Kälte von draußen hereinkam, zeichnete sich in seinem Gesicht Schmerz ab. Und wenn er ein Medikament dagegen einnahm, versuchte er es unbemerkt zu tun. Risten hatte gesagt, er habe einen Gefäßkrampf. Sie hatte außerdem erzählt, daß er im vergangenen Jahr pensioniert worden sei und nun ein Buch schreibe. »Über unsere Krankheiten«, sagte Risten. »Er meint, das sei unsere Geschichte.«

Jetzt saß er da und sah Ingefrid direkt in die Augen. Sie wurde fast verlegen.

»Sie brauchen sich nicht zu rechtfertigen«, sagte sie. »Es steht mir nicht zu, danach zu fragen. Ich höre selbst, daß es sich anhört, als wolle ich Sie in etwas hineinziehen. Kirchenkaffee mit Komplikationen.«

»Ich habe keinen Glauben«, sagte er. »Noch nie gehabt.«

Er nahm noch ein Stück Gewürzkuchen und mümmelte ein Weilchen schweigend. Sie hätte gern etwas gesagt, denn sie befürchtete, daß ihr Schweigen wie eine Forderung wirkte. Doch ihr fiel nichts ein.

»Ich kann nichts glauben, was ich nicht für wahr halten kann«, sagte er. »Das habe ich als Student gelernt. Damals, als ich mich auf mein erstes Examen vorbereitete.«

Er war lange nicht mehr beim Friseur gewesen. Sein Nackenhaar war unterhalb des Mützenrands vereist gewesen, als er gekommen war. Jetzt war der Schnee geschmolzen, und die Haarspitzen lockten sich.

»Ich bimste mir auf Latein alle Knochen des menschlichen Körpers ein und suchte in einem Antiquariat nach einem Kompendium über die Muskeln. Dabei fiel mir Ingemar Hedenius' *Glauben und Wissen* in die Hände. Daß man nichts glauben solle, was man nicht für wahr halten könne, war wohl ein ganz selbstverständlicher Gedanke für einen Naturwissenschaftler. Doch für mich war er wie ein Skalpell, das unmittelbar im wilden Fleisch angesetzt wurde. Ich lebte kaum, wissen Sie.«

»Ein junger Student? Der nicht lebt?«

»Ja, ich meine in geistiger Hinsicht, wie Sie das ausdrücken würden. Ich bin in Nebeln aufgewachsen. Und die waren germanisch. Mein Vater war angesteckt.«

»Angesteckt?«

»Vom Nazibazillus. Man konnte das ja alles von sich wegschieben, solange der Krieg dauerte. Ich lebte mein Jungenleben und interessierte mich mehr für Flugzeugabzeichen als für Politik. Doch der Krieg ging zu Ende, und die KZs der Deutschen wurden geöffnet. Da wurde meine geistige Misere akut.«

Er saß still da und war weit weg in der Zeit. Im Jahr 1945. In dem Sommer, als ich entstand, dachte sie. Hier irgendwo. Risten hatte gesagt, Myrten sei den ganzen Sommer über zu Hause gewesen. Sie hatte es gesagt, bevor sie so verschwiegen wurde. Hatte Myrten von dem, worüber Birger gerade sprach, gewußt?

»Als sie die Lager öffneten, sagte mein Vater, das sei alles Propaganda. Die Leichenberge auf den Zeitungsbildern hätten die Alliierten arrangiert. Ich watete in meinem Gedankensumpf umher und kam nicht weiter. Versuchte es auch gar nicht.«

»Aber als Sie zu studieren anfingen, da änderte sich das.«

»Es war reiner Zufall, daß ich auf dieses Buch stieß. Das Kompendium, nach dem ich suchte, fand ich nicht, aber ich kaufte mir Hedenius und Dashiell Hammetts *Der gläserne Schlüssel.*«

Ich muß jetzt meinen Mund halten, dachte sie. Die pastorale Entbindungskunst gehört nicht hierher. Er ist ein Mensch, der allein klarkommt. Er sagt so viel, wie er möchte.

»Es war eine Art Bekehrung«, sagte er. »Sie hatte aber nichts mit einer religiösen Krise zu tun. Ich glaube nicht, daß ich wußte, was Religion war, außer Seufzern und Aussagen, die zu vage waren, um Behauptungen zu sein. Das meiste in Hedenius' Buch ist mir im übrigen entfallen. Ich erinnere mich an nichts mehr daraus. Bis auf das: Man soll nichts glauben, was für wahr zu halten es keine vernünftigen Gründe gibt. Fragen Sie mich nicht, wie es dazu kam, daß ich den Gedankengang umdrehte. Du kannst das glauben, was für wahr zu halten möglich ist. Das war meine Bekehrung zur Vernunft. Ohne sonderlich großes Gewühle oder Tamtam im Gehirn glitten die Vernichtungslager in meine Vorstellungswelt. Ich begriff, daß ich sie für wahr halten konnte. Das änderte alles. Es war gleichsam nicht mehr dieselbe Welt.

Das hedeniussche Vernunftkriterium war im übrigen ein Werkzeug, für das ich täglich Anwendung hatte. Es war wie Zähneputzen im Gehirn. Das Geschwätz meines Vaters berührte mich nicht mehr. Außerdem verstummte er, nachdem sein Held sich erschossen hatte und dessen Schergen die Leiche mit Benzin übergossen und angezündet hatten. Ich glaube freilich, daß meine geistige Apathie in der Zeit, als ich heranwuchs, wie eine Abwehr gewirkt hatte. Ich hatte kein Bedürfnis nach einer Auseinandersetzung. Ich war ein paar Jahre zu alt dafür. Und mein Vater war nun wie ein alter, leerer Sack. Er tat mir fast leid. Er schaffte es nicht mehr, sich des langen und breiten über irgend etwas zu ergehen. Mutter reichte ihm die Kartoffelschüssel und die Sauciere und nickte aufmunternd, wenn ihm ein kleiner Ausbruch gelang. Mein Leben fand woanders statt. Ich war wohl ganz einfach erwachsen geworden.«

»Das werden nicht alle«, sagte Ingefrid.

Er sah sie ein Weilchen an. Das sah urkomisch aus, weil er dabei unablässig kaute. Er war zu den Zimtkringeln zurückgekehrt. Als er schließlich antwortete, begriff sie, daß eine leise Kritik mitschwang:

»Dieses Hedeniuskriterium, ob nun auf den Kopf gestellt oder nicht, hat mich wirklich nicht hochmütig gemacht.«

Sie schenkte ihm schweigend Kaffee aus der Thermoskanne nach.

»Ich merkte ja, daß die Leute alles mögliche für wahr hielten, ohne überzeugende Gründe dafür zu haben«, fuhr er fort. »Und daß sie sich weigerten, Dinge zu glauben, die offenkundig bewiesen waren. Ich war ja genauso. Ich wurde wie alle andern von Gefühlen regiert. Zuerst jedenfalls. Doch dann hatte ich das Vernunftkriterium. Damit riß ich mich selbst am Riemen. Meine gesamte Tätigkeit war ja, vom Standpunkt der Vernunft aus betrachtet, ein wenig dubios. Ich war Arzt. Die Leute glaubten mir, ohne mit der Wimper zu zucken. Was blieb ihnen auch anderes übrig? Sie konnten ja nicht hergehen und einen cand. med. machen, nur um mich zu kontrollieren. Außerdem ging es ihnen besser, wenn sie mir glaubten. Daß achtzig Prozent aller Beschwerden und Krankheiten von selbst ausheilen, war etwas, was ich für mich behielt. Hätte ich ihnen das gesagt, dann hätten sie doch den Glauben an mich verloren. Oder wären zu einem Homöopathen gegangen.

Also lebte ich mit meinen Patienten in einem Knäuel aus Für-wahr-Halten und Abhängigkeiten. Gegenseitigen. Sie machten mich zum Doktor. Ich fühlte mich als Doktor. Was auch sonst?

Später habe ich dann Tingsten gelesen. Irgendwann Ende der sechziger Jahre. Ich war damals ein richtiger Landdoktor. Bezirksarzt. Tingsten gehörte für mich mit Hedenius und diesem Disput über Glauben und Wissen zusammen, der großen Eindruck auf mich gemacht hatte, obwohl mir sein eigentlicher Inhalt, die Religionsfrage, entgangen war. Ich hatte mir die beiden in Uppsala angehört, bei einer Diskussion in der Aula. Ich erinnere mich noch an Tingstens schrille Altweiberstimme, als er eine Replik vorzeitig beenden mußte und schrie: ›Ich komme noch auf Jesus zurück!‹ Damals war alles eine Art intensiver Vernunftübung. Es wurde allmählich die reinste Zirkusnummer daraus.«

»Und dagegen kamen die Bischöfe nicht an«, sagte Ingefrid. »Das wurde mir klar, als ich es noch einmal las. Sie waren zu verschlafen. Gewohnt, daß man sie in Ruhe ließ. Doch als Tingsten über sich selbst und sein Leben schrieb, da klang die Stimme der Vernunft wie ein klägliches menschliches Piepsen. War es nicht so? Ich habe auch seine Memoiren gelesen.«

»Doch. Er fürchtete sich vor Gewittern und hatte eine Höllenangst vor dem Tod. Er gab sogar zu, daß er auf die Knie gefallen sei und darum gebetet habe, sowohl von Blitz und Donnerschlag als auch von Vernichtung verschont zu werden.«

»Er war also menschlich«, sagte Ingefrid.

Dann wischte sich Doktor Torbjörnsson die Krümel von seiner Hose in die hohle Hand und ließ sie in die Tasse rieseln.

»Ich muß jetzt gehen«, sagte er. »Sie haben hoffentlich keine Angst vor der Dunkelheit hier im Haus?«

»Nein«, sagte sie. »Ich habe doch Anand.«

»Ja, natürlich. Beim ersten Mal waren Sie ja allein in der Pension.«

Sie begriff, daß Mats geplaudert hatte. Sie redeten über sie, die sie Ingefrid nannten. Über mich, dachte sie. Sie war in deren Gerede eingeschlossen.

Birger Torbjörnsson kam vorbei und sagte, daß das Doktorbuch jetzt unter Dach und Fach sei. Es sei bei weitem noch nicht fertig geschrieben, er habe aber alles Material, was er brauche.

»Das Beste habe ich draußen im Wagen«, sagte er. »Ich bin jetzt alles durchgegangen und werde die Kiste zurückgeben.«

Schon bei dem Wort Kiste begriff ich.

»Sind das die Bücher von der Hillevi Halvarsson?«

Es waren ihre Bücher. Er habe gar nicht genug Worte, um sie zu rühmen, sagte er. Alles, was sie gesehen und erlebt habe in ihrer Tätigkeit mit den Wöchnerinnen und den Kindern und mit den Armen, denen sie geholfen habe, all das stehe in ihren schwarzen Wachstuchbüchern.

»Risten, was ist denn?« fragte er.

Er saß da und war geradezu ausgelassen wegen seines Buchs. Unsere Krankheiten seien unsere Geschichte, sagt er dauernd. All die Jahre hat er mit ihnen ein Puzzle gelegt, und er hat ein Bild davon, wie die Menschen in unserer Gegend gelebt haben und wie sie gestorben sind. Ich aber habe kein Puzzle gelegt. Es gibt Teile, die ich von mir weggeschoben habe.

»Mußt mir jetzt sagen, was los ist«, sagte Doktor Torbjörnsson. »Wardst ganz blaß und siehst richtig schlecht aus.«

»Ist nichtens«, sagte ich. »Mußt sie aber hier reinbringen, die Kiste. Ist ein Buch dabei, welchig weg muß.«

»Nein«, sagte er. »Das geht nicht.«

»Mußt alles im Provinzialmuseum abgeben dann. Nichten darfst sie zurückbringen in die Gemeinde, die Bücher.«

Er sah sehr nachdenklich drein. Schließlich sagte er:

»Das geht nicht. Schau, das sind jetzt Archivalien. Es ist alles signiert und registriert. Unterpfarrer Zachrisson hat das sofort gemacht, als er das Material bekommen hat. Man kann da nichts fortnehmen.«

»Wartest zumindestens«, sagte ich. »Wartest, bis sie wieder zurückgefahren ist nach Stockholm, die Ingefrid Mingus. Behältst sie, die Kiste.«

»Nein«, erwiderte er.

Da war mir klar, daß er das Buch, das auf dem Grund der Kiste lag, gelesen hatte.

Man hat mich immer wegen meines guten Gedächtnisses gerühmt. Meinerseits weiß ich, wie trügerisch das Gedächtnis ist. Ich weiß es jetzt bitterlicher denn je.

Ich frage mich, warum er dieses Buch schreibt. Niemand wird mehr wahrhaben wollen, was er erzählt. Heutzutage sind die Leute auf eine andere Art von Abscheulichkeiten aus. Die graue Masse von Läusen, die sich auf einer Kopfhaut rühren, ruft Brechreiz hervor. Der Gestank nasser Windeln und eitrige Wunden sind nur abstoßend. Daß Leben vor Erschöpfung erstickt wurde, ist nicht auszuhalten. Hillevi tat gerade so viel, daß es ihr nicht zu naheging. Aber das will Torbjörnsson nicht wissen. Wie sollen seine Leser das aushalten?

Am allerschrecklichsten ist der Tod eines Kindes. Es gibt nichts Schlimmeres.

Wo haben sie es vergraben? Es gab wohl keinen anderen Ort als den Misthaufen. Im Winter war der Boden schließlich gefroren. Womöglich haben sie es später ausgegraben und im Moor beerdigt. Wenn man das beerdigen nennen kann.

Ich will es nicht wissen. Ich werde es auch nie erfahren.

An diesem Tag tat ich mich schwer mit dem Gedanken, daß Elias Elv am Nachmittag herunterkommen und auf meiner Küchenbank auf den Postbus warten würde. Hülle um Hülle war von dem Alten abgefallen. Zuerst das Norwegertum. Das war jetzt schon lange her. Im Grunde wußte ich längst, daß er hier in der Gegend zu Hause war. Aber obwohl ich gelesen hatte, was in Hillevis Buch mit dem weinroten Samteinband stand, hatte ich nicht begriffen, daß er eigentlich Eriksson hieß. Ich hatte es wahrscheinlich nicht begreifen wollen.

Ist es wirklich das Gedächtnis, das uns trügt? Im Mai 1981, da habe ich ihn zum erstenmal gesehen. Aagot war gestorben, und die Erben wollten ein Bild verkaufen, das auf ihrem Dachboden stand. Da kam dieses Mannsbild aus Norwegen. Ich wußte, daß er das Bild gemalt hatte. Das war mir sofort klar, als er es umdrehte. Irgend etwas in seinem Gesicht verriet es mir. Er betrachtete den schmalen Körper des Mädchens zwischen den Pferden. Ich dachte: Daß du so schön malen konntest! Nicht nur das Licht der Sommernacht. Sondern die Zartheit des Mädchenkörpers. Daß du eine solche Behutsamkeit gegenüber dem Verletzlichen besessen hast.

Elias Elv kam an diesem Nachmittag ganz so wie an allen anderen auch. Ich konnte ihn ja nicht gerade daran hindern. Mats fuhr ihn. Zuerst ging er jedoch in den Laden. Als er von dort kam, hatte er eine Tragetasche dabei. Vorsichtig ging er meinen kleinen Hang herunter. Dort war gut geräumt, und bei jedem Schritt hieb er den Dorn seines Stocks in den kompakten Schnee. Ich ging ihm nicht wie sonst im Windfang entgegen, denn mir war nicht wohl. Übelkeit hatte mich überkommen, und ich hatte Schmerzen in der Brust. Ich wollte meine Ruhe haben und fand es schwierig, ihm zu begegnen. Der Alte sagte auf norwegisch:

»Ich wünsche frohe Weihnachten und ein recht gutes neues Jahr!«

Auf norwegisch – wie in alten Zeiten. Und wir hatten Ende März. Ich dachte schon, er sei gedächtnisschwach geworden. Da stakte er an den Küchentisch und zog ein Päckchen aus der Tragetasche. Als ich das Papier entfernte, sah ich, daß es gelaugter Stockfisch war. Noch dazu norwegischer.

»Ist nichten eine Ordnung«, sagte er. »Haben frühjahrs gelaugten Stockfisch jetzt und Krebse das ganze Jahr. Ist aber trotzdem bestimmt gleichens gut, der Fisch.«

Ich sagte, daß ich ihn kochen und eine Soße dazu machen würde. Vorher müsse ich mich aber etwas ausruhen. Mir sei schlecht, und ich hätte Schmerzen.

»Und Speck«, sagte er. »Gebratenen Speck obendrauf.«

»Tut so eine norwegische Erfindung sein«, sagte ich. »Kann aber freilich auch das machen, wenn magst.«

Das Norwegisch, das er spricht, ist ja keine Narretei, dachte ich. In gewisser Hinsicht ist er ja Norweger. Er ist vielleicht alles, was ich von ihm gesehen und gehört habe, wie übel es auch zusammenhängen mag.

Brita rief an und sagte, sie sei am Wochenende in einer Premiere gewesen. Das Dramaten habe ein Stück von Miller wiederaufgenommen, es heiße *Der letzte Yankee.*

»Kannst du dir vorstellen, daß Anita Wall gesteppt hat!«

Es war der Montag in der Karwoche. Anita Wall hatte gesteppt. Brita veränderte die Stimme und sagte:

»Ich wünschte, du wärst jetzt hier. Ich hätte dich an den Osterfeiertagen gern an meiner Seite. Wie die Dinge jetzt liegen, habe ich Åke. Er ist nett, aber nicht sonderlich inspirierend.«

Dann erstarb das Gespräch. Jetzt geht sie mit dem Personal den Altarschmuck durch, dachte Ingefrid. Und die Kaseln. Tag für Tag. Von Tiefviolett bis Weiß und Gold. Ihr stieg eine Erinnerung an Indien auf: Sie sollten ein traditionelles Schauspiel sehen. Zuvor durfte die Gruppe jedoch hinter die Bühne kommen und zugucken, wie die Schauspieler durch Verkleiden und Schminken zu Göttern und Dämonen gemacht wurden. Man hatte begriffen, daß Europäer an Technik interessiert waren. Sie konnten geschickten Profis zusehen, wie sie mit Stiften und feinen Pinseln die göttlichen Charakteristika herausarbeiteten. Das lebhafte Interesse der Touristen vermochte den Göttern jedoch kein Leben einzuhauchen. Das war anderen Zuschauern vorbehalten.

Das Heimweh hatte sie in dem engen Schminkraum dort wie ein heftiger Brechreiz überkommen: Ich bin nicht an Technik interessiert. Ich will Leben haben. Mein Drama ist nicht hier. Das ist woanders.

Becka rief an. Es war nicht verwunderlich, daß dieser Anruf kam, als sie gerade an Indien dachte, denn Becka rief fast täglich an.

»Ich verstehe dich nicht«, sagte sie. »Eine Stiftung!«
»Ja, eine Stiftung, in der der Vorstand zu den Anträgen auf Unterstützung Stellung nimmt. Du kannst Staffan Wikner anrufen. Er hat alles parat.«
»Wer ist das?«
»Ein Rechtsanwalt, den ich kenne.«
»Du bist zu einem Anwalt gegangen?«
»Ja, er wird geschäftsführendes Mitglied der Stiftung.«
»Du hast mich verraten!« sagte Becka. »Du hast LEAD und Indien verraten.«

Indien zu verraten ist unmöglich, das ist zu groß, dachte Ingefrid, sagte es aber nicht. Staffan Wikner hatte zu ihr gesagt, sie solle unter allen Umständen abwarten und auf ihn verweisen. Sie meinte aber, Becka zumindest trösten zu müssen:

»Du hast ja die Möglichkeit, Geld für Projekte von LEAD zu beantragen.«

»Die Möglichkeit«, erwiderte Becka bitter. »Ja, das ist bestimmt gut. Aber das Geld, das du uns ursprünglich versprochen hast, wäre besser gewesen. Weißt du, was Geld eigentlich verleiht? Macht. Das ist es nämlich.«

»Ja, das weiß ich.«

»Da braucht man keine Idioten zu überzeugen und selbstgefälligen SIDA-Angestellten um den Bart zu gehen«, erklärte Becka. »Nicht zwischen indischen Lokalpolitikern zu intrigieren. Man kann einfach das tun, wovon man weiß, daß es das Richtige ist. Es einfach tun! O Inga, du ahnst gar nicht, wie ich mich danach gesehnt habe!«

»Nach Macht?«

»Ja. Klar. Möchtest du nicht gern Macht über die Wirklichkeit haben?«

»Nein«, antwortete Ingefrid. »Nein, das möchte ich nicht. Das ist Magie.«

Doch Becka hörte ihr gar nicht zu.

Nachdem sie aufgelegt hatten, dachte Ingefrid, daß sie Becka praktisch erneut getäuscht hatte. Sie hatte ihr nichts von den fünf Grundbeträgen gesagt, die die Stiftung nach ihrem Tod an erster Stelle immer an Anand ausbezahlen mußte. Sie hätte auch

Lust gehabt, Becka von Linnea zu erzählen, davon, was diese mit ihrem Vermögen gemacht hatte. Hätte Becka gelacht? Nein, sie hätte gejault.

Linnea hatte ein Näschen für Antiquitäten besessen, und als sie ihr Geschäft verkaufte, bekam sie einen guten Preis dafür. Sie investierte dieses Geld in neue Sachen, mit denen sie die Wohnung am Norr Mälarstrand vollstellte. Mit der Zeit ging ihr auf, daß es nicht viel Sinn hatte, diese Sachen ihrer Tochter zu vererben.

»Du verkaufst ja doch bloß, was du kriegst«, sagte sie. »So hast du das wenigstens bisher gemacht. Du verkaufst wahllos wunderbare und seltene Stücke und verschenkst Geld. Das kann ich genausogut selber tun.«

Dann begann sie Kerzenleuchter, Bilder und chinesische Krüge, Seidentücher und Ikonen aus dem alten Rußland für Wohltätigkeitsauktionen in Skansen herzuschenken. Diese Auktionen wurden von einem jovialen Värmländer mit gut geschmiertem Mundwerk durchgeführt, und Linnea saß in Hut und Mantel in der ersten Reihe und wirkte recht flott. Doch wenn sie sich bewegte, war sie schwerfällig, und ihr schwaches Herz hatte ihr geschwollene Knöchel beschert. Die Auktionen wurden im Fernsehen übertragen, und Inga hatte gesehen, wie Linnea gedankt wurde, einmal mit einem großen Silberkandelaber auf dem Schoß, ein andermal mit einer kleinen Kaffeekanne aus einem englischen Service aus dem 18. Jahrhundert.

Sie mußte die vier Gottesdienste der Osterfeiertage vorbereiten. Als das Telefon klingelte, arbeitete sie konzentriert und reagierte gereizt. Sie dachte, es sei Becka, die noch einmal versuchen wollte, sie zu überreden, oder Brita, die nach dem etwas unbehaglichen Gespräch von vorhin alles zurechtrücken würde. Es war jedoch Birger Torbjörnsson von einem Handy aus.

»Ich bin in Östersund«, sagte er. »Ich habe Risten hergebracht. Ihr geht es nicht gut. Könnten Sie nach Hause fahren und die Schafe päppeln?«

Dann war die Leitung tot. Was war los mit Risten? Nach Hause, dachte sie dann. Warum sagt er das? Und die Schafe päppeln. Sie hatte diesen Ausdruck schon gehört. Risten benutzte ihn. Es mußte bedeuten, daß sie ihnen Futter geben sollte.

Sie hatte einen Schlüssel zu dem Haus. Risten hatte ihn ihr mit den Worten gegeben: »Es ist doch dein Haus. Du kannst kommen, sooft du willst. Komm einfach herein.« Sie packte nun die Bücher ein, die sie für ihre Predigtvorbereitungen brauchte, und steckte ihren Laptop in die Tasche. Es konnte dauern, bis sie zurückkamen, wenn sie bis Östersund gefahren waren. Nach näherer Überlegung nahm sie einige Lebensmittel aus dem Kühlschrank und steckte sie in eine Tüte. Dann rief sie im Sekretariat von Anands Schule an und sagte, er solle mit dem Bus bis Svartvattnet weiterfahren und zu Ristens Haus gehen. Torbjörnssons alter Hund fiel ihr ein. War der allein daheim? Sie hatte Birgers Handynummer nicht. Schließlich versuchte sie noch, ihr Telefon umzuleiten, damit sie bei Risten erreichbar wäre, merkte aber, daß das nicht ging. Als sie bei Telia anrief, sagte man ihr, das Dorf sei noch nicht an das AXE-System angeschlossen.

Ihr geht es nicht gut. Es war schwer einzuschätzen, was das bedeutete. Waren sie im Krankenhaus? Sie konnte dort anrufen, wollte aber zuerst das tun, worum er sie gebeten hatte. Sie verstand, daß Risten um ihre Schafe besorgt war.

Als sie in Svartvattnet ankam, ging sie gleich in den Schafstall. Die Tür zu dem kleinen Holzbau war mit einem einfachen Haken verschlossen. Als sie sie öffnete, hörte sie drinnen Bewegungen und dann einen leisen Laut, irgend etwas zwischen einem Gurren und einem Husten. Dann war es still. Die Schafe hatten sich hinter ihrer Trennwand aus rohen Balken erhoben. Sie rückten zusammen und kamen nicht zu ihr. Sie haben Angst, dachte sie. Sie haben geglaubt, es sei Risten. Jetzt sehen sie, daß sie es gar nicht ist. Oder erkennen sie es am Geruch?

Das Licht war schwach. Es fiel durch ein Fenster mit acht kleinen Scheiben voller Spinnweben, in denen Spreu hängengeblieben war. Es roch kompakt nach Heu und Schafen in dem Stall. Doch kaum nach Mist. Ingefrid tastete über die Wand und fand einen altmodischen schwarzen Drehschalter. An der Decke ging eine nackte Glühbirne an. Ingefrid sah, daß die Schafe ein graues, filziges Fell hatten und unförmig dick waren. Ihre Bäuche quollen an den Seiten heraus. Drei Stück waren es. Sie erkannten Menschen und fürchteten sich vor Fremden. Ingefrid hatte angenommen, sie würden nur einfache Dinge wie Hunger und Schmerz kennen. Sie sollte etwas sagen, um sie zu beruhigen, wußte aber nicht recht, was. Sie verstanden doch bestimmt keine Worte? Sie überlegte, was Anand gesagt hätte, wenn er dabeigewesen wäre. Alles paletti!

Also sagte sie das. Danach fiel es ihr leichter zu reden. Sie lauschten ja. Auf der Innenseite ihrer Trennwand steckte ein Wassereimer in einem Gestell. Er war absolut leer. Und auf dem Futtertisch befand sich kein bißchen Heu. Birger Torbjörnsson mußte mit Risten eilends losgefahren sein und es nicht mehr geschafft haben, noch irgend etwas zu besorgen. Sie mußte den Tieren Wasser holen und Heu geben, bevor sie hier weggehen konnte.

Sie fühlte sich beobachtet. Es hatte geraschelt. Es war noch jemand hier im Schafstall. Diesmal machte sich die Angst zuerst im Magen bemerkbar. Ingefrid zog sich zur Tür zurück und öffnete sie nach außen, bevor sie sich gründlich umschaute. Da sah sie hoch oben im Heu eine Katze liegen. Die guckte sie an.

»Alles paletti«, sagte sie. »Ich werde dir auch was bringen.«

Als sie mit dem Wassereimer zurückkehrte, gab eine der Zibben einen Laut von sich. Sie blökte nicht gerade. Es war ein kurzer und ausdrucksvoller Laut. Sie hatte ein paar Schritte auf den Balken zu gemacht, der sie von Ingefrid trennte. Sie erkennt jetzt meine Stimme, dachte sie. Das spielt sich allmählich ein hier. Aber wie entsetzlich dick sie sind! Das kann nicht ganz gesund sein.

Die Katze verdrückte sich weiter ins Heu, als Ingefrid mit der Heugabel anrückte. Sie bekam nur kleine Büschel zu fassen und sah ein, daß sie die falsche Technik hatte. Nach und nach bekam sie die Sache besser in den Griff und legte einen Armvoll auf den Futtertisch. Das Heu hatte einen satten Geruch, der sich ihr wuchtig ins Bewußtsein legte. Eine Erinnerung wollte sich herausschälen, schaffte es jedoch nicht. Die Schafe hatten mit langen, saugenden Schlucken Wasser getrunken. Ingefrid ahnte, daß sie eine Rangordnung hatten, denn sie schubsten einander nicht. Sie schubsten einander auch jetzt nicht, als sie an den Futtertisch traten und die Köpfe durch das Gestänge der Raufe reckten. Das größte Schaf stand der Trennwand am nächsten. Ingefrid gefiel das Geräusch, wenn sie fraßen. Es klang gut.

Sie mußten durstig gewesen sein, denn das Wasser im Eimer war fast zu Ende. Ingefrid holte noch einen Eimer voll und brachte für die Katze eine Schüssel mit rohem gelaugtem Stockfisch mit. Den hatte sie im Kühlschrank gefunden. Alles wirkte unvorbereitet. Risten mußte recht plötzlich krank geworden sein.

Birger Torbjörnsson rief erst am Abend gegen sieben Uhr an. Da war er auf dem Rückweg.

»Risten hatte einen Infarkt«, sagte er. »Keinen großen und massiven. Ich glaube, das renkt sich wieder ein.«

Als er kam, gab sie ihm etwas von ihrem Abendessen ab, das sie in der Annahme, er könnte bei seinem Eintreffen hungrig sein, reichlich aufgetischt hatte. Er erzählte, wie er Risten vorgefunden habe. Am Vormittag sei er bei ihr gewesen, und sie habe blaß und schlecht ausgesehen, als er gefahren sei.

»Ich wollte übrigens zu Ihnen und Archivalien zurückbringen. Auf halbem Weg nach Röbäck machte ich jedoch kehrt. Irgendwie war ihre Gesichtsfarbe und der Gesamteindruck, den sie auf mich gemacht hatte, nicht gut gewesen. Sie saß auf der Bank, als ich zurückkam, und Elias Elv taperte umher und versuchte, das Feuer im Herd in Gang zu halten. Er hatte ihr Wasser zu trinken gegeben und eine Paracetamol gefunden. Ihm war offenbar nicht klar, wie krank sie war, denn er hatte nirgends angerufen. Sie hatte Schmerzen, und ich untersuchte sie. Es bestand schlechterdings überhaupt kein Zweifel. Also holte ich Hilfe. Während wir auf den Hubschrauber warteten, kam der Rettungsdienst aus Röbäck und verabreichte ihr Sauerstoff.«

»Geht es ihr jetzt gut?«

»Sie ist müde. Doch sie hat keine Schmerzen mehr, da sie Morphin bekommt. Relativ gesehen, geht es ihr wohl ganz passabel.«

Er saß da und tätschelte seinem Gråhund den Kopf.

»Daß Sie ihn hergeholt haben«, sagte er. »Das ist gut. Ich habe es nicht mehr nach Hause geschafft. Ich bin sofort, nachdem der Hubschrauber abgehoben hatte, nach Östersund gefahren.«

»Sie haben bei Ihrem Anruf nichts von dem Hund gesagt.«

»Nein, da habe ich nur daran gedacht, Risten zu beruhigen. Sie sorgte sich so sehr um ihre Schafe.«

»Ich habe Ihren Schlüssel in seinem Versteck gefunden«, sagte Anand. »Sie sollten sich vielleicht etwas Schwierigeres ausdenken. Und dann hat sie Pasta gekriegt. Das mag sie. Und gelaugten Stockfisch. Den mögen wir nämlich nicht.«

»Sehr gut«, sagte Birger. Doch Ingefrid bereute es, dem Hund mehr als ein Kilo rohen gelaugten Stockfisch gegeben zu haben. Seinem Hinterteil entwichen lange, zischende Seufzer. Sie stanken bitterböse.

»Ich habe den Schafen Heu gegeben«, sagte Ingefrid. »Sonst allerdings nichts. Da ist zwar eine Holzkiste mit einer Art Futter. Aber das brauchen sie wohl nicht. Sie sind ohnehin so dick.«

Da lächelte er. Zum erstenmal an diesem Abend.

»Sie kriegen Lämmer«, erklärte er.

Am Dienstag fuhren Klemens und Mats nach Östersund, um ihre Mutter zu besuchen. Sie kämen herein, wie sie sagten. Sie wollten einige Toilettensachen für sie holen. Ingefrid dachte an das Krankenhaus und die Leute in Östersund, überlegte, wie die beiden dort wohl betrachtet würden. Sie waren klein, und Klemens trug einen orangeroten Fleecepullover, faltige Lederhosen und einen Gürtel mit einem krummen Messer. Auf dem Kopf hatte er eine Pelzmütze, deren Haarkleid im Griff abgewetzt war. Er sprach die ganze Zeit über kein Wort. Als Birger kam, fragte Ingefrid ihn, ob Klemens sich Vorwürfe mache. Die Erschießung des Wolfs und das bevorstehende Gerichtsverfahren hätten Risten doch arg mitgenommen.

»Er hat ihn nicht erschossen«, erklärte Birger. »Er hat ihn mit dem Scooter gehetzt und dann mit dem Gewehrkolben erschlagen. Natürlich ist Risten wegen des Gerichtsverfahrens besorgt. Und Ihretwegen.«

»Meinetwegen? Mein Blutdruck ist jetzt bestimmt wieder gesunken. Ich nehme doch Medizin.«

Birger sagte, er habe es eilig, er müsse noch zu Elias hinauf. Er wisse nicht, ob er etwas zu essen habe.

»Er kriegt von hier zu essen«, sagte Ingefrid. »Anand bringt es ihm und wärmt es auf. Doch warum ist Risten meinetwegen besorgt?«

Er antwortete nicht darauf. Er wirkte gehetzt und bedrückt. Erst nachdem er gegangen war, fiel ihr ein, daß sie ihn hätte fragen sollen, wann die Zibben lammen würden.

Hier läuft alles gut, dachte sie. Sogar Elias Elvs alter Hund bekommt, was er braucht. Wenn Anand mit dem Schulbus kam, holte er Brennholz herein und übernahm das Einheizen des Küchenherds. Er sauste mit Einkaufstüten voll Essen den Hang hinauf, und er brachte den Schafen Wasser. In der Schule war er ein Hanswurst, aber mit ihr allein oder zusammen mit älteren Menschen war er ruhig. Sie hatten viel zu tun, doch merkwürdigerweise blieb noch Zeit übrig. Ingefrid saß oft da und schaute aus dem Fenster. Da sind eisige Stellen vor dem Haus, vor denen muß ich mich in acht nehmen, dachte sie. Die Landstraße ist jedoch frei. Die Birken wechseln jetzt die Farbe. Das Gezweig ist nicht mehr schwarz. Ein blaubrauner Ton ist darin, von dem ich bisher nichts gewußt habe.

Hier im Haus dachte sie oft an ihre Mutter. Auch wenn es ein merkwürdiges Gefühl war, sie so zu nennen. Abends schlüpfte Anand in Myrtens Bett. Sie selbst schlief in Ristens Zimmer.

Was Myrten zu einem guten Menschen macht, ist die Liebe ihrer Ziehschwester, dachte sie. Man kann keine solche Liebe und keinen Schmerz an der Grenze zur Bitterkeit wecken, indem man eine tadellose Fassade aufrechterhält. Sie muß durch diese Zimmerchen gegangen und für diese alte Frau eingestanden sein, mit der sie am Ende zusammengelebt hat.

*

Die Osterwoche war voller Scooftergeknatter. Touristen waren in die Häuschen auf dem Campingplatz und in Roland Fjellströms Hotel eingezogen. Auch bei Mats in der Pension waren Gäste.

Die eine Kirchenälteste war hinsichtlich der Abendmesse am Gründonnerstag unschlüssig gewesen, die andere hatte ihr schlicht abgeraten. Die Leute hätten zuviel zu tun, meinte sie. Ostern sei hier ein großes Fest. Ingefrid entgegnete, auch Jerusalem sei voller Ostervorbereitungen gewesen. In Svartvattnet kaufte man Wurst und Schinken, tiefgefrorene Pizzen, Kartoffelchips, Bier, Zigaretten und tütenweise Konfekt. Das ist immer so. In Rom, in Alexandrien und in Jerusalem. Manche aber gehen über den Bach Kidron, wenn es Abend wird.

Birger rief an und sagte, Risten gehe es verhältnismäßig gut. Sie sei jedoch sehr müde und habe keine Kraft zu sprechen. Ingefrid hatte ihr ausrichten lassen, daß zu Hause alles in bester Ordnung sei: Elias bekomme zu essen, die Schafe bekämen ebenfalls, was sie brauchten, und sie habe sich erkundigt, wie sie mit ihnen umgehen müsse.

Das stimmte nur bis zu einem gewissen Grad. In Svartvattnet gab es zwei Ziegenbauern. Einer von ihnen hatte vor langer Zeit ein paar Schafe gehalten. Als sie ihn anrief und über das Lammen befragte, sagte er, die Tiere pflegten das schon allein zu besorgen. Dann fragte er:

»Haben sie sich schon abgesenkt, die Bänder?«

Er konnte nicht erklären, was er damit meinte, doch wenn sich die Bänder abgesenkt hätten, dann sei es soweit.

Sie rief einen gehetzten Tierarzt an und fragte ihn danach. Er klang gereizt, als er antwortete, daß die Beckenbänder einfallen würden.

»Sind sie schon eingefallen?«

»Ich glaube nicht. Aber ich werde mal nachsehen.«

Alle drei Schafe käuten wieder, und Ingefrid hatte Mühe, sie auf die Beine zu bekommen. Als sie endlich aufstanden, konnte sie keine Bänder entdecken. Das Euter der einen Zibbe war jedoch angeschwollen und wirkte gespannt. Sie waren völlig ruhig. Nach einer Weile hatte sich ihre Ruhe auf Ingefrid übertragen. Im Heu lag die Katze und guckte. Ingefrid konnte die Motorengeräusche von Scootern hören, doch im Schafstall herrschten schummriges Tageslicht und Stille.

Sie ging ins Haus und suchte im Netz nach Homepages über

Schafe. Als sie eine Veterinärwebseite fand und über Komplikationen beim Lammen las, wurde ihr übel. Man mußte Plastikhandschuhe anziehen, hineingreifen und das Lamm drehen, wenn es mit dem verkehrten Ende zuerst kam. Falls die Nachgeburt nicht erwartungsgemäß kam, mußte man versuchen, auch sie zu fassen zu kriegen.

Und wie fühlen sich die Muttertiere dabei? fragte sie sich. Wenn sie schon vorher Schmerzen haben und man dann auch noch mit der Hand in sie hineingreift und dort herumwühlt. Wie soll man das selbst aushalten?

Sie las über Lämmer, die von der Mutter nicht angenommen wurden, und von Mutterschafen, die schlechte Instinkte hatten und es nicht verstanden, ihre Lämmer nach der Geburt trockenzulecken. Diese starben dann unrettbar an Lungenentzündung, das begriff auch Ingefrid. Das einzig wirklich Nützliche, was sie las, war, daß man das lammende Mutterschaf mit Ablammgittern abzäunen sollte, damit es seine Ruhe hatte. Ingefrid schaltete den Computer aus und ging in den Stall, um nachzusehen, ob es dort etwas zum Abzäunen gab. Sie fand nichts, was einem Zaun glich. Sie suchte in den Schuppen weiter und stieß schließlich auf eine Art Gitter. Zwei davon schleppte sie in den Schafstall. Sie wollte die Zibben nicht damit beunruhigen, daß sie die Gitter probeweise in ihrem Verschlag aufstellte. Sie guckte jedoch und versuchte sich auszudenken, wie sie sie hinstellen mußte, so daß sie stehenblieben und nicht umfielen. Sie brauchte Stahldraht. Nein, daran könnten sich die Tiere verletzen. Schnüre, das war es, was sie brauchte. Plötzlich wurde sie wütend auf Birger Torbjörnsson. Er müßte hier sein. Er ist immerhin Arzt, dachte sie.

Nachdem sie in einem von Ristens Schränken eine Rolle Wäscheleine aufgetrieben hatte, wurde sie ruhiger. Sie hatte sogar Plastikhandschuhe und ein paar alte Frotteehandtücher gefunden.

Anand und sie aßen aus Pulver bereiteten Kartoffelbrei und fertige Fleischbällchen zu Abend. Bevor sie zur Kirche fuhr, schickte sie ihn mit einer Portion davon zu Elias Elv. Sie sagte, er solle nicht vergessen, das Essen aufzuwärmen, und er müsse hinterher abspülen. Anand, der einkaufen gewesen war, hatte auf eigene Faust für Elias Bier und für sich selbst Limonade gekauft. Sie packte noch eine Tüte Plätzchen und eine Packung Kokosbällchen dazu und sah ihn dann den Hang hinaufstreben.

Als sie in der Sakristei saß und sich sammelte, stieg ihr Schafsgeruch in die Nase. Sie hatte keine Zeit gehabt, zu duschen und sich komplett umzuziehen. Sie dachte an die Hirten, die dort, wo es gute Weide gab, Gottes Nähe gespürt hatten. Wo reichlich Wasser aus dem Felsengrund strömte, empfanden sie Dankbarkeit gegen ihn. Sie hatten eine Landschaft der Seele geschaffen, die den Wiesen glich, über die sie mit ihren Schafherden zu streifen pflegten. Wenn das Lamm Gottes mit gebundenen Beinen auf dem Altar lag, roch es so, wie ihre Kleider und ihr Körper jetzt rochen.

Sechs Leute waren in der Kirche. Sie scharrten mit den Füßen und husteten, doch schließlich wurde es still. Ingefrid führte sie über den Bach Kidron und in den Garten. Sie war sich dessen sicher. Es gab einen Kern der Stille, und darin waren sie zusammen.

Wieder zurück, ging sie gleich zum Schafstall. Die kleinste Zibbe stand auf, und Ingefrid konnte sehen, daß ihr gespanntes Euter nun glänzte. Die anderen lagen da und käuten wieder. Sie hatte den Eindruck, daß die kleine Zibbe jetzt anders atmete, kurz und heftig. Sie fuhr zu Elias Elv hinauf und holte Anand ab, damit er ihr beim Aufstellen der Ablammgitter behilflich sein konnte. Sie stand im Flur und sah die beiden mit einer Menge Glasteilchen in unterschiedlichen Farben dasitzen, die sie auf Zeitungen vor sich ausgebreitet hatten. Als sie sagte, Anand müsse mit nach Hause kommen und ihr mit den Gittern helfen, fragte der alte Elias:

»Haben sie sich schon abgesenkt, die Bänder? Dauert noch Stunden dann.«

Ingefrid kam nicht dazu, zu fragen, woher er etwas über Beckenbänder bei Schafen wußte. Sie nahm Anand mit, der den Glasteilchenschatz auf dem Küchentisch nur unwillig verließ.

Sie gingen in den Schafstall, um die kleine Zibbe abzuschirmen. Doch die Gitter wollten einfach nicht stehenbleiben. Am Ende weinte Ingefrid.

»Alles paletti, Mama!« sagte Anand und tätschelte ihr den Arm. Er war nie ein Schmusekind gewesen. Als kleines Kind hatte er an einen Welpen erinnert, der rasch zu groß wird, um noch getragen zu werden und auf dem Schoß zu sitzen. Doch er wußte, wie es ging, er beherrschte die Gesten der Zärtlichkeit.

»Wir gehen zu Bett«, sagte sie. »Wir können nur hoffen, daß sie bis morgen früh ruhig bleiben. Dann werde ich Hilfe holen.«

Sie schlief kaum in dieser Nacht. Im Abstand von jeweils etwa einer Stunde war sie draußen im Schafstall. Dort schien die Zeit stehengeblieben zu sein. In den Pansen rumorte es, folglich bewegte sie sich doch. Ingefrid hatte gelesen, daß die Schafe ein ganzes System von Mägen besaßen. Durch diese ging in einem ruhigen Gärungsprozeß die Zeit hindurch. Die Tiere wirkten meditativ, während sie wiederkäuten. Mittlerweile waren sie mit Ingefrid vertraut geworden und kamen zu ihr her. Sie gaben diese knappen Laute von sich, die ein Gruß oder ein leises erwartungsvolles Gurren waren. Sie wußten, daß in den Futterkisten etwas war, was sie ihnen geben konnte. Es war eine herzhaft duftende Mischung von zerkleinertem Getreide, braunen Flocken, die süß schmeckten, und fettem, gelblichem Mehl. Risten hielt offensichtlich nichts von Pellets, sondern mischte das Kraftfutter selbst. Sie hatte ausrichten lassen, daß die Ration abgewogen werden müsse. Es war sehr wichtig, nicht mehr als ein halbes Kilo pro Tag und Zibbe zu geben, denn sie vertrugen keine schnellen Umstellungen, schon gar nicht während der Lammzeit. Ingefrid hatte es Anand abwiegen lassen, er tat das aufs Gramm genau.

Am frühen Morgen war dort draußen alles beim alten, doch nun rief Ingefrid Mats an und bat ihn, zu kommen und ihr beim Aufstellen der Ablammgitter zu helfen. Nachdem sie die kleine Zibbe eingeschlossen hatten, wurde Ingefrid ruhiger. Das Tier bekam einen eigenen Wassereimer, und sie streute ihm sauberes, glattes Stroh aus. Sie stellte Mats viele Fragen, die er nicht beantworten konnte.

»Hat sich alsfort selber gekümmert um die Schafe, die Mutter«, sagte er. »Muß ihnen eins wohl bloß ein bißchen was zum Fressen geben. Und Wasser, natürlich.«

»Hier wird die Futterration abgewogen«, sagte sie und kam sich sachkundig vor.

Birger Torbjörnsson kam am Karsamstag nachmittag aus Östersund zurück und brachte massenhaft Lebensmittel mit. Ingefrid nahm ihn mit in den Schafstall und fragte ihn, ob er meine, daß die kleine Zibbe den Eindruck mache, als würde sie bald lammen.

»Ich finde, die sehen alle wie Sperrballone aus.«

»Wissen Sie, wo die Beckenbänder sitzen?«

»Die müssen wohl hier irgendwo sein«, sagte er und peilte über den Rücken der großen Zibbe.

»Finden Sie, daß sie eingefallen sind?«

»Nein, wie soll das zugehen?«

Sie mußte einsehen, daß ihm sein Arztblick nichts über Schafe sagte. Vor dem Essen holte Ingefrid Elias ab. Reine hatte zu viele Taxitouren, und Mats hatte in der Pension alle Hände voll mit dem Bierausschank zu tun. Junge Männer aus Norwegen waren dort eingefallen.

»Tun sie auf den Tisch legen, die Stiefel«, sagte Anand, der überall umhersauste und im Hinblick auf Wortlaut und Tonfall ein bemerkenswertes Gedächtnis besaß.

Sie preschte den Hang hinauf und kam sich wie eine Einheimische vor, denn hier gingen nur ganz alte Frauen zu Fuß. Man preschte in weißgrauen Wolken dahin und fuhr die fünfzig oder hundert Meter bis zum Laden. Auch ihn nannte Anand jetzt schon wie die Alteingesessenen. Während man seine Besorgungen machte, ließ man den Motor laufen. Das Tuckern klang wahrscheinlich gemütlich. Die meisten kamen, um sich eine Palette Dosenbier zu kaufen.

Am Karsamstag abend aßen sie von den Lebensmitteln von Åhléns in Östersund. Es gab Mimosasalat, Rippenspeer und Lachs, Fleischbällchen und gesprenkelte Mettwurst, gegrillte Hähnchenkeulen und Brie. In Anbetracht all des Cholesterins, das Birger herangeschafft hatte und sich jetzt einverleibte, kochte

Ingefrid keine Ostereier. Sie konnte nicht feststellen, daß irgend jemand sie vermißte. Die Fleischbällchen waren für Elias, der schlechte Zähne hatte. Anand und der Hund vertilgten den Rest davon. Als sie sich nach dem Essen einen Spielfilm anschauen wollten, holte Birger noch eine Tüte mit einem Pfund lose verkaufter Bonbons hervor. Ingefrid schlief auf dem Paneelsofa ein.

Es waren freundliche, ruhige Schafe. Und sie blieben ruhig. Ingefrid konnte die übrigen drei Gottesdienste der Ostertage ohne allzu große Sorge verrichten. Anand hielt im Schafstall Wache. Am Dienstag nach dem zweiten Feiertag, ihrem freien Tag, schien mild die Sonne, und vor dem Haus flossen kleine Schmelzwasserbäche. In südlichen Lagen taute die Erde hervor, Wühlmäuse hatten im graugelben Gras Löcher gebohrt. In der Nacht ging Ingefrid dreimal hinaus, um nach der kleinen Zibbe zu sehen. Am Morgen stand sie noch genauso da wie vorher. Das Euter wirkte noch größer, und Ingefrid stieg in ihre kleine, abgeschlossene Welt und befühlte es. Es war glatt und gespannt, aber nicht wärmer, als es sein sollte. In den frühen Morgenstunden hatte sie wach gelegen und an Euterentzündung gedacht. Sie beschloß, im Netz nichts mehr über Schafe zu lesen.

Es wurde langweilig auf die Dauer, als nichts passierte. Sie öffnete die Tür an der Rückseite und ließ die beiden größeren Zibben in die Einhegung hinter dem Schafstall hinaus. Sie fraßen begierig von den Fichtenreisern, die Mats gebracht hatte. Ingefrid räumte den Schnee vor der Tür und besprizte sich den Rock mit Mist, als sie zum Gemeindeabend nach Röbäck fahren wollte. Es dauerte seine Zeit, sich umzuziehen, und so kam sie zu spät. Als sie sich erhob, um ein Gebet und die Schlußworte zu sprechen, stieß sie eine Tasse Kaffee um.

Sie hatte Bürodienst und einen Termin mit einem Unternehmer und einigen Mitgliedern des Kirchenvorstands, um den Bau einer Straße zur Kapelle bei Boteln zu planen. Anand hielt Wache, wenn er aus der Schule kam, gleichwohl widerwillig nun. Er wollte am liebsten bei Elias Elv sitzen und mit Glasteilchen pusseln. Birger versprach, in regelmäßigen Abständen hinunterzufahren und einen Blick in den Schafstall zu werfen, solange Ingefrid fort war. Er lieh ihr sein Handy, damit sie jederzeit erreichbar wäre, falls sich dort etwas ereignen sollte.

Risten hatte jetzt ein Telefon am Krankenbett und konnte gute Ratschläge erteilen. Es war jedoch wichtig, nicht zuviel zu fragen und keine Ängstlichkeit zu zeigen. Ingefrid tat Risten gegenüber so, als sei sie voller Zuversicht, und merkte, daß ihr tatsächlich etwas davon zuwuchs. Sie verspürte jetzt eher Ungeduld als Angst.

Die Tage vergingen. Die kleine Zibbe, die Risten Pärlan nannte, erhob sich mühsam, wenn sie wiedergekäut hatte. Die Größte, sie hieß Ruby, klang manchmal kurzatmig. Daß sie keuchte, wäre zuviel gesagt. War sie nahe daran? Birger Torbjörnsson sagte lediglich: »Weiß der Geier. Ich finde, die sehen immer gleich aus.« Schafe diagnostizieren konnte er nicht besonders gut. Sowohl Ruby als auch die dritte Zibbe, Diana, hatten jetzt große, gespannte Euter. Noch immer wußte Ingefrid nicht, wo die Beckenbänder saßen, obwohl Risten versucht hatte, es ihr am Telefon zu erklären.

Eines Abends gab es ein Schneetreiben, und am Morgen strömte der Regen. Risten hatte von der Intensivstation auf eine normale Station umziehen dürfen. Ingefrid schrieb an der Predigt für den ersten Sonntag nach Ostern, und Ruby stöhnte ab und zu. Die Sonne flutete herab, in der Erde gluckste es. Das Geräusch war auch dort zu vernehmen, wo die Schneedecke noch lag. Bäche und Rinnsale rieselten darunter, die Sonnenwärme untergrub den Schnee und ließ seine Kruste brüchig werden. Das Eis auf dem See hatte blauschwarze Flecken bekommen. Ingefrid las das Buch der Richter im Übersetzungsvorschlag der Bibelkommission, war jedoch eine unkonzentrierte Gutachterin. Der kompakte Geruch im Schafstall und die Schattierungen, die in grauen Dämmern und Regenschleiern vom Osten her über den See zogen, waren wirklicher als die Stammesfehden, und sie schlief über den Seiten ein. Eines Vormittags, als sie die Geschichte von Simson und den dreihundert Füchsen las, die er an den Schwänzen zusammengebunden und angezündet hatte, sah sie einen Fuchs über den See laufen. Sie beschlich das Gefühl, als geschähe alles gleichzeitig, als habe Jael soeben erst den Hammer ergriffen und Sisera den Zeltpflock durch die Schläfe geschlagen, als lebte Linnea noch und sähe sich kritisch unter Ristens und Myrtens Möbeln um, als sei der alte Elias tot und käme den Hang herab, um es Ingefrid zu erzählen. Sie wachte auf und dachte, daß sie es wohl wagen dürfe, eine Tasse Pulverkaffee zu trinken, bevor sie nach den Schafen sähe.

Am selben Nachmittag riefen kurz nacheinander Brita Gardenius und Rebecka Gruber an. Die eine wollte, daß sie zurückkomme, die andere, daß sie mehr Geld an LEAD ausbezahle. Als Ingefrid ihre aufgeregten Stimmen hörte, hatte sie Mühe, ihre Gesichter vor sich zu sehen. Es war, als lebte sie nur im Jetzt und ein ganz kleines Stück davor. Achthundert Kilometer und ein paar Monate entfernt hatte sie Mühe, sich deutlich an Britas und Beckas Gesichter zu erinnern. Die Welt, die sich jetzt um sie herum verdichtet hatte, war ihr vor weniger als einem halben Jahr noch unbekannt gewesen. Sie war zwar schwer mit Erinnerungen beladen, doch waren diese anders als die vorherigen. Die verdrängten waren zurückgekehrt.

Sie sagte zu Elias Elv:
»Ich starre diese Schafe an, und sobald sie die Oberlippe schürzen, denke ich, es ist soweit.«
»Schürzen sie die Oberlippe?« fragte er. »Dann haben sie Schmerzen.«
»Ist das wahr? Ich meine nur, ich starre so sehr, daß ich mir schließlich einbilde, es würde etwas passieren. Ich bin ja unerfahren, ich war nie mit Tieren zusammen.«
»Früher hat man mit den Tieren gelebt«, sagte er.
Sie wußte nicht, ob er sich selbst oder die Menschen früherer Zeiten meinte. Er saß da, hatte beide Hände auf den Stockgriff gelegt und schaute aus dem Fenster, vermutlich ohne etwas zu sehen. Er hatte eine kleine Rasierwunde an der Wange, und seine weißen Bartstoppeln waren ungleichmäßig abgeschabt.
»Ein Leben ohne Tiere ist ein gottloses Leben«, sagte er.
Das brachte sie zum Verstummen.

Am Abend fiel es Ruby schwerer als bisher, sich zu erheben. Als sie, auf beiden Seiten mit ihrer Lammbürde beladen, schließlich zur Futterraufe wackelte, war der vorderste Platz besetzt. Sie schubste die andere ein paarmal mit ihrem harten Kopf, mußte jedoch aufgeben. Sie fraß ein Weilchen Heu. Dann stand sie still, während eine Woge durch den grauen Wollberg ging. Diese ging auch durch Ingefrid. Es war eine Empathie des Körpers, die sie bislang nur mit Anand empfunden hatte. Ingefrid war sich jetzt sicher, daß die Zibbe Schmerzen hatte. Ihr kurzer Schwanz stand waagrecht ab. Die Geschlechtsöffnung war angeschwollen und bebte. Es floß etwas heraus: ein dünner, farbloser Strahl.

Mats hatte zwei zusammengekoppelte Gitter vorbereitet, so daß Ingefrid leicht eine weitere Zibbe abschirmen konnte. Die beiden anderen fraßen zu Ende und legten sich dann hin, um die Arbeit ihrer Mägen abzuwarten. Irgendwann würde ihnen ein halbverdauter Heuball zum Wiederkäuen hochkommen, und sie wirkten sehr kontemplativ. Ingefrid schubste und schob die große Zibbe sacht zur Trennwand, so daß sie sie einschließen konnte. Das Tier hatte jetzt eindeutig Wehen.

Ruby erhielt einen eigenen Wassereimer und ein Stück Salzstein. Ingefrid überprüfte ihren Vorrat an Frotteehandtüchern und Plastikhandschuhen. Stunden und Tage waren vergangen, während derer sie in der Nähe dieser großen, ruhigen Tiere gelebt hatte. Sie war übernächtigt, doch nicht mehr so ängstlich.

Die Stunden vergingen auch jetzt, und sie war froh, daß es Nacht wurde, weil sie dann ihre Ruhe hatte. Es gab ohnehin niemanden, der ihr helfen konnte. Einzig Stille und Wachsamkeit waren vonnöten. Ingefrid ging ins Haus und mummelte sich in alles Warme, was in Ristens Kleiderschränken zu finden war. Es würde kalt werden, wenn sie still im Schafstall stand. Myrtens schwarzen Persianer traute sie sich nicht zu nehmen. Sie fand jedoch einen alten Steppmantel, einen Islandpulli und ein paar Lederstiefel mit hochgebogenen Spitzen. Als sie wieder in den Stall kam, verharrte Ruby geduldig in ihrer Wehenarbeit.

Vor Mitternacht schien es nicht voranzugehen. Sie legte sich hin und käute wieder, und Ingefrid traute sich, ins Haus zu gehen und sich eine Tasse Kakao zu kochen. Sie trank sie jedoch nicht aus, denn sie wollte in die Ruhe des Schafstalls zurück. Dort raschelte das Stroh des Streulagers, wenn die Schafe die Hufe bewegten, ansonsten war es still. Die Katze zeigte sich im Heu, als Ingefrid eintrat, und verschwand schnell wieder. Wie eine Entdeckungsreisende und eine neugierige Ureinwohnerin begegneten sie einander in der von Körpern dampfenden Höhle. Die arme Katze glaubt wie ein Indianer, alles werde so sein, wie es immer gewesen ist, dachte sie. Und ich? Stille und Wiederkunft gehörten nicht zu ihrem Leben, überhaupt kaum noch zu dem irgendeines Menschen. Im Gottesdienst versuchte sie diese wiederherzustellen oder zumindest ein Zeichen dafür zu geben. Einige wenige konnten es noch deuten.

Jetzt konnte sie die rinnenden Falten und Runzeln der Geschlechtsöffnung nicht mehr erkennen. Es lugte etwas daraus hervor. Mit jeder Wehe, die Rubys Körper durchwogte, sah sie es deutlicher. Zuerst wirkte es wie ein grober Schnabel. Im Halbdämmer ihrer Müdigkeit kam Ingefrid der Gedanke, die Zibbe werde einen Adler gebären.

Es waren zwei weiße Hufe, dicht beieinander in einen Hautsack gepackt. Bei der nächsten Wehe sah sie, daß auf den kleinen Hufen eine Nase ruhte. Die Zibbe arbeitete. Sie reckte den Hals vor und zog die Oberlippe hoch. Den Schmerz nahm sie an, als komme er mit dem Regen über den See gerollt oder als krieche er heran wie die Kälte einer Winternacht. Sie war auf dem Grund ihres Körpers und empfing ihn.

Jetzt glitt das Lamm in seinem safrangelben Sack aus ihr heraus, und sie rief es augenblicklich mit einem Gurren, das aus drei knappen, leisen Lauten bestand. Es zuckte. Ruby wandte sich um und begann es um den Kopf und um die Nase herum zu lecken. Die Haut war zäh, doch sie bekam ein Loch und verschwand in Rubys Maul. Als sie das Lamm erneut rief, hing ihr ein Ende der Fruchtblase aus dem Mundwinkel. Das Lamm antwortete mit leisem Stimmchen und wacklig versuchte es, sich aufzurichten und auf die Knie zu kommen. Als die Mutter es das nächste Mal leckte, fiel es wieder um. Es war jedoch ein zähes Geschöpf, das bald auf den Beinen stand und mit dem Maul suchte. Es fiel noch ein paarmal um, während Ruby leckte. Das

Fell, es war gelbweiß, begann sich zu kräuseln. Die knüppeligen Beine wurden immer sicherer.

Ingefrid fragte sich, wo die Nabelschnur war, doch die mußte mit abgegangen sein, als die Zibbe den Sack und das Lamm bearbeitet hatte. Das Geschöpf war nun vollständig befreit, wackelte zum Bauch der Mutter und stupste sie mit der Nase. Als es das Euter fand, leckte die Zibbe es immer noch am Hinterteil, und der spillerige Lämmerschwanz bewegte sich zuckend hin und her.

Oben im Heu beguckte sich die Katze das Schauspiel. Die Welt ringsum erstand wieder. Ingefrid spürte die Kälte auf ihren Wangen, die naß geworden waren. Sie bekam plötzlich fürchterlich Hunger und Durst.

Nachdem sie sich ihren Kakao aufgewärmt und Wurstbrote bereitet hatte, wagte sie es, sich am Küchentisch etwas Ruhe zu gönnen. Sie legte sich auf die Bank und döste ein paar Minuten in der Gewißheit, daß es draußen im Stall still war. Als sie wieder dorthin kam, hatte die Zibbe sich hingelegt und die Beine von sich gestreckt. Zwanzig Minuten später gebar sie erneut, doch als sie sich erhob, um das Lamm abzulecken, erwischte sie das falsche. Das Erstgeborene hatte auf dem Rücken noch immer einen blutigen Schleimstreifen, den sie mit der Zunge zu bearbeiten begann. Das Neugeborene lag in seinem weißen Sack und wirkte tot. Ingefrid nahm ein Handtuch und kletterte über den Balken. Sie wischte den Kopf des Lammes ab und entfernte die Fruchtblase rings um seine Nase. Da zuckte es. Als sie es der Zibbe hinschob, begann diese es zu lecken, und nach ein paar Minuten richtete sich das Neugeborene wacklig auf. Es war ein langbeiniges Lamm, das zur Hälfte mit krausem grauweißem Fell bedeckt war. Die andere Hälfte war glatt. Esau und Jakob in einer Gestalt. Ruby sah befriedigt drein oder zumindest unberührt. Nun trank sie Wasser. Wie alles, was sie tat, machte sie es gründlich. In dem Eimer blieb kein Tropfen zurück.

Es war zwei Uhr morgens. Draußen wurde es hell. Ingefrid streute sauberes Stroh aus und lümmelte sich dann in Erwartung der Nachgeburt an die Trennwand. Risten hatte gesagt, es sei wichtig, sich darum zu kümmern. Sie dürfe nicht ins Streulager getrampelt werden und dort verwesen. Dabei würden gefährliche Bakterien entstehen.

Die Stränge und traubenähnlichen Blutklumpen des Mutterkuchens kamen um zwanzig vor drei mit ein paar leichten Preßwehen. Ingefrid nahm das Gebilde mit einem Eimer auf, ging damit in Richtung See und kippte es aus. Für den Fuchs, hatte Risten gesagt.

Noch ein bißchen Stroh. Ingefrid entfernte das besudelte Handtuch. Jetzt war alles sauber. Leise Laute von den Lämmern. Quirlige Stummelschwänzchen, wenn sie saugten. Die Zibbe wirkte zufrieden mit dem Stand der Dinge. Sie hatte wieder Wasser im Eimer und einen Armvoll Heu in der Futterraufe. Jetzt lag sie. Ingefrid ging ins Haus und schälte sich aus den Kleidern, die muffig nach Blut und dem Mist des Streulagers rochen. Sie duschte in der engen Kabine, die laut Risten Myrten hatte einbauen lassen. Als sie den Kopf aufs Kissen legte, wollte sie Gott danken. Doch sie schlief bereits.

Anand hatte irgendwas im Sinn. Er pusselte nicht aufs Geratewohl mit den Glasteilchen, sondern wählte sie sehr sorgfältig aus. Er schien sich aber den Kopf zu zerbrechen. Dann zog er seine blaubraunen Lippen zurück und griente. Er konnte lange mit angespannt auseinandergezogenen Lippen dasitzen. Auf seinen Zähnen glänzte der Speichel. Elis nahm an, daß er an die Wölfe dachte. »Wir sind von gleichem Blut, sie und ich«, sagte er. Seine Mutter mochte das allerdings gar nicht. Elis hatte zu erklären versucht: Eltern mögen kleine Lämmer, keine Wölfe.

»Ich stelle aber Wölfe in die Weihnachtskrippe«, sagte Anand. »Wölfe und Lämmer. Es heißt doch, daß es beide sein sollen.«

Er war von Gegensätzen besessen. Elis verstand ihn nicht ganz. Doch er nahm an, daß es ums Gleichgewicht ging. Er äußerte die merkwürdigsten Dinge, jedenfalls wenn sie unten im Laden oder in der Schule gesagt worden waren. Daß er in einer Kiefer beim Gemeindezentrum einen weißen Panther gesehen habe. Zusammengekauert.

»Das begreife ich nicht«, sagte Elis. »War das Bagheera?«

»Nein, ich sage doch, er war weiß.«

»Hatte es geschneit?«

»Ja, massig.«

Er murmelte über den ausgewählten Glasteilchen:

»Feuer und Wasser. Pilsner und Milch. Wenn ich eines hätte, das wie Milch wäre.«

»Opalisierend«, sagte Elis. »Es sollte doch nicht unmöglich sein, ein solches zu finden.«

In Anands Gesellschaft trug er stets sein Hörgerät. Meistens wußte er ja, was die Leute sagen würden, weil sie es auch schon früher gesagt hatten. Bei Anand aber wußte man es nie.

»Wie alt ist dein Hund?« fragte er, ohne von den Glasteilchen auf dem Zeitungspapier aufzusehen.

»Er ist fünfzehn.«

»Ich bin vierzehn.«

»Das glaube ich nicht«, sagte Elis. »Du bist weiß Gott jünger. Aber du hast dich wohl darauf eingelassen, vierzehn zu sein. Und Anand zu heißen.«

Er murmelte jetzt wieder über seinen Glasteilchen:

»Teer und Bernstein. Blut und Pisse. Was ist das Gegenteil von Tränen? Weißt du das? Sie sind ja durchsichtig. Es muß was Dichtes, Dunkles sein.«

»Manchmal überwiegt die Dunkelheit«, sagte Elis. »Das habe ich jedenfalls geglaubt. Aber ich habe mich wohl geirrt. Ich war ein schlechter Maler damals.«

Anand sagte nichts darauf. Er pusselte weiter mit den Teilchen herum. Er war jedoch bekümmert.

»Sie sind haargenau so, wie ich sie haben will. Alle in diesem Karton passen haargenau. Aber sie sind zu schwer.«

»Wofür denn?«

»Für die Fäden.«

Er tat geheimnisvoll. Irgendwas hatte er im Sinn.

»Und außerdem können sie an den Fäden nicht hängen. Ich habe schon mal Perlen und so gehabt. Mit Löchern drin.«

Er war betrübt, als er nach Hause ging. Er hatte etwas gesehen, und er konnte es nicht umsetzen. Elis wußte nicht, was Anand gesehen hatte. Er fand es jedoch gut, daß er es nicht erzählte.

Als der Junge am nächsten Tag nach der Schule heraufkam, sagte Elis, er habe nachgedacht.

»Könntest du sie nicht an einem feinen Messingdraht aufhängen? Und Löcher reinmachen. Wie in Perlen.«

»Ich habe nichts, womit ich Löcher machen könnte. Sie sind hart.«

»In der Glashütte können sie kleine Löcher machen«, sagte Elis. »Die machen da jetzt alles mögliche. Sie verkaufen den Touristen, die die Hütte besichtigen, eine Menge Schund. Gläsernen Schmuck.«

Er bestellte im Laden Messingdraht und schrieb der Glashütte die Maße. Er traute sich nicht anzurufen, weil er nur schwer verstand, was die Leute am Telefon sagten. Es war einfacher, wenn er Gesicht und Lippen sah.

»Sie machen Löcher rein, wenn wir die Teilchen hinschicken«, sagte er. »Überleg dir, ob jetzt alle, die du haben willst, im Karton sind.«

»Wählt sorgsam, o Wölfe!« sagte Anand.

Dann ging Elis eine Schatulle holen, in der er die Trauringe, Eldbjörgs Schmuck und seine königliche Medaille achter Klasse verwahrte. In einem Seidenpapier lag eine Perle. Die nahm er heraus und legte sie auf den Tisch. Er hatte Mühe, ihre Schattierungen zu erkennen, doch er erinnerte sich an sie. Grauer Schimmer. Wie Winternebel über schwarzem, offenem Wasser.

»Die ist aus dem Svartvassån«, sagte er. »Ich höchstpersönlich habe die Muschel gefunden und sie aufgebrochen. Als es niemand gesehen hat.«

»Durfte man die nicht heraufholen?«

»Doch, doch. Aber Vater und der Alte wurden stocksauer, wenn man spielte. Ich sollte am Fluß entlang Holz einkehren.«

»Welcher Alte?«

»Mein Großvater.«

»Wann war das?«

»Neunzehnhundertfünfzehn.«

Anand hatte die Perle zwischen Daumen und Zeigefinger genommen und drehte sie im Licht der Lampe.

»Da ist kein Loch drin.«

»Ich will auch keines reinmachen«, sagte Elis. »Manchmal habe ich mir schon überlegt, sie zu verschlucken. Aber dann kommt sie nur wieder heraus.«

»Weißt du, was du machen mußt?«

»Nein.«

»Du mußt sie genau dann verschlucken, wenn du stirbst.«

»Warum denn?«

»Weil alles, was wir in uns haben, wenn wir sterben, bestehen bleibt.«

»Hat das deine Mutter gesagt?«

»Ja.«

Mein Onkel Anund hat einst im selben Pflegeheim gelegen wie ich, in Solbacken in Byvången. Höchstwahrscheinlich sah er auf dieselbe Hauswand.

»Du mußt bald nach Hause kommen, Risten«, sagte Doktor Torbjörnsson. »Der Huflattich blüht jetzt im Graben.« Ingefrid erzählte, Ruby habe zwei feine Lämmer bekommen. Widderlämmer, alle beide. Pärlan ein Widderlämmchen und Diana ein Widderlamm und eine kleine Zibbe. Es wusle richtig im Schafstall, sagte sie. »Du mußt unbedingt nach Hause kommen und dir das anschauen.«

Anand hatte ein Stück Fell mitgeschickt, in dem ein rotes Glasteilchen lag und das mit einem Seidenband umwickelt war. Elias hatte eine Flasche Portwein bestellt, die mir Birger Torbjörnsson mitbrachte. Einen Blumenstrauß bekam ich auch. Aber sobald sie gefahren waren, lag ich da und sah auf dieselbe Wand wie mein Onkel Anund.

Ich denke, es hat alles an dem Tag angefangen, an dem ich sein Lied vergessen habe: *Ein Brautpaar übern See fuhr, es wollte getrauet sein.* Außer dieser ersten Zeile fiel mir kein Wort mehr ein, dabei wollte ich es doch Anand vorsingen, als er sich die Fotos anschaute und die großen Brautkronen mit den Messinggehängen, den Seidenpapierblumen und den gläsernen Juwelen sah.

Über das Gedächtnis kann man nicht gebieten.

Gegen Ende seines Lebens, als er in diesem Pflegeheim lag, war Jyöne Anund erbittert darüber, daß er die Gesangsart Joejkedh sowie die Lieder, die Vuelieh genannt werden, vergessen hatte.

»Die Diebe haben uns nicht nur das Fjäll und den Wald geraubt«, sagte er. »Sie haben uns auch die Worte geraubt. Einer wie ich hat nicht einmal Worte, in die er seine Trauer senken kann.«

»Du hast doch Worte«, sagte ich. »So viele Lieder, als wie du geschrieben.«

Ich erinnerte ihn daran, daß ich ihn Laula Anut genannt hatte, als ich klein war. Weil er mir vorgesungen hatte.

»Waren aber Laavlodt«, sagte er. »Hab Buchgesänge gesinget. Waren nicht in der rechten Sprache. Aber Joejkedh tut schon was anderes sein. Besinnest dich? Von dem weißen Ren, wie's springet ... springet ... die Pulka schlingert, bin bald bei Sara Marja ... besinnest dich? Ruhet ... nana nanaa ... auf ihrem Kissen ... na na nanaa ... ihre Wange an der meinigen. Erinnerst dich?«

»Aber freilich«, sagte ich. »War doch in dem Herbst, wie der alte Lassjo hiergewesen und es gesinget hat.«

Man hat schon Lustigeres gehört. Anund aber war ganz verhext von dem Alten, der zu unserer Michaelifeier aus dem Norden gekommen war. Im Jahr davor hatten sie einen joikenden Rocksänger eingeladen. Es war aber kein richtiger Joik, und die Älteren waren verärgert. Den Touristen hat es freilich gefallen.

Michaeli sei der Feiertag der Lappen, sagt man hier. Dieses Wort hinterläßt eine Wunde. Es scheuert schon zu lange. Sich selbst und seinem Volk keinen Namen geben zu dürfen – diese Wunde will nicht heilen. Aber obwohl die Dörfler Michaeli als Lappenfeiertag bezeichnen, kommen sie zum Festplatz. Es tut sich ja sonst so wenig. Unser Essen mögen sie. Aber sie nennen es Lappentopf.

Michaeli ist wahrscheinlich gar nicht so viel anders als die Heimatwoche der Dörfler, wo die Mannsbilder mit Schlapphüten herumlaufen und Speckklöße braten. Touristen und Heimkehrer kaufen diese für dreißig Kronen das Stück auf Papptellern und meinen, es sei so wie früher. Wenn dann aber die Rockmusik dröhnt, handelt es sich nicht um das feste Hämmern unserer Herzen. Nicht darum, wie es hier ist. Was kümmert die Touristen schon der Geiz und der Schmu mit der Stütze, der Überdruß und die Verlassenheit – oder auch das, was wir dagegen tun. Daß wir zum Beispiel Blumenkästen an die Brückengeländer hängen. Da kommen sternhagelvolle Norweger daher und schmeißen sie in den Fluß: Petunien, Geranien und Tagetes. Kippen die Möbel auf dem Festplatz um und sprühen Hakenkreuze an die Wände des Vereinshauses. Wahrscheinlich wissen sie nicht einmal, wann Hitler überhaupt gelebt hat. Das meint jedenfalls Elias.

Und die Rockmusik dröhnt. Sie übertönt den Wasserfall.

Sie haben also diesen Alten hergeholt, der so prima joikte. Er joikte auf der Tribüne des Festplatzes, und die Leute klatschten Beifall, und dann joikte er noch einmal und noch einmal. Lang und verwickelt war jeder Vuelie und handelte meistens von Trauer. Da war Nebel, und da waren Wolken und Fjälls und Rene, die gegen den Wind liefen, aber es zog sich doch ein bißchen arg in die Länge für diejenigen, die seine Sprache nicht verstanden. Und das waren fast alle, denn er stammte aus dem Norden.

Als er gegen Abend dann ein bißchen mehr intus hatte, verfiel er auf Lieder über die Jagd und wilde Fahrten. Und am Ende, als es schon Nacht wurde und fast alle nach Hause gegangen waren, habe er, so behauptete man, unverschämte Lieder gesungen, über das eine und das andere. Wer bis zum Schluß dort herumhockte, war mein Onkel Anund. Schließlich kam Kalle Högbom, der Vorsitzende der Dorfgemeinschaft, der den Schlüssel des Vereinshauses hat, und sagte:

»Müsset heimwärts abschieben jetzt, Alterchen. Muß abschließen.«

Da verzogen sie sich zur Pension, wo der Alte ein Zimmer bekommen hatte. Sie dachten allerdings nicht daran, zu schlafen. Der Alte joikte, was das Zeug hielt, und hin und wieder hörte man darüber die Stimme meines Onkels. Ich war ratlos. Die Pensionsgäste konnten ja nicht schlafen. Sie bummerten an die Wände und stampften auf den Fußboden. Ich mußte Mats wecken und ihn bitten, die zwei Singschwäne zu Anunds Hütte hinaufzufahren. Auch noch als Mats dort wieder im Auto saß und den Motor anließ, um nach Hause zu fahren, hörte er die gleitenden Töne des Alten vibrieren, so als ziehe eine Renherde über die Fjällheiden und sei in den Nebelstreifen flüchtig zu sehen. Da fand er es richtig schön, und er erinnerte sich daran, wie er als Junge mit seinem Onkel Aslak im Fjäll gewesen war.

Ja, diesen Alten bewunderte mein Onkel. Er hatte die alte Gesangsart nicht aufgegeben.

Die Ziehharmonika, die bereute mein Onkel am meisten. Das fand ich freilich dumm. So viel Spaß, wie er damit gehabt hatte, Leute hatte er froh gemacht und sich sogar ein kleines Einkommen damit verschafft. Aber er meinte, es sei die Ziehharmonika, die bestimme. Die Melodie, die er spiele, könne sich nicht auf die rechte Art auf und ab bewegen, sich nicht im Wind wiegen, nicht zittern und wogen. Sie sei von einem Zaun umgeben, so daß sie nie richtig wild und hart werden könne und dann wieder weich und wie sanftes Seewasser – nein. Und ein Ton sei eben der Ton, den man drücke, gleichsam festgelegt und nichts, worauf man gleiten könne. Auch könne man in den Gesang keine Scharte schlagen, nicht auf einem Ton hin und her schaukeln, und man könne ihn auch nicht so klingen lassen, als würde der Wolf die Kehle zusammenpressen und dieser Schrei aus seinem leeren Magen ertönen. So grauenhaft dürfe es nicht sein. Selbst der Wind werde gezähmt in den Liedern, die man zur Ziehharmonika oder zur Gitarre singe, ganz so, als hätten die Behörden festgelegt, wieviel es von allem sein dürfe, sagte mein Onkel.

»Die Rene sind jedoch die Kinder des Windes. Immerfort gehen sie gegen den Wind, und Gesänge, die viel Wind enthalten, beruhigen sie. Wenn man ein Lied singt, dann nimmt man Zuflucht zu dem, was in einem Buch oder auf einem Blatt Papier gestanden hat. Es muß wie in dem Buch sein, sonst ist es nicht gut. Das ist Laavlodt. Aber ein Vuelie, weißt du, der dringt ins Gedächtnis ein, um es zu retten, der bringt tote Herzen zum Schlagen.«

Jyöne Anund! Wenn ich doch mit dir reden könnte! Es ist trostlos, hier zu liegen und die Wand anzusehen und an das zu denken, was einmal war. Es hilft nichts, daß es dieselbe Wand ist. Laula Anut. Lieblingsonkel. Nicht, daß ich einen anderen gehabt hätte. Du warst verzweifelt, als ich euch genommen wurde. Damals, nachdem deine Schwester Ingir Kari gestorben sei, wie du gesagt hast. Damals seist du nach Norwegen gegangen, in die Gruben und ins Eismeer.

Aber das war nicht wahr.

Hillevi hat sich meiner angenommen. Du hast gesagt, sie und die Honoratioren hätten geglaubt, ich sei geschlagen worden, und das hat dich natürlich tief verletzt. Mein Großvater, den sie Fleischmichel genannt haben, war das schon gewohnt. Alle verleumden den Lappen, pflegte er zu sagen. Wie sich das mit den Spuren auf meinem Rücken verhielt, das konntet ihr beide, Großvater und du, ja erklären: Ich war von einem Adler geraubt worden. Du hast aber immer gesagt, daß Behörden so etwas nicht zuließen, und die Leute im Dorf ebensowenig. Ein solches Schicksal dürfe man nicht haben. In diesem Punkt glaube ich dir.

Aber warum hast du gesagt, Ingir Kari Larsson sei gestorben, kurz bevor ich zur Händlerfamilie kam, und Hillevi habe sich meiner angenommen, weil ich mutterlos geworden war? Das war nicht wahr, Onkel.

Meine Mutter hat noch bis 1923 in diesem kleinen Sanatorium in Strömsund gelebt. Ich war sechs Jahre alt, als sie starb. Jetzt ist mir klar, warum du damals im Dorf aufgetaucht bist. Du bist zu ihrer Beerdigung gekommen.

Ich hatte eine Mutter, und ich hätte sie noch einmal treffen können. Aber das wolltet ihr nicht. Hillevi und du habt immer gesagt, sie sei schon tot gewesen, als ich zu den Händlers kam. Hillevi muß schließlich selbst daran geglaubt haben. Sie hat so lebhaft erzählt, wie sie nach der Beerdigung zu Großvaters Quartier hinaufgegangen sei und mich geholt habe. Ihre Erinnerungen daran waren ganz deutlich.

Aber sie waren unwahr. Hillevi hatte mich drei Jahre früher geholt.

Wir trotten umher und denken an das, was einmal war. An unsere ganz deutlichen Erinnerungen daran.

Du bist fortgegangen, Anund. Nicht, nachdem meine Mutter gestorben war, wie du immer gesagt hast, sondern als sie nach

Strömsund gefahren war. Das war so gut wie der Tod, das begreife ich wohl. Aber trotzdem. Du hast uns verlassen.

Niemand konnte ahnen, daß Ingefrid Mingus auftauchen würde und daß der Kirchenvorstand beschließen würde, zu der alten Kapelle auf der Landzunge in Boteln eine Straße anlegen zu lassen. Das machte mich um das Grab meiner Mutter besorgt, das durch keinen Stein kenntlich gemacht ist. Du wolltest ihr sicherlich einen Grabstein setzen, Onkel, aber du hattest kein Geld. Ich befürchtete, die Bagger würden über das Grab hinwegrollen, und sagte zu Ingefrid, sie müsse es kenntlich machen. Ich würde für einen Stein aufkommen, sagte ich. Ich schämte mich, weil ich es nicht schon längst getan hatte. Aber ihr Grab war wie sie selbst, fast unsichtbar.

Wir redeten am Telefon darüber, und Ingefrid versprach mir, einen Stein zu bestellen. Sie fragte mich nach den Daten meiner Mutter, und ich schämte mich, weil ich nicht wußte, wann sie geboren worden war. Sie sei aber 1921 gestorben, sagte ich.

Als Ingefrid ins Pflegeheim kam, hatte sie einen Zettel dabei. Den wollte sie der Steinmetzwerkstatt schicken, und darauf stand:

INGIR KARI LARSSON
* 1903
† 1923

Ich sagte sofort, daß das falsch sein müsse. Aber so war es, Onkel. Ingefrid hatte im Kirchenbuch nachgeschlagen. Meine Mutter starb 1923. Das steht in den Papieren.

Jyöne Anund, es war ein fremdes Kind, dem du an jenem Winterabend, als ich sechs Jahre alt war, auf der Brücke begegnet bist. Ich weiß, es war unvermeidbar gewesen, mich wegzugeben. Aber mit deiner Lüge, finde ich, hast du mich verraten. Das tut mir altem Menschen weh.

Warum hast du Ingir Kari, deine Schwester, verlassen?

Am Abend vor Allerheiligen stand eine fremde Frau bei mir im Flur. Weggegeben oder geraubt? Was weiß man?

Sie hatten etwas, das hieß Verstecken. Am Abend vor Christi Himmelfahrt versteckte sich irgendwo im Dorf eine Gruppe junger Frauen. Eine locker verbundene Schar junger Männer mußte sie finden. Sie fuhren von Hof zu Hof und fragten nach den Frauen. Die Formel lautete:

»Kannst für den Hof garantieren?«

Man durfte nicht lügen. Waren die Frauen auf dem Hof versteckt, konnte man nicht garantieren, daß er frei war. Dann begann die Suche in Schuppen und Heuscheuern.

Ingefrid hörte die Männer, als sie vom Besuch bei einer bettlägrigen alten Frau in Skinnarviken nach Hause kam. Sie dröhnten mit hoher Geschwindigkeit vorbei, ließen den Motor aufheulen und wendeten abrupt. Es mußten ungefähr zehn, vielleicht fünfzehn Fahrzeuge sein, die zwischen den Höfen umherfuhren.

»Die sind mit dem Arsch am Autositz festgeschweißt«, sagte Elias Elv. »Kaum daß sie sich lösen, um schlafen zu gehen.«

Sie hatten jedoch dieses uralte Versteckspiel und waren sehr stolz darauf. Lediglich in zwei weiteren Dörfern hatte das Spiel überlebt.

Es hatte geregnet, doch der Frühlingsabend war hell. Der Abhang oberhalb der Landstraße war schneefrei. Rings um den Schafstall lagen noch Schneeflecken im gelbgrauen Gras, es sah aus, als hätten Hasen ihr Winterfell dort abgelegt. In der Einhegung, wo in ein paar Wochen die Schafe weiden sollten, wuchsen hohe Espen, und der Regendunst hing blauschimmernd in ihrem Gezweig.

Ingefrid wollte nur schnell ins Haus und sich umziehen, bevor sie die Schafe päppelte. Als sie schon auf dem Weg nach draußen war, rief Brita an. Sie redete und redete. Es ging um Fortbildungstage zur neuen Liturgie, um ein Seminar über Personalentwicklung und um einen Themengottesdienst für Obdachlose, und es ging um Probleme mit dem Kirchenvorstand wegen des Ausgabepostens »Fremde Dienste«. Es ging vor allem um: *Komm nach Hause.*

»Dich hat der Berggeist betört«, sagte sie.

Dem war aber nicht so. Es war ganz und gar nicht so, wie Brita vermutete: Anblicke blauender Fjälls und dramatische Geschichten über die Frau, die ihre Mutter war. Alles war sehr alltäglich. Ingefrid war überhaupt noch nicht im Fjäll gewesen, denn sie hatte weder Skier noch Zeit. Und daß jemand über Myrten gesprochen hatte, war lange her.

»Ich habe drei Mutterschafe und fünf Lämmer zu hüten«, sagte sie. »Die Ziehschwester meiner Mutter ist noch immer im Pflegeheim.«

»Es wird ja wohl Leute geben, die besser geeignet sind, Schafe zu hüten, als du«, sagte Brita. Sie lachte geradezu. Dann fing sie von der Gemeinde an, sagte, daß diese sie zurückhaben wolle. »Das paßt überhaupt nicht zu dir«, meinte sie. »Du hast immer unter Menschen gewirkt. Das ist dein Leben mit Gott. Nicht, dich zu verstecken.«

Sie hatte durchaus recht. Oder zumindest recht gehabt. Ingefrid hatte ihre Freude unter den Menschen gehabt. Doch als sie krankgeschrieben wurde, waren ihr Jesu Worte über die Einsamkeit aus dem Markusevangelium eingefallen: *Kommt mit an einen einsamen Ort, wo wir allein sind, und ruht ein wenig aus.* Allerdings war dieser Ort hier nicht einsam. Die Automotoren röhrten den Hang zu den oberen Höfen des Dorfes hinauf. Und ausgeruht hatte sie sich auch noch nicht viel.

»Hier versteckt man sich jedenfalls heute abend«, sagte sie. »Wir haben hier etwas, das heißt Verstecken.«

Brita fragte nicht, was das war, und das Gespräch endete genau wie beim vorigen Mal in einer Stimmung vager Unlust. Immerhin endete es nicht voller Gezänk wie Beckas Anrufe.

Sie hatte ein Problem im Schafstall, von dem sie Risten nichts erzählt hatte. Pärlan war eine schlechte Mutter. Sie stieß ihr Lamm oft weg. Am Anfang hatte sie es nicht einmal richtig trockengeleckt. Nachdem sie die Fruchtblase aufgefressen hatte, entfernte sie sich von dem Neugeborenen. Ingefrid hatte das Lamm mit einem Frotteehandtuch abgerieben. Sie heulte fast vor Angst, als die kleine Zibbe das Lamm nicht annehmen und saugen lassen wollte. Jedesmal, wenn sie es ihr ans Euter legte, trat die Zibbe aus.

Sie war nach Rubys Niederkunft voll Zuversicht gewesen. Da hatte sie mitbekommen, welche Fertigkeiten in einem Mutterschaf wie auch in Lämmern eingebaut waren. Die Lämmer suchten zitternd nach dem Euter und nach Wärme und waren auf ihren staksigen Beinen stärker, als man erwartet hatte, wenn sie naß und benommen aus ihrem Sack freigeleckt worden waren. Pärlans Lamm suchte ebenfalls, wurde jedoch dauernd weggetreten. Schließlich krümmte es sich zu einem nassen, zitternden Häkchen zusammen.

Sie hatte gelesen, wie wichtig die Biestmilch sei, und ihr kam die Eingebung, das Mutterschaf zu melken. Als sie ins Haus rannte, um eine Tasse zu holen, glaubte sie kaum, daß es ihr gelingen würde. Sie erwartete, wie das Lamm weggetreten zu werden. Doch das geschah nicht. Die Zibbe fraß Kraftfutter, während Ingefrid an den Zitzen zog, zuerst an der einen, dann an der anderen. Es kam ein kleiner Strahl dicker, gelber Milch. Sie nahm das Lamm auf den Schoß und bot ihm die Milch in einem Teelöffel an. Doch er ließ sich nicht in das kleine, zusammengepreßte Maul einführen. Da tauchte sie den Zeigefinger in die Milch und legte ihn ihm ans Maul. Sofort sog es daran. Nun ließ sich der Löffel leicht hinterherschieben. Ingefrid kamen die Tränen. Es war eine so unerhörte Erleichterung. Sie stand nahezu in keinem Verhältnis zu irgend etwas, was Ingefrid je erlebt hatte. Sie verstand sich selbst nicht. Bis dahin hatte nur Anand so starke Gefühle bei ihr ausgelöst. Als sie mit dem neugeborenen Lamm auf dem Schoß dasaß, erinnerte sie sich an Anands erste Zeit bei ihr. An die langwierigen Diarrhöen. Die Mattigkeit. Die Austrocknung, die sein dunkles Gesichtchen runzlig und alt gemacht hatte.

Das unwillkommene Tier war ein Widderlamm. Es hatte einen kleinen, leeren, mit dichtem krausem Fell bedeckten Hoden und eine runde Penisknospe. Daraus ragten wie Fühler ein paar Haare hervor, und nachdem sie ihm so viel Milch eingeflößt hatte, daß sein pechartiger Stuhl abging, kamen auch ein paar Tropfen Urin. Da sah sie, daß die Haarfühler dazu dienten, den Urin vom Körper abzuleiten.

Sie kniete sich in das Streulager und versuchte immer wieder, den kleinen Widder anzulegen. Doch die Zibbe trat ungeduldig aus. Da wickelte sie ihn in ein trockenes Frotteehandtuch und nahm ihn mit ins Haus, um den Tierarzt anzurufen. Pärlan hatte während der Arbeitszeit gelammt, trotzdem klang der Veterinär gereizt. Sie erfuhr, daß ein Lamm ein sehr kleines Problem darstelle. Er sprach von einem Handy aus, und sie stellte sich vor, daß er mit der anderen Hand in einer großen Kuh wühlte.

»Haben Sie die Nachgeburt noch? Dann schmieren Sie ihm damit das Hinterteil und den Rücken ein und versuchen es noch einmal.«

Sie zog Gummihandschuhe an und tat, was er gesagt hatte. Als das Lamm zu suchen anfing, packte sie die Zibbe mit festem Griff an den Hinterbeinen. Die zuckten, aber schließlich drehte sich Pärlan um und beschnüffelte das Hinterteil des Lammes. Dann fraß sie weiter ihr Heu. Und das Lamm sog. Sein Stummelschwanz schwirrte. Es dauerte nicht lange, doch immerhin hatte es etwas zu sich genommen.

Pärlan hatte ebenfalls den guten Geschmack besessen, an einem Montag zu lammen, Ingefrids freiem Tag. Ingefrid verbrachte fast den ganzen Tag auf den Knien, und sie war sich unsicher, ob sie durch ihre ständige Anwesenheit die Annäherung des Lammes an das Mutterschaf störte. Ein paar Versuche, die beiden allein zu lassen, führten jedoch zu einem Ergebnis, das sie erschreckte. Das Lamm wurde schwächer. Es lag einsam im Streulager, wenn sie zurückkam, und zitterte.

Sie hatte in Ristens Regal mit den Medikamenten und Gerätschaften eine Saugflasche gefunden. Sie konnte direkt in die Flasche melken und hatte keine Schwierigkeiten, das Lamm zum Saugen zu bewegen. Es schlief ein, sobald der Schluck in der Flasche zu Ende war. Dann rief sie beim Futtermittelbetrieb

Lantmanna an, um sich mit dem Bus einen Karton Milchersatzpulver bringen zu lassen.

Am Abend fand sich die Zibbe mit den Attacken des Unwillkommenen auf ihr Euter langsam ab. Ingefrid nahm etwas Kraftfutter in die Hand und fütterte sie, während das Lamm trank. Das dauerte so lange, wie es eben dauerte. Um sieben Uhr abends kam der Bus und der Karton mit dem Lammex. Das Lamm war trocken und wirkte munterer, als sie ins Haus ging, um für Anand und Elias Essen zu machen.

Pärlan blieb eine launische Mutter. Der Kleine durfte saugen, wenn er herankam, also meistens dann, wenn die Zibbe den Kopf in die Futterraufe steckte. Er verließ sich mittlerweile jedoch mehr auf Ingefrids Flasche und blökte mit schriller Stimme, sobald er sie sah. Sie habe sich ein Problem eingehandelt, meinte Elias. Er schien erstaunliche Kenntnisse über Schafe zu besitzen.

»Das ist ein kleiner Milchdieb«, sagte er über den Unwillkommenen.

»Ja, er versucht manchmal bei den anderen Zibben zu saugen. Doch das muß er dann von hinten machen.«

»Und dann scheißt ihm die Zibbe auf den Kopf«, sagte Elias. »Der Dreck auf der Stirn verrät stets den, der Milch stiehlt. Früher hat man von solchen Lämmern einfach abgelassen. Da hatte niemand Zeit, mit Flaschen herumzurennen.«

»Aber dann sind sie doch gestorben.«

»Man hat sie beseitigt«, erklärte er. »Das war nicht schlimmer, als ein Katzenjunges zu erledigen.«

Sie wollte nicht mit ihm darüber diskutieren. Er würde nie verstehen, wie sehr sie sich freute, daß das Lamm lebte. Sie verstand sich selbst nicht. Es waren starke und unreflektierte Gefühle, die sie empfand, und sie waren zum Teil unbegreiflich. Sie sah einen Huflattich, der auf der Fahrbahn wuchs, einen fleischigen eisernen Willen, der direkt durch den öligen Kies gebrochen war. Da dachte sie an ihr Lamm und wünschte ihm einen solchen Willen. Nachdem alle drei Zibben gelammt hatten und sie nachts wieder schlafen konnte, war sie glücklich. Ich kann es nicht anders sagen, dachte sie. Welch ein Wort im übrigen! Wann habe ich das zuletzt verwendet? Sie war glücklich, weil das Lamm lebte, weil sie schlafen konnte, weil Anand in der Schule einigermaßen ruhig war und weil sie ein paar große Motorradstiefel gefunden hatte, in denen sie gehen konnte, ohne daß der gebrochene Zeh schmerzte.

Sie trug Myrtens Pelz, als sie am Abend in den Schafstall ging. Es wurde schnell kalt da drinnen, und sie wollte lange bleiben. Die Lämmer hüpften jetzt umher. Sie hatten rundliche Bäuche, und die kleinen Widder gingen mit den Köpfen aufeinander los. Die Zibben lagen mit Mienen frommer Nachsicht daneben und käuten ihre Heubälle wieder. Als Ingefrid über die Trennwand stieg und sich ins Stroh setzte, hüpfte ihr das Flaschenlamm auf den Schoß und legte sich in den schwarzen Persianerfalten zurecht.

Es war ein naßkalter Abend, sie war dankbar für den Pelz. Draußen war es blendhell, die Schatten wurden noch nicht einmal blau. Den Himmel sah sie durch das kleine Fenster nicht, lediglich das halb vermoderte Gras des vergangenen Jahres am Steilhang. Zwischen dessen Büscheln fand sich schon Täschelkraut, ein unscheinbarer Frühlingsbote, nach dem Risten eifrig gefragt hatte. Es hatte unter dem Schnee violette Blütenstände ausgebildet und sie als allererstes hervorgereckt. Ingefrid hatte es in einer Flora nachgeschlagen, die Risten bei der Auktion von Aagot Fagerlis Hinterlassenschaft ersteigert hatte: Gebirgstäschelkraut. Speere der gemeinen Quecke fanden sich im Gras. Die Birkenknospen waren angeschwollen und klebrig.

Die jungen Männer hatten das Versteck der Frauen wohl noch nicht gefunden, denn die Autos röhrten nach wie vor über die Hänge. Riefen Stimmen, so schienen sie aus dem zu kommen, was Risten urige Zeiten nannte. Anand hatte gefragt, wann die Urzeiten gewesen seien, und Ingefrid hatte geantwortet, hier könnten sie jedenfalls noch nicht lange vorbei sein.

Ein paar Autos hielten vor dem Laden, und sie hörte laute Männerstimmen. Sie legte das Widderlamm an Pärlans Seite und hoffte, es werde sich in ihrer Fellwärme zusammenkauern dürfen. Dann kletterte sie über den Balken und lugte vorsichtig zur Tür hinaus. Birger Torbjörnsson war auf dem Weg zum

Haus. Er macht bei der Suche mit, dachte sie. Er will wohl fragen, ob ich für den Hof garantieren könne.

Sie kam auf die Idee, sich zu verstecken. Wenn bei Risten niemand aufmachte, mußte er logischerweise in den Schafstall gucken. Sie trat die großen Motorradstiefel von den Füßen, um das Heu nicht schmutzig zu machen. Wo sie in den vergangenen Tagen die Heubündel entnommen hatte, war ein großes Loch, und sie arbeitete sich dorthinauf und krauchte hinein. Es roch sehr kräftig, denn es war Blumenheu von der Almweide. Das hatte Risten gesagt. Mats mähte es ihr. Dieser Duft und die Erinnerung an einen lange zurückliegenden Heuduft überwältigten sie im selben Augenblick. Hier in diesem Grasgewirr waren Sommer gealtert und hatten sich verdichtet. Ingefrid hatte Lust, darin zu versinken. Sie wollte etwas, wofür sie keinen Namen hatte. Gerüche und Graskitzeleien verdauen, sie wie eine dichte Masse bebrüten. Das Gedächtnis war ein System miteinander verbundener Mägen, und sie konnte vielleicht desto weiter hinabgelangen, je mehr sie von der Dichte dieses trockenen Blumenheus verdaute.

Da hörte sie Birger rufen und merkte, daß sie beim Verstecken gern mitgemacht hätte. Doch wer fragt schon die Pfarrerin, ob sie an einem Frühlingsabend das Haus verlassen und sich im Heu verstecken wolle? Sie hätte außerdem nein gesagt. Die vorige Pfarrerin hatte mit ein paar Frauen, die ihr beigebracht hatten, am Eisrand Aalquappen zu angeln, Karten gespielt. Das Spiel hieß Plump und war bestimmt ziemlich kindisch. Dem kleinen Teil der Gemeinde, der aktiv war, gefiel das gar nicht.

Jetzt begann Birger mit den Händen im Heu zu wühlen. Er hatte natürlich die Motorradstiefel gesehen. Wie dumm! Sein schwerer Körper arbeitete sich nun herauf. Er keuchte.

Die Angst überfiel sie ohne Vorwarnung. Sie schien sie ersticken zu wollen, als sie sein Gesicht sah. Es lächelte. Sie dachte an eine Maske. Daß er eine Maske vor dem Gesicht trage. Daß er gar kein anderes Gesicht habe, daß es unter der Maske leer sei. Ein Loch direkt in sein Inneres. Bis hinab auf den Grund.

Sie hatte zu sehr Angst, als daß sie ihren Schrecken verbergen konnte. Sie zog sich einfach weiter zurück und hätte auch, selbst wenn sie es versucht hätte, keinen Ton herausgebracht. Ihr Mund war trocken.

Da glitt er schwerfällig wieder hinunter. Sie sah das Gesicht nicht mehr, hörte nur seine Stimme:

»Sie kommen heraus, sobald Sie selbst es wollen, Ingefrid.«

Er stand still dort unten. Sie hörte keinen Laut und konnte sich nicht bewegen. Sie war jenseits aller Verstellung.

»Ich kann aber nicht für den Hof garantieren«, hörte sie ihn sagen. Er klang gutmütig. Genau wie immer. Es war nur Birger Torbjörnsson, der dicke Doktor. Jetzt hörte sie die Tür des Schafstalls zuschlagen und nach einer Weile sein Auto anfahren.

Da kam alles wieder. Sie war lächerlich. Das hier war schlimmer, als Plump zu spielen und Aalquappen zu angeln und zu viele Zigaretten zu rauchen. Es war albern. Sie war albern. Wurde nie erwachsen, nicht zuinnerst. Und sie verriet sich. Genau wie damals, als sie Brita Gardenius ein Gebet geschickt hatte. Seitdem wußte Brita, wie sie war. So, wie dieser dicke Doktor jetzt. Er würde sich in ihr festhaken.

Sie lag nach wie vor im Heu, hatte sich zusammengekauert. Jetzt war sie wieder bei Stimme. Sie wimmerte: Ich will meine Ruhe haben, meine Ruhe haben. Laßt mich in Ruhe! Schließlich war es nur noch ein Gewinsel. Ihr war übel, und sie krauchte und kletterte langsam nach unten. Heu fiel zu Boden. Das muß ich aufheben. Darf nicht mit den Stiefeln darin herumtrampeln. Sie hatte etwas über Gasbrandbakterien gelesen. Es könnte alles eine einzige sich hinziehende Katastrophe mit den Lämmern ergeben.

Sie trat in das Maiabendlicht hinaus und klopfte sehr sorgfältig Myrten Fjellströms Pelz vorn aus. Auf der Vortreppe zog sie ihn aus und hängte ihn über das Geländer, um auch die Rückseite auszuklopfen. Sie sah ein, daß sie eine Kleiderbürste brauchte. Als sie die Tür berührte, war Gott nahe.

Ich kann von dieser Erinnerung nicht loskommen, und am schlimmsten ist der Geruch. Ich bitte dich nicht um Befreiung. Nur um die Kraft, es tragen zu können.

Als spätabends im Dorf Ruhe eingekehrt war, bekam sie Anand dazu, ins Bett zu gehen. Bis zuletzt phantasierte er von Abenteuern in scharfem Glas. Er sah so viel. Blubberte mit dem Mund voller Zahnpastaschaum weiter. Doch sie wollte jetzt ihre Ruhe haben. Der PC stand auf dem Küchentisch und säuselte. Keine Lampe brannte. Von weitem schimmerte der Computer blau.

Es ist nicht vielen Menschen vergönnt, ihr Leben zu wechseln. Wenn die Möglichkeit besteht, ist der Wille nicht stark genug. Im allgemeinen hält man wahrscheinlich an seinem gewohnten Leben fest wie an schmuddliger Unterwäsche. Man weiß, sie müßte gewechselt werden, aber das hat noch etwas Zeit. Der Geruch ist so vertraut.

Noch stiller. Wie in »urigen Zeiten«.

Die Erinnerungen zu wechseln ist schwer, sogar schmerzlich. Doch du verfolgst eine Absicht mit mir. Ich weiß nicht genau, worin sie besteht, doch ich spüre sie.

Als ich zu diesem Haus zurückkam, zu dieser alten Frau und ihrem uralten, fast durchsichtigen Freund, bemerkte ich ihrer beider Neugier auf mich, und ich war einige Augenblicke lang bereit, ihr entgegenzukommen. Ich stand in der Tür und hatte das Gefühl, nur als Pfarrerin verkleidet zu sein und ebenso viele Namen zu tragen, wie ich Handtaschen besaß. Ich war drauf und dran, deren Inhalt aus mir herauszuhaspeln. Was mich dazu brachte, diese Lieferung zurückzuhalten, war schwindelerregender Überdruß. Den hast du mir eingegeben.

Eine Kanne Tee. Sie wollte ohnehin nicht schlafen. Es ist besser, so zu denken: Ich will sowieso nicht schlafen. Es ist gefährlich, sich zu sagen: Ich werde nicht schlafen können.

Wem könnte ich diese Erinnerung anvertrauen? Mit diesem Geruch?
 Wem?

Der professionellen Brita? Einem netten pensionierten Landarzt?

Es scheint dein Plan zu sein, daß ich sie für mich behalten soll. Nur für mich. Ich kenne deine Absicht nicht, doch ich spüre sie. Willst du das von mir?

Anfangs wußte ich noch Jahr und Tag. Jetzt kann ich nicht einmal mehr sagen, welche Jahreszeit es war. Die Begebenheit ist durch viele Mägen der Erinnerung gewandert. Trotzdem hat sie sich nicht aufgelöst. Willst du mir das sagen: daß sie sich aufgelöst habe? Daß sie dabei sei, sich aufzulösen?

Oder daß ich sie hege und pflege.

Da war eine Frau, die bei einem tragischen Unfall ums Leben kam. Hinterher rührte ich an den Gedanken, sie sei zu Tode mißhandelt worden.

Man kann an keinen Gedanken rühren.

Ich dachte: Er hat sie erschlagen.

Doch dem war nicht so. Sie hatte sich ihre Kopfverletzungen bei einem Fahrradunfall zugezogen. Das war erwiesen.

Erwiesen?

Der Haß ist nach wie vor da.

Sie hatte zwei Kinder. Ihre Namen sind mir jetzt entfallen.

Den Namen des Witwers habe ich mir nie merken können. Lange Zeit wußte ich, wie die Kinder hießen, und ich wußte auch ihr Alter. Er aber hat nie einen Namen gehabt. Auch kein Gesicht.

Schmutzigblond war er, beige. Schon von Anfang an hatte er etwas Unangenehmes an sich. Nun ja, etwas Vages. Er war ein schlanker Mann mit flinken Gesten, auf parvenühafte Art gut gepflegt. Ich verachtete seine mit Haarwasser geleckte Frisur und sein schrilles Sakko mit Schlitz hinten.

Meinst du, daß es damit angefangen hat?

Daß sein Haß aus meiner Verachtung erwachsen ist?

Die Beerdigung. Er ist untröstlich, schielt aber hin und wieder hoch. Hält die beiden Kinder an der Hand. Die Sargdekoration ist dürftig. Ist er wirklich so arm? Als er mir seine Telefonnummer ge-

ben wollte, hat er sie auf die Rückseite eines alten Wettscheins der Galopprennbahn in Täby geschrieben. Die Kinder haben Angst.

Ich denke zuerst, sie hätten Angst vor dem Tod, der ihnen die Mutter genommen hat. Sie starren jedoch die Wände an. Sie sind noch nie in einer Kapelle oder in einer Kirche gewesen. Es ist bestimmt erschreckend kahl für sie. Keine Teppiche, keine Kissen. Ein Kreuz, an dem ein gekrümmter Mann hängt.

Sowohl während der Beisetzung als auch hinterher versuche ich, ihnen verständlich zu machen, daß du ihre Mutter zu dir genommen hast. Daß alles, was sie war, jetzt in deinem unendlichen Gedächtnis ist. Ich habe gesagt: »Ihr helft Gott, eure Mutter bei sich zu haben. Ihr zwei wißt schließlich alles über sie. Sie ist gleichzeitig bei euch, wenn sie bei Gott ist.« Doch sie haben nur den Sarg angestarrt.

Der Vater riecht nach Alkohol. Diesen Geruch verkenne ich nicht. Ihn mit Tulo Halstabletten oder Aqua Vera verbergen zu wollen, nützt nichts. Für diesen Geruch besitze ich den scharfen Riecher der Kindheit. Und diese Kinder besitzen ihn ebenfalls, dessen bin ich mir sicher. Sie haben Angst, und das bereitet mir großes Mißbehagen.

Ich erkundige mich, wie er das mit den Kindern hinkriegen werde. Bekomme nie richtig heraus, womit er in der Firma eigentlich zu tun hat. Er nennt sie immer nur die Firma. Autos? Versicherungen? Er sagt, er wisse nicht, was mit ihnen geschehen werde, und dann weint er. Die Kinder werden ängstlich, halten ihre Tränen jedoch zurück. Das finde ich auffallend.

Ja, mein kritisches Urteilsvermögen ist zur Stelle. Es wird nicht von Mitgefühl vernebelt, nicht einmal geschwächt. Ich sage, ich würde eine Diakonisse zu ihnen schicken, die darauf achten könne, wie es ihnen ergehe, und dafür sorgen, daß sie die Hilfe bekämen, die sie benötigten. Doch er will, daß ich persönlich komme.

»Wir haben so guten Kontakt gefunden«, sagt er. »Ich habe nicht geglaubt, daß so was möglich ist. Ich meine, ich glaube ja nicht an Gott oder so. Aber das hier ist was ganz ... ja, etwas, von dem ich nie geglaubt habe, daß es passieren könnte.«

So hört sich das an. Was ganz Besonderes. Zwischen dir und mir. Daß so was passieren kann!

Immer wieder ruft er an. Ich wünschte, ich hätte eine geheime Telefonnummer. Er sagt, er müsse mich treffen. Er halte es nämlich nicht mehr aus.

Ich bitte einen Diakon, Harald, zu ihm zu gehen. Er kommt zurück und sagt, sie wollten mich sehen. Auch die Kinder.

»Wir gehen zusammen hin«, sage ich.

Mein Urteilsvermögen und meine Erfahrung, sogar mein natürliches Mißtrauen sind ständig zur Stelle. Doch als er an meiner Tür klingelt, helfen sie mir nichts.

Endlich wurde es Nacht über dem großen See. Weit draußen blaute das morsche Eis. In der Bucht, wo der Fluß davontanzte, war das Wasser schwarz und lebhaft. Man sah immer weniger davon, denn die Dunkelheit war nichts als eine Dämmerung, undicht wie ein Gardinengewebe. Sie schmuggelte sich aus den Rottannen am Uferrand und verwischte alles, was scharf und klar und deutlich war.

Bald werde das Eis gehen, sagten die Dorfbewohner. Der See werde frei.

Er wird frei.

Ingefrid legte sich auf die harte Küchenbank.

Es ist gegen sieben Uhr abends. Das weiß ich noch. An dieser Stelle ist alles sehr deutlich. Anand sitzt am Küchentisch und spielt mit Plastiktierchen. Er soll gerade ins Bett gehen. Als es klingelt, ist er fix auf den Beinen. Zu fix. Doch ich hätte den Witwer wohl ohnehin nicht daran hindern können hereinzukommen, denn er hat die Kinder dabei. Eins an jeder Hand, er hält sie fest. Als hätte er Angst, sie könnten sich die Treppe hinunterschleichen und verschwinden.

Es war jetzt so deutlich. Sie setzte sich wieder auf. Wie lange sie geschlafen hatte, wußte sie nicht recht. Dienten die Dunkelheit und das Eindämmern dem Gedächtnis? Die Möglichkeit, in Ruhe zu arbeiten?

Anand wird natürlich wild und zieht die Kinder mit in die Küche, plappert drauflos, zeigt ihnen seine Plastiktiere und erzählt von Wölfen. Er zeigt ihnen auch die Tiere auf seinem Flanellpyjama. Der Witwer steht auf dem Teppich in der Diele und sagt:
»Ich mußte einfach kommen.«
Dann macht er etwas, was mir absolut nicht gefällt: Er streckt die Hand aus und schaltet die Dielenlampe aus.
»Nein, das wird zu dunkel«, sage ich und mache das Licht wieder an. Dann gehe ich rasch vor ihm in die Küche, denn ich möchte nicht eine Sekunde länger mit ihm allein sein. Ich habe meinen Morgenrock an, und ich wünschte, ich hätte meinen Blazer, den Rock und das Pfarrerhemd nicht ausgezogen, sobald ich nach Hause gekommen war.
»Wir können uns morgen treffen«, sage ich und frage mich, wie er an meine Adresse gekommen ist. Wir sind von Axelsberg nach Gröndal umgezogen, und die Adresse im Telefonbuch stimmt nicht.
»Sie müssen verstehen, daß ich zu Hause niemanden empfangen kann.«
Ich bin unschlüssig, ob ich »Trauernde« oder »Konfidenten« sagen soll. Beide Begriffe erscheinen mir falsch.
»Die Gemeindeglieder kommen zu mir ins Büro«, sage ich. »Dort sind Sie herzlich willkommen.«
»Ist das nicht ein wenig unpersönlich?« fragt er, und mir fällt auf, daß das ältere Kind, ein Mädchen im schulpflichtigen Alter, das Gespräch wachsam verfolgt.
»Ganz und gar nicht«, sage ich. »Mein Arbeitszimmer ist sehr gemütlich. Wir haben außerdem ein extra Gesprächszimmer. Dort werden Sie sich alle drei herzlich willkommen fühlen. Doch jetzt ist es spät, und ich möchte meinen kleinen Jungen ins Bett bringen. Dann also bis morgen!«
Ich komme mir vor, als würde ich etwas verlesen. Es macht keinen Eindruck auf ihn. Er erzählt mir, er halte es nicht mehr aus. Das Gefühl sei zu stark. Ich hüte mich wohlweislich davor, zu fragen, welches Gefühl, und werde direkter.
»Sie gehen jetzt nach Hause«, sage ich und nehme das Mädchen bei der Hand. Da geschehen zwei Dinge auf einmal:

Anand fängt an, ein Theater zu machen. Der Mann, der nun an der Schlafzimmertür steht, bricht in Tränen aus. Anand quäkt jetzt, daß der Junge und das Mädchen dableiben und mit seinen Tieren spielen sollen. Der Witwer weint richtige Tränen. Ich glaube nicht an sie, trotzdem kullern sie ihm über die Wangen, die nicht so frisch rasiert sind wie bei unserer ersten Begegnung. Seine Alkoholfahne ist kräftig. Er taumelt durch die Schlafzimmertür und sagt, er müsse mit mir reden. Allein, sagt er. Da begehe ich eine Dummheit: Ich folge ihm ein paar Schritte ins Schlafzimmer. Und zwar deshalb, weil ich die Gesichter der Kinder sehe und denke, sie vor diesem Auftritt bewahren zu müssen. Er taumelt und stolpert nicht mehr, sondern erhebt sich vom Bett, wo er sich niedergelassen hatte, ganz fix auf die Beine. Und schon schließt er die Tür hinter mir.

»Endlich«, sagt er. »Ich habe mich so danach gesehnt.«

Das schlimmste ist dieser Wortschwall, der ihm über die Lippen kommt. Zuerst ist er larmoyant und leidenschaftlich. Er sagt, es sei nicht leicht für einen Mann, allein zu bleiben, packt mich an den Oberarmen und preßt seinen Unterleib gegen meinen. Als ich Widerstand leiste, kichert er und nennt mich einen kleinen Teufel, ein richtiges kleines Biest, das schon wisse, wie man einen Kerl behandelt, damit er richtig heiß werde. »Du beherrschst deine Kunst«, sagt er, »das habe ich die ganze Zeit gewußt.« Meine Arme hat er mit seiner rechten Hand auf meinem Rücken blockiert, und ich muß rückwärts fallen, damit er mir keinen Arm bricht. Ich habe nicht gedacht, daß er so stark ist, eigentlich wirkt sein Körper schmächtig.

»Du hast Sehnsucht gehabt, das ist verständlich, du bist wie ich, ich bin total scharf, und du hast dich nach einem richtigen Kerl gesehnt. So riecht ein richtiger Kerl, riechst du es?«

Und ich rieche es, das ist das schlimmste. Er hat sein erigiertes Glied herausgeholt, ergreift es und fährt mir damit vors Gesicht. Er hält mich jetzt mit seinem Knie fest und streicht mir mit dem steifen Glied über die Lippen. Ich presse sie zusammen und versuche, mein Gesicht abzuwenden. Einen Moment lang ist der Geruch so unerträglich, daß ich schreien möchte. Doch dann kommen mir seine Kinder und Anand dort draußen in den Sinn, und mir ist klar, daß ich still sein muß, damit sie nicht völlig verschreckt werden. Das schlimmste ist, daß es wie eine Übereinkunft zwischen uns wirkt: Ich schweige, und er flüstert. Er zischelt und tuschelt nämlich seine Tiraden über den kleinen Teufel, die kleine Pfaffenhure, die einen Schwanz haben wolle, die sich ausziehe, bevor sie die Tür aufmache, und darum bettle, und schwarze Strümpfe trage, oh, wie lecker, Püppchen, du sollst kriegen, was du haben willst, siehst du, zwischen uns gibt es keine Komplexe mehr ...

Dieses Wort hat mich geweckt: Komplexe. Ich wurde fürchterlich böse, bin es immer noch.

Der Zorn gibt mir die Kraft, ihm mein Knie in den Unterleib zu rammen, als er sich hinkniet, um mir die Strumpfhose vom Leib zu reißen. Er jault wie ein getretener Hund, als ich ihm den Kniestoß versetze, und ehe er wieder über mich herfallen kann, bin ich auf den Beinen und werfe mich so heftig gegen die Schlafzimmertür, daß ich mir die Stirn anschlage. Er hat sich von seinem Schmerz erholt und bekommt meinen Morgenrock zu fassen, der zurückbleibt, als ich in die Küche hinausstürze. Das letzte, was ich höre, ist das Geräusch von zerreißendem Stoff. Dann ist es still. Die Kinder starren mich an, und seltsamerweise ist es das große Mädchen, das zuerst zu weinen anfängt. Dann beginnt auch der Junge zu schluchzen. Anand fragt:

»Wo ist dein Morgenrock?«

Ich habe nach wie vor meine Strumpfhose an. Oben am Gummi ist sie zerrissen.

»Kommt«, sage ich zu seinen Kindern. In der Diele bleibe ich mit Anand im Arm stehen. Im Schlafzimmer ist es ruhig. Offensichtlich kennt er immerhin so etwas wie Rücksicht auf die Kinder. Oder auch Scham. Kann er sich schämen?

Ganz leise gehe ich in die Küche zurück. Ich nehme ein Tranchiermesser aus der obersten Küchenschublade.

»Was hast du vor?« fragt Anand.

Die beiden fremden Kinder weinen nur noch mehr.

»Ich werde Brote schmieren«, erwidere ich.

»Mach das nur«, sagt Anand und sieht mich streng an.

Ich ziehe das Telefon zu mir heran, wie ich da mit dem Messer in der Hand am Küchentisch sitze. Es ist nicht ganz still, irgendwas ist aus dem Schlafzimmer zu hören. So als atmete er heftig. Oder weint er wieder? Zuerst habe ich mit Anand zu den Nachbarn laufen und von dort aus die Polizei anrufen wollen. Jetzt zögere ich, sie überhaupt anzurufen. Die Kinder haben aufgehört zu weinen. Sie starren mich und das Messer an.

»*Wollt ihr belegte Brote haben?*« *frage ich.*

Sie schütteln den Kopf.

Nein, ich kann nicht die Polizei hierherkommen lassen und die Kinder noch mehr aufschrecken. Ich wähle statt dessen die Nummer des Diakons. Er meldet sich nicht.

»*Zieht eure Jacken wieder an*«, *sage ich.* »*Ihr werdet gleich nach Hause gehen.*«

Sie gehorchen, allerdings ein bißchen zu schnell, wie mir scheint. Wie auch immer, diese Kinder brauchen Hilfe.

Ich nehme den Hörer wieder ab und wähle aufs Geratewohl eine Nummer. Dann sitze ich mit dem Hörer am Ohr da und warte. Anand hat wieder mit seinen Plastiktieren zu spielen begonnen. Die beiden anderen stehen in der Diele. Ich sehe ihre blassen Gesichter unter der Dielenlampe. Ihre Augen wirken wie Löcher in Stoffetzen.

Schließlich kommt er heraus. Da beginne ich, in den Hörer zu sprechen. Ich bin mir nicht sicher, daß es überzeugend klingt.

»*Das ist gut. So schnell wie möglich, bitte.*«

Er lacht leise. Doch nicht über das fingierte Telefonat, nehme ich an. Er scheint sich auf den Weg zu machen. Merkwürdigerweise ist sein Haar wieder wie geleckt. Er muß sich vor dem Spiegel im Schlafzimmer gekämmt haben. Ich sage noch ein paar lahme Worte.

»*Ja, ja ... vielen Dank. Ich warte also. So schnell wie möglich.*«

»*Es ist wohl ein bißchen wild hergegangen*«, *sagt er. Sein Lachen ist aufgekratzt. Oder versucht es wenigstens zu sein. Doch dann geht er. Nimmt die Kinder bei der Hand und verschwindet, und ich stürze zur Tür und lege die Sicherheitskette vor.*

Meinem Eindruck nach scheint Anand ruhig zu sein, doch ich lasse ihn trotzdem noch ein Weilchen spielen und schneide, wie ich es angekündigt habe, Brot auf. Er ißt ein belegtes Brot und trinkt ein Glas O'Boy-Kakao. Nachdem ich ihn ins Bett gebracht habe, gehe ich ins Schlafzimmer, um mich um das Durcheinander in meinem Bett zu kümmern. Da schlägt mir der Geruch entgegen.

Sie saß auf der Küchenbank und dachte, daß ihr der Geruch während der Zeit mit Pekka nicht zuwider gewesen war. Nach ihm hatte es noch ein paar Männer gegeben. Nette Jungs. Einer war Bibliothekar. Und dann der Kommilitone in Uppsala, der in Religionsgeschichte promovierte. Auch da war er ihr nicht zuwider gewesen. Sie dachte ein Weilchen an den Geruch, während sie im Herd nachlegte. Erinnerte sich am besten an den aus Pekkas Zeit. Ein Schnitt in eine rohe Kartoffel. Regennasse Erde. Moos. Mandel. Es war kein romantischer Duft, doch er war irdisch. Sie hatte ihn gemocht.

Hier im Schlafzimmer ist er ein Gestank. Der Mann hat mein Kissen und meinen Morgenrock bekleckert. Er hat das Zeug überall hingeschmiert, es gibt keine andere Erklärung. Er muß mehrmals ejakuliert haben. Das Glas des Weckers und der Spiegel sind verschmiert, und der Stoff meines Hemdes pappt mit dem Pfarrkragen zusammen. Trocknet sogar schon.

Ich bin im Badezimmer und übergebe mich, kann jedoch nicht weinen. In der Wohnung ist es still, lediglich der Kühlschrank und die Heizungsrohre säuseln. Ich habe keine Waschmaschine im Bad, sondern muß bis zum Morgen warten. Und wenn die Waschküche nicht frei ist? Ich knülle alles in Plastiktüten und stelle sie an die Tür. Erst da kommt mir der Gedanke, daß ich auch alles wegwerfen könne. Doch ich traue mich nicht, zum Müllschlucker im Treppenhaus hinauszugehen.

Den Wecker und den Spiegel muß ich mit feuchten Papiertüchern abwischen. Obwohl ich meine, einen leeren Magen zu haben, weswegen ein Brechreiz folgenlos bliebe, erbreche ich gallengelben Schleim, der auf dem Bett landet. Ich komme nicht umhin, ein weiteres Bündel in eine Plastiktüte zu stecken.

Ich bete unentwegt um Kraft, nachdem ich still geworden bin, erhalte jedoch keine und kann nicht schlafen. Ich bin ausgehöhlt.

Meine Gedanken sind spitze Splitter. Hellwach und mit schmerzendem Zwerchfell liege ich auf dem Wohnzimmersofa und friere. Doch ich will nicht ins Schlafzimmer gehen und mir eine Decke holen.

Ich liege bis zum Morgengrauen unter meinem Mantel. Da friere ich derart, daß ich nicht mehr umhinkomme, ins Schlafzimmer zu gehen und das Fenster zu schließen. Es zieht eiskalt durch den Spalt unter der Tür. Jetzt riecht es dort drinnen nicht mehr.

Als ich mich am Morgen anziehen will, merke ich, daß mein schwarzer Rock feucht ist. Ich habe ihn neben dem Bett auf einen Hocker gelegt, ein kleines Möbel mit gepolstertem Deckel. Hebt man den hoch, so befindet sich darunter ein Nähkästchen.

Ich bin arglos, womöglich vom Schlafmangel umnebelt, hebe also den Rock ans Gesicht und rieche daran. Der Kerl hat seinen Abend damit beendet, auf den Rock und den Hocker zu urinieren.

Es kommt mir nie in den Sinn, ihn anzuzeigen. Ich setze mich mit dem Sozialdienst in Verbindung und sage, daß die beiden Kinder vermutlich in Bedrängnis seien. Ich erzähle, daß er in ihrer Gegenwart gewisse Annäherungsversuche gemacht habe. Ziemlich brutale, will ich sagen, halte mich aber zurück. Ich sage statt dessen, die Kinder hätten meiner Einschätzung nach Angst vor ihm.

Ich höre nie wieder etwas darüber, wie es ihnen ergeht. Ich kann mich auch nicht erinnern, daß ich versucht habe, es herauszufinden. Das bereitet mir ein Gefühl der Schuld und des Versagens. Doch der Ekel ist stärker.

Wird etwas erträglicher, nur weil man es erzählt? Ist es überhaupt wahr?

Du weißt, daß es zum Teil Dichtung ist. Es ist lange her. Man kann sich nicht erinnern. Doch man muß seine Welt zusammenhalten und dazu die vorbeiflimmernden Fitzelchen benutzen, die man einzufangen vermag. Tief im Schlaf erwischt man sie vielleicht.

Ich hatte eine solche Lust, Spaß zu haben. Dabeizusein. Deshalb kroch ich heute ins Heu.

Ich erinnere mich an so wenig. Nicht einmal an die Jahreszeit. Auch nicht an seinen Namen. Ich weiß, du erinnerst dich an ihn. Du bewahrst ihn. Mir entschwindet er. Es ist, als würde er blasser. Gesichtslos. Ich kann mir nicht vorstellen, daß er lebt.

Du übst einen milden Zwang aus.

Warum willst du mir sagen, daß er lebt? Daß er umherläuft und Wettscheine in den Hosentaschen hat. Scham. Anlaß zu Freude. Vielleicht Trauer. Willst du, daß ich das glaube? Daß er umherläuft und ein Mensch unter Menschen ist?

Am Abend kam Anand nach Hause gerast und sagte, er wolle zu einem Fest im Vereinshaus gehen.

»Die Mädels müssen den Kerlen das Fest bezahlen. Es ist am Samstag. Sie haben in Isakssons Scheune gesessen. Sie haben ein Loch gemacht, das war wie ein Raum zwischen den Heuballen, und da sind sie dann hineingekrochen und haben einen Ballen herangezogen und ihn vor das Loch gestellt. Die Kerle haben sie aber gefunden. Ich habe kein Sakko.«

»Sakko?«

»Es ist doch ein Fest.«

Zuerst wollte sie sagen: Ich glaube nicht, daß hier irgend jemand ein Sakko hat. Doch es war das erste Mal, daß er etwas in Richtung Zukunft und Erwachsensein äußerte, und so versprach sie ihm ein Sakko. Sie fuhren am Freitag morgen und brauchten zweieinhalb Stunden bis Östersund. Er vernarrte sich in ein Sakko aus hellblauem Wildlederimitat, und dazu wollte er ein rosa Hemd und eine schwarze Hose haben. Sie kaufte das alles und ließ sowohl Anand als auch sich selbst in einem viel zu teuren Salon die Haare stutzen, und bevor sie sich dann auf den Heimweg machten, gingen sie noch in einem Restaurant chinesisch essen. Als sie am Pflegeheim vorbeikamen, besuchten sie Risten, doch erzählte ihr Ingefrid nichts von dem Flaschenlamm. Mats hatte versprochen, zweimal hinunterzugehen und es zu füttern. Sie hatte auf dem Medizinregal lauwarmes Lammex in Thermoskannen bereitgestellt.

Als Anand am Samstag abend das hellblaue Sakko angezogen hatte, holte sie ein elastisches Band hervor, das sie in dem Frisiersalon gekauft hatte, und sagte, sie finde, er solle sich das Haar zusammenbinden. Das wollte er natürlich nicht, doch als er sah, daß das Band golden glänzte, nahm er es mit nach oben, um es vor Myrtens Toilettenspiegel auszuprobieren. Er kam wie ein Mann en miniature herunter. Das Gefühl, daß er trotz allem zurechtkommen werde, durchlief Ingefrid wie eine warme Woge. Daß er erwachsen würde. Wenn auch originell. Daß er ein Mann mit straff nach hinten gekämmtem Haar würde. Er würde vielleicht einen Platz in der Welt finden, wo er schnell und einfallsreich sein könnte und respektiert würde. Ein Theater vielleicht? Ein klitzekleiner Kerl mit schwarzglänzenden Locken.

Birger holte ihn mit dem Auto ab. Er wollte ohnehin Elias Elv fahren, der zu dem Fest im Vereinshaus mitgehen sollte.

»Wir werden den Staub aus dir herausschütteln.«

Und zu Ingefrid, leiser, im Vertrauen darauf, daß Elias nicht so gut hörte:

»Er sitzt zuviel allein herum, jetzt, wo Risten weg ist.«

Doch Elias, der zur Feier des Tages in beide Ohren Hörgeräte eingesetzt hatte, sagte:

»Ja, bei ihr ist immer ein mordsmäßiges Kommen und Gehen.«

Ingefrid wußte, daß sie ihm vorschlagen sollte, doch wie üblich nachmittags herunterzukommen. Doch sie tat es nicht. Das Alleinsein war zu kostbar.

»Sind Sie noch nicht umgezogen?« fragte Birger, als er sie ansah.

Es war ihr überhaupt nicht in den Sinn gekommen, daß sie mitfahren könnte. Birger sagte, sie solle sich beeilen. Und so rannte sie ohne nachzudenken in Ristens Zimmer hinauf und holte eine Strumpfhose, ihren schwarzen Rock und ihren Blazer hervor. Sie merkte rechtzeitig, daß sie in diesem Aufzug die anderen mit einer gedämpften Feierlichkeit überziehen würde. Selbst wenn sie eine normale Bluse dazu trüge.

In der Garderobe herrschte Gedränge. Die Leute hängten mehrere Jacken an denselben Haken, und weit in den Raum hinein lagen Turnschuhe und Motorradstiefel verstreut. Ingefrid nahm ihre Mütze ab. Das Haar fiel ihr über die Schultern herab, und als Birger sie anstarrte, bereute sie schon, den Zopf gelöst zu haben. Fünfzig Jahre und offenes Haar! Sie trug ein gekräuseltes Kunstseidenkleid von blaugrüner, metallischglänzender Farbe. Es hatte Schulterpassen und eine Taillenpartie, die wie ein breiter Gürtel geschnitten war. Im vorderen Oberteil war der Stoff an den Passen ein wenig eingehalten, so daß die Büste in Drapierungen lag. Sie waren vielleicht etwas zu großzügig. Ingefrid war das alles genierlich, als sie schließlich den Mantel abgelegt hatte. Birger sagte jedoch, es sei ein hübsches Kleid.

»Es ist noch von meiner Mutter«, erklärte Ingefrid. »Es ist umgearbeitet, sie war nämlich größer.«

»Dann ist es ja schon mal im Vereinshaus gewesen!«

»Nein, nein, es ist nicht von Myrten. Sondern von meiner Mutter Linnea. Aus den vierziger Jahren.«

»Recycelt also«, sagte Birger.

»Retromode. Ich habe Schuhe mit Keilabsätzen dazu, die habe ich aber nicht hier.«

Sie war jetzt schon mutiger.

»Das sieht gut aus mit den Schnürstiefeln. Sie haben so kleine Füße.«

Sie hatte auf jeden Fall das Gefühl, nackt zu sein, als sie den großen Saal betrat, wo an den Tischen rings an den Wänden Leute saßen und alle beguckten, die hereinkamen. Sie war gewohnt, Blazer und Hemd zu tragen, wenn viele Leute versammelt waren. Sie trug normalerweise die gesamte Verantwortung dafür, daß alles ordnungsgemäß ablief. Sie ging normalerweise auf die Menschen zu und richtete ein paar freundliche Worte an sie. Würde sie das jedoch jetzt tun, wäre es verkehrt und übereifrig. Sie fühlte sich reduziert und unsicher und beneidete Anand, der bereits Kinder gefunden hatte, mit denen er sich unterhalten konnte. Wenn auch selbstverständlich jüngere. Stets jüngere. Das Sakko hatte ihn nicht so sehr verändert, wie sie gehofft hatte.

Dieses Beisammensein besaß eine Struktur, auch wenn Ingefrid nicht dafür verantwortlich war. Lose wurden verkauft, und an einer Theke ganz hinten im Saal kauften die Leute Erfrischungsgetränke und Süßigkeiten. Es waren zwischen dreißig und vierzig Erwachsene an den Tischen und eine Schar von Kindern, deren Anzahl sich nicht feststellen ließ, weil sie, mit Anand

an der Spitze, ständig herumrannten. Sie hörte, daß seine Stimme allmählich schriller wurde. Der Raum war groß und hallte. Er war auf drei- oder viermal so viele Leute ausgelegt. Es gab eine Bühne mit offenem Vorhang. Deren Hintergrund bildete eine Kulisse mit Birken und einem See. Es sah sehr mittelschwedisch aus. Anand raste vorbei, bremste auf seinen Turnschuhen, als er sah, daß sie zur Bühne schaute, und sagte:
»Hat da oben gestanden und gesinget, deine Mutter.«
»Woher willst du das wissen?«
»Das hat Elias gesagt.«
Sie sah Elias Elv fragend an, der jedoch gestikulierend auf seine Hörgeräte zeigte, um zu verstehen zu geben, daß es darin hallte.
»Sie hat es ihm selbst erzählt«, sagte Anand und verschwand in Richtung Getränketheke.
Er muß Risten meinen, dachte sie.
Der Vorhangstoff war gelbbeige und mit kleinen Rhomboiden in Türkis, Rosa und Gelb gemustert. Er schien aus den fünfziger Jahren zu stammen. Hier drinnen gab es alle möglichen Zeiten. Mit weißem Stoff bezogene Kugellampen aus den sechziger Jahren. Nahezu neue Stühle aus formgepreßtem schwarzem Plastik. Alte Männer. Kinder. Frauen mit Goldschmuck auf dem Jumper. Doch keine Handtaschen. Nur Ingefrid hatte eine.
Was hat Myrten auf dieser Bühne gesungen? Ingefrid wußte nicht einmal, wen sie fragen sollte, und bekam ganz überraschend Angst vor Elias Elv. Es war ihr nie in den Sinn gekommen, daß alte Menschen etwas Erschreckendes an sich haben könnten. Dem war aber so. Viele gingen ihnen aus dem Weg. Überließen sie Pfarrern und Pflegepersonal.
»Jetzt gibt es Kaffee«, sagte Birger.
Es kamen noch mehr Menschen. Jüngere Leute. Ihre Stimmen waren schon aus der Garderobe zu hören, und Ingefrid schätzte, daß sie irgendwo Bier getrunken hatten, bevor sie zum Vereinshaus gegangen waren. Vielleicht auch Schnaps. Sie waren laut, doch als sie in den Saal kamen, wirkten die jungen Kerle wie Kälber, die unvorbereitet aus der Dunkelheit des Kuhstalls ins helle Tageslicht traten. Jetzt mußten sich hier drinnen über fünf-

zig Erwachsene befinden. Es wurde allmählich wärmer. Anfangs hatte Ingefrid in ihrem feinen Kleid gefroren.

Sie bekamen Kaffee und Dünnbrotrollen, die mit geräuchertem Renfleisch und Meerrettichsahne gefüllt waren. Es gab auch welche mit Ziegenkäse und Molkenkäse. Manche suchten auf der Platte, um die mit Gammalkäse zu erwischen. Die Kinder durften sich an der Theke, eigentlich einer länglichen Klappe zur Küche hin, Grillwürstchen holen. Ein kleiner Junge, der in einer Waldkate zur Welt gekommen war, die sie Kroken nannten, spielte auf der Ziehharmonika den *Glücksbringer* und dann auf Wunsch *Der Traum von Elin* und das *Hammarforsrauschen*. Zum Abschluß spielte er ein Stück für Virtuosen von Erik Frank. Ingefrids und Birgers Blick begegneten sich. Es war wie ein Zusammenstoß in einem All, wo es wahrlich genug Platz gab, auf eigene Faust umherzuirren. Hatte er im Gefühl gehabt, daß sie wußte, welches Stück das war, nämlich *Novelty Accordion*?

Ein Mann trat auf und erzählte auf jämtisch Geschichten, doch niemand an Ingefrids Tisch war mit ihm zufrieden. Er war zugereist, und sein Dialekt hatte Mängel, die ihnen offenkundig waren. Für Ingefrid war er so oder so unverständlich. Das war wohl auch gut so, denn seine Geschichten waren nicht stubenrein. Die Leute sahen zu ihr herüber, wenn er zur Pointe kam. Ansonsten schienen sie nahezu vergessen zu haben, daß sie die Pfarrerin war.

Der Schullehrer hatte Anand und die kleinen Kinder eingefangen und brachte sie mit einem improvisierten Quiz zur Ruhe. Dann erzählte er von dem Gespenst im Vereinshaus, und da lachten die Leute, zischten um Ruhe und hörten zu. Man habe das Gespenst eines Nachts in den fünfziger Jahren heulen hören. An jenem Abend sei dort Kino gewesen, doch dabei habe niemand etwas gehört. Danach aber habe es entsetzlich geheult. Niemand, der in jener Nacht vorbeigegangen sei, habe es gewagt, das Vereinshaus zu betreten.

»Jedenfalls ist am nächsten Tag Georg Mårsa dorthin gegangen«, erzählte der Lehrer. »Es war hellichter Tag, und von drinnen war nichts zu hören. Mårsa hatte den Schlüssel und kümmerte sich um die Filmvorführungen. Er mußte den Film der Woche mit dem Bus zurückschicken. Als er ihn aus der Garderobe holen wollte, wo sie den Projektor verwahrten, erschien das Gespenst. Es war allerdings still.«

»Und durstig«, rief jemand von einem der anderen Tische.

»Was war das für ein Gespenst?«

Die Kinder durften raten. Der Lehrer sagte, dies sei ein Wettbewerb.

»Ein Hamilton«, rief Anand.

Es klang bizarr, und Ingefrid wünschte, er hätte den Mund gehalten. Doch der Lehrer sagte, er habe gewonnen.

Es war nämlich Georg Mårsas Stöberhund. Er hatte ihn versehentlich eingeschlossen, als er den Projektor in die Garderobe gestellt hatte.

»War's nichten ein Schiller?« rief ein junger Kerl, und die Leute lachten.

»Nein, haben alsfort einen Hamilton gehabet, die Mårsas.«

Anand bekam eine Tüte Twist, gab sie aber zwei Mädchen, die zur selben Zeit »Ein Hund!« gerufen hatten.

»Die haben das schon vorher gewußt«, sagte er zu Elias. »Ich auch, aber die sind ja noch kleine Kinder. Ich habe jedenfalls gewonnen. Ich wußte, daß Mårsas immer einen Hamilton hatten. Das hat Birger erzählt.«

Ingefrid wollte ihn umarmen und ihre Lippen auf seine schwarzen Locken drücken, die von dem Goldband im Nacken straff zusammengehalten wurden. Er war kein kleines Kind. Er war etwas anderes.

Dann wurden die Sahnetorten aufgetragen, und Anand sah aus, als wollte er darin versinken.

Als es ans Tanzen ging, wurden die Tische an die Wände geschoben. Ein Mann betreute den Plattenspieler auf der Bühne, und Ingefrid begegnete erneut Birgers Blick. Musik einer Tanzband ertönte, die Vikinger. Sie dachte zuerst, Birger fühle mit dem Blick vor, weil er mit ihr tanzen wollte. Jetzt aber nahm sie die beinahe unmerkliche Grimasse wahr, die er zu diesen Klängen schnitt.

»Ich habe bessere Musik dabei«, sagte er. »Wir warten aber noch ein bißchen damit.«

Als die Leute zu tanzen begannen, nahm er seine Mappe hoch und zeigte ihr: Tommy Dorsey und Stan Getz.

»Honeysuckle Rose«, sagte sie.

»Gefällt Ihnen das?«

»Mein Vater hat das immer gespielt.«

Sie wünschte, er würde sagen: Kalle Mingus? Sind Sie die Tochter von Kalle Mingus? Doch er sagte es nicht.

»Er hatte eine Band«, erklärte sie. »Die Kalle Mingus Swingsters.«

Birger lächelte wie über etwas Bezauberndes. Eine erblühte Pfingstrose oder einen Kinderpopo.

»Er war auch ein guter Pianist«, sagte Ingefrid. »Allerdings wollte er das selten zeigen. Er war zu bescheiden. Er hatte einen Pianisten in der Band, den er für ein Genie hielt.«

»Wie hieß der?«

»Ich weiß nicht mehr. Mein Vater nannte ihn Petas.«

»Petas Svensson! Meine Güte! Und Lulle, wie hieß der am Altsax doch gleich?«

»Rudolfsson.«

»Kalle Mingus Swingband.«

»Swingsters.«

»Kalle Mingus Swingsters. Gävle Volkspark, neunzehnhundertachtundvierzig oder so. Ich wohnte damals in Ockelbo. Ich hatte Platten mit Petas und Lulle und Ihrem Vater.«

»Ich habe ein paar dabei«, sagte sie. »Ich habe sie eingepackt, weil ich dachte, ich könnte sie auf dem alten Grammophon bei Risten abspielen.«

»Achtundsiebziger?«

»Ja. Er hat auch andere gemacht, später. Doch diese alten habe ich nie abspielen können.«

»Vor dem Grammophon des Händlers sollten Sie sich in acht nehmen. Das ist eine Antiquität. Das erste Grammophon im Dorf. Mit diesen alten Nadeln Platten abzuspielen ist so, als würde man einen Zahnarztbohrer dazu benutzen. Das werden wir anders machen.«

Nachdem die Leute eine Weile getanzt hatten, hielt er eine seiner Platten in die Höhe und rief über den Lärm hinweg:
»Spiel auch ein bißchen Musik für uns Geronten.«
»Was ist ein Geront?« fragte Anand.
»Das ist ein Dromedar, das einsam durch den Schnee stapft und seinen Buckel am Bauch hat.«
Zunächst blieb die Tanzfläche leer. Niemand stand auf, um zu tanzen. Jetzt fordert er mich auf, dachte Ingefrid. Doch er tat es nicht. Sie war erleichtert und zugleich enttäuscht. Erna und Kalle Högbom betraten die Tanzfläche, und Kalle hielt Erna ganz dicht bei sich, stieß sich gleichsam hinein. Es war *In the Mood*. Ingefrid wollte sich bewegen, ihre Füße regten sich von allein in den Stiefeln. Doch niemand forderte sie auf. Selbstverständlich tun sie das nicht, dachte sie. Und an und für sich ist das ja gut so. Nur gut.
Erna und Kalle tanzten jetzt eng und heftig. Ihre Körper waren fünfzig Jahre zurückversetzt, und man konnte sehen, daß Kalle ein vortrefflicher Tänzer gewesen war. Es immer noch war, und daß er dem Rhythmus folgte, auch wenn seine Knie nun ein wenig steif waren. Und Erna wirkte noch genauso geschmeidig wie damals. Sie war wie ein junges Mädchen, und auf der Tanzfläche befanden sich nur Kalle und sie. Hin und wieder lösten sie ihre enge Vereinigung und vollführten raumgreifende Schwünge. Dabei hielt Kalle Erna am gestreckten Arm, sie entfernte sich von ihm, drehte sich, kam mit schnellen, ruckartigen Schrittchen zurück und wurde aufgefangen. Alle schauten ihnen zu. Als das Stück zu Ende war, wurde geklatscht. Kalle war ernst und sah geradeaus auf die Wand. Erna zupfte an ihrer Halskette und biß sich auf die Unterlippe. Sie lächelte jedoch. Das nächste Stück, das einsetzte, paßte ebenso zu Kalles ruckartigem Stil. Er tanzte mit Erna Wange an Wange und drehte sie sehr bestimmt.
Jetzt standen mehrere auf. Es kam *Lady Be Good*. Wie er da so saß und Torte aß, begann Elias einen Fuß zu bewegen. In dem greisen Körper zuckte es. Elias sagte irgend etwas.
»Ich verstehe nichts.«
Er fuchtelte mit der Hand in Richtung Plattenspieler, und dann warteten sie, bis das Stück zu Ende war.

»Was haben Sie gesagt, Elias?«
»Nun, ich habe gefragt, ob sie nett waren zu Ihnen.«
»Wer?«
»Ja, wie hieß er denn gleich? Mingus jedenfalls.«
»Ja, die waren nett«, sagte sie. »Ich hatte es gut.«

*

Sie lag in Ristens Bett und horchte auf die Autos. Laute Stimmen waren zu hören. Zwei Autos schienen auf dem Platz vor dem Laden angehalten zu haben, und die Leute riefen sich lautstark etwas zu. Es klang fast wie Säufergegröl. Mädchenlachen schwirrte durch die Nachtluft. Die Fahrer gaben wieder Gas. Sie hörte die Reifen durchdrehen.

Sie hatte nicht tanzen dürfen, war nicht aufgefordert worden. Korrigierte sich selbst: Ich habe heute abend nicht getanzt. Für eine kleine Weile aber war ich ganz Ich: Ich war Inga aus der Parmmätargatan und die Pfarrerin von Röbäck und Ingefrid im Kunstseidenkleid. Dieses Weilchen mit *In the Mood* und als wir uns über Kalle Mingus' Platten unterhielten, da war ich ganz und gar Ich.

Waren sie nett zu Ihnen?

Ja, ich war ihr Augenstern.

Mutter ist im *Nalen* und hört Vater zu, und sie trägt ein blaugrünes, metallischschimmerndes Kleid und Schuhe mit Keilabsätzen aus Kork. Es ist 1942 oder so. Es kommt freilich selten vor, daß sie über Vergangenes sprechen. Nicht so wie in Svartvattnet, wo man Geschichten im Dialekt erzählt und Ziehharmonika spielt und bei Kaffee und Torte darüber spricht, wie die Tuberkulose fast ganz Tangen ausgelöscht habe, und wo man die Abstammung der Jagdhunde ein halbes Jahrhundert zurückverfolgen kann. Über die der Menschen ganz zu schweigen.

Kalles und Linneas Verbindung mit der Vergangenheit war dünn und flüchtig. *Nalen*, 1942. Kleidung aus Zellwolle während des Kriegs. Fußball in Råsunda. Weiter hinab in das, was war, wollten sie nicht gern tauchen. Wenn sie etwas über ihre Herkunft preisgaben, dann in Form einer Anekdote, deren Pointe das, was da noch hochkommen wollte, im Keim erstickte. Es versank wieder in Dreck und Überdruß. Selten, unendlich selten schimmerte ein bernsteinfarbener See auf oder ein Grabenrand, an dem büschelweise Blumen stehen. Es war unmöglich, dergleichen festzuhalten, denn sogleich stiegen auch der beißende Nesselgestank hinter dem Abort auf, das Platschen des Schlamms auf der Straße und die Eiseskälte des Seewassers am Spülsteg. Die Vergangenheit stank, war zugig und karg, und Kalle und Linnea kehrten ihr den Rücken zu, wenn sie nach ihnen tastete. Papa äffte den Ruf der Programmzettelverteiler auf den Fußballtribünen nach:

»Pooo... grammm! Pooo... grammm zum Mätsch und den annern Spielen!«

Da war man wieder in der Stadt, wo man lebte und wo die Wirklichkeit war.

Jetzt war er tot, und Ingefrid war traurig, weil sie es nicht verstanden hatte, bei ihm weiter vorzudringen, hinab in das, was nicht nur schlecht war. Ganz tief in der Vergessenheit, einem stets unzuverlässigen Reich, lagen die Gerüche und Gebärden eines alten Schweden. Von Zeit zu Zeit wurden sie für einen Augenblick lebendig. Selten zwar. Doch es kam vor. Dann sah sie ihrem Vater an, daß er für das Verlorene Zärtlichkeit empfand. Ihre Neugier wies er allerdings als Taktlosigkeit zurück: Du würdest es ohnehin nie verstehen. Sie bemerkte einen giftigen Rest an Bitterkeit, und er war ein Unbekannter.

Er hegte Zärtlichkeit und Bitterkeit, doch er konnte nicht darüber sprechen. Er spielte *Moonlight in Vermont* und *On the Road to Mandalay* und war bereits weit weg.

Zuerst dachte Elis, da käme ein Norweger. Es war aber ein Schwede, auch wenn er in einem norwegischen Leihwagen kam. Wie alt er war, ließ sich nicht sagen. Zwischen achtzehn und fünfunddreißig sahen doch alle gleich alt aus. Sie mußten sich heutzutage ja auch keine Zähne ziehen lassen.

Er kam zu dem Hackklotz, wo Elis gerade in der prallen Sonne stand; er hatte ein bißchen Feuerholz spalten wollen.

»Elias Elv. Nicht wahr?« rief er. »Phantastisch, Sie kennenzulernen!«

Suppen bellte, weswegen es für den Kerl nicht leicht war, sich Gehör zu verschaffen. Er hatte sehr kurz geschnittenes Haar, aber nicht ganz bis auf die Kopfhaut. Es standen noch rötliche Stoppeln ab. Und er trug ein Unterhemd. Darüber eine Weste mit vielen Taschen. In diesen Taschen steckten Filme, wie sich sogleich herausstellte. Mit einer gewissen Fingerfertigkeit pfriemelte er einen heraus und legte ihn in eine Kamera ein, die er bei sich trug.

»Es ist doch in Ordnung, wenn ich ein Foto mache«, sagte er.

»Lassen Sie das!«

»Aber ich brauche doch ein Bild«, beharrte er. »Das ist ja phantastisch hier.«

»Weg mit der Kamera!« sagte Elis, und Suppen näherte sich auf steifen Beinen und feuerte sein heiserstes Gebell ab. Es erstarb jedoch ziemlich schnell. Er war nicht mehr bei vollen Kräften, wurde rasch müde und wollte am liebsten dicht an der Scheunenwand in der Sonne liegen und sich bis zur Benommenheit braten lassen.

»Ich bin vom *Expressen*«, sagte der Kerl. »Komme wegen der Ausstellung im Nationalmuseum. Gratuliere! Ein phantastischer Erfolg.«

Wußte er nicht, daß das Wellen eines alten Meeres waren, die an das meist stille und steinige Ufer schlugen? Er hatte etwas Hinterhältiges an sich. Er wollte sich anbiedern. Oder er stellte sich absichtlich dumm. Irgendwas war da. Er meinte, sie sollten ins Haus gehen, denn er wolle sich gern hinsetzen und sich ein bißchen unterhalten. Doch Elis sagte, das gehe auch gut draußen. Er solle nur reden, wenn er etwas zu sagen habe.

»Es ist ein langes Leben«, sagte der Kerl und schielte zur Vortreppe und zur Haustür hinüber. Er erinnerte an jemanden, der umherreist und stiehlt. Bald würde er wohl um ein Glas Wasser bitten.

»Phantastisch«, sagte er wieder.

Elis stand nach wie vor am Hackklotz. Heiß war es, doch er hatte seinen Hut auf und würde nicht so schnell umkippen. Schlimmstenfalls setze ich mich auf die Speicherbrücke, dachte er. Ich muß nur dorthin kommen.

Jetzt sagte der Journalist von der Zeitung *Expressen*, sie wollten eine richtig gute Story über Elias Elvs bemerkenswertes Schicksal machen. Er sagte, es solle ein Fietscher werden, und als Elis fragte, was das sei, konnte er es nicht erklären, obwohl er lange redete. Er konnte es aber immerhin buchstabieren, und es war natürlich englisch.

»Fietscher«, sagte Elis prüfend, und Suppen hob den Kopf und bellte ein paarmal träg und heiser.

Es schien nicht von großer Bedeutung zu sein, daß Elis nichts sagte, denn der Kerl konnte seine Lebensgeschichte ab der Zeit in Oslo und der Kunstakademie wie am Schnürchen herbeten. Er hatte sie aus den Archiven anderer Zeitungen, aus Kunstbüchern und alten Ausstellungskatalogen. Er hätte im Fernsehen auftreten und mit Elis' Schicksal Millionär werden können.

»Und dann haben wir Deutschland«, sagte der Kerl. »Von neunzehnhundertsechsundzwanzig bis fünfunddreißig. Wie war es da?«

»Was?«

»Wie war es in Deutschland?«

»Ich bin nicht taub«, sagte Elis, und es stimmte fast, denn er wartete auf Anand und hatte sein Hörgerät eingesetzt.

»Aus jener Zeit ist in dieser Retrospektive nichts dabei«, sagte der Kerl.

»Nein, damals habe ich kein Glas gemacht.«

»Steht auch nichts im Katalog«, sagte der Kerl. »In keinem Katalog, soweit ich das sehe. Oder Kunstband.«

»Nein.«

»Warum?«

»Was?«

»Sie haben viele Ausstellungen gemacht, aber nie war etwas aus jener Zeit dabei.«

Du dumme Nuß, dachte Elis. Sollen sie etwa steinerne Wände hertransportieren? Ganze Aulen? Aber davon hast du wahrscheinlich keine Ahnung, du, mit deinem Fietscher.

Er hatte aber Ahnung, denn er sagte:

»Das waren doch große Sachen. Wahre Paradedinger.«

Suppen schlief jetzt. Er hatte seine groben Pfoten von sich gestreckt und schnarchte, daß der Löwenzahn flatterte. Elis wünschte, er hätte sich auch irgendwo hinlegen können. Oder zumindest setzen. Da sagte die Nuß:

»Wie war das denn mit der Mitgliedschaft?«

»Was?«

»In der NSDAP. Wie war es damit?«

Ihm geriet im ganzen Körper das Blut in Wallung. Das war eine Belebung, wie sie ihm heutzutage sonst nicht mehr widerfuhr. Es schoß ihm in alle Gefäße. Stockte, drängte. Rauschte in den Ohren. Es stach in den feinsten Fingergefäßen.

Scham war das keine, und auch keine Angst. Verblüffung? Ja, vielleicht Verblüffung. Und etwas, was einer mit Bewunderung verwandten Anerkennung glich. Ein gewiefter Fuchs war das, dieser Kerl mit der roten Bürste, die ihm, wie mit Butter bestrichen, stachelig vom Kopf abstand.

»Woher haben Sie das?«

Die Bürste lächelte, gleichsam glücklich.

»Von wem?« korrigierte sich Elis.

Es war eigentlich nur eine Äußerung seiner Blutwallung. Er hatte sich keine Antwort erwartet. Die wollen ihre Quellen schließlich nie nennen. Und das war keine Frage der Moral, denn Moral, so glaubte Elis, besaßen sie gar nicht. Es war eine Frage der Juristerei. Deshalb war er noch viel verblüffter, ja richtiggehend entgeistert, als der Kerl sagte:

»Sie heißt Dagmar Dickert. Geborene Ellefsen. Sie läßt vielmals grüßen.«

Dann holte er ein Exemplar der *Adresseavisen* hervor und schlug eine Doppelseite auf. Elis zog seine Brille aus der Tasche seiner Strickjacke und setzte sie umständlich langsam auf. Er hatte das Gefühl, Zeit gewinnen zu müssen. Nachdem er den Fokus gefunden hatte, sah er ein großes Bild einer alten Frau, einer Blumenvase mit Margeriten und einer Kaffeetasse auf einer karierten Tischdecke. Wie ein Gegenstand lag dort eine unberingte, adrige Hand.

Eine Greisin, in der das große Feuer wütete.

»Ich habe mich mit ihr getroffen«, sagte der Journalist. »Sie wirkte eigentlich ziemlich ramponiert. Ich glaube, der häusliche Pflegedienst hatte sie herausgeputzt, als der Kollege vom *Adresseavisen* dort war. Als ich bei ihr anrief, wollte sie ein paar Flaschen Rosita aus Schweden mitgebracht haben.«

»Was ist das?«

»Ein billiges Campariimitat.«

Er spielt sie gegen mich aus, dachte Elis. Hat es bei ihr selbstverständlich genauso gemacht. Obwohl das wahrscheinlich nicht nötig war. Er überflog in der Trondheimer Zeitung den Artikel über die retrospektive Ausstellung des in Norwegen gebürtigen Elias Elv, die vom Nationalmuseum in Schweden nach Oslo wandern sollte, und ihm war klar, daß Dagmar Dickert von sich aus bei der Zeitung angerufen hatte: Ein Schluck aus der Flasche. Um das Feuer zu unterhalten. Warten.

»Wußten Sie, daß sie nach dem Krieg im Gefängnis gesessen hat?«

Er antwortete nicht.

»Flicken für Teppiche zugeschnitten hat, wie sie erzählt.«

Es tobt im Feuerloch. Rache! brüllt das Feuer. Noch bin ich am Leben. Das kannst du glauben! Kein saurer Atem aus einem beinahe zahnlosen Mund, sondern eine Feuerflamme, heiß wie aus der Hölle. Ach, du lebst noch? Ich auch!

Einst bist du ohne ein Wort abgereist. Das war 1926. Die Zeit vergeht jedoch nicht. Nicht unten auf dem Grund.

Du bist zu Ruhm gekommen. Ich ins Gefängnis. Du hast mein Geld genommen und bist ungestraft in ein neues Leben gereist. Du hattest ja deine große Begabung. Ein Genie nimmt das Geld und reist ab. Das eine Mal hinterläßt er ein unaufgeräumtes Atelier mit ausgetrunkenen Jahrgangsflaschen aus dem Ellefsenschen Weinkeller. Das andere Mal eine Gefängniszelle, in der er hätte sitzen müssen. Dieses Genie.

Gefängnis kannst du nicht kriegen. Aber Schmach erleiden.

Schmach bist du wert, und Schmach sollst du erleiden.

Denkt eine kleine alte Frau in ihrer Zahnlosigkeit so? Die Muskeln sind verkümmert, doch der Verstand ist intakt und klar. Die Flamme des Hasses schneidet wie ein Schweißbrenner.

Da hörte er den jungen Mann, dieses Journalistentalent auf dem Weg zum Ruhm seiner Zeit. Er hackte ihm noch immer Fragen ins Fleisch. Doch das war jetzt gefühllos.

»Fahr zur Hölle!« sagte Elis.

»Das ist nicht in Ordnung. Ich bin insgesamt dreitausendneunhundert Kilometer gefahren. Ich habe alte deutsche Zeitungsbände durchgeblättert. Du solltest die Sache im übrigen in deinem eigenen Interesse kommentieren.«

Jetzt wird er auch noch intim, dachte Elis. Sagt einfach du.

»Du hast eine Frage gestellt, und ich habe sie beantwortet. Da ist es doch wohl recht und billig, daß jetzt du antwortest«, beharrte der Kerl.

Elis wandte sich jedoch seinem Hackklotz zu und ergriff die Axt. Damit wollte er deutlich machen, daß das Gespräch zu Ende sei. Er wollte zu seinem Alltag zurückkehren. Holz hakken. Zumindest ein wenig spalten. Er war das Gerede leid und wollte seine Ruhe haben. Um seine Auffassung zu unterstreichen, steigerte er sein Gebot noch zu *Fahr hinein in die Hölle!* Da wachte Suppen auf. Er fuhr hoch und knurrte, vor allem zum Schein und aus Sympathie. Er war ein alter und müder Hund. Auf das meiste schiß er nunmehr. Aber trotzdem: Knurr! Fahr zur Hölle, du. Mach schon!

In diesem Augenblick fotografierte das Journalistengenie.

Als mein Sohn Klemens vor Gericht stand, waren keine feinen Kerle von der Reichsorganisation da, keine Sami mit Ausbildung und prachtvollen Gewändern. Die kommen nur, wenn es um wichtige und prinzipielle Rechtsstreitigkeiten geht, habe ich gehört. Wenn es sich um das Weiderecht in den Waldgebieten handelt, dann kommen sie, feierlich gewandet.

Versteht sich, Klemens ist bloß ein alter Lappe. Das kann man ruhig so sagen. Die Waldbauern haben ihm nichts getan, lediglich der Wolf. Siebzehn Rene waren ihm von der Wölfin und den beiden Rüden, ihrer schlimmen Brut, gerissen worden. Als er nach Östersund zum Amtsgericht kam, trug er keine Samitracht, er besitzt nämlich keine. Von seinem Onkel Aslak sollte er eine zur Konfirmation bekommen. Es war vereinbart, daß eine Frau in Langvasslia, die mit uns verwandt war, sie nähte. Es wurde aber nie etwas daraus, weil Klemens keine Lust hatte, als Lappe in der Kirche von Röbäck zu stehen. Das war damals so.

Jetzt haben wir eine andere Zeit, und Klemens muß wohl oder übel in ihr leben. Er hat schon in etlichen Zeiten gelebt, und ich hatte nicht die Macht, das zu schützen, was sein wahres Leben ist. Es waren wahrhaftig keine Vuelieh und alten Märchen, mit denen er lebte. Er war Renzüchter, nichts weiter. Er war so, wie sein Onkel Aslak es ihm beigebracht hatte: die Wurfschlinge um die Schulter und den Hund dicht auf den Fersen. So hat er gelebt. Der Hund rennt neben seinem Scooter her und manchmal voraus. Ist er zu abgehetzt, läßt Klemens ihn meistens vor sich auf den Scooter springen. Damit und mit allem anderen ist jetzt wohl Schluß.

Sein Großonkel Anund Larsson hat vielen Wölfen den Garaus gemacht. Dafür wurde er hoch angesehen. Allerdings besaß er keine Rene mehr, die er hätte schützen müssen. Sein Vater, mein

Großvater mütterlicherseits und Klemens' Urgroßvater Mickel Larsson, verlor seinen gesamten Renbestand, weil der Wolf so heftig in seiner Herde wütete. Die Renzüchterfamilien, die damals hier lebten, wären beinahe vom gleichen Schicksal heimgesucht worden, sie mußten letzten Endes wegziehen. Hier sei ein Wolfsloch, kein Ort für Menschen, sagten sie. Großvater blieb und versuchte durchzukommen. Schließlich mußte er sich ein paar Ziegen anschaffen, die er nachts hereinnehmen konnte. Sie brachten brav Junge zur Welt, und ich glaube, es war deren Milch, die ich bekam, bis ich zu den Händlers ins Dorf hinunterzog.

In den Zeitungen wurde viel über die Anklage gegen Klemens geschrieben. Das Verbrechen, dessen er sich schuldig gemacht hatte, hieß Faunakriminalität. Der Umweltminister sagte das. Er äußere sich nicht zu diesem speziellen Fall, doch kämen schwere Jagdvergehen in großem Umfang vor, sagte er, und oft würden sie mit grausamsten Methoden begangen. Er werde einen Gesetzesvorschlag mit einer Höchststrafe von zwei Jahren Gefängnis einbringen.

»Mensch, möcht eins glauben, eins träumet«, sagte Mats, als er das las. »Zwei Jahre ins Gefängnis, für einen Wolf. Krieget eins ja kaum fürs Totmachen von einem Menschen. Jedenfalls nichten, wenn eins besoffen.«

Über das Gerichtsverfahren sagte er, Klemens habe sich in eine Sackgasse verrannt, und deswegen laufe es so schlecht für ihn.

Klemens setzt seinen Gedanken aber keine Schranken. Ich glaube, weder Mats noch ich kennen die Worte für die Welt, die er im Kopf hat. Er sitzt manchmal mit seinem Tippschein hier am Küchentisch, dann hebt er den Kopf und beobachtet, wie der Wind einer tiefhängenden trächtigen Wolke den Regen entnimmt und über den See treibt. Dem schaut er lange zu. Manchmal hat er im klirrend kalten Winter dagesessen und seine Renherde auf dem Eis liegen sehen, die den spärlichen Sonnenlichtklecks zwischen den Wolkenrollen ausnutzt, die der Westwind vor sich herschiebt. Die Tiere heben den Kopf, wobei sich ihre Kronen wie Zweige in einem entlaubten Wald bewegen, um herauszufinden, ob da ein Wind ist, ein lebendiger Luftstrom, gegen den sie laufen können. Klemens war es, der mir erzählt hat, daß der Bär am Brandberg oben steht und in die Tatzen bläst, daß es pfeift. Daß unter meinem Schafstall ein Hermelin hauste und fünf Junge hatte, wußte ich erst, als er es mir erzählte.

Und jetzt hatte sich sein Hirn also in eine Sackgasse verrannt. Die Ermittlungen der Polizei hatten sich hingezogen, was wir hier ja gewohnt sind, aber diesmal war es wegen der DNA-Proben, die eingeschickt und analysiert werden mußten. Das dauerte seine Zeit. Als das schließlich geklärt war, sagte der Staatsanwalt, Klemens solle, aus triftigen Gründen des groben Jagdvergehens verdächtig, inhaftiert werden.

Er wußte ja von diesen beiden Kerlen, die unglücklicherweise auf dem Scooter hinter ihm hergewesen und an den Schlachtplatz geraten waren. Ihre Zeugenaussagen hätte er durchaus billigen können. Auch daß die Polizei es für wahrscheinlich hielt, daß das Blut auf seiner Hose und auf dem Gewehrkolben von einem Wolf stamme, hatte er verstehen können. Es war ja das Blut eines Tieres, *Maelie*. Nicht *Virre*, das Blut eines Menschen.

Aber daß ein Tabakpriem verraten können sollte, wer ihn im Mund gehabt hatte – da machte er einfach nicht mit. Es gab Leute, die ihn für dumm hielten. Er ist nicht dumm. Mats nennt das: sich in eine Sackgasse verrennen. Ich glaube aber, auch das ist nicht richtig.

Er wollte nicht mehr. Er wollte mit dieser Welt, in der zu leben er gezwungen war, nichts zu tun haben. Näher kann ich seiner Denkweise nicht kommen. Er leugnete also. Er hatte von Anfang an geleugnet und leugnete weiterhin, auch wenn sie es als erwiesen betrachteten, daß er diese Wölfin totgemacht habe. Der Rechtsanwalt sprach mit Mats und sagte, es sei zwecklos zu leugnen. Er könne Klemens besser verteidigen, wenn dieser sage, wie es gewesen sei. Daß er so viele Rene verloren habe, könne vielleicht zu einem gewissen Grad als mildernder Umstand erachtet werdem. Dazu müsse Klemens aber die Fragen beantworten.

»Bringest ihn zur Vernunft, Mutter«, sagte Mats. »Haben doch die DNA genommen.«

Mir war durchaus klar, auf welch schwankendem Boden Klemens landen würde, wenn er es sich anders überlegte und sagte, daß er gelogen habe. Obwohl ich es nicht mit vernünftigen Worten erklären konnte, wußte ich doch, wie es ihm ging. Mats war mir böse, aber ich sagte:
»Du und ich glauben den DNA-Proben. Aber warum eigentlich?«
»Hat es doch beweiset, Menschenskind«, sagte Mats. »Die Wissenschaft.«
»Haben gelesen davon, in der Zeitung«, entgegnete ich. »Und tun derhalben daran glauben.«
»Muß eins wohl glauben, was sie sagen, die Leute. Die Wissenschaftler.«
Und das taten natürlich alle. Ich auch. Aber Klemens weigerte sich.

Als das Urteil des Amtsgerichts erging, wurde Klemens Klementsen des groben Jagdvergehens für schuldig befunden und mit einer Strafe von einem Jahr Gefängnis belegt. Darüber hinaus sollte er eine Wiedergutmachung von vierzigtausend Kronen bezahlen. Vierzigtausend Kronen hatte er natürlich nicht, und ich habe sie auch nicht. Meine Ersparnisse hatte ich Mats geliehen, damit er in der Pension die Küche umbauen konnte, nachdem das Gesundheitsamt dort das Oberste zuunterst gekehrt hatte. Der Anwalt sagte, Berufung einzulegen habe nur dann einen Zweck, wenn Klemens seine Aussage ändere und den Ermittlungen etwas Neues zuführe. Der Staatsanwalt wollte den Fall vor das Oberste Gericht bringen. Er sei von prinzipieller Bedeutung, sagte er. Die Verfolgung und Tötung des Wolfes sei mit großer Rücksichtslosigkeit und Grausamkeit erfolgt. Das sagte er in *Mittnytt*. Da war auch einer von der Provinzialregierung, der meinte, Faunakriminalität müsse strafrechtlich schärfer verfolgt werden. Mit größerer Härte und Konsequenz. Er sagte, in diesen Gegenden habe eine Ausrottungsjagd auf Wölfe stattgefunden. Und zwar, das müsse man leider sagen, mit großem Erfolg. Wenn wir nun schon den Grund zu einem Wolfstamm gelegt hätten, müßten wir dessen Anfälligkeit erkennen und die einzelnen Tiere schützen. In diesem Fall sei das wertvollste Tier des Rudels getötet worden, nämlich die Wölfin, die, wie sich bei der Obduktion herausgestellt habe, drei Föten in der Gebärmutter getragen habe.

Ungefähr so lauteten seine Arien. Ich kann gar nicht sagen, wie mich das angeekelt hat. Obduktion. Gebärmutter. Sind Wölfe wie Menschen? Ich wußte nur, daß Klemens nicht ein Jahr von den Renen fortbleiben konnte. Bevor er ins Gefängnis ging, mußte er so viele wie möglich verkaufen und den Rest abschlachten.

Er war zu arm für das Urteil, das er bekam. Er hatte kein Leben mehr. Ich war froh, daß sie ihm das Gewehr und den Waffenschein abgenommen hatten.

Die Espen hatten noch nicht ausgeschlagen, doch die Spitzen der Knospen waren aufgeplatzt und hatten einen kupferfarbenen Dunstschleier über die Kronen gelegt. Wenn man auf der Vortreppe saß und in deren Welt blickte, sah man keinen Wirrwarr aus Ästen und Zweigen, sondern ein Muster. Zog ein Regenschauer durch, wurde es zuerst zu Rotbraun abgedämpft und ging dann ins Grauviolette über. Ich komme einfach nicht weiter, dachte Ingefrid. Sitze auf der Vortreppe und schaue in die Äste. Sitze auf der Küchenbank und schaue auf den See. Ganz oben am Brandberg soll es noch ein Stück Urwald geben, mit Anispilzen und Fältlingen. Auch Luchse und Marder und alte schwarze Auerhähne. Sie wußte nicht, wie man über die Kahlschläge dorthin kam. Birger sagte, in den Fjällmooren oben balzten noch immer Birkhähne. Das Fjäll, so hatte sie sich sagen lassen, sei vor Mittsommer jedoch zu naß. Der Schnee schmelze noch, und man komme nicht über die Bäche und Flüsse.

In der Einhegung am See wuchs in großen und saftigen Büscheln das Gras jetzt Tag und Nacht. Es roch säuerlich, fast beißend nach Frauenmantel, wenn man sich dort hinsetzte. Ingefrid hatte die Zibben und die Lämmer aus dem Stall gelassen, nachdem Mats den Zaun überprüft hatte. Jetzt brauchten sie nur einen Salzstein, Wasser tranken sie aus dem See. Klemens hatte versprochen, das Streulager hinauszuschaufeln und auf den Misthaufen zu werfen. Er zeigte sich nach dem Prozeß jedoch nicht gern im Dorf, und deshalb überlegte sie, ob sie jemand anders dafür finden könnte. Er hauste in der alten Bruchbude von Ristens Onkel im Björnfjäll oben. Das Urteil war noch nicht rechtskräftig. Es sollte Berufung eingelegt werden, doch nicht von ihm. Er war eigenartig gleichgültig. Oder starr. Oder etwas, was sie schlicht nicht begriff. Stehengeblieben.

Sie war die holprige Straße mit den Schmelzwasserseen, worin sich kaltblaue Himmelsfetzen spiegelten, hinaufgefahren, an der Kronkate vorbei und über den rauschenden Krokån. Rings um Klemens' achteckiges Haus wuchsen kleine, knochige Birken mit schwarzen Knoten und Auswüchsen. Darunter schossen Säuerlinge in die Höhe, deren Stengel und Blätter nur zurückhaltend ins Grün spielten. So als würden sie lieber in klarem Rot frieren. Ingefrid war in eine andere Jahreszeit geraten: Die Birkenknospen waren hier erst kurz davor zu bersten, hatten nicht wie im Dorf unten schon klebrige Blättchen entfaltet. Auf dem Fjäll lag noch alter Schnee, und die Heiden waren an diesem Vormittag mit einem rissigen Flor aus Neuschnee bedeckt, der in der Nacht gefallen war. Der Bach unterhalb von Klemens' Hütte rauschte gelb schäumend und weiß wie ein Raubtiergebiß talwärts. Das Wasser war braunschwarz, und in den Strudeln wirbelte das Eis.

Sie hatte Dünnbrot dabei, das sie von den Tanten des Handarbeitskreises nach deren jüngstem Backtag bekommen hatte. In Jolet hatte sie zudem eine Packung Gomme, diesen norwegischen Braunkäse, und ein Stück norwegischen Gammalkäse gekauft. Als sie mit dem Korb zum Haus hinaufging, tanzte Klemens' schwarzer Hund an der Laufleine und bellte mit großem Vergnügen.

In dem kleinen Haus war die Decke niedriger, als sie erwartet hatte. Sie bestand aus verzogenen Masoniteplatten und hatte Regen oder Schnee durchgelassen. Die Feuchtigkeit war zu Landschaften getrocknet, in denen die Seen braune Ufer hatten und die Moore aufgequollen waren und schon fast aus dem Kartenbild fielen. Es roch nach Holzrauch und Tabak dort drinnen sowie nach Kaffee, ein schaler Duft, der Ingefrid an irgend etwas erinnerte, was sie nicht zu fassen bekam. Vor dem Bett lag ein doppelt gefalteter Flickenteppich. Sie hatte noch nie etwas derart Schmutziges gesehen, ahnte jedoch, daß dies der Schlafplatz des Hundes war. In dem Bett war kein Laken, lediglich eine türkisfarbene Decke, die neu wirkte. Drei Kissen waren aufeinandergestapelt, und das oberste hatte einen braunen Fleck von Klemens' Hinterkopf.

Er fragte, ob sie Kaffee haben wolle, und sie nahm dankend an. Als er sich an dem niedrigen, mit Holz zu befeuernden Herd zu schaffen machte, betrachtete sie die Bretterverkleidung der Wände, wo er Kleidungsstücke aufgehängt hatte. An den Nägeln hingen auch Fischereigeräte, Netze und Fallen. Einige Sachen wirkten alt.

»Ist das da ein Fuchseisen?« fragte sie.

Da lächelte er.

»Wär schon ein recht großer Fuchs dann«, sagte er.

»Bär?«

Der Bügel mit seinen groben Zähnen war rostig.

»Sie haben das wohl zur Zierde. Ich meine, als eine Antiquität.«

»Ja, ist schon antiquiert.«

Ganz hinten in einer Ecke hatte er mehrere Petroleumlampen stehen. Die brauchte er jetzt nicht. Um diese Zeit brach sich das Sommernachtlicht durch die hoch oben sitzenden Fenster Bahn. Diese zeigten den unruhigen Himmel mit seinen vorbeifliegenden Wolkenfetzen wie ein Ereignis im Fernsehen. Eine andere Unterhaltung schien er nicht zu haben. Ingefrid sah das Radio zunächst nicht. Doch als er ihr einen Stuhl hinstellte und sie einen neuen Blickwinkel hatte, entdeckte sie es an einem Haken an der Decke. Er folgte ihrem Blick, sagte aber nichts. Es war ja nicht gerade schwierig, sich auszurechnen, daß es da oben den besten Empfang hatte. Stieg er denn auf einen Stuhl, um es einzuschalten? Sie wollte nicht fragen. Sie konnte nicht in seinem Leben herumfingern. Es war auf jeden Fall unbegreiflich. Die Stille war unbegreiflich, das Heulen, wenn der Wind in die Rottannen fuhr, war es ebenfalls. Vor dem Herd lagen Holzspäne, Rinden und trockene Zweige. Er trampelte darin herum. Das Blechrohr des Herdes führte ein Stück gerade nach oben und bildete dann einen Winkel zu einem zentralen Punkt an der Decke. Rings um den blechbeschlagenen Rauchabzug saß Ruß.

Ein Stapel Jagdzeitungen lag auf einer Bank. Daneben stand eine Schreibmaschine, eine alte grüne Halda.

»Schreiben Sie?« entfuhr es ihr.

»Ist noch vom Anund Larsson, die Maschine«, erklärte er.

Er sagte nicht viel, während sie Kaffee tranken, und da sie sich auferlegt hatte, ihn nicht auszufragen, war es still. Er versprach auf jeden Fall, zu kommen und das Streulager auszumisten. Er mache das immer für die Mutter. Es würde freilich noch etwas dauern. Auf jeden Fall aber vor der Kennzeichnung der Kälber, sagte er.

Sie war froh, daß er von der Kälberkennzeichnung sprach. Er mußte doch mit seinen Renen weitermachen können, zumindest bis das neue Urteil ergangen und rechtskräftig geworden wäre. Wenn er wollte und es schaffte. In dem Moment, als sie sich ins Auto setzen wollte und noch mit einem großen Stück schwarzgeräucherter Renkeule im Arm dastand, sagte sie:

»Es könne dauern, bis der Fall vors Berufungsgericht kommt, sagt Mats. Jahre.«

Er sagte nichts dazu.

»Falls die gleiche Entscheidung gefällt wird«, sagte sie, »ich meine, falls sie das Urteil des Amtsgerichts bestätigen. Dann müssen Sie mit mir reden. Über die Wiedergutmachung, meine ich.«

Er drehte sich um, und sie dachte, er wollte gehen. Doch er spuckte aus.

»Ward schlechtig, mit dem Tabak«, sagte er.

Ihr wurde klar, daß er ein Problem gehabt hatte. Solange sie da war, hatte er nicht ausspucken wollen. Jetzt aber war der Priem unter der Lippe zu ätzend geworden. Ristens Söhne hatten feine Manieren, das hatte sie schon früher bemerkt.

*

Risten war blaß, als sie nach Hause kam, und schien gealtert zu sein. Das sah man, wenn sie sich bewegte. Sie war so vorsichtig, schaute auf ihre Füße, wenn sie einen vor den anderen setzte. Die paar Schritte über die Vortreppe hielt sie sich am Geländer fest und ließ es ungern los. Ingefrid beschloß, noch ein Weilchen bei ihr zu bleiben. Anand konnte so lange auf der Küchenbank schlafen. Er war ohnehin die meiste Zeit bei Elias Elv, der hin und wieder mit dem Postbus Sendungen erhielt. Glasteilchen, sagte Anand. Das Schuljahr war in ein paar Tagen zu Ende, und er sehnte sich nach draußen. Er wollte Federn suchen. Birger hatte die Schwungfeder eines Bussards und eine prächtige kleine Eichelhäherfeder gebracht, die er im Wald gefunden hatte.

Donnerstags mußte sie nach Röbäck fahren und daheim im Pfarrhaus den Handarbeitskreis empfangen. Sie fand es trostlos in dem großen Haus. Als sie Blumen pflücken wollte, um sie auf den Tisch zu stellen, fand sie nicht viele. Auf dem Rasen gab es vor allem Frauenmantel. Es blühte nicht so viel, wie der Duft draußen erwarten ließ. Vielleicht gibt es unsichtbare Blüten, dachte sie. Der Vorsommer denkt in Wohlgerüchen. Doch in der Vase auf dem Tisch standen dann nur große, fast verblühte Buschwindröschen. Ihre rotgeäderten Kronblätter flatterten in der Zugluft, als sie den Mief hinauszulüften versuchte. Das Pfarrhaus hatte zu lange leergestanden.

Als sie den alten Frauen des Handarbeitskreises aus Fridegårds *Turmhahn* vorlas, tat sie das mit einem Vorbehalt, den sie nicht direkt ausgesprochen hatte. Sie sollten nach dem Vorlesen eine Weile über das Buch diskutieren. Jedesmal, daran hielt sie hartnäckig fest. Doch es war nicht leicht. Sie hielten den Blick auf ihre Handarbeit gesenkt und verschlossen das Gesicht auf eine Weise, die ihr allmählich vertraut wurde. Sie dachte jedoch nicht daran, sie mit der Seele des Instmanns Frid in Ruhe zu lassen, die nach seinem Tod umherirrte und sich an unvermuteten Orten zeigte. Dieses Phänomen sollte ans Licht gebracht und genau betrachtet werden. Ingefrid wollte ihnen den Gespensterglauben austreiben. Sie sträubten sich dagegen. Hin und wieder kam eine heftige und dunkle Aussage. Daß es vieles gebe, was man nicht begreife. Auf jeden Fall. Sie kam nicht weiter mit ihnen und bereute tief, daß sie sich darauf eingelassen hatte, den *Turmhahn* zu lesen.

Das schlimmste war, daß sie nicht einseitig Vernunft predigen konnte. Es war ihr schwergefallen, für Christi Himmelfahrt eine Predigt zu schreiben. Den Leuten verständlich zu machen, daß das Evangelium von Menschen einer anderen Zeit und mit einem anderen Glauben an Phänomene wie Himmelfahrten und

Krankenheilungen erzählt worden war, ließ sich nicht bewerkstelligen. Jedenfalls nicht in so kurzer Zeit, wie ihr zur Verfügung stand. Das schlimmste war, daß sie das Gefühl hatte, mit Worten zu stümpern. Ins Symbolische und Abstrakte abzuschweifen. Die Frauen saßen da mit ihrem Leben. Viele von ihnen kränkelten. Verlassen von einer Welt und einer Gesellschaft, die sie kaum mehr kannten. Was sie brauchten, waren keine Abstraktionen.

Jesus wußte das, dachte sie. Er sah sie ständig um sich. Die Gebeugten und die Blutenden. Diejenigen, deren Auge getrübt war, und diejenigen, die sich in Krämpfen wanden und ihre Lippen wie Fleisch zerbissen. Diejenigen, deren Hände fett vor Geld waren, und diejenigen, die immerzu hungerten. Sie kamen nicht der Worte wegen zu ihm, nicht um schöne symbolische Auslegungen zu hören. Die Trauernden brachten ihm ihre Toten. Die Mißliebigen fielen auf die Knie und baten um ein Quentchen Kraft, so wie Hunde um Krümel und Reste betteln.

Sie kamen der Kraft wegen.

Kann ich ihnen Kraft geben? Oder kann ich nur Stimmungen vermitteln?

Sie erzählte Birger von den Turmhahnlesungen. Er mußte als Arzt doch die gleichen Probleme gehabt haben. Alte Menschen hier oben waren auch abergläubisch, was die Heilung von Krankheiten betraf. Sie fuhren auf die norwegische Seite zu einem alten Mann oberhalb von Jolet und kauften Salben. Vermutlich wurden dort auch kranke Knochen und wehe Rücken besprochen.

»Sie hüten sich jedoch, mir etwas davon zu sagen«, meinte er. »Sie wissen, woran sie mit mir sind.«

Ingefrid saß achtern in seinem Boot, und er ruderte am Ufer entlang. Zuerst waren sie unter Motor über den See gefahren. Sie würden schleppangeln, hatte er gesagt, als sie losfuhren, und sie hatte nicht gewußt, was das war. Jetzt aber schleppangelte sie.

Es war der Nationalfeiertag. Als sie das Dorf verlassen hatten, saßen Elias und Risten in Ruhe vor dem Fernseher und schauten sich die königliche Familie an. Ingefrid hatte sich mit Birger darüber unterhalten wollen, wie man gegen diesen Aberglauben, und auch gegen andere, angehen könne, doch seine ganze Aufmerksamkeit galt jetzt dem Angeln. Schleppangeln sei das letzte kleine Privileg, das einem Grundbesitzer noch zustehe, behauptete er. Er habe das Recht, eine kurze Strecke vor der Alm ein Scherbrett mit vielen Blinkern zu schleppen. Jetzt fuhren sie hin und her. Er war nicht ganz zufrieden damit, wie sie die Schnur handhabte.

»Als wir losfuhren, wußte ich nicht mal, was ein Scherbrett ist«, sagte sie.

»Hier auf der Landzunge gibt es übrigens ein Otterweibchen. Wenn wir Glück haben, sehen wir es. Es hat gerade Junge. Man hofft und betet. Sozusagen«, fügte er hinzu und wirkte leicht verlegen.

Was er Scherbrett nannte, war ein blau und gelb gestrichenes Brettchen. Es lief brav ein Stück vom Boot entfernt parallel zur Uferlinie. Ingefrid hielt die Schnur und sollte sie einholen, falls etwas daran zuckte und zappelte. Sie hoffte inständig, daß nichts anbeißen würde, doch das sagte sie nicht. Sie fürchtete, mit dem Einholen nicht zurechtzukommen und die Vorfächer und Blinker herauszuziehen, an denen kein Fisch war. Sie sollten auf die andere Seite des Bootes verlegt werden. Es gab viele Möglichkeiten, etwas verkehrt zu machen und alles durcheinanderzubringen. Birger war ungeduldig gewesen, als ihr beim Auswerfen ein Haken an der Jacke hängengeblieben war. Es waren Kinken und Knoten in der Schnur gewesen, aber das hatte er nicht eingestehen wollen. Er behauptete, die Schnur sei einwandfrei aufgerollt gewesen, bis zum Gehtnichtmehr, wie er es ausdrückte.

Es war absolut windstill, und der See war blauschwarz und blank wie Metall. Das Bild des Waldes fiel in die Tiefe ab. Wo es seicht war, sah Ingefrid auf dem Grund eine Landschaft aus Steinen. Deren Konturen waren durch einen gelbgrauen Belag verwischt. Sie starrte zur Landzunge hinüber und dachte an das Otterweibchen. Als Birger wendete, was ein schwieriges Manöver war, bei dem sie sich gehunzt vorkam, sah sie die Fjälls. Sie hatten noch weiße Schneeflecken, verdunkelten sich nach unten hin jedoch ins Violette. Die Sonne war röter geworden und gedunsen.

»Nicht eine Flosse«, sagte Birger. »Kein einziges verflixtes Stück Leben. Es müßte nur ein kleines bißchen Wind gehen. Dann aber, ich sag's dir!«

Als sie zum Wendepunkt kamen, befahl er:

»Einholen!«

Sie dachte, es sei zu Ende, und fühlte sich sehr erleichtert. Doch sie irrte sich.

»Wir versuchen es, wenn es etwas dunkler ist«, sagte er. »Es frischt vielleicht auch noch auf. Ein kleines bißchen. Wir fahren jetzt um die Landzunge herum und schauen, ob wir einen Biber zu sehen bekommen.«

Er ruderte den ganzen Weg, um die Biber nicht zu erschrecken, falls sie draußen waren. Als sie in die Bucht kamen, ruderte er leiser, tauchte die Ruderblätter vorsichtig ein, wie in eine Schmelze, und zog sie ohne Platschen heran. Am Ufer lagen von Bibern gefällte Birken. Er sprach auf jämtisch darüber. Ihr fiel auf, daß er für den Wald und die Tiere – für den Auerhahn ebenso wie für den Renhirsch und den kalt schmeichlerischen Unglückshäher – jeweils jämtische Bezeichnungen verwendete.

Jetzt ruhte er auf den Rudern und wies mit einem Nicken hinter sie. Sie mußte sich auf der Achterducht hin und her drehen, um etwas zu sehen. Zwei winzig kleine Wildenten lagen im Schilfrand und bewegten sich so geringfügig, daß das Wasser in dem rötlichen Licht kaum glitzerte. Ein Stück vor ihnen schob sich eine Bugwelle aus schwarzem Wasser dahin. Wo das Wasser zerpflügt wurde, war es braungolden. Im Scheitel der Bugwelle ein von der Sonne beschienener platter, gestreifter Schädel. Ein Biber war von viel hellerem Braun, als Ingefrid angenommen hatte. Oder hatten sie unterschiedliche Farben? Er kam so nahe, daß sie ihn durch die Nasenlöcher Luft ausstoßen hörte. Dann nahm er ihre Witterung auf und schlug wie mit einem biegsamen Spaten mit seinem silbergrauen Schwanz die Wasseroberfläche entzwei.

Birger ruderte weiter und zeigte ihr eine Biberburg, einen unförmigen Haufen aus Ästen und Zweigen, der mit Erdschollen und großen schlammigen Brocken vom Grund des Sees abgedichtet war. Sie waren jetzt ganz im Innern der Bucht. Hier war der Grund voller Äste und Steine mit gelblichen Schlammbärten.

»Ich dachte, ich hätte ein Haus gesehen«, sagte Ingefrid. »Ein kleines, graues.«

»Das war mal ein Stall. Doch der verfällt bereits. Es hat auch einen Sommerstall gegeben, der ist aber schon hinüber. Lediglich ein Schindeldach, das hält nicht auf die Dauer. Die Almhütte dagegen hat ein Blechdach, so daß sie noch steht.«

»Ist das deine Alm? Können wir sie uns angucken?«

»Sie gehörte zum Anwesen, als ich es kaufte«, erklärte er. »Selbstverständlich können wir mal gucken. Es gibt aber nicht viel zu sehen. Die Weide ist zugewachsen.«

»Könnten denn nicht Ristens Schafe hier grasen?«

»Nein, das geht wegen der Raubtiere nicht. Da müßte man hier wohnen und sie hüten.«

Sie stiegen aus, und Ingefrid war dankbar für die Stiefel. Es war nicht möglich, mit dem Boot bis an den Uferrand heranzukommen, es lief auf den Steinen auf. Birger vertäute es an einer kleinen Rottanne, und sie gingen auf etwas, was laut Birger einmal ein Pfad gewesen war, durch einen Tunnel aus Espen und Fichtenschossen.

»Ich werde versuchen, im Sommer ein bißchen zu roden.«

Ihr war aufgefallen, daß fast alle ein schlechtes Gewissen hatten, weil sie es nicht schafften, das Wachstum in Schach zu halten, das in dem nun fast Tag und Nacht währenden Licht explosionsartig hervorbrach. Die Weide war noch zu erkennen. Da waren noch nicht so viele Birken- und Fichtenschößlinge.

»Aber dann kommt der Eisenhut«, sagte Birger. »Ein hochgewachsenes, teuflisches Elend, das völlig überhandnimmt. Schmutzigblaue Blüten. Giftige Wurzeln. Aber was soll man machen?«

Die Hütte war klein und silbriggrau. Als sie näherkamen, sah Ingefrid, daß das Holz stellenweise morsch und gleichsam hohlgefressen war. Sie hatte kleine Fenster mit vielen Scheiben erwartet, doch Birger erklärte, Aagot Fagerli habe bereits in den fünfziger Jahren gewöhnliche Fenster einsetzen lassen.

»Sie hat vermietet«, sagte er. »An Touristen. Die wollten die Aussicht haben, hinterließen unten in der Scheune aber auch einen Müllberg. Der rottet immer noch. Außer den Flaschen, natürlich.«

»Hatte sie keine Tiere, die hier weideten?«

»Nein, Aagot nicht. Aber ihre Schwester Jonetta hatte ein paar Kühe und eine große Ziegenherde. Sie ist zum Melken herübergerudert.«

»Und die Raubtiere?«

»Die hat man in Schach gehalten. Ich glaube, sie hat im Kochhaus auch Käse gemacht. Das ist der Holzhaufen dort. Ich habe wirklich versucht, hier aufzuräumen. Aber das ist schwierig.«

»Bin ich mit Jonetta verwandt?«

»Ja, selbstverständlich. Aagot und Jonetta waren deine Großtanten.«

»Können wir in die Hütte gehen?«

Sie merkte, daß er nicht so recht wollte, doch er gab ihrem Eifer nach. Den Schlüssel hatte er unter der Dachtraufe versteckt.

Die Tür ging nach innen auf. Dahinter war eine Art Vorraum oder Holzablage, und ein stechender Gestank stieg ihnen in die Nase.

»Ein Hermelin«, erklärte Birger. »Das kackt hier den ganzen Winter. Aber vermutlich hält es die Ratten in Schach.«

An der Holzwand hingen Netze, Pirkangeln und ein paar Bambusgestelle, die konnte man sich an die Stiefel binden und damit auf dem Schnee gehen. Birger sagte, sie hießen Schneeteller. Ein alter Schafspelz moderte vor sich hin, und den Ärmel, der sich an der Schulternaht gelöst hatte, zog es zu den Dielenbrettern hinab. Birger öffnete die Tür zur Küche der Hütte, die größer war, als Ingefrid erwartet hatte.

»Ich habe hier umbauen lassen und außerdem einen neuen, mit Holz zu befeuernden Herd hineingestellt. Der ist das Kleinod hier.«

Es gab eine Küchenbank ohne Deckel. Sie war als Bett gedacht, mußte aber für heutige Menschen zu kurz sein. Auf einem blaugestrichenen Büfett standen drei Petroleumlampen und ein emaillierter Becher. Ingefrid hatte selten ein derart kahles Interieur gesehen. Der Küchentisch war ungestrichen, doch die Stühle um ihn herum waren blau.

»Pfostenstühle«, stellte sie fest.

»So was weißt du!« Er lachte.

»Meine Mutter hat mit Antiquitäten gehandelt. Vor allem mit Bauernmöbeln.«

Hinter der Küche gab es eine kleine Kammer mit einem richtigen Bett, das an Ort und Stelle geschreinert worden sein mußte. Die Stollenbeine waren im Fußboden verankert. An der Wand über dem Bett hing ein Ölfarbendruck, ein Bild von Jesus. Man sah das Gesicht und das Haupt mit der Dornenkrone, die hellbraunen langen Locken. Seine Augen waren kräftig blau, der Umhang, den man ansatzweise sah, war rot.

»Warte, ich zeig dir was«, sagte Birger und nahm das Bild von der Wand. »Aagot hat hier ein Gedicht hineingepfriemelt. Oder was das ist. Es muß ihr jedenfalls gefallen haben.«

Auf der Rückseite des Bildes steckte, in den Rand des Rahmens gepreßt, ein zusammengelegtes Stück Papier. Er faltete es auf und reichte es Ingefrid. Das Papier war vergilbt, die Tinte bräunlich. Die Schrift war jedoch nach wie vor leserlich.

Diese tränenfeuchten Fenster
zerrissenen Wasser
duldsamer, duldsamer Wald.
Leben, das ist Schutz suchen
und sich Flechten gleich gedulden.

»Purer Modernismus«, sagte Birger.

»Ich weiß nicht. Ist das Modernismus?«

»Jedenfalls ist es nicht von unserem Dorfdichter Anund Larsson. Der hat gereimt. Und es ist auch nicht Aagots Handschrift, die kenne ich, weil von ihr noch eine Reihe von Papieren auf meinem Dachboden waren.«

»Es ist auf die Rückseite einer Quittung geschrieben«, sagte sie. »Trövika Konsum. Dreiundzwanzigster siebter neunzehnhundertfünfundvierzig. Der alte Mittsommerabend also.«

»Was?«

Er war offensichtlich noch nie auf die Idee gekommen, den Zettel umzudrehen.

»Brauselimonade«, sagte er. »Jemand hat mit der Hand eine Quittung über zwei Flaschen Limonade und ein paar Semmeln geschrieben. Die Leute hatten viel Zeit früher.«

Er steckte das Papier wieder an seinen Platz.

»Jetzt gehen wir.«

Ihm war ein Gedanke gekommen, den er nicht wahrhaben wollte. Ingefrid sah das sofort. Etwas Verwirrendes und möglicherweise Unangenehmes. Doch sie hatte nichts dagegen, die Hütte zu verlassen. Es roch muffig und beißend da drinnen und war nach wie vor kühl, obwohl der Junitag warm und schön gewesen war.

Sie gingen zum Ufer auf der anderen Seite hinunter und schauten auf den See hinaus, wo sie zuvor gefischt hatten.

»Mit dem Fischen wird das heute abend nichts mehr«, sagte Birger. »Es ist zu ruhig. Die Tiere sehen gut und merken, was los ist, wenn das Scherbrett geglitten kommt. Wenn wir uns aber noch ein Weilchen hinsetzen, können wir die Sonne hinter dem Fjäll verschwinden sehen. Dann schwimmt sie in Orangensoße. Abends ist es hier verdammt schön.«

Sie setzten sich nebeneinander auf einen groben Birkenstamm, der umgestürzt war und schon morsch wurde. Ringsum wuchsen große gelbe Ranunkeln, die laut Birger Trollblumen hießen. Ingefrid hatte auch schon gehört, daß sie anderswo Butterrosen genannt wurden.

»Was war vorhin los mit dir?« fragte sie. »Du sahst aus, als hättest du eine Erscheinung gehabt.«

»Nun, das wäre nicht verwunderlich. In den Almhütten, da hat man schon allerhand gesehen, weißt du.«

Er scherzte. Doch sie wußte, daß da etwas war, womit er nicht herausrücken wollte.

»Vormals glaubte man, die Toten würden im Winter dort einziehen und hausen und umgehen«, sagte er. »Über diese Alm sind mir nie schlimme Gerüchte zu Ohren gekommen, aber was weiß man schon?«

Was immer ihm in dem kalten und muffelnden Haus widerfahren war, er wollte nicht darüber reden. Statt dessen redete er von Gespenstergeschichten. Sie kam wieder auf ihre Probleme mit den Damen des Handarbeitskreises und dem *Turmhahn* zu sprechen.

»Erscheinungen«, sagte er. »Ich weiß ja nicht. Aber irgendwas kann man wohl sehen.«

»Und für wahr halten?«

Er lächelte nicht über die Anspielung, sondern fragte:

»Ist der Kirche so etwas völlig fremd?«

»Nein, sie ist da eher vorsichtig. Und diplomatisch, muß ich wohl hinzufügen. Die mystische Tradition ist bei uns nie stark gewesen.«

»Ich hatte mal so ein Erlebnis«, sagte er. »Es ist viele Jahre her. Zwanzig, fünfundzwanzig, glaube ich. Aber ich habe es nicht vergessen. Es war in einem Hotel in Östersund. Damals hatte ich noch nie von dergleichen gehört. Ich wußte nicht einmal, daß es das gab. Eine Art ... Lichterlebnis. Und mehr als das. Ja, ihr habt ein Wort, das gut dafür paßt, wie ich finde: Seligkeit.«

Das Wort hing zwischen ihnen, als sie über den See starrten. Die Fjälls bildeten eine blauviolette Masse, die an den Rändern glühte, und die Sonne löste sich allmählich in diesem Orangensoßenmeer auf, von dem er gesprochen hatte.

»Als ich herauszufinden versuchte, was mir passiert war, kam ich selbstverständlich auf medizinische Erklärungen, auf Blutdruckabfall und dergleichen. Aber das reichte nicht. Also las ich etwas über Photismen und lernte Fachtermini wie Unio mystica und Transzendenz. Nicht gerade etwas für einen rechtschaffenen Bezirksarzt. Seligkeit hielt ich aber tatsächlich für gut. Ich war selig. Genau das war ich. Es hielt freilich nicht sehr lange an, und es kam nie wieder.«

Das Fjäll verschluckte die halb aufgelöste Sonne. Ein paar Augenblicke lang glühte noch ein scharfer Rand, dann war sie ganz untergegangen, und es wurde kalt. Das Wasser war metallisch schwarz. Ingefrid bibberte ein bißchen und übertrieb es. Und ganz richtig, er legte ihr seinen Arm um den Rücken, tätschelte ihn recht kräftig und sagte:

»Jetzt bewegen wir uns.«

Er ruderte unter Schweigen zurück, und erst als sie im Auto saßen, fragte Ingefrid:

»Gehst du deswegen in die Kirche? Ich meine, weil es noch einmal geschehen soll?«

»Nein, keineswegs«, antwortete er. »Das ist eine ganz andere Geschichte.«

Sie glaubte nicht, daß er noch mehr sagen würde. Bevor sie ins Dorf kamen, bog er auf den steilen Hang zu seinem eigenen Haus hinauf ab.

»Wir trinken noch eine Tasse Tee mit Schuß.«

Sie bekam einen großen Becher heißen Tee, in den er einen Schluck braunen Rum goß. Dazu bot er Schokoladenstückchen an, doch nach einer Weile gingen sie zu harten Käsebroten über, und zu guter Letzt holte er eine Fleischwurst hervor und schnitt sie in dünne Scheiben. Das Haus war klein, und er erzählte, daß hinter der Küche ursprünglich zwei Räume gewesen seien, eine Kammer und eine Backstube, die noch zu Aagot Fagerlis Zeiten unisoliert gewesen sei. Daraus habe er jetzt einen einzigen Raum gemacht, einen großen Herd mit Wärmekanälen mauern lassen und den Zwischenboden mit Glasfasermatten ausgelegt.

»In der Backstube war unter den Dielenbrettern vorher nicht einmal eine Erdschicht«, erzählte er. »Früher beherrschten die Leute die Kunst des Frierens. Darüber schreibe ich auch. In meinem Doktorbuch. Oben auf dem Dachboden. Ich habe mir dort ein Arbeitszimmer eingerichtet.

Du fragst dich bestimmt, was ich in der Kirche zu suchen habe.«

Das kam unvermittelt; gleichzeitig stopfte er sich eine riesige Ladung Knäckebrot mit Fleischwurst in den Mund und kaute vernehmlich.

»Ja, das fragst du dich. Die ganze Zeit schon.«

»Nun, du hast von deinem Vernunftkriterium gesprochen. Allerdings muß es einen ja nicht daran hindern ...«

»Meines war es ja nicht gerade. Aber ich habe es zu meinem gemacht. Habe es gelebt. Dann hat sich dieses Entsetzliche zugetragen.«

»Das, worüber ihr nicht gern sprecht?«
»Nein, nicht das. Sondern viele Jahre später. Annie Raft.«
»Die Lehrerin.«
»Ja, sie war meine ... nun, wir lebten nicht zusammen oder so. Wir waren miteinander bekannt.«

Ingefrid dachte, dies müsse noch ein Ausdruck aus seiner Jugend sein. Ein Lied fiel ihr ein, das, wie Risten irgendwann am Anfang erzählt hatte, Myrten immer gesungen habe: *Auf diesem Pfad wir gingen, im stillen Abendschein*. Die Lehrerin und der Doktor miteinander. *Und Hand in Hand wir saßen, auf moosbedecktem Stein*. Sie verspürte eine merkwürdige Gereiztheit, so wie junge Menschen sie angesichts der Dummheiten älterer Leute verspüren können, und sie schämte sich dafür, als er sagte:

»Als sie starb, wußte ich nichts. Wohin mit mir. Einfach nichts. Ich war innerlich hohl. Es ist schwer zu beschreiben. Es war nicht so, wenn ich einfach dahinlebte, wenn ich im Gesundheitszentrum war und arbeitete und sozusagen die einzelnen Punkte abhakte. Es war anders. Es konnte irgendwo passieren, im Laden oder zu Hause oder weiß Gott wo. Dann war es ... Ich meine, wenn ich in mich selbst eintrat, wenn ich nicht anders konnte, dann war es, als ob man einen Schritt in einen Raum machte, in einen völlig vertrauten Raum, und dieser keinen Boden hatte. Verstehst du?«

»Ich versuche es.«

»Man steht da und möchte hineingehen, und dann ist da kein Boden. Nichts.«

Er ging in die Küche und holte die Teekanne. Sein großes Gesicht war faltig und blaß im Nachtlicht. Es war ein langer Tag gewesen, und Birger wirkte allmählich etwas unrasiert.

»Also habe ich sie überall gesucht.«

Das sagte er, während er Tee einschenkte.

»Nicht die Erinnerung an sie«, erklärte er. »Nein, *sie* wollte ich zu fassen kriegen. Ich war außerdem böse auf sie. Weil sie sich entzog. Das war natürlich nicht wahr. Ich meine – es war unwahr. Nach vernünftigen Kriterien konnte ich es nicht für wahr halten, daß sie sich entzog und versteckte. Trotzdem war es das, was ich erlebte. Ganz stark. Es gab Momente, in denen ich einsah, daß ich nicht um sie trauern konnte, weil ich zu böse auf sie war. Entweder war ich böse, oder aber ich bekam Angst.«

Er schwieg ein Weilchen und zermahlte zwischen seinen Backenzähnen Knäckebrot.

»Dann kam ich in die Kirche. Aus purem Zufall. Eine Beerdigung, ein alter Dorfbewohner war gestorben. Assar Fransson, der Händler. Du weißt schon, Sylvias Vater.«

Sie schüttelte den Kopf. Immer wurde vorausgesetzt, man würde alle Leute im Kirchspiel Röbäck kennen.

»Die Textilforscherin. Sie ist im Urlaub immer hier. Es war nicht gerade ein umwälzendes Ereignis, daß ihr Vater starb. Er war über neunzig und hatte mehrere Jahre in Byvången im Altersheim verbracht. Ich saß da und sehnte mich nach Annie. Sie hatte immer in der Kirche gesungen, meistens bei Beerdigungen. Sie hatte eine Gesangsausbildung, aber mehr ist daraus nie geworden, weil sie zu schüchtern war. Völlig verschreckt eigentlich. Doch auf der Empore konnte sie singen, denn solange die Leute sie nicht sahen, ging es gut.

Ich saß da und trauerte und sehnte mich nach ihr. Wahrhaftig. Auf dieser Beerdigung hat niemand gesungen. Sie fehlte in greifbarer Weise. Es tat weh, aber ich hatte keine Angst.

Danach war die Kirche lange Zeit der einzige Ort, wo ich diese reine, unverfälschte Trauer um sie empfinden konnte. Und so ging ich von da an sonntags dorthin. Ich nahm Blumen mit und besuchte hinterher ihr Grab. Da hatte ich meine Ruhe. Wurde nicht in irgendeinen Kirchenkaffee und jede Menge Gerede hineingezogen.«

»Und die Gottesdienste?« fragte Ingefrid.

»Nun, ich weiß nicht, was ich dazu sagen soll. Ich habe mich gewissermaßen daran gewöhnt. Und irgendwann kannte auch ich die einzelnen Bestandteile. Einige davon mochte ich lieber als andere. Ich saß praktisch da und wartete auf sie. Etwa auf den Segen. *Lasse Dein Angesicht leuchten über uns.* Das ist doch verrückt. Ein Angesicht. Das leuchtet. Trotzdem wartete ich gewissermaßen darauf. Auch auf bestimmte Lieder. Ich ärgerte mich, wenn der Pfarrer sie nicht ausgewählt hatte. Hier gab es ja eine ganze Reihe Pfarrerinnen und Pfarrer. Vertretungen, die alles mögliche Moderne ausprobierten. In dem Moment aber, in dem ich dasaß und auf ein bestimmtes Lied oder auf den Segen oder auf etwas anderes wartete, von dem ich wußte, daß es kommen würde, da wurde mir klar, daß ich in einen Zusammenhang geraten war, in dem Wiederholung Wiederkunft bedeutet. Es besteht ein gewaltiger Unterschied zwischen diesen Worten: wiederholen und wiederkommen.

Es ist so natürlich wie die Jahreszeiten. Der höchste Feiertag liegt ja auch im Frühjahr. Ich möchte mir den Ostersonntag nicht gern entgehen lassen.

Es war gewissermaßen das Gegenteil zum Geacker im Gesundheitszentrum. Oder zu einer Fernsehserie, die nur deswegen endet, weil zweiundfünfzig oder hundertvier Teile gelaufen sind. Das Kirchenjahr hat eine Struktur, und das gefällt mir. Ostersonntag. Gott gnade dem Pfarrer, der nicht *Welch Licht überm Grabe* auswählt! Das ist doch merkwürdig: *Er lebt, welche Freud!* Dieses Glücksgefühl, das darin liegt. Es ist gleichsam jenseits allen theologischen Geschwafels. Ja, entschuldige. Ich bin nach wie vor vernunftabhängig und gedenke, es zu bleiben.

Ingefrid, du mußt das verstehen. Ich halte es nicht für wahr, daß irgendein übernatürliches Wesen, mag es nun Jahwe oder Odin oder Allah heißen, zu Menschen gesprochen hat, und auch nicht, daß *das große leuchtende Angesicht* mit der Welt schaltet und waltet. Ich möchte dich nicht verletzen, aber für mich ist das so.

Annie fand sich nicht in der Kirche. Aber ich konnte dort um sie trauern. Das hielt ich für natürlich. Außerhalb der Kirche war es anfangs nicht natürlich, und dann lebte ich zwischen diesen beiden Zuständen: Angst und infantilem Zorn. Doch zu guter Letzt konnte ich auch außerhalb der Kirche um sie trauern. Als erstes am Grab. Doch allmählich überall. An einem regnerischen Tag kann mich die Trauer so heftig überkommen, daß ich aus der Hand legen muß, womit ich gerade beschäftigt bin, und mich hinsetzen und nur die vom Regen gestreifte Scheibe betrachten. Reine, unverfälschte Trauer.«

»Zerfließe, mein Herze, in Fluten der Zähren«, sang Ingefrid leise.

»Was ist das?«

»Das ist eine Sopranarie aus der Johannes-Passion.«

»Ich verstehe das Wort Sehren nicht.«

»Zähren. Tränen. Reine, unverfälschte Trauer ist sicherlich ein Geschenk.«

»Ja, Ingefrid, so viele Seelen hast du sonntags ja nicht in der Kirche, und hier ist eine davon. Ein Atheist.«

»Du führst ein christliches Leben.«

»Weil ich sonntags in die Kirche gehe?«

»Nein, weil du anderen gedient hast. Du tust es auch jetzt noch. Das ist ein christliches Leben. Es sind die Menschen, die unserer Werke bedürfen, nicht Gott. Mir macht es nichts aus, daß du an Gott nicht mehr glaubst als an Odin. Ich finde, Religion sollte Privatsache sein.«

»Für eine Pfarrerin ist das eine erstaunliche Aussage.«

»Vielleicht. Das hindert mich aber nicht daran zu meinen, daß Menschen ein Recht auf Hilfe und Unterstützung, ja sogar auf Unterweisung in religiösen Dingen haben. Sofern sie das wollen. Und sie haben ein Recht auf die Gnadenmittel.«

»Ein Recht?«

»Ja, vom menschlichen Standpunkt aus betrachtet.«

»Gibt es denn einen anderen?«

»Ja.«

Es war lange Zeit still, dann begann die Gråhündin umherzutappen. Sie legte sich ächzend irgendwohin, war aber nicht zufrieden und versuchte es an einer anderen Stelle.

»Sie findet, daß ich gehen soll«, sagte Ingefrid. »Es ist längst Schlafenszeit. Hat sie wieder Stockfisch bekommen?«

»Nein, sie furzt so oder so grausam. Ich fahre dich heim.«

Sie bedachte, daß er mit »heim« das kleine weiße Haus meinte, in dem Anand auf der Küchenbank schlief.

»Ich gehe zu Fuß«, sagte sie. »Es ist eine so schöne Nacht, und es riecht nach Blumen. Sie duften, obwohl sie noch gar nicht aufgegangen sind. Ich glaube, das Gras träumt oder etwas in der Art.«

»Ich begleite dich«, sagte er. »Ich muß mich bewegen. Ich sollte außerdem abspecken. Aber daraus wird ja nie was.«

Also nein, dieser Alte! Er hatte sich in die Stube gesetzt und auf dem Tisch ein Gesangbuch gefunden, das Ingefrid hatte liegenlassen. Sie hatte dort ihre Predigt geschrieben und die Lieder festgelegt. Bei der Nummer 268 steckte ein Lesezeichen.

Elias brummelte: »Was ist das hier? Tut doch ein Lied von den Freikirchlern sein. Was suchet das hier?«

Er war so aufgebracht, daß ihm die Hände zitterten. Ich trocknete mir die Hände ab, ging in die Stube und guckte ins Gesangbuch.

Vieltausende Wagen sind, Herr, dein Besitz
und welchen erwählest du mir,
das ist einerlei mir, wenn glücklich ich sitz'
und fahre gen Himmel mit dir.

»Beruhige dich«, sagte ich. »Was kümmerst du dich um Kirchenlieder?«

»War ein verdammtes Regiment frühers«, sagte er. »Hat eins nichten singen gedurft, in der Schwedischen Kirche, die Lieder von den Freikirchlichen.«

»Woher weißt das denn?«

»Hab gewollt, daß wir's singen tun, als wie die Mutter begraben, haben es aber nicht gedurft, von dem Pfarrer aus. Norfjell hat der geheißet. Und stehet es hier jetzt, in dem ihrigen Gesangbuch. Haben sich's anders überleget. Was sollet es nutzen, es zu verbieten?«

Ihm zitterte das Kinn, und er hieb mit seinem Stock auf den Fußboden. Jetzt trifft ihn der Schlag, dachte ich. Wir sind alt und müssen vorsichtig sein. Er ist viel älter als ich.

»Regst dich nichten so auf, gibt Löcher in den Boden. Tut Fichte sein, ist also empfindlich.«

»Was stimmet denn nichten mit dem Lied? Hat es gesinget, die Mutter.«

»Besinnest dich verkehrt«, sagte ich. »Oder ist's im norwegischen Gesangbuch gewesen?«

Mir war gar nicht wohl zumute, denn ich stellte ihm ja Fallen.

»Tu mich, verdammt noch eins, besinnen auf das Lied! Hat es gesinget, die Mutter. Ist norwegisch gewesen, ist aber in die Kapelle in Skinnarviken gegangen. Wenn sie bei wem hat mitfahren gekonnt.«

»Von hier aus?« fragte ich.

Da sah er auf.

»Ja, von Tangen aus. Von wo denn sonsten?«

»Aha«, sagte ich und wartete auf mehr. Aber mehr kam nicht. Er starrte ins Gesangbuch.

»Da kömmet die Ingefrid«, sagte ich. »Kannst sie ja fragen.«

Nachdem Ingefrid ihren Mantel abgelegt hatte, setzte sie sich Elias gegenüber und las das Lied.

»Ich hatte es für Christi Himmelfahrt ausgewählt«, sagte sie. »Ich versuchte an die Vorstellung von Elias' Himmelfahrt im zweiten Buch der Könige anzuknüpfen.«

»Zürnet, weil sie's rausgetan, aus dem Gesangbuch«, erklärte ich.

»Sie haben es nicht rausgetan!« Elias klang fast schrill. »Es ist nie im Gesangbuch gewesen. Und in der Kirche von Röbäck durfte man es nicht singen.«

»Hätt es gern haben gewollt auf dem Begräbnis von seiniger Mutter«, sagte ich.

Ingefrid hatte das Gesangbuch auf dem Schoß und begann weiterzusummen.

Und wenn wie Elia in eiliger Fahrt
das einsame Ufer ich lasse,
all Schmerz, er verschwindet und alles wird klar
bei Jesus Freud' ich erfasse.

»All Schmerz, er verschwindet und alles wird klar«, sagte sie.

Elias saß nach wie vor da und polterte mit seinem Stock auf den Fußboden. Jetzt hämmerte er aber nur noch leicht. Er sagte an diesem Abend nichts mehr über seine Mutter. Das war auch gar nicht nötig. Ich wußte ja, wer dieser E. E. war, über den Hillevi geschrieben hatte. Zu Ingefrid sagte ich nichts davon. Ich war ratlos. Es half auch nichts, Doktor Torbjörnsson zu fragen, was ich seiner Meinung nach tun sollte. Er war genauso verdattert wie ich.

»Hat sie gefragt?« wollte er wissen. »Denkst du, sie möchte noch mehr herausfinden?«

»Weiß auch nichten!«

»Mir schwant jedenfalls, wo sie sich getroffen haben«, sagte er. »Du hast doch gesagt, Myrten sei den ganzen Sommer über daheim gewesen.«

»Ja, hat mir geschrieben von hier. War ja aus, der Krieg. Hat man wieder Briefe schicken gekonnt, ich hab sie im Sekretär.«

»Ich glaube, sie waren auf der Alm«, sagte er.

»In der Almhütte? Von der Aagot?«

»Ja, ich bin mir fast sicher.«

»Meine Güte!« sagte ich. »Kann nichten gewußt haben, wer er gewesen. Von welchigen Leuten er stammt.«

*

Kurz vor Mittsommer steckte auf dem Campingplatz jemand einen Wohnwagen in Brand, und eines Nachts mußte Reine eine Frau abholen, die mißhandelt worden war. Es war schon schlimm, daß die Polizei nicht kommen konnte. Reine hat eine Art Wachmannausbildung erhalten, so daß er mit seinem Taxi hinfahren und für Ordnung sorgen kann, wenn jemand berserkert. Meistens nimmt er einen derben Stock mit, eine Waffe darf er nämlich nicht tragen. Nun sollte das Polizeirevier in Byvången dichtgemacht werden, und der Vorstand der Dorfgemeinschaft ging mit Protestlisten von Haus zu Haus, die wir unterschreiben sollten. Sie hatten ein Verzeichnis aller Vergehen des vergangenen Jahres in Svartvattnet, Röbäck und Skinnarviken dabei. Ich sagte zu ihnen, meiner Ansicht nach hätte da auch stehen müssen, daß der Trunkenbold, der seine Lebensgefährtin mißhandelt hat, ein Tourist gewesen sei. Sie hatten einiges zusammengetragen: den Dieb in den Sommerhäusern, Klemens' Wolf, die Wilderer auf dem Brandberg, die niemand erwischte, obwohl sie ihnen die Luft aus den Reifen gelassen hatten. Sie konnten sich aus dem Staub machen, und sie stahlen ein Auto, das an der Brücke stand, während der Besitzer im Tullströmmen fischte. Der Wagen der Wilderer half der Polizei nicht weiter, weil er ebenfalls gestohlen war. Die Polizei entdeckte immerhin die erlegte Elchkuh, aus der sie sich die Filets und Bratenstücke herausgeschnitten hatten. Ville Jonssa, der als erster an dem Schlachtplatz gewesen war, sagte, sie sei trächtig gewesen. Die Norweger, die in einer Grube aus dem Krieg – einem Munitionslager, nehme ich an – Kanister mit schwarzgebranntem Schnaps versteckt hatten, waren ebenfalls aufgeführt, auch die Hakenkreuze am Vereinshaus, eine unerfreuliche Angelegenheit in Mats' neuer Kaffeekote, die er mit Plastiktüten an den Händen hatte entfernen müssen, die Schlägerei auf dem Campingplatz, bei der Roland Fjellström, als er die Kerle zu trennen versuchte, ins Kioskfenster fiel und sich dabei das Gesicht zerschnitt. Über Alkohol am Steuer hatten sie so allgemein geschrieben, daß wir uns alle miteinander schämen mußten, ja, man schämte sich doch ohnehin. Aber es sollte noch schlimmer kommen.

Ich wollte gerade Bratheringe in die Pfanne legen, als Mats mit einer Zeitung in der Hand erschien.

»Ist er nichten kömmen, der Elias?«

»Nein«, antwortete ich. »Hat sich wohl verspätet, der Reine.«

»Tut gar gut sein. Hast sie nichten gesehen, die Zeitung?«

Nein, ich hatte sie noch nicht gesehen. Er reichte mir *Expressen*, und ich sah, daß auf der ersten Seite etwas über Elias Elv stand. Das wunderte mich nicht, denn wir wußten ja, daß er berühmt war. Es hatte eine Ausstellung gegeben.

»Gibt noch mehr, hier drinnen«, sagte Mats und blätterte.

Mitten in der Zeitung waren zwei große Bilder von Elias und eines von seinem Haus. Die Schlagzeile lautete:

Hier versteckt sich der Parademaler der Nazis

Ich mußte mich setzen. Ich glaube aber, einen Laut von mir gegeben zu haben, denn Ingefrid, die in der Stube saß und an ihrem PC schrieb, kam in die Küche.
»Was ist denn?« fragte sie.
Mats gab ihr die aufgeschlagene Zeitung. Sie kicherte. Ich konnte um alles in der Welt nicht verstehen, wie sie das tun konnte. Zunächst jedenfalls nicht. Sie reichte mir die Zeitung, und da sah ich noch mal hin. Ein alter Mann, den Hut schief auf dem Kopf, mit weißem Dreitagebart und die Axt gegen die Welt erhoben. Ein alter schwarzer Hund mit grauweißer Schnauze und die Oberlippe über das gelbe Gebiß hochgezogen.
Da war auch ein Jugendbild von Elias Elv mit gewelltem Haar, Anzug und Schlips mit Krawattennadel. Eine Atelieraufnahme aus der Blütezeit des Dritten Reichs. Ich war so böse, daß ich mich wieder setzte. Ich hatte jedenfalls keine Lust mehr, ihm weiterhin Heringe zu braten.

*

Doktor Torbjörnsson fuhr bis auf das Gras vor der Vortreppe, und sein Grähund kläffte Suppen an. Dieser kuschte, als er merkte, daß es eine Hündin war.
»Möchtest du bei mir essen, Elias?« rief der Doktor vom Flur aus. »Risten hat keine Zeit.«
»Ist sie krank?«
»Nein, nein. Komm schon mit. Es gibt eine richtige Junggesellenmahlzeit. Fleischwurst und braune Bohnen. Und kein Kaninchenfutter dazu.«
Nachdem sie gegessen und je zwei Schnäpse getrunken hatten, sagte er, er müsse ihm etwas zeigen. Es war *Expressen*.
»Aha, soso«, sagte Elis. »Da ist es also. Und da unten haben sie es gelesen?«
»Ja, freilich.«
»So ein saumäßiges Bild! Hat Ingefrid es auch gelesen?«
»Ja.«

»Nun, ja. Da kann man nichts machen. Ist eine wahre Koryphäe, dieser Kerl. Wird noch einen Preis kriegen.«

»Das glaube ich nicht«, sagte Birger Torbjörnsson. »Der Artikel ist nicht besonders. Ich setze ein bißchen Kaffee auf.«

Er brachte auch Kognak. Möchte mich zum Reden bringen, dachte Elis. War doch so schlau, diese Nuß mit der Kamera! Ist durch halb Europa gereist, um das hier hinzukriegen. Möchte Zusammenhänge herstellen und Geschichte machen. Für so was bekommt man den Großen Journalistenpreis, mag Torbjörnsson auch sonst was glauben. Man gräbt ein bißchen verrotteten Mist aus und macht, daß er nach frischer Scheiße riecht.

Elias Elv, berühmter Glaskünstler, norwegischer Flüchtling vor Terbovens Henkersknechten, in den fünfziger Jahren Meister der Arieltechnik, war in Wirklichkeit ein nazistischer Plakatmaler, las Torbjörnsson. »Ich kann mir dich schwer beim Plakatemalen vorstellen.«

»Das habe ich auch nie gemacht. Ich habe Wandmalereien gemacht. Große Sachen.«

»Warst du Parteimitglied?«

»Ja.«

»Mein Vater schätzte ihre Ideen.«

»Das kann ich von mir nicht behaupten«, sagte Elis. »Ich wollte unbedingt Wandmalereien machen. Große Aufträge bekam man nur, wenn man in der Partei war und ihr Abzeichen am Revers trug. Ich hatte einen Kollegen, von Hause aus Norweger, der arbeitete direkt unter dem obersten Boß von allem, was damals gebaut wurde. Generalbauinspektor Albert Speer.«

Er nahm die Zeitung und las den Artikel noch einmal.

»Diese Ausgrabung riecht wirklich nach frischer Scheiße«, sagte er, als er die Zeitung hinlegte.

Er dachte, der Journalist habe seine Arbeit getan. Nicht, um Klarheit in das widersprüchliche Durcheinander des Lebens zu bringen und ein Licht auf den umherirrenden Willen und die mangelnde Ausdauer menschlicher Moral zu werfen. Auf dergleichen war er ganz und gar nicht aus. Er wollte Geschichte schreiben. Wer sonst schreibt in unserer Zeit Geschichte? Die Geschichte ist kurz. Sie ist ein Konsumartikel. Einfach und gerade soll sie sein und verlockend und frisch nach Scheiße riechen.

Zu guter Letzt nippte Elis doch an dem Kognak.

»Möchte Risten nicht mehr, daß ich noch zu ihr komme?«

»Doch, doch. Aber du weißt doch, wie sie ist. Sie hat gesagt, du seist ein alter Depp. Und es wundere sie nicht, daß du als junger Mensch ein Idiot warst.«

»Und Ingefrid?«

»Ich weiß nicht.«

Als Torbjörnsson ihn nach Hause brachte, sagte er:

»Willst du nicht mit Ingefrid reden?«

»Da gibt es nichts zu erklären«, sagte Elis. »Es ist, wie's ist. Ich habe mitgemacht. Ich bin erst im Herbst fünfunddreißig nach Paris abgehauen.«

»Ich denke nicht nur daran. Du solltest mit ihr auch über Myrten reden.«

Sie hatten vor dem Haus angehalten. Birger Torbjörnsson ging um das Auto herum, um Elis beim Aussteigen zu helfen. Er war dankbar, auf diese Weise ein bißchen Zeit zu gewinnen. Erst als sie oben auf der Vortreppe waren und Torbjörnsson seinen Ellbogen losließ, fragte Elis:

»Weiß sie davon?«

»Nein, ich glaube nicht. Aber es besteht die Gefahr, daß sie es selbst herausfindet.«

Nachts träumte er oft, daß er in einer Stadt sei. Diese war sonderbar menschenleer. Hohe Gebäude neigten sich über abgrundtiefe Kanäle, und wenn er ins Wasser hinabsah, schienen die Steinmassen geborsten dort auf dem Grund gelandet zu sein, halb aufgelöst. Er trottete über Brücken und durch Straßen, gelangte aber nie an das gewünschte Ziel. Trotzdem wußte er annähernd, wo er war, und hatte klare Orientierungspunkte. Es gab für ihn zwei Arten, diese nächtliche Stadt zu erkennen. Zum einen in seinem Traum, wo er einen Monumentalbau erkannte, aus dessen Wänden die Feuchtigkeit sickerte. Jetzt bin ich da, dachte er in seinem Traum. Dort sitzen ja die Marmortauben über dem Portal. Die kenne ich. Jetzt biege ich um die Ecke und bin gleich da.

Zum anderen im Wachzustand. Es war dieselbe Stadt, er träumte wieder und wieder davon. Zu guter Letzt war er richtig vertraut mit ihr, obwohl er es gar nicht wollte. In seinen wachen Gedanken begann er sie Laguna zu nennen. Sie war ebensosehr aus Licht wie aus Steinen erbaut. Aus Himmelslicht, Meereslicht und bewegtem Wasser, das der Wind hereintrieb. In gewisser Hinsicht war es Venedig. Doch seine Stadt war größer und stiller.

Im Wachzustand erinnerte er sich, daß es in Menton Marmortauben gegeben hatte. Sie hatten auf einem Fries über dem Entree des Pflegeheims gesessen. Sie hatten nicht geschnäbelt, da es keine Turteltauben waren. Er hatte gesehen, daß Eldbjörg rasch einen Blick darauf warf und ihn ebenso rasch wieder abwandte. Als habe sie etwas Unanständiges gesehen. Und es war ja auch unanständig, über dem Eingang eines Pflegeheims Grabtauben anzubringen.

Er befand sich in der Steinstadt und sah über das Wasser. Mußte weg von dort. Auf der anderen Seite der Lagune lag die wirkliche Welt. Dort war der Sand, hier wurde daraus Glas. Er wollte hinüber und spürte den Sprung, konnte ihn aber nicht tun.

Er erwachte auf der Küchenbank und dachte: Ich bin vierundneunzig Jahre alt, und ich streife nachts durch Laguna, eine Stadt, die ich selbst gemacht habe. Es gibt keine andere. Stadt und Wasser haben denselben Namen, weil sie aus demselben Material bestehen. Aus der Ferne kann man nicht sehen, ob die Mauern aus spiegelndem Wasser oder aus Glas sind. In dem flimmernden Licht weiß man nicht, ob die Meeresoberfläche geschmolzener und dann erstarrter, klar gewordener Sand ist.

Mise en abîme.

Ins Herz des Daseins geworfen.

Kann den Sprung daraus nicht tun.

In Nächten wie diesen wußte er etwas vom Sterben. Es war Atemnot und Durst und Gefängnis. Er versuchte dann, richtig wach zu werden und an Ingefrid zu denken, die wahrscheinlich glaubte, Sterben sei eine Art Übergang. Wie hatte sie darauf verfallen können?

Wir wollen natürlich alle eine Form für das Leben haben. Sie will es als eine zielgerichtete Wanderung haben. Als eine Art Erzählung mit einem Schluß. Klassische Sonatenform.

Doch da, wo er nachts wanderte, gab es nichts, wohin man zurückkehren konnte, und kein Ziel, das zu erreichen gewesen wäre. Diese Stadt war eine Abfolge von Bildern, die Wanderung dazwischen labyrinthisch, und sie führte nirgendwohin. Er trat zwischen die Bilder und wieder heraus. Es war ein Spiegelkabinett mit permanenten und manchmal verzerrten Reflexionen ein und desselben Bildes. Das Begehren treibt den Menschen in dem Labyrinth voran. Ganz im Innern wartet der Tod. Dort sind die Bilder zu Ende. Kein Licht. Kein murmelndes Wasser.

Nichts dringt in das Herz der Stadt, die Bleikammer.

Das Straßenstück zur Kapelle hinunter war soweit fertig, daß es gekiest werden konnte. Per Ola Brandberg, der die Straße angelegt hatte, wollte entlang der Strecke einen Graben ausheben, damit sie nicht überschwemmt würde. Der Bach schwoll während der Schneeschmelze meist an, und Per Ola prophezeite, daß sich dann mitten auf der frisch angelegten Straße ein See bilden würde, der sie für ein paar Wochen unbefahrbar machte. Wenn das Straßenstück nicht sogar ganz weggespült würde.

Die Brandberger hatten ab dem ersten Schleifweg auf der anderen Seite des Sees unterhalb des Berges, nach dem sie sich benannt hatten, alle Holztransportwege in der Gegend gebaut. Per Ola müsse es also wissen. Das meinte Risten, obwohl sie gegen diesen Straßenbau gewesen war, seit man im zeitigen Frühjahr mit der Rodung begonnen hatte und die Kiefern der Pfarrhufe auf das krachten, was später die Straße werden sollte. Düsteres wurde in Röbäck und Svartvattnet über dieses Stückchen Weg prophezeit, doch Mats Klementsen sagte, das sei »solchig Unsinn bloß«, und Ingefrid verstand ihn mittlerweile, auch wenn er Dialekt sprach. Die Dörfler gönnten den Sami weder die Kapelle noch die Begräbnisstätte, meinte er. Im Dorf dagegen behauptete Kalle Högbom, das sei nicht die Kapelle der Lappen, sie gehöre der Kirche, und die gehöre allen. Die Sache sei lediglich die, daß damals, als sie noch keine richtige Kirche gehabt hätten, nur Lappen zu beerdigen gewesen seien. Das wurde von Hans Isaksa bestritten, dessen Familie aus der Zeit der ersten Siedler stammte. Er meinte, anfänglich seien die Dorfbewohner ebenfalls da draußen beerdigt worden, und im übrigen sei es viele Jahre lang eine Gerberei und keine Kapelle gewesen, und so eine blödsinnige Straße zu diesem

Moorloch brauche man nicht. Das äußerte er ziemlich laut im Laden an der Kasse, und wie es der Zufall wollte, stand der Vorsitzende des Samidorfs am Zeitungsregal, kramte in den Wettscheinen und brüllte:
»Und wie soll der Leichenwagen dorthin kommen?«
»Ihr seid doch ein Naturvolk«, erwiderte Isaksa. »Könnt ihr eure Leichen denn nicht zu Fuß hinbringen?«
Da hätte es beinahe eine Schlägerei gegeben, denn Per Erik Dorj glaubte, einem Dorftrottel wie Isaksa den Unterschied zwischen Naturvolk und Urbevölkerung nicht mit Worten erklären zu können. »Nichts als Verdruß mit dem Ganzen«, sagte Risten, die Ingefrid von dem Klamauk erzählte. »Die Sami und die Dorfbewohner können sehr wohl ein und denselben Friedhof haben, das halten wir doch schon lange so. Sind wir denn nicht alle miteinander Menschen? Und was haben die überhaupt da draußen auf der Landzunge zu suchen? Da liegt schon seit jeher etwas Ungutes in der Luft. Warum meine Mutter dort begraben werden mußte, begreife ich nicht. Aber auf die Idee sind sie wahrscheinlich gekommen, nachdem der Lakakönig aus der Gerberei wieder eine Kapelle gemacht und sie der Kirche zurückgeschenkt hatte. Die sie gar nicht haben wollte. Das kann ich dir sagen, das hat nämlich Hillevi immer erzählt. Aber was sollten sie machen? Liegt man da draußen, wird man bloß vergessen, Straße hin, Straße her. Ich möchte da nicht liegen. Da finden doch sowieso bloß die Füchse hin. Man sollte die Erde dort überhaupt nicht antasten, und schon gar nicht mit irgendwelchen Maschinen.« Das war Ristens Überzeugung. Sie hatte sich in dem Kapellenstraßenstreit eindeutig auf die falsche Seite gestellt und geriet mit ihrem jüngeren Sohn sowohl über das Stückchen Straße als auch über den Graben aneinander. Ihr äußerstes Argument war, daß ein alter Lappe die Erniedrigung der Kapelle während ihrer Zeit als Gerberei und ihren endgültigen Untergang prophezeit habe. Dieser Lappe sei zufällig einmal auf der Landzunge in Boteln eingeschlafen, und an dieser Stelle sei dann die Kapelle errichtet worden. Das sei lange her, ja zu Urzeiten, könne man ruhig sagen. Aber der alte Lappe werde schon gewußt haben, wovon er sprach oder, besser gesagt, sang,

das habe man an dem Vuelie gehört, den er von seinem Traum gemacht hatte. Ristens Großvater Mickel Larsson habe ihn mal gekonnt, zumindest so einigermaßen, und ihr Onkel Anund habe sich an etliche Worte davon erinnert. Sie selbst erinnere sich an *maelie jih goelkh*, das bedeute Tierblut und Haare, sagte sie, und *daesnie gerhkoe edtjh tjåadtjod*, das heiße, die Kirche solle just dort auf dieser Landzunge stehen; das habe er also prophezeit, und es sei in Gestalt dieser rotgestrichenen kleinen Kapelle ja auch eingetroffen.

Ingefrid hatte in ihrer Qual wegen des Stückchens Straße vom Kirchenvorstand keine Unterstützung erhalten. Die Frage rief auf den Sitzungen Unlust hervor, und das älteste Mitglied meinte, die Lappen seien schwierig. Der Gemeindepfarrer sagte, die Kapelle habe, seit sie der Kirche zurückgeschenkt und wieder geweiht worden sei, nur Kummer bereitet. Sie müsse unterhalten werden, und das koste. Jetzt wollten die Sami auch noch einen Wendeplatz und einen Parkplatz haben. Und eigentlich habe man für die Kapelle gar keine Verwendung. Zwei Brautpaare aus Stockholm waren dort getraut worden, und anschließend hatte man im Hotel gefeiert. Es sei eine Wildnishochzeit gewesen, stand hinterher in der Zeitung, eine Arrangementidee des umtriebigen Roland Fjellström. Die Sami waren jedoch in Wut geraten und wollten nun ihrerseits da draußen eine Hochzeit feiern, die erste, seit Kristin Larsson im Jahr 1939 mit Nils Klementsen getraut worden war, und sie gedachten, in Zukunft auch ihre Toten dort zu begraben.

Ingefrid befand sich also mitten in einem Streit, der mit Argumenten aus der Siedlerzeit geführt wurde, einem Streit, wie er regelmäßig über gemeinsame Angelegenheiten ausbrach, und sie wünschte, sie hätte sich heraushalten können, doch das war unmöglich. Sei der Lakakönig nicht ihr Ururgroßvater gewesen? fragte der Vorsitzende der Dorfgemeinschaft. Was hätte Efraim Efraimsson davon gehalten, wenn man die Erde rings um sein Geschenk aufgerissen und eine Touristenstraße dorthin gebaut hätte? »Ich habe keine Ahnung«, antwortete sie. »Wir können nicht wissen, was Menschen vor so langer Zeit gedacht und gewünscht haben.« Mit dieser Ansicht stand sie jedoch allein.

Die Leute kannten sich in der Tat gut aus in den Anschauungen der Vorfahren und legten diese im Vereinshaus und in den Leserbriefspalten von *Länstidningen* und *Östersunds-Posten* dar. Ingefrid hatte daran gedacht, selbst einen Brief zu schreiben und zu versuchen, den Bau der Straße sachlich zu erklären, doch Mats riet ihr davon ab. Er erzählte, sie hätten einen Pfarrer gehabt, der habe gegen die Kahlschläge auf dem Brandberg gepredigt und deshalb gehen müssen, und ein anderer sei an einer Auseinandersetzung um die Fischereigewässer der Pfarrhufe zerbrochen und krankgeschrieben worden. Und da sie die Tochter von Ristens Ziehschwester sei, könnten die Dörfler auf die Idee kommen, daß sie mit den Sami mauschle, wenn sie sich zu weit aus dem Fenster lehne.

Sind wir denn nicht alle miteinander Menschen?

Das waren nach Ingefrids Auffassung die einzig klugen Worte, die bisher gefallen waren, mit Ausnahme von Per Ola Brandbergs Warnung, daß die Straße weggespült werden könne. Dazu mußte nur in einem Jahr das Frühjahrshochwasser im Fjäll zur gleichen Zeit eintreten wie die Schneeschmelze in den tieferen Lagen. Die Straße sollte ihren Graben erhalten, und gleichzeitig durfte Brandberg einen Wendeplatz schachten, allerdings so klein wie möglich. Ingefrid hatte die einzige Karte der Begräbnisstätte, die aufzutreiben gewesen war, studiert und glaubte, das Beste hoffen zu können. Das Grab von Ristens Mutter lag jedenfalls in Richtung See. Doch laut dem, was die Leute behaupteten, befanden sich hier viele nicht gekennzeichnete und eingeebnete Gräber. Die Sami sprachen mit großer Bitterkeit davon, daß man die Holzkreuze herausgerissen und zu Zeiten der Gerberei damit ein Feuer gemacht habe. Ingefrid wußte nicht, was sie glauben sollte. Einen Gräberplan aus der Zeit vor 1916 konnte sie im Kirchenarchiv nicht finden.

Sie war der Meinung, Per Ola Brandberg hätte das mit dem Graben gleich von Anfang an sagen können, doch er hatte natürlich gewußt, daß es um jede Einzelheit dieses Straßenstücks Auseinandersetzungen geben würde, und war, um seinen Auftrag zu behalten, schlau genug gewesen, eine Sache nach der anderen vorzubringen. Ingefrid war mit bei der Kapelle gewesen, als der Wendeplatz abgesteckt wurde, und hatte die Arbeit anhand der Karte kontrolliert. Wann Brandberg anfangen würde, wußte sie nicht genau. Doch sie sollte es erfahren.

Sie saß eines Abends im Pfarrbüro, um Papierkram aufzuarbeiten, mit dem sie wegen des schönen Vorsommerwetters im Rückstand war. Es war nach zehn Uhr, und darum war sie erstaunt, als Brandberg von der Kapelle aus auf seinem Handy anrief. Er antwortete nur kurz auf ihre erste Frage, daß er, wenn es hell sei, oft nachts arbeite. Dann sagte er:

»Sehet nichten so gut aus, mit dem Graben.«

»Geht es nicht? Ist es steinig?«

»Tu ich wohl schaffen, die Steine«, sagte er. »Sind aber Knochen.«

Da sie nicht zu verstehen schien, sagte er:

»Hab eine Leiche rausgeholet.«

Über Boteln zur Kapelle war es nur ein kurzes Stück Luftlinie. Ingefrid mußte jedoch außen herum zu dem Abfuhrweg nördlich vom Rössjön fahren. Zu Brandberg hatte sie gesagt, er solle nichts anrühren und vor allem nicht mehr graben. Lediglich warten. Das einzige, was er dazu zu sagen gehabt hatte, war: »Tut auch kosten.«

Er war groß und im Moment gesichtslos, denn er hatte seine Mütze gegen die tiefstehende Abendsonne auf der anderen Seite des Sees fast senkrecht über die Augen gezogen. Er saß auf einem Stein und rauchte, als sie kam. Der Traktor stand mit angehobener Schaufel da. Braune Moorerde befand sich darin. Und ein Knochen, ohne Zweifel.

»Es ist vielleicht von einem Tier«, sagte sie. »Von einem Ren vielleicht. Hier war doch eine Gerberei.«

»Haben nichten geschlachtet hier«, erwiderte er. »Haben sie auf Schlitten hergebringet, die Felle. Über den See.«

Sie bat ihn, die Schaufel zu senken und so behutsam wie möglich neben die frisch ausgegrabene Erde zu leeren. Als er auf den Traktor kletterte, sah sie, daß dort, wo er zuvor gegraben hatte, noch mehr Knochenreste waren. Er hatte sie wohl nicht gleich gesehen. Jetzt kam die braune Erde aus der Schaufel gerutscht und noch mindestens zwei weitere Knochen.

»Leihen Sie mir doch bitte mal Ihr Handy«, sagte sie.

Zuerst hatte sie beabsichtigt, Sven Elonsson anzurufen, der auf dem Friedhof in Röbäck arbeitete. Doch dann gelangte sie zu der Auffassung, daß er womöglich nicht mit völliger Sicherheit zwischen menschlichen und tierischen Knochen unterscheiden konnte. Sie rief statt dessen Birger an und sagte, Brandberg habe bei der Kapelle Knochen ausgegraben.

»Kannst du kommen?«

Per Ola Brandberg hatte irgend etwas an sich, was Ingefrid nervös machte. Eine Art Hohn. Unausgesprochen natürlich. Es gelang ihm jedoch, ihn mit dem Rauch seiner Zigarette auszuatmen und nicht weit von den Knochenresten in die Moorerde zu spucken. Sie spürte, daß sie panisch war. Sie wollte Brandberg nicht dort haben, wollte sein farbloses, längliches Gesicht nicht sehen, den Ausdruck von Triumph. Darum ging es nämlich. Warum, verstand sie eigentlich nicht. Es war jedoch völlig klar, auf wessen Seite er in der Auseinandersetzung um die Straße stand. Auch wenn er damit Geld verdiente, sie anzulegen.

»Fahren Sie jetzt nach Hause«, sagte sie. »Und nehmen Sie den Traktor mit.«

Er habe aber sein Auto dabei, sagte er. Und es müsse doch fertig gegraben werden.

»Nein, es wird nicht mehr gegraben. Damit ist jetzt Schluß.«

»Muß wohl wieder zugeschüttet werden.«

»Hier wird dann mit der Hand gegraben. Keine Maschine mehr.«

»Nun, werden ja sehen.«

»Nein, Sie hören doch, was ich sage.«

»Tut wohl der Kirchenvorstand sein, der bestimmt. Ob da sollet gegraben werden oder nichten.«

»Fahren Sie nach Hause«, sagte sie. »Jetzt.«

Er hatte bestimmt noch nie von einer Frau eine Anweisung erhalten. Sie merkte, daß er feindselig wurde. So ging das also. Sie hatte sich im Straßenstreit einen Feind gemacht. Er war womöglich nicht der erste. Im Laden hatte sie schon ein paar Seitenhiebe verpaßt bekommen: »Sollet jetzt eine eigene Kirche kriegen, der Lappe. Ja, ist gar mordsmäßiges Heckmeck mit denen heutigentags.« Ausgesprochen hinter einem Regal im Laden, hinreichend laut. Nein, sie war nicht mehr ihr Hätschelkind, nicht mehr wie zu der Zeit, als sie kam und die Tochter einer der ihren war und die Vertretung in Röbäck übernahm.

Als sie allein war, hörte sie Drosseln. Sie perlten und plapperten, als wollten sie ihr etwas erzählen. Sie hörte den Bach. Auch er war gesprächig. Im Wald wurde über ganz andere Dinge gesprochen. Nicht über Leichen und Knochen. Ein Duft durchwob die Abendluft. Ingefrid fragte sich, ob er von den Blaubeerblüten herrühre. Siebenstern und Waldwachtelweizen rochen nicht. Ein armer Wald, dachte sie. Mager und verwachsen auf moorigem Boden. Was hatten Menschen hier draußen zu suchen?

Und ich, dachte sie. Warum sitze ich hier, und warum habe ich das veranstaltet?

Verzeih mir, betete sie. Ich weiß nicht, was ich jetzt tun soll.

Die Drosseln sprachen weiterhin miteinander. Oder vielleicht gegeneinander. Sie verstand sie nicht. Und das Wasser auch nicht.

Gib uns deinen Frieden. Herr, gib ihn diesem Ort zurück. Auch wenn ich einen Fehler begangen habe.

Sie begann zu frieren und mußte sich bewegen. Das zwang sie, sich erneut die Wunde in der Erde und die halb sichtbaren Knochenstümpfe anzusehen.

Birgers Auto hörte sie in dem windstillen Abend schon von weitem, und ihr schien es unerträglich lange zu dauern, bis er auf dem letzten Stück Straße anlangte. Er nahm sie in den Arm und wiegte sie hin und her.

»Jetzt wollen wir mal sehen«, sagte er, holte dünne Plastikhandschuhe aus der Tasche und streifte sie über. Er ging neben der Grube in die Hocke und zog die sichtbaren Knochen aus der Erde.

»Oberarmknochen«, stellte er fest.

»Ist es ein Mensch?«

»Ja, natürlich. Hier sind die Hand und die beiden Unterarmknochen. Sie hängen recht schön zusammen. Behutsam gegraben wurde aber nicht gerade. Wer macht das hier denn?«

»Brandberg.«

»Per Ola? Ja, bei ihm muß es schnell gehen. Setz dich ins Auto, wenn dir das lieber ist. Ich werde nur versuchen, ein bißchen Ordnung in die Sache zu bringen und herauszufinden, ob es mehr als einer ist. Im übrigen könntest du bitte den Spaten holen. Ich habe ihn in den Kofferraum getan.«

»Das ist alt«, sagte er, als sie zurückkam. »Keine Spur von einem Sarg. Alles verwest. Du mußt dich nicht grämen. Dieser Renzüchter oder Ziegenbauer oder Felljäger liegt schon lange hier. Es war ein Mann. Ich habe das Becken gefunden. Wie auch immer hat er unglaublich lange seine Ruhe gehabt. Sei nicht so unglücklich, Ingefrid. Das sind nur Knochen. Unten herum ist übrigens alles nahezu intakt. Den Brustkorb hat Per Ola mit seiner Schaufel zerschlagen. Jetzt müssen wir nur noch den Schädel finden, dann können wir die Sache hier abschließen und nach Hause fahren. Elonsson kann morgen herkommen und ein richtiges Grab schaufeln. Und du veranstaltest dann wahrscheinlich einen kleinen Hokuspokus für diesen alten Eichhörnchenjäger. Sprichst ein paar schöne Worte für ihn. Und schon ist alles wieder gut.«

»Wir können das nicht so zurücklassen«, sagte Ingefrid. »Brandberg fährt schnurstracks nach Hause und quatscht. Die Leute werden hierherfahren. Ich glaube, sie werden heute nacht noch kommen. Es ist doch so hell, sie schlafen nicht.«

»Das habe ich schon bedacht«, sagte Birger. »Schau, ich habe auf der Pfarrhufe die Niederwildjagd gepachtet, darum habe ich den Schlüssel für die Schranke. Die ist jetzt abgesperrt, und kein Mensch kommt auf den Abfuhrweg. Ich kann hier alles schön zusammenlegen und Erde darüber häufeln, wenn es dich beruhigt. Setz dich ins Auto, während ich das erledige. Ich muß das Kranium noch finden, dann können wir fahren.«

Sie ging zur Kapelle, setzte sich dort auf die Treppe und fror elendiglich. Als Birger langsam gegangen kam, schlotterte sie.

»Können wir jetzt fahren?«

»Wir müssen wohl«, erwiderte er.

»Was stimmt denn nicht?«

»Ich kann den Kopf nicht finden.«

Kein Tee, kein Schnaps konnte sie wärmen, als sie wieder im Dorf waren. Ingefrid war völlig durchfroren, und als sie weinte, war es, als beginne Wasser aus einem Stein zu sickern. Birger sagte, sie solle sich die alten Knochen nicht so zu Herzen nehmen. Doch er verstand nicht. Sie versuchte es ihm zu erklären. Hatte er denn nie etwas von den Schädelvermessungen gehört?

Doch, doch, er hatte davon gehört. »Das waren wohl ein paar abgedriftete Kollegen von mir, die die Schädel der Sami vermessen wollten, um zu sehen, ob sie brachyzephal seien und nicht wie die überlegene Rasse dolichozephal. Ich erinnere mich, daß Vater damals gesagt hat, unterlegene Rassen hätten auch längere Fersen.«

»Das waren eher Anthropologen«, sagte Ingefrid. »Deshalb ist es sehr gut möglich, daß die Gräber dieser Menschen geschändet und die Leichen ihrer Vorfahren verstümmelt wurden. Es ist vorgekommen, daß Pfarrer geholfen haben, an – nun, Material nannten sie das vermutlich – heranzukommen. Um Rassentheorien zu belegen. Dir ist doch klar, wie entsetzlich das für die Sami sein wird, wenn sie diesen Verdacht schöpfen. Sie werden verlangen, die gesamte Begräbnisstätte aufzugraben.«

»Vor den laufenden Kameras von *Mittnytt*.«

»Mach keine Witze.«

»Nein, das war dumm«, sagte Birger und tätschelte ihr die Wange. »Aber ich glaube nicht, daß es dazu kommt. Wie sollen sie überhaupt davon erfahren? Daß der Schädel fehlt, wissen lediglich du und ich.«

»Sven Elonsson muß ein richtiges Grab schaufeln. Er wird es sehen.«

»Muß es denn ein richtiges Grab sein? Kann ich nicht einfach den Spaten nehmen und ein tieferes Loch graben?«

»Nein.«

»Aber, meine Beste«, sagte er, »ist es denn so verkehrt, wenn es ans Licht kommt? Es ist doch so geschehen. Das ist Geschichte. Sollen wir der nicht auf den Grund gehen?«

»Was ist Geschichte eigentlich?« fragte sie und trocknete ihr verquollenes Gesicht mit einem Papiertaschentuch. »Außer einem Argument für Krieg, Verfolgung und Elend. Hast du je von Menschen gehört, die aus der Geschichte etwas gelernt haben? Diese Sache wird alles nur noch schlimmer machen. Es gibt alte Schändlichkeiten, die vergessen zu können meiner Meinung nach am besten wäre. Die einfach verschwinden sollten. Von einem schwarzen Loch in der Zeit verschluckt werden.«

Am nächsten Tag fuhr sie mit Elonsson zur Kapelle hinaus. Er hatte seinen kleinen Bagger auf der Ladefläche und versicherte, beim Ausheben eines Grabes damit noch nie etwas zerstört zu haben. Er sprach von seiner Maschine wie von einer Frau und sagte, sie grabe so hübsch und fein wie eine Schabracke. Nach einigem Hin und Her kamen sie darauf, daß er eine Spitzmaus meinte.

Als erstes nahm er einen Spaten und legte die Knochen frei, die Birger mit Erde bedeckt hatte. Ingefrid hatte sich auf die Kapellentreppe gesetzt. Jetzt in der Sonne war deren Holz warm. Sie wartete, bis er sagte, er habe außer dem Kranium alles gefunden.

»Das ist nicht da«, sagte sie. »Das ist eine alte Leiche. Der Kopf kann mit irgendeiner Strömung fortgetrieben sein.«

»Hier doch nicht«, meinte Elonsson, der den Untergrund und dessen Strömungen sehr gut kannte.

»Er ist jedenfalls nicht da. Graben Sie jetzt, und dann schütten wir es nachher zu.«

Sie hatte eine weiße Gardine mitgebracht und breitete sie auf dem Heidekraut und Moos aus. Dann zog sie Gummihandschuhe an und setzte die Knochen auf die Gardine um. Sie waren dunkelgelbbraun und an einigen Stellen schwarz. Elonsson lärmte mit der Maschine, aber nicht sehr. Er nahm Maß und grub noch ein wenig. Er brauchte nur noch die Tiefe einzuhalten.

Schließlich faßte sie den Gardinenstoff zu einem Bündel zusammen, das von dem halb zerquetschten Brustkorb bucklig wurde, und senkte es in das Grab. Sie faltete die Hände und wollte still beten, sie sah Elonsson jedoch an, daß er auf ein paar Worte wartete. Also sprach sie:

»Herr, gib den Gebeinen dieses Menschen deinen Frieden.«

Er begann das kleine, viereckige Loch zuzuschütten. Zuerst ließ er die Maschine die Erde über das Bündel schieben, dann nahm er den Spaten. Der scharrte durch die Steine.

»Grundmoräne«, erklärte er.

Sie hörte die Wellen unten am Ufer gegen die Steine plätschern. Jetzt am Vormittag sang keine Drossel. Doch in den Tannenschossen, die vor der Spitze der Landzunge, wo die Kapelle stand, einen Saum bildeten, blitzte etwas auf. Da bewegte sich auch etwas. Das mußte ein Tier sein. Elonssons lauter Spaten verscheuchte es jedoch. Sie sah die Bewegung zwischen den Zweigen. Dann war alles wie vorher.

Sie ging zur Kapelle hinauf, während sie wartete. Beim Verlassen des Pfarrhauses hatte sie den Schlüssel nicht finden können, deshalb kam sie jetzt nicht hinein. Sie wanderte statt dessen zum Ufer hinunter und sah sich um, welche der Erhebungen Ingir Kari Larssons Grab sein könnte. Sie wirkten jedoch alle natürlich. Es waren wohl nichts als unterirdische Steine, die die Heidekrautzottel und das Blaubeergestrüpp anhoben.

Da hörte sie ein Geräusch, und als sie in dessen Richtung ging, entdeckte sie das Boot. Es war vertäut, die Kette lag um einen kümmerlichen Kiefernstamm, und es schlug gegen die Steine, als der Wind auffrischte. Keine Ruder, nur der Außenborder. Es bestand überhaupt kein Zweifel, es war das Boot der Kirche. Im Heck lag Anands Jeansjacke.

Sie rannte zu der Stelle, wo sie die Bewegung zwischen den Tännchen gesehen hatte.

»Anand!« rief sie. »Komm raus!«

Keine Bewegung. Nachdem sie jedoch eine Weile gerufen hatte, hörte sie:

»Arrulaaa!«

»Sei still und komm jetzt raus!«

Als er erschien, war er der Hanswurst Anand. Hopste. Feixte.

Sie ahnte, wie es den Lehrerinnen, die er in der Schule verbraucht hatte, zumute gewesen war.

»Arrula! Huuu! Huuu!«

»Hör auf damit! Komm her.«

»Huuhuuhuuu! Leg tote Fledermäuse auf mein Haupt! Gib mir schwarze Knochen zu nagen!«

»Was machst du hier!«

»Du siehst wie die Dämonin Raksha aus! Ich bin nur ein Menschenkind, o Wolfsmutter.«

»Schluß damit! Du bist jetzt groß, Anand. Sag, was du hier draußen treibst.«

»Suche Federn«, sagte er etwas unsicher, und sie dachte schon, sie würde ihn erreichen. Doch solange sie nicht allein waren, ging das nicht. Er fuchtelte mit den Armen, schnellte mit beiden Beinen gleichzeitig in die Höhe, lief in den Wald, rief sein »Huuhuuu« und »Arrula« und kam zurück, um zu sehen, was für einen Eindruck er gemacht hatte.

Elonsson sah stutzig drein, wie er selbst das genannt hätte. Ihm blieb der Mund offenstehen, als er dem hopsenden Anand nachsah.

»Sie können ohne mich nach Hause fahren«, sagte Ingefrid. »Wir nehmen das Boot.«

Als sie an Bord waren, ließ sie Anand nicht fahren.

»Ich kann das, Mats hat es mir beigebracht.«

»*Mir* hat er es beigebracht«, sagte Ingefrid. »Du darfst das Boot nur nehmen, wenn ein Erwachsener dabei ist. Und außerdem haben die Ruder dabeizusein. Und man muß eine Schwimmweste anziehen. Wo hast du sie? Ist sie da in dem Beutel?«

»Nein, das sind Federn.«

Sie sah jedoch, daß darin etwas anderes war.

»Was ist in dem Beutel?«

»Ein Totenkopf«, sagte er und hielt ihn fest umschlungen.

Erst als sie an Land kamen, konnte sie ihm den Plastikbeutel abnehmen und hineinsehen. Der Schädel lag zwischen Vogelfedern. Er war dunkel und hatte schwarze Flecken, schien aber intakt zu sein. Anand steckte flugs seine braune Hand in den Beutel und klappte den Unterkiefer leicht auf.

»Er hatte schlechte Zähne«, sagte er.

»Wo hast du den gefunden? Wir haben ihn gesucht.«

»Er lag unter einer großen Tanne.«

Er mußte hinuntergerollt sein. Sie kam sich dumm vor. Daß wir nicht daran gedacht haben, dort nachzusehen! Ich war wohl hysterisch. Konnte nicht denken.

»Sie müssen das Grab noch einmal öffnen«, sagte sie, als sie Elonsson anrief. »Anand hat das Kranium gefunden.«

Es war schlicht unmöglich, irgendwohin zu fahren, ohne eine Menge Fragen gestellt zu bekommen. Dieses ewige Gemecker: Was hast zu suchen, da draußen? Ist's nichten schon reichlich spät des Abends? Und ist nichten auf, die Schranke.

»Doch«, sagte Anand. »Die war nur abgesperrt, solange sie mit diesem Grab zugange waren.«

»Schaffst das denn, Elias?« meckerte Reine.

»Bin nichten lahm.«

»Tun aber sagen, ward nimmer fertig, die Straße.«

»Fahr.«

Sie wurden ihn auch nicht los, als sie ankamen. Er fuhr ein Stück die rumplige und ungekieste Straße hinein und sagte, zurück könne er rückwärts fahren. Und daß er auf sie warten werde.

»Nein, du sollst nicht warten!«

Anand war so aufgeregt, daß er piepte.

»Es wird lange dauern.«

»Kommst in zwei Stunden wieder«, sagte Elis, doch Anand sagte drei. Reine meinte, es könne da draußen nicht so viel zu sehen geben, daß man dazu drei Stunden brauchte, und Anand schrie fast, daß es von der Sonne abhänge. Von der Sonne!

»Fahrst jetzt, verdammt noch eins!« sagte Elis. »Hast doch ein Taxiunternehmen. Brauchen nichten rumstehen hier und hin und her reden. Kommst zurück in drei Stunden. Und fährst bloß nichten zu der Kristin Klementsen und quatschest über uns.«

»Wird die Schranke abgesperret, sitzet ihr fest«, sagte Reine mürrisch. »Müsset dann hierbleiben, heute nacht.« Aber er fuhr. Sie blieben so lange stehen und horchten, wie sie den Dieselmotor hören konnten. Als es im Wald wieder still war, gingen sie los.

Elis war schon lange in keinem Wald mehr gewesen. Dieser war sicherlich voller Rufe und Geschwatz. Er lehnte sich ein bißchen auf seinen Stock und lauschte. Meist knisperte es auch und raschelte und klang, als wetze ein Zweig an einem anderen, selbst wenn es windstill war.

»Hörst du was?« fragte er. Und Anand hörte. Er sagte, das seien *die anderen*. Über allem lag ein süßsäuerlicher Duft nach Blaubeerblüten. Elis hatte ihn im Gedächtnis, und für einen Moment war dieser Geruch so lebendig, daß er schon glaubte, seinen Geruchssinn zurückbekommen zu haben.

Es gab nicht viel zu sehen, da hatte Reine recht. Als sie ankamen, lag die Landzunge mager und moosig da, mit spirrligen Rottannen und dem einen oder anderen jungen Birkengehölz. Auf einem frisch gegrabenen Viereck leuchtete die Erde rotbraun. Dort lag wohl die Leiche, von der so viel die Rede gewesen war. Nadeln und Laub hatten einen roten Glanz, wahrnehmbar als Widerschein auf der Flechtenhaut der Steine. Sonnenbündel durchdrangen eine Kieferkrone. Eldbjörg hatte gesagt, Dostojevski habe das so sehr geliebt. Hier waren es wirkliche Strahlen aus rotgoldenem Licht. Er konnte Eldbjörg *die schrägen Strahlen der Abendsonne* sagen hören. Ihre Stimme war nicht wirklich, sie war wie der Geruch der Blaubeerblüten.

»Setz dich auf die Treppe«, sagte Anand. »Ich muß da drinnen ein bißchen herumbasteln. Wir haben genug Zeit. Ich meine, was die Sonne angeht.«

»Will hier jemand heiraten?« fragte Elis. »An diesem Ort?«

»Ja, Maria Bontas wird einen Kerl aus Åsele heiraten. Einen Renzüchter. Mama wird sie trauen.«

Er zog den Schlüssel aus seiner Jackentasche. Elis hörte ihn aufschließen und die Tür öffnen, und seiner Erinnerung entstieg ein beißender Gestank nach eingeweichten Häuten.

»Tut gefährlich sein, dieser Ort. Hieß es bei uns.«

»Bist du schon mal hiergewesen?« fragte Anand.

»Als Junge war ich mit Kuhhäuten hier. Das war damals eine Gerberei. Hat übel gerochen.«

»Jetzt ist es schön«, meinte Anand. »Und am Samstag ist die Hochzeit.«

»Schaffst du es, bis dahin alles wieder abzunehmen?«
»Abnehmen!« piepte er. »Spinnst du?«
Er spielt, dachte Elis.

*

Ihm kam in den Sinn, wie sie gespielt hatten. Obwohl er der Große war, eine fast vollwertige Arbeitskraft. Jedenfalls genauso alt wie Anand jetzt.

Sie und ich. Haben gespielet und getollet als wie kleine Kinder.

Sie war gekommen, als Mutter krank wurde. Anfangs hatten sie einander geholfen. Dann legte sich Mutter hin und stand nicht mehr auf. Manchmal war Blut auf einem Lumpen. Sie hatte Angst davor zu husten, mußte aber. Das Fieber wütete in ihrem Körper, es dörrte sie aus. Ihre Wangen waren papieren und runzlig. Er hatte sich davor gefürchtet, sie aus der Nähe anzusehen. Solange sie noch sprechen konnte, sagte sie Serine, was sie tun solle. Serine war von Skuruvatn gekommen, und sie sagte Tante zu Mutter.

Mutter starb in einem Herbst. Da war es noch lange hin bis zum Sommer und zum Viehhüten auf der anderen Seite des Sees, wo sie in Ruhe spielen konnten. Doch auch im Winter hatten die Arbeitstage kleine Schlupflöcher und Verstecke. Er wußte nicht mehr genau, wann es angefangen hatte, aber es mußte mit seiner Hand auf der ihren oder seinem Arm um den schmalen Leib gewesen sein. Diesen dünnen Leib. Um sie zu stützen vielleicht, wenn sie mit den Schweineeimern ausrutschte? Oder haben sich ihre Hände im Haus flüchtig berührt? Doch das war wohl nicht möglich. Dort herrschte der Alte.

Der Vater verblaßte in der Erinnerung. Er hatte schon längst zu verschwinden begonnen. Doch der Alte, der war noch da, stämmig und klein und schlecht gelaunt. Die Erikssonjungen kamen nicht aus einem Haus, wo man über einen Schlag verwundert war. Eine Tracht Prügel nahm man hin wie Regen und Kälte. Man wartete so lange, bis der böse Schauer vorbei war. In den ersten Jahren in Deutschland hatte er wohl genauso gedacht. Daß das zur Weltordnung gehöre. Jetzt aber wußte er, wenn es in ihm etwas Gutes gab, etwas Unfeiges und Behutsames gegenüber einem anderen Menschen, so hatte *sie* das in ihm geweckt. Ihr kleiner Körper zwischen den hochgewachsenen. Das Kind, das auf dem besten Weg war, wie Mutter zu werden. Sie bekam kleine Brüste, die man unter dem Hemd sah, wenn sie ins Bett schlüpfte. Flocht ihr Haar so schön und trug es sonntags offen. Dann war es voller krauser Wellen, und im Sonnenlicht hatte es die gleiche Farbe wie die glänzenden Augen der Ziegen. Sie hatte wohl gehofft, in die Kapelle gehen zu können. Aber niemand fuhr dorthin, der sie hätte mitnehmen können.

Diese verdammten Stinkstiefel!

Sie waren so nahe. Er hatte das Gefühl, die Hand nach ihnen ausstrecken zu können. Die Pelzmütze des Alten in Lubben berühren und wenigstens denken: Werd sie schmeißen in die Hölle. Auf den Misthaufen. Dem Vater seinige Stiefel schubsen, daß sie umfallen tun. Liebstens in Pisse.

Er hatte im Mund geradezu einen Schorf aus Flüchen und Schmähungen, die nie herauskamen. In der Schule hatten er und seine Brüder über das Schild an der Wand gegrinst:

Fluchen ist häßlich,
roh und ungebildet.

Es dauerte lange, bis er begriff, daß er neben allem anderen auch sprachlich verlottert war. Nicht viele Worte besaß und die besten nicht auszusprechen wagte. Er war nicht erst im Sanatorium dahintergekommen. Deren feine Sprache klang lediglich so, als versuchten sie sich zu spreizen und sich wichtig zu machen. Wie die Bergwandertouristen daheim. Nein, es war Serine. Sie kannte ein Märchen. Sie erzählte es in ihrer Sprache, dem Nordtröndischen, das man in Jolet und in Skuruvatn oben sprach und das seine Mutter gesprochen hatte. Das Märchen handelte von einem Jungen, der den Teufel hereingelegt und ihn durch ein Wurmloch in eine Nuß gebracht hatte. Wie sie sich an dieser Nuß ergötzten!

Aber warum wollte der Junge zum Schmied gehen und sie entzweischlagen lassen? Er hätte sie behalten können. Als der

Schmied mit dem Vorschlaghammer zuschlug, fuhren eine Feuergarbe, Rauch und Funken in den Schornstein auf.

»Ich glaube, in der Nuß war der Teufel«, sagte der Schmied.

»Ja, da war der Teufel drin«, sagte der Bursch.

Sicherlich war das lustig. Wenn er den Teufel aber statt dessen behalten hätte? Eingesperrt und klein und ungefährlich in der steinharten Nußschale. Sie redeten viel hin und her über diese Nuß. Dann stellte sich heraus, daß Serine noch zwei weitere Märchen kannte und ein Lied.

Sie waren bei den Schafen. Die anderen waren draußen, vielleicht auf einem Schlag. Er sollte wahrscheinlich den Mist hinausschaufeln. Doch sie verkrochen sich im Heu und bauten sich ein Nest. Er machte es so, wie es in dem Lied hieß. Serines Lippen waren wie die Blütenblätter der Multbeere, sie waren weich und wirkten dünn, und dahinter war sie wie eine feuchte Muschel. Es roch nach Sommer, dicht und gut. Sie suchten vertrocknete Blüten im Heu und versuchten zu erraten, was für Blumen das gewesen waren: Wucherblume, Blutnelke und Waldklee, Geißwedel und Sauerlumpen und Milchkraut. Serine hatte andere Namen dafür. Es waren viele Namen und Wörter und Gerüche. Sie wurden ganz wirr im Kopf.

Als der Vorsommer kam und unten am Ufer die Trollblumen blühten und die Kuhschellen rosabraune Knospen bekamen, da setzten er und Vater die Ziegen und Kühe auf die andere Seite des Sees über. Alle hatten jetzt eine eigene Alm, die Flur war bereinigt worden, und das hatte den Alten gallenbitter gemacht. Serine war bei den Tieren und Tante Bäret bei ihnen zu Hause. Sie ruderte morgens und abends hinüber, um Serine beim Melken zu helfen, und die Tante machte auch den Käse im Kochhaus.

In diesem Sommer hütete Elis Eriksson die Pferde des Dorfes. Das war eine große Verantwortung, und obwohl er noch nicht konfirmiert war, meinte man, er könne sie tragen. Er wirkte erwachsen. Er fühlte sich jedoch wie ein Zicklein, ein Hundewelpe und ein Tannenkätzchen, das die Baumstämme hinaufsauste. Ein Kothammel mit langen Beinen. Ein Falter, der über der Almweide schwebte und flatterte, eine Summhummel, ein

Kleehopser, der im Gras über Abgründe hüpfte. Serine lachte über all seine Wörter, und er wußte selbst nicht, woher er sie nahm. Sie hatten irgendwo überwintert, so wie Fliegen und Schmetterlinge in schmutzigen Fensterritzen überleben und Quaker in einem halb verrotteten Laubhaufen.

Jeden Tag führte er die Pferde zur Alm hinunter. Ihr Hufschlag dröhnte in der trockenen Erde. Hätte der Alte gewußt, daß sie eine oder ein paar Stunden dort grasen durften, dann hätte er ihn verprügelt. Was auf dieser Weide wuchs, war nur für seine Kühe und Ziegen und nicht für die Pferde des Dorfes. Doch der Alte war weit weg, auf der anderen Seite des Sees, und Serine und er versteckten sich im Gras, das ihnen an Sonnentagen und in hellen Nächten über den Kopf wuchs.

Tief unten in der summenden Süße der Almweide waren sie. Das Gras dampfte von der Wärme des Bodens. Sie befanden sich zwischen Grashüpfern und Spitzmäusen, die so leicht waren, daß sie auf einem Halm laufen konnten. Unter den großen Tannen, wo sie sich bei Regen und Wind wärmten, fanden sie Nester.

Nest am Boden hieß ihr Spiel. Sie stahlen diese Stunden dem Ernsthaften. Eigentlich waren sie ja schon Arbeitstiere, aber ihnen saß noch der Spieltrieb im Leib. Wie jungen Häschen.

Dann kam die Mahd, und die Tante war allein auf der Alm, denn sowohl Serine als auch Elis schichteten auf den Lehden Heu auf. Als es trocken war – es war ein wunderbarer Sommer, so freundlich zu Mensch, Tier und Heu –, brachte Elis es ein und verfrachtete es mit Hilfe der Brüder auf den Speicher. Im Herbst spielten sie darin, wenn sie dazu kamen, er und Serine. Sie bauten Höhlen und krochen hinein, öffneten ihre Kleider, und ihre Haut glühte vor Eifer und Wärme. Fassest mich an ... fassest das dorten. Bist so goldigens du. Warm und zartig. Ja, er hatte für alles Worte, seine Sprache war nicht mehr so verkrustet und garstig wie früher, und seine Hände waren nicht mehr so grob. Das Heu roch nach Sommerblüte, und sie wußten von nichts. Es waren ja so kurze Momente! Hinterher wagte man einander kaum anzuschauen. Doch an einem anderen Tag war es wieder genauso zart und warm. Waldklee, riechest so gut! Fassest das dorten jetzt. Zucket, das Häschen dorten, tut raufwollen zu dir, will, daß es reinlassest. Bist so goldigens, goldigens ...

Ja, haben gespielet und getollet. Haben nimmer verstanden, wann es ernst ward.

Es hatte ja nichts mit dem zu tun gehabt, worüber so viel geredet wurde. Dem Stöhnen der Kerle. Dem Gekreisch und Gekicher der Deerns und den Flecken auf ihren Röcken. Es war etwas anderes. Hätte er damals das Wort Entzücken gekannt, dann hätte er wohl das benutzt. Sie waren entzückt. Verzaubert. Verspielt.

Doch es wurde ernst. Ein paar Tropfen reichten.

Er wußte nicht, wann sie begriff, daß es schiefgegangen war. Sie wurde jedoch blaß, käsig und still. Sie wirkte ein bißchen unwirsch, als es ihm gelang, mit ihr allein zu sprechen. Da sagte er, daß sie abhauen würden. Er würde Perlen fischen, das habe er mal zwei Värmländer tun sehen. Eine ganze Pilsnerflasche voll. Mit diesen Perlen würden sie abhauen, sie würden sie verkaufen und mit dem Geld weit fortgehen. Serine lächelte mit Müh und Not und machte vor allem den Eindruck, als höre sie dem Geplapper eines Kindes zu.

In diesem Herbst suchte er wie besessen nach einer Perle, um Serine zu beweisen, daß es möglich sei und daß sie fortgehen könnten. Er fand tatsächlich eine. Im Oktober, bei der Nachtrift. Er hatte im Svartvassån Holz eingekehrt. Und dort lag sie in ihrer geöffneten Schale, und die Muschel sah ebenfalls weich und feucht und goldigens aus. Eine wilde Hoffnung ergriff ihn.

Aber es nützte nichts, daß er die Perle gefunden hatte. Serine hatte ihre Perle ja schon in sich wachsen.

Aufwachen. Obwohl, wacht er wirklich auf? Absenzen hat er immer schon gehabt. Dann befindet er sich an dem Ort, der für andere unerreichbar ist. Wenn es ihm nicht gelingt, ihn in eine Art Sprache umzusetzen. Du liebe Zeit, was nicht alles Sprache sein soll! Hat er vor fünfzig Jahren eine Luftblase durch Glas getrieben, so nennt man das heutzutage Sprache. Man lebt in einer Zivilisation, die Wörter ausspuckt, die sie erbricht, dann alles noch einmal durchkaut und zu Makulatur zermalmt. Es gilt, etwas in eine wirklichere Welt hinüberzuretten. Nunmehr sinkt er jedoch tiefer hinab, und er weiß, wo er war, wenn er wieder auftaucht. Das rührt womöglich daher, daß er ständig dort ist, mehr oder weniger. Kann man mit einem Bein im Totenreich stehen?

Der Wahnsinn scheint nicht an diesem Ort zu wohnen, er kampiert nicht zusammen mit dem Tod. Das war eine irrige Vorstellung, eine sprachliche Übersteigerung. So weit hinabzusinken heißt also nicht, zu sterben, jedenfalls nicht heute.

Tod.

Welch ein Wort für Auslöschung! Einen Zustand namens Tod gibt es nicht. Fleisch wird durch Auflösung oder Feuer zu etwas sehr Gleichgültigem oder schlicht Unerkennbarem verarbeitet. Was ich bin, gibt es nicht, nur die Bewegung, das Sinken. Man sinkt nicht in die Erinnerung, denn die existiert nicht. Es gibt keine derartige Drüse im Gehirn, keine zusammenhängende Stelle, die vor Bildern strotzt.

Erinnerung ist nur ein Wort.

Es gibt Bilder. Oder zumindest Fragmente davon. Die einander schubsen und entzünden. Chemisch selbstverständlich. Bestimmt ist alles chemisch. Und physikalisch. Das Aufsteigen der Flüssigkeit in haarfeinen Gefäßen, die mit ihrem Saft die Blätter ausspannen. Der Penis, der sich erhebt und verselbständigt, beträchtlich tatkräftiger wird als man selbst, und den bleichen Körper, die Hände und den Mund mitreißt. Das arbeitende Gehirn. So nennt man das, dieses chemische Schubsen und Entzünden. Das bei einem alten Mann vielleicht abnimmt oder stellenweise ausgelöscht ist.

Aber nicht völlig.

Erinnerung ist Entfachung und Bewegung. Die Luft treibt durch das Glas. Es ist schwierig, sie darin zum Stillstand zu bringen, es geschieht selten. Wenn sie wüßten, wie schwierig es ist, diese Bewegung zu stoppen!

Wir haben gespielet und getollet
war so goldigens, sie
so fein

haben nimmer verstanden
   bloß gespielet
   haben nimmer verstanden, wann es ernst ward
so kann man Luft durch Glas treiben und zum Stillstand bringen, wenn man sehr geschickt ist, wenn man Dichter ist, dann hält man es fest, dann verdichtet man das Flüchtige, das verarbeitet wird.

Aber darüber gebieten, das tut man nicht. Man sinkt hinab und sieht einen männlichen Körper, ja, er ist ein Mann, wenn er auch erst vierzehn und noch nicht richtig ausgewachsen ist. Die Arbeit hat ihn bereits hart und derb gemacht. Man sieht den Leib, die Knie, das Glied. Man sieht, wie sich das Derbe dem Feinen aufdrängt, spürt, wie es das Dünne zerbricht. Man nimmt die Brunst wahr, den rohen Geruch. Es tropft nicht, sondern fließt seimig. Immer wieder sieht man das Glied in einen Körper eindringen, der nicht tragen konnte, der zu klein war, in dem kein Platz war. Man sieht es fließen. Das war nicht wie Schmetterlinge, das waren kein Eichhörnchensprünge. Das war nicht duftender Waldklee, das war der Geruch der Geilheit, und es war *Samen*. Welch bäuerisches Wort. Wir hatten auch noch schlimmere Wörter, häßlichere und wahrere
   stehet dorten
   fünften Tags
   tuet Buße und ward bestrafet
wird bestraft, weil sie dünn und zart war, mit einer Wehe nach der anderen bestraft, hart genug für ein Lasttier und von einem so zarten Körper nicht auszuhalten. Sagt aber nichts. Wimmert ab und zu. Schweiß fließt. Nach einer Weile geht man wieder hin und guckt, und da ist sie kalt und blaß. Wird bestraft, bestraft und hat nichts getan.

Und dann, wenn man weiter hinabsinken möchte, wenn man es wagt, dann geht es nicht mehr. Es verdichtet sich nicht. Es löst sich auf, denn jetzt ist nur noch das übrig, was man Tod und Wahnsinn genannt hat. Andere Worte hatte man nicht.

Doch man erhielt eine Art Sprache. Man trieb Luft durch Glas. Sie kam dort zum Stillstand und war eine Wahrheit, so ärmlich, wie menschliche Wahrheiten eben sind. Eine andere gibt es auch gar nicht. Keine dichte und lebendige. Wir werden durch das, was wir uns vorstellen, verarbeitet.

Gott behüt' dich, Junge. Jetzt spielst du, aber mehr als die Hälfte deines Lebens mußt du im wachen Zustand verbringen.

Gott behüte dich, wenn du spielst.

*

Jetzt war es aber Zeit. Die Sonne war gesunken, Schatten und Kälte nahmen zu. Doch Aufstehen ist ebenfalls eine Kunst. Er fand keinen anderen Halt für seinen Stock als die Treppenstufe unter sich, und als er sich aufrichten wollte, rutschte der Stock weg, weit auf den Vorplatz hinaus. Er rief nach Anand, der nicht hörte oder so eifrig bei seiner Sache war da drinnen. Schließlich kam er von selbst.

»Jetzt darfst du gucken«, sagte er. »Die Sonne steht genau da, wo sie sein soll.«

Er holte den Stock und faßte Elis am Ellbogen, so daß er aufstehen konnte. Seine Knie waren völlig steif und unbrauchbar geworden, er mußte sich an den Jungen hängen, kam aber zu guter Letzt auf die Beine. Dann folgte eine langsame Drehung, und Stock und Schritt, Stock und Schritt ging es die beiden restlichen Treppenstufen hinauf. Anand öffnete mit Schwung die Tür, er wirkte fiebrig. Der Mund stand ihm offen und war feucht wie der eines kleinen Kindes, seine Iris war vergrößert und schwarz in dem glänzenden Weiß des Auges, das einen Stich ins Blau hatte. Er hatte das Haar im Nacken zusammengefaßt und mit einem Gummiband festgehalten. Sobald Elis in die Kapelle sah, wußte er, warum: Anand hatte befürchtet, mit seinen langen Locken eine Zerbrechlichkeit zu berühren, ein Gleichgewicht zu zerstören.

Das Sonnenlicht, das rote, war das erste, was er sah und begriff. Wie ein Speer durchfuhr es das Glas, das in einer langen Reihe hing und sich im Luftzug von der Tür her bewegte. Anand verstärkte diese Bewegung, indem er mit einer Türhälfte fächelte. Das Glas blitzte. Auch der Messingdraht glänzte. Mehrere Messingdrähte, ein Ring aus Draht, woran unterschiedliche scharfe Glasteilchen hingen, so dicht, daß sie klingelnd aneinanderstießen. Elis konnte nicht alles mit einem Blick erfassen und schloß für ein paar Sekunden die Augen. Es schwebte, er wußte nicht genau, ob das von Verschiebungen in seiner Sehschärfe herrührte. Als er die Augen wieder öffnete, war es noch immer so: Federn regten sich, und Seidenpapierfitzel zitterten in einer langen Reihe. Er sah keinen Draht, es war wohl ein feiner Nähfaden, sonst hätte er ihn bemerkt. Die Federn schienen sich jetzt in eine Reihe gelegt zu haben und fliegen zu wollen, im Augenblick jedoch stehengeblieben zu sein. Sie bildeten ein Zeichen in Richtung Sonne, hinein in den dunklen Wald auf der anderen Seite. Anand schob Elis in eine Bank und setzte sich neben ihn.

»Gleich kommt es«, sagte er.

Konnte noch mehr geschehen? Anand hielt sich mit seinen schmalen, braunen Händen an der Rückenlehne der Vorderbank fest, wartete. Das Innere der Kapelle war weiß gestrichen und hatte blaue Streifen und Sprenkel. Sonnenlichtreflexe glitten in den Farben des Prismas über die Wände. Einer war tiefblau, spielte ins Grün und stand an der Wand über dem Altar still. Dort befand sich ein schlichtes Holzkreuz, ein bißchen klobig, wie Elis fand, es hätte strenger und eleganter sein können in diesem Schmuckkästchen von Kirchenraum. Hier, wo die Häute gestunken, die Bottiche gestanden und die Haarkleider sich aufgelöst hatten. Wo derbe Stiefel mit hölzernen Sohlen durch den Dreck geplatscht waren. Hier.

»Jetzt!«

Und dann kam die Glut und entzündete noch mehr Glas. Die Farben der Scherben vertieften sich, Anand wimmerte leise. Elis kannte diesen Augenblick – wenn es *wird*. Es war nicht nur ein Wiedererkennen, er empfand diesen Augenblick selbst. Jetzt. Und das mit der Sonne kannte er von seinem Küchenfenster her: Sie flammte in einem letzten Ausbruch auf, ehe das Fjäll die Glut verschluckte.

Dann war es erloschen. Und still. Anand neigte den Kopf und lehnte ihn gegen seine Handrücken auf der Vorderbank. Er sah aus, als schliefe er, aber nicht ruhig. Sein schmaler Rücken bewegte sich, wenn er atmete, und sein Atem ging schnell.

Jetzt konnte Elis genauer hinsehen. Und ruhiger. Das Bürschchen war hoch oben unter der Decke gewesen und hatte dort seine Fäden befestigt. Wie, war unbegreiflich. Er sah den Gedanken, fand die Schnittpunkte und die Linien, die nach außen strebten. Es gab einen zentralen Punkt, das war der Ring aus Messingdraht mit Seidenpapierfitzeln in Gelb. Er befand sich gleich links vom Altar. Es gab auch noch andere Punkte, an denen die Fäden zusammenliefen und sich wieder trennten. Das Glas war auf Wanderschaft, die Federn spielten. Ihre Bahnen waren unbeständig, der geringste Windstoß brachte sie durcheinander. Elis sah jetzt, daß die Fenster offen waren, und manchmal entstand ein leichter Luftzug, wenn sich die Abendluft draußen regte.

»Wie findest du es?« fragte Anand. Er wollte es wissen, ganz klar.

»Ja, das ist schön.«

»So, daß man friert?«

»Ja, das kann man durchaus sagen. Und es hat Format. Es ist gar nicht dumm, in großem Stil zu arbeiten. Hast du das schon mal gemacht?«

»Nein, nur im Wohnzimmer zu Hause in Gröndal. Und einmal in der Küche. Aber das hier ist am besten.«

»Das war bestimmt schwierig, stelle ich mir vor. Wie bist du denn an die Decke gekommen, um die Fäden zu befestigen?«

»Ich habe mit dem Boot eine Leiter hergebracht. Die war beim Hausmeister im Lager.«

»Davon weiß er natürlich nichts.«

»Nein. Mama auch nicht. Die wird es ja am Samstag sehen.«

»Aber da ist doch die Hochzeit.«

»Ja, die ist am Samstag.«

»Weiß irgend jemand hiervon?« fragte Elis.

»Nur du.«

Er wußte nicht, wie er es ihm sagen sollte. Wie er ihm erklären sollte, daß die anderen es vielleicht nicht so sähen wie er. Sie sähen kreuz und quer gespannte Fäden und kaputtes Glas und Sachen, die im Wald liegen, Federn und Daunen. Und Papierknäuel. Eine Menge Unrat, das würden sie sehen. Er

kannte sie. Und deshalb ließ es sich nicht anders sagen, als es war:
»Sie werden es wegräumen.«
»Nein, das werden sie nicht tun. Nicht, wenn sie es sehen. Wo es doch so schön ist.«
Er hatte eine unerschütterliche Zuversicht. Elis war zu müde, um zu argumentieren. Er mußte sich erst ausruhen, dann würde er in der Lage sein, es so zu erklären, daß Anand es verstünde. Er mußte die Enttäuschung dämpfen, die unweigerlich käme. Doch im Moment wußte er nicht, wie.
»Du und ich sehen das hier auf unsre Weise«, sagte er. »Das Licht und die Farben und wie es sich bewegt. Aber ich glaube, das können nicht alle sehen. Sie müssen sich erst daran gewöhnen.«
»Du hast dich auch nicht daran gewöhnt. Du hast doch gesehen, daß es schön ist.«
Elis war so müde, daß ihm der Kopf niedersank. Er mußte das Kinn auf die Stockkrücke stützen.
»Du mußt jetzt rausgehen«, sagte Anand. »Ich muß nämlich noch ein bißchen was machen. Es ist noch nicht fertig, weißt du. Da kommt noch was dazu. Eben war es mit der Sonne. Jetzt kommt es sozusagen mit mehr Dunkelheit.«
»Mach, was du dir gedacht hast, aber dann mußt du deine Sachen einsammeln. So etwas erlebt man nur einmal. Dann sammelt man es wieder ein. Es wird nur schlimmer, wenn die anderen es tun. Dann zerstören sie dir die Sachen.«
»Ich werde es nicht einsammeln!«
»Mach jetzt auf jeden Fall. Ich gehe nicht raus. Ich bleibe hier sitzen und ruhe mich aus und warte auf dich.«

Er wachte so abrupt auf, daß er zusammenzuckte und den Stock fallen ließ, als Anand rief.
»Wach jetzt auf. Es ist fertig!«
In den Glasteilchen flackerte es. Federn und Seidenpapierchen vibrierten. Es mußten Dutzende von Kerzenflammen sein, nein, mehr, viel mehr. Über den gesamten Chor waren Flämmchen verteilt, die die Scherben zum Glitzern brachten. Anand hatte sie

in Schälchen auf den Fußboden, auf den Altar und auf die Rückenlehnen der vordersten Bänke gestellt. Unter dem Messingdrahtring hatte er ein Stativ aufgebaut, das etwas hielt, was wie ein Untersatz aussah. Darin standen in Vertiefungen Teelichte, die die Papierfitzel zum Tanzen brachten.

»Das ist eine Radkappe«, erklärte Anand. »Guck nur! Ich habe in alle Löcher Kerzen gesteckt. Stell dir vor, man hätte sie zum Drehen bringen können! Langsam ... ganz langsam. Und schau dir das Kreuz an!«

Kerzen auf den Querbalken, Kerzen oben auf dem Stamm. Dort tanzte eine große Daune.

»Siehst du? Schau dir jetzt das Seidenpapier da hinten an, kleine Segel, weißt du, sie segeln davon. Guck nur, wie sie sich bewegen!«

Anand setzte sich auf der rechten Seite vor die erste Bankreihe und pusselte mit irgend etwas, was Elis nicht sehen konnte. Aber ganz links sah er ein Seidenpapiersegel braun werden und zerfallen. Ein dünner Rauchstreifen stieg auf, und dann kam die Flamme.

»Anand!«

Da hatte die Abendbrise vom See das Fenster erreicht und fing im Chor einen Luftzug auf, der von der offenen Tür herkam. Die Flamme tanzte von einem Segel zum nächsten und verwandelte sie in braune Tütchen. Ein schwarzer Rauchstreifen stieg senkrecht nach oben, verwischte an der Spitze zu einem grauen Büschel, das zu einer leichten Wolke wurde. Dann schlug eine Flamme auf, und ein feiner Rußflockenregen ging nieder. Elis versuchte aufzustehen, bückte sich, um an seinen Stock heranzukommen, und rief Anand zu, er solle löschen.

»Nimm die Jacke und wirf sie drauf!«

Doch Anand stand aufrecht und mit hängenden Armen da. Der Feuertanz war zu Ende, die Fäden waren versengt, und die Seidenpapiersegel brannten zusammen mit den Daunen und Federn auf dem Fußboden und in den Bänken.

»Wirf die Jacke drauf! Ich komme nicht aus der Bank! Hilf mir heraus, verdammt noch mal!«

Anand drehte sich blitzschnell um, war flink wie ein Mauswiesel in der Bank und ergriff Elis am Arm.

»Den Stock, gib mir den Stock!«

Anand kroch auf den Boden, und als er wieder hochkam, schnappte sich Elis den Stock, stakte aus der Bank und nach vorn in den Chor. Da sah er, daß es zu spät war. Anands Kerzenstativ brannte bereits munter. Das trockene Holz knisterte. Eine kleine Rauchwolke nahm ihnen für einige Augenblicke die Sicht. Anand machte Anstalten, einen Schritt vorzugehen, doch Elis, der eine Banklehne zu fassen bekommen hatte, um sich abzustützen, hakte ihm die Stockkrücke um den Hals.

»Mein Glas!« schrie Anand.

Elis ruckte mit dem Stock und zog Anand zu sich. Der Rauch quoll heran, und das Feuer knisterte, als eine sauerstoffreiche Brise die Flammen vorn im Chor auflodern ließ.

»Raus!« schrie Elis.

»Mein Glas!«

»Pfeif auf das Glas! Nichts wie raus! Raus!«

Er versetzte ihm eins mit dem Stock, und es gelang ihm, ihn vor sich herzuschieben. Dann kam ein dichter, weißer, beißend schmeckender Rauch, der tief in den Bronchien kratzte und sie beide zum Husten brachte. Da stolperte Anand endlich freiwillig zur Tür, doch als er wieder bei Stimme war, zeterte er weiter um sein Glas. Die Vorderseite seiner Jacke hatte Feuer gefangen. Er schlug mit den Händen danach, verbrannte sich und heulte. Elis schnappte ihn sich wieder mit dem Stock, fing ihn auf und drückte ihn an sich. Als er es wagte, ihn loszulassen, war der Fleck auf Anands Jacke erloschen und schwarz.

»Das war mein Abzeichen«, sagte er. »Es ist verbrannt.«

Er griff danach, und seine Finger wurden von dem geschmolzenen Synthetikstoff schwarz und klebrig. Er sah aus, als verstünde er nicht, was geschah. Elis ergriff seinen Arm und stieg mühsam Stufe um Stufe die Treppe hinunter. Hinter ihnen prasselte es, und ab und zu kam ein Rauchschwaden, der sie zum Husten brachte. Als sie außer Reichweite des Rauches waren, wollte sich Elis nur noch setzen. Seine Beine trugen ihn nicht mehr, er fühlte sich kraftlos. Zu guter Letzt setzte er sich auf einen Stein, der so niedrig war, daß er dachte: Ich komme nie wieder hoch.

»Mein Wolfsabzeichen«, sagte Anand. »Und das Glas. Alles ist zerstört.«

»Nein, die Glasteilchen halten. Die vertragen mehr Hitze als das hier. Aber die Kapelle geht zum Teufel.«

Jetzt lag die Landzunge in beißendem Rauch, und die Kapelle brannte dröhnend. Es wurde heiß, und sie mußten weiter zum Ufer hinuntergehen. Anand versuchte Elis hochzuziehen, doch Elis' blockierte Knie streikten. Er hieb seinen Stock in den Moosboden und zog sich hoch, stand schwankend da. Als sie sich ein Stück entfernt hatten, fand er einen ordentlich hohen Baumstumpf, wo er sich wieder setzen konnte. Anand hockte wie ein Frosch auf der Erde und starrte das Feuer an, das aus den Fenstern der Kapelle schlug. Er weinte.

»Das gibt ein Mordstheater«, sagte Elis. »Aber eigentlich gibt es keinen Grund, traurig zu sein. Diese Kapelle war kein guter Ort. Ist es nie gewesen.«

Seit Ingefrid zu uns gekommen ist und gesagt hat, sie sei Myrtens Tochter, habe ich viel in dem, was mal war, herumgekramt. Zuerst habe ich am Küchentisch gesessen, weil sich die Küche ja am leichtesten warm halten läßt, wenn die Nächte kalt sind. Jetzt im Sommer sitze ich meistens am Sekretär oder am Stubentisch. Allzuoft steigt alter Schmerz aus den Papieren und Briefen auf. Er nagt zwar nicht mehr so arg wie zu der Zeit, als er noch frisch war, aber ich möchte ihn, weiß Gott, trotzdem nicht haben. Es gibt noch anderes, denke ich, stehe auf und schalte das Radio an. Ich muß nicht hier sitzen und seufzen wie eine kaputte Ziehharmonika. Es zieht mich aber immer wieder zu den Papieren zurück.

Die Welt ist gesprenkelt wie ein Specht, schrieb Anund Larsson seiner Schwester Ingir Kari ins Sanatorium nach Strömsund. Er hatte seine Schwester nicht vergessen, auch wenn er sie verlassen hatte. Aus weiter Ferne schrieb er ihr in der Schriftsprache, wie groß und bunt die Welt sei.

> *Ich bin im Eismeer gewesen und mit den Heringsfängern gefahren. Wir sind bis weit über die Lofoten hinausgefahren. Ich schreibe Dir diesen Brief aus einer Wirtschaft in der Tore-Hunds-Gate in Andenes. Wir sitzen hier wegen eines Sturms fest.*

Mir schrieb er viel später:

> *Daß ich früher im Bergbau war, weißt Du. Aber das konnte ich nicht aushalten. Genausowenig hielt ich es beim Staudammbau aus, als ich sah, wie die Kraftwerksgesellschaft sprengte und staute. Sie stauten den großen Fischsee weg, durch den so viele ihr Auskommen hatten, und das Kalbeland setzten sie unter Wasser,*

so daß die Renkühe nirgends hingehen konnten, wenn es Zeit war, zu kalben. Leute, die dort ihre Rene gehalten hatten, mußten mit ihnen fortziehen. Du kannst Dir leicht ausmalen, wie willkommen sie andernorts waren. Dereinst, wenn die Schleusen vom Eis gesprengt und die elektrischen Leitungen heruntergefallen und verrostet sind, wird ein Volk kommen, das niemand kennt, und für seine Herden deren altes Weideland in Besitz nehmen. Zunächst aber haben es diese Diebe genommen.

Die Briefe, die er mir schrieb, als ich noch daheim bei Hillevi und Trond wohnte, schickte er zu Aagot, die sie mir geben sollte. Ich glaube, er hat Hillevi nicht recht getraut. Durch die Briefe konnte ich seine Stimme hören, und ich höre sie noch immer. *Die Mädchen erröten wie Moltebeeren im Moor,* schrieb er. *Ich dachte, eine von ihnen würde die meine.* Aber da war keine Deern, die Jyöne Anund richtig liebgewann. Er traf zu viele, wenn er spielte und sang, bei keiner wurde es etwas Ernstes. Arm war er obendrein.

Keine Rene habe ich, obgleich ich ein eigenes Zeichen besitze. Die Mädchen sind vernünftig, sie wollen reiche Männer haben. Ich sage Dir, meine kleine Daune, mein Herz läge im Grabe, wenn es Dich nicht gäbe. Es läge bei meiner Schwester Ingir Kari. Schön war sie wie ein Waldvöglein. Der Tod holt sich die Besten. Zuerst aber war ein anderer Dieb bei ihr. Er kam aus der bunten Welt.

Er sprach viel von Dieben. Seine Mutter hatte erzählt, ihr Vater habe versucht, die Diebe mit Worten zu verjagen. Er habe viele Vuelieh gegen sie gemacht, aber sie hätten nichts geholfen. Er habe auch noch andere Mittel besessen, die er ebenso ohnmächtig eingesetzt habe. Er sei im ersten Jahr des neuen Jahrhunderts gestorben. Völlig gesund, wenn auch selbstverständlich alt. Er habe nicht mehr mitmachen wollen, glaubte Anunds Mutter, also meine Großmutter. Sie stammte von der norwegischen Seite, und wenn sie von ihrem Vater erzählte, sprach sie Norwegisch:

»Er rührte die magische Trommel. Er schlug auf eine Trommel aus Fell.«

Nein, die magische Trommel half ihm nichts, und die Worte seiner Vuelieh konnten die Diebe nicht vertreiben.

»Weißt du, kleine Risten, was passiert ist?« sagte Jyöne Anund zu mir, noch ehe ich groß genug war, um überhaupt etwas zu verstehen. »Die Diebe haben die Worte gestohlen. Selbst die Worte haben sie gestohlen.«

Ich habe nicht vergessen, was er gesagt hat.

Ja, man tappt in den alten Dingen umher. Versucht einen Sinn zu finden. Als Ingefrid zum dritten Mal hierherkam und die Vertretung der Pfarrstelle in der Gemeinde Röbäck übernahm, wollte ich ihr helfen zu finden, wonach sie suchte. Wenn man das überhaupt suchen nennen kann, denn so einfach ist es ja nicht. In den Briefen steht nichts von dem Kind, das Myrten weggegeben hat. Es fehlen aber welche. Ich weiß, daß sie in Stockholm eine Krankenschwester gekannt hat und daß sie einander geschrieben haben. Ich habe Ingefrid nichts von dieser Krankenschwester erzählt. Lebt sie noch, so nehme ich an, daß sie etwas weiß. Ich habe aber keine Ahnung, wie sie heißt.

Myrten selbst ist mir so fremd geworden. Es ist, als habe sie sich zurückgezogen. Sie steht weit von mir entfernt, anstatt nahe. Wenn ich in den Briefen krame und darin lese, erscheint sie streng.

An dieses alte Unglück, das Ingefrids Vater sein soll, möchte ich am liebsten gar nicht denken. Und ob es richtig ist, von ihm zu schweigen oder zu reden, weiß ich nicht.

Ingefrid hat in diesem Frühjahr und Sommer viel geredet und gefragt – aber nicht nach Myrten. Ich weiß, daß sie in Byvången war und sich das Haus angeschaut hat, das Dag Bonde Karlsson vor ihrer Heirat hatte bauen lassen. Es ist ein gezimmerter Kasten beträchtlichen Ausmaßes mit Säulen aus astknorrigem Holz auf der Veranda und Fenstern mit Bleifassung. Das reinste Mittelalter, und es ist verwunderlich, daß Myrten es überhaupt loswurde. Ingefrid hat sich natürlich mit Roland Fjellström getroffen, der als kleiner Junge Myrtens Stiefsohn geworden war. Er hat seine Stiefmutter gemocht. Aber seine Schwestern haben sie abgelehnt und nie mehr was von sich hören lassen, nachdem ihr Vater gestorben war. Trotzdem haben sie gut geerbt. Roland hat sein Geld hier in einen Hotelbetrieb investiert, und der Laden brummt, vor allem weil Roland so einfallsreich ist. Er jagt mit Hundegespannen umher, organisiert Niederwildjagden und Fjällwanderungen für Touristen und beherbergt außerdem Konferenzen und Kurse. Ingefrid hat gesagt, er wolle, daß sie bei ihm Konferenzpfarrer werde und Kurse in Persönlichkeitsentwicklung, Führung und Konfliktlösung abhalte. Er wolle Liebesferien für Paare anbieten, die kurz vor der Scheidung stünden, und Ingefrid solle mit ihnen Gespräche führen. Und dann solle sie selbstverständlich die Paare seiner Hochzeitsarrangements trauen. Und zwar, wie er es nannte, als freie Mitarbeiterin. Sie sagte, er sei nett, verstehe aber offensichtlich nicht so recht, was Pfarrerin sein heiße. Mich würde es aber nicht wundern, wenn er schließlich einen Pfarrer dafür fände. Ich habe da so einige Exemplare gesehen.

Ingefrid hat auf dem Friedhof in Röbäck natürlich Myrtens Grab gesehen, und bei ihrem zweiten Besuch fragte sie mich, warum sie nicht neben ihrem Mann in Byvången begraben sei. Darauf konnte ich nur antworten, daß Myrten selbst es so gewollt habe. Ich glaube, es war sogar das letzte Mal, daß sie mich etwas über sie gefragt hat. Über ihre Großmutter Hillevi möchte sie dagegen alles erfahren, was ich weiß, ebenso über die Uppsalafamilie und über Tronds Familie in Fagerli. Sie ist sowohl in Fagerli als auch in Lakahögen gewesen.

Die Leute waren natürlich neugierig auf sie, und anfangs gingen manche wohl nur deshalb in die Kirche, um sie sich eingehend anzuschauen. Ich glaube, sie war gern gesehen. Sie versorgte mir die Schafe, als ich krank war, und es entstand ein Gefühl der Nähe. Sie wohnte noch ein paar Wochen hier, nachdem ich aus dem Pflegeheim zurückgekommen war, und da sprachen wir oft über Hillevi und deren Zeit. So hielten wir das. Bis die Kapelle brannte.

In den Zeitungen stand natürlich viel über den Brand. Sie nannten den Vorfall den Kirchenbrand in Röbäck und verbreiteten sich über die Trauer der Gemeinde. Daß dort mal eine Gerberei war, stand nirgendwo und auch nicht, daß der alte Kasten jahrzehntelang nicht als Kapelle genutzt worden war, bis Roland Fjellström mit seinen Hochzeitsarrangements anfing. Das Gewäsch der Leute war noch schrecklicher. Es gab welche, die glaubten, Anand sei Satanist, eine der Heiligen aus dem Handarbeitskreis hatte gesagt, er habe im Netz Teufelsanbeter aufgesucht. Sie will es mit eigenen Augen im PC der Gemeinde gesehen haben. In der Schule hieß es, er habe damit angegeben, einen Kindergarten abgebrannt zu haben, als er klein war. Ich konnte zwar das eine oder andere zurechtrücken, aber Gerede bleibt Gerede. Es gleitet wie eine Schlange auf dem Bauch und gelangt überallhin.

Dem alten Schwachkopf, der Anand mit in die Kapelle genommen und ihn bei offenem Fenster Kerzen hat anzünden lassen, habe ich die Leviten gelesen. Seitdem habe ich ihn nicht mehr gesehen. Er lebt jetzt wohl von Kinderbrei.

Ingefrid war danach nicht mehr dieselbe. Sie war in jener Nacht hier, saß da und hielt Anand umschlungen, der auf ihrem Schoß eingeschlafen war. Da sagte sie leise zu mir, sie könne keine Dankbarkeit empfinden. Dann sprach sie nicht mehr über diese Sache, aber ich glaube, sie blieb in der Vorstellung dessen befangen, was hätte passieren können. Ich habe sie dann einige Zeit nicht mehr gesehen, ich glaube, niemand hat sie gesehen. Sie versah keinen Pfarrdienst, wohnte aber weiterhin im Pfarrhaus.

Man kann ja sagen, entweder passiert eine Sache, oder sie passiert nicht.

Die Kapelle brannte ab, Anand überlebte. Er verbrannte sich nur seine Jacke vorn. Das Schreckliche passierte nicht.

Aber so einfach ist es nicht.

Ich erinnere mich an die Nacht, als sie mit dem Jungen hier auf dem Sofa saß. Er lag mit dem Kopf und Oberkörper auf ihrem Schoß, und sie hielt ihn umschlungen. Zu mir sagte sie leise, sie empfinde weder Erleichterung noch Dankbarkeit.

»Ich habe nur Angst. Ich habe nur entsetzliche Angst«, sagte sie.

*

Im Juli 1971 passierte hier etwas, was nichts auf der Welt ungeschehen machen kann. Es war ein gewöhnlicher Sommerabend, ein Werktag. Ich stand im Speiseraum der Pension am Fenster, um nachzusehen, ob der Bus schon gekommen war, so daß man die Zeitung holen konnte. Ich erinnere mich noch ganz genau, wie ich ihn in der Biegung vor dem langen Hang heranrumpeln sah und wie dahinter ein Auto auftauchte und ihn mitten in der Kurve überholte. Dann entschwand es für kurze Zeit aus meinem Blickfeld, aber ich hielt die Augen offen, denn man wollte doch wissen, wer hier derart wahnsinnig fuhr. Ich hatte da so meine Vermutungen.

Das Auto tauchte wieder auf und raste am Laden vorbei. Als es auf der Straße unter uns war, sah ich, daß es sich um Tores hellgrünen Volvo handelte. Er saß selbst am Steuer und Bertil Annersa auf dem Beifahrersitz.

»Der ist doch besoffen«, sagte Els-Britt, die mir damals in der Küche half. Sie stand neben mir und wartete auf den Bus. »Die wollen wohl zum Fischen.«

»Wenn sie sich nur nicht gegenseitig totmachen«, sagte ich.

Hinterher hatte ich das Gefühl, meine Worte hätten eine Kraft bekommen, die ich ihnen gar nicht verleihen wollte. Ich hatte befürchtet, die beiden würden zu raufen anfangen. Tore war ja immer friedfertig, aber Annersa war in jüngeren Jahren ein Höllenbraten gewesen. Er konnte noch immer über Leute herfallen, wenn er betrunken war.

Es war ein so warmer und schöner Sommerabend. Der Hubschrauberlärm zerschlug ihn. Ein Polizeiauto fuhr mit Vollgas vorbei. Der Händler rief an. Ich weiß nicht mehr, in welcher Reihenfolge das alles geschah. Aber ich erinnere mich, daß der Händler sagte:

»Mußt runtergehen, zu der Hillevi. Haben den Tore rausgezogen.«

Er dachte wohl, ich wüßte Bescheid, denn zu diesem Zeitpunkt waren viele Leute nach Tangen unterwegs. Der Hubschrauber war auf dem Platz vor dem Vereinshaus gelandet.

Hillevi traf ich nicht mehr an. Sie war bereits mit jemandem zur Bootslände hinuntergefahren, wo Tore sein Boot liegen hatte.

Ich fuhr mit Högboms, und wir sprachen auf dem ganzen Weg kein Wort. Als wir so weit draußen auf Tangen ausstiegen, wie man mit dem Auto eben fahren konnte, stand dort einer, der sich übergab. Es war der Mann, der Tore im Wasser gefunden hatte.

Alles kommt zurück. Wie Myrten dann sagte, es sei ihre Schuld, denn sie sei es gewesen, die Tore nach Amerika geschickt habe. Dort hatte er es nicht weit gebracht. Myrtens Onkel Halvdan hatte es so eingerichtet, daß er bei Verwandten väterlicherseits unterkam. Da war der Vater einst nach Minnesota emigriert, und der Sohn besaß jetzt ein Schreinerunternehmen. Aber Tore stand nicht seinen Mann. Als er aufhören mußte, versuchte er mit dem, was er von seinem väterlichen Erbe ausbezahlt bekommen hatte, eigene Geschäfte zu machen. Zu guter Letzt soff er sich in einem Hotel in Minneapolis fest, und die Familie mußte ihn auslösen. Myrten mußte ihm Geld für die Heimreise schicken. Er wollte nach Hause.

Hillevi sagte immer, ihre Kinder seien wie Tauben: Sie kehrten nach Hause zurück, wo immer in der Welt sie gelandet seien. War Tore eine Taube, als er aus Amerika kam, dann eine, die recht arg mitgenommen war. Myrten versuchte zwar, ihn in der Forstwirtschaft zu beschäftigen, aber es war nicht mehr viel los mit ihm. Er hatte Phasen, in denen er mit den vier, fünf Kerlen im Dorf soff, die das in Vollzeit betrieben. Oft aber saß er für sich allein, und dann trank er nur Kaffee und schluckte Medikamente.

Bertil Annersa hatte überlebt. Irgend jemand – ich glaube, es war Kalle Högbom – sagte, es wäre besser, wenn der Teufel die seinen holte. Aber das geschieht selten. Um Annersa herum kam nun Haß auf. Schließlich war Tore ein netter Kerl gewesen, wenn auch heruntergekommen. Jetzt bekam Annersa alles heimgezahlt: daß das Boot gekentert und Tore ertrunken war. Er hatte mit dem Rücken am Bootshaus gesessen, durch und durch naß und zitternd. Die Männer vom Rettungsdienst hatten ihm eine Decke umgelegt, die aber auf den Boden geglitten war. Er saß da und sagte:

»Hat bloß pinkeln gewollt.«

Wieder und wieder sagte er das. Man konnte sich ja leicht ausmalen, wie es zugegangen war, als der große, schwere Tore sich in dem Boot erhob. Die Leute waren aber nicht sicher, daß Annersa die Wahrheit sagte. Diejenigen, die das Unglück beobachtet hatten, waren mit ihrem Boot so weit weg gewesen, daß sie nicht erkennen konnten, wer da aufgestanden war.

Hillevi fand ich unten am Uferrand. Sie saß mit ausgestreckten Beinen auf der Erde. In ihren Armen lag Tore. Wie sie den Oberkörper dieses großen Kerls auf ihren Schoß bekommen hatte, weiß ich nicht. Sie saß da, hielt ihn umschlungen und hatte den Blick auf sein Gesicht gesenkt.

Wir, die wir daneben standen, wandten uns ganz schnell ab. Aber der Anblick ließ uns nicht mehr los. Wir sahen sein Gesicht, es war aufgeschwemmt und blaugrau und wurde allmählich schwarz. Er hatte die Lippen hochgezogen, und der gräuliche Wulst, der ihm aus dem Mund quoll, war seine Zunge. Sein Körper war schlaff und in den patschnassen Kleidern mehr als schwer.

Ich glaube, Hillevi hat etwas anderes gesehen als wir. Sie hat ihr Kind gesehen.

Lange Zeit später, als sie allmählich wieder sprechen konnte, sagte sie zu mir, der See sei Tores Todesraum gewesen, das habe sie erfahren, als er ein Kind gewesen sei. Damals habe sie das freilich nicht verstanden.

*

Schließlich stieß ich doch auf Elias. Im Laden, natürlich. Er stand mit einer Einkaufstasche im Vorraum. Ich fand, daß er blaß aussah, er wird gewissermaßen immer weißer.

»Aha, du«, sagte er. »Siehst aus, als gehet es gut.«

»Fehlet sich nichtens«, erwiderte ich.

»Und die Ingefrid, siehst was von ihr?«

Ich sagte, wie es war, nämlich daß sie sich verkrochen habe, vor ein paar Tagen aber zu mir hereingekommen sei. Ich erzählte ihm, daß sie nach Stockholm zurückziehen werde.

»Aha«, sagte er. »Ward also nichten mehr.«

»Begreifest bestimmt, daß eine solchige wie sie, mit Ausbildung und allem, nichten kann leben hier.«

Dann trat ich in den Laden, um einzukaufen. Eigentlich hatte ich nur Milch und ein Stück Käse kaufen wollen, aber wie dem nun mal war, durfte mir Doris ein ordentliches Stück Speck aufschneiden. Ich kaufte auch noch ein paar rote Zwiebeln, für die Soße. Als ich den Laden verließ, stand Elias immer noch im Vorraum, ganz so, wie ich mir gedacht hatte. Es gab dort keine Sitzgelegenheit. Der Stuhl, der früher da gestanden hatte, war hinausgeflogen, als der Händler einen Bierdosenautomaten aufgestellt hatte.

»Wartest auf Reine?« fragte ich.

»Ja, er soll mich heimfahren. Hatte aber zwischendurch eine Tour.«

»Siehst aus, als müßtest die Beine ausruhen, kömmst also wohl am besten mit zu mir«, sagte ich.

»Wart einen Augenblick«, sagte er und ging noch mal in den Laden. Als wir daheim waren und unsere Jacken abgelegt hatten, setzte er sich auf die Küchenbank. Er legte wie immer die Hände auf der Stockkrücke übereinander und schaute vor sich hin, ohne etwas zu sehen. Ihm tränten die Augen. Früher war es ihm nur eine Plage, wenn der Wind blies, aber jetzt tränten sie wohl ständig.

»Du, hör mal«, sagte ich. »Wir sollten jetzt Reine anrufen und sagen, daß du hier ißt. Dann kann er später kommen.«

Gebratenen Speck und mit Milch zubereitete Zwiebelsoße, ich weiß, daß Elias das mag.

Er hatte vier Rubbellose dabei. Die hatte er wohl noch im Laden geholt, als wir gehen wollten. Nur für sich selbst würde er nie ein Los kaufen.

»Hast was gewonnen in letzter Zeit?« fragte er.

»Hab nichten gekaufet Lose. Hat nichten Sinn. Nichten, alleinig zu rubbeln jedenfalls.«

Dann errubbelten wir zusammen insgesamt einhundertfünfundzwanzig Kronen. Das war mal richtig gut.

»Ja, was machen wir jetzt damit?« fragte Elias.

Ich wußte, was er hören wollte, also sagte ich: »Wir kaufen neue für das Geld.«

Ich schenkte uns gerade Kaffee nach, als wir Ingefrids Auto an der Straße oben halten sahen.

»Jetzt kommt sie ja doch noch«, sagte Elias.

Ich entgegnete, daß sie wahrscheinlich nur einkaufen gehe. Und so war es auch. Sie verschwand in Richtung Laden.

»Sie hat es eilig«, sagte ich, und dann erzählte ich, daß sie am ersten September in Stockholm zu arbeiten anfange. Sie habe gesagt, sie werde uns mal besuchen kommen. Aber das ist nicht dasselbe, dachte ich, und ich glaube, Elias dachte genauso.

Ingefrid hatte gesagt, sie mache sich Sorgen darüber, wie ich das mit den Schafen hinkriegen würde. Ich darf ja kein Heu herunterholen, denn es ist nicht gut, mit erhobenen Armen zu arbeiten, wenn man es mit dem Herzen gehabt hat. Und die Kraft ist wohl auch nicht mehr so da. Ich verstehe ja, daß ich die Tiere irgendwann schlachten lassen muß. Aber jetzt noch nicht. Ohne das Leben im Schafstall und ohne Gedanken an die kommenden Lämmer wäre es so leer im Winter. Ich werde mir also wohl auch in diesem Jahr einen Widder besorgen. Mats hat versprochen, mir im Schafstall zu helfen. In der Pension ist es im Winter ja ziemlich ruhig. Zu ruhig, kann man schon sagen. Diese Geschichte mit dem Wolf, die hat ihn erbost. Er spielt mit dem Gedanken, zur Renzucht zurückzukehren, zusammen mit Klemens. Er hat ja sein Renzeichen und hätte wohl auch ein Recht auf Weideland. Ich weiß freilich nicht, wie das gehen soll.

Wir fragten uns natürlich, ob Ingefrid nach ihrem Einkauf zu uns herunterkäme. Ich kann ruhig sagen, daß wir es erwarteten. Wir ließen ihr Auto nicht aus den Augen. Schließlich kam sie aus dem Laden. Offensichtlich wollte sie aber nicht herunterkommen.

»Sie hat wahrscheinlich einen Termin«, sagte Elias, und ich ließ ihn in diesem Glauben. Ingefrid arbeitete doch gar nicht mehr als Pfarrerin hier. Anstatt zu uns herunterzukommen, blieb sie mit ihren Tragetaschen am Straßenrand stehen. Sie schaute geradewegs zum Küchenfenster herein, und ich glaube, ihr war nicht klar, daß wir sie sahen. Ich weiß doch, wie das

Licht vom See her fällt und fast alles verwischt. Sie sah wohl bloß zwei Körper und zwei Köpfe.

Da sagte Elias:

»Sieh einen Augenblick diese Dekoration an! Wir werden sie nie wieder sehen.«

Ich sagte nichts, bis Ingefrid beim Laden gewendet hatte und weggefahren war. Dann fragte ich, was er gemeint habe.

»Das ist aus einem Buch«, antwortete er.

»Ja, hab's schon verstanden. Aber was wolltest sagen damit?«

Glaubte er, Ingefrid würde nie mehr wiederkommen? Elias beachtete meine Frage gar nicht, sondern sagte, das sei aus einem Buch von einem gewissen Hedberg.

Du dumme alte Nuß, dachte ich. Du glaubst wohl, wir leben hier völlig hinter dem Mond. Wir haben aber den Bücherbus.

»Olle Hedberg, den haben Myrten und ich viel gelesen.«

»Meine Frau hat dieses Buch gelesen«, sagte er. »Ihr haben Hedbergs Romane gefallen.«

Meine Frau! Jetzt kommt es. Jetzt kommt es endlich heraus!

»Ach so«, sagte ich. »Du hattest eine Frau. Die es gelesen, das Buch. Wie kömmet's, daß du dich drauf besinnest, was drinnengestanden?«

»Ich habe ihr vorgelesen«, erklärte er. »Das Umblättern hat sie ermüdet. Sie tat es mit der Wange.«

Jetzt war ich vollends verdattert, sagte aber nichts. Das kommt schon noch irgendwann, dachte ich. Ich nahm statt dessen meinen ganzen Mut zusammen und sagte:

»Solltest mit der Ingefrid reden, Elias.«

»Meinst du?«

»Ja, hat ein Recht, es zu erfahren.«

»Sie erfährt es doch sowieso. Hier wird geredet, wie ich höre.«

»Nein, wird nichten geredet. Sind bloß der Doktor Torbjörnsson und ich, die was wissen. Haben es gelesen, in dem Buch von der Hillevi.«

»Was tut das für ein vermaledeietes Buch sein?« fragte er.

Anand lebte. Er hopste im Pfarrhaus die Treppen rauf und runter. Fuhr mit dem Fahrrad den weiten Weg um die Seen und kam rußig und mit Glasteilchen in einem Karton nach Hause. Er wusch sie und hinterließ das Waschbecken mit einem fettigen schwarzen Rand aus Ruß und Seife. Es war polizeilich verboten, daß er sich der Brandstelle näherte. Sie hatten sie mit einem Plastikband abgesperrt. Wahrscheinlich fuhr er dorthin, sobald Ingefrid aus dem Haus war. Die schwarzen Reste der Kapelle konnten nicht bewacht werden, und Anand wollte alle seine Glasteilchen wiederhaben, auch diejenigen, die die Polizei bei der ersten Untersuchung mitgenommen hatte. Dort kümmerte man sich nicht mehr darum, nachdem sie eine Erklärung gefunden hatten. Deren Deutung wurde dem überlassen, was Risten das Gewäsch der Leute nannte. Anand wollte, daß Ingefrid bei der Polizei anriefe und die noch fehlenden Glasteilchen zurückverlangte. Er wußte haargenau, wie viele es waren.

Er lebte. Sie wollte Gott dafür danken, doch sie konnte es nicht.

Daß er lebte und die Treppe rauf- und runtersprang und auf seinem Fahrrad um den Rössjön und den Boteln jagte, war Wirklichkeit. Doch die Wirklichkeit war nicht stark. Nachts hielt sie nicht stand.

Ingefrid konnte seit dem Brand nicht mehr schlafen. Wenn sie eindämmerte, träumte sie, daß Anand unten an der Treppe stand. Sie stand oben. Es war im Pfarrhaus, wenn es auch nicht exakt die gleiche Treppe war wie dort. Das Geländer gab nach. Es war, als fasse man faules Fleisch an. Unten stand Anand, und sie traute sich nicht, zu ihm hinunterzugehen, auch nicht an ihm vorbei, denn sie wußte, daß er tot war. Sie schwankte und versuchte, sich an dem halb aufgelösten Treppengeländer festzuhalten.

Erwachte. Ihr Nachthemd war feucht, sie war schweißnaß, fror jedoch. Taumelte aus dem Bett und eilte in Anands Zimmer. Er schlief auf dem Rücken, das Haar in wirren schwarzen Ringeln auf dem Kissen. Sein Mund stand halb offen. Er sah aus wie das Kind, das er war. Ein schlafendes Kind.

Wenn sie so erwachte, versuchte sie erst gar nicht mehr zu schlafen. Sie brühte sich Kaffee und ließ den Tag beginnen, obwohl der Morgen noch nicht graute. Einzudämmern und wieder zu träumen, das hielt sie nicht aus. Die Träume hatten stets den gleichen Inhalt. In einer Nacht stand Anand an der Treppe, in einer anderen saß er zusammengekauert unter dem Küchentisch. Doch immer war er tot.

Wie sollte sie Gott dafür danken, daß er lebte, wo er doch genausogut hätte tot sein können?

Übermüdet nahm sie den Schlüssel zur Kirche und ging im Morgengrauen dorthin. Sie stellte sich nicht an ihren Platz am Altar, sondern schlüpfte weit hinten in eine Bank. Von dort aus versuchte sie zu dem Stummen zu sprechen.

Ich will dir danken, Gott. Ich will es. Ich will dir von ganzem Herzen danken. Doch ich kann es nicht. Ich verstehe es nicht. Ich habe Anand ja nicht verloren. Wenn ich wach bin, weiß ich das. Er könnte jedoch genausogut tot sein. Ist es nicht so?

Genausogut war ein abscheuliches Wort. Es erschreckte sie noch mehr als die Träume. Genausogut. Gleich gut. Gleichgültig, welche Leich'.

Es gab sie, diese gleiche Gültigkeit, zu der Ingefrid nicht sprechen konnte. Eine Stummheit, die niemals antworten würde.

Wenn sie nun schon weder schlafen noch Dienst tun konnte, so konnte sie immerhin putzen. Mit Mop, Lappen und Staubsauger zog sie durch das Haus, das sie bald verlassen würde. Sie putzte Fenster und reinigte Schränke, die sie nie benutzt hatte. Anand brachte wieder alles in Unordnung, aber die war nur oberflächlich. Darum würde sie sich am letzten Tag kümmern. Es war auf jeden Fall eine Erleichterung, das große, graue Haus aus den fünfziger Jahren verlassen zu können. Es war lange her, daß es vom Lärm einer Familie mit einer Pfarrersfrau als Kuchenbäckerin, Trösterin und als maßgebender Frau der Gegend erfüllt worden war. Fröstelnde, einsame Pfarrerinnen oder Pfarrer würden hier auf einem Durchgangsposten sitzen. Falls sich überhaupt noch einmal jemand für den Posten bewerben würde.

Sie putzte auch das kleine Büro im Gemeindezentrum und kontrollierte, ob sowohl die weltliche als auch die kirchliche Buchführung in Ordnung war. Diese Arbeit erledigte sie jedoch abends und bis in die Nacht hinein, wo sie sicher sein konnte, niemandem zu begegnen. Zu den Hauptgottesdiensten kam in einem kleinen weißen Saab eine junge Pfarrerin aus Byvången gefahren. Sie kam nie ins Pfarrhaus herauf. Das war auch gut so. Ingefrid hätte sich versteckt und auf das Klopfen nicht reagiert. Sie fand jedoch, daß die Ersatzfrau ziemlich spät eintraf. Allem Anschein nach zog sie sich lediglich um und rauschte in die Kirche. Hatte diese Person es nicht nötig zu beten?

Mußte das nur eine von Angst gerittene Mutter tun?

Sie hatte gemeine Gedanken.

Auch war ihre Ordnung nicht so gut, wie sie gedacht hatte. Im Archiv fehlte eine Kiste, was sowohl peinlich als auch beunruhigend war. Die Kapelle abgebrannt und eine Kiste mit Archivalien verschwunden.

Als sie eines Nachmittags in dem großen, kühlen Wohnzimmer unter einer Decke auf dem Sofa döste, fiel ihr ein, daß Birger Torbjörnsson eine Kiste zurückgebracht hatte. Er hatte gesagt, sie enthalte medizinhistorische Materialien und gehöre auf den Dachboden des alten Schulhauses. Ingefrid hatte einen Schlüssel für ihn aufgestöbert, und er hatte die Kiste bestimmt dort hinaufgetragen. Das war jedoch nicht richtig, wie sie im Katalog sah. Diese Kiste sollte in einem verschlossenen Raum hinter dem Büro stehen.

Sie fand sie auf dem Dachboden des kleinen roten Gebäudes auf der anderen Straßenseite. Sie war leicht zu erkennen, denn es stand *Pellerins Margarine* darauf. Ingefrid konnte den Inhalt nicht kontrollieren, da die Kiste zugenagelt war.

Sie wünschte, sie hätte diesen Dachboden schon früher entdeckt. Es war warm dort oben, denn die Sonne schien ganze Tage lang auf das Blechdach. Abends aber, wenn Ingefrid für Durchzug sorgte, war die Luft sehr freundlich zu ihr. In den Pappkartons, die auf dem Fußboden standen, fand sie Spuren von Leben, die vor langer Zeit gelebt worden waren. Jahrgang um Jahrgang der Norrländischen Zeitschrift, zum Großteil gebunden, andere in vergilbtem und geplatztem Pappeinband. Auf dem Vorsatzblatt jeder Nummer stand mit Tinte *Carl E. Norfjell*. Ingefrid suchte in der Matrikel nach ihm und fand heraus, daß er von 1884 bis 1916 die Pfarrstelle in Byvången innegehabt hatte. Gewohnt hatte er in dem nunmehr abgerissenen Pfarrhaus. Ingefrid war auf ihn neugierig geworden, nachdem sie mehrere Notizbücher gefunden hatte, die mit seiner gleichmäßigen Schrift, den langen, spitzen Aufstrichen gefüllt waren. Es handelte sich durchweg um Aufzeichnungen über das Leben der Sami. Er nannte sie natürlich Lappen und schrieb mit starken und erregten Worten über ihre Armut. Seiner Handschrift war jedoch nie anzumerken, daß er über das Elend erschüttert war, dem er auf seinen Wanderungen und Skitouren ins Fjäll begegnete. Er nannte es nicht Björnfjäll, sondern Giela. Was auf der Karte Getkjölen hieß, nannte er Gaula.

Pastor Norfjell hatte vermutlich Konzepte angefertigt, bevor er seine Aufzeichnungen in diese Bücher niederschrieb, gewöhnliche braungestreifte Kontorbücher. In den Kartons fand Ingefrid Konzepte oder gar fertige Manuskripte von Predigten. Sie wiesen viele durchgestrichene Stellen und Tintenkleckse auf, vermutlich hatte es deshalb auch reinschriftliche Versionen gegeben. Norfjell hatte so viel Zeit gehabt. Zu seinen Lebzeiten hatten die Menschen mehr Zeit gehabt, als Ingefrid sich jemals vorstellen konnte, daß ihr Leben fassen würde.

Diesen Kartons und Aktendeckeln, die mit Bindfäden verschnürt waren, deren Knoten sehr lange niemand gelöst zu haben schien, entstieg ein Gefühl von Zeit, in der man ruhen konnte. Schreiben. Gespräche führen. Winterabende, an denen die Kälte das Holz zum Knacken und Krachen brachte. Vormittage, an denen unablässig Schnee fiel und sich auf den Torfpfosten und Tännchen zu Türmen und Mützen aufhäufte. Herbstabende, an denen der Wind in den Kachelofenrohren heulte und die Kerzenflammen im Luftzug von den undichten Fenstern her flackerten. Zeit, die nun in die Welt entronnen war.

Ingefrid las eine Kirchspielbeschreibung dieser Pfarre, verfaßt zu Beginn des neunzehnten Jahrhunderts. Der Gemeindepfarrer, er hieß Ludwig Hermann Toft, schrieb an die Hochlöbliche Königliche Landwirtschaftskammer und erstattete Bericht über das, was er *die von mir bekleidete Fjäll- und Lappmarkpfarre* nannte. Ingefrid stellte ihn sich als König über die weiten Wald- und Moorlandschaften vor. Obwohl diese zwanzig-, vielleicht dreißigmal größer waren als das bestellte Land, bildeten sie dennoch nur einen kleinen Teil seines Reichs. Drei Viertel der Pfarre bestanden aus Fjäll und Fjällheiden. Damals wie heute, dachte sie.

Sie suchte in seinem Bericht nach Röbäck und entdeckte, daß er dort einen zweiten Pfarrer hatte. Es gab ihr einen Stich ins Herz, etwas über die Lappenkapelle zu lesen, die damals in Gebrauch gewesen war. Nach Svartvattnet, offensichtlich schon damals eines der Kältelöcher der Welt, führte zu Tofts Zeit keine Straße. Ebensowenig nach Skinnarviken. Er berichtete, er spüre *die Folgen des Alters hinsichtlich der Abnahme sowohl der Kräfte des Körper wie auch der Sinne* und müsse sich der langen Reisen dorthin wegen an seinen Hilfspfarrer wenden. Meistens fuhr man im Winter über die Seen, doch zur Frühjahrsmesse Ende Juni mußte Skinnarviken Besuch vom Pfarrer bekommen. Da wurden die Rechenschaften der kleinen Gemeinde überprüft, die Vertrauensleute mündlich ablegten. Sie konnten nicht schreiben.

Es war eine Welt, in der das sprießende Korn im Juni vom Frost versengt wurde und nie zum Saatgut heranreifte. Anfang August gab es schon wieder Kältegrade. Damals wie heute, dachte Ingefrid, sah aus dem Fenster und hielt die Zeit nicht für eine Ausdehnung oder einen Fluß, sondern für eine Glocke, die sich über den Pfarrbezirk Byvången wölbte.

In den fünfziger Jahren des neunzehnten Jahrhunderts hatte ein Pfarrer in Röbäck an das Domkapitel geschrieben und die Schwierigkeiten dargelegt, die das Abteilen eines Pfarrguts in diesem Kirchspiel mit sich brachte. War er in ein Nichts gekommen? Sie fragte sich, wo er in der ersten Zeit gewohnt hatte, und suchte nach weiteren Briefentwürfen von seiner Hand, fand aber lediglich ein Inventarverzeichnis. Er hatte nicht viel Hausrat besessen, aber eine Menge Fischernetze. Es wurde ausdrücklich bemerkt, daß der Pfarrer persönlich sie gut geknüpft und geflickt habe.

Zwischen den Konzepten fand sie Predigten oder Entwürfe zu solchen, die ein Pfarrer geschrieben hatte, der ihr imponierte. Er war offenbar auf Berichte (oder lediglich Andeutungen?) über okkulte Erlebnisse gestoßen. Doch er wetterte weder dagegen, noch verwarf er sie. Er nannte sie *außerordentliche Erfahrungen*. Äußerst subtil ging er mit dem Aberglauben zu Gericht und stellte die mystische Erfahrung dagegen. *Deren Wesen ist das Schauen und die Seligkeit,* schrieb er, *doch sind wir gemeinhin auf den Glauben und die Zuversicht verwiesen, die gleichwohl, ohne uns in die Höhen der Entrückung emporzuheben, den festen Grund unseres christlichen Lebens bilden.* Er warnte vor den Gefahren, die ein religiöses Leben in Ekstase und Entrückung beinhalten konnte. Ingefrid fragte sich, ob seine zähe und schweigsame kleine

Gemeinde von Bauern und ihren Frauen, Mägden und Knechten wirklich dergleichen riskiert hatte. Dann aber sah sie in der Matrikel der Gemeinde, daß dieser gute Theologe und gewissenhafte Homilet, dessen Name Edvard Nolin lautete, zwischen dem Frühjahr 1916 und dem Winter 1917 zehn Monate lang in Röbäck Dienst getan hatte. Zu jener Zeit konnte die Anfechtung der Entrückung die Gemeinde sehr wohl in Gestalt der Pfingsterweckung erreicht haben.

Sie hätte es interessant gefunden, sich mit ihm zu unterhalten. Aber wahrscheinlich hätte er sie nur verunsichert. Er schrieb zwar einfühlend über die Kindschaft bei Gott, stellte an seine Gemeinde jedoch sehr erwachsene Anforderungen. Wieviel hatten die Leute tatsächlich verstanden, wenn er schrieb: *Ist es denn eine Herabsetzung der Majestät Gottes und der dem Menschen eigenen Würde, die Einschränkung des christlichen Lebens vorzunehmen, welche die Eliminierung sowohl des Pantheismus als auch der Metaphysik bedeuten würden? Können wir uns zu den Höhen geistiger Kontemplation emporheben, ohne unseren Sinn für die Distinktionen zu verlieren, die in unserem täglichen christlichen Leben gelten?*

Sie dachte an Brita, als sie diese Predigt las, die, dem Datum nach zu urteilen, Edvard Nolins Abschied von dieser Gemeinde gewesen war. Brita war eine ebenso gute Theologin und in ihrer Auffassung von einem christlichen Leben als einem Leben unter Menschen und für Menschen ebenso lutherisch. Was Schwärmereien und Ekstasen betraf, war sie strenger, als es der gelehrte und gut formulierende Edvard Nolin gewesen war. Zumindest wenn diese ich-zentriert und gefühlvoll waren. Brita war der Ansicht, daß der Pietismus das Luthertum in Schweden zerstört habe. Er habe die Religion sentimentalisiert, sie zu einem Gefühlsmorast gemacht und der Verantwortung beraubt.

Brita verunsicherte Ingefrid. Sie hätte sich gern ihrer Verliebtheit entzogen, weil sie nichts damit anfangen konnte. Sie fürchtete sie aber noch auf andere Weise. Ingefrid hatte einen Raum, zu dem Brita keinen Zutritt hatte. Bekäme sie Zutritt, so würde sie diesen Raum nicht Kindschaft bei Gott, sondern Unreife nennen. Brita mochte unreife und schwärmerische Religiosität nicht. Sie hatte recht. Man mußte daran arbeiten, Gott näher zu kommen. Sich entwickeln. Ein erwachsener christlicher Mensch unter anderen Menschen werden.

Mein Glaube ist kindlich, dachte Ingefrid. Jetzt schwankt er. Es ist jedoch nicht der kindliche Teil, der zerbrochen ist. Der wohnt vielleicht noch bei mir, allerdings in einem sehr kleinen Raum.

Ein Kind erkennt sehr gut, was böse ist. Es versteht Hunger und Schmerz. Es weiß, was Gewalt ist. Doch es nennt diese Dinge nicht das Böse. Es versteht sich nicht auf Abstraktionen. Der Hunger in der Welt ist ein Begriff, den es nicht erfassen kann. Es sieht statt dessen ein anderes Kind mit wunden Mundwinkeln. Es sieht Tiere, die erstarrt sind, und eine Mutter mit leeren Brüsten. Es kann sich nicht mit Worten schützen. Doch es hat Gott.

Hin und wieder berührt Gott das Kind, das ich umschließe, ohne zu begreifen, was geschehen ist. Ich denke an die Natur oder den Schlaf. An die Musik. Aber nicht an Gott. Nicht an die letzte Ursache.

Das Kind begreift es besser.

Vielleicht habe ich noch immer eine Verbindung mit dem Raum, in dem sich das Kind befindet. Ich weiß es nicht.

Ich möchte zurück.

Ich erinnere mich an die wahnsinnige Zärtlichkeit. Daran, wie umschlossen ich war.

Schon oft habe ich an die alten kindlich Frommen gedacht. Die Unironischen und Unintellektuellen, die es in unserer Vergangenheit gibt. Sie sind mir manchmal nahe, auch wenn Brita das nicht billigen würde. In einem winzig kleinen Raum singen sie aus dem pietistischen Gesangbuch *Lieder Mosis und des Lammes*. Wenn es mir schlechtgeht, flüstern sie mir in aller Heimlichkeit zu: *Denn ich halte es dafür, daß dieser Zeit Leiden der Herrlichkeit nicht wert sei, die an uns soll offenbart werden.*

Man soll das Kind nicht mit einem Schlag auf den Mund zum Schweigen bringen, wenn es singen möchte. Man soll es nicht bestrafen und in ein dunkles Zimmer ohne Öffnungen sperren, nur weil es unser Weltbild nicht versteht.

Sie erinnerte sich an die erste Nacht, die sie in Svartvattnet verbracht hatte. Es war ihr nie in den Sinn gekommen, Gott für das zu danken, was sie in der dunklen Nacht erlebt hatte. Sie hatte versucht, davor wegzulaufen.

Sie hatte jetzt nachts Angst. Ebenso große Angst wie damals in der ausgekühlten Pension. Da hatte das Haus sie erschreckt. Es war Materie. Es war tot. Sie hatte Angst vor dem Steinsockel gehabt, auf dem es ruhte. Er war aus Steinblöcken zusammengesetzt, die uralt zu nennen sinnlos war, weil sie außerhalb der Zeit entstanden waren. Sie hatte Angst vor dem, was tot war und was sich außerhalb der Zeit befand.

Sie erinnerte sich, wie sie in jener Nacht unentwegt gegangen war, um der Angst zu entkommen.

Nein, sie erinnerte sich falsch. Zuerst hatte sie im Auto gesessen, um ihr davonzufahren. Doch der Motor hatte ausgesetzt. Sie hätte genausogut daran denken können, den Tank zu füllen. Genausogut weiterfahren können. Genausogut niemals zurückkommen können.

Doch sie war gegangen. Stundenlang.

Ihr Körper ging und ging. Er atmete die schneidend kalte Luft ein und stieß Wärme aus. Sie selbst hing nach wie vor zusammen. Ihr Körper aber verlor Wärme und ging der Erschöpfung entgegen.

Erscheinungen hatte sie. Zu guter Letzt aber keine Gedanken mehr. Erscheinungen von grauer Dunkelheit, von Eis und Rinde und Stein.

Gehen, gehen, gehen.

Ich war ein gehender Körper. Rechts und links von mir war Wald.

Was ist Wald?

Tiere, Bäume, Steine, so glaubte ich wahrscheinlich. Doch der Wald war Dunkelheit, und Dunkelheit ist nichts. Ich wanderte auf der Grenze zu nichts. Körper. Beine. Bewegten sich.

Angst vor nichts. So große Angst, daß mir übel wurde. Das

war damals. Das war in der Dunkelheit und Kälte. Sie bereiteten dem Körper Übelkeit.

Dort ging das Menschliche. Außerhalb des Menschlichen ist das Unmenschliche. Es war da. Nahe. Man glaubt, es befinde sich irgendwo draußen im Weltall. Jenseits der Galaxien und des einigermaßen Begreiflichen. Es ist jedoch ganz nahe, und da gibt es keine einzige Idee. Nicht einen Gedanken.

Das Unmenschliche ist nichts.

Ist es Gott?

Warum war ich wie gelähmt vor Schreck, wenn es Gott ist? Ist Gott nicht das Gute?

Gott war nicht da, denn Gott ist im Menschlichen. Das Unmenschliche umschließt Gott und den Menschen.

Ich habe einen Schatten unter mir, einen Schatten, der unten auf der Erde wandert. Er bleibt stehen, wenn ich stehenbleibe. Er macht dort dieselben Bewegungen wie ich. Er wandert im Unmenschlichen.

Sie wollte nicht wieder mit den Schlaftabletten anfangen. Hatte keine mehr genommen, seit sie hierhergezogen war. Also beschloß sie, nachts zu gehen. Sie würde bis zur Erschöpfung gehen, so wie damals. Dann müßte sie schlafen können. Traumlos. Sie erinnerte sich, wie sie nach diesem ersten Frühstück geschlafen hatte, das Mats ihr in der Pension bereitet hatte. Ihr Körper war schwer gewesen vor Entkräftung und ihr Schlaf traumlos.

Vor der Dunkelheit hatte sie keine Angst mehr. Das, was nicht geschehen war, war schlimmer.

Um zwei Uhr in der ersten Nacht nach ihrem Entschluß ließ sie die Illusion, schlafen zu können, fahren und stand auf. Sie zog einen warmen Steppmantel an, den sie in Östersund gekauft hatte, als sie wiedergekommen war, um die Vertretung zu übernehmen. Es war jetzt August, und die Frostnächte hatten sich eingestellt. *Langer Winter, spätes Frühjahr, arg kurzer und kalter Sommer, außer wenigen Wochen Wärme, meistenteils in dem Monat Julius* hatte sie in dem Kirchspielbericht aus den ersten Jahren des neunzehnten Jahrhunderts gelesen. Nichts hatte sich in dieser Hinsicht geändert. In ihrer selbstgewählten Einsamkeit pflegte sie nun Umgang mit Pfarrern der Gemeinde Röbäck, die vor langer Zeit gestorben waren.

In einem dunklen Wald auf einem grauen Straßenband zu wandern zeigte in den ersten Nächten keine Wirkung. Sie schlief nicht, sondern mußte sich den Rest der Nacht mit Lesen um die Ohren schlagen. Sie lieh sich im Bücherbus Romane, schloß aber stets mit dem Psalter. Er war tröstlich, weil schon vor mehr als zweitausend Jahren Menschen mit trockenem Gaumen und brennenden Augen dagelegen und nach ihrem Gott gefragt hatten. Sie war wenigstens nicht allein.

Versengt ist wie Gras und verdorrt mein Herz;
vergesse ich doch, mein Brot zu essen.
Vor lauter Stöhnen und Seufzen
bin ich nur noch Haut und Bein.

Ich gleiche der Rohrdommel in der Wüste,
bin wie die Eule in Trümmerstätten.
Ich muß wachen und klagen
wie ein einsamer Vogel auf dem Dache.

Eines Nachts beschloß sie, weiter zu gehen als bisher. Sie wollte erst umkehren, wenn sie bei Tullströmmen über die Brücke gegangen wäre. Als ihr gebrochener Zeh zu schmerzen begann, von dem sie gedacht hatte, er sei geheilt, befürchtete sie, nicht mehr zurückzukommen. Doch sie kehrte nicht um, trotz der Schmerzen. Schließlich stand sie am östlichen Ende des Svartvattnet, so wie sie es vorgehabt hatte. In jener Novembernacht hatte der See sie erschreckt. Damals hatte sie gedacht, daß der erste Mensch, der in diese Gegend gekommen sei, an Hunger und Kälte gestorben sei. Jetzt blies ein schneidender Wind über den See, ein vormorgendlicher Schauder von den Fjällhängen auf der norwegischen Seite her. Als sie umkehrte, war sie jedoch von Wald umgeben, und der Wald ist des armen Mannes Mantel.

Wer hatte das gesagt?

An Brennholz hatte man dabei wahrscheinlich gedacht. Brennholz und Schutz vor schneidenden Winden. Der Wald war dunkel und still und lebendig, und sie ging auf einem Straßenband in seinem Innern. Zwischen den Rottannen standen Lebewesen und schliefen. Andere hatten sich zusammengekauert oder krallten sich fest. Solitäre. Einsam in ihrem Wald. Einer und noch einer und noch einer. Nur wenn sie brünstig waren oder saugen wollten, zog es sie zueinander. Sie wußten viel vom Hunger, doch nichts vom Tod. Warum erschienen sie ihr so freundlich?

Eulen in den Trümmerstätten, Rohrdommeln auf den Dächern, womöglich seid ihr gar nicht so elendig. Nur streng und ernst.

Ich gehe ernst. Ich sehe ernst. Das Tannendunkel erfüllt mich bis zum Rand. Dort schläft ein See. Ein Vogel regt sich, wechselt vielleicht den Nachtzweig.

Ich werde angesprochen.

Wer hatte gesagt: *Der Wald ist des armen Mannes Mantel*?

Vielleicht sind wir deshalb blind für das Wunderbare, weil es augenblicklich ist. Es schließt das Bewußtsein für eine Sekunde oder weniger kurz, und dann werden wieder die normalen Lichter angezündet. Ingefrid hegte schon lange den Verdacht, es handle sich um dermaßen kurze Zeiträume – wenn es überhaupt eine Frage der Zeit ist –, daß die meisten es sich abgewöhnt haben, sie zu beachten. Die Wunder treffen ein, rufen einen Kurzschluß hervor, glimmen. Doch kein Bewußtsein gesteht sie sich ein. Wir sind schließlich keine Kinder mehr.

Derart in der Zeit zu gehen. In einer Schale zu gehen, die die Zeit wie ein Maß Wasser birgt. Langsam entrinnt sie, während meine Beine und Füße sich bewegen. Mein ganzer Körper bewegt sich. Das muß er. Er ist vielleicht der Gang, die Bewegung. Wenn die Stunde dahingeronnen ist, füllt sich die Schale wieder. Eine neue Stunde beginnt zu entrinnen, langsam. Doch das Wunder ist geschehen. Die Augen sind mit klarstem Wasser gewaschen. Ich bin dort, wo ich hingehöre.

Irgendwann kam ein Auto. Sie erkannte es an dem Licht, das aufschien, lange bevor das Motorgeräusch zu hören war. Jetzt könnte sie fahren. Doch sie ließ sich in den Graben hinab, krauchte auf der anderen Seite wieder hinauf und verdrückte sich zwischen die Bäume. Sie bewegte sich keineswegs in Panik, sondern wachsam und vorsichtig, und sie war sehr zufrieden, als sie hinter einer Rottanne stand und wußte, daß sie von der Straße aus nicht zu sehen war. Wieder fielen ihr die Tiere im Wald ein. Ein jedes von ihnen hätte es ebenso gemacht.

Das Auto fuhr mit ungeheurem Getöse in der Nacht vorbei. Der Lärm blieb in Schockwellen bestehen und wurde nur langsam von Stille verdünnt. Als er verklungen war, ging sie auf die Straße zurück. Erst da begann sie zu überlegen, warum sie sich eigentlich versteckt hatte. Sie hatte es wahrscheinlich für recht vernünftig gehalten, weil sie über die Person in dem Auto ja nichts wußte. Angst hatte sie jedoch nicht gehabt.

Die Dunkelheit war gar nicht so dunkel. Der See hatte sich vom Himmel Licht geholt. In seiner schweren nächtlichen Farblosigkeit mußte er doch das Licht speichern, so, wie das Moos Wasser speichert. Sie sah, wie sich Tannen als struppiges Zackenmuster dagegen abhoben. Auf den Höhen streckten sie sich dem noch unsichtbaren Licht entgegen.

Schließlich tauchte die kleine Häusergruppe von Röbäck auf, wie von spielenden Kindern aufgestellt: Häuschen, Viehstall, Schuppen, Abort, Gemeindehaus, alte Schule, großes Pfarrhaus. Doch alle Lichter gelöscht und völlig dunkel.

Nachdem sie sich hingelegt hatte, um auf das Morgengrauen zu warten, wo sie sich selbst Kaffee versprochen hatte, dachte sie wieder an *Der Wald ist des armen Mannes Mantel*. Nun fiel ihr ein, daß ihre Großmutter das gesagt hatte. Sie hatten sie hin und wieder besucht. Aber nicht oft. Kalle und Linnea hatten das Land hinter sich gelassen, und sie hatten nicht das Gefühl, dort zu Hause zu sein.

Kalles Vater war auf einem sörmländischen Gut Kätner gewesen. Er und Großmutter gehörten zu dem, was man damals einfache Leute nannte. Kalle und Linnea erkannten keine Gesellschaftsklasse als die ihre an. Ihre Freunde und Bekannten gehörten zu den kleinen Leuten, waren aber keine Proletarier. Sie reparierten Instrumente, schnitten Haare, spielten in Tanzlokalen und verkauften in einem Kiosk Zigaretten und Zeitungen. Sie hatten keine Ausbildung, waren aber clever genug, harter körperlicher Arbeit und monotonen Werkstattjobs aus dem Weg zu gehen. Wenn sich Ingefrid die Fotos aus ihrer Kindheit betrachtete, Bilder, auf denen die Freunde zur Walpurgisnachtfeier oder zum Krebsessen versammelt waren, sah sie auffallend gut gekleidete Menschen. Die Frauen ließen sich die Haare beim Damenfriseur machen, die Männer trugen weiße Hemden und seidene Fliegen unter dem Kinn. Als Teenager merkte sie dann, daß bei diesen Menschen zwischen ihrem Leben als Erwachsene und ihrer Kindheit ein eiserner Vorhang war. Die Eltern hatten meist schwere körperliche Arbeit verrichtet. Manche von ihnen gehörten zu der Landbevölkerung, die in ihren eigenen Küchen den Autor Ludvig Nordström etwas von Rattenlöchern, verpinkelten Matratzen, morschen Dielenbrettern und schmuddligen Mülleimern in die Aufnahmegeräte des Rundfunks hatten sagen hören. Sie waren das schändliche Volk des sogenannten Dreck-Schwedens und trauten sich nicht einmal, ihm den Zutritt zu verwehren.

Kalle Mingus und seine Freunde hatten alle das Grobe und Schmutzige, das Kranke und Verwahrloste geflohen. Sie dankten der Sozialdemokratie nicht dafür, daß ihre Eltern schließlich Wasser, Kanalisation und eine Altersrente erhalten hatten. Während ihrer ganzen Jugend hatte Ingefrid keine politische Äußerung vernommen. Außer in negativer Form: Ach, der ist doch organisiert! Der gehört zum Parteibuchklüngel. Und die hockt auch nur auf Gewerkschaftsversammlungen herum und raunzt.

Kalle lief jedes Jahr am ersten Mai mit Baritonsax oder Posaune im Demonstrationszug mit. Doch das war ein Job. Er bekam Geld dafür, daß er die Internationale spielte. Während der Rede in Gärdet schlief er, den Hut überm Gesicht, im Gras. Nach einer durchfeierten Walpurgisnacht und frühmorgendlicher Kaffeerunde im Freien war er normalerweise erschöpft und verkatert.

Inga, die eine Ausbildung machen durfte, hatte es für ihre Schuldigkeit gehalten, auf der Seite des Proletariats zu stehen. Konnte man denn anders, wenn man erfahren hatte, wie es zuging? Sollte man Ausbeutung und Unterdrückung und den Hunger in der Welt akzeptieren? Daß Kalle und Linnea es taten, so glaubte sie, beruhe darauf, daß sie nie hatten lernen dürfen, wie es auf der Welt stand. Als sie älter wurde, sah sie jedoch, wie fix sie jegliche Einsicht zurückwiesen, die ihr Leben aus dem Gleichgewicht bringen konnte.

Sie hegte eine Zeitlang eine erbitterte Verachtung gegen diese frühmorgendlichen Kaffeekränzchen, diese Feiern zum Fünfzigsten und Mallorcareisen. Damals verlangte sie von ihren Eltern, Weihnachten ohne Geschenke zu feiern und statt dessen Geld für das Kinderhilfswerk *Rädda Barnen* zu spenden. Sie selbst wollte Weihnachten alternativ mit Obdachlosen feiern, und sie bat Kalle, dorthin zu kommen und für sie zu spielen. Linnea gebot der Sache Einhalt. Weihnachten feiere man in der Familie, sagte sie. Sie kaufte wie üblich Weihnachtsgeschenke und zahlte eine Summe auf das Postgirokonto von *Rädda Barnen* ein. Sie gab Inga die Quittung und sagte, sie sei jederzeit zu Hause willkommen, wenn sie mit den Pennern fertig sei. Die gingen bestimmt früh schlafen, meinte sie dunkel.

Ingefrid erwachte nach neun Uhr am Morgen. Sie hatte traumlos geschlafen. Die Nachttischlampe leuchtete fahl, und der Roman lag aufgeschlagen und mit dem Rücken nach oben auf dem Fußboden. Sie erinnerte sich an ihre Gedanken über die Großmutter und Kalle und Linnea, über die Freunde rund um den Tisch, die Spitzgläser, die Schnapsflasche, die Pilsnerflaschen, die Gitarre, den Gesang. Und sie erinnerte sich, wie sie darauf gekommen war: *Der Wald ist des armen Mannes Mantel.*

Da draußen war er. Als sie das Rollo hochzog, sah sie ihn tannenernst und wasserglänzend. Wind und Gedanken zogen durch ihn hindurch. Er hatte sie heute nacht befreit und würde es vielleicht in weiteren Nächten tun. Sie öffnete das Fenster und ließ den Geruch nach nassem Moos und frostversengtem Sumpfporst ein, blieb ein Weilchen stehen. Ihr tränten die Augen ein wenig, und sie wußte nicht, ob es der Wind oder die Erleichterung war, die in das, was vertrocknet war, Tränen trieb.

Sie nahm die große Kaffeetasse und ein paar Käsebrote mit zum Bett zurück und suchte in den einhundertfünfzig Psalmen des Psalters, bis sie denjenigen fand, den jemand gedichtet hatte, in dessen Innerem tiefe Kälte und Asche waren.

Er sendet sein Wort – es zerschmelzt sie;
er läßt seinen Wind wehen – da rieseln die Wasser.

Gegen Abend kam Birger Torbjörnsson gefahren und steuerte zum Pfarrhaus herauf. Er hatte nicht vorher angerufen. Ingefrid hatte nicht erwartet, daß jemand zu kommen wagen würde, ohne sich zu erkundigen, ob sie wirklich Besuch haben wollte. Die Leute wollten es wohl auch selbst nicht. Im Laden wirkten sie nach dem Brand verlegen, und niemand wechselte mit ihr mehr Worte als nötig.

Birger ging jetzt zum Kofferraum seines Volvos und wuchtete einen großen, viereckigen Kasten heraus, der in eine Decke eingeschlagen und mit einem Seil umwickelt war, das die Decke festhielt. Sie bemerkte, daß er sehr vorsichtig damit umging. Nachdem er ihn glücklich auf dem Boden abgestellt hatte, sah er sich um und ging dann mit bestimmtem Schritt zum Geräteschuppen. Als er mit der Schubkarre herauskam, dachte sie: Er war hier schon mal. Klar. Der Doktor verkehrt mit dem Pfarrer. Das ist immer schon so gewesen. Sie dachte kurz an ihre toten Vorgänger, daran, wie sie wohl gelebt hatten, als der Doktor eine, vielleicht zwei Tagesreisen mit dem Pferd entfernt wohnte. Hatten sie jemanden zum Schachspielen? Jemanden, der über ein Buch diskutieren konnte, das sie gelesen hatten?

Birger hatte den Kasten nun in die Schubkarre geladen und näherte sich dem Haus, ohne zu den Fenstern heraufzusehen. Ingefrid ging ihm öffnen.

Es war ein Grammophon. Ein großer, dunkelroter Mahagonikasten mit Grammophonwerk und Plattenwechsler. Eine Antiquität. Linnea hatte ein paar solcher Dinger verkauft.

»Du wolltest doch die Platten deines Vaters abspielen«, sagte er. »Ich habe eine Kleinanzeige aufgegeben. Dieses Gerät hat einer alten Frau gehört, die in Lit wohnt. Sie hat mir auch noch ihre Platten gegeben. *Maiglöckchens Abschied* und dies und das. Sie hört nicht mehr.«

»Aber, Birger, du weißt, daß ich umziehen werde.«

»Ja, deswegen habe ich es doch gekauft. Ich habe mehrere Angebote erhalten, aber dieser Apparat war der größte. Ich dachte, es wäre sehr mühsam für dich, mit diesem Riesending umzuziehen. Außerdem hast du ja auch noch den Flügel. Und so, dachte ich, wärst du gezwungen zu bleiben.«

Es wurde still, denn sie wußte nicht, was sie sagen sollte.

»Na ja«, sagte Birger schließlich. »Wir können ja wenigstens ein paar Platten von deinem Vater auflegen. Und dann nehme ich das Ding wieder mit.«

Er hatte eine Flasche Wein in der Mappe mit den Platten.

»Pfarrer bieten immer Kaffee an«, sagte er. »Aber heutzutage kann ich nicht mehr schlafen, wenn ich abends Kaffee trinke. Kannst du denn schlafen?«

Er stellte die Frage wie beiläufig, doch mußte er begriffen haben, wie es ihr ergangen war.

»Heute morgen habe ich geschlafen«, sagte sie.

»Das ist ein Geschenk.«

Sie warf ihm einen raschen Blick zu, besorgt, er könnte merken, wie gern sie wissen wollte: Meint er das so? Ist er doch einer, der es weiß? Oder sagt er nur das, was man eben so sagt?

Anand kam von oben heruntergerannt. Seine Schuhsohlen schlappten über die Treppe. Ingefrid starrte das Treppengeländer an. Es wirkte fest und stabil und glänzte von grauer Ölfarbe.

»Hallo, Birger! Weißt du, daß man Pizza selber machen kann? Mama macht das. Sie wird eine riesengroße backen. Der Teig geht schon auf.«

Er aß selbstverständlich Pizza mit ihnen, und Ingefrid genierte sich ein wenig, weil sie mit Wurstscheibchen belegt war. Sie bat ihn, sich die Schinkenstücke herauszupicken. Die Oliven lagen nur auf einer Seite, weil Anand sie nicht mochte. Dann tranken sie ihren Wein aus und legten die Platten der alten

Dame auf. Als Jussi Björling das Haus mit *Till havs, till havs!* erfüllte, flüchtete Anand ins obere Stockwerk. Da holte Ingefrid Kalle Mingus' Schallplatten.
Stars Fell on Alabama.
Sie hörten schweigend zu. *Smoke Gets in Your Eyes.* Birger sagte, es sei Wahnsinn, und Ingefrid errötete vor Stolz. Die Mechanik des alten Grammophons funktionierte mustergültig und wechselte feierlich zu *Stardust.* Da erhob er sich.

»Ockelbo neunzehnhundertsiebenundvierzig oder so«, sagte er. »Eine Sommernacht, der letzte Tanz. Aber ich stand an der Brüstung.«

»Wie falsch.«

»Ja. Komm!«

Sometimes I wonder why I spend
the lonely night
dreaming of a song.
The melody
haunts my reverie
and I am once again with you
when our love was new
and each kiss an inspiration ...

Sie spürte seinen großen Bauch beim Tanzen. Es war nicht möglich, sich richtig nahe zu kommen, nicht unten. Auch er merkte das, denn er ruckelte ein bißchen mit dem Bauch. Er gab jedoch nicht auf, sondern legte seine Wange an die ihre.

»Ich wollte dich bitten zu bleiben«, sagte er. »Aber das geht wohl nicht.«

Darauf hatte sie keine Antwort.

»Mit mir ist nicht viel los«, flüsterte er ihr ins Ohr, das ein bißchen naß wurde.

»Du! Du bist doch ... ich weiß schließlich, was ich über dich als Arzt hier gehört habe.«

»Als Mann, meine ich.«

Sie tanzten schweigend. Er ist offenbar genauso verlegen wie ich, dachte sie. Privatgelände. Darauf bewegt man sich selten. Er schien gleichwohl irgendwoher Mut zu fassen, denn er sagte:

»Früher war damit eigentlich alles in Ordnung. Aber heute. Es liegt wohl an der Angina. Den Medikamenten. Weiß der Kuckuck, was! Ich glaube nicht, daß ich es zustande bringe. Wenn ich aufrichtig sein soll.«

»Ich bin auch nicht ... Ich meine, es spielt keine große Rolle für mich.«

Sie begannen zu lachen, und er plumpste mit ihr aufs Sofa.

»Man kann doch beieinandersein«, sagte Ingefrid. »Immerhin.«

Sie war nahe an seinem großen Gesicht.

»Das wird etwas schwierig, wenn du wegziehst.«

Darauf konnte sie nichts erwidern, weshalb sie ihn wieder hochzog. Sie tanzten schweigend zu den A-Seiten aller Achtundsiebziger-Platten von Kalle Mingus. Dann drehte Birger den Stapel um, und Ingefrid schenkte den letzten Schluck Wein ein. Das war so wenig, daß sie noch eine Flasche holte. Sie saßen auf dem Sofa und hörten sich die restlichen Platten an. Als der Tonarm zum letztenmal zurückging und sich in Ruhestellung begab, sagte Ingefrid, es sei, als würde eine Tür geschlossen.

»Ich habe heute nacht, als ich nach Hause kam, an Vater und Mutter gedacht.«

»Warst du weg?«

»Nein, ich gehe nachts spazieren, um richtig müde zu werden. Wie in meiner ersten Nacht hier. Da bin ich über drei Stunden gelaufen. Damals allerdings, weil mir das Benzin ausgegangen war. In dieser Nacht war jedoch irgend etwas, was ich nur flüchtig berührte und dem ich nicht nahe zu kommen wagte. Ich erinnerte mich jedenfalls daran. Als an eine Art ... Erinnerung. Sehnsucht kann man es nicht nennen, denn ich hatte doch so große Angst davor.«

»Was war das?«

»Daß Gott mit dem Menschlichen zusammengehört. Daß wir ihn verwirklichen.«

»Das klingt nicht so erschreckend.«

»Nein, nein. Doch das andere? Außerhalb.«

Birger hatte eine der Platten der tauben alten Dame aus Lit herausgezogen und legte sie auf den Plattenteller. *Eine stille Lagune*. Sie mußten lachen. Ich bin beschwipst, dachte Ingefrid. Das ist schön. Ich werde schlafen können. Vielleicht nicht sofort. Früher oder später aber beginnen die Gedanken frei zu wandern, und es öffnen sich Türen. Ich bin nicht im Jetzt eingesperrt und auch nicht in meinen Alpträumen. Ich wandere. Und dann schlafe ich.

*Eine stille Lagune
verführerisch schimmert.*

»Weißt du, ich glaube, meine Großmutter war dem auf der Spur.«
»Die Mutter deiner Mutter Linnea?«
»Nein. Großmutter Hillevi. Sie schreibt an einer Stelle etwas über Gott.«

*Perlenfischer lacht
sieht unten die Pracht
der lockenden Muscheln ...*

»Ich stelle diesen Quatsch ab. Liest du ihre Bücher?«
»Ja, du hast sie auf den Dachboden der alten Schule gebracht. Diese Kiste gehört aber gar nicht dorthin. Ich habe den Eindruck, du wolltest sie verstecken. Hattest du Angst, daß ein anderer Forscher sie findet?«
»Nein, ich hatte keine Angst«, sagte er und blickte vor sich auf den Teppich.
»Ich räume jedenfalls gerade auf hinter mir. Die Kiste gehört in unser Archiv. Es sind sehr wertvolle Bücher.«
»Das weiß ich wohl«, sagte Birger. »Ich habe sie ja benutzt. Sie sind die reine Medizingeschichte.«
»Nicht nur das. Hillevi schreibt über Gottes Barmherzigkeit.«
»Das habe ich nicht gesehen. Man überspringt solche Passagen leicht. Sie müssen ja nicht soviel bedeuten.«
»Das war aber kein allgemeiner göttlicher Seufzer! Sie hat das

durchdacht. An einer Stelle steht, daß ein fünf Monate altes Bübchen an Unterernährung und Vernachlässigung gestorben sei. Sie weiß, sie hätte dorthin gehen müssen, hat es aber nicht getan. Sie war abgeschreckt, weil die Leute so abweisend waren. Geradezu feindselig. Nun meint sie, daß sie trotzdem hätte hingehen sollen. Da steht auch ein FM am Rand. Du hast sicherlich verstanden, was das bedeutet.«

»Ich habe es an mehreren Stellen gesehen und es als Mißhandlung interpretiert. Sie hat geargwöhnt, daß es der Frau und den Kindern übel erging.«

»Als sie erfährt, daß der Junge gestorben ist, schreibt sie, Gott sei nicht barmherzig zu Kindern, die in solche Familien geboren werden. Sie schreibt es mit großer Bitterkeit. Und dann schreibt sie: Wir sind es, die barmherzig sein müssen.«

»Das stimmt in meinen Augen besser überein mit dem, was ich über Hillevi Halvarsson gehört habe. Ich glaube nicht, daß sie religiös war.«

»Dennoch denke ich wie sie.«

»Daß Gott nicht barmherzig ist?«

»Daß wir, und nur wir, die Möglichkeit haben, Gottes Barmherzigkeit zu verwirklichen. Dafür sind wir geschaffen worden.«

Sie saßen eine Weile schweigend da, und er mümmelte die Reste einer Schokoladentafel in sich hinein, die sie auf den Tisch gelegt hatte. Er war in Gedanken, allerdings nicht auf die *Freia Sjokolade* konzentriert. Schließlich sagte er:

»Du liest also Hillevis Bücher.«

»Ja, wenn du nicht so dumm gewesen wärst, sie auf den Dachboden der Schule zu bringen, hätte ich sie schon längst gelesen. Doch in gewisser Hinsicht war es auch gut so, denn ich habe da oben noch andere Materialien gefunden. Briefkonzepte und Aufzeichnungen meiner Vorgänger. Alte Bücher, die sie hinterlassen haben oder von denen sie weggestorben sind und die niemand haben wollte.«

»Hast du alle Bücher von Hillevi gelesen? Bis auf den Grund der Kiste?«

»Nein, drei habe ich gelesen und bin gerade beim vierten.«

»Schwarze Bücher. Mit Wachstucheinbänden?«

»Ja.«

»Ingefrid«, sagte er. »Ich weiß nicht, ob es richtig oder falsch ist, das zu sagen. Ich weiß es wirklich nicht. Aber ich sage es trotzdem. Du solltest ganz zuunterst in die Kiste gucken, unter das graue Papier.«

Nachdem Ingefrid das unterste von Hillevi Halvarssons Büchern zweimal gelesen hatte, wollte sie es nicht mehr in die Kiste zurücklegen. Das gehört mir, dachte sie. Was darin steht, hat meine Großmutter geschrieben.

Das Buch hatte Deckel aus dunkellila Samt, und der Zahn der Zeit hatte ihm nichts angehabt. In den Samt war ein Lilienmuster gepreßt. Das Papier auf der Innenseite der Deckel war grau und moiriert. Das Buch hatte einen Goldschnitt. Auf der ersten Seite stand nichts als:

*Unserer lieben Hillevi zum 19. September 1915
mit dem Wunsche für Glück im Leben.
Tante Eugénie und Onkel Carl*

Es war eine weibliche Handschrift. Was bedeutete Glück für diese Frau, die das geschrieben hatte? Liebe selbstverständlich. Ein gütiges Geschick? Vielleicht Wohlhabenheit. Tüchtige und schöne Kinder. Die Nähe Gottes?

Hillevi Klarin hatte nie etwas in das Buch geschrieben. Zu guter Letzt tat es jedoch Hillevi Halvarsson. Wann genau, ließ sich nicht feststellen. Auf jeden Fall aber irgendwann nach dem August 1945. Als erstes schien sie einen Brief abgeschrieben zu haben, den sie liegen hatte. Dann folgte eine lange, manchmal unterbrochene Geschichte, und am Ende hatte sie kürzere Aufzeichnungen gemacht. Wahrscheinlich in großen Abständen und die letzten, der Schrift nach zu urteilen, als sich schon die ersten Symptome ihres Parkinsons gezeigt hatten. Die runde Schrift, die anfangs so kraftvoll gewesen war, wurde am Ende krakelig und wacklig.

Zuerst war Ingefrid der Gedanke durch den Kopf geschossen,

zu kopieren, was in dem Buch stand. Ihr war klar, daß sie das, was Hillevi geschrieben hatte, viele Male lesen mußte. Gäbe sie das Buch her, würde sie sich immer fragen, was darin eigentlich gestanden habe.

Doch nach Byvången zu fahren und es im Pfarrbüro zu kopieren erschien ihr nicht richtig. Es in einem Kopiergerät zu spreizen. Der Samt. Das seidige Papier auf der Innenseite der Deckel. Würde sie das tun, hätte sie trotzdem nicht mehr als eine Kopie. Bald haben wir von allem nur noch Kopien, dachte sie. Elektronisch oder auf Filmstreifen. Triste Fotokopien mit schwarzen Rahmen. Etwas, was eingestampft wird und verschwindet.

Das Buch hatte unter zweifach gefalteten grauen Papierbogen gelegen. Sie dachte, es bestehe noch die Hoffnung, daß es nicht registriert war. Als sie jedoch im Verzeichnis der Archivalien nachschaute, sah sie, daß es erfaßt war.

Sie wollte es nicht mehr in die Kiste legen. Warum sollten fremde Menschen an den steifen Blättern fingern und lesen dürfen, was darauf stand?

Birger würde sagen, das sei Geschichte. Aber was ist Geschichte?

Das hier ist alter Schmerz. Wer immer nach mir auf diese Stelle kommt – hat diese Person das Recht, ihn bloßzulegen? Diese Faxenmacherin vor mir. Gemeindeglieder, die Lokalgeschichte schreiben. Haben sie das Recht, dieses Tun zu beurteilen und die Scham zu enthüllen?

Es ist mein Buch.

Hätte meine Großmutter von mir gewußt, so hätte sie niemals gewollt, daß es in einem Archiv landet. Meine Mutter wird darin erwähnt. Und der Mann, der vielleicht mein Vater ist.

Nachdem sie sich entschlossen hatte, das Buch zu behalten, wurde sie ruhiger. Es war unwahrscheinlich, daß man gleich auf sie kommen würde. Sie hatte Birger eine Quittung ausgestellt, worauf stand, daß er Hillevis sämtliche Notizbücher zurückgegeben hatte. Ihre Unterschrift stand im Verzeichnis, und deshalb würde niemand Birger der Nachlässigkeit oder des Diebstahls beschuldigen können.

Ich werde sagen, ich hätte es genommen, um darin zu lesen, und dabei sei es abhanden gekommen. Wie so vieles. Das meiste wahrscheinlich.

Sie dachte an den alten Mann, der irgendwie anders geheißen hatte als Elias Elv. Irgend etwas mit E. Sie könnte Risten fragen. Die hatte das Buch sicherlich gelesen, hatte sie es doch dem Archiv übergeben. Es gab einen Vermerk darüber. Sie hatte jedoch nichts gesagt.

Ingefrid merkte, daß sie mit Risten nicht darüber reden wollte. Auch nicht mit Birger. Sie wollte mit niemandem reden außer mit dem, den Hillevi E. E. genannt hatte.

*

Das Haus lag hoch oben an dem steilen Hang auf der anderen Seite der Straße. Sie parkte beim Laden, ging hinein und kaufte ein paar Kleinigkeiten. Sie ließ das Auto dort, schlenderte zu den Zapfsäulen, blieb stehen und schaute über den See. Dann überquerte sie scheinbar zufällig die Landstraße und wanderte bergan. Sie wollte den Eindruck erwecken, als ginge sie spazieren. Sie war sich ziemlich sicher, daß Risten sie von ihrem Küchenfenster aus gesehen hatte.

Es war ein ungestrichenes Holzhaus. Vielleicht war es einmal gepicht gewesen, denn die rohen Balken spielten an einigen Stellen ins Braune. Sie sahen versengt aus. Birger hatte gesagt, das Haus sei sehr alt. Während des Krieges habe man es dem Verfall preisgegeben. Damals sei dort Militär einquartiert gewesen.

Es war ein strenges Haus. Weder Gardinen noch Topfpflanzen waren in den Fenstern zu sehen. Ingefrid erwartete, daß jeden Augenblick mit Gebell der Hund angestoben käme. Doch er war still. Es war auch nichts zu hören, als sie an die Tür klopfte. Schließlich öffnete sie und ging hinein. Sie stand in einem kleinen Flur, dort lehnte ein Stock an der Wand, und auf der Fußmatte stand ein Paar abgetragener Wildlederboots. An einem der Schuhe war der Reißverschluß defekt. Er hatte eine große Scharte. Sie klopfte an der inneren Tür, bekam aber auch jetzt keine Antwort, also öffnete sie und schielte hinein.

Elias Elv saß in einem Schaukelstuhl am Fenster und sah aus, als ob er schliefe. Er hatte die Zeitung auf dem Schoß, und zu seinen Füßen schlief der Hund, der offensichtlich genauso taub war wie er. Ingefrid bummerte an die Tür und stampfte auf den Boden. Da fuhr der Hund hoch, und sie bereute es, ihn geweckt zu haben. Er jaulte, und Elias brüllte:
»Wardst still, Dösel, du!«
Gedachte er, heute Jämte zu sein? Oder Norweger? Sie hatte sich bisher nicht viele Gedanken über seine Verwandlungen gemacht. Doch jetzt fragte sie sich, ob er damit nicht das gleiche bezweckt hatte wie Proteus: Er wollte nicht ausgefragt werden. Immerhin fuhr er jetzt in der Sprache fort, die sie gemeinsam hatten, und sagte:
»Da kommt ja Ingefrid. Wie schön!«
Er schien wirklich erfreut zu sein, fummelte an seinem Hörgerät herum und setzte es ein. Anand war schon oft hier gewesen, sie selbst war jedoch nie weiter als bis zum Flur gekommen. Sie hatte immer das Gefühl gehabt, Elias Elv gehöre nicht zu den alten Leuten, die gern Besuch vom Pfarrer bekamen.
»Aber vielleicht ja nur, um auf Wiedersehen zu sagen?« meinte er. »Ich habe gehört, es soll jetzt endgültig fortgehen.«
»Ja, so ist es. Aber im Urlaub werde ich wiederkommen.«
»Das ist nicht dasselbe.«
Er war der dritte, der das sagte, und es traf sie ins Herz. Er muß es doch wissen, dachte sie. Warum sagte er dann aber nichts?
Es war nicht unaufgeräumt in seiner Küche, vielmehr herrschte eine strenge Ordnung, die darauf beruhte, daß er so wenige Sachen hatte. Jedenfalls stand nicht viel herum. Doch er sah wohl schlecht. Auf der Tischdecke waren Krümel und Flecken, und als sie an der Spüle vorbeigegangen war, hatte es dort etwas merkwürdig gerochen. Er schlief offenbar auf der Küchenbank, dort war nämlich das Bett gemacht. Oder zumindest lag darauf Bettzeug. Das Kissen wirkte grau. Im Küchenherd hatte er ein Feuer brennen, und jetzt erhob er sich mühsam mit Hilfe des Stocks, den er im Haus benutzte. Risten hatte gesagt, ihm fehle eigentlich nicht viel, nur die Knie seien eben kaputt.

»Ich darf doch eine Tasse Kaffee anbieten?« fragte er.
»Wenn es keine Umstände macht, sage ich nicht nein.«

Es ging langsam, vor allem wegen des Stocks, den er manövrieren und abstellen mußte. Er hatte eine lange Schnur an der Krücke befestigt. Das andere Ende war um sein Handgelenk gebunden. Er hatte offensichtlich Angst, den Stock zu verlieren, wenn er allein war. Er stellte Schokoladenkekse und zwei in Zellophan verpackte Mandeltörtchen auf den Tisch. Ingefrid wollte die ganze Zeit über fragen, ob er eine Hilfe habe, verkniff es sich aber, um nicht übereifrig zu wirken. Den Hund hinauszulassen, dabei konnte sie ihm immerhin behilflich sein, wie sie fand. Sie hörte ihn dann draußen: Er bellte ziemlich träge das Dorf an.

Nachdem sie Kaffee getrunken und sich über ihre Arbeit in Stockholm unterhalten hatten und über Ristens Gesundheit und darüber, wie wohl sich Anand in Stockholm fühlen werde, ob er sich wider Erwarten überhaupt wohl fühlen werde, wurde Ingefrid von Panik ergriffen. Sie konnte dieses Gespräch, das sich lediglich an der Oberfläche bewegte, nicht noch mehr in die Länge ziehen. Es fehlte ihr jedoch der Mut, ihn das zu fragen, weswegen sie gekommen war. Du könntest es mir ein bißchen leichter machen, dachte sie. Wenn du wolltest. Dann fiel ihr jedoch ein, was in Hillevis Brief stand, der ihre Schreibereien über E.E. eingeleitet hatte, und sie glaubte ihn zu verstehen. Proteus.

Jetzt nahm sie den strengen Geruch nach den Kleidern eines alten Mannes, nach Bettzeug und Essensresten nicht mehr wahr. Der Geruch nach Kaffee und süßem Gebäck hatte ihn überdeckt.

»Haben Sie Ihre Glasobjekte von der Ausstellung zurückbekommen?« fragte sie.

»Ja, das ist wieder mal gutgegangen. Die können packen! Sie verwenden heutzutage ja keine Holzwolle mehr, sondern Styroporteilchen. Die haben sich natürlich hier auf dem Fußboden verteilt. Überall.«

»Aber Sie haben doch jemanden, der Ihnen beim Saubermachen hilft?« konnte sie einflechten.

»Ja, ja, es kommt eine Frau und bringt hier alles durcheinander.«
»Ich würde so gern Ihr Glas sehen. Darf ich?«
Er antwortete nicht. Er sah sie auch nicht an. Er saß da und hieb mit dem Stock leicht auf den Boden, wie immer, wenn er aufgeregt war. Seinem Gesicht war jedoch nichts anzumerken.
»Die Ausstellung war ja ein großer Erfolg«, sagte sie.
»Ja. Und es gab eine Menge Geschreibsel«, versetzte er und sah sie scharf an.
»Ja, ich weiß. Aber ich möchte das Glas wirklich gern sehen. Die Objekte.«
»Glauben Sie denn nicht, was in der Zeitung steht?« fragte er spöttisch. »Es ist nämlich wahr. Alles.«
»Ja, schon möglich. Aber wenn Sie das über Ihre Zeit in Deutschland meinen, so läßt sich das vermutlich auf unterschiedliche Weise darstellen.«
»Kaum«, erwiderte er.
»Ich hätte die Ausstellung gern besucht. In den Zeitungen stand, diese Glasskulpturen seien Ihre besten Arbeiten gewesen.«
»Ja, man war wie ein Feuer und eine Fackel«, zitierte er auf norwegisch. »Damals.«
»Hat das jemand geschrieben?«
»Ja, im ersten Buch der Könige.«
Sie mußte ein Weilchen nachdenken. Das ist ein Quest, dachte sie. Aber ich komme der Sache vielleicht näher.
»Es ist der Prophet Elia, nicht wahr? Wie er das Feuer auf dem Altar entfacht.«
»Ja. Es sind aber keine Skulpturen«, sagte er. »Es ist eine andere Technik. Ich habe mehr als ein Jahr gebraucht, das hinzukriegen.«
»Darf ich es sehen?«
Es half offensichtlich, ihm zu schmeicheln, denn jetzt stakte er vor ihr durch ein kleines Zimmer, das hübsch möbliert, aber kühl war und offenbar selten benutzt wurde.
»Das ist noch von meiner Frau«, sagte er und nickte in Richtung einer Kommode und einer Sitzgruppe, die in einem Salon

des vorigen Jahrhunderts hätten stehen können. »Aus ihrem Elternhaus. Sie war ursprünglich Norwegerin.«

Dann öffnete er die Tür zu einem großen Raum. Ein kalter Luftzug schlug ihnen entgegen. Mitten im Zimmer stand ein umfangreiches Möbel mit gedrechselten Beinen. Ingefrid dachte zuerst an einen Flügel. Doch es war ein Tisch.

»Das ist ein Billard«, sagte er. »Ein Erbe meines Schwiegervaters.«

Der Tisch hatte erhöhte Kanten, und innerhalb dieser Kanten war die Platte mit grünem Filz bezogen, der kleine Löcher und Brandflecken aufwies. Dort hatte Elias seine Glasobjekte aufgestellt, von denen sie gelesen hatte. Doch sie hatte wohl nicht verstanden, was sie da gelesen hatte. Oder es war womöglich schwierig, die Objekte zu beschreiben.

Sie waren groß. Ungleichmäßig. Doch keine unförmigen Klumpen. Jedes Objekt hatte seine eigene Form. Es gab auch eine Gemeinsamkeit: In dem Glas war ein Kind. Nicht entwickelter als ein voll ausgebildeter Fötus. In zweien der großen Objekte war nur der Kopf zu sehen. Er löste sich auf. Der Hinterkopf befand sich in einem Nebel oder Schnee aus Glas.

Sie sah flüchtig ein Regal mit Vasen in kräftigen Farben, konnte sie aber nicht erfassen. Sie nahm nur wahr, was auf dem Billardtisch stand, und dann wollte sie von dort weg. Sie wußte nicht, was sie sagen sollte. Ihr war nicht ganz wohl. Was sie über diese so viel gelobten Glasobjekte gelesen hatte, wirkte jetzt dürr und abstrakt. Diese Kritiker hatten nicht verstanden, was sie da gesehen hatten. Wie sollten sie es auch verstehen können, dachte sie.

Sie verabschiedete sich, sobald sie wieder in der Küche waren. Konnte nicht mehr. Im letzten Moment, so dachte sie, wird er vielleicht etwas sagen. Doch er sagte nichts. Außer daß sie jederzeit willkommen sei.

»Aber das wird wohl dauern«, meinte er. »Jetzt, wo Sie wegziehen.«

Sie reichten einander die Hand. Es war Ingefrid, die die Hand ausstreckte, denn es war ein Abschied für lange Zeit. Vielleicht für immer, dachte sie, als sie die Knochen seiner Hand spürte.

Danach ging sie zu Risten hinunter, doch es fiel ihr schwer, sich zu unterhalten. Risten sah sie sonderbar an, während sie so dasaß und an einem ihrer ewigen Sterne häkelte. Diese waren aus beigefarbenem Baumwollgarn und sollten zu einer Tagesdecke verbunden werden, wenn sie ausreichend viele zusammengebracht hätte. Ingefrid sollte die Decke als verspätetes Geburtstagsgeschenk zu ihrem Fünfzigsten bekommen. Es tue ihr leid, daß sie nicht fertig geworden sei, sagte Risten.

»Hab ja nichten gewußt, daß fahren wirst, so baldig. Hättest sie eigentlich zum Geburtstag kriegen gesollt.«

»Da warst du im Pflegeheim«, sagte Ingefrid. »Es ist schon gut so.«

»Er hätte ein bißchen früher sagen können, daß du fünfzig geworden bist.«

»Wer?«

»Elias«, antwortete sie.

»Wußte er das Datum?«

Risten sah auf, gab aber keine Antwort.

Da erinnerte sich Ingefrid, daß sie aus dem Blumengeschäft in Byvången eine Blume bekommen hatte. Eine sogenannte Muttertagsrose. Diese war mit dem Bus gekommen, und es war keine Karte dabeigewesen. Ingefrid hatte geglaubt, die Blume sei von Birger, war sich aber nicht so sicher gewesen, daß sie gewagt hätte, sich dafür zu bedanken.

»Ich fahre jetzt«, sagte sie. »Keinen Kaffee, danke, meine Liebe.«

»Hast viel um die Ohren jetzt, wo du wegwillst.«

»Ja.«

Diesmal fuhr sie mit dem Auto zu Elias Elvs Haus hinauf. Es war ungefähr die gleiche Prozedur mit Anklopfen und mit dem Hund, der viel zu spät anschlug. Doch diesmal kam er um die Hausecke und hinter ihm Elias in Hut und Jacke. Den Hut hatte er leicht schräg aufgesetzt, und die Jacke war falsch zugeknöpft. Als Kinder hatten sie das »Schnäpse knöpfen« genannt. Sie dachte daran, wie unbewegt sein Gesicht normalerweise war. Heute dagegen hatte er Freude gezeigt. Und jetzt Erstaunen.

»Ich muß Sie noch etwas fragen«, sagte sie.

Er führte sie zu einem eisernen Tisch mit zwei Kaffeehausstühlen ganz am Ende der Grasfläche. Sie setzten sich, und er zog den Hut ein bißchen tiefer in die Stirn, damit ihm die Sonne nicht in die Augen schien. Oder wollte er sein Gesicht nicht zeigen?

»Woher wußten Sie von meinem Geburtstag?«

»Der stand in dem Brief des Anwalts, den Sie dabeihatten. Die Personennummer.«

»Und dann haben Sie mir eine Blume zum Geburtstag geschickt?«

»Gut möglich.«

Sie wußte nicht, was sie als nächstes sagen sollte. Sie hatte das Gefühl, dieses halb verborgene Greisengesicht nicht mehr lange ansehen zu können. Seine Starrheit.

»Sie kannten doch Myrten.«

»Ja«, sagte er. »Ich kannte sie. Wir waren zusammen.«

»Ich weiß. Ich habe davon gelesen. Hillevi hat aus dem Gedächtnis Aufzeichnungen gemacht.«

»Risten hat das schon erwähnt. Darin steht es wohl. Alles.«

Sie konnte nicht anders, sie mußte den Blick von ihm abwenden. Es war unerträglich, nur seinen Mund, ein Stückchen der Nase und die trockenen, faltigen Wangen mit den weißen Bartstoppeln zu sehen. Jetzt entdeckte sie, welche Aussicht er von hier oben hatte. Darauf hatte sie nicht geachtet, als sie das erste Mal gekommen war. Sie hatte nur das Haus angestarrt, und die Fenster, hinter denen sich nichts geregt hatte. Von hier sah man den See und die Waldrücken und die blauen Fjälls mit ihren weißen Schneeflecken.

»Wann hast du diese Glas... diese Sachen mit dem Kind gemacht?«

»Ich habe im Herbst fünfundvierzig damit angefangen«, sagte er.

»Wußtest du da von mir?«

Er schüttelte den Kopf.

»Wußtest du nichts von mir?«

»Nein.«

»Aber du bist es gewesen?«

Da schaute er richtig bissig drein. Und er wollte offensichtlich, daß sie es merkte, denn er schob den Hut hoch und sagte:

»Myrten ist nicht von einem zum anderen. Das war unsere Zeit.«

»Wie lange hat es gedauert?«

»Ein paar Wochen. Von Mittsommer bis in die ersten Augusttage.«

»Ich kann mir einfach kein Bild von ihr machen«, sagte Ingefrid. »Es ist so schwierig. Ich weiß nicht, warum sie mich weggegeben hat. Ob sie mich nicht haben wollte oder ob sie nicht klarkam. Ob sie falsch war oder ...«

»Nein«, sagte er. »Das war sie nicht. Myrten hat alles ernstgenommen.«

»Kannst du dich nach so langer Zeit noch an sie erinnern? Ich meine, an mehr, als daß sie sehr schön war.«

»Ich erinnere mich an sie. Habe mich stets an sie erinnert.«

»Aber es waren doch nur ein paar Wochen.«

»Ein Stück Leben«, sagte er und schob den Hut wieder ins Gesicht. »Das wiedergekommen ist. Ab und zu kam es wieder.«

Er hatte jetzt den Kopf abgewandt und betrachtete sein Panorama. Doch Ingefrid dachte: Er ist kein gewöhnlicher Sommergast. Es ist nicht die Aussicht, die ihn zum Bleiben bewogen hat.

»Da ein Stück, dort ein Stück«, sagte er. »Kein Leben hängt zusammen. Bildet nichts. Es wird zu nichts.«

Jetzt wandte er den Blick vom See und von den Fjälls ab und sah sie tatsächlich an. Dieser erwachsene Mann, der sich endlich aus dem Kernhaus seines Greisentums erhoben hatte. Aus der falschen Norwegerei und jämtischen Gewitztheit.

»Jetzt sitzt du also hier«, sagte er.

»Ja?«

Er saß da und sah sie offen an, lächelte nicht.

»Paßt es zusammen?« fragte sie.

»Ja, freilich. Du gleichst meiner Mutter.«

»Nein, ich weiß, daß ich am meisten Hillevi Halvarssons Vater gleiche. Er hatte auch so eine Nase. Und kurze Beine.«

»Nein, du gleichst meiner Mutter«, sagte er. »Es hat nichts damit zu tun, wie du aussiehst.«

Sie saßen lange still da und hörten im Dorf unten einen Hund bellen und eine Motorsäge. Ingefrid überlegte, wie seine Tage wohl aussahen. Noch war es recht warm, wenn die Sonne schien. Er konnte draußen auf seinem eisernen Stuhl sitzen, über das Dorf hin schauen und den Geräuschen lauschen. Wenn er sie denn hörte. Momentan hatte er sein Hörgerät in den Ohren, doch wahrscheinlich nahm er es heraus, sobald er hier allein war.

»Wie heißt du?« fragte sie.

»Ich heiße Elis Eriksson. Das ist mein richtiger Name.«

Sie war so erschöpft, daß sie nichts mehr sagen konnte. Als sie nach Hause kam, hatte sie eigentlich packen und saubermachen wollen, doch das erschien ihr unmöglich. Ihr ging durch den Kopf, daß Elias genauso erschöpft sein mußte, genauso ausgepumpt.

Sie dachte an Dinge, die ihr in den Sinn gekommen waren, die sie aber nicht laut zu sagen gewagt hatte. Als sie vor diesen furchtbaren, von den Kunstkritikern so verzwickt beschriebenen Glasobjekten gestanden hatten, da hätte sie gern zu ihm gesagt: Ich lebe in einer Welt, in der es Verzeihung gibt.

Mit dergleichen überfällt man keinen Menschen. Man muß einander erst kennenlernen. Doch dafür war keine Zeit. Wenn sie das nächste Mal käme, vermutlich im nächsten Sommer, konnte er tot sein. Es war sogar ziemlich wahrscheinlich, daß er dann tot sein würde.

Risten, die fünfzehn Jahre jünger war, ging es nicht mehr so gut. Sie würde es auf die Dauer nicht schaffen mit den Schafen und dem Haus und dem Kochen. Und wie würde es Elias ohne Risten ergehen? Wie würde es am Ende in seinem Haus riechen? Er könnte an Unterernährung leiden. Er würde womöglich im Elend und in schweren Depressionen enden.

»Elias«, sagte sie. »Möchtest du nicht mit mir kommen, wenn ich fahre?«

Er lächelte und schüttelte den Kopf. Wie gegenüber einem Kind.

»Ich meine es wirklich so«, sagte sie.

»Es ist mir klar, daß du es so meinst, Ingefrid. Aber ich bleibe hier wohnen. Fahr nun nach Hause und lies die Geschichte von Barsillai, dem Freund König Davids. Ich glaube, du findest ihn im zweiten Buch Samuel.«

Der Gileaditer Barsillai war aus Roglim herabgekommen und mit dem König an den Jordan gezogen, um ihn am Jordan zu verabschieden. Barsillai war sehr alt, ein Mann von achtzig Jahren. Er hatte den König versorgt, als dieser sich in Mahanajim aufhielt; er war nämlich sehr reich.

Der König sagte zu Barsillai: Zieh mit mir hinüber, ich will für dich bei mir in Jerusalem sorgen. Doch Barsillai antwortete dem König: Wie viele Jahre habe ich denn noch zu leben, daß ich mit dem König nach Jerusalem hinaufziehen sollte? Ich bin jetzt achtzig Jahre alt. Kann ich denn noch Gutes und Böses unterscheiden? Kann dein Knecht noch Geschmack finden an dem, was er ißt und trinkt? Höre ich denn noch die Stimme der Sänger und Sängerinnen? Warum soll denn dein Knecht noch meinem Herrn, dem König, zur Last fallen? Nur eine kleine Strecke wollte dein Knecht den König zum Jordan begleiten. Warum will sich der König bei mir in dieser Weise erkenntlich zeigen? Dein Knecht möchte umkehren und in seiner Heimatstadt beim Grab seines Vaters und seiner Mutter sterben. Aber hier ist dein Knecht Kimham; er mag mit meinem Herrn, dem König, hinüberziehen. Tu für ihn, was dir gefällt.

Der König erwiderte: Kimham soll mit mir hinüberziehen; ich werde für ihn tun, was du für gut hältst. Alles aber, was du von mir begehrst, will ich für dich tun.

Darauf zog das ganze Volk über den Jordan, und auch der König ging hinüber. Der König küßte Barsillai und segnete ihn, und Barsillai kehrte in seinen Heimatort zurück. Der König aber zog weiter nach Gilgal, und Kimham ging mit ihm.

Ein alter Mann hat ordentlich zu tun. Das Gedächtnis hat Risse. Große Löcher direkt hinab in die Nichtigkeit. Man muß abdichten und ausbessern, damit das, was nur noch Fetzen sind, zusammenhängt.

Es ist wieder November. Vorwinter und spärlicher Schnee. Das Licht ist mager. Aber es ist gar nicht so uneben. Die Füße sind in Ordnung. Die Knie machen mit. Am Vormittag hat sich sogar kurz die Sonne gezeigt.

Glaub ja nicht, daß der Tod sich deswegen zurückzieht. Er wartet hinter den Tannen. Steht dort und überlegt, ob er den alten Teufel mit der Axt umhauen oder ihn in Fieber tauchen soll. Aber vielleicht wartet er noch ein Weilchen.

Jetzt geht Elis bei Kristin Klementsen am Schafstall vorbei. Er ist auf dem Weg zu ihr. Die Tür steht offen, und ein Geruch nach Heu und Wolle dringt heraus. Da wallt unmittelbar aus dem mit Licht knausernden Vorwinter ein Wohlgeruch auf. Er stammt aus dem Sommer, obwohl es ein längst vergangener Sommer ist. Schaftalg, Eigelb und Rottannenharz sind in diesem Geruch vereinigt. Und er löst jetzt alles mögliche andere aus: Kinderstimmen, Kleeblüten und den Schubs von einem Pferdemaul.

Mutter kocht eine Salbe, die wir Harzpflaster nennen.

Hab holen gemußt das Harz aus einem Tannenbaum, der gelb und träg geblutet. Hab geschaffet raus die Eier aus dem Stroh, und das Fett hat sie aus dem Schafsleib genommen, die Mutter, der im Speicher gehänget. Ist also wohl Oktober und Frost.

Harzpflaster vereinigt alles in sich. Herbst wie Winter. Den jähen Frühling und den Sommer.

Der Tod, der hinter den Tannen steht, ist kein Mann.

Der Tod ist eine Frau, und sie wartet.

Ein kräftiger und kalter Wind bläst heute, wie das im November eben so sein kann. Der See ist noch nicht zugefroren. Er sieht schwarz aus. Auf der Erde lag heute morgen eine feine Schneeschicht, ungefähr so, wie Puderzucker auf einem Kuchen. Aber er wurde natürlich weggeweht. Draußen schien es gruselig zu sein, so daß ich den Pelz anzog, bevor ich zum Laden ging. Als ich die Hände in die Manteltaschen steckte, waren darin Heu und Brösel von Rübenfutter und Gerstenbruch. Ingefrid hatte ihn natürlich angehabt. Ja, sie dachte wohl, er gehöre ihr, so wie eigentlich alles von Myrten.

Birger ist mit einem Birkhahn hereingekommen, der gerade richtig lange abgehangen habe, sagte er. Ich werde ihn am Sonntag machen. Elias und ich essen ja nicht so viel, so daß er auch für Ingefrid und ihn reicht. Wir werden zur Kirche fahren, denn ich möchte Torfmooskränze auf meine Gräber legen. Heutzutage zünden die Leute ja Lichter an, aber dazu kann ich mich nicht durchringen. Ich finde den Gedanken beängstigend, daß diese einsamen Kerzenflammen noch dort in der Dunkelheit flackern, nachdem alle nach Hause gefahren sind.

Ingefrid versieht nach wir vor nur die halbe Stelle. Mehr möchte sie nicht arbeiten, sagt sie, weil sie dann mehrmals in der Woche nach Byvången fahren müßte, und sie fürchte die Straßenverhältnisse im Winter. Sie wohnt derzeit im Pfarrhaus, was aber nicht so bleiben soll. Dort kann sich ja kein Mensch wohl fühlen. Sie will in der Einhegung hinterm Schafstall ein kleines Fertighaus aufstellen lassen. Das wird sie als Arbeitsraum nutzen, und außerdem will sie dort schlafen. Anand soll bei mir wohnen, in Myrtens Zimmer.

Ich war verdattert, als Ingefrid nach Stockholm gefahren war und vierzehn Tage später schon wiederkam. Birger ward böse, nachdem sie abgereist war. Im Grunde glaube ich, daß er geknickt war, weil sie sich nicht richtig verabschiedet hatte. Als sie dann zurückkam, wurde uns ja klar, warum. Sie hatte ihre Wohnung in Gröndal vermietet und sich auf die Stelle in Röbäck beworben.

»Auf die halbe jedenfalls«, sagte sie. »Der Gemeindepfarrer muß wohl oder übel mit mir vorliebnehmen, auch wenn es Anand und Elias geglückt ist, die Kapelle niederzubrennen. Es sind auch in diesem Jahr keine anderen Bewerbungen eingegangen.«

Eine Zeitlang hatte sie im Sinn, die Kapelle auf ihre Kosten wiederaufbauen zu lassen. Aber das habe ich ihr ausgeredet. Ingefrid gibt schnell her, was sie hat, wenn sie meint, daß jemand den Eindruck erwecke, es nötig zu haben. Die Kirche hat ihr Geld nicht nötig. Zum einen war die Kapelle versichert. Und zum anderen ist das kein guter Ort da draußen auf der Landzunge. Ganz schlecht ist er wohl auch nicht, hat Anand doch überlebt. Ich habe ihr aber erzählt, was der Alte, Ante hieß er, gesungen hatte, als er die Kapelle joikte, noch bevor sie überhaupt geplant war.

Es gibt Blut in der Kirche
Blut und Haar
aj aj jaja Blut gibt es und Haar
und zuletzt brennt sie
ja zuletzt brennt die Kirche
aj aj aj jaaa
brennen wird sie ...

»Kann wieder so gehen, wenn man's aufbauet«, sagte ich. Schließlich ließ sie den Gedanken fallen. Die Stelle bekam sie ja trotzdem, und sie bleibt bei uns.

Sie will Elias nicht verlassen.

Als Birger heute hereinkam, fragte er, ob ich mit nach Jolet kommen wolle. Aber ich sagte, das habe keinen Sinn, weil es für uns in Norwegen jetzt so teuer sei. Er meinte, ich könne doch immerhin Kartoffelfladen und Sauerrahm kaufen. Er selbst fahre nach

Jolet, um sich Munition für seine Jagdwaffen zu besorgen. Es war jedenfalls ein Glück, daß ich nicht mitgefahren bin. Oder wie man sagen soll.

Ich saß am Nachmittag, als es zu dämmern begann, am Küchentisch. Da sah ich ein Auto kommen und auf der Landstraße über dem Hof anhalten. Es war ein Polizeiauto, weiß mit blauen Buchstaben. Aha, dachte ich. Kriegen wieder was zum Durchkauen, die Leute.

Durchs Fenster sah ich, daß es Wennerskog war, er, den sie den letzten Polizisten nennen. Er trug ein Paket, das in braunes Papier eingeschlagen war. Als er hereinkam, sagte er, sie würden gerade das Polizeirevier in Byvången ausräumen. Es sei ja jetzt geschlossen, und die Kommune wolle die Räumlichkeiten vermieten. Er erzählte, daß zwei Frauen, die Trolle und Trockenblumensträuße anfertigten, sie haben wollten.

»Das Fell, hier bitte«, sagte er und legte das Paket auf den Tisch.

»Aha, so, so«, erwiderte ich. »Hat gedauert. Habet eine DNA-Probe gemachet?«

Er war recht verlegen.

»Hat in einem Schrank gelieget«, sagte er. »Sehet eins ja eigentlich gleichens, daß es alt ist, das Fell. Wegen der Ohren, die ja abgeschnitten, dem Schußgeld halber. Waren ein bißchen hitzig wohl, die hier gewesen.«

»Kann eins wohl sagen. Hüter der Wölfe. Wär besser, hätten eine Polizei für die Leute hier.«

Ich bot ihm keinen Kaffee an, denn mir war nicht danach. Außerdem wollte ich nicht, daß er sich lange bei mir im Haus aufhielt. Das Mundwerk klapperte doch allen, die das Polizeiauto draußen stehen sahen.

Als er abgefahren war, wurde es ruhig. Es war die Zeit am Nachmittag, wo selten ein Auto vor dem Laden hält. Die Leute warten, bis der Bus kommt.

Der Winter naht, dachte ich, als ich dasaß und über den See schaute. Es kamen kleine, kalte Windstöße, die spitze Schneekörner mit sich führten. Die Kohlmeisen schwärmen schon ums Haus. Die Waldmäuse schlüpfen zu den Schafen hinein, und in den Nistkästen sitzen nachts Vögel. Vermutlich ist auch unter dem Dachblech alles besetzt. Sie wärmen einander. Wie schläft ein Specht? Krallt er sich aufrecht fest, oder hängt er mit dem Kopf nach unten?

Wenn es dämmert, wird der Wald auf der anderen Seite des Sees schwarz, finde ich. Ich kenne die Reglosigkeit der Tiere, ihren Dämmerschlaf. Die dunklen Massive der Elche. Den zusammengerollten Fuchs in seinem Bau.

Jetzt ist es Abend und dunkel über dem See. Ich sitze mit diesem alten Wolfsfell da. Obwohl die Haut abgezehrt und mottenzerfressen ist, finde ich, daß sie mehr ist als ein Fell.

Schneidet mir die Ohren ab, denke ich. Ich höre trotzdem den Wind in den Tannen.

Stecht mir die Augäpfel aus.

Und doch luge ich aus den Schlitzen.

Entfernt mir die Föten aus dem Bauch und laßt mir die Zunge vertrocknen.

Und doch lecke ich meine Kinder.

PIPER

Carol Shields
Die Geschichte der Reta Winters

Roman. Aus dem Amerikanischen von Margarete Längsfeld.
336 Seiten. Gebunden

Reta Winters war weit davon entfernt, überheblich wirken zu wollen. Sie war einfach nur überzeugt davon, daß Glücklichsein immer ein natürlicher Zustand für sie sein würde: »Anders als andere Frauen interessiere ich mich nicht dafür, traurig zu sein.« Und sie fühlte sich geborgen dort, wo sie war: Umgeben von Freunden und inmitten einer großen, liebevollen Familie genoß sie ihren unerwarteten Erfolg als Autorin leichter Ferienromane. Das alles jedoch ändert sich mit dem Tag, an dem ihre älteste Tochter Norah beschließt, mit allem zu brechen und sich auf die Straße zu setzen, um den Hals ein Schild, auf dem nur ein Wort steht: Güte. Retas Weltbild gerät ins Wanken. Warum tut Norah so etwas? Was hatte sie, Reta, falsch gemacht? Zum ersten Mal empfindet sie das Gefühl von Verlust und beginnt unbeirrt nach dem wahren Grund für Norahs Entscheidung zu suchen.

01/1453/01/R

PIPER

Lorna Sage
Die Anfänge meiner Welt

Walisische Erinnerungen. Aus dem Englischen von Barbara Heller. 288 Seiten mit 21 sw-Abbildungen. Gebunden

»›Der alte Teufel‹, so nannte meine Großmutter ihren Mann. Für sie gehörten Männer und Frauen zwei unterschiedlichen Rassen an, und jede Vermischung war heller Wahnsinn.« Doch auf genau diese tragische Vermischung hatten sich die Großeltern von Lorna Sage eingelassen, eine Scheidung kam im Wales der fünfziger Jahre nicht in Frage. Zumal ihr Großvater, ein notorischer Trinker und Frauenheld, als Pfarrer der ländlichen Gemeinde Hanmer vorstand. Der Großmutter blieb also nur die stumme Verachtung für ihren Mann und das Leben mit ihm; parfümierte Seife und Pralinen waren ihre Leidenschaft, sie verbrachte den größten Teil des Tages im Bett und duldete in der Stille des Pfarrhauses keinerlei Besuch.
Nach dem Tod ihres Großvaters und dem Umzug der Familie in ein neues, modernes Gemeindehaus, sollte die zehnjährige Lorna erkennen, daß auch die Ehe ihrer Eltern Valma und Eric unter keinem guten Stern stand. Auf die junge Lorna Sage wirkten sie wie »Fremde, die ihr Lager auf einer zugigen Anhöhe aufgeschlagen hatten«. So faßte sie den frühen Vorsatz, niemals zu heiraten. Aber schon als Teenager durchkreuzte das Leben ihre Pläne.

PIPER

Ann-Marie MacDonald
Wohin die Krähen fliegen

Roman. Aus dem Amerikanischen von Ulrike Wasel und Klaus Timmermann. 1068 Seiten. Gebunden

Hoch oben am Himmel ist der Mond zu sehen, eine blasse Oblate. Wir haben vor, ihn zu erreichen, bevor das Jahrzehnt zu Ende ist. Präsident Kennedy hat es fest versprochen. – Es sind die frühen 60er Jahre, die Welt ist technicolor-bunt, und die achtjährige Madeleine ist zusammen mit ihren Eltern unterwegs nach Centralia, einem abgelegenen Luftwaffenstützpunkt in Ontario, auf den ihr Vater Jack McCarthy versetzt worden ist. Madeleine liebt es, wie ihre Mutter Mimi dem Vater mit ihrer schlanken Hand über den Nacken fährt. Sie genießt die Geborgenheit auf der Rückbank des 1962er Ramblers und freut sich auf das neue Zuhause. Das Wettrennen im All, die Bedrohung durch den Kalten Krieg, all das scheint weit weg zu sein von ihrer abgelegenen neuen Welt. Doch bald holt die Zeit auch die McCarthys ein. Und mit dem tragischen Mord an einer Freundin von Madeleine nimmt das Leben der ganzen Familie eine endgültige Wendung.

01/1373/02/R